COURS & ENTRAÎNEMENT

prépabac

W0371010

2de GÉNÉRALE

NOUVEAU BAC

Le TOUT-EN-UN

Français

Séverine Charon • Bertrand Darbeau • Agnès Marrière • Audrey Thoor

Maths

Jean-Dominique Picchiottino

Physique-chimie

Nathalie Benguigui • Patrice Brossard • Jacques Royer

SVT

Nicolas Ducasse • Benjamin Forichon • Dimitri Garcia • Johanna Garcia • Hervé Mulard • Bruno Vah

Histoire-géographie

Christophe Clavel • Cécile Gaillard • Florence Holstein • Jean-Philippe Renaud

SES

Sylvain Leder • François Porphire

Anglais

Sophie Béthery-Dostes

Hatier

Le site de vos révisions

L'achat de ce Prépabac vous permet de bénéficier d'un **ACCÈS GRATUIT*** à toutes les ressources d'annabac.com (fiches, quiz, sujets corrigés…) et à ses parcours de révision personnalisés.

Pour profiter de cette offre, rendez-vous sur www.annabac.com dans la rubrique « J'ai acheté un ouvrage Hatier ou Foucher ».

* Selon les conditions précisées sur le site.

Maquette de principe : Frédéric Jély
Mise en pages : STDI
Schémas : Indologic, Nord Compo, Corédoc et STDI
Carte : Légendes Cartographie
Iconographie : Hatier illustration
Édition : Jean-Marc Cheminée

ISBN 978-2-401-08673-9

SOMMAIRE GÉNÉRAL

Pour trouver un chapitre précis dans une matière, reportez-vous au sommaire de chaque partie.

FRANÇAIS

MATHÉMATIQUES

PHYSIQUE-CHIMIE

SVT

HISTOIRE-GÉOGRAPHIE

SCIENCES ÉCONOMIQUES ET SOCIALES

ANGLAIS

FRANÇAIS

TOUT LE PROGRAMME

- Le cours en 28 fiches
- Exercices et sujets corrigés

SOMMAIRE

Les genres littéraires

1. La poésie, du Moyen Âge au XVIIIe siècle

2. La littérature d'idées et la presse, du XIXe au XXIe siècle

3. Le roman et le récit, du XVIIIe au XXIe siècle

4. Le théâtre, du XVIIe au XXIe siècle

Vers le bac

5. Rédiger un commentaire, contracter un texte, rédiger un essai

6. Expliquer un texte à l'oral

1 Les fonctions de la poésie

En bref *L'écriture poétique a eu des fonctions variées au cours de son histoire. Si le lyrisme est certainement le mode d'expression privilégié de la poésie, il n'est évidemment pas le seul : la poésie peut aussi être didactique ou engagée.*

I La poésie lyrique

1 L'origine musicale de la poésie

- Le nom même de poésie lyrique dit bien son origine musicale (la lyre est une sorte de harpe). Celle-ci est encore vivace au Moyen Âge, où trouvères et troubadours continuent à composer une poésie mêlant paroles et musique, qu'ils désignent par le terme de *chanson*.

MOTS CLÉS
- **Assonance :** répétition du son vocalique.
- **Allitération :** répétition du son consonantique.

- À partir du XIVe siècle, les poètes abandonnent peu à peu l'accompagnement musical et imaginent une poésie qui se fonde sur la seule musique de la voix, exploitant les ressources sonores (rimes, **assonances**, **allitérations**) et rythmiques (vers, accents) du langage.

2 Une énonciation subjective

- Outre sa dimension musicale, le lyrisme se caractérise aussi par sa forte subjectivité : plus que tout autre genre, il est celui où le poète dit *je*, au point que certains auteurs ont pu donner une dimension nettement autobiographique à leurs poèmes, tel François Villon au XVe siècle.
- Mais il ne faut pas limiter la poésie lyrique à cette dimension personnelle. Lire ces poèmes comme des autobiographies serait réducteur, car ce serait passer à côté de l'universalité lyrique : en disant *je*, le poète parle aussi du lecteur, voire de l'homme en général.
- Le *je* ne va d'ailleurs pas sans un *tu* : la poésie lyrique s'adresse souvent à un destinataire, que son identité soit précisée ou non. C'est particulièrement le cas de la lyrique amoureuse, qui interpelle la femme ou l'homme aimé, comme Ronsard dans de nombreux sonnets des *Amours* (1552).

3 Une poésie expressive

- Dès le Moyen Âge, la poésie lyrique semble vouée à l'expression des sentiments. L'amour, la mort, la conscience du temps qui passe, la nostalgie, la solitude... sont ainsi parmi les thèmes privilégiés du lyrisme.
- Mais la poésie lyrique ne se consacre pas seulement au *moi* du poète : elle sait s'ouvrir au monde pour exprimer la singularité du regard que le poète porte sur tout ce qui l'entoure.

II La poésie engagée

- On appelle poésie engagée des œuvres dans lesquelles le poète **prend position** et **met son art au service d'une cause** (qu'elle soit politique, morale, sociale…) pour éveiller les consciences.
- Elle apparaît généralement dans des contextes de **tensions politiques** : Agrippa d'Aubigné écrit ainsi *Les Tragiques* (1616) pour dénoncer les exactions commises par les catholiques durant les guerres de religion.
- Plus largement, la poésie engagée peut englober tout texte poétique manifestant une dimension contestataire ou polémique, comme la **satire** qui critique les défauts d'individus ou de groupes sociaux et dénonce leurs ridicules.

III La poésie didactique

- La poésie peut aussi avoir pour fonction de **délivrer un enseignement** : on parle alors de **poésie didactique**. C'est le cas, presque exemplairement, des *Fables* de La Fontaine (publiées entre 1668 et 1694), qui mettent les ressources de l'écriture poétique au service d'un enseignement porté par la morale.
- La poésie didactique n'est pas seulement morale : elle peut être **philosophique**, comme l'*Épître sur la philosophie de Newton* (1736) ou le *Poème sur le désastre de Lisbonne* (1756) de Voltaire.
- Enfin, l'objet de la poésie didactique peut être la poésie elle-même, lorsqu'il s'agit d'en définir les règles et principes. C'est le rôle dévolu aux **arts poétiques**, véritables traités pratiques, manuels de composition en prose ou en vers : le plus célèbre est certainement l'*Art poétique* de Boileau (1674).

zoOm

Musique et poésie

Alexandre Séon, *Lamentation d'Orphée* (vers 1896).

Orphée est par excellence la figure du **poète lyrique**, dont l'art manifeste les liens entre musique et poésie. Il accompagne en effet ses vers de sa lyre (qu'il tient ici à la main) pour exprimer son désespoir après la mort de la nymphe Eurydice.

2 Les règles de la versification

En bref *Les règles de la versification concernent les rythmes et les sonorités du poème. Si elles permettent de définir des formes fixes, obéissant à des principes communs, chaque poète se les approprie et les exploite de manière créative.*

> Je vis, je meurs ; // je me brûl(e) et me noi(e) ;
> J'ai chaud extrêm(e) // en endurant froidur(e) :
> La vie m'est // et trop moll(e) et trop dur(e).
> J'ai grands ennuis // entremêlés de joi(e).

Louise Labé, *Œuvres* (1555)

I Le vers

1 Les types de vers

■ On distingue :

- les **vers pairs**, comme l'alexandrin (douze syllabes), le décasyllabe (dix) ou l'octosyllabe (huit) ;
- les **vers impairs**, plus rares.

Ici, Louise Labé utilise le décasyllabe, donc un vers pair.

■ Pour déterminer quel est le type de vers, il faut compter les syllabes qu'il comporte. On doit alors tenir compte de quelques principes.

- Le **-*e* muet** (ci-dessus entre parenthèses) s'élide toujours en fin de vers et avant un mot commençant par une voyelle ou un h muet.

En revanche, le -e de « vie » au vers 3 est prononcé, puisqu'il est suivi d'une consonne : « La vi-e m'est… »

- La **diérèse** permet de compter pour deux syllabes deux voyelles voisines.
- La **synérèse** permet de compter pour une seule syllabe deux voyelles voisines.

C'est ici le cas d'« ennuis » (qui ne se lit pas « ennu-is »).

2 L'accentuation

■ La dernière syllabe (prononcée) d'un vers est toujours accentuée : on parle d'**accent métrique**.

■ Les vers de plus de huit syllabes comportent un second accent métrique, sur la quatrième syllabe pour le décasyllabe, sur la sixième pour l'alexandrin. Cet accent détermine la place de la **césure** (notée //) qui se situe immédiatement après lui et qui partage le vers en deux **hémistiches** (« demi-vers »).

Dans les quatre vers de Louise Labé, on constate que **les groupes de mots se répartissent logiquement** entre les deux hémistiches inégaux (quatre syllabes pour le premier, six syllabes pour le second).

3 Les effets de discordance

- L'**enjambement** désigne le fait qu'un groupe syntaxique important déborde le cadre du vers et se prolonge dans le vers suivant.
- Le **rejet** consiste à repousser dans le vers suivant un élément court nécessaire à la construction du vers précédent.
- Le **contre-rejet** place un élément verbal court à la fin d'un vers alors qu'il appartient au vers suivant par la construction et le sens.

Ces effets de rythme restent **relativement rares** en poésie **avant le XIXe siècle**.

II La rime

- La **qualité** de la rime dépend du nombre de sons que partagent les mots à la rime (le -e muet ne comptant pas). Elle peut être **pauvre** (un seul son commun), **suffisante** (deux sons communs) ou **riche** (trois sons communs ou plus) : « noie » et « joie » forment une rime pauvre (son [oi]) ; « froidure » et « dure » une rime riche (sons [d], [u] et[r]).
- La **disposition** des rimes dépend de la façon dont elles se combinent. Le plus souvent, elles sont : **plates** ou **suivies** (schéma *aabb*), **croisées** (schéma *abab*) ou **embrassées** (schéma *abba*, comme dans le quatrain de Louise Labé).

III La strophe

On identifie la **strophe** traditionnelle par le blanc typographique qui sépare chaque groupement de vers à l'intérieur d'un poème et par l'organisation des rimes. Les principaux modèles de strophes sont le quatrain (quatre vers), comme cette strophe de Louise Labé, et le sizain (six vers).

zoOm

Un calligramme avant la lettre

La poésie joue parfois avec la **disposition des vers** pour représenter l'objet ou la situation qu'elle décrit. C'est ce que, au XXe siècle, Apollinaire appellera un *calligramme*, par contraction de *calligraphie* (« belle écriture ») et *idéogramme* (« symbole qui représente une idée ») ; mais on en trouve des exemples beaucoup plus tôt, comme ce poème de Rabelais représentant la « dive bouteille » dans le *Cinquième livre* (1564).

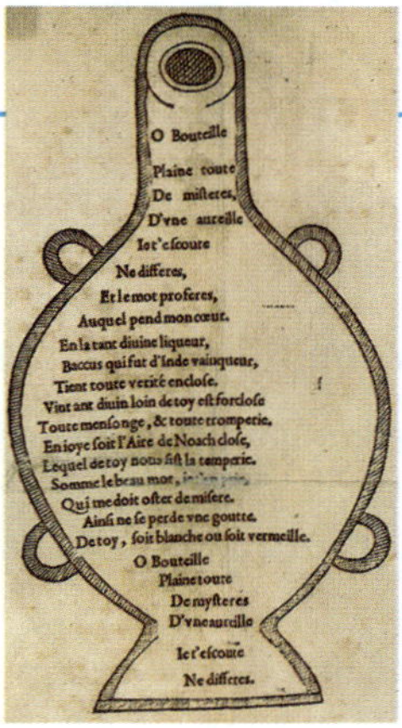

3 La poésie au Moyen Âge

En bref *C'est au cours du Moyen Âge, entre la fin du XIe siècle et la fin du XVe siècle, que se définissent progressivement les caractéristiques de la poésie française. Cette période voit aussi naître la figure du poète, appelée à jouer un rôle central dans la vie littéraire des siècles suivants.*

I Les genres poétiques au Moyen Âge

1 La constitution de la poésie comme genre

- La question des genres est relativement complexe au Moyen Âge : l'**usage systématique du vers**, qui facilite à la fois la mémorisation du texte et son accompagnement musical, confond d'abord le roman, le fabliau ou la chanson.

- Mais, au cours du XIIe siècle, **la poésie devient un genre autonome**, essentiellement dévolu à l'expression amoureuse de la **courtoisie**. Parallèlement, des auteurs comme Rutebeuf inaugurent, à partir du XIIIe siècle, une veine plus **réaliste**, voire **satirique**.

MOT CLÉ
La **courtoisie** désigne la culture qui dominait dans les cours des seigneurs médiévaux et en particulier les règles de l'amour courtois, la *fin'amor* occitane.

2 Un âge d'or du lyrisme

- Le XIVe siècle correspond à l'âge d'or du lyrisme médiéval : sous l'impulsion notamment de **Guillaume de Machaut**, la poésie invente de nouvelles formes telles que le **rondeau** ou la **ballade**.

- Au XVe siècle, **Christine de Pisan**, **Charles d'Orléans** et **François Villon**, dans des voies certes différentes, enrichissent eux aussi le genre lyrique. Cependant, la poésie évolue peu à peu vers un plus grand formalisme.

II Les fonctions du poète médiéval

1 Des conditions sociales variées

- Faite à l'origine pour être chantée ou récitée dans les châteaux, la poésie n'aurait pu voir le jour sans un public aristocratique : les premiers poètes sont des **poètes de cour** qui vont de château en château et dépendent de la générosité d'un mécène.

- Cependant, à côté de ces **poètes itinérants**, tel Rutebeuf, certains poètes (comme Guillaume de Poitiers) sont de **grands seigneurs**. Cette variété sociologique peut être constatée tout au long du Moyen Âge : Charles d'Orléans, surnommé le *Prince-poète* est un duc, quand Guillaume de Machaut est un clerc au service d'un seigneur, et François Villon un voyou.

2 | Trouvères et troubadours

- Aux XIIe et XIIIe siècles, les deux figures majeures du poète sont le troubadour et le trouvère. Le **troubadour** apparaît à la toute fin du XIe siècle dans le **sud de la France** : tels Guillaume de Poitiers et Bernard de Ventadour, il écrit en **langue d'oc** et diffuse les codes de la poésie courtoise.
- Le **trouvère** apparaît au XIIIe siècle dans le **nord de la France** : tel Thibaut de Champagne, il transpose en **langue d'oïl** le lyrisme courtois des troubadours.

III Les formes fixes médiévales

C'est au Moyen Âge que la majorité des formes fixes ont été définies : les nombreux traités d'art poétique des XIVe et XVe siècles fixent les règles de composition de formes généralement héritées de la danse ou de la chanson.

- La **ballade** est généralement constituée de trois strophes suivies d'un envoi (correspondant à une demi-strophe). Chaque strophe s'achève par un refrain identique, et l'envoi nomme le dédicataire du poème. Elle connaît de nombreuses variantes, selon le nombre et le type de strophes.
- Le **rondeau** doit son nom à la ronde que l'on dansait lorsqu'on le chantait à l'origine. Sa forme a varié considérablement, mais il s'agit, généralement, d'un poème constitué de trois strophes d'octosyllabes ou de décasyllabes, développées sur deux rimes seulement, et comprenant un refrain.

zoOm

L'amour courtois, ou *fin' amor*

La poésie des troubadours a contribué à façonner l'idéal de l'amour courtois, ou *fin'amor* en langue d'oc. Il s'agit d'un ensemble d'usages et de règles qui définissent un véritable **art de vivre** pour la haute société médiévale, et régissent en particulier les **rapports amoureux** entre les hommes et les femmes.

Détail de miniature tirée de *Roman de Lancelot du Lac*, XIVe s. Biblioteca Nazionale, Turin

4 La poésie au XVIe siècle

En bref *La poésie est certainement le grand genre de la Renaissance : particulièrement foisonnante, la production poétique du XVIe siècle a légué des œuvres immenses à la littérature, à commencer par celles de Marot, de Labé, de Ronsard, de Du Bellay ou d'Agrippa d'Aubigné.*

I Les principaux mouvements poétiques du XVIe siècle

1 Des grands rhétoriqueurs à l'école lyonnaise

- Le XVIe siècle poétique est né sous l'égide des **grands rhétoriqueurs**, dont les poèmes se fondent sur un travail très élaboré de la versification. Ces poètes contribuent donc à enrichir la forme poétique, inventant des rimes complexes, développant l'usage de l'alexandrin et imaginant de nouveaux types de strophes.

> **MOT CLÉ**
> Les **grands rhétoriqueurs** tirent leur nom de la « seconde rhétorique », expression désignant la poésie et l'art de rimer dans les traités littéraires de l'époque.

- Leurs successeurs recherchent une poésie plus simple et plus sincère. Ainsi, Clément Marot sait être tout aussi virtuose, mais il donne à ses poèmes des accents personnels et lyriques qui dépassent le simple jeu formel.
- La veine de Clément Marot est poursuivie par les auteurs de l'école lyonnaise qui s'inspirent de la poésie italienne, en particulier de Pétrarque et du sonnet. Ses plus illustres représentants sont Maurice Scève et Louise Labé.

2 La Pléiade

- L'école poétique la plus importante de la Renaissance est certainement la Pléiade, groupe de poètes formé autour de Pierre de Ronsard et Joachim Du Bellay. Ils veulent enrichir la langue française en la dotant d'œuvres aussi nobles que celles de l'Antiquité. Aussi décident-ils de s'inspirer des grands genres antiques, tels que l'ode.
- Ils investissent aussi les nouvelles formes, comme le sonnet, mais s'opposent à la virtuosité parfois gratuite de leurs devanciers.

3 La poésie de la fin du siècle et le baroque

- Dans le contexte troublé des guerres de religion, la poésie se fait engagée, donnant de nouveaux accents à la poésie épique française : Ronsard écrit un *Discours des misères de ce temps* (1562), violemment anti-protestant ; le protestant Agrippa d'Aubigné réplique par de véhéments *Tragiques* (1616).

- Les violences de l'époque donnent aussi naissance à une poésie lyrique plus intime, hantée par une mort omniprésente. L'instabilité du monde et le règne des apparences sont ainsi les thèmes majeurs de la poésie de Jean de Sponde : les premiers âges du baroque sont sombres et pessimistes.

II Les formes fixes du XVIe siècle

Les poètes du XVIe siècle rejettent les formes fixes médiévales : Du Bellay les considère comme de véritables « épiceries » qui « corrompent le goût de notre langue ». Ils exploitent donc de nouvelles formes, telles que le sonnet ou l'ode.

1 Le sonnet

- Popularisé par l'italien Pétrarque et importé en France au début du XVIe siècle, le sonnet est toujours constitué de quatorze vers. D'abord composé en décasyllabes, il est ensuite majoritairement écrit en alexandrins.
- Il est construit sur deux quatrains de rimes embrassées (*abba abba*) suivis d'un sizain (souvent présenté sous la forme de deux tercets), dont la disposition des rimes varie (*ccdeed* pour le sonnet dit « italien », *ccdede* pour le sonnet dit « français »).

2 L'ode

- L'ode n'est pas tout à fait une forme fixe, dans la mesure où sa composition n'obéit pas à des règles de construction très strictes. Néanmoins, on la considère comme telle car elle est généralement constituée de strophes identiques.
- Héritée de l'Antiquité et remise à la mode par les poètes de la Pléiade, elle est vouée à la célébration ou à la commémoration.

zoOm

Le modèle Pétrarque

Le toscan Pétrarque, qui a vécu au XIVe siècle, est l'un des principaux modèles de la poésie française du XVIe siècle. Son recueil le *Canzoniere* a transmis aux poètes de la Renaissance la forme du sonnet et le thème de l'idéalisation de la femme aimée. Celle-ci prend dans ce recueil les traits de Laure.

Pétrarque et Laure de Noves, c. 1510, école vénitienne, Ashmolean Museum (Université d'Oxford).

5 La poésie aux XVIIe et XVIIIe siècles

En bref *Après l'âge d'or de la Renaissance, la poésie de l'âge classique (XVIIe et XVIIIe siècles) peut sembler un peu terne aux yeux du lecteur actuel. Pourtant, elle est marquée par le développement de genres spécifiques et d'œuvres majeures qui méritent d'être étudiés aujourd'hui encore.*

I La poésie de l'âge baroque

■ La poésie de la première moitié du XVIIe siècle emprunte des chemins divers.

• Dans les salons de la **préciosité**, elle se fait mondaine et légère pour pratiquer des genres très codifiés.

• Avec Mathurin Régnier et Paul Scarron, elle explore une veine **satirique** et moqueuse.

• Chez Théophile de Viau, elle devient **personnelle** et chante les joies et les peines de l'existence.

MOT CLÉ
La **préciosité** est un mouvement littéraire et culturel qui s'est développé dans les salons du XVIIe siècle. Il se caractérise par son esthétique raffinée et son art de la conversation.

• Avec Saint-Amant, elle exalte les **plaisirs sensuels** quand, chez Tristan L'Hermite, elle se teinte de **mélancolie**.

■ Mais le grand poète de cette première moitié de siècle, c'est **François de Malherbe**. Il incarne une forme de poésie nouvelle, qui refuse l'héritage antique aussi bien que le modèle de la Pléiade. Consacrant la supériorité de la forme sur le fond, il fait de l'écriture poétique la **quête d'une langue pure** et engage une véritable régularisation de la versification.

II La poésie classique

■ Dans la seconde moitié du XVIIe siècle, la **diversité** perdure dans la production poétique : on écrit des épopées aussi bien que des jeux de salon, des poèmes religieux aussi bien que des vers de circonstance commandés par le pouvoir.

■ C'est cependant la **poésie didactique** qui voit s'épanouir les deux grands poètes de ce temps, **Jean de La Fontaine** et **Nicolas Boileau**.

• Le premier est l'auteur de célèbres *Fables* (1668-1694) dont les vers plaisants délivrent un enseignement moral par l'intermédiaire d'un récit divertissant.

• Le second est l'auteur d'un non moins fameux *Art poétique* (1674) dont les mille cent vers diffusent les principes du classicisme concernant les grands genres littéraires, parmi lesquels la poésie → FICHE 18.

III La poésie au XVIIIe siècle

■ Si la poésie perdure tout au long du siècle des Lumières sous la forme d'un jeu de salon, elle reste le parent pauvre d'un **âge dominé par la raison et dédié à la prose philosophique**.

■ La fin du siècle est cependant marquée par un **retour du sentiment** et, à travers lui, de la poésie lyrique : les années 1770-1800 annoncent ainsi la révolution **romantique** du siècle suivant.

MOT CLÉ

Parce qu'elles anticipent certaines caractéristiques du romantisme, on qualifie souvent de ***préromantiques*** les œuvres de la fin du XVIIIe siècle ; il ne s'agit cependant que d'une construction rétrospective.

■ L'œuvre d'**André Chénier** est exemplaire de la poésie de cette fin de siècle : prenant modèle sur l'Antiquité, elle réhabilite l'inspiration créatrice et l'expression du sentiment, en particulier dans ses *Élégies* (écrites autour de 1785) et ses *Odes* (écrites en 1794), recueils publiés de façon posthume en 1819.

zoOm

Les *Fables* de La Fontaine

■ Cette gravure, destinée à ouvrir une édition des *Fables* du XVIIIe siècle, montre La Fontaine en **poète de la nature**, auquel rendent hommage les animaux qu'il a mis en scène.

■ Y figure également le fabuliste grec **Ésope** (bossu, selon la tradition) : celui-ci semble souligner la supériorité de La Fontaine qui a su, en s'inspirant de son prédécesseur grec, donner au genre didactique des fables ses lettres de noblesse.

Frontispice des *Fables* de La Fontaine par Jean-Baptiste Oudry, 1755-1759.

SE TESTER QUIZ

Vérifiez que vous avez bien compris les points clés des **fiches 1 à 5**.

1 Le genre dans la poésie du Moyen Âge

→ FICHES 1 et 3

Ce premier jour du mois de mai,
Quand de mon lit hors me levai
Environ vers la matinée,
Dedans mon jardin de pensée
Avecques mon cœur seul entrai.

Charles d'Orléans

À quel genre poétique la strophe ci-dessus appartient-elle ?

☐ **a.** la poésie didactique ☐ **b.** la poésie engagée ☐ **c.** la poésie lyrique

2 Le vers dans la poésie du XVIe siècle

→ FICHES 2 et 4

De glace froide une fièvre m'enflamme

Pierre de Ronsard

1. Quel est le type de vers utilisé ici ?

☐ **a.** un octosyllabe ☐ **b.** un décasyllabe ☐ **c.** un alexandrin

2. Ce vers comporte :

☐ **a.** deux -e muets et une synérèse
☐ **b.** trois -e muets et une diérèse
☐ **c.** quatre -e muets et une synérèse

3 La rime dans la poésie du XVIIe siècle

→ FICHES 2 et 5

Quels seront les derniers combats
Que mon roi prépare aux histoires,
Lui, dont les premières victoires
Font pencher les palmes si bas ?

François de Malherbe

1. Quelle est la disposition des rimes dans ce quatrain ?

☐ **a.** rimes suivies ☐ **b.** rimes croisées ☐ **c.** rimes embrassées

2. Les deux rimes qui composent cette strophe sont :

☐ **a.** l'une riche, l'autre pauvre
☐ **b.** les deux suffisantes
☐ **c.** l'une suffisante, l'autre riche

OBJECTIF BAC

4 Commentaire • Ronsard, *Les Amours* (1552)

4 h

Le sonnet est une forme savante, où le sens littéral dissimule souvent un sens caché. Lorsqu'il est lyrique, il associe fréquemment le sentiment amoureux aux thèmes de la nature et de l'inspiration poétique.

LE SUJET

Vous commenterez ce sonnet de Ronsard en vous aidant des axes de lecture proposés.

1. Un sonnet dédié à la nature.

2. La nature auxiliaire du lyrisme amoureux.

Dans Les Amours *(1552), Ronsard rend hommage à Cassandre Salviati, jeune fille italienne dont il est amoureux. Il entremêle savamment et avec sensibilité son art d'aimer et son art poétique.*

Ciel, air et vents, plains et monts découverts,
Tertres[1] vineux[2] et forêts verdoyantes,
Rivages torts[3] et sources ondoyantes,
Taillis rasés et vous bocages verts,

Antres moussus à demi-front[4] ouverts,
Prés, boutons, fleurs et herbes rousoyantes[5],
Vallons bossus et plages[6] blondoyantes,
Gastine[7], Loir et vous mes tristes vers :

Puis qu'au partir, rongé de soin et d'ire[8],
À ce bel œil Adieu je n'ai su dire,
Qui près et loin me détient en émoi,

Je vous supplie, Ciel, air, vents, monts et plaines,
Taillis, forêts, rivages et fontaines,
Antres, prés, fleurs, dites-le-lui pour moi.

Ronsard, *Les Amours*, LXVII (1552)

1. Monticules. 2. Couverts de vignes. 3. Tortueux. 4. À mi-côte. 5. Couvertes de rosée. 6. Étendues. 7. Forêt proche de la propriété de Ronsard, en Vendômois. 8. De chagrin et de colère.

CORRIGÉS

SE TESTER QUIZ

1 Le genre dans la poésie du Moyen Âge

Réponse c.

L'omniprésence de la **première personne** (« mon » trois fois, « me levai », « entrai ») est typique de la subjectivité lyrique, tout comme le lien suggéré entre la saison (le printemps du « premier jour du mois de mai ») et **l'état d'âme** (la solitude évoquée par le dernier vers). Enfin, l'usage des octosyllabes et le jeu sur les rimes relèvent de la **tradition musicale** du lyrisme.

2 Le vers dans la poésie du XVIe siècle

1. Réponse b.

Il s'agit d'un **décasyllabe**, qui comporte **dix syllabes** scandées en 4//6 : « De glace froide//une fièvre m'enflamme ».

2. Réponse a.

Les deux -e muets sont celui de « froide » (suivi d'un mot commençant par une voyelle, « un ») et celui de « m'enflamme » (dernier mot du vers).
Quant à la synérèse, elle porte sur le mot « fièvre », qui ne compte ici que deux syllabes (« fiè-vre », et non « fi-è-vre »).

3 La rime dans la poésie du XVIIe siècle

1. Réponse c.

Les rimes suivent en effet une disposition en *abba* : [ba], [oir], [oir], [ba].

2. Réponse c.

La rime « combats » / « bas » est **suffisante** (deux sons communs, [b] et [a]).
La rime « histoires » / « victoires » est **riche** (trois sons communs, [t], [oi] et [r]).
Notez que la terminaison *-es* ne compte pas ici, puisque le *-e* est muet.

OBJECTIF BAC

4 Commentaire

Voici une proposition de corrigé sous forme de plan détaillé.

[problématique] Comment Ronsard parvient-il à mêler l'adresse à la nature et l'hommage à la femme aimée ? **[annonce du plan]** Pour répondre, nous étudierons d'abord la manière dont il s'adresse à la nature, puis nous verrons comment il la met au service du sentiment amoureux.

I. Un sonnet dédié à la nature

1. Une nature glorifiée et personnifiée

Ronsard célèbre l'immensité et la toute-puissance de la nature, qu'il personnifie.

- Interpellation des éléments naturels, du plus lointain au plus proche : l'air (« Ciel, air, vents »), la terre (« plains, monts, tertres, rivages… »), la végétation (« boutons, fleurs… »).
- Profusion de couleurs ; énergie de la nature en mouvement (« verdoyantes, rousoyantes, blondoyantes ») ; fécondité (« tertres vineux », « boutons »).
- Paysage glorifié par une écriture poétique majestueuse (rythmes binaires, jeux de symétrie, échos sonores).

2. Le paysage comme confident

Tout en en faisant l'éloge, Ronsard instaure avec le paysage une relation étroite puisqu'il lui parle directement et s'adresse à lui comme à un confident.

- Nombreuses apostrophes, répétées dans les deux quatrains, ainsi que le dernier tercet (sous une forme condensée).
- Adresses directes : « Je vous supplie », « dites-le-lui pour moi ».
- Rapport intime et personnel à la nature : « Gastine » et « Loir » ancrent la description dans le pays du Vendômois familier au poète.

II. La nature auxiliaire du lyrisme amoureux

1. La souffrance amoureuse

Le poète appelle la nature à l'aide pour résoudre sa crise amoureuse.

- Termes affectifs qui traduisent la détresse du poète (« rongé », « émoi »), suggérée également par les nasales et l'assonance du son « i » dans les tercets.
- Contraste entre la puissance de la nature (pluriel sans déterminant) et le poète seul, désespéré et impuissant (« tristes vers », « je n'ai su dire »).

2. Un tableau indirect de la femme aimée

- Le poète ne parvient pas à s'adresser directement à la femme aimée (« ce bel œil »), et s'en remet donc aux pouvoirs enchanteurs de la nature et de l'écriture.
- Description de la nature qui évoque indirectement la femme aimée : paysages semblables à une chevelure (« ondoyantes, blondoyantes ») ; formes rondes (« monts, vallons, bossus ») ; jeunesse, fraîcheur (« boutons, fleurs »).
- Lien entre le talent du poète et la puissance de la nature : parallèle entre « et vous bocages verts » et « et vous mes tristes vers », avec une rime homonymique.

[Conclusion] Par sa forme et son thème, ce sonnet lyrique s'inscrit pleinement dans la tradition pétrarquiste. Cependant, l'évocation intime de la nature et la simplicité de la douleur exprimée lui donnent une tonalité très particulière, propre à la Pléiade.

6 Les genres de la littérature d'idées

En bref *La littérature d'idées peut prendre des formes très différentes : elle se développe dans des genres proprement argumentatifs, mais peut aussi apparaître dans d'autres genres.*

I Les genres proprement argumentatifs

1 Le genre de l'essai

■ **L'essai** est un **texte argumentatif en prose** dans lequel l'auteur expose directement son point de vue, et le défend à l'aide d'arguments et d'exemples.

> **À NOTER**
> C'est Montaigne qui invente le genre au XVIe siècle : ses ***Essais*** sont une œuvre foisonnante, sans ordre apparent, parcourue de digressions.

■ À partir du XVIIe siècle, l'essai prend une dimension objective et une apparence rigoureuse ; lorsqu'il vise à l'exhaustivité, il se rapproche du **traité**. Il reste, du XIXe au XXIe siècle, le genre privilégié de la littérature d'idées.

2 Les genres polémiques

■ Le **pamphlet** est un écrit bref qui met en jeu la tonalité polémique, comme lorsque Hugo s'attaque à Napoléon III dans *Napoléon le petit*, en 1852.

■ La **satire** vise à dénoncer les vices des hommes ; proche du pamphlet, elle est néanmoins plus moqueuse et plus développée. Victor Hugo publie aussi un recueil satirique contre Napoléon III en 1852 : *Les Châtiments*.

3 Les genres de l'éloquence

■ Certains textes argumentatifs s'inspirent de l'éloquence **judiciaire** : ils ressemblent à une **plaidoirie** ou un **plaidoyer** lorsqu'ils exposent des arguments en faveur d'une personne, d'une institution ou d'une idée, à un **réquisitoire** lorsqu'ils s'y opposent, voire les accusent.

■ De même, la littérature s'inspire parfois de la rhétorique **politique** : elle mime son éloquence dans le **discours**, ou met en scène le débat délibératif dans le **dialogue**.

4 Les genres journalistiques

Avec le développement de la presse aux XIXe et XXe siècles, de nouveaux genres argumentatifs apparaissent, qui dépendent directement de l'écriture journalistique.

■ La **lettre ouverte** est un article souvent polémique, qui prend l'apparence d'une lettre publique, par exemple « J'accuse… ! » publié par Zola dans le journal *L'Aurore* en 1898.

■ La **tribune** est, dans un journal, un espace réservé à l'expression libre et publique d'idées laissées à la responsabilité de leur auteur.

■ L'**éditorial** est un article qui émane de la direction même du journal ; à ce titre, il est souvent plus engagé qu'un simple article.

■ La **chronique** est une rubrique tenue par un auteur à un rythme régulier de publication, par exemple sur l'actualité littéraire.

5 | Les genres du débat esthétique

Dans les débats esthétiques, les écrivains exposent leurs convictions dans des genres spécifiques, en particulier :
– la **préface**, qui précède l'œuvre proprement dite en explicitant ses enjeux, comme la Préface de *Cromwell* de Hugo, en 1827 ;
– le **manifeste**, qui expose les conceptions littéraires d'un mouvement, comme le *Manifeste du surréalisme* de Breton, en 1924.

II L'argumentation dans les autres genres littéraires

■ Des passages de **romans** peuvent donner lieu à de véritables argumentations. C'est en particulier le cas du **roman à thèse** : dans *Le Dernier Jour d'un condamné* (1829) par exemple, Hugo met le récit au service de son combat contre la peine de mort.

■ La poésie peut elle aussi prendre une dimension argumentative, par exemple dans le cadre de la **poésie engagée** ou **didactique** (→ FICHES 1 À 5).

■ Au théâtre, les **monologues délibératifs** ont une évidente dimension argumentative ; les **dialogues**, quant à eux, permettent de confronter des thèses opposées et d'incarner le débat d'idées, comme dans *Les Mains sales* de Sartre (1948).

zoOm

La presse satirique

■ Au XIXe siècle, le développement de la presse satirique propulse la **caricature** à la une des journaux.

■ Ici, Alfred Le Petit représente Victor Hugo en « justicier » marquant Napoléon III au fer rouge, après le coup d'État de 1851 que le poète a dénoncé dans un essai intitulé *Histoire d'un crime*.

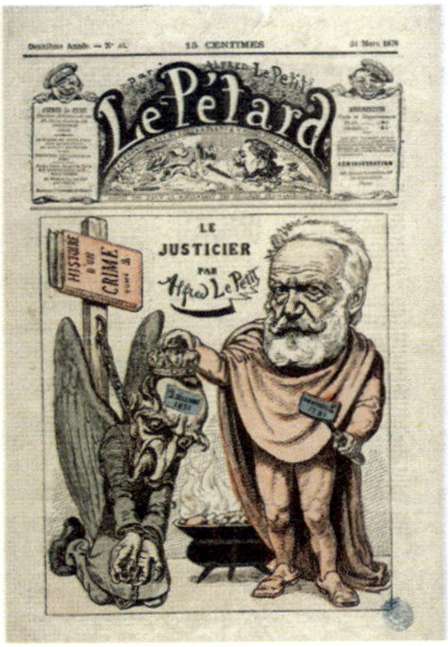

Le Pétard, n° 40, 24 mars 1878.

7 Les outils de l'argumentation

En bref *Pour étudier la littérature d'idées, il faut analyser la dimension argumentative du texte, c'est-à-dire déterminer les objectifs qu'il poursuit, repérer ses principaux arguments, et plus largement définir la stratégie qu'il met en place pour atteindre son but.*

I Les visées du texte argumentatif

La littérature d'idées peut chercher à démontrer, à convaincre ou à persuader.

- Lorsqu'on **démontre** une thèse, on en **prouve la véracité** par des éléments irréfutables. La démonstration est rationnelle et logique ; ses conclusions sont indiscutables.
- Lorsqu'on **convainc** quelqu'un, on l'amène à **reconnaître rationnellement** que l'opinion que l'on défend est juste. La différence avec la démonstration est que la thèse n'est pas irréfutable.
- Lorsqu'on **persuade** quelqu'un, on l'amène à **reconnaître par le biais de sa sensibilité** que l'opinion que l'on défend est juste. La persuasion néglige les arguments logiques pour faire appel à l'émotion du destinataire.

II Les éléments du texte argumentatif

Dans le cadre de la littérature d'idées, il est essentiel de savoir repérer le thème, la thèse, les arguments et les exemples du texte argumentatif.

- Le **thème** est le sujet de l'argumentation ; c'est la question à laquelle le locuteur répond à travers sa thèse.
- La **thèse** est la proposition que défend le locuteur (que ce soit l'auteur du texte ou un personnage fictif) ; elle constitue l'idée fondamentale du texte. On distingue plus précisément la **thèse soutenue** (celle que défend le locuteur) et la **thèse rejetée** ou antithèse (celle que défendent ses adversaires et que le locuteur cherche à réfuter).
- L'**argument** est une proposition donnée comme vraie, qui permet au locuteur de prouver le bien-fondé de sa thèse ou de réfuter la thèse adverse (on parle alors de **contre-argument**).
- L'**exemple** est un élément concret, venant illustrer l'argument pour convaincre pleinement le destinataire. Il soumet thèse et arguments à l'épreuve de faits avérés.

À NOTER
Parfois, le locuteur utilise des **arguments de mauvaise foi** (qu'il sait non fondés ou faussement logiques).

III Les stratégies argumentatives

Pour convaincre son destinataire, le locuteur peut adopter des stratégies diverses.

1 Employer un raisonnement logique

- Le **raisonnement par induction** part de l'exemple et des faits particuliers pour parvenir à la vérité générale.
- Le **raisonnement par déduction**, à l'inverse, part d'une vérité générale pour justifier une conclusion particulière.

2 S'appuyer sur un argument d'autorité

- Pour soutenir son argumentation, on peut citer les propos d'une personnalité ou un passage d'un ouvrage dont tout le monde reconnaît l'autorité dans le domaine en question : on parle alors d'un **argument d'autorité**.
- L'argument d'autorité peut aussi prendre la forme d'un **proverbe** ou d'un lieu commun, qui sont censés être l'expression d'une sagesse partagée par tous.

3 Prendre en compte la thèse adverse

- Le **raisonnement concessif** donne raison à l'adversaire sur quelques points, avant de réfuter l'essentiel de son argumentation.
- Le **raisonnement par l'absurde** fait mine d'adopter la thèse adverse pour en tirer des conséquences ridicules ; cela permet au locuteur de montrer que l'idée de départ, autrement dit la thèse adverse, est illogique.
- L'**ironie** prend aussi en compte la thèse adverse : elle feint d'adopter les arguments de l'adversaire pour mieux les tourner en dérision.

zoOm

Repérer l'ironie dans un texte

- L'ironie consiste à **faire entendre** autre chose que ce que l'on dit : il est donc fondamental de la déceler pour ne pas passer à côté du sens réel du texte.
- La **connaissance de l'auteur et du contexte** est précieuse, mais on peut également s'appuyer sur le repérage de divers procédés.

Principales figures de l'ironie
- Antiphrase
- Litote
- Hyperbole
- Prétérition (*je ne dis pas que…*)
- Questions rhétoriques

8 La littérature d'idées au XIXe siècle

En bref *Comme les philosophes des Lumières au siècle précédent, les écrivains du XIXe siècle s'engagent dans le débat public. Ils prennent parti sur des questions politiques, sociales ou esthétiques, dans des genres différents et sous des formes variées qui constituent le champ très vaste de la littérature d'idées de cette époque.*

I Le mage romantique

- Pour Victor Hugo, parce que le poète détient un savoir sur le monde, il est un **mage**, un **prophète** qui doit **guider le peuple** vers des « jours meilleurs », comme il l'écrit dans « Fonction du poète » (*Les Rayons et les Ombres*, 1840). L'écrivain romantique n'hésite donc pas à s'engager dans la vie politique, tels Lamartine et Hugo, qui furent tous deux élus députés.
- Plus généralement, l'engagement social et politique des romantiques se manifeste dans leurs œuvres, notamment pour **dénoncer l'injustice ou la misère**. Au-delà de l'essai, tous les genres sont mobilisés : la poésie satirique dans *Les Châtiments* de Hugo (1852), le roman social dans *La Mare au diable* de George Sand (1846) ou *Les Misérables* de Hugo (1862).
- Mais la littérature d'idées romantique s'intéresse aussi aux **débats esthétiques** de son temps : les innovations des romantiques donnent parfois lieu à de véritables querelles, comme lors de la célèbre « **bataille d'Hernani** » → FICHE 21. Certains auteurs s'adonnent à la critique d'art pour défendre les artistes qui comptent à leurs yeux, tel Baudelaire dans ses *Salons* (1845-1859).

II La naissance de l'intellectuel

- Après le romantisme, le roman devient le lieu privilégié de **l'engagement socio-politique** des écrivains : à bien des égards, par exemple avec *Germinal* (1885), Zola renouvelle la tradition du roman social.
- Sur le plan esthétique, les écrivains multiplient préfaces et manifestes pour **défendre leur vision artistique** : Zola défend le naturalisme dans de nombreux textes théoriques, tels que *Le Roman expérimental* (1880), rejoint par Maupassant qui définit le réalisme dans son célèbre essai sobrement intitulé « Le Roman » et publié en préambule de *Pierre et Jean* (1888).

CITATION
« L'artiste part du même point que le savant ; il se place devant la nature, a une idée *a priori* et travaille d'après cette idée. » (Zola, *Le Roman expérimental*, 1880)

■ À la fin du siècle, quelques grandes affaires politiques poussent certains écrivains à s'engager plus nettement encore dans les débats de leur temps : c'est particulièrement le cas de l'affaire Dreyfus, du nom de cet officier juif injustement accusé de trahison, et dont Zola prend la défense dans son célèbre « J'accuse… ! » (1898). C'est l'acte de naissance de **l'écrivain comme** **intellectuel**.

MOT CLÉ

Au moment de l'affaire Dreyfus (1894-1906), l'adjectif « **intellectuel** » est transformé en nom pour désigner les écrivains et penseurs qui signent des pétitions en soutien au capitaine Dreyfus.

III Le rôle de la presse

■ Le poids grandissant des écrivains dans le débat public est directement lié au **développement de la presse** à grand tirage. Celle-ci constitue une formidable caisse de résonance pour les engagements de certains auteurs : le quotidien *L'Aurore* est tiré à plusieurs centaines de milliers d'exemplaires à l'occasion de la publication de « J'accuse… ! ».

■ Apparaissent aussi de **nombreuses revues**, publiées sur un rythme plus lent (souvent mensuel), telles que la célèbre *Revue des deux mondes* née au début du XIXe siècle. Elles offrent aux écrivains (Dumas, Balzac, Baudelaire, George Sand…) de nouveaux lieux de publication, propices à l'écriture de brefs essais philosophiques, historiques ou politiques, mais aussi de textes de critique littéraire et artistique.

zoOm

« J'accuse »

La célèbre lettre ouverte de Zola est un moment décisif dans l'histoire de la politique et de la littérature françaises.

Cinq Centimes

ERNEST VAUGHAN

L'AURORE

Littéraire, Artistique, Sociale

J'Accuse…!

LETTRE AU PRÉSIDENT DE LA RÉPUBLIQUE

Par ÉMILE ZOLA

LETTRE A M. FÉLIX FAURE

Président de la République

9 La littérature d'idées aux XXe et XXIe siècles

En bref *Les soubresauts de l'histoire du XXe siècle, guerres mondiales, décolonisation, révolutions communistes et totalitarismes, poussent les écrivains à s'engager. La littérature d'idées est ainsi d'une grande vitalité tout au long de cette période.*

I L'émergence de l'écrivain engagé

- La figure de l'écrivain engagé apparaît au cours de la **Première Guerre mondiale**, notamment dans l'œuvre d'**écrivains pacifistes** tels que Henri Barbusse (*Le Feu*, 1916) ou Romain Rolland (*Au-dessus de la mêlée*, 1914).
- Par la suite, d'autres événements politiques poussent les écrivains à s'engager : la **guerre d'Espagne** est ainsi le sujet des *Grands cimetières sous la lune* (Georges Bernanos, 1938), comme de *L'Espoir* (André Malraux, 1937).
- L'engagement communiste, à la suite de la **révolution russe**, séduit un grand nombre d'écrivains de l'entre-deux-guerres, notamment les surréalistes, et surtout Louis Aragon.
- Dans cette période, la presse et les revues jouent toujours un rôle de premier plan, comme en témoignent la naissance de *La Nouvelle Revue française*, créée en 1908, ou celle des *Cahiers du Sud*, fondés en 1925.

II La littérature engagée après 1939

- La Seconde Guerre mondiale et l'Occupation de la France par l'Allemagne nazie déterminent d'une manière nouvelle l'engagement des écrivains : d'un côté, certains **collaborent** par leur plume avec l'occupant allemand (comme Céline ou Drieu la Rochelle), d'autres font de leurs œuvres le lieu d'une véritable **résistance** (comme les poètes Louis Aragon, Paul Éluard et René Char).
- La Libération est marquée par la publication de **témoignages** relatifs aux **camps d'extermination nazis** : avec *L'Espèce humaine* de Robert Antelme (1947) ou *Si c'est un homme* de Primo Levi (1947), des écrivains témoignent contre la barbarie nazie. D'autres s'interrogent sur les limites de l'écriture, au point que certains se demandent si l'on peut encore faire de la littérature après Auschwitz.
- L'après-guerre est marquée par un foisonnement de la littérature d'idées. Jean-Paul Sartre théorise **l'engagement littéraire** dans *Situations II* (1948) : il affirme que toutes les œuvres littéraires (même celles qui ne sont pas explicitement politiques) expriment une prise de position morale, politique, philosophique...

■ Les causes au nom desquelles s'engager ne manquent pas : l'écriture de Léopold Sédar Senghor et d'Aimé Césaire se développe dans les combats de la **décolonisation** et la défense de la « **Négritude** », autour de la revue *Présence africaine* (fondée en 1947) ; le **féminisme** trouve dans *Le deuxième sexe* de Simone de Beauvoir (1949) l'un de ses monuments.

CITATION
« La Négritude est la simple reconnaissance du fait d'être noir, et l'acceptation de ce fait, de notre destin de noir, de notre histoire et de notre culture. »
(Aimé Césaire, *Liberté 3*)

III L'écrivain et les sciences sociales

■ La seconde moitié du XXe siècle est marquée par l'**influence des sciences sociales** sur la littérature d'idées. Ainsi, dans *Mythologies* (1957), Roland Barthes ausculte la société de son époque à travers les mythes qu'elle produit. Le **structuralisme**, mouvement intellectuel auquel il appartient, concerne de nombreux champs de connaissance : critique littéraire, anthropologie, philosophie ou encore psychanalyse.

■ Au tournant du XXIe siècle, l'attrait de la littérature pour la **sociologie** reste prégnant, comme en témoignent le roman de François Bon, *Sortie d'usine* (1982) ou les écrits autobiographiques d'Annie Ernaux (*Les Années*, 2008).

zoOm

Un film engagé : *Espoir* d'André Malraux

■ Juste après la publication de son roman engagé sur la guerre d'Espagne, *L'Espoir* (1937), Malraux décide de l'adapter au cinéma pour **glorifier les Républicains espagnols** devenus des héros de la liberté.

■ L'affiche de Bernard Lancry, par son dynamisme et ses couleurs éclatantes, exploite la même veine épique.

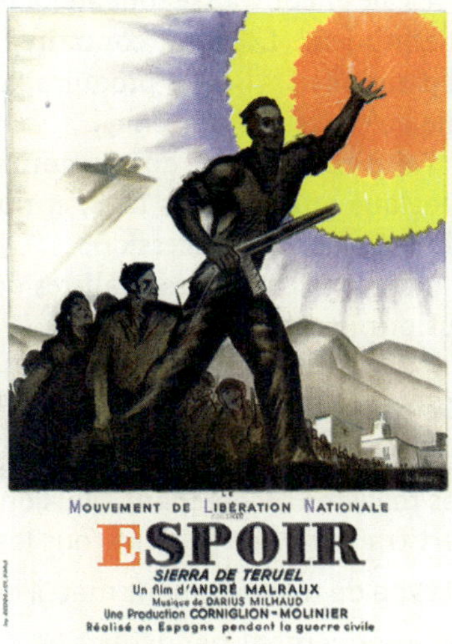

Affiche de Bernard Lancry pour le film *Espoir, Sierra de Teruel* d'André Malraux (1938).

SE TESTER QUIZ

Vérifiez que vous avez bien compris les points clés des **fiches 6 à 9**.

1 Les genres de la littérature d'idées

→ FICHE 6

On ne naît pas femme : on le devient. Aucun destin biologique, psychique, économique ne définit la figure que revêt au sein de la société la femelle humaine ; c'est l'ensemble de la civilisation qui élabore ce produit intermédiaire entre le mâle et le castrat qu'on qualifie de féminin. Seule la médiation d'autrui peut constituer un individu comme un *Autre*. En tant qu'il existe pour soi, l'enfant ne saurait se saisir comme sexuellement différencié. Chez les filles et les garçons, le corps est d'abord le rayonnement d'une subjectivité, l'instrument qui effectue la compréhension du monde : c'est à travers les yeux, les mains, non par les parties sexuelles qu'ils appréhendent l'univers.

Simone de Beauvoir, *Le deuxième sexe* (1949), © Éditions Gallimard

1. À quel genre appartient cet extrait ?

- ☐ **a.** l'essai
- ☐ **b.** le réquisitoire
- ☐ **c.** le pamphlet
- ☐ **d.** la lettre ouverte

2. Quelle en est la visée ?

- ☐ **a.** démontrer
- ☐ **b.** convaincre
- ☐ **c.** persuader

2 Les outils de l'argumentation

→ FICHE 7

La vie encore laisse tout au même plan, précipite les faits ou les traîne indéfiniment. L'art, au contraire, consiste à user de précautions et de préparations [...] pour produire la sensation profonde de la vérité spéciale qu'on veut montrer.

Faire vrai consiste donc à donner l'illusion complète du vrai, suivant la logique ordinaire des faits, et non à les transcrire servilement dans le pêle-mêle de leur succession.

J'en conclus que les Réalistes de talent devraient s'appeler plutôt des Illusionnistes.

Guy de Maupassant, « Le Roman » (1888)

1. Quelle thèse Maupassant défend-il dans ce texte ?

- ☐ **a.** Les réalistes peignent la réalité telle quelle.
- ☐ **b.** Les réalistes recherchent l'illusion du vrai.
- ☐ **c.** L'art transcrit servilement tous les faits.

2. Quel type de raisonnement met-il en jeu ?

- ☐ **a.** un raisonnement par déduction
- ☐ **b.** un raisonnement par l'absurde
- ☐ **c.** une concession

OBJECTIF BAC

3 Commentaire • Césaire, *Discours sur le colonialisme* (1950)

4 h

Aimé Césaire a défendu sa vie durant « le droit à la dignité de tous les hommes sans distinction d'origine, de religion et de couleur ». Il plaide dans ce texte de 1950 contre le colonialisme alors en vigueur.

LE SUJET

Vous commenterez ce texte d'Aimé Césaire en vous aidant des axes proposés.

1. **Un réquisitoire contre la colonisation**
2. **Une écriture au service de l'engagement politique**

CONSEIL
Lisez ce texte à voix haute pour en éprouver la qualité de plaidoyer qui vise à convaincre et persuader.

Mais parlons des colonisés.

Je vois bien ce que la colonisation a détruit : les admirables civilisations indiennes et que ni Deterding, ni Royal Dutch, ni Standard Oil[1] ne me consoleront jamais des Aztèques ni des Incas.

Je vois bien celles – condamnées à terme – dans lesquelles elle a introduit un principe de ruine : Océanie, Nigeria, Nyassaland[2]. Je vois moins bien ce qu'elle a apporté.

Sécurité ? Culture ? Juridisme ? En attendant, je regarde et je vois, partout où il y a, face à face, colonisateurs et colonisés, la force, la brutalité, la cruauté, le sadisme, le heurt et, en parodie de la formation culturelle, la fabrication hâtive de quelques milliers de fonctionnaires subalternes, de boys, d'artisans, d'employés de commerce et d'interprètes nécessaires à la bonne marche des affaires.

J'ai parlé de contact.

Entre colonisateur et colonisé, il n'y a de place que pour la corvée, l'intimidation, la pression, la police, l'impôt, le vol, le viol, les cultures obligatoires, le mépris, la méfiance, la morgue, la suffisance, la muflerie, des élites décérébrées, des masses avilies.

Aucun contact humain, mais des rapports de domination et de soumission qui transforment l'homme colonisateur en pion, en adjudant, en garde-chiourme, en chicote[3] et l'homme indigène en instrument de production.

À mon tour de poser une équation : *colonisation = chosification.*

J'entends la tempête. On me parle de progrès, de « réalisations », de maladies guéries, de niveaux de vie élevés au-dessus d'eux-mêmes.

Moi, je parle de sociétés vidées d'elles-mêmes, de cultures piétinées, d'institutions minées, de terres confisquées, de religions assassinées, de magnificences artistiques anéanties, d'extraordinaires *possibilités* supprimées.

On me lance à la tête des faits, des statistiques, des kilométrages de routes, de canaux, de chemins de fer.

Moi, je parle de milliers d'hommes sacrifiés au Congo-Océan[4]. Je parle de ceux qui, à l'heure où j'écris, sont en train de creuser à la main le port d'Abidjan. Je parle de millions d'hommes arrachés à leurs dieux, à leur terre, à leurs habitudes, à leur vie, à la vie, à la danse, à la sagesse.

Je parle de millions d'hommes à qui on a inculqué savamment la peur, le complexe d'infériorité, le tremblement, l'agenouillement, le désespoir, le larbinisme.

Aimé Césaire, *Discours sur le colonialisme* (1950), © Présence africaine

1. Compagnies pétrolières. 2. Nom colonial du Malawi. 3. Fouet. 4. Ligne de chemin de fer dont la construction fut une des plus meurtrières de l'histoire coloniale.

CORRIGÉS

SE TESTER QUIZ

1 Les genres de la littérature d'idées

1. Réponse a.

Il s'agit d'un essai dans lequel Simone de Beauvoir livre ses réflexions sur la place des femmes dans la société.

2. Réponses a et b.

Simone de Beauvoir fait appel à la raison de son lecteur plus qu'à sa sensibilité : elle veut le convaincre. L'emploi du présent de vérité générale donne à son propos un ton catégorique, qui l'apparente ainsi à une démonstration.

2 Les outils de l'argumentation

1. Réponse b.

Maupassant affirme que « faire vrai » dans un roman consiste à « donner l'illusion complète du vrai ». Le réalisme ne prétend pas « transcrire » le réel mais donner au lecteur « la sensation profonde de la vérité spéciale qu'on veut montrer ».

2. Réponse a.

Le raisonnement de Maupassant se veut logique ; à partir d'une opposition générale entre « la vie » et « l'art », il tire la conséquence plus spécifique d'une opposition entre l'illusion du vrai et la transcription servile des faits, puis il conclut par une formule définissant l'écrivain réaliste.

OBJECTIF BAC

3 Commentaire • Césaire, *Discours sur le colonialisme* (1950)

Voici un corrigé sous forme de plan détaillé.

I. Un réquisitoire contre la colonisation

1. Une dénonciation des méfaits de la colonisation

■ Césaire s'implique dans ce discours comme le ferait un avocat :
- marques de 1re personne, anaphore de « Moi, je », « je vois », « je parle » ;
- implication de la partie adverse, désignée par le pronom « on » ;
- lexique péjoratif accentué par le recours à l'accumulation (l. 16-19).

■ L'exposé de sa thèse se conclut par une équation mathématique : *colonisation = chosification*, une chosification qui atteint à la fois les colonisés et les colons.

2. La réfutation de la partie adverse

■ La triple question : « Sécurité ? Culture ? Juridisme ? » est un concentré des arguments utilisés par les partisans du colonialisme (le colonialisme sécurise les pays conquis, leur apporte la culture occidentale, instaure un régime de droit).

■ Cette triple thèse est aussitôt contrée par l'opposition entre les lexiques péjoratif et mélioratif (« détruit »/« admirables »), ainsi qu'entre le discours mensonger des colonisateurs (« On me lance ») et le discours de vérité de l'écrivain (« Je parle »).

II. Une écriture au service de l'engagement politique

1. Le recours à la sensibilité

■ Césaire convoque des exemples empruntés à l'histoire ancienne (l'Amérique précolombienne) et au présent contemporain du discours (« à l'heure où j'écris »).

■ Il recourt à des images poignantes comme : « creuser à la main le port d'Abidjan », et à des métaphores déshumanisantes telles que « l'homme colonisateur en pion » / « l'homme indigène en instrument de production. ».

2. Le pouvoir de l'écriture poétique

■ L'alternance de phrases brèves et longues instaure un rythme heurté qui plonge le lecteur dans l'inconfort et l'invite à une remise en cause. Les répétitions créent un rythme lancinant, comme une litanie (« je parle de… », l. 26 et 31).

■ Des paronomases telles que « vol / viol », « colonisation / chosification » renforcent l'opposition de ces termes oralement proches.

10 Les genres narratifs

En bref *À l'origine du récit se trouvent les mythes (récits des origines fabuleuses des sociétés humaines) et les épopées (récits des exploits de héros guerriers) apparus dans l'Antiquité ; le modèle narratif s'est ensuite diversifié, certains récits se consacrant à la fiction, d'autres à la réalité.*

I Les récits de fiction

■ Le **roman** n'est pas codifié par des règles très strictes, mais on peut le définir comme un récit de fiction relativement long et écrit en prose.

À NOTER
Il ne faut pas confondre **récit** et **roman** : le récit, plus large, désigne tout texte narratif, alors que le roman présuppose le caractère imaginaire des faits racontés.

■ La **nouvelle** n'est pas beaucoup plus codifiée que le roman ; ce qui la différencie principalement de ce dernier est sa relative brièveté. Elle peut, comme le roman, adopter des formes ou des tonalités extrêmement variées : par exemple, les nouvelles fantastiques de Maupassant ont peu en commun avec ses nouvelles réalistes.

■ Le **conte**, genre de la fiction par excellence, narre des événements imaginaires, voire merveilleux, dont l'enjeu est de distraire le lecteur tout en l'instruisant ; aussi comporte-t-il souvent une morale explicite. Récit oral et populaire à ses origines, il passe à la littérature écrite sous la forme des contes de fées ; par la suite, le genre s'élargit et inclut de nombreux sous-genres, parmi lesquels le **conte philosophique**.

■ Le **fabliau** et la **fable** sont des récits de fiction écrits en vers : le premier désigne un bref récit en vers à la tonalité comique, qui narre les aventures de paysans ou de pauvres citadins. La seconde se confond avec l'**apologue**, et désigne un bref récit généralement en vers, dont les personnages peuvent être des hommes, des êtres inanimés ou des animaux, et qui renferme un enseignement moral.

II Les récits du réel

1 L'écriture du monde

■ Le **récit journalistique** constitue le récit du réel par excellence : généralement bref, il a pour fonction première de relater des faits dont la réalité est établie pour que le lecteur en prenne connaissance. Qu'il prenne la forme d'un **reportage** ou d'un simple **fait divers**, il adopte toujours une structure narrative ; on peut rapprocher de son principe différents autres textes narratifs, tels que le **procès-verbal** ou le **témoignage**, qui ne relèvent pas d'une pratique littéraire mais constituent malgré tout des récits.

- Les chroniques et les récits d'histoire sont des récits longs qui retracent des événements appartenant à l'histoire collective, celle d'un peuple ou d'une nation. Les chroniques désignent, au Moyen Âge, des textes historiques qui rapportent les événements les plus importants d'une époque, en suivant l'ordre chronologique.
- La biographie est aussi un récit du réel dans la mesure où son objet est la vie d'un individu, généralement célèbre, dont l'auteur s'engage à rendre compte avec la plus grande véracité possible.

2 L'écriture de soi

Les mémoires, le journal et l'autobiographie ont tous trois pour fonction de retracer la vie de leur auteur, de la façon la plus sincère possible.

- Les mémoires mettent l'accent sur les événements historiques dont l'auteur a été le témoin, voire l'acteur principal (comme Chateaubriand dans ses *Mémoires d'outre-tombe*).
- Le journal, au contraire, reconstitue l'intimité de son auteur, qui a noté ses réflexions et les événements de sa vie privée au jour le jour (comme les frères Goncourt dans leur *Journal*), tandis que l'autobiographie est un récit rétrospectif de la vie privée de son auteur (comme Rousseau dans les *Confessions*).

zoOm

Le développement de la presse à grand tirage et le feuilleton

- Le mode de publication d'un récit peut avoir une influence déterminante sur sa narration. Ainsi, au XIXe siècle, les quotidiens à grand tirage fidélisent leurs lecteurs en publiant des romans populaires par épisodes quotidiens ou hebdomadaires.
- Ces récits, comme les célèbres *Mystères de Paris* d'Eugène Sue (1842-1843), tiennent en haleine par de nombreux rebondissements, à la manière d'une série télévisée d'aujourd'hui.

Affiche de Jules Chéret.

11 La construction de l'intrigue

En bref *On appelle « intrigue » l'organisation des événements qui constituent l'action du récit ; linéaire et chronologique dans les textes brefs, elle se complique dans les récits plus longs.*

I L'entrée dans l'intrigue : l'incipit

Le mot latin **incipit** (du verbe *incipere*, « commencer ») désigne le début d'un récit.

MOT CLÉ
L'**incipit** est le seuil du récit : il doit permettre au lecteur de passer du monde réel dans lequel il vit au monde fictif dans lequel évoluent les personnages.

1 Les fonctions de l'incipit

- Il crée le monde de la fiction en donnant des informations sur le lieu et l'époque de l'action, le milieu social des personnages ou leur situation.
- Il provoque la curiosité du lecteur pour lui donner l'envie de poursuivre sa lecture.
- Il noue un pacte de lecture implicite entre l'auteur et le lecteur : ce dernier y reçoit des informations sur le récit qu'il s'apprête à lire, son genre, sa tonalité dominante, son mode de narration ou encore la focalisation adoptée.

2 Les formes de l'incipit

Selon la façon dont il distribue les informations et selon le rythme dans lequel il installe l'action, on distingue quatre types d'incipit.

- L'incipit statique présente de façon très détaillée le cadre du récit, sous la forme d'une description ; l'action n'a pas encore commencé, le lecteur est dans une position d'attente.
- L'incipit progressif donne les informations nécessaires sur le cadre et les personnages de façon graduelle, sans tout dévoiler.
- L'incipit dynamique ou *in medias res* (« au milieu de l'action » en latin) jette le lecteur au beau milieu d'une histoire qui a déjà commencé, sans présenter d'abord les lieux, l'époque ou les personnages.
- L'incipit suspensif ne donne aucune information, mais n'introduit pas non plus l'action ; il déconcerte le lecteur en mettant en question les procédés traditionnels du roman. C'est le cas du dialogue imaginaire entre le lecteur et le romancier au début de *Jacques le Fataliste et son maître* de Diderot :

> Comment s'étaient-ils rencontrés ? Par hasard, comme tout le monde. Comment s'appelaient-ils ? Que vous importe ? D'où venaient-ils ? Du lieu le plus prochain. Où allaient-ils ? Est-ce que l'on sait où l'on va ?
>
> Diderot, *Jacques le Fataliste et son maître* (1796)

II Le développement de l'intrigue

1 L'intrigue unique

Les récits courts sont généralement constitués d'une intrigue unique, que l'on peut résumer en s'appuyant sur les cinq étapes du schéma narratif.

- La situation initiale correspond au début du récit ; elle définit le cadre de l'intrigue et la situation des personnages avant que l'action commence.
- L'élément perturbateur bouleverse la situation initiale et marque le début de l'action proprement dite.
- Les péripéties forment la partie la plus importante de l'intrigue et fondent la dynamique de l'action.
- La résolution marque le terme de l'action ; un dernier événement met fin à l'intrigue, en résolvant le problème né de l'élément perturbateur.
- La situation finale caractérise la situation des personnages à la fin de l'intrigue.

2 L'intrigue complexe

L'action, dans les romans et les récits longs, ne se limite pas à une seule intrigue. Le plus souvent, plusieurs séquences narratives se combinent.

- L'enchaînement permet d'assembler les séquences dans l'ordre chronologique.
- Le développement simultané permet de développer deux séquences en même temps. Les deux séquences concernent des personnages différents, pris au même moment, mais dans deux endroits différents.
- L'enchâssement permet d'introduire une séquence à l'intérieur d'une autre. Un personnage de la séquence cadre devient le narrateur de la séquence enchâssée.

zoOm

Le développement simultané

- Le cinéma et la série télévisée disposent d'autres moyens que le récit pour narrer le développement simultané de deux séquences.
- On trouve ainsi de nombreux exemples de *split screen* (ou « écran divisé ») qui permettent de montrer ce que font au même moment des personnages différents situés dans des lieux différents.

Confidences sur l'oreiller (Pillow Talk), film de Michael Gordon (1958).

12 Les outils d'analyse du récit

En bref *Lorsqu'on étudie un texte narratif, on doit être particulièrement attentif à son traitement de la chronologie (le temps de la narration) et au point de vue qu'il adopte pour raconter l'histoire (la focalisation).*

I Le temps de la narration

Le **temps de la narration** désigne le moment où le narrateur raconte les événements, l'ordre dans lequel il les rapporte et le rythme qu'il adopte pour les raconter.

À NOTER
Le **temps de l'histoire** quant à lui, se rapporte aux événements eux-mêmes (époque, ordre, durée) et non au récit qui en est fait.

1 Le moment de la narration

- Dans la narration ultérieure, le narrateur se situe après les événements ; le récit emploie donc les temps du passé (en particulier le passé simple et l'imparfait).
- Dans la narration simultanée, il se situe au moment même où les événements se déroulent ; le récit emploie alors le présent.
- Dans la narration antérieure, il se situe avant que les événements ne se produisent. Ce procédé, rare et généralement circonscrit à un bref passage d'un récit, relève d'une forme d'anticipation (rêve, prophétie) ; le récit emploie alors le futur.

2 L'ordre de la narration

Il arrive que le narrateur rompe l'ordre chronologique dans lequel les événements qu'il rapporte se sont déroulés : on parle alors d'anachronie. Deux types de rupture sont possibles.

- L'analepse opère un retour en arrière (rétrospection) en évoquant un événement antérieur à ce qu'on est en train de raconter. C'est le cas lorsqu'un personnage se souvient de son passé.
- La prolepse opère une anticipation en évoquant un événement postérieur à ce qu'on est en train de raconter. C'est le cas lorsque le narrateur annonce une péripétie qu'il rapportera ultérieurement.

3 Le rythme de la narration

Le narrateur ne peut jamais tout raconter. Il rapporte en détail des événements précis, en résume brièvement d'autres, passe certains sous silence.

- Dans la pause, le narrateur interrompt l'écoulement du temps de l'histoire pour décrire un lieu, un personnage, ou pour faire un commentaire.
- Dans la scène, le narrateur développe un temps fort de l'histoire ; la durée de la narration correspond à peu près à la durée des événements narrés.

- Dans le **sommaire**, le narrateur résume une période sans véritable importance ; le sommaire sert souvent de transition entre deux scènes.
- Dans l'**ellipse**, le narrateur passe sous silence une partie des événements.

Étudier le temps de la narration permet donc d'apprécier la façon dont le romancier transforme le temps linéaire de l'histoire en un récit dynamique, à l'ordre et au rythme variés.

II La focalisation

La focalisation désigne le **point de vue** à partir duquel les éléments du récit sont décrits et racontés par le narrateur.

- Dans la **focalisation externe**, le narrateur adopte le point de vue d'un observateur extérieur, qui se limite à ce qu'il voit ou entend. Il s'en tient aux apparences et n'a donc pas accès aux pensées ou aux sentiments des personnages.
- Dans la **focalisation interne**, le narrateur adopte le point de vue d'un personnage : le lecteur découvre alors l'univers du récit, les lieux, les objets, les autres personnages ainsi que les événements, à travers la conscience, les pensées et les sensations du personnage choisi comme foyer de perception.
- Dans la **focalisation zéro**, le narrateur est omniscient : il voit tout, sait tout, et connaît les pensées de tous les personnages, au même moment et à différents endroits du monde. C'est le point de vue le moins limité, car il permet au lecteur de tout connaître. La focalisation zéro est ainsi rapprochée, par métaphore, du regard de Dieu.

zoOm

Le point de vue en peinture

La question du **point de vue** se pose aussi dans la peinture : c'est ce que montre ce tableau de Caspar David Friedrich, construit autour du regard de ses personnages (que voient-ils, que nous ne voyons pas ?), mais aussi de celui du peintre, notamment à travers l'usage de la perspective et du fait de la construction de l'œuvre en vue plongeante.

Caspar David Friedrich, *Falaises de craie sur l'île de Rügen* (1818).

13 Le récit au XVIIIe siècle

En bref *Les récits du XVIIIe siècle sont particulièrement marqués par l'opposition entre la réalité et la fiction, qui est au fondement même des genres narratifs.*

I Les récits de fiction au XVIIIe siècle

1 Le goût de la fiction

■ Certains genres romanesques apparus aux siècles précédents perdurent au XVIIIe siècle. C'est le cas du **roman picaresque**, par exemple chez Lesage (*Histoire de Gil Blas de Santillane*, 1715-1735). Quant au **roman d'analyse**, initié par Madame de La Fayette avec *La Princesse de Clèves* (1678), il se consacre à l'étude de la psychologie humaine, comme chez Prévost (*Histoire du chevalier Des Grieux et de Manon Lescaut*, 1731), Rousseau (*Julie ou la Nouvelle Héloïse*, 1761) ou Laclos (*Les Liaisons dangereuses*, 1782).

> **MOT CLÉ**
> Héritier du roman espagnol, le **roman picaresque** raconte les aventures d'un vagabond, le *picaro*, qui va de ville en ville pour tenter de sortir de sa condition.

■ Mais le siècle des Lumières voit aussi apparaître de nouveaux types de récits, tels que le **conte oriental** au succès grandissant (*Les Mille et Une Nuits* sont traduites en français pour la première fois par Galland en 1704). Voltaire le met au service de la philosophie des Lumières en inventant le genre du **conte philosophique** (*Zadig* est publié en 1747, *Candide* en 1759).

■ Sur le même principe, les **romans philosophiques**, tels que les *Lettres persanes* de Montesquieu (1721), abordent des enjeux politiques ou religieux par l'intermédiaire de la fiction.

2 Une critique du romanesque

■ Mais ce goût pour la fiction s'accompagne paradoxalement d'une méfiance envers le roman, d'où le succès d'**antiromans** comme *Jacques le Fataliste et son maître* de Diderot (publication posthume en 1796), qui jouent avec les conventions artificielles du genre et ses invraisemblances.

■ Pour gagner en vraisemblance et faire taire les critiques, des romanciers tentent d'effacer dans leur récit la frontière qui sépare la fiction et la réalité. Ainsi, le **roman-mémoires** prend l'apparence d'une autobiographie écrite par un personnage, comme dans *La Vie de Marianne* (1731-1741) de Marivaux ou dans *Manon Lescaut* (1731) de l'abbé Prévost.

■ De même, le **roman épistolaire** prétend donner à lire des lettres écrites par des personnes réelles, comme dans *Julie ou la Nouvelle Héloïse* de Rousseau (1761) ou dans *Les Liaisons dangereuses* de Laclos (1782).

■ Cette volonté de rapprocher la fiction de la réalité provoque l'apparition de nouvelles catégories de personnages dans le personnel du roman : le bourgeois et le valet deviennent ainsi de véritables protagonistes, témoignant des transformations sociales que connaît le XVIIIe siècle.

3 Du roman sentimental au roman fantastique

■ La seconde moitié du siècle voit naître le roman sentimental, marqué par l'importance croissante accordée à la sensibilité : c'est le cas de *Paul et Virginie* de Bernardin de Saint-Pierre (1788).

■ La promotion du sentiment au détriment de la raison explique, à la fin du siècle, l'apparition et le succès du roman fantastique. Sur le modèle des romans gothiques anglais (par exemple *Le Château d'Otrante* de Walpole, 1764), des romanciers tels que Cazotte (avec *Le Diable amoureux*, en 1772) imaginent des histoires inquiétantes qui marquent la perte d'influence des Lumières et la transition vers l'âge romantique.

II Les récits du réel au XVIIIe siècle

■ Le public du XVIIIe siècle ne se passionne pas seulement pour des romans : il réserve aussi un franc succès à des récits de voyage comme le *Voyage autour du monde* du navigateur Bougainville (1771) dont Diderot s'inspire pour rédiger son célèbre *Supplément au Voyage de Bougainville* (publication posthume en 1796).

■ Autre genre de récit du réel, l'autobiographie reçoit sa forme moderne dans les *Confessions* de Rousseau (1782-1789, publication posthume).

zoOm

Un exemple d'antiroman : *Jacques le Fataliste et son maître*, Diderot (1796)

L'aube du jour parut. Les voilà remontés sur leurs bêtes et poursuivant leur chemin. Et où allaient-ils ? Voilà la seconde fois que vous me faites cette question, et la seconde fois que je vous réponds : Qu'est-ce que cela vous fait ? Si j'entame le sujet de leur voyage, adieu les amours de Jacques... Ils allèrent quelque temps en silence. Lorsque chacun fut un peu remis de son chagrin, le maître dit à son valet : « Eh bien, Jacques, où en étions-nous de tes amours ? »

Diderot, *Jacques le Fataliste et son maître* (1796)

Par l'intermédiaire d'un dialogue nécessairement fictif entre le lecteur, qui pose des questions, et le narrateur, qui refuse d'y répondre – comme ici sur le but du voyage de Jacques et de son maître –, Diderot joue avec les codes du roman et refuse de se plier aux conventions du genre. Il reste ainsi le maître du jeu romanesque.

14 Le récit au XIXe siècle

En bref *Déjà bien ancrée dans les genres narratifs du XVIIIe siècle, la relation paradoxale de la fiction et de la réalité s'amplifie au siècle suivant, notamment sous l'influence des romans réalistes et naturalistes.*

I Les récits de fiction au XIXe siècle

1 Le renouveau du romanesque

- Dans la presse à grand tirage apparaissent les **romans-feuilletons**, comme *Les Mystères de Paris* d'Eugène Sue (1842-1843) ou les **romans d'aventure** de Jules Verne (par exemple, *Le Tour du monde en quatre-vingts jours* en 1872). Leur publication par épisodes quotidiens pousse l'auteur à multiplier les rebondissements, parfois jusqu'à l'invraisemblance.
- Le **roman historique**, celui de Hugo dans *Quatrevingt-Treize* (1874) ou de Dumas dans *Les Trois Mousquetaires* (1844), mélange vérité historique et fiction romanesque, et joue de la dramatisation pour tenir son lecteur en haleine.

2 Le développement du réalisme

- Mais, dès 1830, Stendhal se donne pour mission, avec *Le Rouge et le Noir*, de dévoiler « la vérité, l'âpre vérité ». Dans la même logique, Flaubert s'inspire d'un fait divers pour écrire *Madame Bovary* (1857). Quant à Balzac, lorsqu'il compose les différents récits de *La Comédie humaine* (1829-1848), il cherche à représenter l'intégralité de la société. Cette ambition d'**écrire au plus près de la réalité** explique l'importance prise par la description dans le récit réaliste.
- Loin de l'idéalisation et de l'héroïsme romantiques, le réalisme tente de représenter la **banalité de l'existence**. Aussi certains de ses personnages sont-ils de véritables **antihéros**, gagnés par l'impuissance comme Frédéric Moreau dans *L'Éducation sentimentale* de Flaubert (1869).
- Plus généralement, le personnage est le moyen privilégié de l'investigation du réel : doté d'une identité complexe, il est un **individu à part entière**, mais il est aussi conçu en étroite relation avec son milieu social. Il devient un **type** lorsque, sous la plume de romanciers tels que Balzac, il représente une catégorie sociale.

3 Le naturalisme

- Radicalisant les principes du réalisme, **Émile Zola**, auteur du cycle romanesque *Les Rougon-Macquart* (1871-1893), est le maître d'œuvre du naturalisme.

CITATION
« Il est indéniable que le roman naturaliste (...) est une expérience véritable que le romancier fait sur l'homme. » (Zola, *Le Roman expérimental*, 1880)

- Les écrivains naturalistes tirent parti des **avancées scientifiques** de leur temps : ils travaillent sur les découvertes de la médecine et de la psychologie, comme Maupassant sur la folie (*Le Horla*, 1887) ou Zola sur les lois de l'hérédité.
- Ils fondent leur écriture romanesque sur une **exigence d'objectivité** qui les conduit à mener de véritables enquêtes préparatoires et à s'intéresser à tous les milieux sociaux.

II Les récits du réel au XIXe siècle

- Les **genres autobiographiques** connaissent un véritable essor au XIXe siècle, portés notamment par des écrivains romantiques tels que Chateaubriand (*Mémoires d'outre-tombe*, 1849-1850), Stendhal (*Vie de Henry Brulard*, écrite en 1835-1836) ou George Sand (*Histoire de ma vie*, 1855).
- Les **récits de voyage** sont encore nombreux, mais ils prennent un tour moins scientifique et plus personnel qu'au siècle précédent, comme dans l'*Itinéraire de Paris à Jérusalem* de Chateaubriand (1811).
- Le XIXe siècle investit aussi d'autres formes de récit du réel, comme le **récit historique** (*l'Histoire de France* de Michelet est publiée entre 1833 et 1841), la **biographie** littéraire et intellectuelle (telle que la pratique Sainte-Beuve dans ses différents « portraits »), ou le **récit journalistique**, qui accompagne le développement de la presse (Gautier, Baudelaire, Vallès ou Zola furent ainsi journalistes à leurs heures).

zoOm

Un exemple d'enquête préparatoire : *Germinal*, Zola (1885)

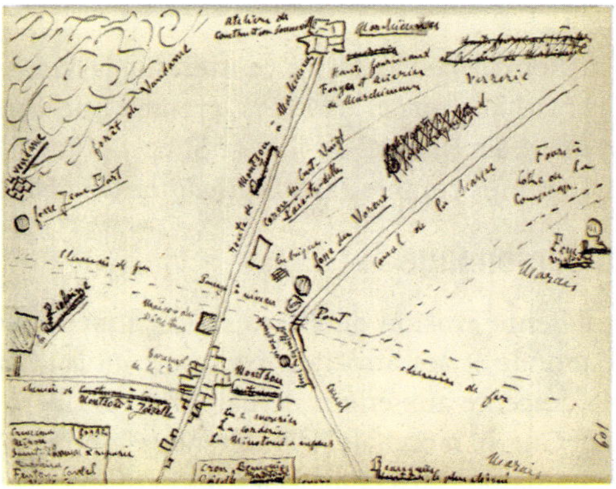

Zola se livrait à de minutieuses **enquêtes préparatoires**, remplissant ses carnets de plans, de schémas, de notes en tout genre. Ainsi, pour préparer la rédaction de *Germinal*, son roman sur le monde de la mine, il s'est rendu dans la ville minière d'Anzin, dans la banlieue de Valenciennes, à partir de laquelle il a imaginé ce plan des mines de Montsou qui sont au cœur de son roman.

15 Le récit aux XXe et XXIe siècles

En bref *Dans les romans du XXe siècle, et davantage encore dans les récits contemporains, les frontières entre fiction et réalité semblent de plus en plus poreuses, au point que certains genres, comme l'autofiction, jouent de leur disparition.*

I Les récits de fiction aux XXe et XXIe siècles

1 Le succès du roman populaire

Le roman populaire connaît, comme au siècle précédent, un grand succès : le roman de science-fiction, qui imagine l'avenir de l'humanité sous la forme d'un monde futuriste et technique, le roman policier, dans lequel un enquêteur doit résoudre une énigme criminelle, et le roman noir, sorte de double américain et pessimiste du précédent, témoignent de sa vitalité.

2 Du roman au récit

- Cependant, le modèle du roman traditionnel se voit contesté de plus en plus vivement, au point qu'il est parfois délaissé au profit de « récits » plus neutres, qui suivent les péripéties banales d'une vie *a priori* sans intérêt.
- Les récits du Nouveau Roman radicalisent cette mise en cause des éléments fondateurs du roman traditionnel : l'action est souvent limitée à des événements apparemment sans importance, la temporalité est généralement disloquée, la description est refusée.
- Les récits du Nouveau Roman peuvent être centrés sur la vie quotidienne, comme dans *Tropismes* de Nathalie Sarraute (1939), prendre une dimension historique, comme dans *La Route des Flandres* de Claude Simon (1960), ou explorer les structures complexes du temps comme dans *La Modification* de Butor (1957).

3 Les mutations du personnage

- Le XXe siècle poursuit la lente érosion de l'héroïsme, en mettant ses personnages aux prises avec le monde et ses atrocités. Le *Voyage au bout de la nuit* de Céline (1932) raconte la descente aux enfers de Bardamu, antihéros par excellence, pendant la Première Guerre mondiale. *L'Étranger* de Camus (1942) évoque l'absurdité de l'existence humaine, dans laquelle aucun héroïsme n'est possible.
- Le personnage devient dès lors un simple point de vue sur le monde, une conscience éclatée qui n'est pas toujours cohérente. Le Nouveau Roman amplifie cette crise du personnage : en refusant de lui donner un état civil, de le caractériser, il le conduit à n'être plus que le foyer de la perception et du discours, un pur être de sensations et de langage.

C'est en particulier le cas dans les **narrations à la 1re personne** qui se multiplient dans les récits contemporains.

■ Cette évolution caractérise surtout le roman d'avant-garde : le **roman traditionnel** poursuit parallèlement l'héritage du XIXe siècle en produisant des personnages individualisés par des caractéristiques morales et physiques singulières.

II Les récits du réel aux XXe et XXIe siècles

■ Les **récits de témoignage** prennent une grande importance au XXe siècle, notamment ceux des rescapés des camps de concentration nazis comme Robert Antelme dans *L'Espèce humaine* (1947) dont la portée relève de la littérature d'idées (→ FICHE 9).

■ L'**autobiographie** connaît un âge d'or, par exemple avec *Les Mots* de Sartre (1964) ou *Enfance* de Sarraute (1983). Mais un nouveau genre s'invente, à la croisée de la fiction et de l'autobiographie : l'**autofiction**. Il s'illustre notamment dans *W ou le souvenir d'enfance* de Perec (1975) ou *L'Amant* de Duras (1984).

À NOTER
À la recherche du temps perdu de **Proust** est un roman, mais sa dimension autobiographique illustre la porosité entre fiction et réalité dans le récit du XXe siècle.

■ Dans le récit contemporain, notamment sous l'influence la ***creative nonfiction*** anglo-saxonne (expression sans équivalent en français, que l'on pourrait traduire par « récits documentaires »), des auteurs mêlent reportage et récit littéraire en mettant en scène leur enquête comme le fait Emmanuel Carrère dans *L'Adversaire* (2000) ou Ivan Jablonka dans *Laëtitia ou la fin des hommes* (2016).

zoOm

Le Nouveau Roman

■ Sur cette photographie de Mario Dondero, se retrouvent certains des plus célèbres écrivains des **Éditions de Minuit**, qui ont contribué de façon décisive à l'invention du Nouveau Roman.

■ On reconnaît, de gauche à droite, Alain Robbe-Grillet, Claude Simon, Claude Mauriac, Jérôme Lindon (qui dirige la maison d'édition), Robert Pinget, Samuel Beckett, Nathalie Sarraute et Claude Ollier.

SE TESTER QUIZ

Vérifiez que vous avez bien compris les points clés des **fiches 10 à 15**.

1 La focalisation

→ FICHE 12

Il rencontra en marchant un ermite, dont la barbe blanche et vénérable lui descendait jusqu'à la ceinture. Il tenait en main un livre qu'il lisait attentivement. Zadig s'arrêta, et lui fit une profonde inclination. L'ermite le salua d'un air si noble et si doux que Zadig eut la curiosité de l'entretenir. Il lui demanda quel livre il lisait.

Voltaire, *Zadig*, « L'Ermite » (1747)

1. Quel est le mode de narration ?

☐ **a.** à la 1re personne ☐ **b.** à la 3e personne

2. Dans cet extrait, la focalisation est :

☐ **a.** externe ☐ **b.** interne ☐ **c.** zéro

2 Le rythme de la narration

→ FICHE 12

Il voyagea.

Il connut la mélancolie des paquebots, les froids réveils sous la tente, l'étourdissement des paysages et des ruines, l'amertume des sympathies interrompues.

Il revint.

Gustave Flaubert, *L'Éducation sentimentale*, III, 6 (1869)

Cet extrait correspond à :

☐ **a.** une pause ☐ **b.** une scène ☐ **c.** un sommaire

3 Les formes et fonctions de l'incipit

→ FICHE 11

Ça a débuté comme ça. Moi, j'avais jamais rien dit. Rien. C'est Arthur Ganate qui m'a fait parler. Arthur, un étudiant, un carabin lui aussi, un camarade. On se rencontre donc place Clichy. C'était après le déjeuner. Il veut me parler. Je l'écoute. « Restons pas dehors ! qu'il me dit. Rentrons ! » Je rentre avec lui. Voilà.

Louis-Ferdinand Céline, *Voyage au bout de la nuit* (1932), © Éditions Gallimard

1. Quelle est la forme de cet incipit ?

☐ **a.** statique ☐ **b.** progressif ☐ **c.** dynamique

2. Quelle(s) fonction(s) de l'incipit remplit-il ?

☐ **a.** faire entrer le lecteur dans le monde de la fiction
☐ **b.** provoquer la curiosité du lecteur
☐ **c.** nouer un pacte de lecture entre l'auteur et le lecteur

OBJECTIF BAC

4 Commentaire • Maupassant, *Bel-Ami* (1885)

4 h

L'incipit est la porte d'entrée dans l'œuvre : il se doit d'intéresser le lecteur en lui fournissant un certain nombre d'informations et en dessinant les enjeux du roman.

LE SUJET

Vous commenterez ce texte en vous aidant des axes proposés.

1. L'ancrage réaliste de l'incipit

2. Georges Duroy, un héros ambigu

3. Une scène qui préfigure les enjeux du roman

Le roman Bel-Ami *décrit l'ascension sociale de Georges Duroy, un homme d'origine modeste qui réussit grâce aux femmes – d'où son surnom Bel-Ami.*

Quand la caissière lui eut rendu la monnaie de sa pièce de cent sous, Georges Duroy sortit du restaurant.

Comme il portait beau, par nature et par pose d'ancien sous-officier, il cambra sa taille, frisa sa moustache d'un geste militaire et familier, et jeta sur les dîneurs attardés un regard rapide et circulaire, un de ces regards de joli garçon, qui s'étendent comme des coups d'épervier[1].

Les femmes avaient levé la tête vers lui, trois petites ouvrières, une maîtresse de musique entre deux âges, mal peignée, négligée, coiffée d'un chapeau toujours poussiéreux et vêtue d'une robe toujours de travers, et deux bourgeoises avec leurs maris, habituées de cette gargote à prix fixe.

Lorsqu'il fut sur le trottoir, il demeura un instant immobile, se demandant ce qu'il allait faire. On était au 28 juin, et il lui restait juste en poche trois francs quarante pour finir le mois. Cela représentait deux dîners sans déjeuners, ou deux déjeuners sans dîners, au choix. Il réfléchit que les repas du matin étant de vingt-deux sous, au lieu de trente que coûtaient ceux du soir, il lui resterait, en se contentant des déjeuners, un franc vingt centimes de boni, ce qui représentait encore deux collations au pain et au saucisson, plus deux bocks sur le boulevard. C'était là sa grande dépense et son grand plaisir des nuits ; et il se mit à descendre la rue Notre-Dame-de-Lorette.

Il marchait ainsi qu'au temps où il portait l'uniforme des hussards, la poitrine bombée, les jambes un peu entrouvertes comme s'il venait de descendre de cheval ; et il avançait brutalement dans la rue pleine de monde, heurtant les épaules, poussant les gens pour ne point se déranger de sa route. Il inclinait légèrement sur l'oreille son chapeau à haute forme assez défraîchi, et battait le pavé de son talon. Il avait l'air de toujours défier quelqu'un, les passants, les maisons, la ville entière, par chic de beau soldat tombé dans le civil.

Quoique habillé d'un complet de soixante francs, il gardait une certaine élégance tapageuse, un peu commune, réelle cependant. Grand, bien fait, blond, d'un blond châtain vaguement roussi, avec une moustache retroussée, qui semblait mousser sur sa lèvre, des yeux bleus, clairs, troués d'une pupille toute petite, des cheveux frisés naturellement, séparés par une raie au milieu du crâne, il ressemblait bien au mauvais sujet des romans populaires.

Maupassant, *Bel-Ami* (1885)

1. Filet de pêche conique. L'image est celle du pêcheur traquant le poisson.

CORRIGÉS

SE TESTER QUIZ

1 La focalisation

1. **Réponse b.** Le récit est à la **3e personne**. On parle alors de narrateur externe.

2. **Réponse b.** Le lecteur suit Zadig, connaît ses pensées et ses réactions intimes.

2 Le rythme de la narration

Réponse c. On connaît les grandes lignes de ce que le personnage a vécu pendant cette période.

3 Les formes et fonctions de l'incipit

1. **Réponse c.** Le lecteur est plongé dans une histoire déjà commencée.
2. **Réponses b** et **c.** Cet incipit ne crée le monde de la fiction que de façon très limitée.

OBJECTIF BAC

4 Commentaire • Maupassant, *Bel-ami* (1885)

Voici un corrigé sous forme de plan détaillé.

[Introduction] Le roman *Bel-Ami* de Maupassant, paru en 1885, décrit l'ascension sociale de Georges Duroy, un ancien hussard qui devra sa réussite aux femmes. Le texte étudié est l'incipit du roman où nous découvrons le protagoniste. Nous nous demanderons **en quoi ce début réaliste préfigure les enjeux du roman.**

I. L'ancrage réaliste de l'incipit

1. Le cadre spatio-temporel

- Un **Paris populaire** est évoqué à travers quelques lieux précis : « rue Notre-Dame-de-Lorette », la « gargote ».
- Précision sur la saison mais dénuée d'année (« on était au 28 juin »).
- Le début ***in medias res*** contribue au réalisme de la scène.

MOT CLÉ

L'incipit *in medias res* donne au lecteur l'impression que le récit a déjà commencé en amont, et qu'il provient donc assurément du réel.

2. Le choix de types sociaux

■ Un héros d'extraction modeste : ancien militaire, Georges Duroy connaît des fins de mois difficiles (l. 12-13). Ses vêtements sont élimés et peu coûteux (« son chapeau à haute forme assez défraîchi », « un complet de soixante francs »). Dans un souci d'exactitude et de réalisme, le narrateur nous donne accès aux calculs minutieux auxquels doit se livrer le personnage (l. 12-18).

■ Les femmes évoquées sont également de milieux globalement modestes : « la caissière, trois petites ouvrières, une maîtresse de musique... », « Deux bourgeoises ».

II. Georges Duroy, un héros ambigu

1. Un jeune homme séduisant

■ Un jeune homme physiquement attirant dont on comprend immédiatement le surnom Bel-Ami : « joli garçon ». Maupassant met en évidence son regard bleu, son allure à travers des termes valorisants tels « il portait beau », « chic de beau soldat », « Grand, bien fait », « élégance tapageuse »...

■ Une preuve tangible de son pouvoir de séduction est donnée par le regard que les femmes portent sur lui : « Les femmes avaient levé la tête vers lui. »

■ Un homme qui travaille manifestement son apparence, comme le prouve sa coiffure étudiée ou sa moustache qu'il « frise » et porte « retroussée ».

2. Un personnage peu sympathique

■ Verbes de mouvement (« cambra, marchait, battait le pavé, parvint... ») qui traduisent la détermination et l'ambition du personnage, que rien ne peut arrêter.

■ Esprit conquérant qui semble dépourvu de toute considération pour les autres (« et il avançait brutalement dans la rue pleine de monde, heurtant les épaules, poussant les gens pour ne point se déranger de sa route »).

■ Héros vaniteux, arrogant, imbu de lui-même, arriviste, dont se moque le narrateur à travers la gradation « Il avait l'air de toujours défier quelqu'un, les passants, les maisons, la ville entière ».

III. Une scène qui préfigure les enjeux du roman

1. L'incipit d'un roman d'apprentissage (d'éducation, de formation)

■ Jeune homme qui a envie d'en découdre avec le monde. La prédominance du motif de l'argent (« cent sous »), évoqué avant même le héros, prouve que sa frustration est grande et qu'elle va façonner son désir de revanche sociale.

■ Duroy est un homme qui se fait remarquer, comme le souligne le narrateur : il est « tapageur » et attire les regards.

2. L'importance des femmes et de la séduction

■ Présence des femmes assimilées à des proies, grâce à la comparaison de son regard avec un coup de filet, ce qui assimile Bel-Ami à un prédateur.

■ Il balaie du regard les femmes présentes dans le restaurant, dans une gradation allant des « ouvrières » aux « bourgeoises », classant ainsi les femmes selon leur statut social.

[Conclusion] Cet incipit donne les informations nécessaires au pacte de lecture (lieu, temps, personnages). Il fournit aussi la trame de l'intrigue en donnant au personnage de Georges Duroy les caractéristiques qui préfigurent son avenir de parvenu. La curiosité du lecteur est ainsi suspendue à la façon dont il va procéder.

16 Le texte de théâtre

En bref *Un texte théâtral comporte à la fois les répliques prononcées par les acteurs, et des indications de mise en scène, les didascalies, qui ne doivent pas être proférées. Cette distinction révèle la spécificité du texte théâtral, destiné à être joué.*

I Les didascalies

■ Les didascalies désignent tout ce qui, dans le texte de théâtre, n'est pas prononcé par les comédiens. Rares dans le théâtre classique, elles ont une importance grandissante aux XXe et XXIe siècles.

■ On appelle **didascalies initiales** tout ce qui précède le texte proprement dit, c'est-à-dire la liste des personnages et les informations sur les lieux et le moment où se situe l'action.

■ Les **indications scéniques** englobent toutes les remarques sur le lieu (par exemple un objet dont la présence est spécifiée) ou le temps (par exemple lorsque le comédien doit faire une pause avant de prononcer la suite de sa réplique), et toutes les indications destinées au comédien sur le ton ou la gestuelle.

■ Certaines indications scéniques sont directement prises en charge par le dialogue (on parle alors de **didascalies internes**).

> « Prends un siège, Cinna » (*Cinna*, Corneille, V, 1)
> [Auguste indique ici à son interlocuteur le mouvement à accomplir.]

II Le dialogue

■ Le **dialogue** est l'ensemble des propos échangés par les personnages. Il est constitué d'un échange de **répliques**, dont la longueur peut être très variable :
- la **répartie** est une réplique rapide, souvent spirituelle ;
- la **stichomythie** est un échange de répliques très brèves, qui n'occupent généralement pas plus d'un vers, voire d'un hémistiche ;
- la **tirade** est une longue réplique ;
- le **récit théâtral** est une longue tirade, prononcée par un messager qui expose aux autres personnages et aux spectateurs une succession d'actions qui n'ont pu être représentées sur scène ; c'est le cas du récit de la mort d'Hippolyte par Théramène dans *Phèdre* de Racine.

À NOTER
Le dialogue théâtral s'inscrit dans une **double énonciation** : d'une part, un personnage parle à un autre personnage ; d'autre part, l'auteur parle aux spectateurs à travers les personnages.

III Le monologue

■ Dans certains cas, un personnage parle seul sur scène, sans autre destinataire que lui-même (et les spectateurs) : on parle alors de **monologue**. Parfois critiqué pour son invraisemblance, le monologue permet d'exposer l'intériorité du personnage et de clarifier ses intentions.

■ Certaines formes de discours théâtraux se rapprochent du monologue :
- Dans le **soliloque**, le personnage ne s'adresse à personne, pas même à lui-même, et semble divaguer.
- Les **stances** sont écrites à la manière d'un poème, en vers de longueur variable ; l'exemple le plus célèbre en est le monologue de Rodrigue dans le *Cid* (I, 6).
- L'**aparté** est prononcé à l'intérieur d'un dialogue, mais les autres personnages ne sont pas censés l'entendre : il est destiné à celui qui le prononce, comme s'il pensait à haute voix, et indirectement aux spectateurs.
- L'**adresse au public** se distingue de l'aparté : le personnage s'adresse explicitement au public, comme s'il brouillait les deux niveaux de la double énonciation.

zoOm

Le rôle du metteur en scène

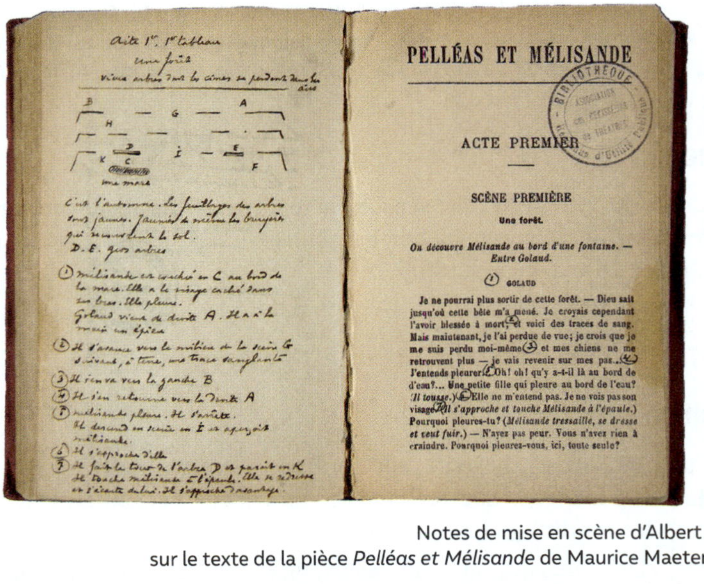

Notes de mise en scène d'Albert Carré sur le texte de la pièce *Pelléas et Mélisande* de Maurice Maeterlinck.

Le rôle du metteur en scène est essentiel dans la création de la pièce de théâtre : par ses directives, il **transforme le texte en spectacle**. Son travail commence à même le texte, en imaginant par exemple le décor et les déplacements des personnages au fil de sa lecture, comme en témoignent ces notes de mise en scène d'Albert Carré sur le texte de *Pelléas et Mélisande* de Maurice Maeterlinck (1893).

17 La structure de la pièce classique

En bref *Aux XVIIe et XVIIIe siècles, la construction des pièces de théâtre obéit à des modèles relativement figés. Le nombre d'actes, le déroulement de l'exposition ou du dénouement, la nature des péripéties sont ainsi réglés par la tradition.*

I Les séquences du texte théâtral

1 L'acte

- C'est la **division fondamentale** de la pièce de théâtre. Les différents actes d'une pièce sont d'une durée à peu près égale.
- Une **tragédie** compte généralement **cinq actes**, une **comédie trois** ; c'est pour rapprocher certaines de ses pièces du genre noble que Molière écrit ses comédies dites « sérieuses » (comme *Dom Juan*) en cinq actes plutôt qu'en trois.
- **L'entracte** sépare deux actes. Pendant cette pause, l'action est censée **se poursuivre en coulisse** : dans *Le Cid* de Corneille, la victoire de Rodrigue contre les Maures a ainsi lieu entre la fin de l'acte III et le début de l'acte IV.

À NOTER
Le temps de l'entracte permettait à l'origine de **changer les bougies** qui éclairaient la scène : celles-ci se consumaient en une vingtaine de minutes !

2 La scène

Apparue au début du XVIIe siècle, elle **sépare l'acte** en plusieurs **séquences distinctes**, en fonction du mouvement des personnages : dès qu'un personnage entre ou sort, on passe à la scène suivante.

II L'organisation de l'action

1 L'exposition

- Première étape de l'action théâtrale, elle donne les éléments nécessaires à la **compréhension de l'intrigue**. Elle présente les principaux personnages, leurs liens et l'amorce des conflits qui constituent l'action.
- Elle doit être **claire**, mais **rapide** : au mieux, elle n'occupe que la première scène, mais le plus souvent elle correspond à l'ensemble du premier acte.
- Les dramaturges recourent fréquemment à l'**exposition *in medias res*** (« au milieu de l'action ») : l'action est déjà engagée, les informations sont données au fil d'un dialogue entre le personnage principal et son valet ou son confident.

2 Le nœud de l'action et les péripéties

- Le nœud de l'action désigne le moment où des **obstacles** viennent s'opposer à la réalisation des désirs du protagoniste. Il dure jusqu'à la fin de la pièce, où il sera « dénoué » : il occupe donc l'essentiel de l'action, et correspond aux actes centraux.
- Les péripéties introduisent des éléments nouveaux dans le nœud. Au sens strict, la péripétie est un retournement complet de situation à la fin d'une pièce, mais le mot a fini par désigner **tous les rebondissements de l'action**.

3 Le dénouement

- Ultime étape de l'action théâtrale, le dénouement occupe le dernier acte de la pièce : il doit donc être **rapide**.
- Il doit aussi être **complet** : il **fait disparaître tous les obstacles** et **fixe le sort** de tous les personnages de l'intrigue.
- Il doit enfin être **nécessaire**, c'est-à-dire découler logiquement du nœud et des péripéties. Cela interdit le recours au *deus ex machina*, l'intervention d'un personnage inattendu (dieu ou roi par exemple) qui, arrivant sur scène, lèverait tous les obstacles par son seul pouvoir.
- Le dénouement d'une **tragédie** est généralement **malheureux** : le mot *catastrophe* désigne, en grec ancien, le dénouement d'une tragédie. Celui d'une **comédie**, généralement **heureux**, se conclut traditionnellement par un mariage.

zoOm

Le théâtre antique

Le théâtre antique d'Orange, l'un des mieux conservés au monde, a été construit au Ier siècle sous le règne d'Auguste : il a vraisemblablement accueilli des représentations des tragédies de Sénèque ou des comédies de Plaute, auteurs dont les dramaturges du XVIIe siècle français, comme Racine et Molière, se sont largement inspirés.

18 Les règles du théâtre classique

En bref *Le théâtre classique cherche à donner au spectateur l'impression qu'il assiste à une action véritable, et non pas à une simple représentation. Il s'est établi progressivement sur un certain nombre de règles visant à créer cette illusion et à fonder cette vraisemblance.*

I La vraisemblance

- Les règles élaborées à partir des années 1630 reposent sur le principe fondamental de la vraisemblance. L'abbé d'Aubignac la définit même, dans *La Pratique du théâtre* (1657), comme « l'essence du poème dramatique, et sans laquelle on ne peut rien faire ni rien dire de raisonnable sur la scène ».
- La vraisemblance conduit le spectateur à **considérer comme vraie** l'action qu'il voit représentée, même s'il sait qu'elle n'est pas réelle.
- Elle implique que l'action soit **rationnelle**, et que l'intrigue ait une **cohérence générale**.

À NOTER
Classique ou non, le théâtre repose sur des **conventions** que le spectateur accepte : il feint de croire, le temps de la représentation, à l'illusion représentée sous ses yeux.

II Les bienséances

Au XVIIe siècle, on désigne par le terme de **bienséance** le fait que la pièce représentée respecte certains principes de cohérence.

- Ce devoir de cohérence concerne d'abord le **personnage dramatique** (on parle alors de bienséance interne). Celui-ci doit :
  - **ne pas changer de caractère** au cours de la pièce : Rodrigue est héroïque dès le début du *Cid* de Corneille et jusqu'au dénouement ;
  - **agir conformément à son rang** : ainsi un roi ne peut recourir à la ruse ou au mensonge comme le ferait un valet de comédie ;
  - **respecter ce que le spectateur sait déjà de lui** : sur scène comme dans l'histoire ou la mythologie, Néron est tyrannique et Achille impétueux.
- Une forme de cohérence doit aussi régner **entre la scène et la salle** (on parle alors de bienséance externe). Ce qui choquerait dans la vie réelle risque aussi, une fois porté à la scène, de choquer le public du théâtre.
- Pour cette raison, un certain nombre de **réalités** sont **censées ne pas être représentées directement** :
  - la violence, et notamment la mort (ainsi, la mort d'Hippolyte est racontée par Théramène au dernier acte de *Phèdre*) ;
  - les réalités corporelles, et notamment sexuelles.

III La règle des trois unités

Pour assurer la vraisemblance de la pièce, les dramaturges classiques tentent de rapprocher ce qui se passe sur scène de ce qui se passe dans la salle. C'est ce que vise la règle des trois unités.

- L'**unité de lieu** tient au fait que le spectateur de théâtre reste au même endroit pendant le spectacle. Puisqu'il ne change pas de lieu, la scène doit elle aussi demeurer dans un endroit unique, ce qui conduit à privilégier des lieux intermédiaires (le cabinet d'un roi, l'antichambre d'un palais).
- L'**unité de temps** tient au fait que le temps de la représentation est limité ; celui de l'action représentée doit s'en approcher le plus possible. Mais le temps étant une réalité subjective, on considère qu'aux quelques heures de la représentation peuvent correspondre jusqu'à vingt-quatre heures.
- L'**unité d'action** est la conséquence des deux unités précédentes ; en un seul lieu, en un jour au plus, seule une action principale peut avoir lieu ; les intrigues secondaires doivent donc s'y rattacher. Comme le dit Mairet, « il y doit avoir une maîtresse et principale action à laquelle toutes les autres se rapportent comme les lignes de la circonférence au centre » (Préface de *La Silvanire*, 1631).

zoOm

L'Art poétique, Nicolas Boileau (1674)

Nicolas Boileau définit, dans son *Art poétique*, les règles du théâtre classique :

Mais nous, que la raison à ses règles engage,
Nous voulons qu'avec art l'action se ménage ;
Qu'en un lieu, qu'en un jour, un seul fait accompli
Tienne jusqu'à la fin le théâtre rempli.
Jamais au spectateur n'offrez rien d'incroyable :
Le vrai peut quelquefois n'être pas vraisemblable.
Une merveille absurde est pour moi sans appas :
L'esprit n'est point ému de ce qu'il ne croit pas.
Ce qu'on ne doit point voir, qu'un récit nous l'expose :
Les yeux en le voyant saisiraient mieux la chose ;
Mais il est des objets que l'art judicieux
Doit offrir à l'oreille et reculer des yeux.

Nicolas Boileau, *Art poétique*, III (1674)

Portrait de Nicolas Boileau par J.-B. Santerre (1651-1717).

19 La comédie du XVIIe au XXIe siècle

En bref *Née dans l'Antiquité grecque, la comédie n'a cessé de se renouveler et d'inventer de nouveaux procédés pour refléter l'évolution de la société et de ses mœurs.*

I Les ressources de la comédie

■ Le **comique de gestes** est essentiellement lié à la mise en scène et au jeu des comédiens. Gifles, coups de bâtons et chutes se multiplient dans la farce, mais sont aussi présents dans les comédies dites sérieuses.

■ Le **comique de mots** exploite les jeux verbaux, les répétitions, les déformations de mots, volontaires ou non, les accents particuliers, les patois.

■ Le **comique de situation** repose sur l'action : personnage dissimulé, quiproquo (dialogue développé sur une confusion), rencontre inattendue, déguisement... dominent dans la comédie d'intrigue.

■ Le **comique de caractère** tourne en dérision les défauts d'un individu qui incarne un type ; il domine dans la comédie de caractère.

II La comédie aux XVIIe et XVIIIe siècles

Aux XVIIe et XVIIIe siècles, la comédie se décline en plusieurs sous-genres.

■ La **farce** est une pièce courte usant d'un comique bas et simple, parfois grossier (chutes, bastonnades, jeux de mots, patois, etc.). Héritée de la comédie latine, elle connaît son âge d'or au Moyen Âge. Elle est encore vivace au XVIIe siècle, par exemple dans *Les Fourberies de Scapin* de Molière (1671).

■ La **comédie d'intrigue** s'impose en France au XVIIe siècle. Fondée sur des situations comiques, elle multiplie quiproquos et coups de théâtre d'inspiration romanesque (enlèvements, déguisements, scènes de reconnaissance), comme dans *L'École des femmes* de Molière (1662) ou *Le Jeu de l'amour et du hasard* de Marivaux (1730).

■ La **comédie de caractère** cherche à faire le tableau d'un type comique à travers la description d'un personnage en action, comme Molière représente le type de l'avare à travers Harpagon dans *L'Avare* (1668). Elle veut divertir le spectateur, mais aussi l'édifier : elle dénonce en effet les défauts et les vices du type qu'elle tourne en dérision.

> **CITATION**
> « Le devoir de la comédie [est] de corriger les hommes en les divertissant. » (Molière, *Tartuffe*)

■ La **comédie de mœurs** s'intéresse aux défauts des contemporains, en particulier aux travers de certains groupes sociaux, comme le fait Molière dans *Les Précieuses ridicules* (1659) ou Beaumarchais dans *Le Mariage de Figaro* (1784).

■ La **comédie-ballet,** genre propre au XVIIe siècle, intègre des ballets dansés dans l'action ou en intermède. Molière (pour les dialogues) et Lully (pour la musique) se sont illustrés dans ce genre, par exemple avec *Le Bourgeois gentilhomme* (1670).

III La comédie après le XVIIIe siècle

1 La comédie au XIXe siècle

- Si le XIXe siècle innove peu en termes de comédie, il donne naissance au **vaudeville**. Cette comédie légère et populaire se distingue par ses **passages chantés**. Sous l'influence de Labiche et de Feydeau, le vaudeville évolue vers la **comédie bouffonne**, essentiellement construite autour d'intrigues amoureuses.
- Plus tôt dans le siècle, le théâtre comique de Musset se distingue par son originalité : il n'hésite pas à **mêler les tonalités**, comme dans *Les Caprices de Marianne* (1833), et pratique le genre du **proverbe**, brève comédie de mœurs (par exemple dans *Il ne faut jurer de rien* écrite en 1836).

2 La comédie au XXe siècle

Au XXe siècle, l'héritage de la comédie populaire se poursuit dans le **théâtre de boulevard**, aux intrigues conventionnelles. Mais un théâtre plus expérimental bouscule les traditions et mélange les genres : ainsi, le **comique de l'absurde** de Jarry, de Ionesco ou de Beckett provoque le rire à partir de situations désespérantes, presque tragiques.

zoOm

Ubu Roi, Alfred Jarry (1896)

Mise en scène d'*Ubu roi* d'Alfred Jarry par Christian Schiaretti (2016).

La mise en scène de Christian Schiaretti souligne **le ridicule du personnage** d'Ubu dans son costume (proche des dessins originaux d'Alfred Jarry) comme dans son attitude. Mais **l'absurdité de son pouvoir** donne aussi au personnage du roi une dimension inquiétante, suggérée ici par le rouge sang qui domine, et par les personnages énigmatiques qui le cernent.

20 La tragédie du XVIIe au XXIe siècle

En bref *La tragédie naît comme la comédie dans l'Antiquité grecque, mais elle connaît une existence plus intermittente : elle est le genre dominant du théâtre français aux XVIIe et XVIIIe siècles, avant de connaître un déclin que son timide renouveau au XXe siècle ne parvient pas à endiguer.*

I La tragi-comédie

La **tragi-comédie** est un genre typique du théâtre **baroque** (fin du XVIe et début du XVIIe siècle). Elle est caractérisée par :
- des intrigues multiples ;
- une grande diversité de lieux ;
- des invraisemblances ;
- une action qui peut s'étendre sur plusieurs années ;
- un goût prononcé pour les coups de théâtre et les péripéties romanesques (enlèvements, déguisements, assassinats, reconnaissances...).

MOT CLÉ
Le mot ***tragi-comédie*** est trompeur : il ne s'agit pas d'un mélange de tragédie et de comédie, ni d'une tragédie qui finit bien, mais d'une tragédie irrégulière.

II La tragédie classique

La tragédie est un **genre noble**, qui s'est peu à peu codifié à partir des années 1630, en se fondant sur les principes développés par le philosophe grec Aristote dans la *Poétique* (IVe siècle av. J.-C.).

1 Les personnages et l'action

- Qu'ils soient d'origine légendaire ou historique, les personnages sont d'un **rang élevé**, héros de la mythologie (Thésée dans *Phèdre* de Racine) ou empereurs de l'histoire romaine (Néron dans *Britannicus* de Racine).
- Le sujet doit lui aussi être noble ; il est généralement emprunté à la **mythologie** (*Iphigénie* de Racine) ou à l'**histoire** (*Horace* de Corneille tire son intrigue d'un célèbre épisode de la tradition romaine).
- Les thèmes que la tragédie aborde sont donc essentiellement **politiques ou amoureux** : l'héroïsme (*Le Cid* de Corneille), le devoir (*Horace* de Corneille) ou la passion (*Phèdre* de Racine).
- Le dénouement est généralement **malheureux et funeste** : la tragédie s'achève souvent par la mort du héros ou de l'héroïne. Il arrive néanmoins qu'il soit heureux : à la fin de *Cinna* de Corneille, Auguste fait preuve de clémence et pardonne à tous.

2 | Les fonctions de la tragédie

- La tragédie cherche à émouvoir le spectateur, c'est pourquoi elle exploite souvent la tonalité pathétique.
- Selon la définition d'Aristote, la tragédie cherche aussi à inspirer « terreur et pitié » au spectateur, pour que puisse s'effectuer la *catharsis*. Cette notion, traduite par « purgation des passions », laisse entendre que le spectateur se libère de ses propres passions (telles que l'orgueil ou l'ambition) par le spectacle du sort funeste qu'elles provoquent chez les personnages qui en sont habités.
- La tragédie ne cherche donc pas seulement à plaire : elle a aussi pour fonction d'instruire le spectateur.

III La tragédie après le XVIIe siècle

- Au XVIIIe siècle, la tragédie reste le genre majeur, celui qui consacre les plus grands auteurs. Voltaire, de son vivant, passait pour l'égal d'un Corneille ou d'un Racine ! Pourtant, la tragédie du XVIIIe siècle ne renouvelle pas le genre.
- Elle connaît ensuite un lent déclin, jusqu'aux années 1930 et 1940 où l'on assiste à une sorte de retour du tragique. Des auteurs tels que Cocteau (*La Machine infernale*, 1934), Giraudoux (*Électre*, 1937), Sartre (*Les Mouches*, 1943) ou Anouilh (*Antigone*, 1944) réécrivent des tragédies antiques dans lesquelles ils semblent trouver des résonances avec l'inquiétant contexte de leur époque.

zoOm

Britannicus, Racine (1669)

Jean Racine, *Britannicus*, mise en scène de Stéphane Braunschweig (2016).

Dans sa mise en scène de *Britannicus* à la Comédie-Française (2016), Stéphane Braunschweig accentue la dimension politique de l'intrigue par la scénographie (les portes démesurées, image du pouvoir écrasant, la table de réunion et ses chaises) et les costumes des comédiens, qui ressemblent aux vêtements des hommes et femmes politiques actuels.

21 Le drame du XVIIIe au XXIe siècle

En bref *Dans une volonté de dépasser l'opposition traditionnelle de la tragédie et de la comédie, les écrivains ont, dès le XVIIIe siècle, inventé un troisième genre, celui du drame.*

I Au XVIIIe siècle, le drame bourgeois

Théorisé par Diderot et Beaumarchais, le **drame** bourgeois est né dans la seconde moitié du XVIIIe siècle et se veut un intermédiaire entre la comédie et la tragédie.

MOT CLÉ
Le mot *drame* est **plus neutre** que les mots *comédie* ou *tragédie* : provenant du grec *drama*, « action », il ne préjuge en rien de la tonalité de cette action.

- Les personnages sont des **bourgeois** (ni des valets de comédie, ni des empereurs de tragédie), et sont contemporains de l'époque de l'écriture.
- Le sujet est toujours **domestique**, et donc très éloigné des intrigues politiques que montrent les tragédies. Il s'agit généralement de conflits familiaux qui se déroulent dans un intérieur bourgeois.
- L'esthétique est **réaliste** : les situations montrées sur scène doivent paraître très vraisemblables au public, qui se reconnaît nécessairement dans les protagonistes. Elle s'appuie sur le principe du tableau, qui dispose les personnages sur la scène dans une attitude caractéristique.
- La tonalité est **pathétique**, voire larmoyante : le drame fait appel à la sensibilité et cherche à provoquer les pleurs du public.
- La fonction est **didactique** : le pathétique est au service de l'édification morale des spectateurs.

II Au XIXe siècle, le drame romantique

- Défini par différents textes théoriques, comme la préface de *Cromwell* de Victor Hugo (1827), le drame romantique gagne ses lettres de noblesse au cours de la célèbre « **bataille d'*Hernani*** » (1830), qui voit s'affronter les partisans du théâtre romantique et ceux du théâtre classique.
- Fondé sur le **rejet des règles et des genres** du théâtre classique, le drame romantique se définit par :
  – la revendication d'une **liberté de création** qui s'affranchit de toutes les règles, à commencer par celle des trois unités, sauf l'unité d'action ;
  – la volonté de **mélanger les genres et les tonalités**, en proposant, selon les mots de Victor Hugo dans la préface de *Cromwell*, une esthétique fondée sur l'alliance du « sublime » et du « grotesque » ;

– des sujets empruntés à l'histoire, en particulier à l'histoire moderne et contemporaine, que la scène évoque par un effet de couleur locale dans le but de recréer le caractère de l'époque et du lieu ;
– des personnages héroïques, animés par une passion démesurée et souvent à la marge de la société, tels Hernani le brigand (*Hernani* de Hugo, 1830) ou Lorenzo, à la fois ange et démon (*Lorenzaccio* de Musset, 1834).

III Aux XXe et XXIe siècles, le drame moderne

■ Au XXe siècle, le drame prend des visages très divers, du drame symboliste de Claudel (*L'Annonce faite à Marie*, 1912) au théâtre engagé de Camus (*Les Justes*, 1949), du drame politique de Genet (*Les Bonnes*, 1947) au théâtre poétique de Koltès (*Dans la solitude des champs de coton*, 1986).

■ Néanmoins, après la Seconde Guerre mondiale, apparaissent de nombreux drames réunis parfois derrière la bannière d'un « Nouveau Théâtre » (ou théâtre de l'absurde). Leurs caractéristiques sont les suivantes :
- L'intrigue est à peu près inexistante, comme dans *En attendant Godot* de Beckett (1953).
- Le personnage est en crise, au point de n'être plus désigné que par une initiale, comme dans *Le Silence* de Sarraute (1967).
- Le délitement du langage devient l'objet même du drame, comme dans *La Cantatrice chauve* de Ionesco (1950).
- Le corps des comédiens occupe une place centrale pour incarner les souffrances humaines, comme dans *Fin de Partie* de Beckett (1957) ou *Rhinocéros* de Ionesco (1959).

zoom

Mettre en scène le drame moderne

Dans cette mise en scène, Patrice Chéreau choisit un dispositif bifrontal où les spectateurs sont assis de part et d'autre de la scène. Ils sont ainsi au plus près du drame qui oppose « le Client » (Laurent Malet) et « le Dealer » (Isaac de Bankolé), dans un décor minimaliste où seuls quelques containers en fond de scène suggèrent un espace incertain, docks ou friche industrielle.

Mise en scène de *Dans la solitude des champs de coton* de Bernard-Marie Koltès par Patrice Chéreau (1987).

SE TESTER QUIZ

Vérifiez que vous avez bien compris les points clés des **fiches 16 à 21**.

1 Le texte de théâtre

→ FICHE 16

On parle d'aparté lorsqu'un personnage :

☐ **a.** est seul sur scène et pense à haute voix.
☐ **b.** prononce pour lui-même, au cours d'un dialogue, une réplique que les autres personnages ne sont pas censés entendre.
☐ **c.** s'adresse directement aux spectateurs et les prend à témoin.

2 La comédie au XVIIe siècle

→ FICHE 19

FIGARO : [...] J'ai vu cet abbé-là quelque part. *(Il se relève.)*
LE COMTE, *à part* : Cet homme ne m'est pas inconnu.
FIGARO : Eh ! non, ce n'est pas un abbé ! Cet air altier et noble...
LE COMTE : Cette tournure grotesque...
FIGARO : Je ne me trompe point ; c'est le comte Almaviva.
LE COMTE : Je crois que c'est ce coquin de Figaro.
FIGARO : C'est lui-même, monseigneur.

Beaumarchais, *Le Barbier de Séville*, I, 2 (1775)

1. Cet extrait comporte :
☐ **a.** des didascalies ☐ **b.** un aparté ☐ **c.** une stichomythie

2. Figaro est : ☐ **a.** un valet ☐ **b.** un noble ☐ **c.** un bourgeois

3 La tragédie au XVIIe siècle

→ FICHE 20

PANOPE : Elle expire, seigneur !
THÉSÉE : D'une action si noire
Que ne peut avec elle expirer la mémoire !
Allons, de mon erreur, hélas ! trop éclaircis,
Mêler nos pleurs au sang de mon malheureux fils. [...].

Racine, *Phèdre*, V, 7 (1677)

1. Cet extrait appartient : ☐ **a.** à la scène d'exposition ☐ **b.** au dénouement

2. La tonalité dominante est : ☐ **a.** didactique ☐ **b.** polémique ☐ **c.** pathétique

4 Le théâtre au XXe siècle

→ FICHES 19 à 21

Cochez les affirmations vraies.

☐ **a.** Le théâtre de l'absurde est né au XIXe siècle.
☐ **b.** L'impossibilité de communiquer est un thème privilégié de ce théâtre.
☐ **c.** Ionesco et Beckett en sont les figures majeures.
☐ **d.** Les pièces comportent généralement peu de didascalies.

S'ENTRAÎNER

5 Répondre à des questions de cours

→ FICHES 16 à 21

a. Quelle est la différence entre le monologue et le soliloque ?

b. Pourquoi parle-t-on de double énonciation au théâtre ?

c. Quel est le rôle de la scène d'exposition ?

d. Qu'est-ce qu'un *deus ex machina* ?

e. En quoi consiste la bienséance interne ?

f. Quelles sont les quatre principales ressources du comique au théâtre ?

g. Qu'est-ce que la *catharsis* ?

h. Quelle est la caractéristique principale du drame romantique ?

OBJECTIF BAC

6 Commentaire • Victor Hugo, *Hernani* (1830)

4 h

En 1830, *Hernani* marque l'avènement du drame romantique. Dans cette célèbre tirade, le personnage éponyme veut convaincre celle qu'il aime de l'oublier pour qu'elle échappe à son influence néfaste.

LE SUJET

Commentez cette tirade extraite d'*Hernani* de Victor Hugo en vous aidant des axes de lecture proposés.

1. Hernani, un héros en pleine crise
2. Hernani, un héros au destin tragique

Poursuivi par les troupes royales, Hernani a trouvé refuge chez son rival le duc Don Ruy Gomez, qui doit épouser celle qu'il aime, Doña Sol. Resté seul avec elle, Hernani ironise sur ce mariage, mais elle lui montre le poignard avec lequel elle veut se tuer plutôt que de le trahir. Hernani exprime alors son désespoir.

Monts d'Aragon ! Galice ! Estramadoure[1] !
Oh ! je porte malheur à tout ce qui m'entoure !
J'ai pris vos meilleurs fils ; pour mes droits, sans remords,
Je les ai fait combattre, et voilà qu'ils sont morts !
C'était les plus vaillants de la vaillante Espagne !
Ils sont morts ! ils sont tous tombés dans la montagne,
Tous sur le dos couchés, en braves, devant Dieu,
Et, si leurs yeux s'ouvraient, ils verraient le ciel bleu !
Voilà ce que je fais de tout ce qui m'épouse !

Est-ce une destinée à te rendre jalouse ?
Doña Sol, prends le duc, prends l'enfer, prends le roi !
C'est bien. Tout ce qui n'est pas moi vaut mieux que moi !
Je n'ai plus un ami qui de moi se souvienne,
Tout me quitte ; il est temps qu'à la fin ton tour vienne,
Car je dois être seul. Fuis ma contagion.
Ne te fais pas d'aimer une religion !
Oh ! par pitié pour toi, fuis !... Tu me crois peut-être,
Un homme comme sont tous les autres, un être
Intelligent, qui court droit au but qu'il rêva.
Détrompe-toi. Je suis une force qui va !
Agent aveugle et sourd de mystères funèbres !
Une âme de malheur faite avec des ténèbres !
Où vais-je ? Je ne sais. Mais je me sens poussé
D'un souffle impétueux, d'un destin insensé.
Je descends, je descends et jamais ne m'arrête.
Si, parfois, haletant, j'ose tourner la tête,
Une voix me dit : « Marche ! » et l'abîme est profond,
Et de flamme ou de sang je le vois rouge au fond !
Cependant, à l'entour de ma course farouche,
Tout se brise, tout meurt. Malheur à qui me touche !
Oh ! Fuis ! Détourne-toi de mon chemin fatal !
Hélas, sans le vouloir, je te ferais du mal !

Victor Hugo, *Hernani*, III, 2 (1830)

1. Provinces d'Espagne.

CORRIGÉS

SE TESTER QUIZ

1 Le texte de théâtre

Réponse b. L'aparté est généralement signifié par la didascalie « *à part* », qui montre que la réplique est prononcée à l'insu des autres personnages : c'est une sorte de commentaire que le locuteur se fait à lui-même. La réponse a correspond au monologue, et la réponse c à l'adresse au public.

2 La comédie au XVIIe siècle

1. Réponses a, b et c. Les didascalies sont en italique. L'aparté est signalé par la mention « à part ». Les répliques courtes, nommées stichomythies, donnent du rythme à la scène.

2. Réponse a. Le comte attribue à Figaro « une tournure grotesque » et l'appelle « ce coquin de Figaro ». Figaro l'appelle « Monseigneur ».

3 La tragédie au XVIIe siècle

1. Réponse b. En effet, le personnage principal meurt et l'action se conclut.

2. Réponse c. Thésée exprime son désespoir d'avoir causé injustement la perte de son fils, d'où le champ lexical de la douleur et des pleurs.

4 Le théâtre au XXe siècle

Réponses b et c. L'affirmation a est fausse : il naît après de la Seconde Guerre mondiale.
L'affirmation d est fausse : elles comportent au contraire beaucoup de didascalies.

S'ENTRAÎNER

5 Répondre à des questions de cours

a. Dans le monologue, le personnage s'adresse **à lui-même** (parfois en s'appelant par son nom et en se parlant à la deuxième personne), alors que, dans le soliloque, il ne s'adresse **à personne**, pas même à lui-même.
b. Il y a une double énonciation au théâtre parce que **les personnages** se parlent les uns aux autres (premier niveau énonciatif) et parce que, à travers eux, **le dramaturge** s'adresse également aux **spectateurs** (second niveau énonciatif).
c. La scène d'exposition présente le cadre, les personnages et l'intrigue. Dans le théâtre classique, elle doit être **rapide** (elle occupe le plus souvent la première scène), **claire** et **vraisemblable** (d'où le choix d'expositions *in medias res*).
d. L'expression ***deus ex machina*** (« dieu sorti de la machine ») désigne **l'intervention d'un personnage supérieur** (dieu, roi…) doté d'un pouvoir qui le rend capable de dénouer le nœud de l'action.

> **À NOTER**
> Le *deus ex machina* est proscrit dans le théâtre classique, l'action devant se dénouer d'elle-même, sans intervention extérieure.

e. On parle de bienséance interne pour évoquer la **conformité d'un personnage** à son caractère, à son rang et à son histoire.
f. Les ressources du comique sont : le comique de **mots**, le comique de **gestes**, le comique de **situation** et le comique de **caractère**.
g. *Catharsis* signifie « purgation des passions » : la terreur et la pitié que suscite la tragédie doivent permettre au spectateur de se libérer de ses propres passions.
h. Le **drame romantique** recherche le mélange des tonalités : il relève à la fois du **comique** (le « grotesque ») et du **tragique** (le « sublime »).

OBJECTIF BAC

6 Commentaire • Victor Hugo, *Hernani* (1830)

Voici un exemple de corrigé rédigé. Les titres de parties et de sous-parties ne doivent pas figurer sur votre copie.

Introduction

[amorce] En 1830, Hugo, chef de file du romantisme, bouscule les Classiques avec une pièce qui fait scandale, *Hernani*. **[présentation de l'œuvre]** Le héros éponyme est un proscrit qui a hérité, malgré lui, de la lutte menée par son père contre le roi d'Espagne. La femme qu'il aime, Doña Sol, est promise à un autre mais préférerait mourir plutôt que de trahir Hernani. Quand il l'apprend, Hernani exprime son désespoir (tirade de l'acte III, scène 4), et la supplie de le fuir pour échapper à sa malédiction. **[problématique]** Nous allons donc nous demander ce qui fait d'Hernani un héros romantique. **[annonce du plan]** Dans un premier temps, nous verrons en quoi Hernani se présente ici comme un personnage tourmenté, en pleine crise. Par la suite, nous montrerons qu'il est un héros condamné à un destin tragique.

I. Hernani, un héros en pleine crise

1. Une tirade lyrique

Hernani nous offre de lui le portrait d'un héros tourmenté. Il nous livre les secrets de son âme dans un texte éminemment lyrique. Le pronom « Je » apparaît quinze fois dans cette scène d'introspection.

Il se présente ainsi comme un éternel proscrit, condamné à la solitude : « je n'ai plus d'ami », « Tout me quitte » ou « je dois être seul ». Il déplore la mort de ses compagnons auxquels il a porté malheur (« ils sont morts », v. 4 et 6) et exhorte aussi Doña Sol à se détourner de lui par des injonctions répétées et pressantes : « Fuis » (v. 15, 17 et 31), « Détourne-toi… » (v. 31).

2. Une argumentation désespérée

Son désarroi transparaît par ailleurs dans le tableau sombre qu'il dresse de lui-même pour convaincre Doña Sol de l'oublier. Son argumentation suit une progression logique : il apostrophe d'abord les provinces d'Espagne, donnant ainsi à son influence funeste la dimension d'un horizon, et ce n'est qu'à partir du vers 10 qu'il s'adresse directement à Doña Sol. Il multiplie alors des impératifs pour la pousser à se sauver (« prends », « fuis »). Cette supplique « Oh ! par pitié pour toi, fuis ! » est d'autant plus poignante qu'il aime Doña Sol. Il oppose l'illusion dans laquelle serait Doña Sol (« Tu me crois peut-être », v. 17) avec la réalité (« Détrompe-toi », v. 20). Les deux derniers vers concluent la tirade, en reformulant de manière lapidaire l'ensemble du propos.

3. Un héros désemparé

Hernani fait preuve enfin d'une agitation intense car sa propre identité lui échappe. Il est comme dépossédé de lui-même. Les nombreuses exclamations, ainsi que les interjections (« Oh ! », « Hélas ») témoignent de son agitation. Son désespoir violent se traduit aussi par de fréquentes répétitions telles que « ils sont morts, prends, fuis... » Le héros apparaît comme submergé par ses émotions. La question rhétorique « Où vais-je ? » suivie de la réponse « Je ne sais » dit la gravité de ce malaise.

II. Hernani, un héros au destin tragique

1. Un personnage maudit

Hernani apparaît comme un héros tragique car il se présente comme un être maudit et destructeur. Le champ lexical de la mort « tombés, couchés », la double occurrence de « ils sont morts », ainsi que celle du terme « malheur » sont significatifs. Le parallélisme « Tout se brise, tout meurt » exprime sa conviction de ne semer sur son chemin que la désolation. La métaphore dévalorisante « ma contagion » (v. 15), accentuée par la diérèse qui l'affecte, est hyperbolique. Le héros est maudit et s'oppose à tous les autres, désignés dans la tirade à travers les tournures « tout » et « tous ».

2. Un personnage en proie à un dilemme

Hernani constitue aussi une figure tragique en raison des contradictions qui l'agitent. Doté d'une destinée exceptionnelle et d'un tempérament fougueux, il n'est pas un être ordinaire. Il interpelle les provinces d'Espagne et utilise le champ lexical de l'héroïsme : « combattre, vaillants, vaillante, tombés, braves... ». Un grand nombre de verbes évoquant le mouvement révèlent encore son exceptionnelle vitalité : « je les ai fait combattre, court, va, jamais ne m'arrête, descends... ». Hernani imprime en outre un rythme haletant à sa tirade, grâce aux enjambements et rejets des vers 3-4, 17-19, 23-24. Sa douleur naît évidemment du fait que son énergie entre en opposition avec la désolation qu'il sème autour de lui, alors même que cette énergie qui l'anime échappe à sa volonté.

3. Un personnage soumis à une force invisible

Hernani agit en effet sous l'influence d'une force invisible, fatale et qu'il ne comprend pas. Il se décrit lui-même comme un « agent aveugle et sourd de mystères funèbres » (v. 21). Il évoque d'abord par des termes imprécis ce destin malheureux qui le pourchasse (« un souffle impétueux », « un destin insensé », v. 24), puis le personnifie : « Une voix me dit : “Marche !” » (v. 27). De sujet, Hernani devient alors objet. Il recourt enfin à une métaphore hallucinée qui suggère une descente aux enfers (v. 27-28). Le rythme du vers 25 (3/3/6) et la répétition de « je descends » donnent à voir l'interminable cauchemar de cette course vers l'abîme.

Conclusion

[bilan] Cette tirade nous plonge donc dans l'âme torturée d'un héros romantique, hors-la-loi, condamné à une existence tragique. Sombre et ténébreux, Hernani affronte une destinée terrible mais grandiose. Bien qu'il dresse un portrait négatif de lui-même, il révèle des contradictions qui en font un héros touchant et séduisant. **[élargissement]** Hernani obtient finalement le contraire de ce qu'il demandait : à la fin de cette tirade, les amants s'enlacent avec passion et le dénouement les représentera tous deux mourant empoisonnés sur scène, dans les bras l'un de l'autre.

22 Lire et comprendre le texte à commenter

En bref *Faire un commentaire de texte exige une lecture active, qui ne s'arrête pas à son sens littéral, mais en propose une interprétation organisée. Vous devez expliquer, de manière argumentée, ce qui fait l'intérêt du texte.*

La méthode présentée dans les fiches 22 à 24 prendra appui sur le texte suivant :

> Le 15 septembre 1840, vers six heures du matin, la *Ville-de-Montereau*, près de partir, fumait à gros tourbillons devant le quai Saint-Bernard.
>
> Des gens arrivaient hors d'haleine ; des barriques, des câbles, des corbeilles de linge gênaient la circulation ; les matelots ne répondaient à personne ; on se heurtait ; les colis montaient entre les deux tambours, et le tapage s'absorbait dans le bruissement de la vapeur, qui, s'échappant par des plaques de tôle, enveloppait tout d'une nuée blanchâtre, tandis que la cloche, à l'avant, tintait sans discontinuer.
>
> Enfin le navire partit ; et les deux berges, peuplées de magasins, de chantiers et d'usines, filèrent comme deux larges rubans que l'on déroule.
>
> Un jeune homme de dix-huit ans, à longs cheveux et qui tenait un album sous son bras, restait auprès du gouvernail, immobile. À travers le brouillard, il contemplait des clochers, des édifices dont il ne savait pas les noms ; puis il embrassa, dans un dernier coup d'œil, l'île Saint-Louis, la Cité, Notre-Dame ; et bientôt, Paris disparaissant, il poussa un grand soupir.
>
> M. Frédéric Moreau, nouvellement reçu bachelier, s'en retournait à Nogent-sur-Seine, où il devait languir pendant deux mois, avant d'aller *faire son droit.*
>
> Gustave Flaubert, *L'Éducation sentimentale,* 1869 (incipit).

I Découvrir le texte

1 Utiliser le paratexte

- Commencez toujours par **lire le paratexte** : il vous indique l'auteur et le titre de l'œuvre, sa date de publication, et il situe parfois l'extrait dans son contexte.
- Ces indications vous permettent **de formuler des attentes** sur le texte, qui seront confirmées ou non par la lecture de l'extrait. Par exemple :

Gustave Flaubert, *L'Éducation sentimentale*, 1869 (incipit)

→ réalisme → roman d'apprentissage → informations sur le cadre spatio-temporel, les personnages et l'intrigue

2 Lire le texte

■ Lisez le texte une première fois, puis relisez-le en notant au brouillon des observations sur sa **structure**, son **propos**, sa **visée**.

- Informations caractéristiques d'un incipit (surlignées dans le texte) : cadre spatio-temporel de la situation initiale, personnage, action.
- Narrateur extérieur à l'histoire : point de vue externe (deux premiers paragraphes), puis omniscient (passé récent, intentions...).

■ Notez vos **impressions de lecture**, les réactions que le texte fait naître en vous et les questions qui vous viennent à l'esprit. Demandez-vous ce qui fait la **spécificité du texte** que l'on vous a donné à étudier.

- C'est comme si j'assistais au départ du bateau. Cette impression provient notamment des divers sens sollicités (vue, ouïe, toucher...).
- Il est surprenant que le protagoniste quitte un lieu bouillonnant, Paris, pour aller « languir » à Nogent : pourquoi ce choix de la part de Flaubert ?

II Analyser le texte

■ Une lecture plus minutieuse du texte doit vous conduire à repérer les **procédés d'écriture utilisés** : structure, lexique, temps et modes, figures de style...

■ Confectionnez dès cette année des **grilles de lecture** utiles pour cette étape du commentaire : étudier un incipit (→ FICHE 11), étudier une tirade (→ FICHE 16), étudier un sonnet (→ FICHE 4)... Chaque remarque effectuée à ce stade peut être rapportée dans un tableau où vous l'associerez à une **citation** et à une **piste d'interprétation**.

Remarque	Citations	Interprétation
indications spatio-temporelles	« Le 15 septembre 1840, vers six heures du matin », « le quai Saint-Bernard »	ancrage dans un réel contemporain de l'auteur → réalisme

zoOm

Faire la carte d'identité du texte

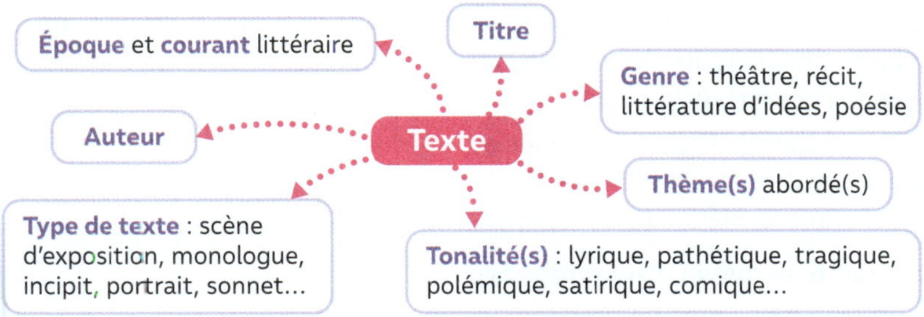

23 Construire le plan du commentaire

En bref *Un commentaire n'est pas un catalogue de remarques ponctuelles, dénuées de lien entre elles. Il nécessite d'organiser ses idées pour proposer une interprétation globale et cohérente du texte.*

I Faire le bilan de l'analyse

■ Regroupez vos remarques pour ne plus retenir qu'une **dizaine d'idées** qui constitueront l'armature de votre commentaire. Elles ne peuvent se réduire à des remarques de style, car vous devez **interpréter** les procédés relevés (→ FICHE 22).

■ Ce travail de regroupement vous permet d'élaborer une **problématique** qui structurera tout le devoir, c'est-à-dire une question que soulève le texte, et qui va être annoncée en introduction et résolue en conclusion.

■ La problématique **éclaire le sens du texte**, et permet de mettre en avant sa spécificité, la façon dont il s'inscrit dans une norme ou au contraire s'en écarte.

> Dans l'incipit de *L'Éducation sentimentale* (→ FICHE 22), on a remarqué que le narrateur présentait clairement un cadre spatio-temporel, un protagoniste et quelques éléments d'intrigue, ce qui tend à prouver que l'incipit remplit sa fonction classique. Pour autant, le contraste entre l'agitation du départ et l'immobilité du héros questionne le lecteur.
>
> → Problématique possible :
> *Cette ouverture de roman constitue-t-elle un incipit traditionnel ?*

■ Deux **écueils** sont à éviter :

– la paraphrase, qui revient à raconter le texte avec vos propres mots ;
– un questionnement trop étroit (et vous n'aurez bientôt plus rien à dire) ou trop large (et vous n'énoncerez que des généralités).

II Élaborer un plan détaillé

■ L'étape suivante consiste à bâtir le plan sous la forme de **deux (ou trois) parties** qui exposeront votre interprétation du texte. Veillez à restituer la progression de votre pensée, en allant **du plus simple au plus complexe**.

> **I. Un roman à l'esthétique réaliste**
> 1. L'ancrage dans le Paris du XIXe siècle
> 2. Une scène de départ, prétexte à la représentation de la modernité
> 3. Une vision brouillée et la multiplication des points de vue
>
> **II. L'incipit d'un roman d'apprentissage**
> 1. Le portrait d'un jeune homme romantique
> 2. Un protagoniste ambigu
> 3. Une scène de départ inversée

CONSEIL

Le développement d'un devoir de type bac doit contenir deux ou trois parties, de deux ou trois sous-parties chacune. Attention à bien équilibrer l'ensemble pour éviter des parties de taille disproportionnée.

■ Au brouillon, résumez le contenu de chaque paragraphe : **idée clé**, **citation** et **interprétation de la citation**. Voici le plan détaillé d'une sous-partie :

II. 2. Un protagoniste ambigu

Le portrait de Frédéric Moreau ne préfigure pas un destin héroïque [idée clé].

- « restait... immobile », « contemplait » [citation] : imparfait duratif → passivité du personnage, propension à la rêverie qui contraste avec l'effervescence du quai [interprétation].
- expression « *faire son droit* » en italique [citation] : inscription du personnage dans la banalité d'un type, celui de « l'étudiant ».

zoOm

Comment formuler une problématique ?

Une problématique s'exprime sous la forme d'une question commençant par *comment, pourquoi, en quoi, dans quelle mesure*... et interrogeant **l'originalité** du texte proposé.

Objectif	Exemples de problématiques
S'interroger sur la ou les visées du texte et les attentes du lecteur	• Comment ce texte parvient-il à susciter telle réaction / à installer telle atmosphère ? • Dans quelle mesure cet incipit déjoue-t-il les attentes du lecteur ?
S'interroger sur le genre, la forme, la tonalité du texte ou le courant littéraire dans lequel il s'inscrit	• Dans quelle mesure ce texte de tel genre/ telle tonalité emprunte-t-il aussi à ... ? • Dans quelle mesure ce texte renouvelle-t-il les codes de... ?
Dans le cas d'un poème, d'une description : s'interroger sur ses fonctions ou son sens symbolique	Comment ce poème lyrique permet-il également au poète de s'interroger sur... ?
Dans le cas d'un texte d'idées : s'interroger sur l'efficacité de l'argumentation	• En quoi réside l'efficacité de ce pamphlet ? • En quoi cet extrait de conte constitue-t-il un réquisitoire contre... ?

24 Rédiger le commentaire

En bref *Le commentaire relève d'une démarche argumentative qui doit emporter l'adhésion du lecteur. Il s'appuie donc sur un plan détaillé afin de mettre en valeur la logique de votre réflexion.*

I Rédiger un paragraphe

■ Un paragraphe = une sous-partie = un argument. Chaque paragraphe comporte :
- une **phrase introductive** qui en présente l'**idée clé** ;
- le **développement** de cette idée, illustré de citations brièvement analysées ;
- une **conclusion partielle** qui peut servir de transition entre deux sous-parties.

■ Mettez en évidence le raisonnement en recourant régulièrement à des **connecteurs logiques** qui organisent la réflexion et aident le lecteur à suivre votre démarche.

■ Une disposition typographique particulière doit être respectée. Pour chaque nouveau paragraphe, il faut **aller à la ligne** et marquer l'alinéa.

CONSEIL
Commencez chaque grande partie en annonçant en une phrase l'idée que vous souhaitez démontrer. Sautez une ligne avant chaque grande partie.

II Rédiger l'introduction

L'introduction suit trois étapes, réunies en un unique paragraphe.

■ **L'accroche** permet de capter l'attention de l'examinateur et de circonscrire le champ auquel appartient le texte étudié. Évitez les amorces passe-partout comme « De tous temps, l'homme… » : choisissez plutôt d'inscrire le commentaire dans une perspective historique ou dans une problématique littéraire.

■ **La présentation du texte** consiste à rappeler sa « carte d'identité » : titre, auteur, genre, thème, forme, tonalité…

■ La formulation de la **problématique** et l'annonce du **plan** mettent en évidence votre projet de lecture et les différents axes qui en découlent.

> [accroche] De nombreux romans du XIXe siècle ont pour protagoniste un héros provincial dont on suit l'ascension sociale dans le Paris de l'époque. [présentation du texte] Après le personnage de Rastignac de Balzac, et avant celui de Bel-Ami de Maupassant, Flaubert évoque dans *L'Éducation sentimentale*, la destinée de Frédéric Moreau et, à travers lui, l'aventure morale d'une génération. [problématique] L'incipit nous présente le protagoniste sur le point de quitter Paris : cette ouverture du roman constitue-t-elle un incipit traditionnel ? [plan] Nous montrerons d'abord qu'il s'agit d'un incipit réaliste, puis nous tâcherons de comprendre en quoi il préfigure un roman d'apprentissage dont le héros s'avère déconcertant.

III Rédiger la conclusion

Plus courte que l'introduction, la conclusion contient deux parties.

- **Le bilan** permet de synthétiser ce qui a été dit pendant le développement. Il répond ainsi à la question soulevée dans l'introduction. Soyez bref : ne refaites pas votre devoir et n'ajoutez pas d'idées ou de remarques de style nouvelles.
- **L'ouverture** aide à replacer le problème dans une nouvelle perspective qui peut être chronologique (autre œuvre, autre auteur, autre époque...). Vous avez aussi le loisir d'élargir la thématique.

CONSEIL
Le pronom *je* est à bannir de la copie : préférez-lui le pronom *nous* qui a le mérite d'inclure le lecteur.

[bilan] Certes, l'incipit du roman semble donner au lecteur les informations attendues, mais il déjoue aussi ses attentes. En effet, c'est un faux héros qui lui est présenté et un faux départ qui est mis en scène. Le réalisme dont relève le texte est constamment remis en question par différents brouillages. Ni le héros, ni la situation ne sont ce qu'ils paraissent. S'il s'agit bien du début d'un roman d'apprentissage, on pressent que cette « éducation sentimentale » sera celle d'un antihéros et qu'elle se soldera par des désillusions. [ouverture] S'écartant ainsi de la figure traditionnelle du héros réaliste, Flaubert ouvre la voie au roman moderne.

zoOm
Maîtriser le vocabulaire de l'analyse littéraire

Un champ lexical...	se déploie, se développe...
Un effet...	• est créé, est produit • est perceptible dans • est rendu, est traduit par • se dégage de, émane de, naît de
Une figure de style...	• accentue, souligne • met en évidence, en relief, en valeur • confère au texte un aspect, un caractère, une dimension
Un procédé stylistique...	• confirme, exprime, évoque, suggère, traduit, suscite • contribue à produire

25 Contracter un texte

En bref *La contraction de texte est un exercice de l'épreuve écrite de français en séries technologiques. Il s'agit de réécrire un texte de 1000 mots environ au quart de sa longueur (250 mots) tout en lui restant fidèle.*

I Comprendre le texte

1 Lire le paratexte et le texte

- Relevez **les indices du paratexte** (auteur, titre, source, date) :

Que pouvez-vous déduire du **titre** ? Le texte s'inscrit-il dans un **contexte historique** particulier ? Dans un mouvement **littéraire** que vous connaissez ? Avez-vous des informations sur **l'auteur** ?

- Lisez attentivement le texte pour en saisir **la signification et les enjeux :**

À quel **genre** de texte avez-vous affaire ? Quel est le **thème** principal ? Quelle est la **thèse** défendue par l'auteur ? Quelle est la **tonalité** dominante ?

> **À NOTER**
> Un thème peut se résumer en un mot, une thèse en une phrase.

2 Analyser le texte

Surlignez **les mots et les idées clés** de chaque paragraphe et encadrez **les connecteurs** qui articulent la pensée de l'auteur. Donnez leur sens : opposition, addition, concession… Cette étape vous permet de comprendre le cheminement du raisonnement : notez au brouillon **le plan du texte**.

3 Sélectionner l'essentiel

- Vous devez ensuite procéder à une étape de **suppression.** Barrez les idées non essentielles, les répétitions et les digressions, les effets oratoires. Remplacez les énumérations par des termes généralisants.

- Voici un exemple à l'échelle d'un paragraphe :

> L'attitude la plus ancienne, et qui repose sans doute sur des fondements psychologiques solides puisqu'elle tend à réapparaître chez chacun de nous quand nous sommes placés dans une situation inattendue, consiste à répudier purement et simplement les formes culturelles : morales, religieuses, sociales, esthétiques, qui sont les plus éloignées de celles auxquelles nous nous identifions. ~~« Habitudes de sauvages », « cela n'est pas de chez nous », « on ne devrait pas permettre cela », etc.~~, autant de réactions grossières qui traduisent ce même frisson, cette même répulsion en présence de manières de vivre, de croire ou de penser qui nous sont étrangères.

Claude Lévi-Strauss, *Anthropologie structurale II*, *Race et histoire* (1973), © Plon

idée clé | connecteur logique | énumérations | exemples

II Élaborer la contraction

1 Rédiger la contraction au brouillon

- L'objectif de l'exercice est d'évaluer votre compréhension du texte : vous devez **reformuler les idées de l'auteur** avec vos propres mots, mais sans les déformer.

> **À NOTER**
> Vous vous substituez à l'auteur, vous devez donc adopter son système d'énonciation dans votre résumé (1re ou 3e personne, présence ou absence du locuteur).

- **Résumez chaque paragraphe** en vous aidant de votre travail préparatoire. Le texte de Claude Lévi-Strauss proposé pourrait par exemple être résumé ainsi :

  Nous avons tendance à rejeter d'emblée les éléments culturels qui nous sont étrangers.

- **Hiérarchisez** les informations et veillez à expliciter la progression du raisonnement à l'aide de **connecteurs logiques**.

2 Relire et calibrer la contraction

- Retravaillez votre brouillon pour **améliorer** votre texte, le rendre plus fluide et le **réduire** si nécessaire pour respecter le calibrage imposé.
- **Recopiez au propre** en soignant la **présentation** et **l'orthographe**. Relisez-vous une dernière fois et n'oubliez pas d'indiquer le **nombre de mots utilisés** !

zoOm

Quelques conseils de rédaction

Voici quelques conseils pour bien rédiger une contraction de texte.

À ne pas faire	À faire
Ne jamais commencer par « l'auteur dit que... »	Formuler des phrases courtes et simples
Ne pas utiliser de tirets ou de style télégraphique	Utiliser des connecteurs qui articulent la pensée de l'auteur
Ne pas dépasser le nombre de mots indiqué (± 10 %)	Respecter le système d'énonciation du texte

26 Rédiger un essai

En bref *L'essai qui vous est demandé à la suite de la contraction de texte est un écrit argumentatif qui traite le même thème mais fait appel à votre culture personnelle. L'ensemble doit être construit ; un plan préalable est donc indispensable.*

I Comprendre le sujet

- Après une première lecture du sujet, soulignez les mots qui vous semblent importants. Sur votre brouillon, définissez-les, et notez les idées et les exemples qui vous viennent d'emblée à l'esprit.
- Reformulez ensuite la thèse qu'implique le sujet et par rapport à laquelle vous prendrez position dans votre essai.

À NOTER
Le jour du bac, une bonne connaissance de l'œuvre et du parcours de littérature d'idées étudiés pendant l'année vous sera très utile pour guider votre réflexion.

II Élaborer la trame

1 Choisir des arguments et des exemples

- Utilisez le texte que vous avez contracté : En quoi la thèse défendue par l'auteur peut-elle répondre au sujet de l'essai ? Comment vous situez-vous par rapport à celle-ci ?
- Réfléchissez ensuite aux textes étudiés en classe : Comment pouvez-vous les rattacher au sujet ? Quels arguments vous permettent-ils d'illustrer ?
- Élargissez enfin votre réflexion à votre culture générale : Connaissez-vous d'autres œuvres sur lesquelles vous pourriez vous appuyer ? Si l'essai porte sur une question éthique, vous pouvez aussi emprunter des exemples à l'histoire ou à l'actualité.

2 Construire le plan

- Si vous construisez un **plan dialectique**, vous devez d'abord développer des arguments qui vont dans le sens de la thèse (première partie), puis nuancer votre position (deuxième partie). Vous pouvez (mais ce n'est pas obligatoire) redéfinir le sujet dans une troisième partie, en l'élargissant.
- Vous pouvez également opter pour un plan thématique : dans ce cas, chaque partie développe un des arguments qui vont dans le sens de la thèse.

CONSEIL
Vos parties ne doivent pas se contredire : il s'agit de nuancer dans le II ce qui a été avancé dans le I.

III Rédiger l'essai

1 Rédiger l'introduction et la conclusion

■ L'introduction suit trois étapes :
- l'**amorce**, en une ou deux phrases, définit le thème.
- la **problématique** rappelle la question posée par le sujet ;
- l'**annonce du plan** permet de définir les deux ou trois parties qui seront traitées dans le développement.

■ La conclusion s'organise en deux parties :
- le **bilan** reprend le développement de façon synthétique et répond à la problématique ;
- l'**ouverture** permet d'introduire une réflexion qui dépasserait la problématique traitée.

2 Rédiger le développement

■ L'ensemble de votre développement doit être minutieusement agencé et cette organisation doit apparaître **visuellement**. Ainsi, le début de chaque grande partie sera marqué par un alinéa et par un connecteur logique.

■ Chaque paragraphe de votre développement doit contenir :
- une **idée clé** (l'argument) ;
- un ou deux **exemples** qui l'illustrent ;
- une **explication de l'exemple** qui permet de faire le lien avec l'argument.

zoOm

Un exemple d'introduction

Voici un exemple d'introduction sur le sujet : *La littérature offre-t-elle selon vous des outils efficaces pour dénoncer les discriminations ?*

> La littérature offre aux écrivains la possibilité de partager leur vision du monde et d'exprimer leur point de vue sur des thèmes qui leur tiennent à cœur. Les discriminations en font souvent partie, car elles mettent en cause les principes essentiels d'égalité et de justice. Ainsi, nous pouvons nous demander dans quelle mesure la littérature offre des moyens efficaces pour dénoncer les discriminations. Dans une première partie, nous verrons de quels moyens la littérature dispose pour ce faire, puis nous analyserons dans une seconde partie quelles en sont les limites.

L'introduction comporte bien : une amorce, l'énoncé de la problématique et l'annonce du plan.

OBJECTIF BAC

1 Rédiger un axe de lecture • Sartre, *Les Mains sales* (1948)

1 h 30

Comment passer du plan détaillé à la rédaction ? Pour vous y entraîner, nous allons vous guider dans l'écriture d'une grande partie, correspondant à un axe de lecture.

LE SUJET

Rédigez la deuxième partie d'un commentaire de cet extrait des *Mains sales* en vous aidant de la problématique et du plan fournis.

Les Mains sales *évoque la lutte d'un parti communiste contre le nazisme, dans un état imaginaire d'Europe de l'Est. Hugo est un jeune intellectuel bourgeois, qui a épousé la cause communiste. Devenu secrétaire particulier d'Hoederer, il a pour mission secrète de tuer ce dirigeant qui prône l'alliance avec les conservateurs. Le jeune idéaliste s'oppose ici à l'homme mûr, efficace mais dépourvu de toute illusion.*

HOEDERER. – (...) Ce n'est pas en refusant de mentir que nous abolirons le mensonge : c'est en usant de tous les moyens pour supprimer les classes.

HUGO. – Tous les moyens ne sont pas bons.

HOEDERER. – Tous les moyens sont bons quand ils sont efficaces.

HUGO. – Alors, de quel droit condamnez-vous la politique du Régent ? Il a déclaré la guerre à l'URSS parce que c'était le moyen le plus efficace de sauvegarder l'indépendance nationale.

HOEDERER. – Est-ce que tu t'imagines que je la condamne ? Il a fait ce que n'importe quel type de sa caste aurait fait à sa place. Nous ne luttons ni contre des hommes ni contre une politique mais contre la classe qui produit cette politique et ces hommes.

HUGO. – Et le meilleur moyen que vous ayez trouvé pour lutter contre elle, c'est de lui offrir de partager le pouvoir avec vous ?

HOEDERER. – Parfaitement. Aujourd'hui, c'est le meilleur moyen. *(Un temps)* Comme tu tiens à ta pureté, mon petit gars ! Comme tu as peur de te salir les mains. Eh bien, reste pur ! À quoi cela servirait-il et pourquoi viens-tu parmi nous ? La pureté, c'est une idée de fakir et de moine. Vous autres, les intellectuels, les anarchistes bourgeois, vous en tirez prétexte pour ne rien faire. Ne rien faire, rester immobile, serrer les coudes contre le corps, porter des gants. Moi j'ai les mains sales. Jusqu'aux coudes. Je les ai plongées dans la merde et dans le sang. Et puis après ? Est-ce que tu t'imagines qu'on peut gouverner innocemment ?

Jean-Paul Sartre, *Les Mains sales*, acte V, scène 3 (1948),

• **Problématique :**
Comment ce dialogue met-il en évidence l'opposition entre les deux hommes ?

• **Plan :**

I. Un affrontement verbal
1. Deux positions antagonistes
2. L'enchaînement des répliques

II. Une scène qui donne à voir la supériorité d'Hoederer
1. Un dialogue entre maître et disciple
2. La force de l'argumentation d'Hoederer

▶▶▶ LA FEUILLE DE ROUTE

Étape 1 Formuler les idées clés

Ici, les idées clés du II vous sont données. Vous pouvez les résumer ainsi :
1. La supériorité d'Hoederer se manifeste d'abord par le rapport hiérarchique qui s'instaure entre les deux personnages : il s'agit d'un **dialogue entre un maître et son disciple**.
2. Cette supériorité est confirmée par l'**efficacité de l'argumentation** d'Hoederer, qui lui donne un ascendant sans appel sur son secrétaire.

Étape 2 Étayer les idées clés

■ Pour illustrer le rapport hiérarchique qui s'établit entre les deux personnages, vous devez étudier **la manière dont chacun s'adresse à l'autre** : pronoms personnels, types et formes de phrases, temps et modes verbaux, registre de langue... Comment Hoederer assied-il son autorité ?

■ Pour nourrir votre deuxième sous-partie, analysez la **stratégie argumentative d'Hoederer** et les **procédés** qu'il utilise (oppositions, questions rhétoriques, présent de vérité générale...). Portez une attention particulière à la **dernière réplique** : le propos, qui était général et théorique, se fait plus personnel et plus expressif (phrases nominales, interjection, registre familier...)

Étape 3 Rédiger l'axe de lecture → CORRIGÉ p. 83

2 Contracter un texte

2 h

Le texte à contracter est issu d'un essai contemporain d'Albert Memmi. L'auteur aborde ici le thème du racisme, dont il s'efforce d'analyser les causes.

LE SUJET

Contractez le texte suivant en 140 mots environ.

Albert Memmi est un écrivain juif tunisien. Son œuvre est largement consacrée à une réflexion sur la colonisation et sur le racisme. Il explore ici le concept d'hétérophobie.

Non, il nous faut admettre, *en même temps*, ces deux constats : le racisme est insoutenable, par n'importe quel esprit, même médiocrement doué, et il y a en nous quelque chose qui, presque malgré nous, nous pousse, sous une forme ou sous une autre, à le soutenir. C'est contradictoire, embarrassant et assez terrible. Ce moteur inlassable, inusable, jusqu'ici en tout cas, j'ai proposé de l'appeler d'un terme qu'il m'a fallu forger : *l'hétérophobie*, ou la peur agressive d'autrui. Ce malaise diffus devant les autres, il est aussi difficile d'en rendre compte que de l'amour d'autrui, avec lequel, heureusement, il coexiste. C'est un fait aussi dense, aussi inesquivable, complémentaire, comme s'il n'y avait guère de zone neutre. [...] En gros, chaque fois que nous nous trouvons devant un individu ou un groupe différent ou mal connu, nous en ressentons quelque malaise. Dans une entreprise comme dans une armée ; même au sein d'un clergé ; ne parlons pas des artistes menés par leur excessive sensibilité. Notre inquiétude peut nous pousser à adopter des attitudes de méfiance et même de refus hostile. Lesquelles n'excluent pas, du reste, des sentiments ambivalents d'attente et d'espoir : on le voit chez l'enfant, toujours prêt, à la fois, à prendre peur et à sourire [...]. On le voit dans le tourisme, où l'inconnu nous fascine et nous inquiète. C'est pourquoi certains philosophes ont pu affirmer que l'homme est un loup pour l'homme, et d'autres que l'homme est plein d'amour pour l'homme : chaque partie a exprimé la moitié de la vérité.

Plus grave : cette réaction à base de peur et de concurrence, ne relève pas seulement du délire : elle a une *fonction* : elle fut et, en un sens, reste vitale pour l'espèce humaine. Pour survivre, l'homme a dû souvent défendre son intégrité et ses biens et, à l'occasion, s'approprier ceux d'autrui, biens mobiliers et immobiliers, aliments, matières premières, territoire, femmes, biens réels ou imaginaires, religieux, culturels et symboliques. De sorte qu'il est *à la fois* agresseur et agressé, terrifiant et terrifié. Car, puisque chacun en fait autant, on ne sait plus où commence ce cercle infernal de la défense et de l'agression. Cela fait partie de notre histoire et de notre mémoire collective ; et avons-nous vraiment changé depuis ? [...]

Ce *refus terrifié et agressif d'autrui* n'est pas encore exactement le racisme. Mais le racisme est une élaboration discursive, une justification de ces émotions simples. Il m'a semblé nécessaire de distinguer ces deux niveaux et de les nommer différemment. Sinon, personne n'avouerait son hétérophobie, avec laquelle nous devons pourtant composer pour mieux exorciser le racisme. Inutile de soupçonner et d'accuser tout le monde : sommes-nous tous racistes ? Non, mais nous sommes tous exposés à l'hétérophobie. Le racisme vient se greffer sur ce fonds commun et se singularise selon la tradition culturelle de chacun, et la victime occasionnelle qu'il rencontre. C'est la société, notre langage, notre littérature, qui nous proposent complaisamment des moules, des casiers déjà préparés où ranger nos émotions. Inquiets malgré nous devant un homme aux traits asiatiques, nous puisons spontanément dans les figures négatives de Chinois ou de Japonais que nous offrent la littérature ou le cinéma. Idem pour les Juifs ou les Arabes, ou même pour les femmes. Sommes-nous déroutés devant une femme ? Les stéréotypes de la garce, de la vamp, ou même de la sorcière, sont aussitôt à notre disposition. Cet aspect conjoncturel, culturel, du racisme ne le rend pas moins dangereux, car nous le suçons, tous ou presque, dès notre première gorgée de lait, nous l'avalons avec nos premières tartines, à l'école et dans la rue, dans les préjugés familiaux, dans les livres, les films, et même dans les religions. Mais si le racisme est social et culturel, l'hétérophobie est une donnée animale. Le racisme une misérable machine de mots pour justifier notre hétérophobie et en tirer profit. Discours aberrant et intéressé de l'hétérophobie, le racisme n'est qu'une illustration particulière d'un mécanisme plus vaste qui l'englobe.

Albert Memmi, *Ce que je crois* (1985),

▶▶▶ LA FEUILLE DE ROUTE

Étape 1 Faire la carte d'identité du texte

- **Genre** : essai
- **Thème** : le racisme
- **Situation d'énonciation** : l'auteur s'exprime à la 1re personne (« je », « nous »).
- **Thèse** : il existe chez tout être humain une peur agressive d'autrui (hétérophobie) qui se distingue du racisme, mais sur laquelle il se fonde.

Étape 2 Comprendre la structure du texte

- Lignes 1 à 10 : l'auteur définit l'**hétérophobie**, « la peur agressive d'autrui », qu'il distingue du **racisme**.
- Lignes 10 à 21 : il illustre ce concept à travers des exemples concrets du **malaise** face à ce qui diffère de nous.
- Lignes 22 à 31 : il explique ensuite que cette hétérophobie est « **vitale pour l'espèce humaine** ».
- Lignes 32 à 56 : il établit la distinction entre hétérophobie et racisme, le racisme étant une « **élaboration discursive** » de l'hétérophobie, c'est-à-dire un discours greffé par la société sur cette peur première.

Étape 3 Hiérarchiser et reformuler les idées de l'auteur

On peut distinguer quatre idées principales :

• L'hétérophobie est la peur d'autrui.

• Elle coexiste avec d'autres sentiments plus positifs vis-à-vis d'autrui.

• Elle relève d'une attitude de défense naturelle, qui a permis en un sens la survie de l'espèce humaine.

• Le racisme, au contraire, est une production sociale qui se nourrit de notre hétérophobie et prétend la justifier.

Étape 4 Rédiger la contraction → CORRIGÉ p. 84

3 Rédiger un essai

2 h

L'essai est l'occasion pour vous de développer une réflexion personnelle, en vous appuyant sur le texte fourni et sur vos connaissances. L'essai porte ici sur le thème de l'engagement de l'écrivain.

LE SUJET

Comment l'écrivain peut-il contribuer à changer la société ?

Vous répondrez à cette question dans un développement organisé, en vous appuyant sur le texte de l'exercice 7 et sur vos connaissances personnelles.

▸▸▸ LA FEUILLE DE ROUTE

Étape 1 Comprendre le sujet

■ Mots clés : « comment... peut-il » [→ moyens], « s'engager dans la société »

Thème : l'engagement de l'écrivain dans la société.

Présupposé : l'écrivain peut contribuer à changer la société.

■ Le texte de départ donne l'exemple d'un auteur engagé qui met à profit la forme de l'essai pour analyser les causes du racisme.

Étape 2 Organiser ses idées

■ Vous pouvez adopter un plan en deux parties.

• Dans un premier temps, montrez que l'écrivain peut s'engager en défendant ses convictions dans ses œuvres.

• Puis montrez qu'il peut également s'impliquer de manière plus concrète dans la société de son temps.

■ Utilisez des exemples variés : puisez dans tous les genres de l'argumentation → FICHE 6, et à toutes les époques.

Étape 3 Rédiger l'essai → CORRIGÉ p. 84

CORRIGÉS

OBJECTIF BAC

1 Rédiger un axe de lecture

[axe de lecture] La scène donne à voir la supériorité d'Hoederer, un homme d'action dénué d'illusions face à son secrétaire, un jeune idéaliste. **[annonce de la sous-partie]** Un **rapport de force** s'établit d'abord entre les deux hommes, qui oppose le maître au disciple. **[justification à l'aide du texte]** Inexpérimenté et peu sûr de lui, Hugo **vouvoie** Hoederer. La brièveté de ses répliques, dont la plupart sont à la forme interrogative, le place en position d'infériorité. Il a tout à apprendre d'Hoederer, qui le domine par son assurance et son expérience.

Plein de certitudes, ce dernier le **tutoie**, l'apostrophe avec mépris (« mon petit gars », l. 15) et se permet de le **ridiculiser** grâce aux exclamations « Comme tu tiens... Comme tu as peur... » (l. 15-16). Il se propose également de lui enseigner les rudesses de l'existence et de le faire profiter de son expérience à travers des **maximes** telles que : « La pureté, c'est une idée de fakir et de moine ». La pureté morale défendue par Hugo serait une idée bourgeoise condamnable et stérile : « vous en tirez prétexte pour ne rien faire » (l. 18-19). **[transition]** Hoederer apparaît donc ici comme le **maître du jeu**, ce qui se traduit par une argumentation habile et efficace.

[annonce de la sous-partie] Le dialogue se construit en effet comme une joute verbale où les mots font office d'armes, et dans laquelle Hoederer a un ascendant évident. **[justification à l'aide du texte]** Dès le début de l'extrait, il réfute la position adverse de manière catégorique, sans même argumenter, à travers une **opposition au présent de vérité générale** : « Ce n'est pas ! C'est... ». Il ne contredit pas directement Hugo mais assume ses propres positions et les lui explique : « Nous ne luttons ni contre... ni contre... mais contre... » (l. 9-11), « Aujourd'hui, c'est le meilleur moyen » (l. 14). Contrairement aux questions de Hugo qui attendent des réponses, celles d'Hoederer sont **rhétoriques** (« Est-ce que tu t'imagines... ? », « À quoi cela servirait-il... ? »). Le ton change dans la dernière réplique : il ne s'agit plus d'argumenter de façon générale mais de souligner **l'antagonisme entre Hugo et Hoederer**. L'exclamation « Comme tu as peur de te salir les mains » est à confronter à « moi j'ai les mains sales ». Les phrases nominales, l'interjection « eh bien » et le terme familier « dans la merde » traduisent le franc-parler et l'emportement d'Hoederer.

La position de celui-ci est d'autant plus convaincante pour le spectateur qu'il sait que Hugo est chargé de tuer son supérieur. Sartre joue ici de l'ironie tragique pour valider davantage les propos d'Hoederer.

DES POINTS EN +

Faites le lien entre le personnage d'Hoederer et Sartre lui-même, convaincu que l'écrivain doit, lui aussi, se salir les mains et s'engager par l'écriture.

2 Contracter un texte

Voici une proposition de corrigé.

L'idée du racisme nous est intolérable et pourtant nous portons en nous une peur agressive d'autrui qui nous conduit à la méfiance et au sentiment d'être agressés par ce qui n'est pas nous. J'ai appelé cette peur « hétérophobie ». Heureusement, elle coexiste avec des attitudes plus positives vis-à-vis de l'autre. Il n'en demeure pas moins que cette réaction de défense hostile a une fonction profondément ancrée dans notre mémoire parce qu'elle est aussi ancienne que les premières formes de société. Peut-être même a-t-elle permis la survie de l'espèce humaine, nous conduisant tous à être, dans ce rejet, à la fois agresseur et victime. Mais, si l'hétérophobie est une réaction à ce qui nous est étranger, c'est la société qui produit le racisme, en tant que discours capable d'imprégner notre vie quotidienne et de façonner nos préjugés.
(137 mots)

À NOTER
La contraction reprend le système énonciatif du texte original (1re personne) ainsi que sa progression logique.

3 Rédiger un essai

[Introduction]
La littérature ne se limite pas à créer un univers imaginaire ou à célébrer le beau et le monde, elle peut proposer au lecteur une réflexion sur la société. L'écrivain utilise alors sa plume pour défendre ses idées. Dans quelle mesure peut-il se servir de son art pour guider ses contemporains et transformer la société ?

I. Le rôle moral de l'écrivain

La littérature offre à l'écrivain un espace d'expression et de réflexion : il joue alors un rôle de guide et peut mettre ses lecteurs en garde contre les travers de la société. Les moralistes de l'époque classique, comme La Bruyère ou La Fontaine, assignaient ainsi une valeur morale à leur art : il devait instruire les lecteurs des travers humains. Tel était également le projet de Molière, qui voulait, avec ses comédies, corriger les mœurs par le rire. Au XVIIIe siècle, les écrivains et philosophes des Lumières engagent les lecteurs à sortir de l'obscurantisme politique et religieux : dans les *Lettres persanes*, par exemple, Montesquieu livre une critique de la France de son temps à travers la correspondance fictive de voyageurs persans. Notons que l'écrivain peut également se dispenser du détour de la fiction : depuis Montaigne, les essayistes prennent ainsi la plume pour partager avec le lecteur leurs réflexions sur différents sujets. C'est le cas d'Albert Memmi dont le texte s'interroge et *nous* interroge sur les causes profondes du racisme. L'écrivain dispose ainsi d'un statut privilégié pour montrer à ses lecteurs les défauts de leur époque et les guider vers un avenir meilleur.

II. L'écrivain au cœur des combats de son temps

Cependant, l'artiste peut également endosser un rôle plus actif en s'engageant pour une cause précise ou dans des combats réels. Par sa notoriété et son habileté à manier la langue, il donne voix aux plus faibles et dénonce efficacement les injustices. Ainsi, au XVIIIe siècle, **Voltaire** s'engage pour réhabiliter le protestant Calas dans son *Traité sur la Tolérance* ou le Chevalier de La Barre dans l'article « Torture » de *l'Encyclopédie*. Un siècle plus tard, **Zola** prend la défense du capitaine Dreyfus à travers sa lettre ouverte « J'Accuse » : contraint de s'exiler pour échapper à la prison, l'écrivain obtient néanmoins la révision du procès. **Victor Hugo** met également sa plume au service des combats de son temps : dans *Le Dernier jour d'un condamné*, il livre un réquisitoire contre la peine de mort. Son engagement, à la fois littéraire et politique, contre Napoléon III lui vaudra l'exil en 1852. Au XXe siècle, **les poètes surréalistes** comme Éluard, Aragon ou Desnos dénoncent l'oppression nazie : le poème « Liberté » d'Éluard est ainsi parachuté sur le sol français pour galvaniser la Résistance.

[Conclusion]

L'écrivain peut donc contribuer à changer la société de multiples manières : il peut aider le lecteur à prendre conscience des problèmes de son époque, mais aussi s'engager de manière plus concrète dans les combats de son temps.

CRITÈRES DE RÉUSSITE

- L'essai comporte introduction, développement et conclusion.
- Les arguments sont développés. Ils sont illustrés par des exemples.
- L'orthographe et la syntaxe sont respectées.

27 Préparer une explication linéaire

En bref *L'explication linéaire d'un texte consiste à en commenter les procédés et les effets en suivant le fil de la lecture. Il ne s'agit pas de paraphraser le texte mais d'en expliciter le sens et l'intérêt littéraire.*

I S'approprier le texte

1 Faire la « carte d'identité » du texte

En vous appuyant sur le paratexte et sur une lecture attentive du texte, vous devez répondre aux questions suivantes :

Qui ?	Qui est l'auteur ? Que savez-vous de lui ?
Quand ?	Quelle époque ? Quel mouvement ?
Quoi ?	• Quel est le genre du texte ? • Quel est le thème ? • Quelle place l'extrait occupe-t-il dans l'œuvre ?
Comment ?	• Qu'est-ce qui fait l'intérêt, l'originalité du texte ? • Quels procédés littéraires repérez-vous dès cette première lecture ? Quelle est la tonalité dominante ?
Pourquoi ?	Quels sont les buts, les visées de l'auteur ?

CONSEIL
Appuyez-vous sur vos impressions de lecture : Qu'avez-vous ressenti ? Prenez en compte le titre de la séquence dont le texte est issu : il vous aidera à déterminer la problématique.

2 Dégager une problématique

■ La problématique explicite **l'enjeu principal du texte** : elle servira de fil directeur à votre explication. Reliez les éléments de réponse que vous avez donnés au « quoi » et au « pourquoi » à travers une question qui commence par « dans quelle mesure... » ou par « en quoi... ».

■ Par exemple, à la lecture de la scène 2 de l'acte I du *Malade imaginaire* de Molière, vous avez noté :

- Quoi ? Une scène de comédie dans laquelle deux personnages se disputent.
- Pourquoi ? Molière vise à ridiculiser les hypocondriaques.

Se dessine alors la problématique suivante :

En quoi cette scène de conflit [« se disputent »] permet-elle de faire rire [« comédie »] tout en critiquant [« ridiculiser »] ?

Ou encore : En quoi cette scène de conflit répond-elle au double objectif de plaire et d'instruire ?

II Analyser le texte

1 Dégager les mouvements du texte

■ Avant d'analyser le texte dans le détail, vous devez en **comprendre la structure** et l'organisation générale. Appuyez-vous sur les paragraphes, la présence de connecteurs et la progression des idées ou de l'action pour élaborer un plan détaillé de l'extrait à étudier.

■ Ne perdez pas de vue, au cours de ce travail, la problématique : celle-ci est le **fil conducteur** de votre explication.

2 Repérer et interpréter les procédés

■ Vous devez ensuite analyser le texte plus précisément : il ne s'agit pas de **paraphraser** le texte mais de relever et d'interpréter les procédés d'écriture **en lien avec la problématique définie**.

> **CONSEIL**
> Pour éviter la paraphrase, ne commencez pas vos phrases par « L'auteur dit que... ».

■ Soyez attentif aux **réseaux de sens** dans un même mouvement : mots appartenant au même champ lexical, figures de style similaires ou produisant le même effet...

zoOm

Les principaux procédés à observer

■ Les procédés d'écriture utilisés dépendent bien entendu du texte étudié. Le schéma ci-dessous vous fournit quelques pistes pour nourrir votre analyse.

Principaux procédés
- les **phrases** : type, construction, rythme...
- le **lexique** : champs lexicaux, synonymie, reprises lexicales...
- les **figures de style** : analogie, opposition, substitution, atténuation, exagération...
- les **effets sonores** : assonances, allitérations

■ Reportez-vous à la partie « Maîtriser les outils de l'analyse » (p. 103 à 144) pour réviser ces notions.

28 Présenter le texte à l'oral

En bref *Que vous présentiez le texte en classe ou face à un examinateur, vous devez veiller à être clair et à ne pas parler trop vite. Votre objectif est de partager votre interprétation du texte et de convaincre de sa pertinence.*

I Lire le texte

1 Quelques conseils généraux

■ La lecture du texte est un moment à ne pas négliger. Il se situe **avant l'annonce de la problématique et du plan**. Lire correctement le texte vous permet de montrer que vous l'avez compris.

■ Entraînez-vous à **parler distinctement**, à lire lentement et à être expressif. Soyez particulièrement attentif à la ponctuation : elle détermine le sens du texte.

2 Quelques conseils spécifiques

■ Pour lire **un poème** :
- Respectez le rythme induit par la versification.
- Prononcez les *e* quand il le faut, ainsi que les diérèses éventuelles.
- Respectez les assonances et les allitérations repérées lors du travail préparatoire.

■ Pour lire **un texte d'idées :**
Faites vôtre le propos défendu par le texte et marquez des pauses entre les différents arguments. Respectez les exclamatives et les questions rhétoriques.

■ Pour lire **un extrait de récit :**
Faites entendre les changements de rythme ; si la phrase est ample, ralentissez votre rythme de lecture, et accélérez au contraire lorsque le rythme est plus rapide.

■ Pour lire **un extrait de théâtre :**
- Demandez à votre professeur s'il souhaite que vous lisiez les **didascalies**. Le plus souvent, vous êtes invité à ne lire que les didascalies longues, qui informent sur le lieu ou l'action (particulièrement présentes dans le théâtre moderne).
- Adoptez un **ton différent** pour chacun des personnages et marquez les apartés.

II Expliquer le texte

1 Introduire son explication

Dans l'introduction, vous devez réinvestir tous les éléments de réponse de la question « Quoi ? » (→ FICHE 27). Gardez en tête l'image de l'**entonnoir** : abordez l'idée la plus générale en premier et progressez vers l'idée la plus précise.

- Commencez par situer **l'œuvre** : contexte historique et littéraire dans lequel elle s'inscrit, auteur, titre et genre.
- Présentez ensuite **le texte** en précisant son thème, sa tonalité et sa place dans l'œuvre (par exemple, en quoi s'agit-il d'un moment charnière ?).
- Terminez l'introduction en énonçant votre **problématique** et votre **plan** (l'enjeu du texte).

2 Développer l'explication

- Suivez le fil du texte et précisez régulièrement le numéro des lignes (ou des vers) auxquel(le)s vous faites référence afin de permettre à l'examinateur de vous suivre.
- Pour **éviter la paraphrase**, ne commencez pas par « L'auteur dit que... » : formulez votre idée clé, puis illustrez-la en relevant et en interprétant les procédés utilisés.

3 Conclure

- Faites la **synthèse** de votre développement en reprenant les points forts de votre analyse, ce qui permettra de répondre à la problématique
- Vous pouvez ménager une **ouverture** vers d'autres textes qui feraient écho à celui que vous avez analysé, à condition de pouvoir justifier ce choix.

À NOTER

Le jour de l'oral, vous devrez également répondre à une **question de grammaire** sur le texte que vous aurez expliqué.

zoOm

De la prise de notes à la prise de parole

- Comme dans un commentaire écrit, chaque moment de votre explication doit comporter les éléments suivants : idée clé + procédés + citation + interprétation.
- Voici un exemple issu d'une explication du *Malade imaginaire* de Molière (I,2).

Notes

Colère d'Argan exagérée : insultes + interjection + formes exclamatives (voir lignes…) → emportement disproportionné → Argan ridicule.

À l'oral

Dans les premières lignes de cette scène, Molière tourne en ridicule la colère d'Argan en l'exagérant. Ses répliques comportent de nombreuses insultes, souvent renforcées par l'interjection « Ah ! » : « Ah ! chienne ! ah ! carogne », « Ah ! traîtresse ! ». Ces procédés, associés à la forme exclamative, traduisent un emportement disproportionné et font d'Argan un personnage ridicule.

OBJECTIF BAC

1 Expliquer un texte à l'oral • Ronsard, *Sonnets pour Hélène* (1578)

20 min

Ronsard appartient au groupe de la Pléiade dont l'une des ambitions est d'enrichir la langue française en s'inspirant de l'Antiquité. Le poète exploite dans ce recueil la forme très codifiée du sonnet pour célébrer l'amour et la beauté.

LE SUJET

1. Expliquez ce sonnet de Ronsard en adoptant une approche linéaire.

Ton extrême beauté par ses rais me retarde
Que je n'ose mes yeux sur les tiens assurer :
Débile je ne puis leurs regards endurer.
Plus le Soleil éclaire, et moins on le regarde.

Hélas ! tu es trop belle, et tu dois prendre garde
Qu'un Dieu si grand trésor ne puisse désirer,
Qu'il ne t'envole au ciel pour la terre empirer.
La chose précieuse est de mauvaise garde.

Les Dragons[1] sans dormir, tous pleins de cruauté,
Gardaient les pommes d'or pour leur seule beauté :
Le visage trop beau n'est pas chose trop bonne.

Danaé[2] le sut bien, dont l'or se fit trompeur.
Mais l'or qui dompte tout, devant tes yeux s'étonne,
Tant ta chaste vertu le fait trembler de peur.

Ronsard, *Sonnets pour Hélène* (1578)

1. Référence aux pommes d'or gardées par un dragon dans le jardin des Hespérides. Hercule parvient à les cueillir dans l'un de ses douze travaux. 2. Dans la mythologie grecque, Zeus séduit Danaé en prenant l'apparence d'une pluie d'or.

À NOTER
Ce poème est extrait des *Sonnets pour Hélène*, une commande de la reine Catherine de Médicis. L'œuvre est dédiée à Hélène de Surgères, une jeune suivante de la Reine.

2. Question de grammaire : analysez la structure syntaxique du vers 12.

LA FEUILLE DE ROUTE

Étape 1 Faire la carte d'identité du texte

- **Quoi ?** Un sonnet en alexandrins sur le thème de la beauté d'une femme.
- **Comment ?** Tonalité lyrique ; description hyperbolique de la beauté ; nombreuses allusions mythologiques.
- **Pourquoi ?** Un éloge de la beauté et de la vertu de la femme à laquelle il s'adresse, doublé d'une mise en garde car sa beauté peut susciter des convoitises.

Étape 2 Analyser les principaux procédés

- Relevez les procédés contribuant à l'**éloge de la beauté** de la femme, notamment dans les deux quatrains : hyperboles, champ lexical de la lumière, métaphore assimilant la femme au soleil...
- Les vers 4, 8 et 11 sont au **présent de vérité générale** : quel est l'effet produit ?
- Quelle notion permet de faire le lien entre le 1er tercet et les quatrains ? Analysez la description des dragons, puis celle de Danaé : quelle est la portée de ces **exemples mythologiques** ? (Aidez-vous des notes pour comprendre les allusions.)
- Les **deux derniers vers** introduisent une nouvelle notion qui modifie le sens du poème : de quoi Ronsard fait-il finalement l'éloge ?

Étape 3 Formuler la problématique

Les procédés analysés mettent en évidence une **double visée** : faire l'éloge de la beauté d'Hélène et formuler une mise en garde contre les dangers d'une trop grande beauté. On peut donc se demander comment Ronsard confère une portée universelle à l'éloge d'Hélène.

Étape 4 Faire le plan détaillé

On peut distinguer **trois mouvements** :

I. L'évocation de la beauté (v. 1 à 8)

II. La portée des exemples mythologiques (v. 9 à 12)

III. La pointe qui conclut le sonnet (v. 13-14)

Étape 5 Présenter le texte à l'oral → CORRIGÉ p. 92

CONSEIL

Pour répondre à la question de grammaire, déterminez combien la phrase comporte de propositions et identifiez leur nature. Si la structure de la phrase diffère du langage courant, indiquez-le.

CORRIGÉS

OBJECTIF BAC

1 Expliquer un texte à l'oral • Ronsard, *Sonnets pour Hélène* (1578)

1. Explication linéaire du texte

[Présentation du texte]

Au XVIe siècle, alors que l'humanisme se développe dans toute l'Europe, Ronsard et les poètes de la Pléiade affirment leur ambition de créer un nouveau modèle poétique en français. Ronsard dédie à Hélène de Surgères les *Sonnets pour Hélène* publiés en 1578. Le sonnet que nous allons étudier traite de la beauté de cette femme et des risques que sa beauté lui fait courir.

[Lecture]

> **À NOTER**
> Lors de la lecture, assurez-vous de prononcer les e qui doivent l'être afin de respecter le rythme des alexandrins. Au vers 8, prononcez « préci-euse » (diérèse).

[Introduction de l'explication]

Nous allons nous demander comment Ronsard confère une portée universelle à l'évocation de la beauté d'Hélène. Notre étude sera linéaire : nous verrons dans un premier temps comment le poète évoque sa beauté dans les quatrains, puis nous analyserons le rôle que tiennent les références mythologiques dans les tercets avant de proposer une interprétation de la pointe du sonnet.

I. Une évocation de la beauté de la femme aimée

1. La beauté lumineuse de l'aimée aveugle l'amant

La première strophe met en évidence un paradoxe : l'impossibilité physique pour le poète de contempler la femme aimée.

- Dès le premier vers, cette beauté est évoquée de manière hyperbolique avec l'adjectif « extrême » (v. 1) et la métaphore du « rais » qui assimile la femme au soleil (métaphore filée dans toute la première strophe).
- Les yeux du poète et ceux de la femme aimée apparaissent au vers 2 dans deux groupes de mots distincts (« mes yeux » / « les tiens »), illustrant ainsi leur impossible rencontre. L'emploi de la négation à deux reprises, « je n'ose » et « je ne puis », souligne cette impossibilité, alors même que l'échange des regards est un des lieux communs (*topoi*) de la rencontre amoureuse en littérature.
- Le vers 4 permet une généralisation avec l'emploi du présent de vérité générale et le pronom « on ». La mention explicite du soleil fait écho au « rais » du vers 1 et confère à l'évocation une dimension universelle.

2. La beauté met en danger la femme aimée

Le deuxième quatrain introduit une **mise en garde** du poète contre les dangers d'une extrême beauté.

- Il s'ouvre sur l'interjection « Hélas », qui livre ici une plainte caractéristique de la lyrique amoureuse (→ FICHE 1). L'intensif « trop » souligne le **caractère excessif de cette beauté**. Le poète se place ainsi dans la perspective de l'***aurea mediocritas*** héritée de l'Antiquité.

> **MOT CLÉ**
> L'*aurea mediocritas* (litt. la « modération d'or », le juste milieu) est un principe énoncé par Aristote dans l'*Éthique à Nicomaque*, qui situe la perfection dans la mesure et non dans l'excès.

- Le premier vers du deuxième quatrain introduit un conseil de **prudence** (« prendre garde »), dont l'urgence est exprimée par le groupe verbal « tu dois ». L'objet de la mise en garde est rejeté par l'enjambement au vers suivant : le risque serait d'attirer la convoitise d'un dieu. Notons que le verbe « désirer » est mis en valeur à la rime, insistant sur la toute-puissance divine.
- Le vers suivant précise **le risque auquel la femme est exposée**. Le premier hémistiche du vers 7 (« Qu'il ne t'envole au ciel ») est ambigu : il évoque à la fois une sorte de divinisation de la femme et sa mort. Le verbe « envole » contient aussi l'idée de **vol**, prolongeant l'analogie de la beauté avec un trésor.
- À la manière du vers 4, le second hémistiche du vers 7 donne une **dimension universelle** au propos : c'est toute la terre qui souffrirait du « rapt » de la jeune femme.
- Le dernier vers du deuxième quatrain, comme le vers 4, opère une **généralisation** au présent de vérité générale, qui sonne comme un proverbe. Ce vers, en chiasme, se construit sur l'opposition entre les deux adjectifs « précieuse » (qui reprend le sens du mot « trésor », v. 6) et « mauvaise » : la beauté serait difficile à conserver.

II. Les leçons de la mythologie

- Le premier tercet fait référence aux **dragons du jardin des Hespérides**. Ce vers met en évidence leur surveillance sans faille, par la juxtaposition du groupe infinitif « sans dormir » et du groupe adjectival « tous pleins de cruauté ». Le vers suivant mentionne l'objet de leur garde, « les pommes d'or », reprenant le thème du trésor du deuxième quatrain.

La rime riche entre « cruauté » et « beauté » associe ces deux notions opposées, établissant un lien entre beauté et danger. Le vers 12 explicite la leçon tirée de ce premier exemple mythologique, à travers une nouvelle maxime au présent de vérité générale invitant à la méfiance : la beauté est **source de danger**.

- Le deuxième tercet, reprenant par le pronom « le » la maxime qui précède, ajoute à la démonstration un nouvel exemple, celui de Danaé, enfermée par son père qui ne voulait pas qu'elle eût un enfant. Zeus parvient toutefois à la séduire en prenant l'apparence d'une pluie d'or, ce que rappelle le second hémistiche du vers 12 : l'adjectif « trompeur » montre ainsi qu'**il faut se méfier de ce qui est précieux**.

III. La pointe (v. 13-14)

■ La conjonction de coordination « mais » en début de vers marque une rupture. Le premier hémistiche du vers 13 rappelle, au présent de vérité générale, la toute-puissance de l'or introduite par les deux exemples mythologiques.

■ Cependant, le deuxième hémistiche opère un retour sur la femme admirée. L'or, ici personnifié par les verbes « s'étonne » et « trembler », n'est plus en position de force face à elle, et plus précisément devant « ses yeux » et « sa chaste vertu ».

■ Les craintes du poète devant les dangers que la beauté fait courir à la femme s'effacent devant la toute-puissance de sa vertu (renforcée par la redondance de l'adjectif « chaste »), supérieure encore à sa beauté.

[Conclusion]

Dans ce sonnet lyrique de commande, Ronsard déploie toute sa virtuosité : l'éloge de la beauté d'Hélène sert une mise en garde plus générale, nourrie par son admiration pour la culture antique, contre les dangers d'une trop grande beauté. Tirant parti des contraintes formelles du sonnet, il introduit dans la pointe du poème le thème véritable de son éloge : la vertu d'Hélène, qui la met à l'abri des dangers de sa beauté.

CONSEIL

Les poèmes, et notamment les sonnets, se prêtent particulièrement à une explication qui suit les différents mouvements du texte. Ce n'est pas le cas de tous les textes et vous serez parfois amené à procéder à une analyse ligne par ligne.

2. Question de grammaire

Le vers 12 comporte une proposition principale, « Danaé le sut bien », et une proposition subordonnée relative, « dont l'or se fit trompeur », qui complète « Danaé ». (En prose non littéraire, la relative suivrait immédiatement « Danaé ».)

MATHÉMATIQUES

TOUT LE PROGRAMME

- Le cours en 44 fiches
- Exercices et sujets corrigés

SOMMAIRE

Algorithmique et programmation

1. Programmer en Python

Nombres et calculs

2. Nombres rationnels

3. Calcul littéral et équations

4. Nombres réels et inégalités

Géométrie

5. Vecteurs et repérage dans le plan

Quand vous en avez fini avec une fiche ou un entraînement, cochez la case ☐ correspondante !

6. Configurations et droites du plan

Fonctions

7. Généralités et fonctions de référence

Statistiques et probabilités

8. Statistiques, probabilités et échantillonnage

1 Algorithmes

En bref *Au collège, vous avez utilisé le logiciel Scratch pour exécuter des algorithmes. Qu'est-ce qu'un algorithme ? Quel rapport y a-t-il entre un algorithme et un programme ?*

I Algorithmes

En simplifiant, on peut dire qu'un algorithme est une **suite finie de tâches** à effectuer (on dit aussi *à exécuter*) dans un ordre déterminé.

Exemples :

Algorithme en langage naturel

1. Mettre une pièce de 1 € dans la fente du distributeur.
2. Appuyer sur le bouton « soda au citron ».
3. Récupérer la cannette.

Algorithme dans Scratch

Lorsqu'on lance l'algorithme dans Scratch en cliquant sur le drapeau, le lutin dit « Hello ! » pendant trois secondes, puis l'ordinateur joue le son « miaou ».

À NOTER
Les instructions du logiciel Scratch sont prédéfinies et ont la forme de pièces de puzzle.

II Programmes

1 Programme, script, code

- Un **programme**, que l'on dénomme aussi **script**, est la traduction d'un algorithme dans un langage compréhensible par un utilisateur (personne ou machine).
- Si on veut faire exécuter un algorithme par un ordinateur, on doit utiliser un langage adapté (par exemple, Python → FICHE 2), qu'on appelle aussi un **code**.

2 Variables informatiques

Lorsque l'ordinateur exécute un code, les **noms** des variables ne changent pas, mais leurs **contenus** peuvent changer à chaque exécution d'une instruction.

Exemple : Ci-contre, la variable x contient au départ la valeur 0 (c'est l'initialisation) puis x prend la valeur 3, puis y prend la valeur 3^2 ; puis x prend la valeur 6, puis y prend la valeur 6^2 et ainsi de suite jusqu'à ce que x prenne la valeur 30 puis y la valeur 900.

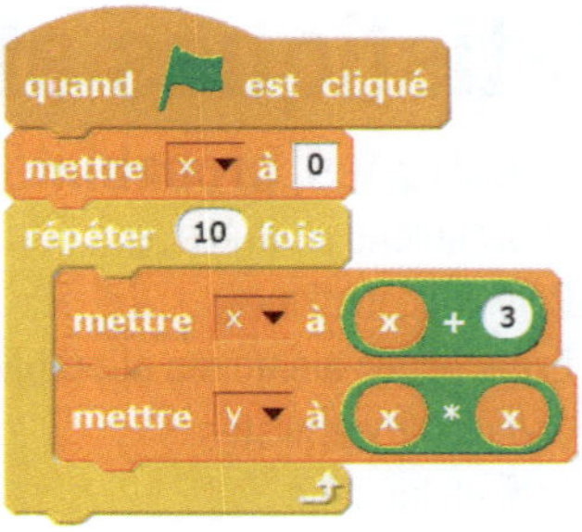

Méthode

Simuler l'exécution d'un programme

On considère l'algorithme Scratch ci-contre.

Quel est le contenu des variables *x* et *y* lorsque l'exécution du code s'achève ?

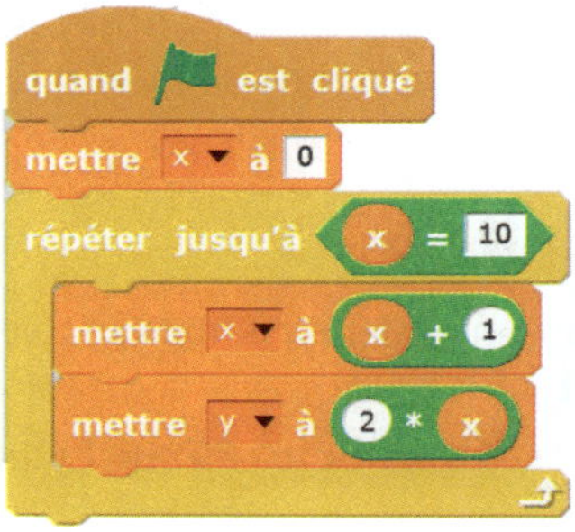

CONSEILS

Exécutez le code pas à pas et visualisez les différents contenus de *x* et de *y* en respectant la condition de la répétition.

SOLUTION

Lors du lancement du programme, la variable *x* contient le nombre 0 et la variable *y* est vide.

Le tableau suivant indique en bleu le contenu des variables *x* et *y* lors des trois premières exécutions des instructions.

Étiquette →	*x*	*y*	
État 1	0	vide	*État initial*
Exécution des instructions			*Première exécution*
État 2	1	2	
Exécution des instructions			*Deuxième exécution*
État 3	2	4	
Exécution des instructions			*Troisième exécution*
État 4	3	6	

Le code s'achève lorsque la variable *x* contient la valeur 10. La variable *y* contient alors la valeur 20, calculée à la dixième exécution.

En effet, l'algorithme ordonne d'exécuter les instructions tant que le contenu de la variable *x* est inférieur ou égal à 10. Avant l'éventuelle onzième exécution, l'algorithme vérifie si $x = 10$. C'est le cas, il s'arrête alors. Le contenu de la variable *y* est donc 20.

Étiquette →	*x*	*y*	
État 10	9	18	
Exécution des instructions			*Dixième exécution*
État 11	10	20	
Exécution des instructions			*Onzième exécution*
Arrêt du programme			*Fin du script*

2 Instructions et fonctions

En bref *En Seconde, vous allez étudier les concepts de base de la programmation, et notamment apprendre le langage Python. Ce langage permet de s'initier à la notion de fonction.*

I Instructions

■ **Affecter une valeur** v à une variable x consiste à placer dans la boîte étiquetée x la valeur v.

Exemple :

Algorithme	Code Python	Sens
$x \leftarrow 5$	`x=5`	Affecter la valeur 5 à la variable x.

■ L'**instruction conditionnelle** *if* … *then* … *else* se traduit par « si … alors … sinon ».

Exemple :

Algorithme	Python	Sens

Si $x \leqslant 0$
alors $y \leftarrow 2x$
sinon $y \leftarrow 3x+1$
	`if x<=0:`
	`  y=2*x`
	`else:`
	`  y=3*x+1`
		L'utilisateur ayant saisi une valeur de x : si le contenu de la variable x est négatif ou nul, affecter la valeur $2x$ à la variable y, sinon lui affecter la valeur $3x+1$.

Attention, dans le langage Python, il faut respecter **scrupuleusement** la ponctuation, le passage à la ligne et **tous** les espaces indiqués.

MOT CLÉ
L'ajout d'espaces en début de ligne s'appelle une **indentation**.

II Boucles itératives

L'instruction *for* … permet d'exécuter des blocs d'instructions se répétant un **nombre connu** de fois, par exemple 10 fois.

Exemple :

Algorithme	Python	Sens

$s \leftarrow 0$
Pour $k = 1$ à 10,
$s \leftarrow s + 1/k$.
Afficher la valeur de s
	`s=0`
	`for k in range(1,11):`
	`  s=s+1/k`
	`print(s)`
		Initialisation : création d'une variable s contenant 0.
		Calculer, puis afficher :
		$s = 1 + \frac{1}{2} + \frac{1}{3} + \ldots + \frac{1}{10}$

L'instruction *range*(a,b) ordonne à une variable (ici k) de prendre toutes les valeurs entières de **a inclus à b exclu**.

L'instruction *print*(s) ordonne d'afficher la valeur contenue dans la variable s.

À NOTER
L'instruction *while* permet d'exécuter une boucle avec condition → MÉTHODES.

Méthodes

1 Comprendre une boucle avec condition

a. Décrire la tâche du code suivant, écrit en Python :

```
s, k = 0, 0 #initialisation
while s<10: #boucle avec condition
 k=k+1
 s=s+1/k #fin de la boucle
print(s,k) #sortie de la boucle : afficher s et k.
```

À NOTER
On peut insérer des commentaires dans le code à l'aide du symbole # (dièse).

b. Quelles sont les valeurs affichées en fin d'exécution ?

CONSEILS
a. Il faut comprendre ce que doit exécuter le code tant qu'une certaine condition est réalisée.
b. Écrivez le contenu de la variable *s* sous la forme d'une somme.

SOLUTION

a. Tant que la variable s est inférieure à 10, on augmente de 1 la valeur contenue dans la variable k, puis on ajoute l'inverse de cette valeur dans la variable s.
b. À la sortie de la boucle, la variable s contient la somme $\frac{1}{1}+\frac{1}{2}+\frac{1}{3}+\ldots+\frac{1}{n}$, où n est le plus petit entier naturel k tel que $\frac{1}{1}+\frac{1}{2}+\frac{1}{3}+\ldots+\frac{1}{k}>10$.
Remarque : En exécutant le code, on trouve $s \approx 10{,}000043$ et $n = 12\,367$.

2 Définir une fonction

a. Décrire le fonctionnement de la fonction g définie dans le code suivant.

```
def g(x): #définition de la fonction g
 if x>0:
  return(x) #affichage de g(x)
 else:
  return(-x) #affichage de g(x)
```

À NOTER
On définit une fonction avec les termes *def* pour nommer la fonction et *return* pour faire afficher l'image d'un nombre par la fonction.

b. Quelles sont les valeurs affichées lorsqu'on saisit $g(10)$, $g(-20)$ et $g(0)$?

CONSEILS
a. Traduisez en langage naturel les valeurs de $g(x)$ selon le signe de x.

SOLUTION

a. Si x est strictement positif, alors $g(x) = x$ et si $x \leqslant 0$ alors $g(x) = -x$.
b. On a bien sûr $g(x) = 10$, $g(-20) = 20$ et $g(0) = 0$.

3 Pratique de la programmation en Python

En bref *Le langage Python est extrêmement puissant. Pour exploiter ses fonctionnalités, il est parfois nécessaire d'ajouter à sa version de base (on dit aussi sa distribution) des compléments appelés bibliothèques.*

I Les types de variables

En Seconde, on étudie des variables informatiques de trois types.

- Le type int (qui est l'abrégé de *integer*, mot anglais signifiant « entier ») pour les nombres entiers.
- Le type float pour les nombres réels à virgule dite flottante.
- Le type string pour les chaînes de caractères.
- Pour connaître le type d'une variable x il suffit de taper *type*(x) à la console.

Exemple :

```
>>> x = 3.14
>>> type(x)
<class 'float' >
```

II L'instruction *input*

L'instruction *input* sert à dialoguer avec l'utilisateur. Elle définit une variable contenant ce que l'utilisateur a saisi.

Exemple :

Code Python	Affichage
nom = input('Quel est ton prénom ?') age = input('Quel âge as-tu ?') print('Bonjour', nom, 'tu as', age, 'ans.')	Quel est ton prénom ? Polycarpe Quel âge as-tu ? 16 Bonjour Polycarpe tu as 16 ans.

Remarques : • Par défaut, l'instruction *input* considère la donnée saisie par l'utilisateur comme une chaîne de caractères.

• Si on veut absolument avoir un nombre entier dans la variable *age*, on utilise l'instruction *int*, exemple : *int*(*input*('Quel âge as-tu ?')). Si l'utilisateur saisit un nombre non entier ou une chaîne de caractère, un message d'erreur s'affiche à la fin de l'exécution. On a de même l'instruction *float*(*input*()).

III Les tracés

La bibliothèque *matplotlib* (*mathématic plot library*) contient des outils permettant de tracer des courbes en 2D.

Exemple : La commande *plt.plot*(objet) ordonne de tracer un objet géométrique, par exemple un point.

À NOTER

On utilise cette bibliothèque avec le nom court *plt* comme suit :
import matplotlib.pyplot **as** plt

Méthode

Interpréter et modifier un code

a. L'exécution du code ci-dessous génère le diagramme circulaire à côté.

Sachant que le mot anglais *pie* signifie « tarte », interpréter la commande *plt.pie*, et sachant que le verbe anglais *to show* signifie « montrer », interpréter le code.

```
import matplotlib.pyplot as plt
secteurs = [70, 140, 100, 90]
couleurs = ['green', 'gold', 'lightskyblue', 'coral']
plt.pie(secteurs, colors = couleurs)
plt.show()
```

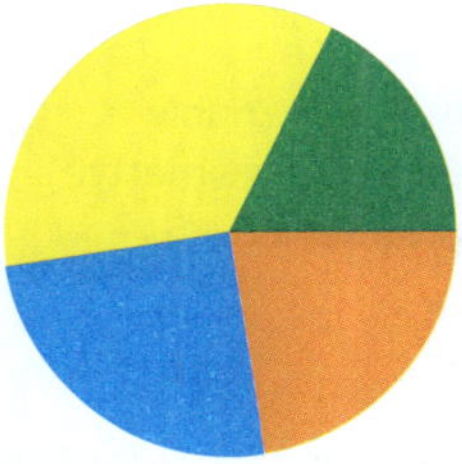

b. Comment modifier le code pour obtenir le diagramme ci-dessous ?

CONSEILS

a. Faites la somme des arguments de « secteurs » et interprétez-les en degrés.

b. Remarquez que les secteurs bleu et rouge ont le même angle et qu'une couleur a changé, ainsi que l'ordre dans lequel elles apparaissent.

SOLUTION

a. La variable *secteurs* contient des valeurs proportionnelles aux angles des secteurs angulaires du diagramme circulaire. La variable *couleurs* contient les couleurs des secteurs du diagramme.

La commande *plt.pie* ordonne de construire un diagramme circulaire avec les contraintes d'angles et de secteurs que l'on a définies.

b. Les angles des secteurs 'or', 'vert', 'bleu clair' et 'rouge' étant respectivement 180°, 90°, 45° et 45°, il suffit de changer les arguments des variables *secteurs* et *couleurs*. On obtient le code suivant :

```
import matplotlib.pyplot as plt
secteurs = [180, 90, 45, 45]
couleurs = ['gold', 'green', 'lightskyblue', 'red']
plt.pie(secteurs, colors = couleurs)
plt.show()
```

SE TESTER QUIZ

Vérifiez que vous avez bien compris les points clés des **fiches 1 à 3**.

1 Simuler l'exécution d'un programme

→ FICHE 1

1. Au vu des états des variables a et b, le code exécute l'algorithme suivant :

	a	b
État 1	0	0
Exécution d'instructions		
État 2	3	7
Exécution d'instructions		
État 3	6	10

Ajouter 3 à la variable a.
Calculer $a + 4$ puis mettre le résultat dans b.

☐ **a.** Vrai ☐ **b.** Faux

2. Pour chacun des algorithmes ci-dessous, a contient 5 au départ.

Algorithme 1

$a \leftarrow -3 * a$
$a \leftarrow a + 1$
$a \leftarrow a^2$
Afficher a

Algorithme 2

$b \leftarrow 4 * a$
$b \leftarrow a + 1$
$b \leftarrow b^2$
Afficher b

Algorithme 3

$a \leftarrow a - 1$
$c \leftarrow a + 1$
$c \leftarrow (a + 1)^2$
Afficher c

À la fin de l'exécution :

☐ **a.** a contient 100 ☐ **b.** b contient 36 ☐ **c.** c contient 25

2 Variables

→ FICHE 2

1. À la fin de la suite d'instructions suivantes, la variable y contient :

$x \leftarrow 5$
$x \leftarrow x + 3$
$y \leftarrow x$

☐ **a.** 8 ☐ **b.** 5 ☐ **c.** 3

2. À la fin de la suite d'instructions suivantes, la variable a contient :

$a \leftarrow 1$
$b \leftarrow 5 * a$
$a \leftarrow b * a$

☐ **a.** 1 ☐ **b.** 5 ☐ **c.** 25

3 Fonction

→ FICHE 2

Le script suivant écrit en Python définit une fonction f. Quelles sont les égalités vraies ?

```
def f(x):
  return 1/(x-1)
```

☐ **a.** $f(1) = 0$
☐ **b.** $f(0) = 1$
☐ **c.** $f(-1) = -0{,}5$

OBJECTIF BAC

4 Algorithme de Syracuse

60 min

L'exécution du code de l'exercice semble afficher invariablement la suite 4, 2, 1. Cette propriété n'est pas encore démontrée de nos jours et s'appelle la conjecture de Syracuse.

On rappelle que la fonction *floor* renvoie la partie entière d'un nombre.

1. On définit ci-contre la fonction *parite*.

```
def parite(x):
  if x/2==floor(x/2):
    return(1)
  else:
    return(0)
```

a. Lorsque x est un entier pair, quelle est la valeur de $parite(x)$?

b. Que vaut $parite(x)$ lorsque x est impair ?

2. On définit ci-contre la fonction *syr*.

```
def syr(x):
  if parite(x)==1
    return(x/2)
  else:
    return(3*x+1)
```

a. Calculer $syr(10)$, $syr(5)$, $syr(16)$, $syr(8)$, $syr(4)$, $syr(2)$, $syr(1)$.

b. Que remarque-t-on si l'on poursuit les calculs précédents ?

3. On considère le script Python suivant :

```
x=int(input("x = ")) #demande de saisir un entier
n=0 #initialisation
while x>1
  x=syr(x)
  n=n+1 #compteur
print(n)
```

À NOTER
L'instruction *int*(*input*("x = ")) demande à l'utilisateur de saisir un nombre entier (*int* est l'abréviation de *integer* qui signifie entier).

a. À quelle condition le script affiche-t-il la valeur de n ?

b. Que vaut n si $x = 2$, $x = 4$, $x = 8$?

c. Que vaut n si $x = 10$?

5 Nombres triangulaires carrés

60 min

L'objectif est de trouver des nombres qui soient à la fois triangulaires et carrés.

$1 = \dfrac{1 \times 2}{2}$ $\quad 1 + 2 = 3 = \dfrac{2 \times 3}{2}$ $\quad 1 + 2 + 3 = 6 = \dfrac{3 \times 4}{2}$ $\quad 1 + 2 + 3 + 4 = 10 = \dfrac{4 \times 5}{2}$

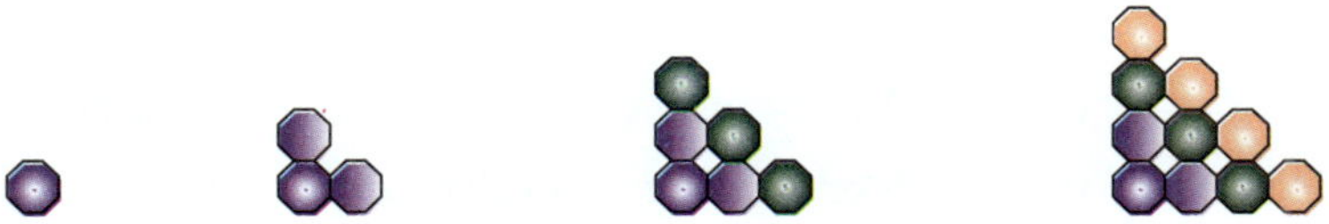

1. a. D'après la figure ci-dessus, le premier nombre triangulaire est 1, le deuxième est 3, le troisième est 6, le quatrième est 10. Quel est le cinquième nombre triangulaire ? Le dixième ?

b. Trouver une fraction simple donnant le *n-ième* nombre triangulaire.

2. Donner une formule simple permettant de calculer $1 + 2 + 3 + 4 + 5 + 6$ puis $1 + 2 + 3 + 4 + \dots + 100$ et enfin $1 + 2 + 3 + \dots + n$.

3. a. En quoi le programme Python ci-contre permet-il de trouver les nombres triangulaires inférieurs ou égaux à 1 000 qui soient également des nombres carrés (comme 4, 9, 16, 25, 36, 49, etc.) ?

b. Après exécution le programme affiche l'écran ci-dessous. Comment l'interpréter ?

```
s,k=0,0
while k<1000:
  k=k+1
  s=s+k
  If sqrt(s)==floor(sqrt(s)) :
    print(k,s)
```

```
1    1
8    36
49   1225
288  41616
```

CORRIGÉS

SE TESTER QUIZ

1 Simuler l'exécution d'un programme

1. Réponse a. Vrai. En effet, dans l'état 2, a contient $0 + 3$ et b contient $3 + 4$. Dans l'état 3, a contient $3 + 3$ et b contient $6 + 4$.

2. Réponses b et c. Avec l'algorithme 1, a contient successivement -15 ; -14 ; $(-14)^2 = 196$. Avec l'algorithme 2, b contient successivement 20 ; 6 ; 36. Avec l'algorithme 3, a contient 4, puis c contient successivement 5 (à la deuxième ligne) ; 25.

2 Variables

1. Réponse a. **2. Réponse b.**

3 Fonction

Réponse c. $f(x) = \dfrac{1}{x - 1}$. La réponse a est fausse car il est impossible de calculer $f(1)$ (si $x = 1$, alors $x - 1 = 0$ et la division par 0 est impossible).

La réponse b est fausse car $f(0) = \dfrac{1}{-1} = -1$.

En revanche, on a bien $f(-1) = \dfrac{1}{-1-1} = \dfrac{1}{-2} = -0{,}5$.

b. Ici le point doit être représenté sous forme d'un astérisque. C'est la figure 1 qui serait alors affichée.

OBJECTIF BAC

4 Algorithme de Syracuse

1. a. Lorsque x est un entier pair, $parite(x) = 1$ car :
$\dfrac{x}{2} = floor\left(\dfrac{x}{2}\right) \Leftrightarrow \dfrac{x}{2}$ est entier $\Leftrightarrow x$ est pair (voir exercices 9 et 10).
b. De même, lorsque x est un entier impair, $parite(x) = 0$
2. a. 10 étant pair, $syr(10) = \dfrac{10}{2} = 5$. 5 étant impair, $syr(5) = 3 \times 5 + 1 = 16$.
De même : $syr(16) = 8$, $syr(8) = 4$, $syr(4) = 2$, $syr(2) = 1$, $syr(1) = 4$.
b. On s'aperçoit que l'affichage produit indéfiniment la suite 4 ; 2 ; 1.
3. a. Le script affiche l'entier n lorsque $x = 1$. Cela signifie qu'avant d'obtenir la valeur 1, l'entier initial a été transformé n fois par la fonction *syr*.
b. $x = 2 \Rightarrow n = 1$, $x = 4 \Rightarrow n = 2$ et $x = 8 \Rightarrow n = 3$.
c. La variable x contient successivement 10 ; 5 ; 16 ; 8 ; 4 ; 2 et 1. $x = 10 \Rightarrow n = 6$.

5 Nombres triangulaires carrés

1. a. Le nombre triangulaire numéro 5 est $\dfrac{5 \times 6}{2}$, c'est-à-dire 15.

Le nombre triangulaire numéro 10 est $\dfrac{10 \times 11}{2}$ c'est-à-dire 55.

b. Le nombre triangulaire numéro n est $\dfrac{n(n+1)}{2}$.

2. Après observation : 1+ 2 + 3 + 4 + 5 + 6 est le nombre triangulaire numéro 6, donc $1 + 2 + 3 + 4 + 5 + 6 = \dfrac{6 \times 7}{2} = 21$.

De même : $1 + 2 + 3 + 4 + \ldots + 100 = \dfrac{100 \times 101}{2} = 5\,050$ et $1 + 2 + 3 + \ldots + n = \dfrac{n(n+1)}{2}$.

3. a. L'exécution du code conduit à l'affichage de k et de s à condition que $\sqrt{s}$ soit égale à sa partie entière, c'est-à-dire si $\sqrt{s}$ est un entier. Cela signifie que s est dans ce cas le carré d'un entier naturel. Or s contient à chaque étape la somme d'entiers consécutifs ; c'est donc dans ce cas un nombre triangulaire qui est en même temps un carré parfait.
b. Le programme affiche le rang du nombre qui est à la fois triangulaire et carré : les nombres triangulaires numéro 1 ($1 = 1^2$), 8 ($36 = 6^2$), 49 ($1\,225 = 45^2$) et 288 ($41\,616 = 204^2$) sont aussi des carrés parfaits.

4 Diviseurs et multiples

En bref *Lorsqu'on récite la table de multiplication par 4, par exemple, les résultats que l'on obtient sont des multiples de 4. Le nombre 4 est un diviseur de chacun des résultats trouvés.*

I Diviseurs d'un entier naturel

■ Soit d et n deux entiers naturels, d est un **diviseur** de n si et seulement si le reste de la division euclidienne de n par d est égal à 0.
On peut aussi dire que d est un diviseur de n si et seulement si il existe un entier q (le quotient) tel que $n = dq$. On dit alors que d et q sont des **diviseurs associés**.

Exemple : 7 est un diviseur de 56 car $56 = 7 \times 8 + 0$. Ici, le quotient est 8. Et 7 et 8 sont des diviseurs associés de 56.
Mais 7 n'est pas un diviseur de 57 car $57 = 7 \times 8 + 1$.

■ **Propriétés.** Le nombre 1 est un diviseur de tout entier naturel n car $n = 1 \times n$. Ici le quotient est n.
Tout entier naturel d est un diviseur de 0 car $0 = d \times 0$ (le quotient est 0).
Tout entier naturel n est un diviseur de lui-même car $n = n \times 1$.

■ Un diviseur de n autre que 1 et n s'appelle un **diviseur propre** de n.

■ Un **diviseur commun** à deux entiers naturels est un diviseur de leur somme.

Démonstration : Supposons que d soit un diviseur de deux entiers n et n'. Alors il existe des entiers q et q' tels que $n = dq$ et $n' = dq'$. Donc $n + n' = dq + dq' = d(q + q')$, soit $n + n' = dQ$ où $Q = q + q'$. Par conséquent d est bien un diviseur de $n + n'$.

■ Pour savoir si d est un diviseur de n on peut utiliser les critères de divisibilité.

II Multiples d'un entier naturel

■ Soit m et n deux entiers naturels. m est un **multiple** de n si et seulement si n est un diviseur de m.
Autrement dit, m est un **multiple** de n s'il existe un entier naturel q tel que $m = nq$.

Exemple : 48 est un multiple de 6 car $48 = 6 \times 8$ (ici, $q = 8$). 48 est donc aussi un multiple de 8.

■ **Propriétés.** Le nombre 1 est multiple de lui-même, et c'est tout, car $1 = 1 \times 1$.
Le nombre 0 est multiple de tout entier naturel n car $0 = n \times 0$.
Tout entier naturel est multiple de lui-même car $n = n \times 1$.

■ La somme de deux multiples d'un entier naturel n est encore un multiple de n (voir la démonstration dans les méthodes).

Exemple : 63 et 49 sont des multiple de 7 ($63 = 7 \times 9$ et $49 = 7 \times 7$) ; leur somme 122 est donc aussi un multiple de 7, on a $122 = 7 \times (9 + 7) = 7 \times 16$.

Méthodes

1 Démontrer que la somme de deux multiples de n est un multiple de n

1. On considère deux multiples de 3. Montrer que leur somme est encore un multiple de 3.

2. Le résultat précédent est-il encore valable pour des entiers naturels autres que 3 ? Justifier la réponse.

3. Soit n un entier naturel. Démontrer que la somme de deux multiples de n est un multiple de n.

CONSEILS

1. Appelez m et m' les deux multiples de 3 et exprimez-les en fonction de 3, puis factorisez.
2. Utilisez le même procédé avec un autre entier naturel.
3. Généralisez les résultats précédents, en remplaçant 3 par n.

SOLUTION

1. On sait qu'il existe deux entiers q et q' tels que $m = 3q$ et $m' = 3q'$. Par conséquent, et après factorisation par 3, on obtient $m + m' = 3q + 3q' = 3(q + q')$. Il existe donc un entier naturel $Q = q + q'$ tel que $m + m' = 3Q$.

2. On prouverait de même que la somme de deux multiples de 31 est un multiple de 31 : $m = 31 \times q$ et $m' = 31 \times q'$ donc $m + m' = 31(q + q')$. Il en est de même pour tout entier naturel autre que 3 et 31.

3. En généralisant les démonstrations précédentes, on écrit $m = nq$ et $m' = nq'$ donc $m + m' = n(q + q')$.

2 Utiliser un algorithme pour reconnaître des multiples

Dans l'algorithme ci-contre, l'utilisateur a donné des valeurs entières à a et à b. L'instruction a % b renvoie le reste de la division euclidienne de a par b. Interpréter et compléter cet algorithme.

```
Si a % b = 0 alors afficher...
Sinon afficher...
```

CONSEILS

Il s'agit d'afficher des phrases concernant le lien qu'il y a entre les deux entiers a et b.

SOLUTION

L'algorithme permet de déterminer si a est un multiple de b. Algorithme complété :

```
Si a % b = 0 alors afficher "a est un multiple de b"
Sinon afficher "a n'est pas un multiple de b"
```

5 Nombres pairs, impairs, premiers

En bref *La parité d'un entier (l'entier est pair ou impair) est à la source de raisonnements sur les propriétés des entiers naturels. Les nombres premiers permettent quant à eux de construire, par multiplication, tous les entiers naturels exceptés 0 et 1.*

I Parité d'un entier naturel

■ Un entier naturel est **pair** si et seulement s'il est multiple de 2.

Un entier naturel **impair** est un entier qui n'est pas pair.

Il en résulte qu'un entier a est pair si et seulement s'il existe un entier n tel que $a = 2n$ et qu'un entier b est impair si et seulement s'il existe un entier n tel que $b = 2n + 1$.

À NOTER
Le successeur d'un entier pair est impair, et le successeur d'un entier impair est pair. Le nombre 0 est pair.

■ Si un produit de nombres contient au moins un facteur pair, alors ce produit est pair. En effet si on note $2n$ un facteur pair du produit, le produit s'écrit $2n \times \ldots$ et est donc un multiple de 2.

■ **Propriété.** Un entier et son carré ont la même parité. Autrement dit, le carré d'un nombre pair est pair et le carré d'un nombre impair est impair.

Démonstration : Si un entier est pair, il peut s'écrire sous la forme $2n$ et son carré sous la forme $(2n)^2 = 4n^2 = 2 \times 2n^2$ qui est donc pair.

Si un entier est impair, il peut s'écrire sous la forme $2n + 1$ et son carré sous la forme :

$$(2n+1)^2 = (2n)^2 + 2 \times 2n \times 1 + 1^2 = 4n^2 + 4n + 1$$
$$= 2(2n^2 + 2n) + 1 = 2N + 1$$

où $N = 2n^2 + 2n$.

Par conséquent $(2n + 1)^2$ est bien impair.

À NOTER
On sait que $(a + b)^2 = a^2 + 2ab + b^2$ → FICHE 9.

II Nombres premiers

■ Un entier naturel qui a exactement deux diviseurs s'appelle un **nombre premier**. Ces diviseurs sont 1 et lui-même. Autrement dit, un nombre premier n'a aucun diviseur propre → FICHE 4. (Voir la liste des nombres premiers jusqu'à 100 dans le mémo visuel.)

Les nombres entiers qui ne sont pas premiers s'appellent des **nombres composés**.

■ Il existe un seul nombre premier pair, c'est 2. Tous les autres nombres premiers sont impairs.

■ Si p est un nombre premier, les seuls diviseurs de p^2 sont 1, p et p^2 ; les seuls diviseurs de p^3 sont 1, p, p^2 et p^3 et ainsi de suite.

Méthodes

1 Démontrer qu'un diviseur d'un nombre impair est impair

a. Démontrer qu'un nombre pair ne peut pas être un diviseur d'un nombre impair.

b. Donner un exemple d'un nombre impair qui soit un diviseur d'un nombre pair.

CONSEILS
a. Supposez qu'un nombre pair soit un diviseur d'un nombre impair et déduisez-en une conclusion absurde.

SOLUTION

a. Supposons qu'un nombre pair p soit un diviseur d'un nombre impair m. Alors m serait un multiple de p, donc on pourrait écrire $m = pq$ où q est un nombre entier. Or un produit de nombres contenant un nombre pair est pair. Donc pq serait pair, et m le serait aussi, ce qui est impossible.
On en conclut que notre supposition est absurde, c'est-à-dire qu'il est impossible qu'un nombre pair soit un diviseur d'un nombre impair.

b. 7, qui est un nombre impair, est un diviseur de 14.
Voir une étude complète des liens entre parité et quotients dans l'exercice 18.

2 Déterminer si un nombre est premier

Expliquer comment le programme Python suivant permet de dire si l'entier naturel x fourni par l'utilisateur est premier ou non.

```
x=int(input("x = ")) #saisie d'un entier naturel par l'utilisateur
n=2 #initialisation
while x % n > 0 and n < x :
    n=n+1
if x==n :
    print("x est premier")
else :
    print("x n'est pas premier")
```

CONSEILS
L'instruction *x* % *n* renvoie le reste de la division euclidienne de *x* par *n*.

SOLUTION

La boucle *while* ajoute 1 à n tant que le reste de la division euclidienne de x par n est strictement positif, donc différent de 0, et tant que n est strictement inférieur à n. Autrement dit, tant que x n'a aucun diviseur propre, la boucle se poursuit.
À la fin de la boucle, si $x = n$ cela signifie que x n'a aucun diviseur propre, donc que x est premier. Sinon il y a un entier n qui est un diviseur propre de x et donc x est composé.

6 Nombres décimaux et rationnels

En bref *Les « nombres à virgule » sont bien plus mystérieux qu'il n'y paraît. En particulier, leur partie décimale est-elle finie ou infinie ? Peut-on prévoir quelle est sa millième décimale par exemple ? Tentons d'y voir clair.*

I Nombres décimaux

■ Un **nombre décimal** est un nombre dont « l'écriture à virgule » comporte un nombre fini de décimales.

C'est un nombre qui peut s'écrire sous la forme d'une fraction dont le numérateur est un entier et le dénominateur est une puissance positive de 10.

On peut aussi définir un nombre décimal positif comme étant un nombre qu'on peut écrire sous **forme scientifique**.

> **RAPPEL**
> Une écriture scientifique est de la forme $a \times 10^p$, où a est un nombre décimal tel que $1 \leqslant |a| < 10$, et p un entier relatif.

Exemples :

• $27{,}18 = 2{,}718 \times 10^1 = \dfrac{2\,718}{100} = 27{,}180$: ce sont quatre écritures du même nombre décimal.

• Le nombre $\dfrac{4}{3}$ n'est pas décimal. Les décimaux 1,33 et 1,333 en sont des approximations → MÉTHODE.

■ L'**ensemble des nombres décimaux** se note $\mathbb{D}$: il comprend aussi bien des nombres positifs que des nombres négatifs.

Tout entier naturel est un entier relatif, et tout entier relatif est un nombre décimal donc $\mathbb{N} \subset \mathbb{Z} \subset \mathbb{D}$.

II Nombres rationnels

■ Un **nombre rationnel** est le quotient d'un entier relatif par un entier relatif non nul.

Un nombre qui n'est pas rationnel s'appelle un **nombre irrationnel**.

■ Quitte à simplifier la fraction représentant un nombre rationnel, on peut toujours supposer qu'elle est irréductible.

Exemples :

• Le nombre $-\dfrac{11}{7}$ est un nombre rationnel.

• $\sqrt{2}$ est irrationnel et plus généralement tout nombre de la forme $\sqrt{p}$, où p est un nombre premier, est irrationnel.

• Le nombre π est également irrationnel.

> **À NOTER**
> Pour la démonstration de la nature irrationnelle de $\sqrt{2}$, voir l'exercice 7.

■ L'ensemble des nombres rationnels se note $\mathbb{Q}$ et on a : $\mathbb{N} \subset \mathbb{Z} \subset \mathbb{D} \subset \mathbb{Q}$.

Méthode

Montrer qu'un nombre rationnel n'est pas décimal

1. À l'aide d'une calculatrice donner des valeurs approchées de $\frac{4}{3}$.

2. Pourquoi les nombres décimaux 1,333 et 1,3333 ne sont-ils pas des valeurs exactes du nombre $\frac{4}{3}$?

3. Supposons que l'on puisse écrire $\frac{4}{3}$ comme un nombre décimal *d*. Démontrons que cette hypothèse est absurde.

a. Quelle devrait être la dernière décimale du nombre *d* ?

b. Quelle serait la dernière décimale du nombre 3*d* ?

c. Conclure.

CONSEILS

2. Comparez $3 \times \frac{4}{3}$ avec $3 \times 1{,}33$ et $3 \times 1{,}333$.

3. a. Effectuez la division de 4 par 3.

c. Prouvez qu'on aboutit à une conclusion absurde.

SOLUTION

1. On trouve 1,33333333 avec uniquement des 3 à droite de la virgule.

2. Le nombre $\frac{4}{3}$ est le quotient de 4 par 3. Si on note *q* ce quotient, on a par définition $4 = 3q$. Quand on effectue la multiplication $3 \times 1{,}3333$, on obtient un nombre décimal dont la dernière décimale à droite de la virgule est un 9, comme le montre l'opération ci-contre, que l'on peut généraliser : si *x* est le nombre 1,33...3, toutes les décimales de 3*x* sont des 9. Donc *x* n'est pas la valeur exacte de *q*.

$$\begin{array}{r} 1{,}3333 \\ \times \quad 3 \\ \hline 3{,}9999 \end{array}$$

3. a. Le nombre *d* étant le quotient de 4 par 3, la dernière décimale du nombre *d* devrait être un 3 comme le montre l'exemple ci-contre, que l'on peut généraliser.

$$\begin{array}{l|l} 4 & 3 \\ \hline 10 & 1{,}333 \\ \quad 10 & \\ \quad\quad 10 & \\ \quad\quad\quad 1 & \end{array}$$

b. La dernière décimale de 3*d* est donc 9, comme on l'a vu à la question **2**.

c. Comme à la question **2**, on voit qu'il est impossible d'avoir $\frac{4}{3} = d$. On en conclut que l'hypothèse « $\frac{4}{3}$ est un nombre décimal » est absurde.

SE TESTER QUIZ

Vérifiez que vous avez bien compris les points clés des **fiches 4 à 6**.

1 Diviseurs d'un nombre entier naturel

→ FICHE 4

Parmi les affirmations suivantes, lesquelles sont vraies ?

☐ **a.** Si 3 est un diviseur d'un entier naturel n, alors il existe un entier q tel que $n = 3q$.

☐ **b.** 7 est un diviseur de 343.

☐ **c.** La somme de deux diviseurs de n est un diviseur de n.

2 Multiples d'un entier naturel

→ FICHE 4

Parmi les affirmations suivantes, lesquelles sont vraies ?

☐ **a.** Si n est un entier naturel non nul, alors n a une infinité de multiples.

☐ **b.** La somme de deux multiples de 13 est un multiple de 13.

3 Nombres pairs et impairs

→ FICHE 5

Parmi les affirmations suivantes, lesquelles sont vraies ?

☐ **a.** Le nombre 0 est à la fois pair et impair.

☐ **b.** Le produit d'un nombre pair et d'un nombre impair est toujours pair.

4 Nombres premiers

→ FICHE 5

Parmi les affirmations suivantes, lesquelles sont vraies ?

☐ **a.** Tout nombre premier est impair.

☐ **b.** Si un nombre entier a exactement deux diviseurs, alors ce nombre est premier.

☐ **c.** Si p est un nombre premier, alors p^2 a exactement trois diviseurs.

5 Nombres décimaux et rationnels

→ FICHE 6

Parmi les affirmations suivantes, lesquelles sont vraies ?

☐ **a.** Tout nombre entier est un nombre rationnel.

☐ **b.** Tout nombre rationnel est un nombre décimal.

☐ **c.** $\sqrt{2}$ est un nombre rationnel.

OBJECTIF BAC

6 Parité et division

45 min

Lorsque le quotient de deux nombres entiers est un nombre entier, quelle en est la parité ? C'est l'objet du problème qui généralise la méthode 1 de la fiche 5.

1. a. Démontrer que tout diviseur d'un nombre impair est impair.

b. Soit a et b deux nombres impairs. On suppose que b est un diviseur de a. Quelle est la parité de $\frac{a}{b}$?

2. a. Donner un exemple d'un nombre impair autre que 1 qui soit un diviseur d'un nombre pair.

b. On considère un nombre pair et on suppose qu'il a un diviseur d qui est impair. Que peut-on dire de la parité de $\frac{p}{d}$?

3. Soit a et b deux nombres pairs. On suppose que b est un diviseur de a. Démontrer que l'on ne peut rien dire de particulier au sujet de la parité de $\frac{a}{b}$.

4. Compléter *si possible* le tableau suivant sachant que b est un diviseur de a.

a \ b	Pair	Impair
Pair	$\frac{a}{b}$ est ...	$\frac{a}{b}$ est ...
Impair	$\frac{a}{b}$ est ...	$\frac{a}{b}$ est ...

7 Démontrer que $\sqrt{2}$ est irrationnel

35 min

Le but du problème est de construire une représentation géométrique du nombre $\sqrt{2}$ et de démontrer qu'il est irrationnel.

1. On considère un carré ABCD de côté 1. Quelle est la mesure de la diagonale AC ?

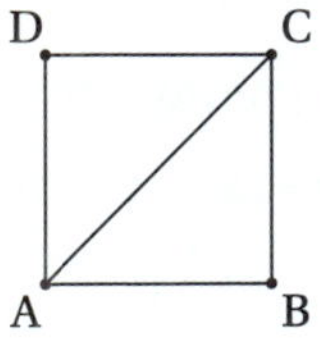

Nous allons faire un raisonnement par l'absurde : supposons que $\sqrt{2} \in \mathbb{Q}$, on peut alors écrire $\sqrt{2} = \frac{p}{q}$, où p et q sont des entiers naturels non nuls.

2. On suppose que la fraction $\frac{p}{q}$ est irréductible.

En déduire qu'au moins l'un des deux nombres p ou q est impair.

3. a. Démontrer que $p^2 = 2q^2$.

b. Qu'en déduit-on sur la parité de p^2 ? de p ?

c. D'après la question **2**, qu'en déduit-on alors sur la parité de q ?

4. À partir de l'égalité $p^2 = 2q^2$, aboutir à une contradiction et conclure.

> **RAPPEL**
> Une fraction $\frac{a}{b}$ est irréductible si et seulement si le seul diviseur commun à a et à b est 1.

CORRIGÉS

SE TESTER QUIZ

1 Diviseurs d'un nombre entier naturel

Réponses a et b. L'affirmation **c** est fausse, en effet, 2 et 3 sont tous les deux des diviseurs de 6 mais leur somme 5 n'est pas un diviseur de 6.

2 Multiples d'un entier naturel

Réponses a et b. L'affirmation **b** est vraie. En effet, 13 est un facteur commun.

3 Nombres pairs, impairs

Réponse b. L'affirmation **a** est fausse. 0 est pair car $0 = 2 \times 0$. L'affirmation **b** est vraie. Le produit d'un nombre pair par un nombre impair est un multiple de 2.

4 Nombres premiers

Réponses b et c. L'affirmation **a** est fausse. 2 est le seul nombre premier pair. L'affirmation **c** est vraie. Les trois diviseurs sont 1, p et p^2.

5 Nombres décimaux et rationnels

Réponse a. Tout nombre entier n peut s'écrire sous la forme d'un quotient de deux entiers : $n = \frac{n}{1}$.

$\frac{4}{3}$ est un nombre rationnel qui n'est pas décimal. $\sqrt{2}$ est irrationnel.

OBJECTIF BAC

6 Parité et division

1. a. Soit a un nombre impair et d un de ses diviseurs. On peut écrire $a = db$ où b est un entier naturel.
Si d est pair alors a est pair aussi, ce qui est absurde. Donc d est impair.

b. Comme b divise a, il existe un entier naturel d tel que $a = bd$ et donc d divise a. D'après la question précédente, comme a est impair, d, c'est-à-dire $\frac{a}{b}$, est impair.

2. a. Par exemple, 7 est impair et est un diviseur du nombre pair 14.

b. On peut écrire $p = dq$. Comme d est impair et p est pair, alors q est pair donc, puisque $\frac{p}{d} = q$, $\frac{p}{d}$ est pair.

3. On a $\frac{14}{2} = 7$. Le quotient des deux nombres pairs 14 et 2 est impair.

On a $\frac{16}{8} = 2$. Le quotient des deux nombres pairs 16 et 8 est pair.

4. Tableau complété :

a \ b	Pair	Impair
Pair	On ne peut rien dire	$\frac{a}{b}$ est pair
Impair	Impossible*	$\frac{a}{b}$ est impair

* Un nombre pair ne peut pas être un diviseur d'un nombre impair.

7 Démontrer que $\sqrt{2}$ est irrationnel

1. Le théorème de Pythagore nous donne $AC^2 = AB^2 + BC^2 = 1^2 + 1^2 = 2$, soit $AC = \sqrt{2}$.

2. Si p et q étaient tous les deux pairs alors la fraction $\frac{p}{q}$ ne serait pas irréductible puis qu'on pourrait diviser le numérateur et le dénominateur par 2.

3. a. $\sqrt{2} = \frac{p}{q} \Rightarrow (\sqrt{2})^2 = \left(\frac{p}{q}\right)^2 \Rightarrow 2 = \frac{p^2}{q^2} \Rightarrow 2q^2 = p^2$.

b. On en déduit que p^2 est pair, donc que p est pair aussi.

c. Comme p et q ne peuvent pas être pairs tous les deux, on en conclut que q est impair.

4. Puisque p est pair, on peut écrire $p = 2n$ où n est un entier naturel. Donc $p^2 = 4n^2$ ce qui implique $4n^2 = 2q^2$, ou encore $q^2 = 2n^2$. Cela signifie que q^2 est pair, donc que q est pair aussi ce qui est absurde.
Conclusion, l'hypothèse « $\sqrt{2}$ est un nombre rationnel » est absurde, ce qui montre que $\sqrt{2}$ est irrationnel.

7 Calcul littéral : addition et soustraction

En bref *Pour mener un calcul littéral ou numérique, il faut savoir effectuer correctement les quatre opérations élémentaires, notamment avec des fractions, avec ou sans parenthèses.*

I Addition

■ Dans une suite d'additions, on peut changer l'ordre des termes (on dit que l'addition est **commutative**) et supprimer les parenthèses comme on veut (on dit que l'addition est **associative**).

Exemple : $6x + (7 + 2x) = 6x + 7 + 2x = 6x + 2x + 7 = 8x + 7$

■ Pour additionner deux fractions, il suffit de les **réduire au même dénominateur**. Sans tenir compte d'autres dénominateurs communs éventuellement plus simples, sachant que $b \neq 0$ et $d \neq 0$, on a :

$$\frac{a}{b} + \frac{c}{d} = \frac{ad + bc}{bd}$$

II Soustraction

■ La soustraction se définit par rapport à l'addition. Soustraire le nombre b revient à **additionner son opposé**.

$$a - b = a + (-b)$$

MOT CLÉ
$-b$ est l'**opposé** de b.

■ La soustraction est une opération moins aisée que l'addition :
- elle n'est **pas commutative** : en général, $a - b \neq b - a$;
- elle n'est **pas associative** : en général, $a - (b - c) \neq (a - b) - c$.

■ Lorsqu'on supprime des parenthèses précédées du signe « moins », on doit **changer les signes** des additions et des soustractions (et seulement ces signes-là). Ainsi, les additions sont transformées en soustractions et les soustractions en additions :

$$-(a + b + c) = -a - b - c \qquad -(a + b - c) = -a - b + c$$
$$-(a - b + c) = -a + b - c \qquad -(a - b - c) = -a + b + c$$

À NOTER
Attention ! Le nombre $-x$ n'est pas nécessairement négatif. Si $x = -2$ alors $-x = 2$.

Exemple : $-[3x - (-1)] - (-6 + x) = -3x + (-1) - (-6) - x$
$= -3x - 1 + 6 - x$
$= -4x + 5$

Méthodes

1 Additionner et soustraire des fractions littérales

Soit x un nombre différent de 0 et de –1.

a. Démontrer que l'on a :

$$\frac{1}{x}+\frac{1}{x+1}=\frac{2x+1}{x(x+1)} \quad \text{et} \quad -\frac{1}{x}+\frac{3}{x+1}=\frac{2x-1}{x(x+1)}$$

b. Pourquoi précise-t-on que x doit être différent de 0 et de –1 ?

CONSEILS

a. Trouvez un dénominateur commun aux deux fractions à additionner.

SOLUTION

a. Le dénominateur commun est $x(x+1)$.

$$\frac{1}{x}+\frac{1}{x+1}=\frac{1(x+1)}{x(x+1)}+\frac{1x}{x(x+1)}=\frac{x+1+x}{x(x+1)}=\frac{2x+1}{x(x+1)}$$

$$-\frac{1}{x}+\frac{3}{x+1}=\frac{-(x+1)+3x}{x(x+1)}=\frac{-x-1+3x}{x(x+1)}=\frac{2x-1}{x(x+1)}$$

b. **Un quotient n'existe que si son dénominateur est différent de 0.**

Si $x=0$, le quotient $\frac{1}{x}$ n'existe pas.

De même, si $x=-1$ alors $x+1=0$ et donc le quotient $\frac{1}{x+1}$ n'existe pas.

2 Gérer le signe « moins »

Réduire les expressions suivantes et les écrire sans parenthèses :

a. $3x-1-(5x-7)$

b. $-(-6x-7)-(1-5x)$

c. $(4-x)+(-2+5x)-(-x+1)$

CONSEILS

Lorsque le signe « plus » précède des parenthèses, on peut supprimer les parenthèses sans rien changer.

SOLUTION

a. $3x-1-(5x-7)=3x-1-5x+7=-2x+6$

b. $-(-6x-7)-(1-5x)=-(-6x)+7-1+5x=6x+7-1+5x=11x+6.$

c. $(4-x)+(-2+5x)-(-x+1)=4-x+(-2)+5x-(-x)-1$

$=4-x-2+5x+x-1=5x+1$

8 Calcul littéral : multiplication, division et puissances

En bref *Examinons les techniques de calcul littéral relatives à la multiplication et la division, liées aux calculs sur les exposants.*

I Multiplication et division

1 Multiplication

■ Tout comme l'addition, la multiplication est une **opération commutative et associative** :

$$ab = ba \quad \text{et} \quad a(bc) = (ab)c$$

■ Pour **multiplier des fractions** entre elles, il suffit de multiplier les numérateurs entre eux et les dénominateurs entre eux.

$$\frac{a}{b} \times \frac{c}{d} = \frac{ac}{bd}$$

À NOTER
Rappelez-vous que $a \times \frac{c}{d} = \frac{a}{1} \times \frac{c}{d} = \frac{ac}{d}$.

2 Division

■ La division se définit par rapport à la multiplication. Diviser par y revient à **multiplier par son inverse** (noté $\frac{1}{y}$). Pour tous nombres x et y, avec $y \neq 0$, on a :

$$x \div y = x \times \frac{1}{y}$$

Remarque : 0 est le seul nombre à n'avoir pas d'inverse.

À NOTER
Un nombre et son inverse ont le même signe.

■ La division n'est **pas associative**.

En général on a : $a \div (b \div c) \neq (a \div b) \div c$.

II Puissances

■ On considère deux nombres a et b et deux entiers relatifs m et n. Alors, lorsque les **opérations** décrites ne conduisent pas à une division par 0 :

À NOTER
Pour tout réel a, $a^0 = 1$ et $a^1 = a$.

$$a^m \times a^n = a^{m+n} \qquad \frac{a^n}{a^m} = a^{n-m} \qquad (a^n)^m = a^{nm} \qquad (ab)^n = a^n b^n \qquad \left(\frac{a}{b}\right)^n = \frac{a^n}{b^n}$$

■ Si a est un nombre non nul et n un entier relatif, on a :

$$a^{-1} = \frac{1}{a} \quad \text{et} \quad a^{-n} = \frac{1}{a^n} = \left(\frac{1}{a}\right)^n$$

Méthodes

1 Simplifier des fractions littérales

Soit a et b deux réels non nuls et non opposés. Simplifier : $A = \dfrac{\dfrac{1}{a} + \dfrac{1}{b}}{1 + \dfrac{a}{b}}$.

CONSEILS
Commencez par réduire le numérateur d'une part et le dénominateur d'autre part sous forme d'une seule fraction. Puis utilisez la multiplication par l'inverse.

SOLUTION

$$A = \dfrac{\dfrac{1}{a} + \dfrac{1}{b}}{1 + \dfrac{a}{b}} = \dfrac{\dfrac{b}{ab} + \dfrac{a}{ab}}{\dfrac{b}{b} + \dfrac{a}{b}} = \dfrac{\dfrac{b+a}{ab}}{\dfrac{b+a}{b}} = \dfrac{b+a}{ab} \times \dfrac{b}{a+b} = \dfrac{(a+b)b}{ab(a+b)} = \dfrac{1}{a}.$$

2 Simplifier une expression littérale

Soit a, b, c trois réels non nuls vérifiant l'égalité $ab + bc + ca = 0$.

a. Démontrer que $\dfrac{b}{c} + \dfrac{b}{a} = -1$, puis que $\dfrac{c}{a} + \dfrac{c}{b} = -1$ et $\dfrac{a}{b} + \dfrac{a}{c} = -1$.

b. En déduire la valeur de $\dfrac{b+c}{a} + \dfrac{c+a}{b} + \dfrac{a+b}{c}$.

CONSEILS
a. Divisez les deux membres de $ab + bc + ca = 0$ par ca, puis par ab, puis par bc.
b. Commencez par décomposer chacune des trois fractions en deux.

SOLUTION

a. En divisant $ab + bc + ca = 0$ par ac, on trouve :

$$\dfrac{ab + bc + ca}{ac} = \dfrac{0}{ac} = 0 \Leftrightarrow \dfrac{ab}{ac} + \dfrac{bc}{ac} + \dfrac{ca}{ac} = 0 \Leftrightarrow \dfrac{b}{c} + \dfrac{b}{a} + 1 = 0 \Leftrightarrow \dfrac{b}{c} + \dfrac{b}{a} = -1$$

En divisant $ab + bc + ca = 0$ par ab, on trouve de même $\dfrac{c}{a} + \dfrac{c}{b} = -1$.

En divisant $ab + bc + ca = 0$ par bc, on trouve $\dfrac{a}{b} + \dfrac{a}{c} = -1$.

b. $\dfrac{b+c}{a} + \dfrac{c+a}{b} + \dfrac{a+b}{c} = \dfrac{b}{a} + \dfrac{c}{a} + \dfrac{c}{b} + \dfrac{a}{b} + \dfrac{a}{c} + \dfrac{b}{c} = \left(\dfrac{b}{a} + \dfrac{b}{c}\right) + \left(\dfrac{c}{a} + \dfrac{c}{b}\right) + \left(\dfrac{a}{b} + \dfrac{a}{c}\right)$

Donc d'après les égalités trouvées à la question **a** : $\dfrac{b+c}{a} + \dfrac{c+a}{b} + \dfrac{a+b}{c} = -3$.

9 Développement et factorisation

En bref *Pour mener astucieusement un calcul littéral, il faut savoir développer ou, au contraire, factoriser, en utilisant parfois les identités remarquables.*

I Développer et factoriser

1 Développer

■ Développer un produit de facteurs comportant des parenthèses ou des crochets, c'est le transformer en une **somme** de termes.

■ Pour cela, on applique la **distributivité de la multiplication** par rapport à l'addition et à la soustraction.

$k(a + b) = ka + kb$ (distributivité simple)

$(a + b)(c + d) = ac + ad + bc + bd$ (distributivité double)

De même :

$(a + b)(c - d) = ac - ad + bc - bd$

$(a - b)(c + d) = ac + ad - bc - bd$

$(a - b)(c - d) = ac - ad - bc + bd$

2 Factoriser

Factoriser une expression numérique ou littérale, c'est l'écrire sous la forme d'un **produit** de facteurs. Pour cela, il faut repérer l'expression commune qui sera mise en facteur.

Exemples :

- $5x - 7x$. Le facteur commun est ici x. Donc $5x - 7x = (5 - 7)x = -2x$.
- $3(x - 1) + x(x - 1)$. Le facteur commun est ici $(x - 1)$.

Donc : $3(x - 1) + x(x - 1) = (3 + x)(x - 1)$.

II Identités remarquables

Les identités remarquables servent à **factoriser ou développer**.

Forme factorisée	Forme développée
$(a + b)^2 = a^2 + 2ab + b^2$	
$(a - b)^2 = a^2 - 2ab + b^2$	
$(a - b)(a + b) = a^2 - b^2$	

À NOTER

$(-b)^2 = (-b) \times (-b) = b^2$ (nombre positif)
et $-b^2 = -(b \times b)$ (nombre négatif).

Méthodes

1 Factoriser en cherchant un facteur commun

Factoriser :

a. $(x+3)(5-x)+(2x+1)(x+3)$ b. $(1-2x)(7-9x)+(4x-2)^2$

CONSEILS

a. Le facteur commun est évidemment $(x+3)$.
b. On remarque que $4x-2=2(2x-1)$ et $1-2x=-(2x-1)$.

SOLUTION

a. $(x+3)(5-x)+(2x+1)(x+3)=(x+3)[(5-x)+(2x+1)]$
$=(x+3)(5-x+2x+1)$
$=(x+3)(x+6)$

b. $(1-2x)(7-9x)+(4x-2)^2=-(2x-1)(7-9x)+[2(2x-1)]^2$
$=-(2x-1)(7-9x)+4(2x-1)^2$
$=(2x-1)[-(7-9x)+4(2x-1)]$
$=(2x-1)(-7+9x+8x-4)$
$=(2x-1)(17x-11)$

À NOTER

$(4x-2)^2=4(2x-1)^2$ et non $2(2x-1)^2$.

2 Factoriser à l'aide des identités remarquables

Factoriser :

a. $9x^2+12x+4$ b. $(2-x)^2-11$

CONSEILS

Retrouvez des identités remarquables écrites sous forme développée.
Pour l'expression b., rappelez-vous que, pour un nombre $x>0$, $x=(\sqrt{x})^2$.

SOLUTION

a. $9x^2+12x+4=(3x)^2+2\times 3x\times 2+2^2$

On peut donc poser $a=3x$ et $b=2$ et utiliser $a^2+2ab+b^2=(a+b)^2$.

La factorisation donne alors $9x^2+12x+4=(3x+2)^2$.

b. $(2-x)^2-11=(2-x)^2-(\sqrt{11})^2$

On peut donc poser $a=2-x$ et $b=\sqrt{11}$ et utiliser $a^2-b^2=(a-b)(a+b)$.

La factorisation donne alors $(2-x)^2-11=(2-x-\sqrt{11})(2-x+\sqrt{11})$.

10 Équations du premier degré à une inconnue

En bref *Les équations auxquelles on s'intéresse dans cette fiche peuvent toutes se ramener à une équation du type :* $ax = b$*, où* x *est l'inconnue et* $a \neq 0$.

I Principes de résolution

1 Principe de développement

Ce principe s'utilise quand l'équation comporte des parenthèses : il consiste à commencer par **développer en supprimant les parenthèses** → FICHE 9 avant d'appliquer le principe d'équilibre.

Exemple : $8x - 2 = 3(x + 7) \Leftrightarrow 8x - 2 = 3x + 21$

À NOTER
Le symbole ⇔ signifie « équivaut à ».

2 Principe d'équilibre

Le principe d'équilibre doit concourir à un but unique : **obtenir une équation de la forme $ax = b$** équivalente à l'équation de départ.

- Lorsque l'on **additionne ou soustrait le même nombre** aux deux membres d'une équation, on obtient une équation qui lui est équivalente.
- De même, lorsque l'**on multiplie ou divise** les deux membres d'une équation par le même nombre différent de 0, on obtient une équation équivalente.

On ne change donc pas l'équilibre de l'égalité en effectuant la **même opération** des deux côtés du signe d'égalité.

Exemple : On poursuit la résolution de l'équation de l'exemple précédent.
On a : $8x - 2 = 3x + 21 \Leftrightarrow 8x - 2 + 2 = 3x + 21 + 2$ (on additionne 2 aux deux membres de l'équation).
Après calculs : $8x - 2 = 3x + 21 \Leftrightarrow 8x = 3x + 23$.

En outre : $8x = 3x + 23 \Leftrightarrow 8x - 3x = 3x - 3x + 23 \Leftrightarrow 5x = 23$ (principe d'équilibre),
donc : $8x - 2 = 3(x + 7) \Leftrightarrow 5x = 23 \Leftrightarrow \frac{5x}{5} = \frac{23}{5} \Leftrightarrow x = \frac{23}{5}$ (principe d'équilibre).
Finalement, la solution de l'équation $8x - 2 = 3(x + 7)$ est $\frac{23}{5}$.

II Trucs et astuces

- Si des expressions en x figurent au dénominateur, on utilise le **produit en croix**.

Exemple : Si $x \neq 0$ et $x \neq -1$, alors $\frac{8}{x+1} = -\frac{3}{x} \Leftrightarrow 8x = -3(x + 1)$.

- S'il y a des fractions dans les membres des équations, il suffit de **chasser les dénominateurs** pour se ramener à des équations à coefficients entiers.

Exemple : $\frac{2}{3}x + 1 = \frac{1}{4} \Leftrightarrow 12 \times \left(\frac{2}{3}x + 1\right) = 12 \times \frac{1}{4} \Leftrightarrow 8x + 12 = 3.$

Méthode

Résoudre un problème du premier degré

On considère le rectangle ABCD tel que AD = 12 cm et AB = 5 cm, et un point M sur le segment [AB].

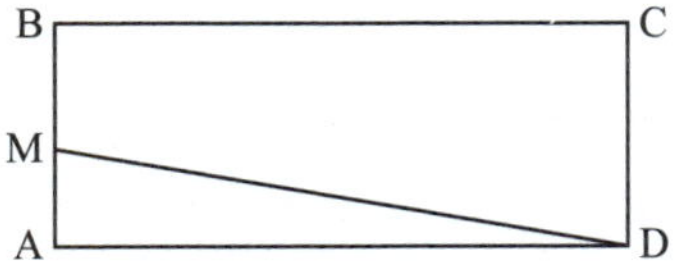

Est-il possible de placer M pour que l'aire du triangle ADM soit égale à chacune des aires suivantes ?

a. 24 cm^2

b. 30 cm^2

c. 33 cm^2

CONSEILS

Pour résoudre ce problème, on traduit la question à l'aide d'une équation. On calcule l'aire du triangle ADM (qui est rectangle en A) et on s'aperçoit qu'il est naturel de définir la longueur AM comme inconnue.

SOLUTION

L'aire du triangle ADM, en cm^2, est égale à $\frac{AM \times AD}{2}$, donc $\frac{AM \times 12}{2}$ ou encore $6 \times AM$.

Il est naturel de choisir la longueur AM comme inconnue : x est donc la longueur AM, d'où $AM = x$. L'aire cherchée s'écrit alors $6x$.

La question posée dans ce problème se traduit par conséquent de la façon suivante : les équations $6x = 24$; $6x = 30$ et $6x = 33$ ont-elles des solutions ?

a. La solution de l'équation $6x = 24$ est 4.

Donc, pour que l'aire du triangle ADM soit égale 24 cm^2, il faut placer M à 4 cm de A.

b. La solution de l'équation $6x = 30$ est 5.

Donc, pour que l'aire soit égale à 30 cm^2, il faut placer M à 5 cm de A, c'est-à-dire en B.

c. La solution de l'équation $6x = 33$ est $\frac{33}{6} = 5{,}5$.

L'équation $6x = 33$ admet donc une solution. Cependant, cette solution ne fournit aucune position possible de M car on doit avoir $x \leqslant 5$. Il est donc impossible de trouver une place à M pour que l'aire du triangle ADM soit égale à 33 cm^2.

À NOTER

Le point M ne peut pas se situer en dehors du segment [AB].
Donc $0 < AM \leqslant 5$.
C'est pourquoi $0 < x \leqslant 5$.

11 Systèmes de deux équations à deux inconnues

En bref *Un système de deux équations du premier degré à deux inconnues est une écriture comportant deux équations, disposées avec une accolade et utilisant les deux mêmes inconnues.*

I Méthode de résolution par addition ou par soustraction

Lorsque l'écriture du système s'y prête, on cherche à **éliminer l'une des deux inconnues** en additionnant ou soustrayant les deux équations du système.

Exemple : Résoudre le système $\begin{cases} 3x + 4y = 26 \\ 5x + 7y = 45 \end{cases}$

• **Étape 1** : On cherche x. Pour cela, on cherche à éliminer y. On multiplie les deux membres de la première équation par 7 et ceux de la deuxième par 4 :

$$\begin{cases} 21x + 28y = 182 \\ 20x + 28y = 180 \end{cases}$$

Par soustraction, on obtient : $1x + 0y = 182 - 180 = 2$ donc $x = 2$.

• **Étape 2** : Sachant que $x = 2$, on utilise cette valeur dans l'une des deux équations pour trouver y :

$3 \times 2 + 4y = 26 \Rightarrow 4y = 20 \Rightarrow y = 5$

Bilan : Le couple (2 ; 5) est la solution du système.

II Méthode de résolution par substitution

■ On peut utiliser cette méthode **quelle que soit l'écriture du système**.

Exemple : Résoudre le système $\begin{cases} 3x + 5y = 61 \\ y = 36 - 4x \end{cases}$

• **Étape 1** : On remplace y par $36 - 4x$ dans la première équation :

$3x + 5(36 - 4x) = 61 \Rightarrow 3x + 180 - 20x = 61 \Rightarrow -17x = -119$

On en déduit que $x = \dfrac{-119}{-17} = 7$.

• **Étape 2** : Sachant que $x = 7$, on utilise cette valeur pour calculer y : $y = 36 - 4 \times 7 = 8$.

Bilan : Le couple (7 ; 8) est la solution du système.

MOT CLÉ
On dit aussi que l'on « **substitue** » $36 - 4x$ à y.

■ On verra → FICHE 30 que la résolution d'un système de deux équations du premier degré à deux inconnues peut **s'interpréter à l'aide de droites**, et qu'un tel système peut parfois admettre une infinité de solutions ou bien n'admettre aucune solution.

Méthode

Résoudre un problème à l'aide d'un système

Écrire un système de deux équations à deux inconnues correspondant à chacune des situations, puis le résoudre.

a. Trouver le prix d'une rose et le prix d'un bleuet.

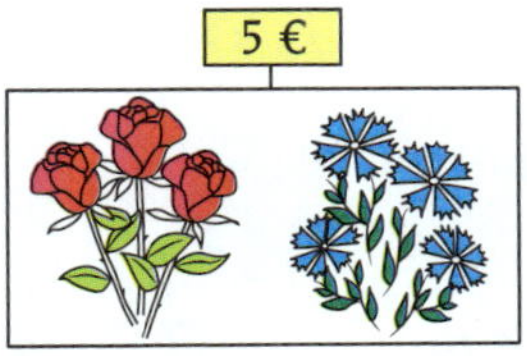

b. Trouver la masse d'une poire et la masse d'une pomme.

CONSEILS

a. Nommez x le prix d'une rose et y le prix d'un bleuet, en euros.

b. Nommez x la masse d'une poire et y la masse d'une pomme, en g.

SOLUTION

a. D'après les conseils ci-dessus : $\begin{cases} 4x + 3y = 5{,}5 \\ 3x + 4y = 5 \end{cases}$

En multipliant les deux membres de la première équation par –3 et les deux membres de la seconde par 4, on obtient : $\begin{cases} -12x - 9y = -16{,}5 \\ 12x + 16y = 20 \end{cases}$

En additionnant les deux équations, on trouve : $7y = 3{,}5 \Rightarrow y = \dfrac{3{,}5}{7} = 0{,}5$.

En remplaçant y par 0,5 dans la seconde équation :

$3x + 4 \times 0{,}5 = 5 \Rightarrow 3x = 5 - 2 = 3 \Rightarrow x = 1$

Une rose coûte donc 1 € et un bleuet 50 centimes.

b. D'après les conseils : $\begin{cases} 4x = 5y \\ x + 3y = 884 \end{cases}$. Donc $\begin{cases} x = \dfrac{5}{4}y = 1{,}25y \\ 1{,}25y + 3y = 884 \end{cases}$

La seconde équation fournit $4{,}25y = 884 \Rightarrow y = \dfrac{884}{4{,}25} = 208$. Ensuite, en remplaçant y par 208 dans la seconde équation, on obtient : $x = 1{,}25 \times 208 = 260$.

Une poire pèse 260 g et une pomme 208 g.

SE TESTER QUIZ

Vérifiez que vous avez bien compris les points clés des **fiches 7 à 11**.

1 Mener à bien un calcul littéral et numérique

→ FICHES 7 et 8

1. Quand j'écris $-x$, j'écris un nombre négatif.

☐ **a.** Vrai ☐ **b.** Faux

2. Soit a, b, c, d quatre nombres strictement positifs tels que $\frac{a}{b} = \frac{c}{d}$.
Alors $\frac{a}{b} = \frac{c}{d} = \frac{a+c}{b+d}$.

☐ **a.** Vrai ☐ **b.** Faux

2 Développement et factorisation

→ FICHE 9

1. $x(-4x - 7) - x(-x + 1) =$

☐ **a.** $x(3x + 8)$ ☐ **b.** $x(-3x + 6)$ ☐ **c.** $-x(3x + 8)$

2. Pour tous nombres a et b, on a : $(a + b)^3 = a^3 + 3ab + b^3$.

☐ **a.** Vrai ☐ **b.** Faux

3 Équations du premier degré à une inconnue

→ FICHE 10

1. Les deux équations $5x - \frac{4}{3} = 2x + 1$ et $3x = \frac{7}{3}$ ont une solution en commun.

☐ **a.** Vrai ☐ **b.** Faux

2. Si $\frac{3}{2}x = 5$, alors :

☐ **a.** $x = \frac{10}{3}$ ☐ **b.** $x = -\frac{10}{3}$

☐ **c.** $x = 5 + \frac{3}{2}$ ☐ **d.** $x = 5 + \left(-\frac{3}{2}\right)$

4 Puissances

→ FICHE 8

Parmi les égalités suivantes, une seule est fausse. Laquelle ?

☐ **a.** $2^{10} + 2^{10} = 2^{11}$ ☐ **b.** $(-1)^{100} + (-1)^{100} = 2$ ☐ **c.** $3^4 - 3^3 = 3$

5 Système de deux équations à deux inconnues

→ FICHE 11

Le couple $(x ; y)$ solution du système $\begin{cases} x - y = 12 \\ x + y = 0 \end{cases}$ est :

☐ **a.** $(6 ; 6)$ ☐ **b.** $(-6 ; 6)$
☐ **c.** $(6 ; -6)$ ☐ **d.** $(-6 ; -6)$

OBJECTIF BAC

6 Factorisation d'un polynôme et équation du second degré

30 min

Soit une fonction polynôme du second degré $P(x)$. Le but de l'exercice est de résoudre l'équation $P(x) = 0$. Pour cela, on cherche d'abord à factoriser $P(x)$.

Soit la fonction polynôme du second degré $P(x) = 5x^2 - 10x + 4$.

a. Démontrer que $P(x) = 5\left(x^2 - 2x + \frac{4}{5}\right)$.

b. Démontrer que $x^2 - 2x + \frac{4}{5} = (x-1)^2 - \frac{1}{5}$.

c. En déduire une factorisation de $P(x)$ sous forme d'un produit de deux facteurs du premier degré.

d. Résoudre l'équation $P(x) = 0$.

MOT CLÉ
Une **fonction polynôme du second degré** est une fonction f définie par : $f(x) = ax^2 + bx + c$ où a, b et c sont trois nombres fixés et $a \neq 0$.

7 Démontrer les identités remarquables avec la géométrie

35 min

Voici une démonstration du théorème de Pythagore qui fut proposée par le vingtième président des États-Unis James A. Garfield (1831-1881) !

Sur la figure ci-dessous, les points A, B et C sont alignés et AB = CE = a, AD = BC = b et BD = BE = c.

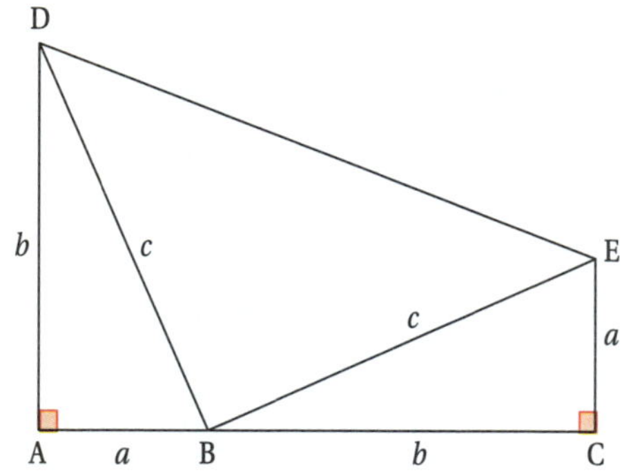

1. Démontrer que $\widehat{DBE} = 90°$.

2. Le trapèze ADEC a pour petite base EC, pour grande base AB et pour hauteur AC.
Montrer que son aire est égale à $\frac{(a+b)^2}{2}$.

3. a. En faisant la somme des aires des trois triangles rectangles, trouver une autre expression de l'aire du trapèze.

b. En déduire que $(a+b)^2 = c^2 + 2ab$.

c. Conclure.

RAPPEL
L'aire d'un trapèze de bases b et B et de hauteur h est $\frac{(b+B)\times h}{2}$.

CORRIGÉS

SE TESTER QUIZ

1 Mener à bien un calcul littéral et numérique

1. Réponse b. Faux. Si $x = -2$, alors $-x = 2$ et donc $-x$ est positif.

2. Réponse a. Vrai. On pose $k = \frac{a}{b} = \frac{c}{d}$. Alors $a = kb$ et $c = kd$. Par conséquent : $a + c = k(b + d)$. On en déduit que $\frac{a+c}{b+d} = \frac{k(b+d)}{b+d} = k$.

2 Développement et factorisation

1. Réponse c. $x(-4x - 7) - x(-x + 1) = x(-4x - 7 - (-x + 1))$
$= x(-4x - 7 + x - 1) = x(-3x - 8) = -x(3x + 8)$

2. Réponse b. Faux. Si $a = 1$ et $b = 2$, alors $(a + b)^3 = 3^3 = 27$ mais
$a^3 + 3ab + b^3 = 1 + 6 + 8 = 15$.
Le développement de $(a + b)^3$ est plus complexe :

$$\begin{aligned}(a+b)^3 &= (a+b)^2(a+b) = (a^2 + 2ab + b^2)(a+b)\\ &= a^3 + a^2b + 2a^2b + 2ab^2 + b^2a + b^3\\ &= a^3 + 3a^2b + 3ab^2 + b^3.\end{aligned}$$

3 Équations du premier degré à une inconnue

1. Réponse a. Vrai. La solution de la deuxième équation est $\frac{7}{9}$. En remplaçant x par $\frac{7}{9}$ dans le membre de gauche de la première équation, on obtient :

$$\frac{5 \times 7}{9} - \frac{4}{3} = \frac{35}{9} - \frac{12}{9} = \frac{23}{9}.$$

En faisant de même dans le membre de droite : $2 \times \frac{7}{9} + 1 = \frac{14}{9} + \frac{9}{9} = \frac{23}{9}$.

On en déduit que $\frac{7}{9}$ est aussi la solution de la première équation.

2. Réponse a. En effet : $x = 5 \div \frac{3}{2} = 5 \times \frac{2}{3} = \frac{10}{3}$.

4 Puissances

Réponse c. En effet $3^4 - 3^3 = 81 - 27 = 54$.
D'autre part $2^{10} + 2^{10} = 2 \times 2^{10} = 2^1 \times 2^{10} = 2^{11}$ et $(-1)^{100} + (-1)^{100} = 1 + 1 = 2$.

5 Système de deux équations à deux inconnues

Réponse c. En effet, la deuxième équation montre que $x = -y$. En utilisant la première équation on trouve $-y - y = 12 \Rightarrow y = -6$.

OBJECTIF BAC

6 Factorisation d'un polynôme et équation du second degré

a. On met 5 en facteur : $P(x) = 5\left(x^2 - \frac{10}{5}x + \frac{4}{5}\right) = 5\left(x^2 - 2x + \frac{4}{5}\right)$.

b. On développe : $(x-1)^2 - \frac{1}{5} = x^2 - 2x + 1 - \frac{1}{5} = x^2 - 2x + \frac{5}{5} - \frac{1}{5} = x^2 - 2x + \frac{4}{5}$.

c. On sait que $\frac{1}{5} = \left(\frac{1}{\sqrt{5}}\right)^2$; donc :

$$(x-1)^2 - \frac{1}{5} = (x-1)^2 - \left(\frac{1}{\sqrt{5}}\right)^2 = \left[(x-1) - \frac{1}{\sqrt{5}}\right]\left[(x-1) + \frac{1}{\sqrt{5}}\right].$$

Donc, d'après les questions précédentes, $P(x) = 5\left(x - 1 - \frac{1}{\sqrt{5}}\right)\left(x - 1 + \frac{1}{\sqrt{5}}\right)$.

d. D'après la factorisation précédente :

$$P(x) = 0 \Leftrightarrow 5\left(x - 1 - \frac{1}{\sqrt{5}}\right)\left(x - 1 + \frac{1}{\sqrt{5}}\right) = 0$$

$$\Leftrightarrow x - 1 - \frac{1}{\sqrt{5}} = 0 \text{ ou } x - 1 + \frac{1}{\sqrt{5}} = 0.$$

$$\Leftrightarrow x = 1 + \frac{1}{\sqrt{5}} \text{ ou } x = 1 - \frac{1}{\sqrt{5}}.$$

7 Démontrer les identités remarquables avec la géométrie

1. Les triangles ABD et CEB étant superposables, $\widehat{DBA} = \widehat{BEC} = 90° - \widehat{CBE}$ donc : $\widehat{DBA} + \widehat{CBE} = 90°$.

De plus $\widehat{DBA} + \widehat{DBE} + \widehat{CBE} = 180°$, donc $\widehat{DBE} = 180° - 90° = 90°$.

2. On sait que l'aire du trapèze ADEC est égale à $\frac{(\mathrm{CE} + \mathrm{AD}) \times \mathrm{AC}}{2} = \frac{(a+b)(a+b)}{2}$.

3. a. L'aire du triangle ABC est égale à $\frac{ab}{2}$ ainsi que l'aire du triangle BCE.

L'aire du triangle DBE est égale à $\frac{c^2}{2}$. L'aire du trapèze est donc égale à $ab + \frac{c^2}{2}$.

b. En égalant les deux expressions trouvées, on obtient :

$$\frac{(a+b)^2}{2} = ab + \frac{c^2}{2} \Leftrightarrow (a+b)^2 = 2ab + c^2$$

$$\Leftrightarrow a^2 + 2ab + b^2 = 2ab + c^2$$

$$\Leftrightarrow a^2 + b^2 = c^2.$$

C'est bien l'égalité qu'il fallait démontrer.

12 Intervalles de ℝ

En bref *L'ensemble de tous les nombres que vous avez étudiés jusqu'ici se note ℝ, ou]–∞, +∞[que l'on lit : « moins l'infini, plus l'infini ». Les nombres qu'il contient s'appellent les nombres réels.*

I Représentation

■ Un intervalle de ℝ est un **ensemble continu** de réels, c'est-à-dire un ensemble sans trou.

■ L'ensemble des réels peut être représenté par un axe appelé **droite réelle**.

Segments			Demi-droites		
	$a \leqslant x \leqslant b$	$[a\,;b]$(1)(3)		$x \leqslant a$	$]-\infty\,;a]$(1)
	$a \leqslant x < b$	$[a\,;b[$(1)(4)		$x < a$	$]-\infty\,;a[$(2)
	$a < x \leqslant b$	$]a\,;b]$(2)(3)		$x > a$	$]a\,;+\infty[$(2)
	$a < x < b$	$]a\,;b[$(2)(4)		$x \geqslant a$	$[a\,;+\infty[$(1)

(1) : fermé en *a*. (2) : ouvert en *a*.
(3) : fermé en *b*. (4) : ouvert en *b*.

À NOTER
Les crochets autour de –∞ et +∞ sont toujours ouverts.

II Intersection et union d'intervalles

■ L'**intersection** (symbole ∩ ; lire « inter ») de deux intervalles est un intervalle. Ce sont tous les réels qui appartiennent à la fois au premier et au deuxième intervalle.

Exemple : $[-2\,;5] \cap]-3\,;1[= [-2\,;1[$

■ L'**union** (symbole ∪ ; lire « union ») de deux intervalles n'est pas nécessairement un intervalle.

Exemple : $]-\infty\,;2[\cup]4\,;+\infty[$ n'est pas un intervalle car entre les deux intervalles $]-\infty\,;2[$ et $]4\,;+\infty[$ il y a le « trou » $[2\,;4]$.

À NOTER
L'intersection de deux intervalles peut être vide. L'ensemble vide ∅ est un intervalle (par exemple ∅ =]1 ; 1[).

Méthodes

1 | Écrire et lire un ensemble de nombres sous forme d'intervalle

a. Quel est l'intervalle qui comprend les nombres x vérifiant $-2 \leqslant x \leqslant 0$?

b. Quels sont les nombres contenus dans l'intervalle $]3 ; 5]$?

c. Quel est l'ensemble des nombres symbolisé en rouge sur la figure ci-dessous ?

Si $N > 8$
Alors $V \leftarrow 1$
Sinon $V \leftarrow 0$
Fin Si

d. L'algorithme suivant affecte 1 à la variable V si le nombre N appartient à un certain intervalle. Quel est cet intervalle ? Dans quel intervalle se trouvent les nombres qui fournissent 0 ?

CONSEILS

b. et **c.** Écrivez une double inégalité.

d. Le symbole ← signifie que la variable à gauche reçoit la valeur à sa droite.

SOLUTION

a. Il s'agit de l'intervalle $[-2, 0]$.

b. $x \in]3 ; 5] \Leftrightarrow 3 < x \leqslant 5$

c. C'est l'ensemble des nombres x satisfaisant la double inégalité $-1 \leqslant x \leqslant 1$.

d. Il s'agit de l'intervalle $]8 ; +\infty[$. Le nombres qui fournissent 0 sont ceux de l'intervalle $]-\infty ; 8]$.

2 | Trouver l'intersection et l'union d'intervalles

a. Trouver deux intervalles dont l'intersection est vide.

b. Trouver deux intervalles dont l'intersection comprend uniquement le nombre 2.

c. Est-il possible de trouver deux intervalles dont l'union soit vide ?

CONSEILS

c. N'oubliez pas que l'ensemble vide $\varnothing$ est un intervalle !

SOLUTION

a. Par exemple $[-3 ; -1]$ et $[0 ; +\infty[$.

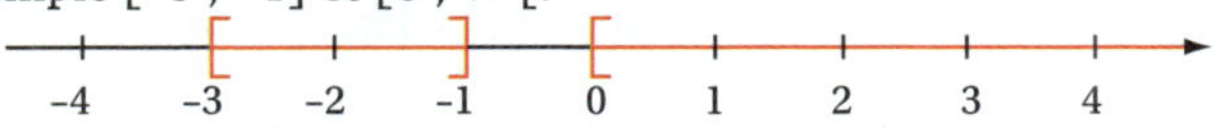

b. Par exemple $[-8 ; 2] \cap [2 ; 5]$.

c. Il y a une seule possibilité : $\varnothing \cup \varnothing = \varnothing$!

13 Distance et valeur absolue

En bref *Lorsqu'on place des nombres sur la droite réelle, les points obtenus sont situés à une certaine distance de l'origine. On exprime cette distance grâce à un nouvel outil : la valeur absolue.*

I Valeur absolue

■ Soit a et b deux nombres. Plaçons sur la droite réelle d'origine O les points A et B d'abscisses respectives a et b. La distance AB se note $|b - a|$, elle se lit « **valeur absolue** de $b - a$ ».

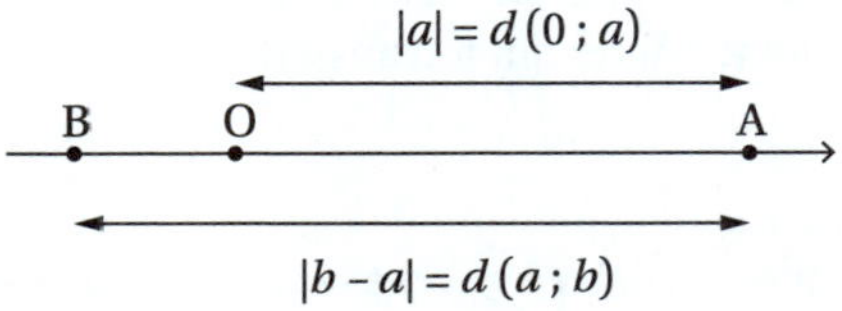

La **distance entre deux nombres** a et b se note $d(a\,;b)$.

■ Par abus, on dit que la **valeur absolue** d'un nombre est sa distance à 0 sur la droite réelle : $AO = OA = |a| = |-a|$.

■ **Propriétés**

- $|b - a|$ est un nombre positif.
- Comme $AB = BA$, $|b - a| = |a - b|$.

II Intervalles centrés en un point

■ Soit A un point de la droite réelle d'abscisse a et r un nombre strictement positif. L'ensemble des abscisses x des points M dont la distance à A est inférieure ou égale à r vérifient l'inégalité : $|x - a| \leqslant r$. Ils forment l'**intervalle fermé de centre a et de rayon r** (hachuré en rouge sur la figure).

$$|x - a| \leqslant r \Leftrightarrow x \in [a - r\,; a + r] \Leftrightarrow AM \leqslant r \Leftrightarrow d(x\,; a) \leqslant r$$

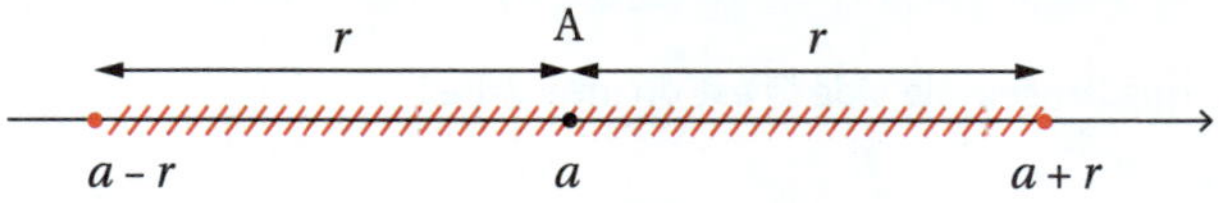

Tout nombre de cet intervalle s'appelle une **approximation** de a avec la précision r.

■ L'ensemble des points de la droite réelle dont l'abscisse x vérifie $|x - a| > r$ n'est pas un intervalle.

$|x - a| > r \Leftrightarrow d(x\,; a) > r \Leftrightarrow x \in]-\infty\,; a - r[\cup]a + r\,; +\infty[\Leftrightarrow AM > r$.

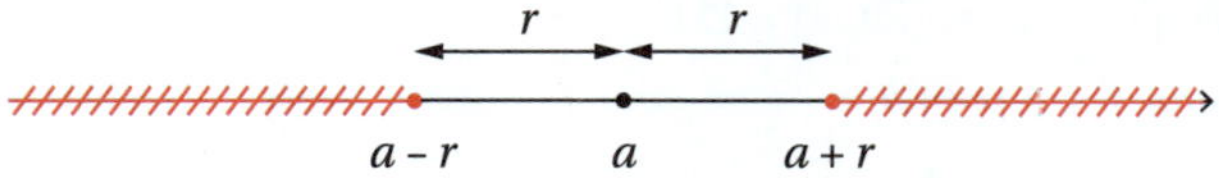

Méthodes

1 Résoudre des équations et des inéquations comportant des valeurs absolues

Résoudre les équations et inéquations suivantes et représenter les solutions sur la droite réelle.

a. $|x + 4| = 3$ b. $|x + 2| \leqslant 3$

CONSEILS

a. Transformez $x + 4$ en une différence $x - \ldots$.
b. Transformez $x + 2$ en une différence $x - \ldots$.

SOLUTION

a. Comme $x + 4 = x - (-4)$, $|x + 4| = 3 \Leftrightarrow |x - (-4)| = 3$. On cherche donc les nombres x dont la distance à -4 soit égale à 3. Ce sont les nombres -7 et -1.

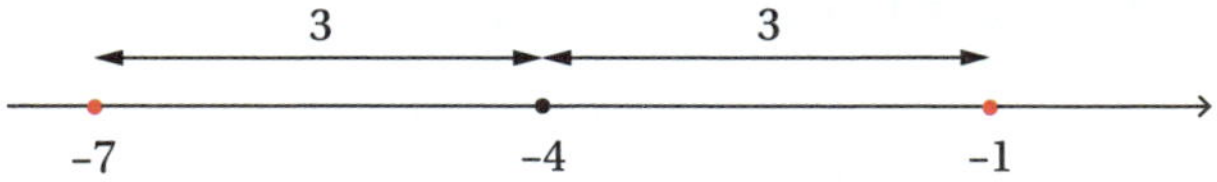

b. Comme $x + 2 = x - (-2)$, $|x + 2| \leqslant 3 \Leftrightarrow |x - (-2)| \leqslant 3$. On cherche donc les nombres x dont la distance à -2 est inférieure ou égale à 3. Il s'agit par définition de l'intervalle fermé de centre -2 et de rayon 3 c'est-à-dire $[-5 ; 1]$.

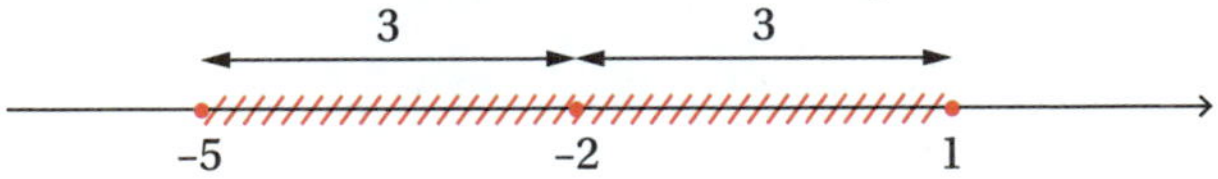

2 Savoir si un nombre appartient à un intervalle en Python

Quelle est la mission du programme suivant ?

```
from math import pi
x = float(input("Entrer un nombre : "))
if abs(x-pi)<= 1 : #abs est la fonction valeur absolue
    print(x, "est dans l'intervalle fermé de centre pi et de rayon 1.")
else :
    print(x, "n'est pas dans l'intervalle fermé de centre pi et de rayon 1.")
```

SOLUTION

Le programme demande à l'utilisateur de saisir un nombre nommé x. Il teste son appartenance à l'intervalle $[\pi - 1 ; \pi + 1]$ selon la valeur de $|x - \pi|$ puis renvoie une réponse : si $|x - \pi| \leqslant 1$ alors $x \in [\pi - 1 ; \pi + 1]$ et sinon $x \notin [\pi - 1 ; \pi + 1]$.

14 Comparer deux réels

En bref *Étant donné deux réels a et b, comment savoir s'ils sont égaux, ou sinon, lequel des deux est le plus petit, c'est-à-dire comment les comparer ? Avec une calculatrice, certes, mais si ce sont des expressions littérales ?*

I Comparer *a* et *b*

- $a \leqslant b$ si et seulement si $b - a$ est positif.

$$a \leqslant b \Leftrightarrow b - a \geqslant 0$$

- Lorsque les deux nombres sont de **même signe** on peut aussi utiliser leur quotient :

$$0 < a \leqslant b \Leftrightarrow \frac{a}{b} \leqslant 1 \quad \text{et} \quad a \leqslant b < 0 \Leftrightarrow \frac{a}{b} \geqslant 1.$$

- Rappel : si $a = b$ et $b = c$ alors $a = c$!

II Transformations d'inégalités

- Les nombres $a + c$ et $b + c$ d'une part, $a - c$ et $b - c$ d'autre part sont **rangés dans le même ordre** que a et b. Autrement dit :

$$a \leqslant b \Leftrightarrow a + c \leqslant b + c \text{ et } a \leqslant b \Leftrightarrow a - c \leqslant b - c$$

- Les produits ac et bc d'une part et les quotient $\frac{a}{c}$ et $\frac{b}{c}$ d'autre part sont rangés :

• dans le **même ordre** que a et b si c est **strictement positif** ;

$$\text{si } c > 0,\ a \leqslant b \Leftrightarrow ac \leqslant bc \text{ et } a \leqslant b \Leftrightarrow \frac{a}{c} \leqslant \frac{b}{c}$$

• dans l'**ordre inverse** de a et b si c est **strictement négatif**.

$$\text{si } c < 0,\ a \leqslant b \Leftrightarrow ac \geqslant bc \text{ et } a \leqslant b \Leftrightarrow \frac{a}{c} \geqslant \frac{b}{c}$$

- En ajoutant membre à membre deux inégalités de même sens on obtient une inégalité de même sens. Autrement dit : $a \leqslant b$ et $c \leqslant d \Rightarrow a + c \leqslant b + d$.

- En général on ne peut rien dire de semblable pour les trois autres opérations.

- Mais si les quatre nombres sont **strictement positifs** :

$$\left.\begin{array}{l} 0 < a \leqslant b \\ 0 < c \leqslant d \end{array}\right\} \Rightarrow ac \leqslant bd$$

Méthode

Utiliser un algorithme pour déterminer le plus grand multiple de *a* inférieur ou égal à *b*

1. Quelle est la mission du programme suivant ?

```
1  b = int(input("Saisir le nombre b : "))
2  a = int(input("Saisir le nombre a : "))
3  k = 1 #initialisation de k
4  while k*a<= b :
5        k = k+1
6  print(k-1,"*", a,"= ",(k-1)*a,"<= ", b)
```

2. Un utilisateur a lancé le programme et voici ce qui est affiché sur la console.

```
Saisir le nombre b : 123456789
Saisir le nombre a : 2019
61147 * 2019 = 123455793 <= 123456789
```

Interpréter l'affichage.

CONSEILS

1. Pour la commande *int*(*input*(...)), voir la fiche 3.
Dans la boucle *while*, quelle est la condition testée ? quelle est l'instruction réalisée à chaque passage ? Une fois sorti de la boucle, quelle est la valeur affichée ?

2. Que représente le nombre 123 455 793 pour 2 019 et 123 456 789 ?

SOLUTION

1. Le programme demande à l'utilisateur de saisir deux nombres qu'il nomme b et a. Puis, tant que $k \times a$ est inférieur ou égal à b (ligne 4) il ajoute 1 à k (ligne 5).

Dès que la valeur de $k \times a$ est supérieure à b, le programme affiche la valeur de $k - 1$ (qui n'est pas entre guillemets), suivie du caractère étoile (*), suivi de la valeur de a, suivie du caractère égal (=), etc.

La valeur $(k - 1) \times a$ est le plus grand multiple de a inférieur ou égal à b.

2. L'affichage montre que 123 455 793 est le plus grand multiple de 2 019 inférieur ou égal à 123 456 789.

À NOTER

123 455 793 est le 61 147e multiple non nul de 2 019.

15 Inéquations

En bref *Pour résoudre une inéquation du premier degré à une inconnue, il faut bien maîtriser la résolution des équations du premier degré à une inconnue* → FICHE 10.

I Introduction

Soit x l'inconnue. On s'intéresse ici à la résolution des inéquations qui peuvent se ramener à une écriture simple, c'est-à-dire à la forme $ax < b$ ou $ax > b$.

Exemple : L'inéquation $8x - 2 < 3(x + 7)$ peut se ramener, comme on va le voir, à $5x < 23$. On a ainsi $a = 5$ et $b = 23$.

À NOTER
Les règles énoncées ici sont aussi valides pour les inéquations de la forme $ax \leqslant b$ et $ax \geqslant b$.

II Les deux grandes étapes de résolution

1 Le développement

La première étape consiste à développer, c'est-à-dire à supprimer toutes les parenthèses.

Exemple : $8x - 2 < 3(x + 7) \Leftrightarrow 8x - 2 < 3x + 21$

2 Le principe d'équilibre

- Lorsque l'on ajoute (ou soustrait) le même nombre aux deux membres d'une inéquation, on obtient une inéquation qui lui est équivalente.

Exemple : On poursuit la résolution de l'inéquation de l'exemple précédent. On a :

$8x - 2 < 3x + 21 \Leftrightarrow 8x - 2 + 2 < 3x + 21 + 2$ (on ajoute 2 aux deux membres de l'inéquation). Après calculs : $8x - 2 < 3x + 21 \Leftrightarrow 8x < 3x + 23$.

En outre : $8x < 3x + 23 \Leftrightarrow 5x < 23$ (on soustrait $3x$ aux deux membres de l'inéquation), donc : $8x - 2 < 3(x + 7) \Leftrightarrow 5x < 23$

- Lorsque l'on multiplie (ou divise) les deux membres d'une inéquation par le même nombre strictement positif, on obtient une inéquation équivalente et de même sens.

Lorsque l'on multiplie (ou divise) les deux membres d'une inéquation par le même nombre strictement négatif, on obtient une inéquation équivalente et de sens contraire.

Exemples :

- $5x < 23 \Leftrightarrow x < \dfrac{23}{5}$ (on divise les deux membres par $5 > 0$).
- $-2x > 1 \Leftrightarrow x < -\dfrac{1}{2}$ (on divise les deux membres par $-2 < 0$).

Méthodes

1 Résoudre une inéquation et représenter ses solutions

Résoudre l'inéquation $5x - 3 < 7x + 1$, puis représenter l'ensemble des solutions sur un axe.

CONSEILS
La technique est identique à celle employée pour les équations → FICHE 10 sauf lorsqu'on multiplie ou divise les membres de l'inéquation par un nombre négatif !

SOLUTION

$5x - 3 < 7x + 1$

$\Leftrightarrow 5x - 3 + 3 < 7x + 1 + 3$ On ajoute 3 aux deux membres de l'inéquation.

$\Leftrightarrow 5x - 7x < 7x + 4 - 7x$ On soustrait $7x$ aux deux membres de l'inéquation.

$\Leftrightarrow -2x < 4$

$\Leftrightarrow x > \dfrac{4}{-2}$ On divise par un nombre strictement négatif : –2. L'inéquation **change de sens**.

$\Leftrightarrow x > -2$

L'ensemble des solutions est donc l'intervalle $]-2, +\infty[$ (en rouge sur l'axe).

2 Résoudre une inéquation comportant des fractions

Résoudre l'inéquation $\dfrac{2}{7}x \geqslant \dfrac{25}{14} + x$.

CONSEILS
Chassez d'abord les dénominateurs pour se ramener à des inéquations à coefficients entiers.

SOLUTION

$\dfrac{2}{7}x \geqslant \dfrac{25}{14} + x$

$\Leftrightarrow 14\left(\dfrac{2}{7}x\right) \geqslant 14\left(\dfrac{25}{14} + x\right)$ On multiplie par 14 pour chasser les dénominateurs.

$\Leftrightarrow 4x - 14x \geqslant 25 + 14x - 14x \Leftrightarrow -10x \geqslant 25$

$\Leftrightarrow x \leqslant \dfrac{25}{-10}$ On divise par un nombre strictement négatif : –10. L'inéquation **change de sens**.

$\Leftrightarrow x \leqslant -2{,}5$ L'ensemble des solutions est $]-\infty ; -2{,}5]$.

16 Racine carrée

En bref *On sait calculer l'aire d'un carré de côté a : c'est a^2. La racine carrée permet, entre autres, de résoudre le problème inverse : étant donné un carré d'aire a, quel est son côté ? C'est $\sqrt{a}$.*

I Définition et propriétés

- Étant donné un nombre a positif, il existe un **unique nombre positif** dont le carré est égal à a. Ce nombre est la **racine carrée** de a notée $\sqrt{a}$.

Exemples : pour les carrés parfaits, on a $\sqrt{0} = 0$, $\sqrt{1} = 1$, $\sqrt{4} = 2$, $\sqrt{9} = 3$, $\sqrt{16} = 4$, etc.

- Pour tout $a \geqslant 0$, $(\sqrt{a})^2 = a$: c'est la définition, illustrée par la figure ci-dessous.
- Si $0 < a < b$ alors $0 < \sqrt{a} < \sqrt{b}$.
- Pour tout réel x, $\sqrt{x^2} = |x|$.

En effet $\sqrt{x^2} = \sqrt{(-x)^2}$ donc $\sqrt{x^2} = x$ si $x \geqslant 0$ et $\sqrt{x^2} = \sqrt{(-x)^2} = -x$ si $x \leqslant 0$.

- La racine carrée d'un nombre négatif n'existe pas.

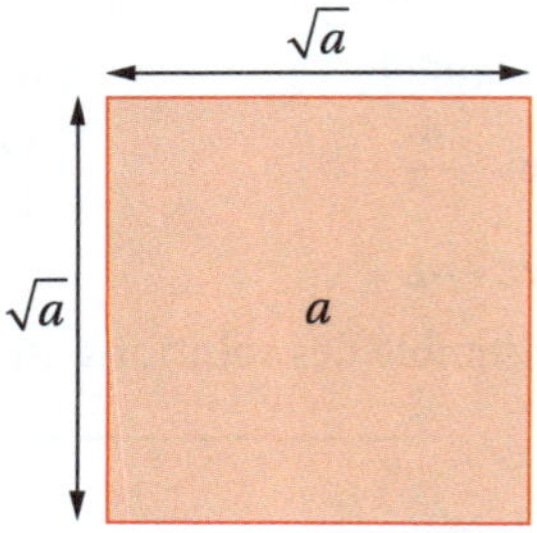

À NOTER

Le symbole $\sqrt{\ }$ s'appelle un radical.

II Opérations sur les racines carrées

Soit deux nombres positifs a et b.

- La **racine carrée d'un produit** de deux nombres est égale au produit des racines carrées de ces deux nombres.

$$\sqrt{a \times b} = \sqrt{a} \times \sqrt{b}$$

- La **racine carrée du quotient** de deux nombres est égale au quotient des racines carrées de ces deux nombres.

$$\text{Si } b \neq 0, \sqrt{\frac{a}{b}} = \frac{\sqrt{a}}{\sqrt{b}}$$

À NOTER

Si a et b sont strictement positifs alors $\sqrt{a+b} < \sqrt{a} + \sqrt{b}$: voir la méthode pour la démonstration.

Remarques : • Si $b > 0$ alors $\sqrt{\frac{1}{b}} = \frac{1}{\sqrt{b}}$. En effet $\sqrt{\frac{1}{b}} = \frac{\sqrt{1}}{\sqrt{b}} = \frac{1}{\sqrt{b}}$.

• Pour tous réels a et b positifs : $\sqrt{a^2 b} = a\sqrt{b}$ car $\sqrt{a^2 b} = \sqrt{a^2}\sqrt{b}$.

Méthodes

1 Visualiser la formule $\sqrt{a^2b} = a\sqrt{b}$

7	7	7
7	7	7
7	7	7

a. Chaque petit carré a pour aire 7 cm². Quelle est l'aire du grand carré représenté ci-contre ?

b. Combien mesure, en centimètres, le côté de chaque carré d'aire 7 cm² ?

c. En déduire que $\sqrt{63} = 3\sqrt{7}$.

CONSEILS

a. Comptez les petits carrés qui constituent le grand carré.

b. Utilisez la définition du cours.

c. Exprimez l'aire du grand carré de deux façons.

SOLUTION

a. L'aire du grand carré est 63 cm² car il contient 9 carrés de 7 cm² chacun et $9 \times 7 = 63$.

b. Le côté de chaque petit carré mesure $\sqrt{7}$ cm par définition.

c. En centimètres, le côté du grand carré mesure $\sqrt{63}$. Sa mesure en centimètres est aussi égale à $\sqrt{7} + \sqrt{7} + \sqrt{7} = 3\sqrt{7}$. Donc $\sqrt{63} = 3\sqrt{7}$.

2 Démontrer que $\sqrt{a+b} < \sqrt{a} + \sqrt{b}$ lorsque $a > 0$ et $b > 0$

a. Démontrer que $(\sqrt{a} + \sqrt{b})^2 = a + 2\sqrt{ab} + b$ et en déduire que $(\sqrt{a} + \sqrt{b})^2 > a + b$.

b. En déduire l'inégalité demandée.

CONSEILS

a. Utiliser l'identité remarquable $(x + y)^2 = \ldots$ et ne pas oublier que $\sqrt{ab}$ est un nombre positif.

b. Calculer la racine carrée du membre à droite de l'inégalité et du membre à gauche.

SOLUTION

a. $(\sqrt{a} + \sqrt{b})^2 = (\sqrt{a})^2 + 2\sqrt{a}\sqrt{b} + (\sqrt{b})^2 = a + 2\sqrt{ab} + b$, car comme $a > 0$ et $b > 0$, $(\sqrt{a})^2 = a$ et $(\sqrt{b})^2 = b$. Comme $\sqrt{ab} > 0$, $a + 2\sqrt{ab} + b > a + b$ donc $(\sqrt{a} + \sqrt{b})^2 > a + b$.

b. $(\sqrt{a} + \sqrt{b})^2 > a + b \Rightarrow \sqrt{(\sqrt{a} + \sqrt{b})^2} > \sqrt{a+b} \Rightarrow \sqrt{a} + \sqrt{b} > \sqrt{a+b}$.

En effet, les aires des carrés sont classées dans le même ordre que les longueurs de leurs côtés. De plus, $\sqrt{x^2} = x$ si $x \geqslant 0$, avec ici $x = \sqrt{a} + \sqrt{b}$.

SE TESTER QUIZ

Vérifiez que vous avez bien compris les points clés des **fiches 12 à 16**.

1 Intervalles de $\mathbb{R}$

→ FICHE 12

1. L'ensemble des réels supérieurs ou égaux à −6 est l'intervalle :

☐ **a.** $]-\infty ; -6]$ ☐ **b.** $[-6 ; +\infty[$ ☐ **c.** $]-6 ; +\infty[$

2. L'ensemble des réels x tels que $-1 \leqslant x < 2$ est l'intervalle :

☐ **a.** $]-1 ; 2]$ ☐ **b.** $[-1 ; 2[$ ☐ **c.** $]-1 ; 2[$

3. L'intersection de deux intervalles est nécessairement un intervalle.

☐ **a.** Vrai ☐ **b.** Faux

4. L'ensemble $]-\infty ; 0] \cup [1 ; +\infty]$ est un intervalle.

☐ **a.** Vrai ☐ **b.** Faux

2 Inéquations du premier degré à une inconnue

→ FICHE 15

1. L'ensemble des solutions de l'inéquation $-2x > 4$ est représenté par l'intervalle en rouge ci-dessous.

☐ **a.** Vrai ☐ **b.** Faux

2. L'inéquation $\frac{4}{x} \geqslant \frac{2}{3}$ est équivalente à l'inéquation $\frac{x}{4} \leqslant \frac{3}{2}$.

☐ **a.** Vrai ☐ **b.** Faux

3 Comparer des réels

→ FICHE 14

1. Pour tous réels a et b : $a \leqslant \frac{a+b}{2} \leqslant b$.

☐ **a.** Vrai ☐ **b.** Faux

2. Pour tous réels a et b : $a \geqslant b \Leftrightarrow b - a \leqslant 0$.

☐ **a.** Vrai ☐ **b.** Faux

4 Valeur absolue et distance

→ FICHES 13 et 15

1. Pour tous nombres a et b, on a : $|a+b| = |a| + |b|$.

☐ **a.** Vrai ☐ **b.** Faux

2. Pour tout réel positif a : $\sqrt{a^2} = a$.

☐ **a.** Vrai ☐ **b.** Faux

3. L'ensemble des réels x vérifiant $|x| \geqslant 2$ est un intervalle.

☐ **a.** Vrai ☐ **b.** Faux

OBJECTIF BAC

5 Double inéquation
30 min

Il s'agit de traduire le problème suivant sous la forme d'une double inéquation, puis de la résoudre. C'est aussi l'occasion de revoir les conversions de durées décimales en durées sexagésimales.

Un train parcourt 750 km.

Sa vitesse moyenne v varie entre 120 km/h et 125 km/h, selon les jours.

On souhaite déterminer les temps minimum et maximum de parcours.

a. Exprimer le temps de parcours t en fonction de v pour $v \neq 0$.

b. Montrer que $6 \leqslant t \leqslant 6{,}25$.

c. Conclure en exprimant les temps de parcours en heures et minutes.

6 Calculer une valeur approchée de $\sqrt{5}$ par dichotomie
35 min

La méthode consiste à encadrer le nombre $\sqrt{5}$ par des intervalles d'amplitude de plus en plus petite, en introduisant leur milieu à chaque étape du processus.

On considère deux nombres strictement positifs a et b.

1. a. Justifier $a < b \Leftrightarrow a^2 < b^2$.

b. Pourquoi a-t-on $\sqrt{5} \in [2\,;3]$?

2. Le programme suivant détermine des intervalles $[a\,;b]$ de plus en plus étroits qui enferment $\sqrt{5}$ en faisant en sorte qu'à chaque étape $a < \sqrt{5} < b$.

```
1 a, b = 2,3
2 while b-a>2*10**-10 :
3       if ((a+b)/2)**2<5 :
4           a = (a+b)/2
5       else :
6           b = (a+b)/2
7 print((a+b)/2)
```

À NOTER

$\dfrac{a+b}{2}$ est le milieu de $[a\,;b]$.

Lorsque le programme affiche $\dfrac{a+b}{2}$ (ligne 7), que peut-on dire de la longueur de l'intervalle enfermant $\sqrt{5}$?

3. a. Si, à une étape de l'algorithme, on a le schéma ci-contre, que contiendront les variables a et b à l'étape suivante ?

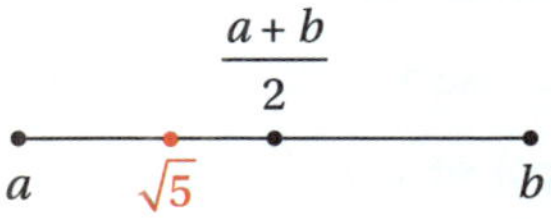

b. Même question si on a le schéma ci-contre.

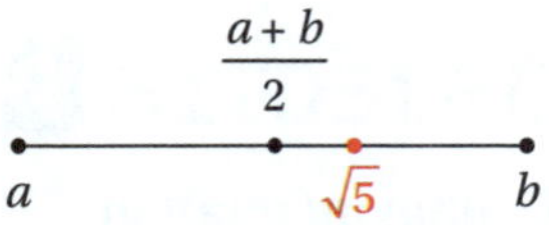

c. Démontrer que dans le déroulement du programme, on a toujours $\sqrt{5} \in]a\,;b[$.

4. Lorsqu'il est exécuté le programme produit l'affichage : 2.236067977442872.

Quelle approximation de $\sqrt{5}$ en déduit-on, et avec quelle précision ?

CORRIGÉS

SE TESTER QUIZ

1 Intervalles de $\mathbb{R}$

1. Réponse b.
2. Réponse b.
3. Réponse a. Vrai.
4. Réponse b. Faux.
Le schéma ci-dessous montre que l'ensemble en question (en rouge) comporte un « trou » qui est l'intervalle]0 ; 1[.

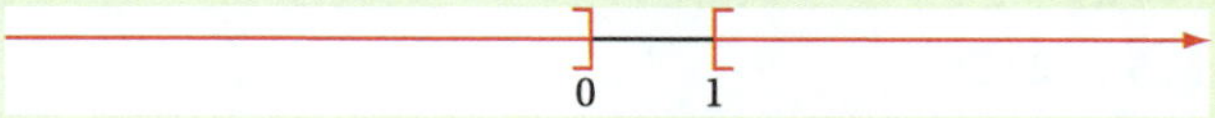

2 Inéquations du premier degré à une inconnue

1. Réponse b. Faux. En effet : $-2x > 4 \Leftrightarrow x < \frac{4}{-2} \Leftrightarrow x < -2$
L'intervalle correct est figuré ci-dessous.

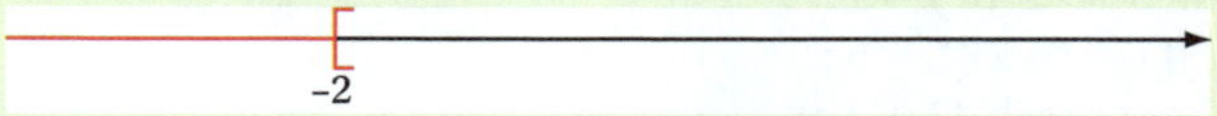

2. Réponse b. Faux.
On peut le montrer à l'aide d'un contre-exemple :
-1 est solution de l'inéquation $\frac{x}{4} \leqslant \frac{3}{2}$ car $-\frac{1}{4} \leqslant \frac{3}{2}$ alors que -1 n'est pas solution de l'inéquation $\frac{4}{x} \geqslant \frac{2}{3}$ car $\frac{4}{-1} < \frac{2}{3}$.

3 Comparer des réels

1. Réponse a. Vrai, car $\frac{a+b}{2}$ est le milieu de $[a\,;b]$.

2. Réponse a. Vrai. Le plus petit moins le plus grand fournit un résultat négatif.

4 Valeur absolue et distance

1. Réponse b. Faux. Si $a = -2$ et $b = 2$, alors $|a + b| = 0$ mais $|a| + |b| = 2 + 2 = 4$.

2. Réponse a. Vrai. En général, $\sqrt{a^2} = |a|$, et comme ici a est positif, $|a| = a$, donc $\sqrt{a^2} = a$.

3. Réponse b. Faux. Les nombres x vérifiant $|x| \geqslant 2$ appartiennent à $]-\infty\,; -2] \cup [2\,; +\infty[$ qui n'est pas un intervalle car il n'est pas continu.

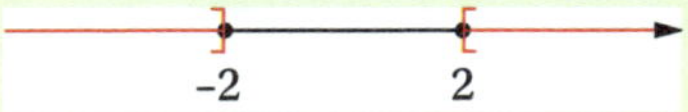

▶ OBJECTIF BAC

5 Double inéquation

a. Soit d la distance parcourue par le train, t son temps de parcours et v sa vitesse moyenne. On a : $d = vt$. Donc $t = \frac{d}{v} = \frac{750}{v}$, avec $v \neq 0$.

b. $120 \leqslant v \leqslant 125 \Leftrightarrow \frac{1}{125} \leqslant \frac{1}{v} \leqslant \frac{1}{120} \Leftrightarrow \frac{750}{125} \leqslant \frac{750}{v} \leqslant \frac{750}{120}$

$\Leftrightarrow 6 \leqslant t \leqslant 6{,}25$

c. Le temps de parcours est donc compris entre 6 h et 6,25 h, c'est-à-dire entre **6 h et 6 h 15 min**.

> **À NOTER**
> $6{,}25 = 6 + \frac{1}{4}$
> et un quart d'heure est égal à 15 minutes.

6 Calculer une valeur approchée de $\sqrt{5}$ par dichotomie

1. a. Si un carré a un côté a inférieur au côté b d'un autre carré, alors leurs aires a^2 et b^2 sont rangées dans le même ordre.

b. $2^2 < 5 < 3^2$, donc $2 < \sqrt{5} < 3$.

2. La boucle *while* se poursuit tant que $b - a$, c'est-à-dire la longueur de l'intervalle $[a\,; b]$ est supérieure à 2×10^{-10}. Le programme affiche $\frac{a+b}{2}$ lorsque la longueur de l'intervalle est inférieure ou égale à 2×10^{-10}, autrement dit $\sqrt{5}$ appartient à un intervalle de centre $\frac{a+b}{2}$ et de rayon inférieur ou égal à 10^{-10}.

> **À NOTER**
> Si la longueur de l'intervalle centré est d alors son rayon est $\frac{d}{2}$.

3. a. À l'étape suivante, a conservera sa valeur actuelle et b contiendra $\frac{a+b}{2}$ (lignes 5 et 6 du programme).

b. À l'étape suivante a contiendra $\frac{a+b}{2}$ et b conservera sa valeur actuelle (lignes 3 et 4 du programme).

c. Les nombres a et b choisis au départ étant des rationnels, à chaque étape $\frac{a+b}{2}$ est un rationnel et ne peut donc pas être égal à $\sqrt{5}$. D'après les questions **3. a.** et **3. b.**, on a bien $\sqrt{5} \in\,]a\,; b[$.

4. On en déduit $\sqrt{5} \approx 2{,}236067977442872$ avec une précision inférieure à 10^{-10}.

17 Translations et vecteurs

En bref *Lorsque l'on définit une translation, on définit nécessairement un vecteur. Un vecteur symbolise donc un mouvement rectiligne d'un point à un autre.*

I Translations

■ Une **translation** est un procédé qui déplace un point en un autre point selon une règle imposée par deux points fixes.

■ Si on appelle A et B ces deux points fixes, la translation de A vers B transforme un point M en un point M′ de telle sorte que les segments [AM′] et [BM] aient le même milieu, autrement dit que le quadrilatère ABM′M soit un parallélogramme. M′ s'appelle le **translaté** de M.

Exemple : Sur la figure, on a placé les points M, N, P et Q ainsi que leurs translatés par la translation de A vers B.

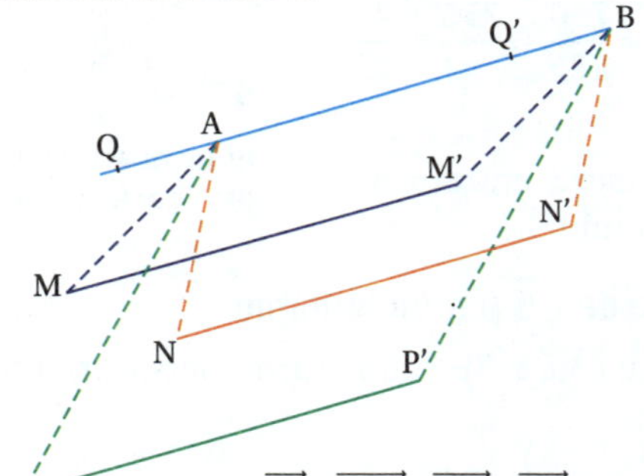

$\overrightarrow{AB} = \overrightarrow{MM'} = \overrightarrow{NN'} = \overrightarrow{PP'}$

> **À NOTER**
> La translation de A vers B est différente de la translation de B vers A.

II Vecteurs

■ Un **vecteur** symbolise une translation. Il est caractérisé par trois facteurs :
- sa **direction** (par exemple, horizontale ou verticale) ;
- son **sens** (par exemple, de gauche à droite ou de bas en haut) ;
- sa **longueur** (par exemple, 5 carreaux ou 4,2 cm) qu'on appelle aussi sa **norme**.

■ On note $\overrightarrow{0}$ le vecteur nul : $\overrightarrow{0} = \overrightarrow{AA}$.

■ En mathématiques, une **direction** est définie par une **droite** $\mathcal{D}$. Toutes les droites parallèles à $\mathcal{D}$ ont la même direction que $\mathcal{D}$.

■ Lorsqu'on trace une droite, on peut la parcourir **dans les deux sens** : de gauche à droite ou de droite à gauche (ou encore de bas en haut ou de haut en bas).

Exemple : Si on place deux points distincts A et B sur une droite, on définit deux vecteurs de sens contraires $\overrightarrow{AB}$ et $\overrightarrow{BA}$.

> **À NOTER**
> La **norme** de $\vec{u}$ se note $\|\vec{u}\|$.

Méthodes

1 Déterminer des points et des vecteurs liés à des translations

On considère un triangle ABC, et I, J, K les milieux respectifs des côtés [AB], [AC] et [BC]. Compléter le tableau suivant.

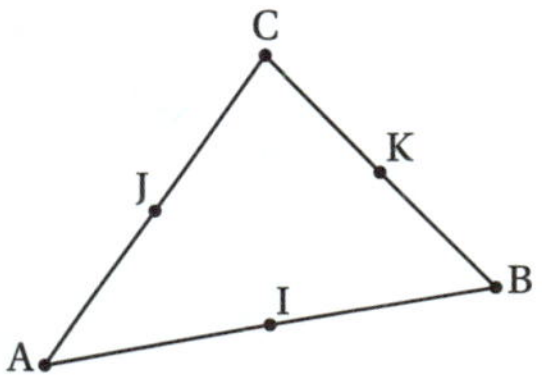

L'image de	par la translation de vecteur	est
I	$\overrightarrow{BK}$	....
....	$\overrightarrow{IJ}$	K
J	....	C
....	$2\,\overrightarrow{KJ}$	A

CONSEILS
D'après la réciproque du théorème de Thalès : (JI) // (CB) et (KI) // (CA).

SOLUTION

De haut en bas : J ; B ; $\overrightarrow{IK}$; B.

2 Reconnaître une translation

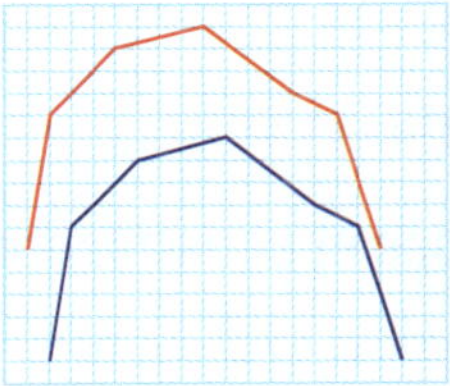

Les frères Térieur se disputent à propos de la figure ci-contre.

Alain : « J'ai construit la ligne bleue en transformant la ligne rouge par une translation. »

Alex : « Ce n'est pas possible ! La largeur qui les sépare n'est pas constante ! »

Qui a raison : Alain ou Alex ?

CONSEILS
Choisissez deux points sur l'une des figures et observez les positions des deux points correspondants sur l'autre figure.

SOLUTION

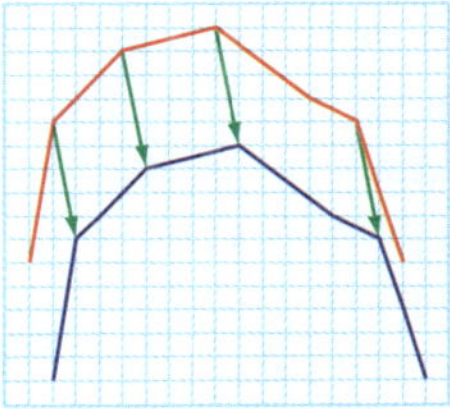

C'est Alain qui a raison : les quatre vecteurs égaux représentés sur la figure ci-contre définissent la translation.

18 Addition de vecteurs

En bref *En additionnant des vecteurs, on peut créer de nouveaux vecteurs ou décomposer des vecteurs existants. On peut également soustraire des vecteurs, ce qui revient à additionner l'opposé d'un vecteur.*

I Somme vectorielle

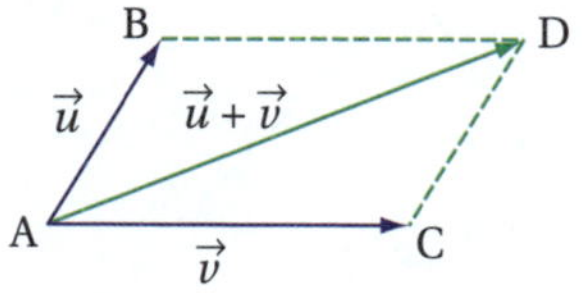

- Soit A, B, C trois points non alignés. Si on pose $\vec{u} = \overrightarrow{AB}$ et $\vec{v} = \overrightarrow{AC}$, on appelle **somme vectorielle** $\vec{u} + \vec{v}$ le vecteur $\vec{w}$ tel que $\vec{w} = \overrightarrow{AD}$ où ABDC est un **parallélogramme**.
- On peut représenter un vecteur d'une **infinité de façons**. La seule condition à respecter est que ces représentants aient la même direction, le même sens et la même longueur. Pour construire la somme vectorielle de deux vecteurs, on choisit leurs représentants les plus pertinents → MÉTHODE.

À NOTER
Attention à l'ordre des points définissant le parallélogramme : AB**DC**.

- La somme $\vec{u} + \vec{v}$ symbolise l'exécution de **deux translations** l'une à la suite de l'autre : la première de vecteur $\vec{u}$ et la seconde de vecteur $\vec{v}$, ou l'inverse. Ainsi, on part de A pour aller vers B puis de B pour finir en D.

II Applications

1 Opposé et soustraction

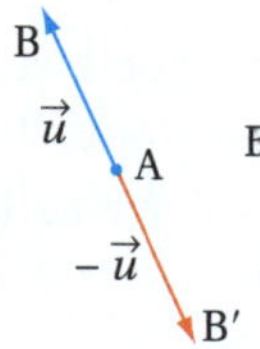

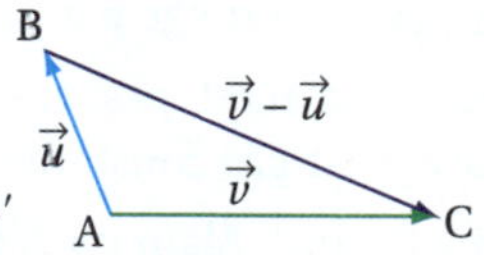

- Si on pose $\vec{u} = \overrightarrow{AB}$, on note $-\vec{u}$ l'**opposé** de $\vec{u}$. On a ainsi : $-\vec{u} = -\overrightarrow{AB} = \overrightarrow{BA}$ (ce qui différencie un vecteur de son opposé est son sens).
- Si $\overrightarrow{AB}$ et $\overrightarrow{AB'}$ sont opposés, alors B et B′ sont **symétriques** par rapport à A.
- On définit la **soustraction** : $\vec{v} - \vec{u} = \vec{v} + (-\vec{u})$, ou encore : $\overrightarrow{AC} - \overrightarrow{AB} = \overrightarrow{AC} + \overrightarrow{BA} = \overrightarrow{BA} + \overrightarrow{AC} = \overrightarrow{BC}$.

2 Relation de Chasles

La relation de Chasles peut se concevoir comme un **raccourci**. On part d'un point de départ D pour aboutir à un point d'arrivée A ; la relation permet de prendre des chemins détournés. Ainsi :

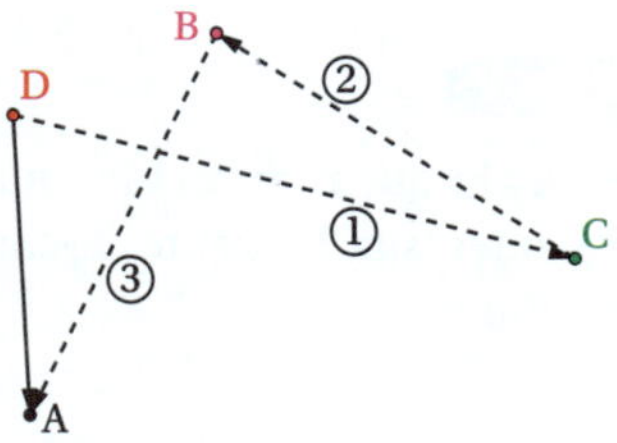

$$\overrightarrow{DA} = \overrightarrow{DC} + \overrightarrow{CB} + \overrightarrow{BA}$$

Remarque : L'arrivée d'un vecteur de la somme est le départ du vecteur suivant.

Méthode

Construire un vecteur somme dont l'origine est donnée

Placer deux vecteurs $\overrightarrow{AB}$ et $\overrightarrow{CD}$ et un point O.

Construire le point S tel que $\overrightarrow{OS} = \overrightarrow{AB} + \overrightarrow{CD}$.

CONSEILS

On étudie deux cas (suivant que $\overrightarrow{AB}$ et $\overrightarrow{CD}$ ont ou non la même direction) et on construit E tel que $\overrightarrow{OE} = \overrightarrow{AB}$ et S tel que $\overrightarrow{ES} = \overrightarrow{CD}$.

SOLUTION

■ **1er cas.** $\overrightarrow{AB}$ et $\overrightarrow{CD}$ n'ont pas la même direction.

Donc les droites (AB) et (CD) ne sont pas parallèles.

On a : $\overrightarrow{AB} + \overrightarrow{CD} = \overrightarrow{OE} + \overrightarrow{ES} = \overrightarrow{OS}$ d'après la relation de Chasles.

Pour construire $\overrightarrow{OS}$, on part de O pour aller en E puis de E on arrive en S.

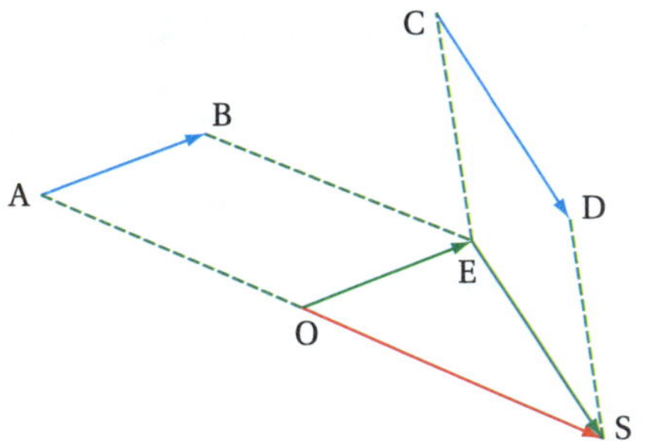

■ **2d cas.** $\overrightarrow{AB}$ et $\overrightarrow{CD}$ ont la même direction.

Donc les droites (AB) et (CD) sont parallèles.

On a aussi : $\overrightarrow{AB} + \overrightarrow{CD} = \overrightarrow{OE} + \overrightarrow{ES} = \overrightarrow{OS}$ d'après la relation de Chasles.

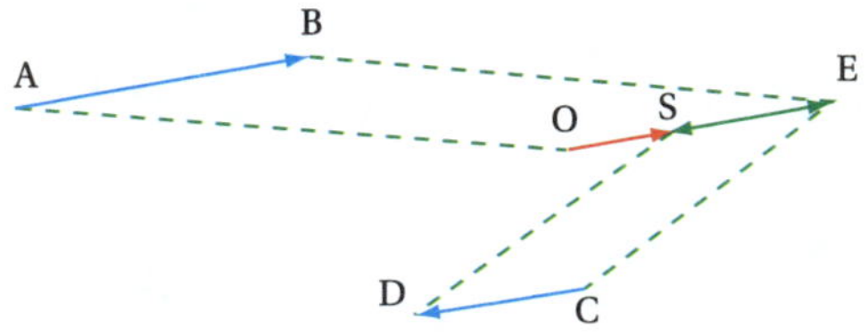

À NOTER

Dans les deux cas, OABE et ECDS sont des parallélogrammes.

19 Multiplication d'un vecteur par un réel

En bref *Il n'est pas possible de définir une multiplication de vecteurs dont le résultat serait encore un vecteur. En revanche, on peut définir la multiplication d'un vecteur par un nombre réel.*

I Définition et propriétés

- Soit un vecteur $\vec{u}$ et un réel k non nuls. Pour tracer un vecteur $\overrightarrow{AB}$ égal à $k\vec{u}$:

• on trace une droite d de **même direction** que $\vec{u}$ passant par A ;

• à partir du point A, on place sur d le point B de telle sorte que $AB = |k|u$ où u est la longueur du vecteur $\vec{u}$. Le vecteur $k\vec{u}$ a le même sens que $\vec{u}$ si $k > 0$ et le sens contraire si $k < 0$.

Exemple : Sur la figure ci-contre, $k = 1{,}5$ (positif).

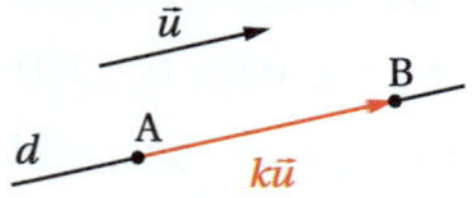

- Le point B a divers **emplacements selon la valeur de k** :

• à gauche de A si $k \leqslant 0$;

• à l'intérieur de [AO] si $0 \leqslant k \leqslant 1$;

• à droite de O si $k \geqslant 1$.

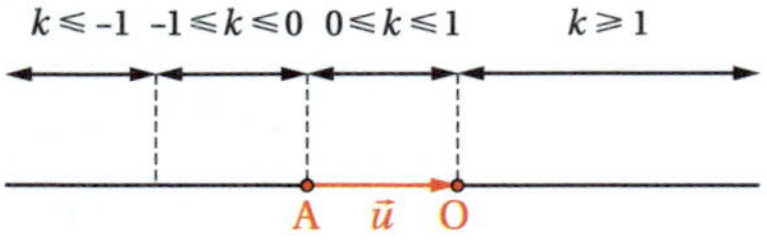

- **Égalité de la demi-diagonale du parallélogramme**

Si I est le milieu de [BC], on a la relation :

$$\overrightarrow{AB} + \overrightarrow{AC} = \overrightarrow{AS} = 2\overrightarrow{AI}$$

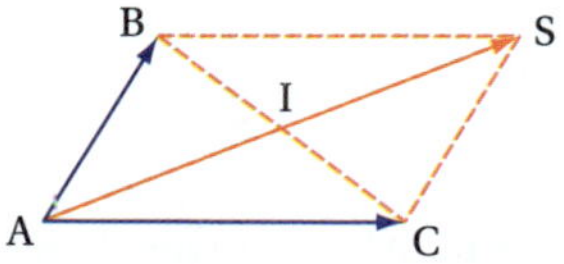

II Effet de transformations sur les vecteurs

- Par une **symétrie centrale** (ici de centre I), deux points A et B sont transformés en A′ et B′. On a :

$$\overrightarrow{A'B'} = -\overrightarrow{AB} = (-1)\overrightarrow{AB}$$

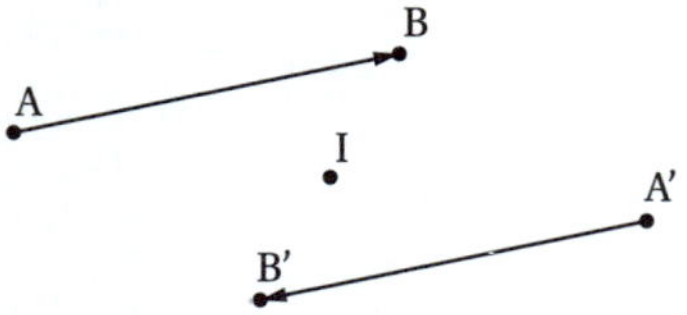

- Dans une configuration de Thalès, c'est-à-dire lorsque les droites (AB) et (A′B′) des triangles OAB et OA′B′ sont parallèles on a :

$$\overrightarrow{OA'} = k\overrightarrow{OA} \Rightarrow \overrightarrow{OB'} = k\overrightarrow{OB} \text{ et } \overrightarrow{A'B'} = k\overrightarrow{AB}$$

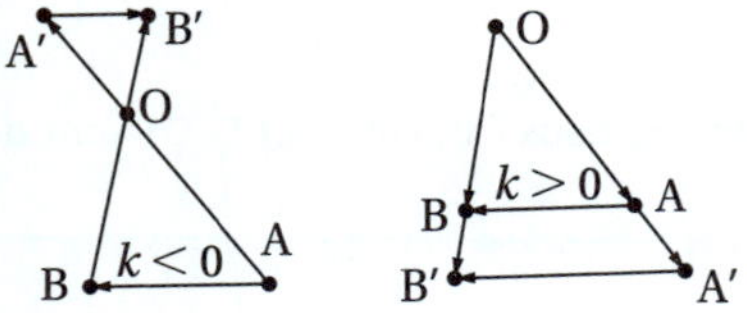

Méthode

Utiliser les effets de transformations sur les vecteurs

On construit un hexagone régulier ABCDEF de centre O par la méthode de la rosace. On sait alors que le côté de l'hexagone est égal au rayon du cercle circonscrit (en rouge).

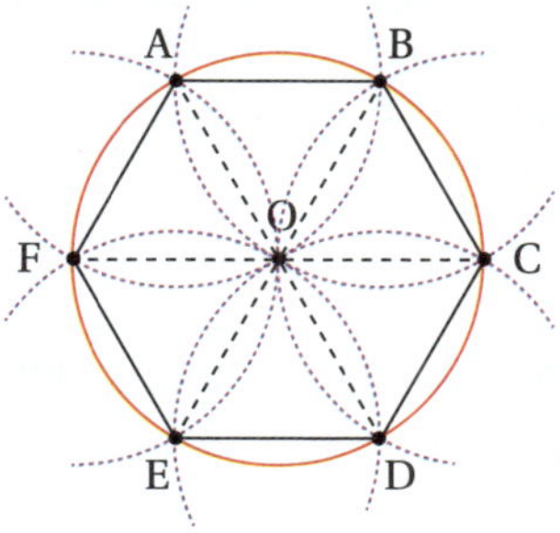

1. Justifier que (AB) // (FC) // (ED) puis (BC) // (AD) // (FE) et (AF) // (BE) // (CD).

2. Compléter les égalités suivantes :

a. $\overrightarrow{FC} = \ldots \overrightarrow{AB}$ **b.** $\overrightarrow{BC} = \ldots \overrightarrow{DA}$

c. $\overrightarrow{OE} = \ldots \overrightarrow{BE}$

3. Exprimer $\overrightarrow{BE}$ en fonction de $\overrightarrow{BO}$, et $\overrightarrow{CO}$ en fonction de $\overrightarrow{CF}$.

4. Exprimer $\overrightarrow{OF} + \overrightarrow{OB}$ en fonction de $\overrightarrow{AO}$.

5. Est-il possible d'exprimer $\overrightarrow{DB} + \overrightarrow{DE}$ à l'aide de $\overrightarrow{BC}$?

CONSEILS

1. Utilisez une symétrie centrale.

2. et 3. Utilisez les longueurs des côtés et des diagonales d'un hexagone régulier.

4. On pourra utiliser l'égalité de la demi-diagonale d'un parallélogramme.

5. Examinez la nature du quadrilatère ABDE.

SOLUTION

1. Par la symétrie centrale de centre O, A est transformé en D et B en E. Donc (AB) // (DE). Comme ABOF est un losange, (AB) // (FO) donc (AB) // (FC). On a donc bien (AB) // (FC) // (ED). Les parallélismes des autres droites se démontrent de façon analogue.

2. Comme FC = AD = BE (diamètre du cercle) et AB = BC = OE (rayon du cercle), on trouve, avec le parallélisme démontré précédemment :

a. $\overrightarrow{FC} = 2\overrightarrow{AB}$ **b.** $\overrightarrow{BC} = \frac{1}{2}\overrightarrow{AD} = -\frac{1}{2}\overrightarrow{DA}$ **c.** $\overrightarrow{OE} = \frac{1}{2}\overrightarrow{BE}$

3. On trouve de même : $\overrightarrow{BE} = 2\overrightarrow{BO}$ et $\overrightarrow{CO} = \frac{1}{2}\overrightarrow{CF}$.

4. D'après la définition d'une somme vectorielle → FICHE 18 on a, dans le parallélogramme OFAB : $\overrightarrow{OF} + \overrightarrow{OB} = \overrightarrow{OA}$, donc $\overrightarrow{OF} + \overrightarrow{OB} = -\overrightarrow{AO}$.

5. ABDE est un parallélogramme car ses côtés opposés [AB] et [ED] sont parallèles et de même longueur. Donc, d'après la définition d'une somme vectorielle, $\overrightarrow{DB} + \overrightarrow{DE} = \overrightarrow{DA}$. Comme $\overrightarrow{DA} = 2\overrightarrow{CB} = -2\overrightarrow{BC}$ on en déduit que $\overrightarrow{DB} + \overrightarrow{DE} = -2\overrightarrow{BC}$.

Il est donc possible d'exprimer $\overrightarrow{DB} + \overrightarrow{DE}$ à l'aide de $\overrightarrow{BC}$.

20 Coordonnées d'un point, d'un vecteur

En bref *Dans un plan, un point peut être positionné précisément par la donnée de ses coordonnées. De même, les vecteurs peuvent aussi être décrits par des coordonnées.*

I Coordonnées dans un repère

1 Repère orthonormé du plan

- Un **repère orthonormé du plan** est un ensemble de trois points O, I, J tels que le triangle OIJ soit rectangle et isocèle en O. Le point O s'appelle l'**origine** du repère.
- On peut ainsi définir les deux vecteurs, appelés **vecteurs de base**, $\vec{i}$ et $\vec{j}$ tels que $\overrightarrow{OI} = \vec{i}$ et $\overrightarrow{OJ} = \vec{j}$.

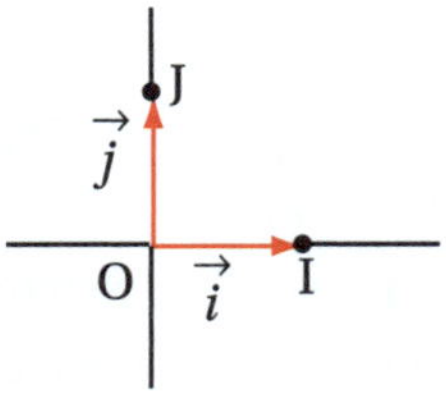

2 Abscisse et ordonnée d'un point, d'un vecteur

- Considérons les points M, X (sur l'axe des abscisses) et Y (sur l'axe des ordonnées). Le quadrilatère OXMY est un rectangle.

Comme $\overrightarrow{OX}$ et $\vec{i}$ sont colinéaires → FICHE 21, il existe un nombre x tel que $\overrightarrow{OX} = x\vec{i}$. On peut aussi écrire $\overrightarrow{OY} = y\vec{j}$.

On a alors : $\overrightarrow{OM} = x\vec{i} + y\vec{j}$.

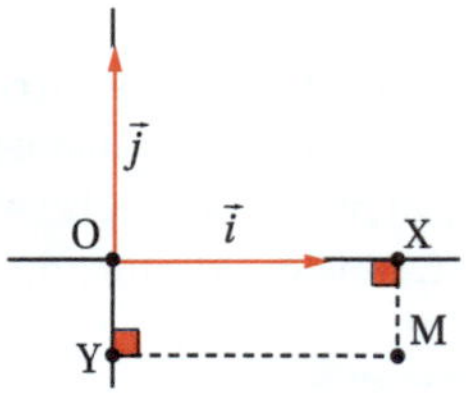

- x s'appelle l'**abscisse** du point M, et aussi l'abscisse du vecteur $\overrightarrow{OM}$.

y s'appelle l'**ordonnée** du point M, et aussi l'ordonnée du vecteur $\overrightarrow{OM}$.

x et y s'appellent les **coordonnées** du point M, et aussi du vecteur $\overrightarrow{OM}$.

- On considère deux points A et B de coordonnées respectives $(x_A ; y_A)$ et $(x_B ; y_B)$. Alors le **vecteur $\overrightarrow{AB}$** a pour coordonnées $(x_B - x_A ; y_B - y_A)$.
- Deux vecteurs sont **égaux** si, et seulement si, ils ont les **mêmes coordonnées**.

À NOTER
Dans un repère orthonormé, les coordonnées d'un point sont uniques, tout comme celles d'un vecteur.

II Somme de deux vecteurs

- Si $\vec{u}$ et $\overrightarrow{u'}$ ont pour coordonnées $(x ; y)$ et $(x' ; y')$ alors :
  - $\vec{u} + \overrightarrow{u'}$ a pour coordonnées $(x + x' ; y + y')$ donc :

$$\vec{u} + \overrightarrow{u'} = (x + x')\vec{i} + (y + y')\vec{j}$$

  - $k\vec{u}$ a pour coordonnées $(kx ; ky)$ donc :

$$k\vec{u} = (kx)\vec{i} + (ky)\vec{j}$$

Méthodes

1 Lire les coordonnées d'un vecteur graphiquement

Dans un repère (O, I, J), on donne les points A(2 ; 5) et B(5 ; 1).
Lire graphiquement les coordonnées du vecteur $\overrightarrow{AB}$ sans utiliser de formule.

CONSEILS
Partant de A, on se dirige vers B en effectuant un trajet horizontal puis vertical. On peut aussi faire l'inverse : suivre un trajet vertical puis horizontal.

SOLUTION

Sur la figure, on voit que $\overrightarrow{AB} = \vec{u} + \vec{v}$ avec $\vec{u} = 3\vec{i}$ et $\vec{v} = -4\vec{j}$.

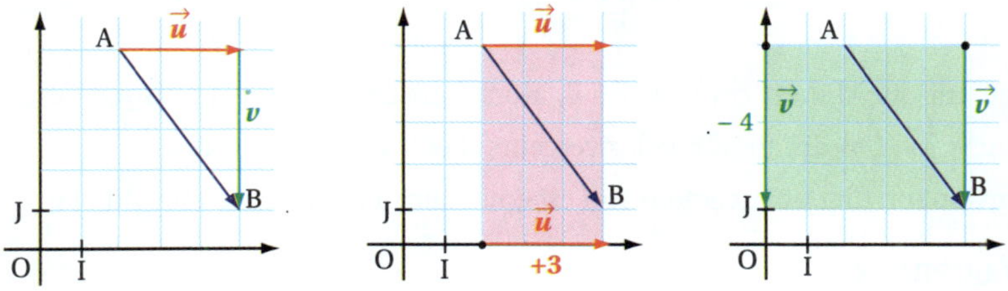

On en déduit que $\overrightarrow{AB} = 3\vec{i} - 4\vec{j}$. Les coordonnées de $\overrightarrow{AB}$ sont donc (3 ; –4).

2 Déterminer les coordonnées d'un point sous contraintes.

On donne les points A(4 ; 1), B(2 ; –3) et C(–1 ; –2). Trouver les coordonnées du point D pour que ABCD soit un parallélogramme.

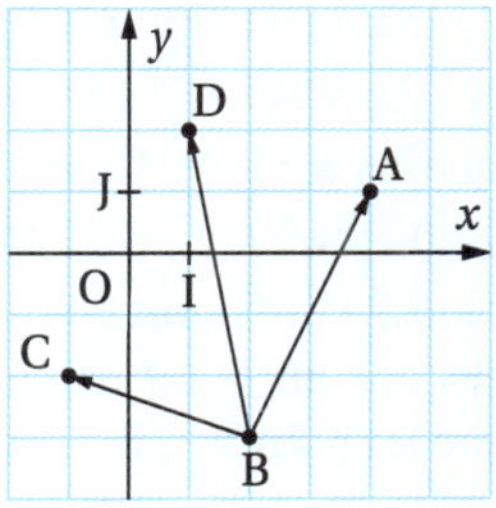

CONSEILS
Les coordonnées de D sont $(x ; y)$ et se calculent sachant que $\overrightarrow{BA} + \overrightarrow{BC} = \overrightarrow{BD}$.

SOLUTION

Les coordonnées des vecteurs $\overrightarrow{BA}$ et $\overrightarrow{BC}$ sont respectivement $\begin{pmatrix} 4-2 \\ 1-(-3) \end{pmatrix} = \begin{pmatrix} 2 \\ 4 \end{pmatrix}$

et $\begin{pmatrix} -1-2 \\ -2-(-3) \end{pmatrix} = \begin{pmatrix} -3 \\ 1 \end{pmatrix}$. Donc $\overrightarrow{BA} + \overrightarrow{BC}$ a pour coordonnées $\begin{pmatrix} 2+(-3) \\ 4+1 \end{pmatrix} = \begin{pmatrix} -1 \\ 5 \end{pmatrix}$.

Le vecteur $\overrightarrow{BD}$ ayant pour coordonnées $\begin{pmatrix} x-2 \\ y-(-3) \end{pmatrix} = \begin{pmatrix} x-2 \\ y+3 \end{pmatrix}$, $\overrightarrow{BA} + \overrightarrow{BC} = \overrightarrow{BD}$

est donc équivalent à $x - 2 = -1$ et $y + 3 = 5$. D'où $x = 1$ et $y = 2$.

21 Vecteurs colinéaires

En bref *La notion de vecteurs colinéaires permet de traduire en langage vectoriel la notion de parallélisme. On découvre à travers cette transposition de nouvelles façons d'utiliser les propriétés des droites parallèles.*

I Colinéarité

1 Définition

Soit $\vec{u}$ et $\vec{v}$ deux vecteurs non nuls.

- Dire que $\vec{u}$ est **colinéaire** à $\vec{v}$ signifie qu'il existe un réel k vérifiant l'égalité :

$$\vec{v} = k\vec{u}$$

- On en déduit que si $\vec{u}$ est colinéaire à $\vec{v}$, alors $\vec{v}$ est colinéaire à $\vec{u}$ puisque l'on peut écrire $\vec{u} = \frac{1}{k}\vec{v}$. On dit aussi que les vecteurs $\vec{u}$ et $\vec{v}$ sont colinéaires.
- Par extension, on dit que le **vecteur nul** est colinéaire à tous les vecteurs du plan.

2 Conséquences

- Dire que les vecteurs $\overrightarrow{AB}$ et $\overrightarrow{CD}$ sont colinéaires signifie que les droites (AB) et (CD) sont **parallèles**.

En effet, s'il existe un réel k tel que $\overrightarrow{AB} = k\overrightarrow{CD}$, alors $\overrightarrow{AB}$ et $\overrightarrow{CD}$ ont la même direction → FICHE 19, ce qui signifie que (AB) et (CD) sont parallèles.

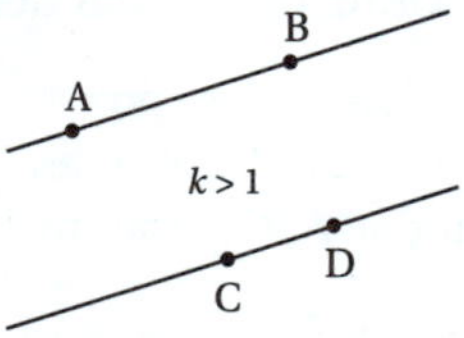

- Dire que les vecteurs $\overrightarrow{AB}$ et $\overrightarrow{AC}$ sont colinéaires signifie que les points A, B et C sont **alignés**.

En effet, si $\overrightarrow{AB}$ et $\overrightarrow{AC}$ sont colinéaires, alors (AB) et (AC) sont parallèles. Comme ces droites ont un point en commun (le point A), elles sont confondues. Il en résulte que les points A, B, C sont alignés sur cette droite.

II Déterminant et colinéarité

- Le **déterminant** de deux vecteurs $\vec{u}(x\,;y)$ et $\vec{u'}(x'\,;y')$ est le nombre :

$$\det(\vec{u}\,;\vec{v}) = xy' - x'y$$

- **Test de colinéarité.** Les deux vecteurs $\vec{u}(x\,;y)$ et $\vec{u'}(x'\,;y')$ sont colinéaires si et seulement si leur déterminant est nul : $xy' - x'y = 0$.

Remarque : leur déterminant est donc différent de 0 si et seulement si ces deux vecteurs ne sont pas colinéaires.

À NOTER
La démonstration figure dans la méthode.

Méthodes

1 | Démontrer le test de colinéarité utilisant le déterminant

1. On suppose que les deux vecteurs $\vec{u}(x\,;y)$ et $\vec{u'}(x'\,;y')$ sont colinéaires. Démontrer que leur déterminant est nul.

2. Réciproquement, on suppose que $xy' - x'y = 0$. Montrer que les deux vecteurs $\vec{u}(x\,;y)$ et $\vec{u'}(x'\,;y')$ sont colinéaires.

À NOTER
1. Utiliser la définition de deux vecteurs colinéaires.
2. Étudier le cas où $x' = 0$ et $y' = 0$, puis le cas contraire, soit $x' \neq 0$ ou $y' \neq 0$.

SOLUTION

1. Il existe un réel k tel que $\vec{u'} = k\vec{u}$. Les coordonnées de $k\vec{u}$ étant $(kx\,;ky)$ on a $x' = kx$ et $y' = ky$ donc le déterminant vaut $xy' - x'y = kxy - kxy = 0$.

2. Réciproquement, supposons que $xy' - x'y = 0$.

■ Si $x' = y' = 0$ alors $\vec{u'} = \vec{0}$ et le vecteur nul étant colinéaire à tout vecteur, $\vec{u}$ et $\vec{u'}$ sont colinéaires.

■ Sinon l'un des deux nombres x' ou y' est différent de 0. Supposons par exemple que l'on ait $x' \neq 0$. Alors $xy' - x'y = 0 \Leftrightarrow x'y = xy' \Leftrightarrow y = \dfrac{xy'}{x'}$. Donc :

$$\vec{u} = x\vec{i} + x\frac{y'}{x'}\vec{j} = x\left(\vec{i} + \frac{y'}{x'}\vec{j}\right) = \frac{x}{x'}(x'\vec{i} + y'\vec{j}) = \frac{x}{x'}\vec{u'}.$$

Cela prouve que $\vec{u}$ et $\vec{u'}$ sont colinéaires.

2 | Utiliser la colinéarité de deux vecteurs

On considère les points A(−1 ; −5), B(−4 ; 4), C(1 ; −2) et D(−1 ; 4). Les droites (AB) et (CD) sont-elles parallèles ?

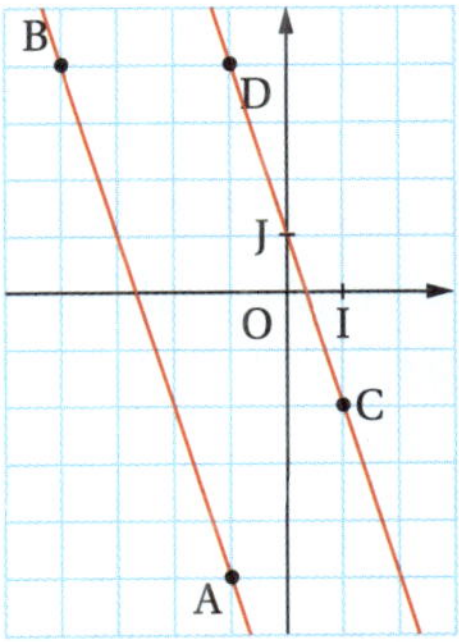

CONSEILS
La question revient à savoir si les vecteurs $\overrightarrow{AB}$ et $\overrightarrow{CD}$ sont colinéaires.

SOLUTION

$$\overrightarrow{AB} = \begin{pmatrix} -4-(-1) \\ 4-(-5) \end{pmatrix} = \begin{pmatrix} -3 \\ 9 \end{pmatrix} \text{ et } \overrightarrow{CD} = \begin{pmatrix} -1-1 \\ 4-(-2) \end{pmatrix} = \begin{pmatrix} -2 \\ 6 \end{pmatrix}.$$

On calcule le déterminant : $(-3) \times 6 - (-2) \times 9 = -18 - (-18) = 0$.

Par conséquent les vecteurs $\overrightarrow{AB}$ et $\overrightarrow{CD}$ sont colinéaires et donc les droites (AB) et (CD) sont parallèles.

Remarque : Si $\vec{u}$ a pour coordonnées (-1 ; 3) alors $\overrightarrow{AB} = 3\vec{u}$ et $\overrightarrow{CD} = 2\vec{u}$.

22 Coordonnées du milieu d'un segment, distance

En bref *Il y a de nombreux moyens de calculer des distances en géométrie : théorèmes de Pythagore ou de Thalès, trigonométrie... C'est également possible en utilisant les coordonnées.*

I Coordonnées du milieu d'un segment

On considère deux points $A(x_A\ ;\ y_A)$ et $B(x_B\ ;\ y_B)$. Les coordonnées x_M et y_M du milieu M du segment [AB] sont données par les formules :

$$x_M = \frac{x_A + x_B}{2} \text{ et } y_M = \frac{y_A + y_B}{2}$$

À NOTER

L'abscisse du milieu d'un segment est égale à la moyenne des abscisses des extrémités. Il en est de même pour l'ordonnée.

Exemple : Avec A(2 ; 1) et B(5 ; 3), le milieu M de [AB] a pour coordonnées $\left(\frac{7}{2}\ ;\ 2\right)$. En effet :

$x_M = \frac{2+5}{2} = \frac{7}{2}$ et $y_M = \frac{1+3}{2} = 2$.

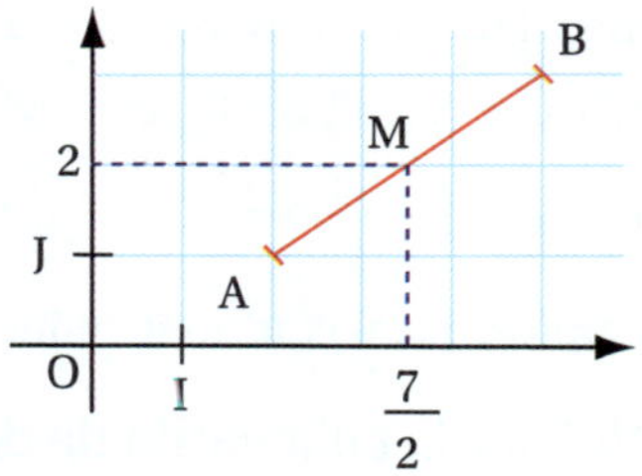

II Distance de deux points

■ Dans un repère orthonormé, on considère deux points $A(x_A\ ;\ y_A)$ et $B(x_B\ ;\ y_B)$. La distance AB est donnée par la formule :

$$AB = \sqrt{(x_B - x_A)^2 + (y_B - y_A)^2}$$

■ On peut avoir une idée de la démonstration de la formule dans le cas particulier de la figure ci-contre.

On a $AC = x_C - x_A = x_B - x_A$ et $BC = y_B - y_C = y_B - y_A$.

En appliquant le théorème de Pythagore au triangle ABC, on obtient :

$AB^2 = AC^2 + BC^2 = (x_B - x_A)^2 + (y_B - y_A)^2$.

D'où $AB = \sqrt{(x_B - x_A)^2 + (y_B - y_A)^2}$.

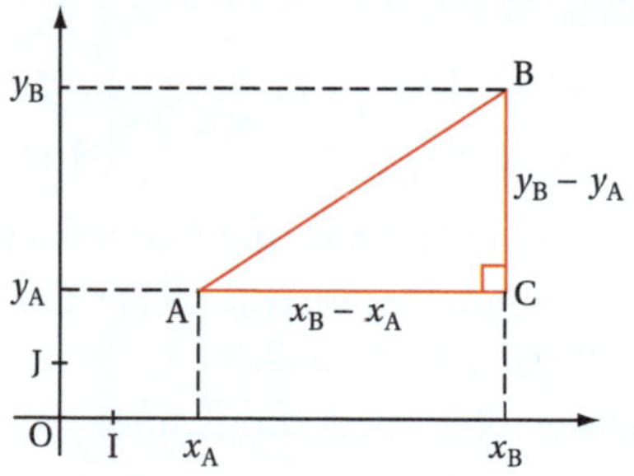

Méthodes

1 Calculer les coordonnées d'un point

Dans un repère, on donne les points A(1 ; 6), B(7 ; 2) et C(–1 ; –2).

Déterminer les coordonnées du point D pour que le quadrilatère ABCD soit un parallélogramme.

CONSEILS

Les diagonales du quadrilatère doivent avoir le même milieu.

SOLUTION

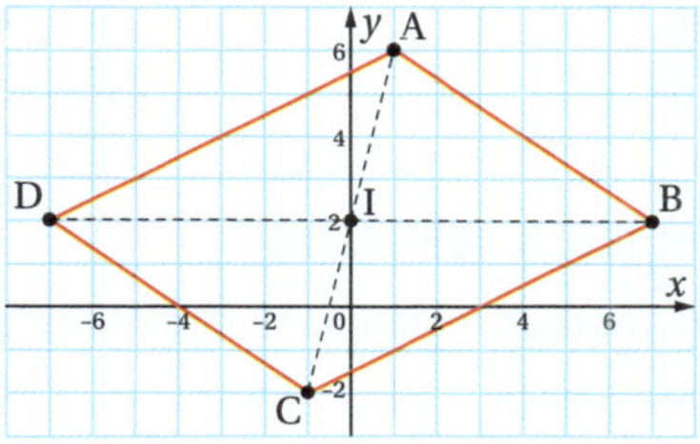

Soit x l'abscisse de D et y son ordonnée.

ABCD est un parallélogramme si et seulement si ses diagonales [AC] et [BD] ont le même milieu.

Les coordonnées du milieu I de [AC] sont $x_I = \dfrac{1-1}{2} = 0$ et $y_I = \dfrac{6-2}{2} = 2$.

Exprimées à l'aide des coordonnées de B et de D, on a : $x_I = \dfrac{7+x}{2}$ et $y_I = \dfrac{2+y}{2}$.

Ainsi : $\dfrac{7+x}{2} = 0$ donc $x = -7$; et $\dfrac{2+y}{2} = 2$ donc $2 + y = 4$, c'est-à-dire $y = 2$.

Les coordonnées du point D sont (–7 ; 2).

2 Démontrer l'alignement de points en calculant des distances

Dans un repère, on donne les points A(–1 ; 4), B(2 ; –5) et C(–3 ; 10).

a. Calculer les distances AB, BC et CA.

b. En déduire que les points A, B et C sont alignés.

CONSEILS

a. Utilisez la formule de la distance de deux points.

b. Si la plus grande des trois distances est égale à la somme des deux autres, alors les points sont alignés. (Inégalité triangulaire : si BC est le plus grand côté d'un triangle ABC, alors $BC \leqslant BA + AC$; l'égalité a lieu si et seulement si le triangle est aplati.)

SOLUTION

a. $AB^2 = (2+1)^2 + (-5-4)^2 = 3^2 + (-9)^2 = 90 \Rightarrow AB = \sqrt{90} = 3\sqrt{10}$.

$BC^2 = (-3-2)^2 + (10+5)^2 = (-5)^2 + 15^2 = 250 \Rightarrow BC = \sqrt{250} = 5\sqrt{10}$.

$CA^2 = (-3+1)^2 + (10-4)^2 = (-2)^2 + 6^2 = 40 \Rightarrow CA = \sqrt{40} = 2\sqrt{10}$.

b. Puisque $BA + AC = 5\sqrt{10} = BC$, les points A, B, C sont alignés.

SE TESTER QUIZ

Vérifiez que vous avez bien compris les points clés des **fiches 17 à 22**.

1 Définition des vecteurs, somme vectorielle

→ FICHES **17** et **18**

1. Soit A et B deux points distincts. Les vecteurs $\overrightarrow{AB}$ et $\overrightarrow{BA}$ ont :

☐ **a.** la même direction ☐ **b.** le même sens ☐ **c.** la même longueur

2. L'égalité $\overrightarrow{AB} = \overrightarrow{CD}$ signifie que ABCD est un parallélogramme.

☐ **a.** Vrai ☐ **b.** Faux

3. $\overrightarrow{CA} + \overrightarrow{BC} = \dots$

☐ **a.** $\overrightarrow{BA}$ ☐ **b.** $\overrightarrow{AB}$ ☐ **c.** on ne peut pas savoir

2 Vecteurs colinéaires

→ FICHE **21**

1. Deux vecteurs colinéaires ont nécessairement la même direction.

☐ **a.** Vrai ☐ **b.** Faux

2. Deux vecteurs sont colinéaires si et seulement si leur déterminant est nul.

☐ **a.** Vrai ☐ **b.** Faux

On considère un parallélogramme ABCD de centre O.

3. Les vecteurs $\overrightarrow{AO}$ et $\overrightarrow{CA}$ sont colinéaires.

☐ **a.** Vrai ☐ **b.** Faux

4. Les vecteurs $\overrightarrow{DA} + \overrightarrow{DC}$ et $\overrightarrow{BO}$ sont colinéaires.

☐ **a.** Vrai ☐ **b.** Faux

3 Coordonnées et distances

→ FICHES **20** et **22**

On considère un repère orthonormé (O, I, J).

1. Les coordonnées x_M et y_M du milieu d'un segment [AB] sont respectivement :

☐ **a.** $\dfrac{x_A + x_B}{2}$ et $\dfrac{y_A + y_B}{2}$ ☐ **b.** $\dfrac{x_A}{2} + \dfrac{x_B}{2}$ et $\dfrac{y_A}{2} + \dfrac{y_B}{2}$ ☐ **c.** $\dfrac{x_B - x_A}{2}$ et $\dfrac{y_B - y_A}{2}$

2. Si les coordonnées de deux vecteurs sont proportionnelles, alors ces vecteurs sont colinéaires.

☐ **a.** Vrai ☐ **b.** Faux

3. Les coordonnées des vecteurs $\overrightarrow{AB}$ et $\overrightarrow{BA}$ sont :

☐ **a.** égales ☐ **b.** opposées ☐ **c.** deux à deux différentes

4. La distance AB est égale à :

☐ **a.** $\sqrt{(x_B + x_A)^2 + (y_B + y_A)^2}$ ☐ **b.** $\sqrt{(x_B - x_A)^2 + (y_B - y_A)^2}$

OBJECTIF BAC

4 Utiliser des translations et des sommes vectorielles

25 min

L'objectif du problème est de compléter une figure selon des instructions liées à des transformations géométriques et des sommes vectorielles.

Soit ABC un triangle isocèle en A.

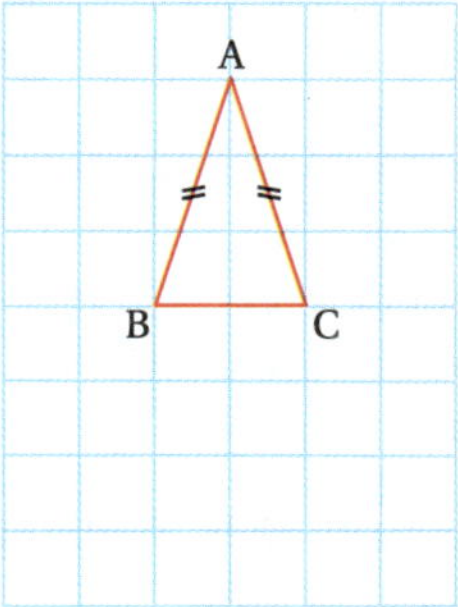

On complétera la figure au fur et à mesure des questions.

1. a. Tracer le point E, translaté de A par la translation de vecteur $\overrightarrow{CB}$.

b. Quelle est la nature du quadrilatère ACBE ? Justifier la réponse.

2. Construire le point D symétrique de A par rapport à la droite (BC), puis le point K symétrique de A, par rapport à B.

3. Indiquer une transformation dans laquelle l'image du triangle ABC est le triangle BKD. Justifier la réponse.

4. a. Construire le point F tel que $\overrightarrow{BF} = \overrightarrow{BA} + \overrightarrow{BC}$.

b. Que peut-on dire de A pour le segment [EF] ? Justifier la réponse.

5 Exploiter une figure à l'aide de vecteurs et de la symétrie

45 min

L'objectif du problème est de mettre en pratique l'ensemble des méthodes du chapitre, à travers des calculs de coordonnées et l'utilisation des propriétés des quadrilatères particuliers usuels.

Soit (O, I, J) un repère orthonormé du plan. Soit les points A, B, C, D, E de coordonnées respectives $\left(-3\,;\frac{2}{3}\right)$, $\left(-2\,;\frac{11}{3}\right)$, (0 ; 3), (1 ; 6), (–2 ; –3).

1. a. Quelle est la nature du quadrilatère ABDC ? Justifier la réponse.

b. Trouver les coordonnées du point F pour que le quadrilatère ABFE soit un parallélogramme.

2. a. Calculer les coordonnées des milieux des segments [BF] et [AC].

b. Quelle est la nature du quadrilatère ABCF ?

3. a. Démontrer que les points E, F, C et D sont alignés.

b. Trouver le nombre x tel que $\overrightarrow{CF} = x\overrightarrow{ED}$.

4. a. Tracer le symétrique du trapèze ABDE par rapport à l'origine O.

b. Quelles sont les coordonnées des sommets du symétrique ? Justifier.

CORRIGÉS

SE TESTER QUIZ

1 Définition des vecteurs, somme vectorielle

1. Réponses a et c.

2. Réponse b. Faux. Pour que ce soit vrai, il faudrait écrire $\overrightarrow{AB} = \overrightarrow{DC}$.

3. Réponse a. En effet, $\overrightarrow{CA} + \overrightarrow{BC} = \overrightarrow{BC} + \overrightarrow{CA} = \overrightarrow{BA}$.

2 Vecteurs colinéaires

1. Réponse a. Vrai.

2. Réponse a. Vrai. C'est la définition.

3. Réponse a. Vrai. $\overrightarrow{AC} = 2\overrightarrow{AO} \Rightarrow \overrightarrow{CA} = -2\overrightarrow{AO}$.

4. Réponse a. Vrai. $\overrightarrow{DA} + \overrightarrow{DC} = \overrightarrow{DB} \Rightarrow \overrightarrow{DA} + \overrightarrow{DC} = 2\overrightarrow{OB} = -2\overrightarrow{BO}$.

3 Coordonnées et distances

1. Réponses a et b.

2. Réponse a. Vrai.

3. Réponse b. En effet $\overrightarrow{BA} = -\overrightarrow{AB}$.

4. Réponse b.

OBJECTIF BAC

4 Utiliser des translations et des sommes vectorielles

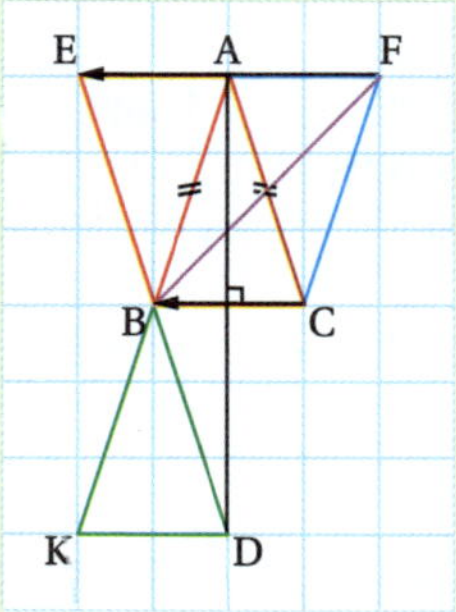

1. a. Voir la figure ci-contre.

b. Par construction $\overrightarrow{CB} = \overrightarrow{AE}$ donc ACBE est un parallélogramme.

2. Voir la figure.

3. Les points B, K, D sont les translatés respectifs des points A, B et C par la translation de vecteur $\overrightarrow{AB}$.
Par cette translation, le translaté du triangle ABC est donc le triangle BKD.

4. a. Par définition de la somme vectorielle, le point F est le point qui fait du quadrilatère BAFC un parallélogramme.
b. On a $\overrightarrow{EA} = \overrightarrow{BC}$ et $\overrightarrow{AF} = \overrightarrow{BC}$. On en déduit que $\overrightarrow{EA} = \overrightarrow{AF}$.
Cela prouve que A est le milieu du segment [EF].

5 Exploiter une figure à l'aide de vecteurs et de la symétrie

1. a. On calcule les coordonnées des vecteurs $\overrightarrow{AB}$ et $\overrightarrow{CD}$.

$\overrightarrow{AB} = \left(-2 - (-3) ; \frac{11}{3} - \frac{2}{3}\right)$, soit $(1 ; 3)$. $\overrightarrow{CD} = (1 - 0 ; 6 - 3)$, soit $(1 ; 3)$.

Il en résulte que les vecteurs $\overrightarrow{AB}$ et $\overrightarrow{CD}$ sont égaux et, par conséquent, le quadrilatère ABDC est un parallélogramme.

b. On note x et y les coordonnées du point F.
Les coordonnées de $\overrightarrow{EF}$ sont $(x + 2 ; y + 3)$ et celles de $\overrightarrow{AB}$ sont $(1 ; 3)$.
Pour que le quadrilatère ABFE soit un parallélogramme, il faut et il suffit que $\overrightarrow{EF} = \overrightarrow{AB}$, autrement dit que :
$\begin{cases} x + 2 = 1 \\ y + 3 = 3 \end{cases}$ ce qui conduit à $x = -1$ et $y = 0$.

2. a. L'abscisse du milieu du segment [BF] est égale à $\frac{x_B + x_F}{2}$ et son ordonnée à $\frac{y_B + y_F}{2}$. Ce milieu a donc pour coordonnées $\left(-\frac{3}{2} ; \frac{11}{6}\right)$.
De la même façon, on trouve que les coordonnées du milieu du segment [AC] sont $\left(-\frac{3}{2} ; \frac{11}{6}\right)$ également.

b. Le quadrilatère ABCF est un parallélogramme puisque ses diagonales [BF] et [AC] ont le même milieu.
De plus, on a :
$AC = \sqrt{(x_c - x_A)^2 + (y_c - y_A)^2}$, c'est-à-dire $AC = \frac{\sqrt{130}}{3}$.
En utilisant la même formule, on trouve également $BF = \frac{\sqrt{130}}{3}$.
Cela prouve que les diagonales du parallélogramme ABCF sont de même longueur.
ABCF est donc un rectangle.

3. a. On sait que $\overrightarrow{EF} = \overrightarrow{AB}$ puisque ABFE est un parallélogramme.
Puisque ABCF est un rectangle, on a aussi $\overrightarrow{FC} = \overrightarrow{AB}$. Par conséquent, $\overrightarrow{EF} = \overrightarrow{FC}$. Il en résulte que les points E, F et C sont alignés. En particulier, le point E appartient à la droite (FC).
On sait aussi, pour les mêmes raisons, que $\overrightarrow{AB} = \overrightarrow{CD} = \overrightarrow{FC}$. Donc les points F, C et D sont alignés. En particulier, le point D appartient à la droite (FC).
Il en résulte que les points E, F, C, D appartiennent tous à la droite (FC) et sont donc alignés.

b. Puisque $\overrightarrow{ED} = \overrightarrow{EF} + \overrightarrow{FC} + \overrightarrow{CD}$, on a $\overrightarrow{ED} = 3\overrightarrow{FC} = -3\overrightarrow{CF}$.
On trouve donc $\overrightarrow{CF} = -\frac{1}{3}\overrightarrow{ED}$. Ainsi $x = -\frac{1}{3}$.

4. a. Il suffit de construire les points A″, B″, D″ et E″ symétriques des points A, B, D et E par rapport à O : O est le milieu de [AA″], [BB″], [DD″] et [EE″].

b. Les coordonnées $(x' ; y')$ du symétrique d'un point de coordonnées $(x ; y)$ par rapport à l'origine O sont définies par $\begin{cases} x' = -x \\ y' = -y \end{cases}$.
Par conséquent, les coordonnées des points A″, B″, D″ et E″ sont respectivement $\left(3 ; -\frac{2}{3}\right)$, $\left(2 ; -\frac{11}{3}\right)$, $(-1 ; -6)$ et $(2 ; 3)$.

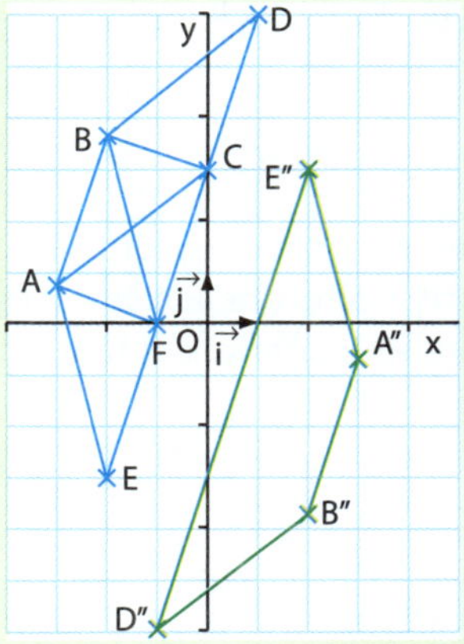

23 Quadrilatères particuliers

En bref *Parmi les quadrilatères, les parallélogrammes constituent une catégorie spéciale. Parmi eux, carrés, rectangles et losanges sont des parallélogrammes particuliers.*

I Parallélogramme

■ Un **parallélogramme** est un quadrilatère dont les côtés opposés sont parallèles deux à deux.

■ **Propriétés.** Un quadrilatère est un parallélogramme si, et seulement si :

- ses diagonales ont le même milieu ;
- ses côtés opposés ont deux à deux la même longueur ;
- deux côtés opposés sont parallèles et de même longueur ;
- ses angles opposés ont deux à deux la même ouverture ;
- ses angles consécutifs sont deux à deux supplémentaires ;
- il a un centre de symétrie (le point O sur la figure).

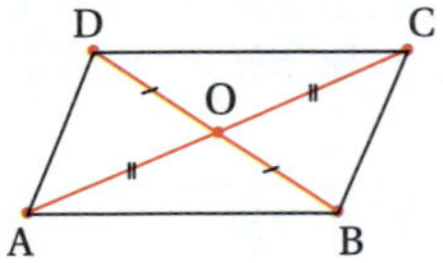

II Parallélogrammes particuliers

Définition	Un quadrilatère est …
Un **losange** est un quadrilatère dont les quatre côtés ont la même longueur. 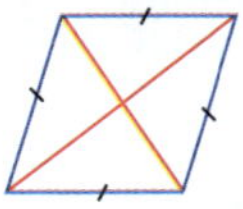	… un **losange** si et seulement si : • c'est un parallélogramme dont deux côtés consécutifs ont la même longueur ; • c'est un parallélogramme dont les diagonales sont perpendiculaires.
Un **rectangle** est un quadrilatère dont les quatre angles sont droits. 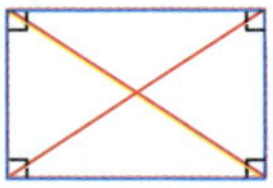	… un **rectangle** si et seulement si : • c'est un parallélogramme dont un angle est droit ; • c'est un parallélogramme dont les diagonales ont la même longueur.
Un **carré** est un quadrilatère dont les quatre côtés ont la même longueur et dont les quatre angles sont droits. 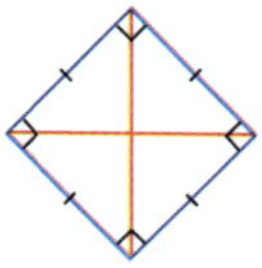	… un **carré** si et seulement si : • c'est un rectangle dont les diagonales sont perpendiculaires ; • c'est un rectangle dont deux côtés consécutifs ont la même longueur ; • c'est un losange qui a un angle droit ; • c'est un losange dont les diagonales ont la même longueur.

Méthode

Reconnaître un parallélogramme

a. On considère un quadrilatère quelconque et O l'intersection de ses diagonales. Démontrer que si le quadrilatère est invariant par la symétrie centrale de centre O, alors c'est un parallélogramme.

b. Démontrer que les parallélogrammes ABCD et AECF ci-contre ont le même centre que l'on nommera O.

c. Démontrer que le quadrilatère EBFD est invariant pas la symétrie centrale de centre O. Puis en déduire sa nature.

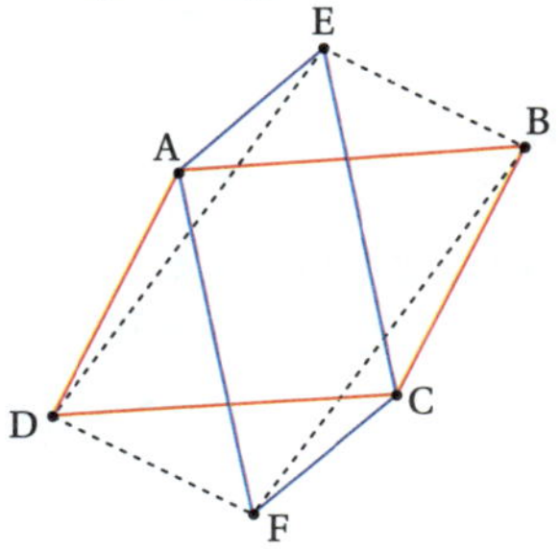

CONSEILS

a. Un quadrilatère est invariant par une symétrie centrale si chacun de ses sommets a pour symétrique un autre de ses sommets.

b. Pensez au milieu des diagonales.

c. Utilisez les résultats des questions précédentes.

SOLUTION

a. Appelons MNPQ le quadrilatère invariant par la symétrie centrale de centre O, où O est le point d'intersection des diagonales. Par la symétrie de centre O, le point M a pour image P ; donc O est le milieu de [MP]. De même, O est le milieu de [NQ]. Les diagonales [MP] et [NQ] ayant le même milieu, le quadrilatère MNPQ est un parallélogramme.

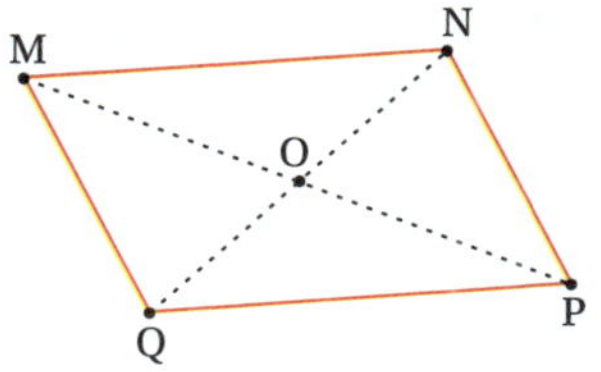

b. Le centre du parallélogramme ABCD est le milieu de la diagonale [AC] ; on le nomme O. [AC] est également une diagonale du parallélogramme AECF. Son milieu O est donc aussi le centre du parallélogramme AECF, ce qu'il fallait démontrer.

c. Par la symétrie centrale de centre O, E a pour image F (car AECF est un parallélogramme de centre O) et B a pour image D (car ABCD est un parallélogramme de centre O). Il en résulte que le quadrilatère EBFD est invariant par la symétrie centrale de centre O. D'après la question a, c'est donc un parallélogramme.

24 Triangles

En bref *Triangles superposables, triangles semblables, triangles rectangles inscrits dans un cercle, médiatrices sont autant d'éléments constitutifs de la géométrie plane.*

I Triangles

1 Égalité des triangles : triangles superposables

Deux triangles ABC et A′B′C′ sont superposables si et seulement si :

- leurs côtés ont deux à deux la même longueur ;
- AB = A′B′, AC = A′C′ et $\widehat{A} = \widehat{A'}$ (Fig. 1 ; l'angle à considérer est compris entre les deux côtés) ;
- AB = A′B′, $\widehat{A} = \widehat{A'}$ et $\widehat{B} = \widehat{B'}$ (Fig. 2 ; chaque angle a pour sommet une extrémité du côté).

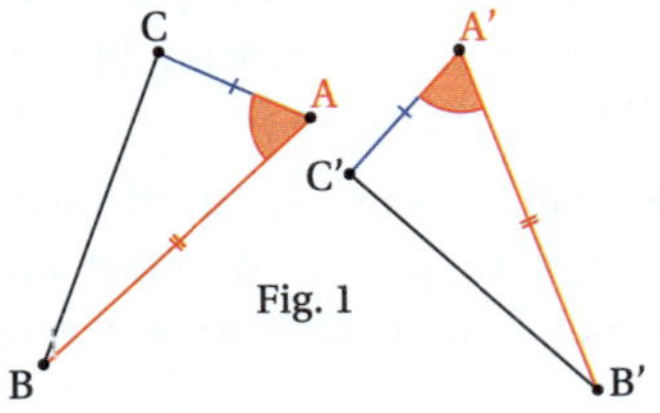

Fig. 1

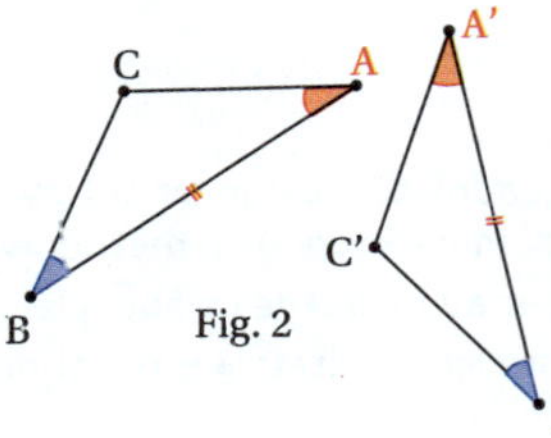

Fig. 2

2 Triangles semblables

■ Dire que deux triangles sont semblables signifie que leurs côtés ont des longueurs proportionnelles.

■ Propriété. Deux triangles sont semblables si et seulement si leurs angles ont deux à deux la même ouverture.

■ *Remarque* : Si deux triangles sont superposables, alors ils sont semblables. Attention, la réciproque est fausse.

II Médiatrices d'un triangle

■ Théorème. Dans un triangle, les trois médiatrices des côtés sont concourantes en un point qui est le centre du cercle passant par les trois sommets de ce triangle, appelé **cercle circonscrit** au triangle.

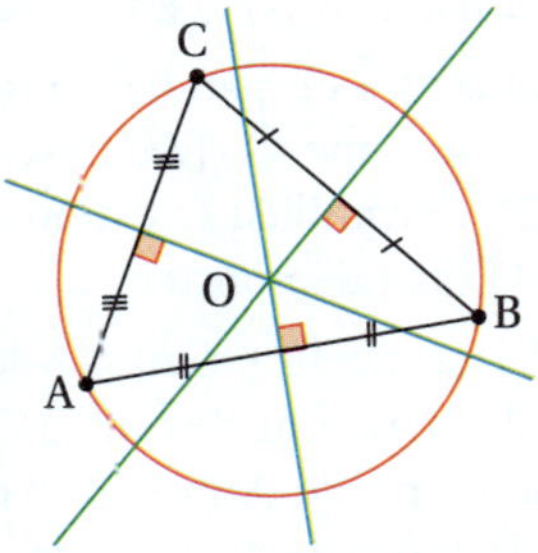

Démonstration : si on appelle O le point d'intersection des médiatrices de [AB] et [AC] on a OA = OB et OA = OC, donc OB = OC. Cela prouve que O appartient aussi à la médiatrice de [BC]. Les trois médiatrices sont bien concourantes en O.

Comme OA = OB = OC, le point O est équidistant des trois sommets du triangle, c'est le centre du cercle circonscrit.

■ Si le triangle est rectangle, alors le milieu de l'hypoténuse est le centre du cercle passant par ses trois sommets.

Méthode

Démontrer que deux triangles sont semblables

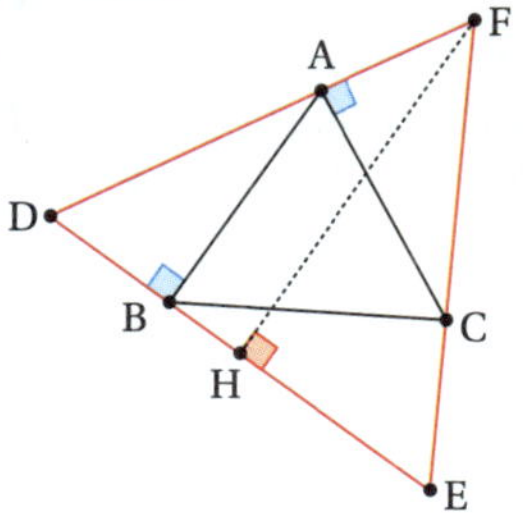

On considère un triangle **équilatéral** DEF de côté 1 et dont une hauteur est (FH), le point A tel que $\overrightarrow{FA} = \frac{1}{3}\overrightarrow{FD}$, le point B sur le côté [ED] et le point C sur le côté [FE] de telle sorte que (CA) ⊥ (DF) et (BA) ⊥ (DE).

1. Montrer que $DB = \frac{1}{3}$.

2. a. Montrer que les triangles BAD et FAC sont superposables.

b. En déduire que les triangles ABC et FED sont semblables.

3. Montrer que (BC) ⊥ (EF).

4. Comment pourrait-on obtenir la figure ci-contre à partir de la précédente ?

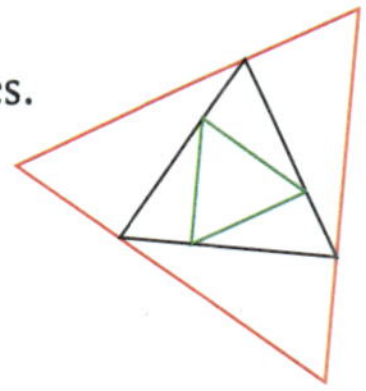

CONSEILS

1. Utilisez le théorème de Thalès dans le triangle FDH.

2. a. Examinez les angles des triangles BAD et FAC.

b. Déterminez les angles du triangle ABC.

3. Trouvez la mesure de l'angle $\widehat{BCE}$.

SOLUTION

1. Le théorème de Thalès appliqué dans le triangle FDH avec les droites parallèles (AB) et (FH) montre que $\frac{DB}{DH} = \frac{DA}{DF}$. Or $DH = \frac{1}{2}$ et $DA = DF - AF = 1 - \frac{1}{3} = \frac{2}{3}$.

Donc $\frac{DB}{DH} = \frac{DA}{DF} \Leftrightarrow \frac{DB}{\frac{1}{2}} = \frac{\frac{2}{3}}{1} \Leftrightarrow DB = \frac{1}{2} \times \frac{2}{3} = \frac{1}{3}$.

2. a. Les triangles rectangles BAD et FAC ont chacun un angle de 60°, le troisième vaut donc 30°. Comme $BD = FA = \frac{1}{3}$, ces triangles sont superposables.

b. $\widehat{BAC} = \widehat{DAF} - \widehat{DAB} - \widehat{CAF} = 180° - 30° - 90° = 60°$. De plus AB = AC donc le triangle isocèle ABC est équilatéral. Il en résulte que tous ses angles mesurent 60°, donc que les triangles ABC et FED sont semblables.

3. $\widehat{BCE} = \widehat{ECF} - \widehat{BCA} - \widehat{ACF} = 180° - 60° - 30° = 90°$, donc (BC) ⊥ (EF).

4. Il suffit de reproduire la construction précédente sur le triangle ABC.

25 Trigonométrie

En bref *La trigonométrie étudiée en Seconde examine les relations qui existent entre les côtés d'un triangle, notamment rectangle, et ses angles. Connaissant les angles d'un triangle rectangle, on peut en déduire ses côtés et vice-versa.*

I Définitions du sinus et du cosinus d'un angle

- Dans un triangle rectangle, on considère un angle aigu $\hat{B}$.

$$\sin\hat{B} = \frac{\text{côté opposé}}{\text{hypoténuse}} \text{ et } \cos\hat{B} = \frac{\text{côté adjacent}}{\text{hypoténuse}}$$

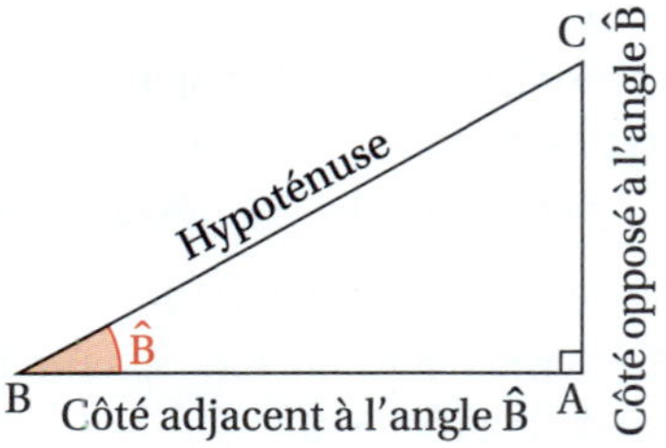

- La tangente de l'angle $\hat{B}$ est le quotient du sinus par le cosinus :

$$\tan\hat{B} = \frac{\sin\hat{B}}{\cos\hat{B}} = \frac{\text{côté opposé}}{\text{côté adjacent}}$$

- Dans le triangle ABC rectangle en A : $\sin\hat{B} = \frac{CA}{CB}$, $\cos\hat{B} = \frac{BA}{BC}$ et $\tan\hat{B} = \frac{CA}{BA}$.

II Propriétés

- Le sinus d'un angle est égal au cosinus de son complémentaire.
- Pour tout angle aigu $\hat{B}$:

$$0 < \cos B \leqslant 1 \text{ et } 0 \leqslant \sin B < 1$$

$$(\cos\hat{B})^2 + (\sin\hat{B})^2 = 1$$

À NOTER
Le **complémentaire** de $\hat{B}$ est $90° - \hat{B}$.

En effet $(\cos B)^2 + (\sin B)^2 = \left(\frac{BA}{BC}\right)^2 + \left(\frac{CA}{CB}\right)^2 = \frac{BA^2}{BC^2} + \frac{CA^2}{CB^2} = \frac{BA^2 + CA^2}{CB^2} = 1$,

car d'après le théorème de Pythagore $BA^2 + CA^2 = CB^2$.

- Dans un quart de cercle de rayon 1, l'hypoténuse [BC] du triangle rectangle ABC est égale à 1. Donc $\sin\hat{B} = \frac{AC}{1} = AC$ et $\cos\hat{B} = \frac{BA}{1} = BA$.

On voit que lorsque l'angle $\hat{B}$ augmente, $\sin\hat{B}$ augmente et $\cos\hat{B}$ diminue.

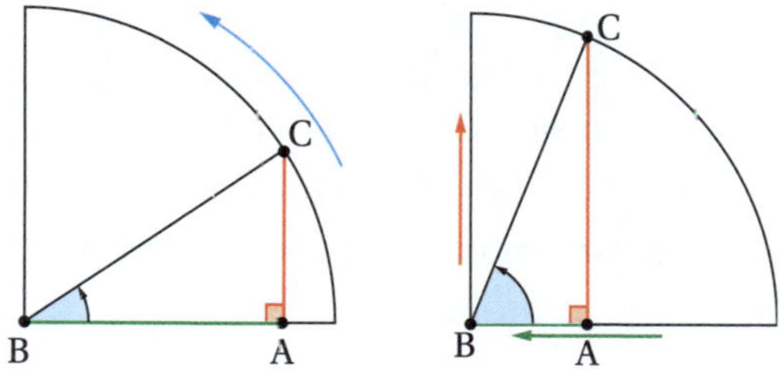

Méthode

Trouver des valeurs remarquables de sinus, cosinus et tangente

1. On sait que dans un triangle équilatéral de côté 1 la hauteur mesure $\frac{\sqrt{3}}{2}$.

a. Démontrer que $\sin 60° = \frac{\sqrt{3}}{2}$ et $\sin 30° = \frac{1}{2}$.

b. En déduire les valeurs de cos 60°, cos 30°, tan 30° et tan 60°.

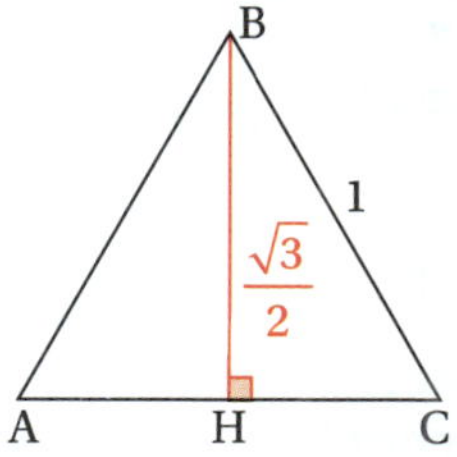

2. On sait que dans un carré de côté 1 la diagonale mesure $\sqrt{2}$. En déduire que $\sin 45° = \cos 45° = \frac{1}{\sqrt{2}}$ et calculer la valeur de tan 45°.

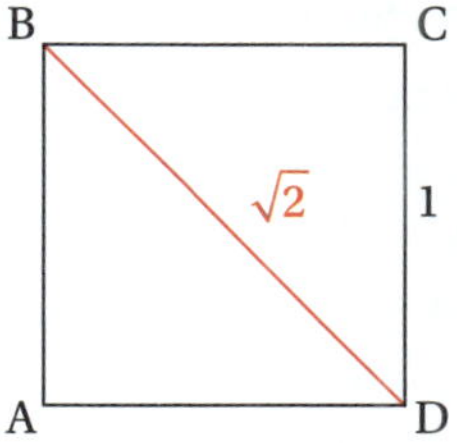

CONSEILS

1. a. Utilisez le triangle AHB sachant que les angles d'un triangle équilatéral mesurent chacun 60°.

b. Utilisez les angles complémentaires.

2. Utilisez le triangle ABD.

SOLUTION

1. a. Dans le triangle rectangle ABH, $\sin 60° = \sin \widehat{A} = \frac{BH}{AB} = \frac{\frac{\sqrt{3}}{2}}{1} = \frac{\sqrt{3}}{2}$.

(BH) est la médiatrice de [AC] donc $AH = \frac{1}{2}$ et $\sin 30° = \sin(\widehat{ABH}) = \frac{AH}{1} = \frac{1}{2}$.

b. Comme les angles de 60° et 30° sont complémentaires :

$\cos 60° = \sin 30° = \frac{1}{2}$ et $\cos 30° = \sin 60° = \frac{\sqrt{3}}{2}$.

Puis $\tan 30° = \frac{\sin 30°}{\cos 30°} = \frac{\frac{1}{2}}{\frac{\sqrt{3}}{2}} = \frac{1}{2} \times \frac{2}{\sqrt{3}} = \frac{1}{\sqrt{3}}$ et

$\tan 60° = \frac{\sin 60°}{\cos 60°} = \frac{\frac{\sqrt{3}}{2}}{\frac{1}{2}} = \frac{\sqrt{3}}{2} \times \frac{2}{1} = \sqrt{3}$.

2. Dans le triangle rectangle ABD, $\sin \widehat{ABD} = \sin 45° = \frac{AD}{BD} = \frac{1}{\sqrt{2}} = \cos 45°$ car 45° est son propre complémentaire. On en déduit : $\tan 45° = \frac{\sin 45°}{\cos 45°} = 1$.

26 Projection orthogonale

En bref *L'étude d'une projection orthogonale débouche sur des questions de distance d'un point à une droite, et en particulier aux tangentes à un cercle passant par un point donné.*

I Définition

■ On considère une droite $\mathcal{D}$ et un point A. On trace la perpendiculaire à $\mathcal{D}$ passant par A. Elle coupe $\mathcal{D}$ en H. Le **projeté orthogonal** de A sur $\mathcal{D}$ est le point H.

La **distance** AH est la distance de A à la droite $\mathcal{D}$.

■ *Remarques* : • Le point H est le point de $\mathcal{D}$ qui est le plus proche de A. En effet si $M \in \mathcal{D}$, alors $AM \geqslant AH$.

• Si A est un point de $\mathcal{D}$, alors son projeté orthogonal sur $\mathcal{D}$ est A lui-même.

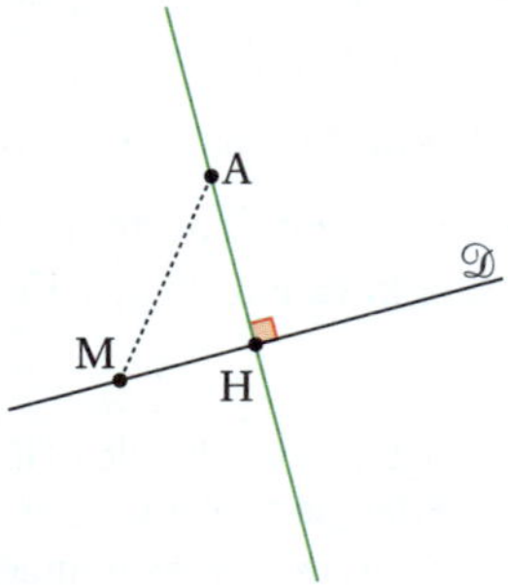

II Applications

1 Généralisation du théorème de Thalès

■ Deux points A et B ont pour projetés orthogonaux sur la droite Δ les points A′ et B′. Soit M un point du segment]AB[et M′ son projeté orthogonal sur Δ. Alors :

$$\frac{AM}{AB} = \frac{A'M'}{A'B'}$$

■ En effet, soit $\mathcal{D}$ la parallèle à (AB) passant par A′. Dans les parallélogrammes AMNA′ et ABCA′ on a $AM = A'N$ et $AB = A'C$.
Le théorème de Thalès dans les triangles A′NM′ et A′CB′ donne : $\dfrac{A'N}{A'C} = \dfrac{A'M'}{A'B'}$.

■ *Remarques* : • Cette propriété se généralise dans le cas où M est sur la droite (AB) en dehors de [AB].
• Le projeté orthogonal du milieu d'un segment est le milieu du projeté orthogonal de ce segment.

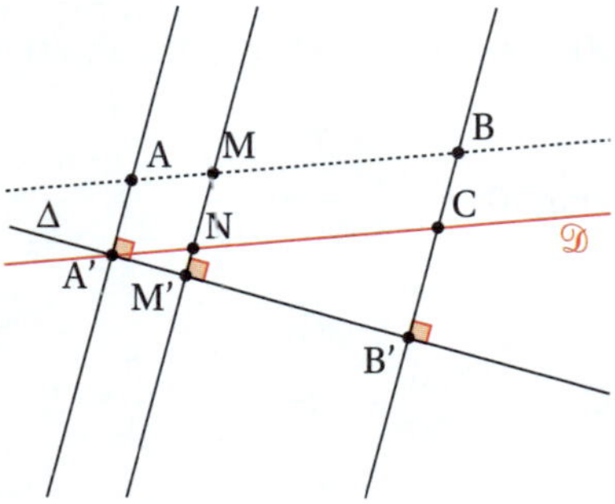

2 Tangente à un cercle en un point du cercle

Soit A un point d'un cercle de centre O et de rayon R. La **tangente au cercle** en A est la droite Δ dont la distance à O est égale à R.

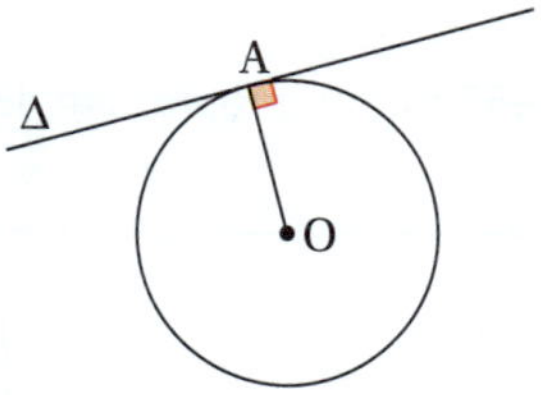

Méthodes

1 Déterminer un ensemble de points

On donne deux points A et B. On trace des droites passant par B. Sur quelle figure géométrique se trouvent les projetés orthogonaux de A sur chacune de ces droites ?

CONSEILS
Utilisez une propriété des triangles rectangles.

SOLUTION

Appelons H un projeté orthogonal de A sur une droite. Le triangle AHB est rectangle donc H appartient au cercle de diamètre [AB] qui est le cercle circonscrit à ce triangle. Tous les projeté orthogonaux appartiennent donc à ce cercle.

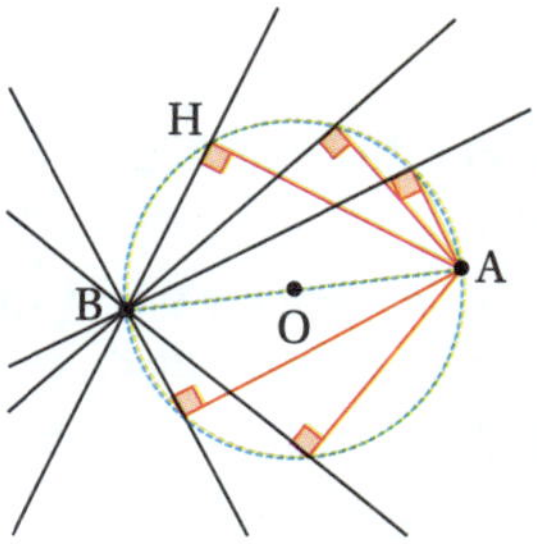

2 Construire une tangente à un cercle

On considère un cercle $\mathcal{C}$ de centre O et de rayon R, et A un de ses points. On veut construire la tangente à $\mathcal{C}$ passant par A, c'est-à-dire la droite située à la distance R du centre du cercle. La figure 1 montre les conditions initiales.

a. Donner le programme de construction de la figure 2.

b. Que représente la droite bleue pour le segment noir dans la figure 3 ?

c. Pourquoi le problème est-il résolu à l'étape 3 ?

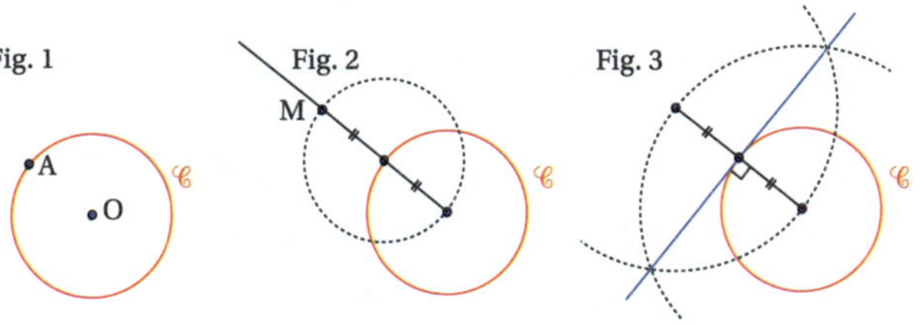

Fig. 1 Fig. 2 Fig. 3

CONSEILS

b. Les deux arcs de cercle en pointillé sont centrés en O et en M.

c. La distance d'un point P à une droite est la distance PH où H est le point d'intersection de la droite avec sa perpendiculaire passant par P.

SOLUTION

a. Construire la droite (OA) puis tracer le cercle de centre A passant par O. Il coupe la droite (OA) en M.

b. La droite tracée est la médiatrice du segment [MO].

c. La distance de O à la droite bleue est égale à OA c'est-à-dire à R. C'est bien la tangente cherchée.

27 Équations cartésiennes de droites

En bref *Comment peut-on caractériser, avec leurs coordonnées, tous les points appartenant à une droite du plan ? Cela revient à chercher une équation de cette droite.*

I Vecteurs directeurs d'une droite

■ Un **vecteur directeur** d'une droite est un vecteur qui a la même direction que cette droite.

Sur la figure, les vecteurs $\vec{u}$ et $\vec{v}$ sont deux vecteurs directeurs de la droite d.

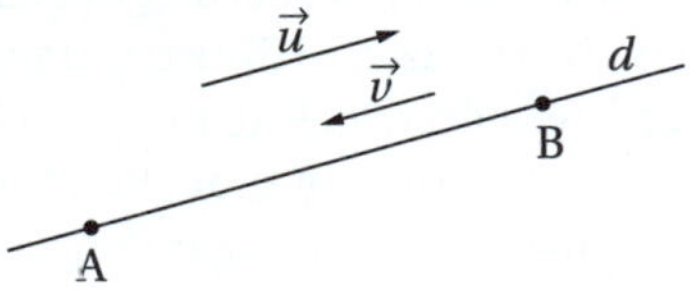

■ Une droite a une infinité de vecteurs directeurs qui sont tous colinéaires.

■ Deux points A et B d'une droite définissent un vecteur directeur $\overrightarrow{AB}$.

II Équations cartésiennes d'une droite

Soit $A(x_A\,;y_A)$ un point du plan, $\vec{u}(a\,;b)$ un vecteur non nul et d la droite passant par A et dont un vecteur directeur est $\vec{u}$.

■ **Théorème.** Un point $M(x\,;y)$ appartient à d si et seulement si $\overrightarrow{AM}$ et $\vec{u}$ sont colinéaires.

■ Autrement dit : un point $M(x\,;y)$ appartient à d si et seulement si le déterminant de $\overrightarrow{AM}$ et $\vec{u}$ est égal à 0.

Comme les coordonnées de $\overrightarrow{AM}$ sont $(x - x_A\,;y - y_A)$, on a → FICHE 21 :

$$M(x\,;y) \in d \Leftrightarrow (x - x_A)b - (y - y_A)a = 0$$

■ En développant l'expression précédente on trouve une condition de la forme $ux + vy + w = 0$ où u, v et w sont des constantes. Cette équation s'appelle une **équation cartésienne** de d.

À NOTER
$u = b$, $v = -a$ et $w = -bx_A + ay_A$.

Remarque : $2x - 3y + 1 = 0$ est une équation cartésienne d'une droite. En multipliant par 5 on obtient une autre équation cartésienne : $10x - 15y + 5 = 0$. Donc une droite a une infinité d'équations cartésiennes.

■ Pour trouver une équation cartésienne d'une droite (AB), on utilise le théorème avec A et $\overrightarrow{AB}$ par exemple.

■ **Théorème.** Soit u et v deux nombres réels dont l'un des deux au moins est différent de 0. Alors toute équation du type $ux + vy + w = 0$ est l'équation cartésienne d'une droite dont un vecteur directeur a pour coordonnées $(-v\,;u)$.

Ce théorème est admis et il découle du théorème précédent.

Méthode

Déterminer une équation de droite à partir d'un point et d'un vecteur directeur

1. a. Déterminer une équation de la droite d passant par le point A(–1 ; 4) et dont un vecteur directeur est $\vec{u}(2 ; -3)$, que l'on écrira sous la forme : $ux + vy + w = 0$ avec $u > 0$ et $v > 0$.

b. Est-il possible que l'on ait $u > 0$ et $v < 0$?

2. a. Les points B(1 ; 1), C(10 ; 10) et D(–5 ; 10) appartiennent-ils à d ?

b. Trouver x et y pour que les points E(x ; –6) et F(12 ; y) appartiennent à d.

c. Le point B est-il le seul point de la droite d dont l'abscisse soit égale à l'ordonnée ?

CONSEILS

1. Utilisez la méthode du déterminant.

2. Un point de coordonnées (x ; y) appartient à la droite d si et seulement si ses coordonnées vérifient l'équation cartésienne de la droite d.

SOLUTION

1. a. Un point M(x ; y) appartient à d si et seulement si le déterminant de $\overrightarrow{AM}$ et $\vec{u}$ est égal à 0.

Or les coordonnées de $\overrightarrow{AM}$ sont $(x + 1 ; y - 4)$. Le déterminant de $\overrightarrow{AM}$ et $\vec{u}$ est donc $(-3)(x + 1) - 2(y - 4) = -3x - 3 - 2y + 8 = -3x - 2y + 5$.

Une équation de d est donc $-3x - 2y + 5 = 0$, ou, près multiplication par –1, $3x + 2y - 5 = 0$. (Ici, $u = 3$, $v = 2$ et $w = -5$.)

b. Il n'est pas possible que l'on ait $u > 0$ et $v < 0$ car toute équation de d est de la forme $k(3x + 2y - 5) = 0$ où k est une constante non nulle. Par conséquent u et v sont de même signe.

2. a. $3 \times 1 + 2 \times 1 - 5 = 0$ donc $B \in d$.

$3 \times 10 + 2 \times 10 - 5 \neq 0$ donc $C \notin d$.

$3 \times (-5) + 2 \times 10 - 5 = -15 + 20 - 5 = 0$ donc $D \in d$.

b. Pour que l'on ait $E \in d$, il faut et il suffit que $3x + 2 \times (-6) - 5 = 0$ c'est-à-dire :

$3x - 12 - 5 = 0 \Leftrightarrow 3x - 17 = 0 \Leftrightarrow x = \frac{17}{3}$.

Pour que l'on ait $F \in d$, il faut et il suffit que :

$3 \times 12 + 2y - 5 = 0 \Leftrightarrow 36 + 2y = 5 \Leftrightarrow 2y = -31 \Leftrightarrow y = -\frac{31}{2}$.

c. $M(x ; x) \in d \Leftrightarrow 2x + 3x - 5 = 0 \Leftrightarrow 5x = 5 \Leftrightarrow x = 1$.
B est donc le seul point de d dont l'abscisse soit égale à l'ordonnée.

28 Équations réduites de droites

En bref *On peut décrire et étudier les droites usuelles, tracées à la règle, avec des équations. Si elles sont tracées dans un repère, elles ont un lien avec les fonctions affines.*

I Introduction

- Une fonction affine (de la forme $x \mapsto mx + p$) a pour représentation graphique une droite constituée de tous les points de coordonnées $(x\,;\, mx + p)$. → FICHE 35
- Au lieu de dire « la représentation graphique de la fonction $x \mapsto mx + p$ », on dira : « la droite d'équation $y = mx + p$ ».

Exemple : La droite d'équation $y = 2x + 3$ est constituée de tous les points de coordonnées $(x\,;\, 2x + 3)$.

II Caractérisation des droites

1 Cas général

- **Théorème**

1. Toute droite du plan non parallèle à l'axe des ordonnées a pour équation $y = mx + p$, où m et p sont deux constantes données.

2. Toute droite parallèle à l'axe des ordonnées a pour équation $x = c$ où c est une constante donnée.

À NOTER
L'équation d'une droite parallèle à l'axe des ordonnées n'est pas de la forme $y = mx + p$ et ne représente pas une fonction affine.

Exemple : On a tracé ci-dessous la droite d'équation $y = 2x + 3$ (à gauche) et la droite d'équation $x = 2$ (à droite).

- La droite d'équation $y = mx + p$ contient le point de coordonnées $(0\,;\, p)$. Le nombre p se nomme l'ordonnée à l'origine de la droite. Le nombre m s'appelle le coefficient directeur (ou la pente) de la droite. → FICHE 29

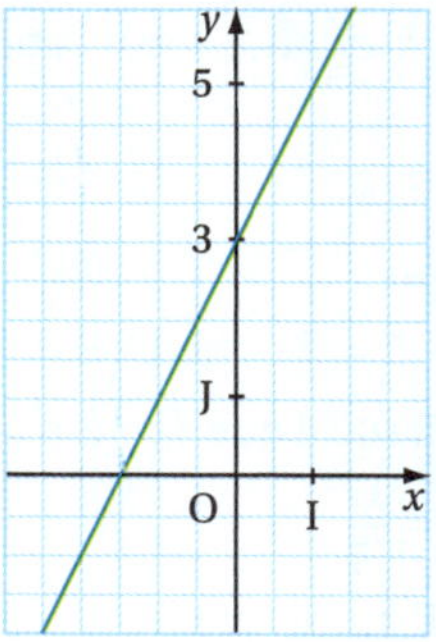

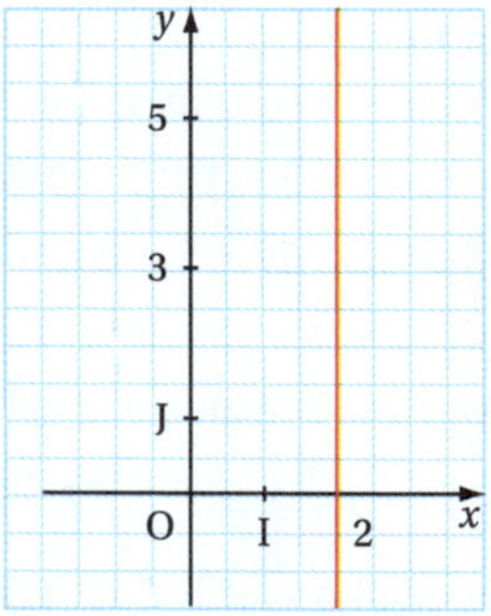

2 Cas particuliers

- Les droites parallèles à l'axe des abscisses ont pour équation $y = p$.
- Les droites passant par l'origine du repère ont pour équation $y = mx$. Elles représentent des fonctions linéaires (de la forme $x \mapsto mx$).

Méthode

Tracer et interpréter la droite représentant une fonction affine

On considère la fonction affine f définie par $f(x) = 2x + 3$.

1. a. Déterminer quatre points appartenant à la droite d'équation $y = 2x + 3$ dont les abscisses sont 0, –1, –1,5 et 10. Présenter les résultats sous la forme d'un tableau.

b. Tracer la droite dans un repère orthonormé (O, I, J).

2. Déterminer le coefficient directeur et l'ordonnée à l'origine de la droite.

3. a. Un point de la droite a pour ordonnée –100. Quelle est son abscisse ?

b. Déterminer graphiquement l'antécédent de –1 par f.

CONSEILS

1. Pour déterminer les ordonnées des quatre points, calculez $f(0)$, $f(-1)$, $f(-1{,}5)$ et $f(10)$.

3. a. Résolvez l'équation $2x + 3 = -100$.

b. Repérez le point de la droite qui a pour ordonnée –1, puis trouvez graphiquement son abscisse.

SOLUTION

1. a.

Points	(0 ; 3)	(–1 ; 1)	(–1,5 ; 0)	(10 ; 23)
Justification	$2 \times 0 + 3 = 3$	$2 \times (-1) + 3 = 1$	$2 \times (-1{,}5) + 3 = 0$	$2 \times 10 + 3 = 23$

b. Plaçons les points A(0 ; 3)et B(–1 ; 1).
La droite cherchée est la droite (AB).

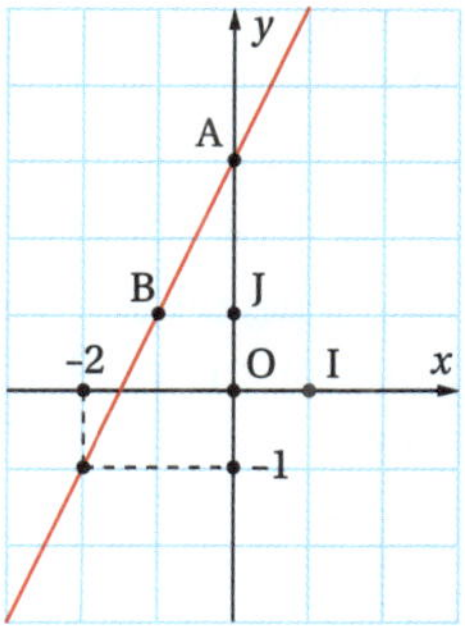

2. Comme $f(x) = 2x + 3$, le coefficient directeur de la droite est 2 et son ordonnée à l'origine est 3.

3. a. $2x + 3 = -100 \Rightarrow x = -\dfrac{103}{2} = -51{,}5$.

L'abscisse du point qui a pour ordonnée –100 est donc –51,5.

b. L'antécédent de –1 par f est –2 car le point (–2 ; –1) appartient à la droite.
Autrement dit, $f(-2) = -1$.

À NOTER

Dans l'égalité $y = f(x)$, y est l'image de x et x est l'antécédent de y.

29 Coefficient directeur

En bref *La pente d'une droite est comme la pente d'une route, avec une particularité : lorsque la droite « descend », la pente est négative ; lorsqu'elle « monte », la pente est positive.*

I Généralités

■ **Théorème.** Soit A et B deux points de coordonnées respectives $(x_A\,;\,y_A)$ et $(x_B\,;\,y_B)$. Dans le cas où la droite (AB) n'est pas parallèle à l'axe des ordonnées, son coefficient directeur est égal à :

$$\frac{y_B - y_A}{x_B - x_A}$$

À NOTER
Une droite admet un coefficient directeur à la condition exclusive qu'elle ne soit pas parallèle à l'axe des ordonnées.

■ **Preuve.** Le coefficient directeur de la droite qui a pour équation $y = mx + p$ est le nombre m. On sait que $y_A = mx_A + p$ et $y_B = mx_B + p$. Donc :

$$\frac{y_B - y_A}{x_B - x_A} = \frac{mx_B + p - (mx_A + p)}{x_B - x_A} = \frac{mx_B - mx_A}{x_B - x_A} = \frac{m(x_B - x_A)}{x_B - x_A} = m.$$

II Propriétés des coefficients directeurs (ou pentes)

■ La pente d'une droite **horizontale** (parallèle à l'axe des abscisses) est **nulle**. D'ailleurs son équation est de la forme $y = p$ → FICHE 28.

À NOTER
Intuitivement, la pente est nulle sur un terrain plat.

■ Dans un repère, on parcourt une droite de gauche à droite, dans le sens de lecture usuel.

• Si la droite « **monte** » (figure de gauche), alors la pente est **positive** ; elle représente une fonction affine croissante.

• Si la droite « **descend** » (figure de droite), alors la pente est **négative** ; elle représente une fonction affine décroissante.

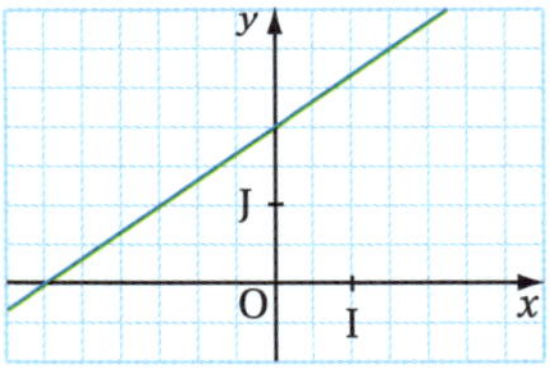

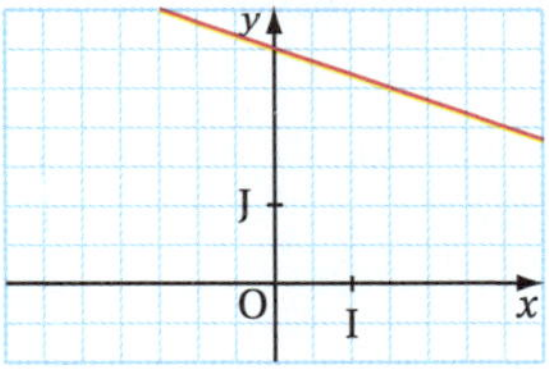

■ On peut trouver graphiquement la pente d'une droite sans en avoir l'équation. Il suffit de connaître deux points sur la droite (voir → MÉTHODE).

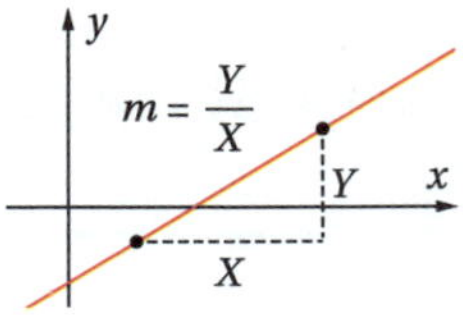

Méthode

Trouver graphiquement la pente d'une droite

1. a. Déterminer graphiquement la pente de la droite tracée ci-contre dans le repère (O, I, J), à l'aide des points A et B d'une part, et C et D d'autre part.

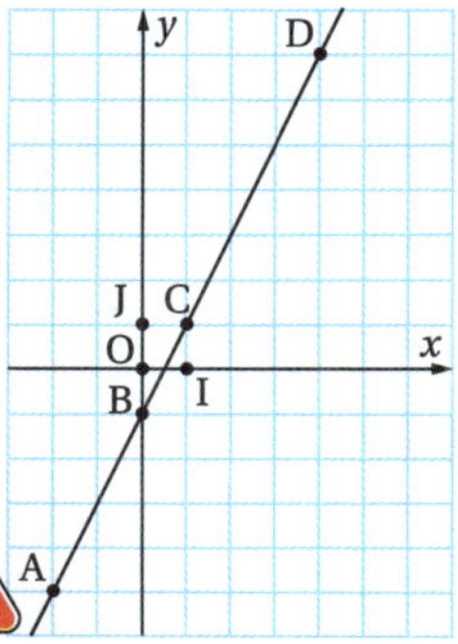

b. La pente d'une route s'exprime en pourcentage. Le panneau ci-dessous signale que, sur cette route, pour 100 m de déplacement **horizontal** (théorique), on **s'élève** (ou on **descend**) **verticalement** de 10 m. Quel rapport y a-t-il entre la pente d'une droite et la pente d'une route ?

2. Déterminer l'équation de la droite (AB).

CONSEILS

1. Visualisez les déplacements horizontaux et verticaux exprimés par $x_B - x_A$ et $y_B - y_A$. De même pour les points C et D.

2. On connaît m, il suffit de trouver p.

SOLUTION

1. a. Comme la droite « monte », on peut déjà savoir que le coefficient directeur est positif.
D'autre part, $y_B - y_A$ est la distance EB et $x_B - x_A$ est la distance AE.

$\frac{y_B - y_A}{x_B - x_A} = \frac{EB}{EA}$. La pente de la droite, calculée à l'aide des points A et B, est égale à $\frac{4}{2}$ c'est-à-dire 2.

On trouve, de même, $\frac{y_D - y_C}{x_D - x_C} = \frac{FD}{FC} = 2$.

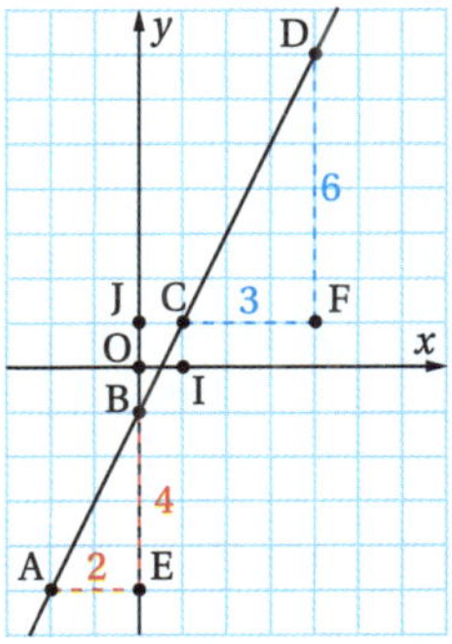

b. Le panneau de signalisation est trompeur car, en réalité, la pente de 10 % se mesure comme celle d'une droite, c'est-à-dire à l'aide d'un triangle rectangle et non d'un triangle quelconque.
La route ci-contre a une pente de :
$\frac{v}{h} = \frac{1}{10} = \frac{10}{100} = 10\%$.

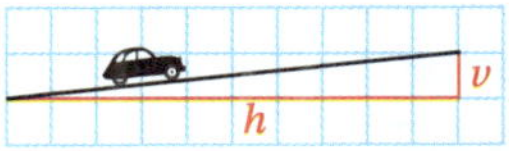

2. L'équation est de la forme $y = 2x + p$. L'ordonnée à l'origine est $y_B = -1$.
L'équation cherchée est donc $y = 2x - 1$.

30 Positions relatives de deux droites

En bref *Pour montrer que deux droites sont parallèles, on peut utiliser la réciproque du théorème de Thalès ou le fait qu'elles soient perpendiculaires à une même troisième droite… Désormais on pourra également montrer ce parallélisme par le calcul.*

I Parallélisme

1 Cas général

■ On considère deux droites d et d' dont les équations cartésiennes respectives sont $ux + vy + w = 0$ et $u'x + v'y + w' = 0$.
Les droites d et d' sont parallèles si et seulement si $uv' - u'v = 0$.

■ **Preuve.** Les vecteurs $\vec{a}(-v\,;u)$ et $\vec{b}(-v'\,;u')$ sont des vecteurs directeurs de d et d'. Les droites d et d' sont donc parallèles si et seulement si ces deux vecteurs sont colinéaires, autrement dit, si et seulement si leur déterminant est égal à 0. Or le déterminant de ces deux vecteurs est précisément $(-v)u' - u(-v') = -vu' + uv'$.

2 Cas des équations réduites

■ **Théorème.** Deux droites d'équations respectives $y = mx + p$ et $y = m'x + p'$ sont parallèles si et seulement si $m = m'$.

■ **Preuve.** L'équation de d s'écrit aussi $mx - y + p = 0$, donc le vecteur $\vec{u}(1\,;m)$ est un vecteur directeur de d → FICHE 27, de même, $\overrightarrow{u'}(1\,;m')$ est un vecteur directeur de d'. Donc ces deux droites sont parallèles si et seulement si $1 \times m - 1 \times m' = 0$, soit $m - m' = 0$.

■ *Remarque* : On en déduit que deux droites d'équations respectives $y = mx + p$ et $y = m'x + p'$ sont sécantes si et seulement si $m \neq m'$.

II Condition d'alignement de trois points

■ **Théorème.** Trois points distincts A, B, C sont alignés si et seulement si les droites (AB) et (AC) ont la même pente ou s'ils ont tous trois la même abscisse.

■ **Preuve.** Si les points A, B et C sont alignés, alors les droites (AB) et (AC) sont confondues, donc elles ont le même coefficient directeur, ou les points ont la même abscisse.
Réciproquement :
- Supposons que les droites (AB) et (AC) aient le même coefficient directeur. Alors ces deux droites sont parallèles d'après le théorème précédent. Comme elles ont le point A en commun, elles sont confondues, ce qui prouve que les points A, B et C sont alignés.
- Si les trois points ont la même abscisse, alors ils sont alignés sur une droite verticale.

Méthode

Déterminer le point d'intersection de deux droites

a. Démontrer que les droites d et d' d'équations respectives : $y = 3x - 1$ et $y = -2x + 4$ sont sécantes.

b. Calculer les coordonnées de leur point d'intersection M.

c. Tracer les deux droites dans un repère.

d. Résoudre graphiquement le système $\begin{cases} 3x - y = 1 \\ 2x + y = 4 \end{cases}$.

CONSEILS

a. Considérez les coefficients directeurs des deux droites.

b. Exprimez le fait que les coordonnées de M satisfont les deux équations.

c. Choisissez deux points pour chacune des droites.

d. Utilisez les équations des deux droites précédentes.

SOLUTION

a. La droite d a pour coefficient directeur 3 et la droite d' a pour coefficient directeur – 2. Ces deux coefficients sont distincts. Donc les deux droites sont sécantes.

b. Les coordonnées $(x\,;\,y)$ de M vérifient chacune des deux équations. Donc on a simultanément $y = 3x - 1$ et $y = -2x + 4$. On en déduit que : $3x - 1 = -2x + 4$, soit $5x = 5$ et $x = 1$. L'abscisse du point M est donc égale à 1. Pour trouver son ordonnée, on choisit l'une des deux équations. On trouve $y = 3 \times 1 - 1 = 2$ avec l'équation de d. Le point M a donc pour coordonnées $(1\,;\,2)$.

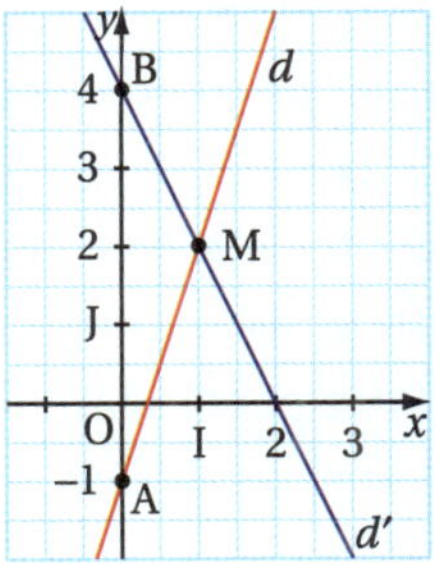

À NOTER
On trouve évidemment aussi $y = -2 \times 1 + 4 = 2$ avec l'équation de d'.

c. Pour tracer d, on choisit les points $A(0\,;\,-1)$ et $M(1\,;\,2)$. Pour tracer d', on choisit $B(0\,;\,4)$ et $M(1\,;\,2)$.

d. Le système $\begin{cases} 3x - y = 1 \\ 2x + y = 4 \end{cases}$ est équivalent au système $\begin{cases} y = 3x - 1 \\ y = -2x + 4 \end{cases}$.

Graphiquement, les solutions du système sont les coordonnées du point d'intersection des droites $y = 3x - 1$ et $y = -2x + 4$. On a vu que ce sont les coordonnées du point M. En conclusion, on peut dire que le système a un couple solution unique qui est $x = 1$ et $y = 2$.

À NOTER
Un système de deux équations à deux inconnues peut se résoudre graphiquement ou par le calcul → FICHE 11.

SE TESTER QUIZ

Vérifiez que vous avez bien compris les points clés des **fiches 23 à 30**.

1 Projection orthogonale

→ FICHES **24** et **26**

On a tracé ci-contre les tangentes au cercle de centre O et de rayon R en A et en B, passant par un point M quelconque extérieur au cercle.

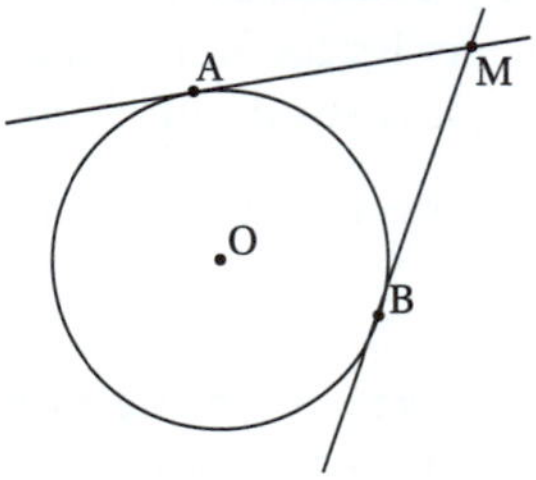

1. (OM) est la médiatrice du segment [AB].

☐ **a.** Vrai ☐ **b.** Faux

2. Le projeté orthogonal de B sur (OM) est le milieu de [AB].

☐ **a.** Vrai ☐ **b.** Faux

3. O et M ont le même projeté orthogonal sur (AB). Les triangles AMO et BMO sont : ☐ **a.** superposables ☐ **b.** semblables

2 Équations de droites

→ FICHES **27** et **28**

Dans les exercices 2 et 3, on se place dans un repère orthonormé (O, I, J).

1. Parmi les équations suivantes, lesquelles représentent une droite ?

☐ **a.** $x = -\frac{1}{3}y + 2$ ☐ **b.** $x = -1$ ☐ **c.** $y = x$

2. L'équation $y = \frac{-1 + 3x}{5}$ est l'équation d'une droite.

☐ **a.** Vrai ☐ **b.** Faux

3. Le point de coordonnées (1 ; 3) appartient à la droite d'équation :

☐ **a.** $y = 2x - 5$ ☐ **b.** $x = 2y - 5$ ☐ **c.** $y = x - 3$

4. La droite qui a pour équation $y = 2$:

☐ **a.** est parallèle à l'axe des abscisses

☐ **b.** est perpendiculaire à l'axe des abscisses

☐ **c.** n'est ni parallèle, ni perpendiculaire à l'axe des abscisses

3 Positions relatives de deux droites

→ FICHE **30**

1. Les droites d'équations respectives $y = 5x + 3$ et $y = 3x + 5$ sont :

☐ **a.** parallèles ☐ **b.** sécantes ☐ **c.** confondues

2. Le système $\begin{cases} y = -2x + 1 \\ y = -2x + 3 \end{cases}$ n'a pas de solution. ☐ **a.** Vrai ☐ **b.** Faux

3. Il est possible que deux droites distinctes de même pente soient sécantes.

☐ **a.** Vrai ☐ **b.** Faux

4. Il est possible que deux droites distinctes de même ordonnée à l'origine soient parallèles. ☐ **a.** Vrai ☐ **b.** Faux

OBJECTIF BAC

4 Parallélogrammes particuliers et cercle

60 min

Le problème consiste à construire une figure progressivement, en utilisant au fur et à mesure certaines propriétés que l'on démontre.

On considère un rectangle non carré ABCD de centre O.

a. Construire le symétrique AB′CD′ de ABCD par rapport à sa diagonale (AC).

b. Démontrer que les sommets des deux rectangles sont cocycliques. On appellera $\mathscr{C}$ le cercle qui les contient.

> **MOT CLÉ**
> Des points **cocycliques** sont des points qui appartiennent tous à un même cercle.

c. Comparer les angles $\widehat{DCB'}$ et $\widehat{D'CB}$.

d. Soit M un point extérieur à $\mathscr{C}$. Tracer les deux tangentes à $\mathscr{C}$ passant par M.

e. Compléter la figure précédente pour qu'elle admette le point O comme centre de symétrie.

5 Équations de droites, coordonnées d'un point

45 min

Il s'agit d'utiliser diverses méthodes pour déterminer des équations de droites ou les coordonnées d'un point.

Dans un repère (O, I, J), on donne les points A(−2 ; 8), B(6 ; 4) et C(−2 ; 0) et la droite (AB).

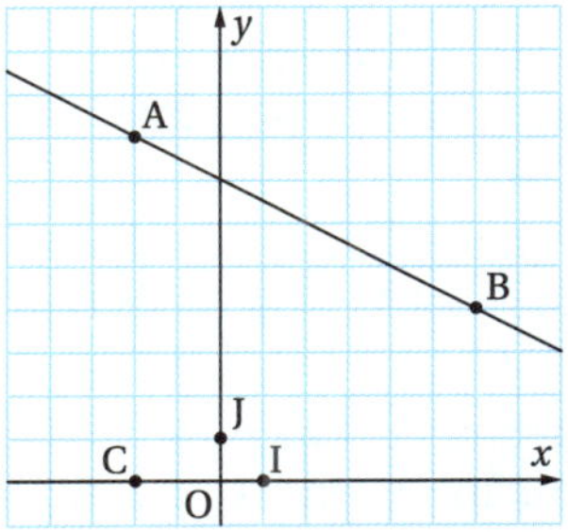

a. Écrire l'équation de la droite (AB).

b. Écrire l'équation de la droite Δ de coefficient directeur $\frac{3}{2}$ et passant par C.

c. Calculer les coordonnées du point E commun à Δ et (AB).

d. Δ coupe l'axe des ordonnées en N. Calculer les coordonnées de N. Que peut-on dire de N pour le segment [EC] ?

e. La parallèle $\mathscr{D}$ à la droite (BC) passant par N coupe la droite (AB) en P. Calculer les coordonnées du point P.

f. Soit K le point tel que AKBN soit un parallélogramme. Calculer les coordonnées de K et montrer que K appartient à Δ.

CORRIGÉS

SE TESTER QUIZ

1 Projection orthogonale

1. Réponse a. 2. Réponse a. 3. Réponses a et b.

2 Équations de droites

1. Réponses a, b et c. 2. Réponse a. 3. Réponse b. 4. Réponse a.

3 Positions relatives de deux droites

1. Réponse b. 2. Réponse a. 3. Réponse b. 4. Réponse b.

OBJECTIF BAC

4 Parallélogrammes particuliers et cercle

a. Voir la figure ci-contre. Le symétrique cherché est en rouge.

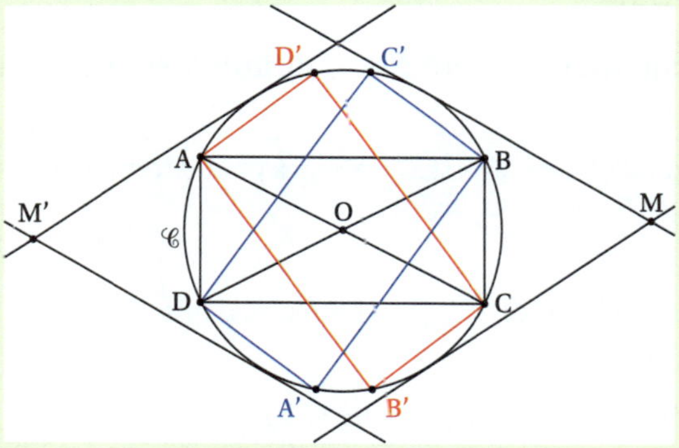

b. Comme la symétrie axiale conserve les angles et les longueurs, le symétrique du rectangle ABCD est également un rectangle. Les sommets des deux rectangles appartiennent tous au cercle de diamètre [AC].

c. Les deux angles étant symétriques, ils ont la même ouverture.

d. On trace le cercle de diamètre [OM]. Il coupe le cercle de centre O en deux points : ce sont les points de contact des tangentes au cercle de centre O passant par M.

e. Le centre de symétrie est évidemment le point O. On complète la figure en construisant le symétrique de ABCD par rapport à la diagonale (BD) (on obtient le rectangle bleu) et les symétriques des tangentes par rapport à O.

5 Équations de droites, coordonnées d'un point

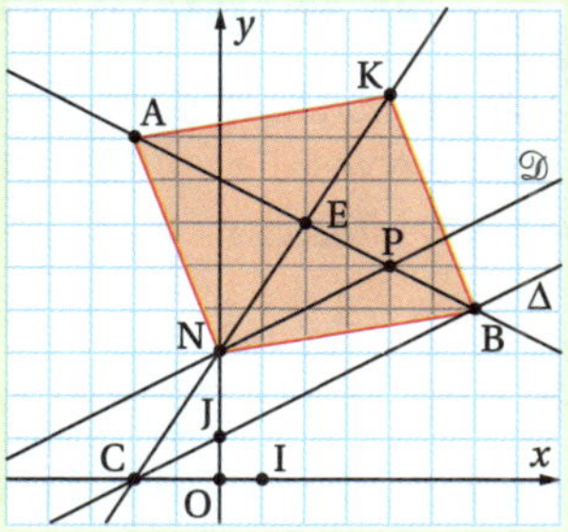

a. Le coefficient directeur de la droite (AB) est :

$$\frac{y_B - y_A}{x_B - x_A} = \frac{4-8}{6-(-2)} = -\frac{1}{2}.$$

Par lecture graphique, son ordonnée à l'origine est égale à 7.
Son équation est donc $y = -\frac{1}{2}x + 7$.

b. L'équation cherchée est de la forme $y = \frac{3}{2}x + p$.

Les coordonnées de C étant – 2 et 0,

on a $0 = \frac{3}{2} \times (-2) + p$, ce qui entraîne $p = 3$.

L'équation de Δ est donc $y = \frac{3}{2}x + 3$.

c. L'abscisse x de E est la solution de l'équation : $-\frac{1}{2}x + 7 = \frac{3}{2}x + 3$, soit : $4 = \frac{4}{2}x$.
Donc $x = 2$.
Son ordonnée y vérifie $y = \frac{3}{2} \times 2 + 3 = 6$. E a donc pour coordonnées (2 ; 6).

d. L'ordonnée à l'origine de Δ étant égale à 3, les coordonnées de N sont (0 ; 3).

N est le milieu de [EC] car $x_N = 0 = \frac{x_E + x_C}{2}$ et $y_N = 3 = \frac{y_E + y_C}{2}$.

e. Le coefficient directeur de la droite (BC) est égal à : $\frac{y_C - y_B}{x_C - x_B} = \frac{0-4}{-2-6} = \frac{1}{2}$.

L'équation de la parallèle 𝒟 à (BC) passant par N est donc de la forme $y = \frac{1}{2}x + p$.

Elle passe par N donc son ordonnée à l'origine est égale à 3. Son équation est donc $y = \frac{1}{2}x + 3$.

L'abscisse de P est la solution de l'équation $-\frac{1}{2}x + 7 = \frac{1}{2}x + 3$ car P est l'intersection des droites (AB) et 𝒟. Donc $\frac{1}{2}x + \frac{1}{2}x = 7 - 3$, ce qui donne $x = 4$.

On trouve alors l'ordonnée de P : $y_P = \frac{1}{2} \times 4 + 3 = 5$. Les coordonnées de P sont donc (4 ; 5).

f. Pour que AKBN soit un parallélogramme, il faut et il suffit que $\overrightarrow{AK} = \overrightarrow{NB}$.
L'abscisse de $\overrightarrow{AK}$ est $x_K - (-2) = x_K + 2$ et son ordonnée $y_K - 8$.
De même les coordonnées de $\overrightarrow{NB}$ sont $6 - 0 = 6$ et $4 - 3 = 1$.

Donc : $\overrightarrow{AK} = \overrightarrow{NB} \Leftrightarrow \begin{cases} x_K + 2 = 6 \\ y_K - 8 = 1 \end{cases} \Leftrightarrow \begin{cases} x_K = 4 \\ y_K = 9 \end{cases}$.

Les coordonnées de K sont donc (4 ; 9).
Puisque $\frac{3}{2} \times 4 + 3 = 9$, le point K appartient à la droite Δ.

31 Notions de fonction, d'image et d'antécédent

En bref *Le concept de fonction a été largement étendu au cours des derniers siècles. Cet outil permet de modéliser des problèmes variés et de les résoudre.*

I Notion de fonction numérique

Une fonction numérique est une machine à transformer (c'est-à-dire à changer) les nombres selon un **programme de calcul**.

Exemple : Nommons f l'algorithme ci-dessous. Alors, par f, le nombre 6,1 est transformé en $5 \times 6{,}1 - 3$, donc en 27,5.

```
x ← 6,1
y ← 5*x - 3
```

> **À NOTER**
> $f : x \mapsto 5x - 3$ se lit « x est transformé en $5x - 3$ par f » ou « à x, f associe $5x - 3$ ».

Plus généralement, si x désigne un nombre, x est transformé en $5x - 3$ par f. On note : $f : x \mapsto 5x - 3$.

II Image et antécédent

■ Une fonction f transforme un nombre x en un nombre $f(x)$ quand c'est possible.

- $f(x)$ (lire « f de x ») s'appelle l'**image** de x par la fonction f.
- x s'appelle l'**antécédent** de $f(x)$ (par la fonction f, évidemment).

Exemple : Soit f la fonction $x \mapsto 5x - 3$.

L'image de 1 est égale à 2 car $f(1) = 5 \times 1 - 3 = 2$.

L'antécédent de $-33{,}5$ est égal à $-6{,}1$ car :

$f(x) = -33{,}5 \Leftrightarrow 5x - 3 = -33{,}5 \Leftrightarrow 5x = -30{,}5 \Leftrightarrow x = -6{,}1$.

■ Soit x un nombre. Alors, ou bien x n'a **pas d'image** par f (autrement dit, $f(x)$ n'existe pas) ou bien x a **une seule image** par f.

Exemples : • Soit $f(x) = \frac{1}{x}$. Le nombre 0 n'a pas d'image par f car l'inverse de 0 n'existe pas.

• Soit $f(x) = \sqrt{x}$. Un nombre strictement négatif n'a pas d'image par f car sa racine carrée n'existe pas.

> **À NOTER**
> Un nombre peut avoir plusieurs antécédents par f, mais il ne peut avoir qu'une image au maximum.

■ Soit y un nombre. Alors, ou bien y n'a **pas d'antécédent** par f ou bien y a **au moins un antécédent** par f.

Exemples : • Si $f(x) = x^2$, alors le nombre 16 a deux antécédents qui sont -4 et 4. En effet, $(-4)^2 = 4^2 = 16$.

• Si $f(x) = \frac{x-1}{x-3}$, alors le nombre 1 n'a pas d'antécédent car il n'existe aucun nombre x tel que $\frac{x-1}{x-3} = 1$, ce qui est équivalent à $x - 1 = x + 3$.

Méthodes

1 Calculer une image

On considère la fonction f définie par $f(x) = 1 - 3x^2$.

a. Calculer les images des nombres 0, 1 et –2.

b. Que peut-on dire des images par f de deux nombres opposés ?

CONSEILS

a. Calculez les nombres $f(x)$ quand x prend les valeurs 0, 1 et –2.

b. Calculez par exemple $f(4)$ et $f(-4)$, $f(10)$ et $f(-10)$… puis généralisez.

SOLUTION

a. $f(0) = 1$ donc l'image de 0 est le nombre 1.

$f(1) = 1 - 3 \times 1^2 = 1 - 3 = -2$ donc l'image de 1 est le nombre –2.

$f(-2) = 1 - 3 \times (-2)^2 = 1 - 3 \times 4 = 1 - 12 = -11$ donc l'image de –2 est le nombre –11.

b. $f(-4) = 1 - 3(-4)^2 = 1 - 3 \times 16 = -47 = f(4)$.

Pour tout x, on a : $f(-x) = 1 - 3(-x)^2 = 1 - 3x^2 = f(x)$.

On voit donc que deux réels opposés ont la même image par f.

À NOTER

Ne confondez pas $-x^2$ (toujours négatif) et $(-x)^2$ (toujours positif).

2 Calculer un antécédent

On considère la fonction f définie par $f(x) = x^2 - 6x + 10$.

Déterminer, s'il en existe, le ou les antécédents des nombres :

a. 10 b. 1 c. 0

CONSEILS

Pour chaque valeur, commencez par poser une équation du type $f(x) = m$, c'est-à-dire $x^2 - 6x + 10 = m$ où m est la valeur 10 ; 1 ou 0 → FICHE 10.

SOLUTION

a. $f(x) = 10 \Leftrightarrow x^2 - 6x + 10 = 10 \Leftrightarrow x^2 - 6x = 0 \Leftrightarrow x(x - 6) = 0$.

On en déduit que $x = 0$ ou $x = 6$.

Le nombre 10 a donc deux antécédents qui sont 0 et 6.

b. $f(x) = 1 \Leftrightarrow x^2 - 6x + 10 = 1 \Leftrightarrow x^2 - 6x + 9 = 0 \Leftrightarrow (x - 3)^2 = 0 \Leftrightarrow x = 3$.
Le nombre 1 a donc un unique antécédent qui est 3.

c. $f(x) = 0 \Leftrightarrow x^2 - 6x + 9 + 1 = 0 \Leftrightarrow (x - 3)^2 + 1 = 0$. Or $(x - 3)^2 \geqslant 0$, donc $(x - 3)^2 + 1 \geqslant 1$. On ne peut donc pas trouver de nombre x tel que : $(x - 3)^2 + 1 = 0$. On en déduit que 0 n'a pas d'antécédent par f.

32 Représentation et lecture graphique

En bref *Certaines équations et inéquations se résolvent algébriquement. Grâce aux courbes représentatives des fonctions, il est également possible de les résoudre graphiquement.*

I Définition

On se place dans un repère (O ; I, J). La **représentation graphique d'une fonction** f est l'ensemble de tous les points de coordonnées $(x ; f(x))$. Même si la représentation graphique de f est une droite, on parle de « courbe représentant f ».

À NOTER
Les images se lisent sur l'axe des ordonnées ; les antécédents se lisent sur l'axe des abscisses.

II Application

Exemple : La courbe en rouge est la représentation graphique d'une fonction f.

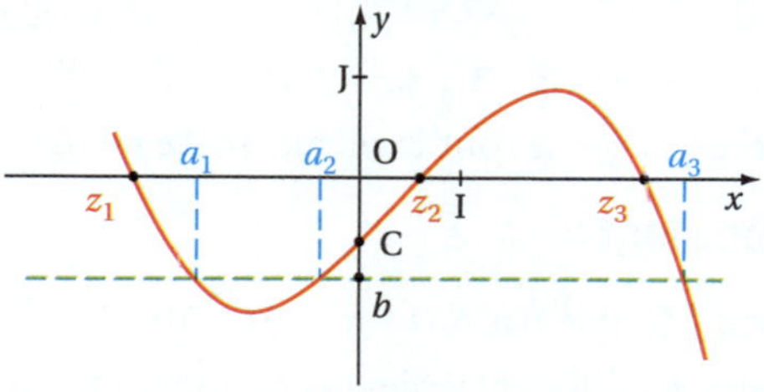

- Le nombre b a trois **antécédents** qui sont a_1, a_2 et a_3. En effet :
$f(a_1) = f(a_2) = f(a_3) = b$.
- La courbe **coupe l'axe des abscisses** en trois points. Les abscisses de ces trois points sont z_1, z_2 et z_3. On a donc $f(z_1) = f(z_2) = f(z_3) = 0$.
Ainsi, sur l'intervalle $[z_1 ; a_3]$, l'équation $f(x) = 0$ a trois solutions : z_1, z_2 et z_3.
- Les points dont les abscisses sont situées entre z_1 et z_2 ont des ordonnées négatives. Donc, pour tout $x \in [z_1, z_2]$, $f(x) \leqslant 0$.
De même, pour tout $x \in [z_2, z_3]$, $f(x) \geqslant 0$.
Autrement dit, on a :
  - $f(x) \geqslant 0$ dans l'intervalle où la courbe est **au-dessus** de l'axe des abscisses ;
  - $f(x) \leqslant 0$ dans l'intervalle où la courbe est **en dessous** de l'axe des abscisses.

Ainsi, sur l'intervalle $[z_1 ; a_3]$, on peut lire par exemple les solutions de l'inéquations $f(x) \geqslant 0$; ce sont les nombres appartenant à l'intervalle $[z_2 ; z_3]$.
- Lorsque la courbe **coupe l'axe des ordonnées** en un point C, l'ordonnée de C est égale à $f(0)$.

Méthode

Résoudre graphiquement une (in)équation

On considère deux fonctions f et g ainsi que leurs courbes représentatives. Celles-ci ont pour équations respectives $y = f(x)$ et $y = g(x)$.

a. Déterminer graphiquement le nombre de solutions de l'équation $f(x) = g(x)$.

b. Déterminer graphiquement les solutions l'inéquation $f(x) \geqslant g(x)$.

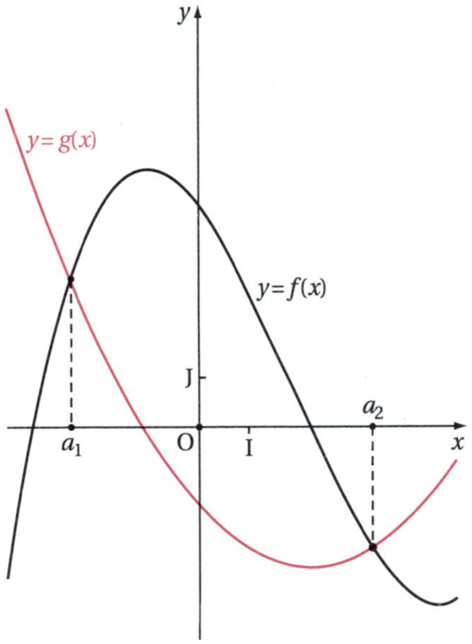

CONSEILS

a. Repérez les points d'intersection des deux courbes.

b. Étudiez les positions des courbes l'une par rapport à l'autre.

SOLUTION

a. Le nombre de points d'intersection des courbes f et g fournit le nombre de solutions de l'équation. Sur la figure, l'équation a deux solutions qui sont les nombres a_1 et a_2.

b. Sur la figure, on voit que l'ensemble des solutions de l'inéquation $f(x) \geqslant g(x)$ est l'intervalle $[a_1, a_2]$. En effet, sur cet intervalle, la courbe représentant f est au-dessus de celle représentant g.

À NOTER

Dans l'intervalle où la courbe de f est au-dessus de celle de g, on a $f(x) \geqslant g(x)$.

33 Variations d'une fonction

En bref *Lorsqu'on étudie une fonction, on s'intéresse notamment à ses variations : sur quel(s) intervalle(s) est-elle croissante ou décroissante ? Quels sont ses minimums ? ses maximums ?*

I Monotonie sur un intervalle

■ Dire qu'une fonction f est **croissante** sur un intervalle I signifie qu'elle **conserve l'ordre**. Autrement dit, quels que soient les nombres a et b de I :

$$a < b \Rightarrow f(a) \leqslant f(b)$$

■ Dire qu'une fonction f est **décroissante** sur un intervalle I signifie qu'elle **inverse l'ordre**. Autrement dit, quels que soient les nombres a et b de I :

$$a < b \Rightarrow f(a) \geqslant f(b)$$

À NOTER
Si f est **croissante**, les images de a et b sont rangées dans le **même ordre** que a et b.
Si f est **décroissante**, les images de a et b sont rangées dans **l'ordre inverse** de a et b.

■ Dire qu'une fonction f est **monotone** sur un intervalle I signifie qu'elle est soit croissante, soit décroissante sur I.

Exemple : En parcourant de gauche à droite la courbe ci-contre représentant la fonction f, on constate que :

- f est décroissante sur $[-8 ; a]$ et sur $[b ; 7]$;
- f est croissante sur $[a ; b]$;
- La fonction f est monotone sur chacun des intervalles précédents (mais elle n'est pas monotone sur $[-8 ; 7]$).

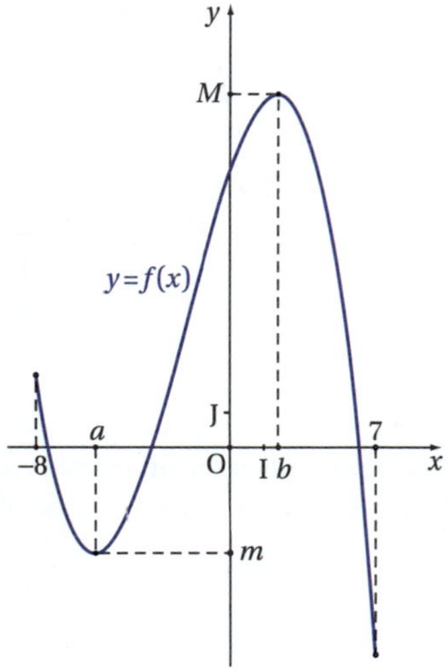

II Tableau de variation

■ On résume les **variations d'une fonction** dans un tableau de variation. On y indique aussi, le cas échéant, les maximums et les minimums de la fonction.

■ Soit f une fonction définie sur un intervalle I, et a et b deux points de I.

- Dire que f a un **minimum** en a sur I signifie que pour tout $x \in I$: $f(a) \leqslant f(x)$
- Dire que f a un **maximum** en b sur I signifie que pour tout $x \in I$: $f(x) \leqslant f(b)$

Exemple : La fonction f représentée ci-dessus a un minimum en a sur $[-8 ; b]$ car $f(a) = m$ et $m \leqslant f(x)$ pour tout x de cet intervalle.

Méthode

Exploiter le tableau de variation d'une fonction

En utilisant le tableau de variation ci-dessous, déterminer :

a. les intervalles sur lesquels f est monotone ;

b. le signe de $f(x)$ pour tout x de $[-3\,;\,11]$;

c. le nombre d'antécédents de 3.

x	-3		1		5		11
			4				8
$f(x)$		↗		↘		↗	
	0				2		

CONSEILS

a. Interprétez les flèches : ↗ signifie que la fonction f est croissante et ↘ signifie qu'elle est décroissante.

b. Analysez les maximums et les minimums sur chaque intervalle où la fonction est monotone. Ils sont indiqués aux extrémités des flèches.

c. Repérez où se trouve le nombre 3 sur les flèches de variation et déduisez-en les positions des antécédents → FICHE 31.

SOLUTION

a. f est monotone sur les intervalles $[-3\,;\,1]$ et $[5\,;\,11]$ (où elle est croissante) et $[1\,;\,5]$ (où elle est décroissante).

b. Pour tout x de $[-3\,;\,1]$: $f(x) \geqslant 0$. En effet, sur cet intervalle, la plus petite valeur de $f(x)$ est 0.

Pour tout x de $[1\,;\,5]$: $f(x) \geqslant 2$ et pour tout x de $[5\,;\,11]$: $f(x) \geqslant 2$.

En effet, sur chacun de ces intervalles, la plus petite valeur de $f(x)$ est 2.

On en conclut que pour tout x de $[-3\,;\,11]$, $f(x) \geqslant 0$.

c. La lecture du tableau de variation complété suivant fournit la réponse.

x	-3	a	1	b	5	c	11
			4				8
$f(x)$		3 ↗		3 ↘		3 ↗	
	0				2		

Le nombre 3 a trois antécédents : a compris entre -3 et 1, b compris entre 1 et 5, et c compris entre 5 et 11.

34 Fonctions paires et impaires

En bref *Les courbes de fonctions peuvent présenter des symétries que l'on décèle en effectuant des tests sur les expressions algébriques des fonctions. Cela permet d'économiser le temps passé à leur étude.*

I Définitions

- On note D_f l'**ensemble de définition** d'une fonction f, c'est-à-dire l'ensemble de tous les réels qui ont une image par f.
- Une **fonction paire** est une fonction f qui a la propriété suivante :

$$\text{pour tout } x \in D_f,\ f(-x) = f(x)$$

- Une **fonction impaire** est une fonction f qui a la propriété suivante :

$$\text{pour tout } x \in D_f,\ f(-x) = -f(x)$$

- Examiner la parité d'une fonction consiste à savoir si elle est paire ou impaire.

Remarque : L'ensemble de définition de f doit être symétrique par rapport à 0 car pour pouvoir appliquer le test de parité il faut que l'on puisse calculer à la fois $f(x)$ et $f(-x)$.

Exemples : • La fonction carré définie sur $\mathbb{R}$ par $f(x) = x^2$ est paire. En effet : $f(-x) = (-x)^2 = x^2 = f(x)$.
• La fonction cube définie sur $\mathbb{R}$ par $f(x) = x^3$ est impaire. En effet : $f(-x) = (-x)^3 = -x^3 = -f(x)$, car $(-x)^3 = (-x)(-x)(-x) = -x \times x \times x = -x^3$.

À NOTER
$(-x)^2 = (-x) \times (-x) = x^2 \geqslant 0$ et $-x^2 = -(x \times x) \leqslant 0$.

II Interprétation géométrique

- La courbe représentant une fonction paire est **symétrique** par rapport à l'**axe des ordonnées**.

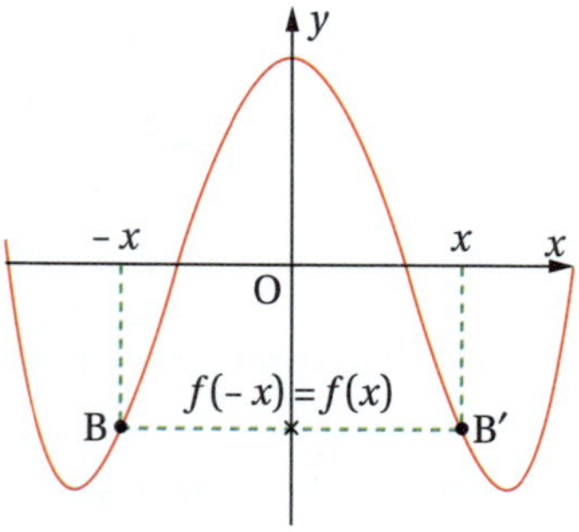

- La courbe représentant une fonction impaire est **symétrique** par rapport à l'**origine du repère**.

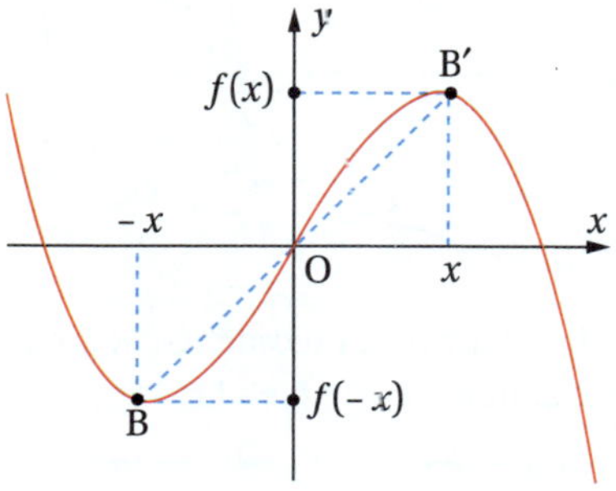

Méthode

Déterminer graphiquement si une fonction est paire ou impaire

Soit a et b deux réels. On sait que la distance de a à b, notée $d(a, b)$ est égale à $|b - a|$ → FICHE 13. On considère la fonction f définie sur $\mathbb{R}$ par :

$$f(x) = d(x, -1) + d(x, 1).$$

a. Exprimer $f(x)$ à l'aide de valeurs absolues.

b. Montrer que si $x \in [-1 ; 1]$ alors $f(x)$ est constante.

c. Montrer que si $x \geqslant 1$, alors $f(x) = \begin{cases} 2 + 2|x + 1|, \text{ si } x \leqslant -1 \\ 2 + 2|x - 1|, \text{ si } x \geqslant 1 \end{cases}$.

d. Tracer la courbe représentant f et en déduire la parité de cette dernière.

CONSEILS

a. Il suffit d'interpréter la distance en termes de valeur absolue.

b. Faire un schéma sur la droite réelle.

c. Examiner d'abord le cas où $x \leqslant -1$ et faire un schéma sur la droite réelle, puis raisonner en termes de distance. Procéder de même si $x \geqslant 1$.

d. Exprimer $f(x)$ sans symbole de valeur absolue et tracer les fonctions affines correspondantes sur les intervalles $]-\infty ; -1]$, $[-1 ; 1]$ et $[1 ; +\infty[$.

SOLUTION

a. Par définition : $f(x) = |x + 1| + |x - 1|$.

b. Le schéma ci-contre montre que si $x \in [-1 ; 1]$ alors :

$d(x, -1) + d(x, 1) = 2$ donc $f(x) = 2$.

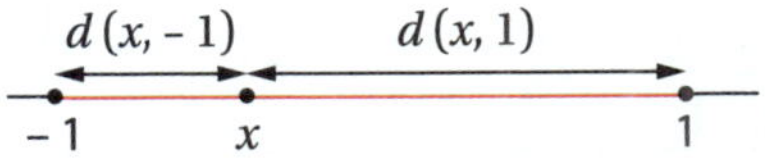

c. La figure ci-contre montre que si $x \leqslant -1$ alors $f(x) = 2d(x, -1) + 2$ donc $f(x) = 2|x + 1| + 2$. On aurait de même $f(x) = 2|x - 1| + 2$ si $x \geqslant 1$.

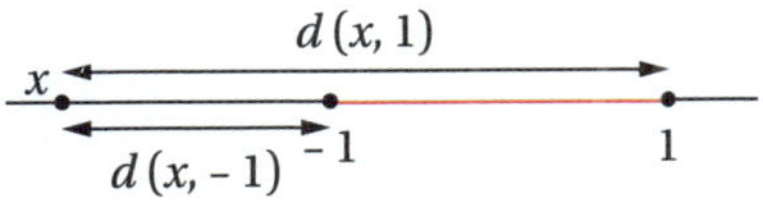

d. De plus, si $x \leqslant -1$, $d(x, -1) = -1 - x$ et si $x \geqslant 1$ $d(x, 1) = x - 1$. Finalement :

$$f(x) = \begin{cases} -2 - 2x + 2 = -2x, \text{ si } x \leqslant -1 \\ 2, \text{ si } x \in [-1 ; 1] \\ 2x - 2 + 2 = 2x, \text{ si } x \geqslant 1 \end{cases}$$

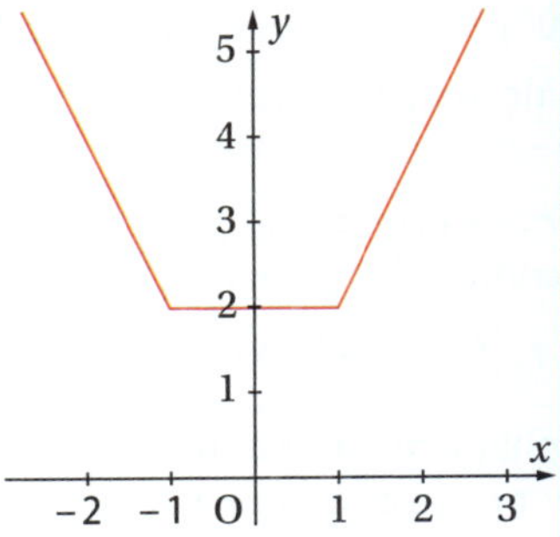

On obtient donc la représentation de deux demi-droites et d'un segment comme indiqué. La fonction f est paire puisque sa représentation graphique est symétrique par rapport à l'axe des ordonnées.

35 Fonctions affines

En bref *Les fonctions affines sont les plus simples à étudier. Le cas particulier des fonctions linéaires modélise la proportionnalité de deux grandeurs.*

I Caractéristiques des fonctions affines

■ Étant donnés deux réels a et b, dire qu'une fonction f est **affine** signifie que, pour tout x, on a :

$$f(x) = ax + b$$

MOTS CLÉS
Dans le cas où $a = 0$, f est **constante**. Dans le cas où $b = 0$, f est **linéaire**.

■ **Tableau de variation**

Si $a < 0$

x	$-\infty$	$+\infty$
$f(x)$	↘	

Si $a > 0$

x	$-\infty$	$+\infty$
$f(x)$	↗	

■ **Représentation graphique**

La représentation graphique d'une fonction affine est une **droite**.

a s'appelle le **coefficient directeur** de f et b s'appelle l'**ordonnée à l'origine.**

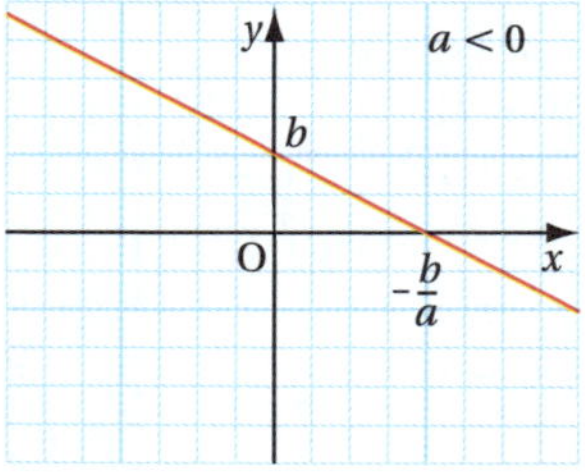

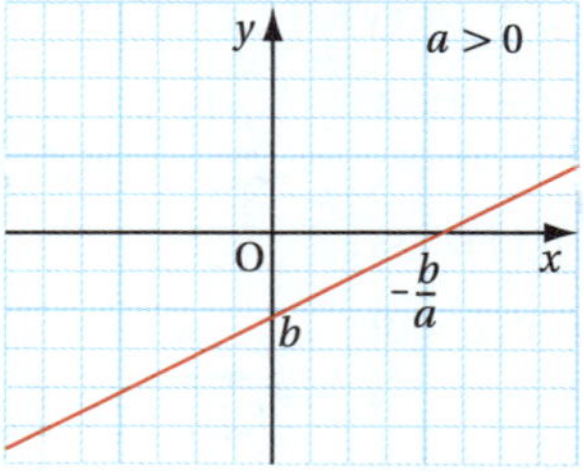

À NOTER
La droite passe par l'origine du repère si et seulement si $b = 0$.
Elle est « horizontale » si et seulement si $a = 0$.

II Détermination d'une fonction affine

On peut déterminer une fonction affine f :

• **à l'aide des coordonnées de deux points** de sa représentation graphique.

Exemple : Ci-contre, on a $y_1 = f(x_1)$ et $y_2 = f(x_2)$. Si on connaît les points $(x_1\,;\,y_1)$ et $(x_2\,;\,y_2)$, alors $a = \dfrac{y_2 - y_1}{x_2 - x_1}$ et $b = y_1 - ax_1$ (ou $b = y_2 - ax_2$).

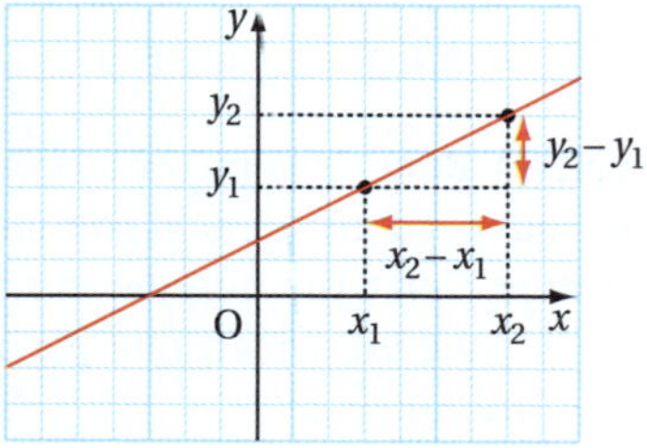

• **graphiquement**, en lisant le coefficient directeur a et l'ordonnée à l'origine b.

Méthodes

1 Déterminer la fonction affine associée à une droite (AB)

Considérons les deux points A(−1 ; 2) et B(3 ; 0) d'un repère du plan. Déterminer la fonction affine f dont la représentation graphique est la droite (AB).

CONSEILS
Calculez d'abord le coefficient directeur puis l'ordonnée à l'origine.

SOLUTION

On sait que, pour tout x, la fonction f est de la forme $f(x) = ax + b$.
De plus, grâce aux points A et B, on sait que : $2 = f(-1)$ et $0 = f(3)$.

Donc $a = \dfrac{2-0}{-1-3} = \dfrac{2}{-4} = -\dfrac{1}{2}$.

On trouve b en résolvant $0 = a \times 3 + b \Rightarrow -\dfrac{3}{2} + b = 0 \Rightarrow b = \dfrac{3}{2}$.

Conclusion : $f(x) = -\dfrac{1}{2}x + \dfrac{3}{2}$.

2 Déterminer le sens de variation et le signe d'une fonction affine

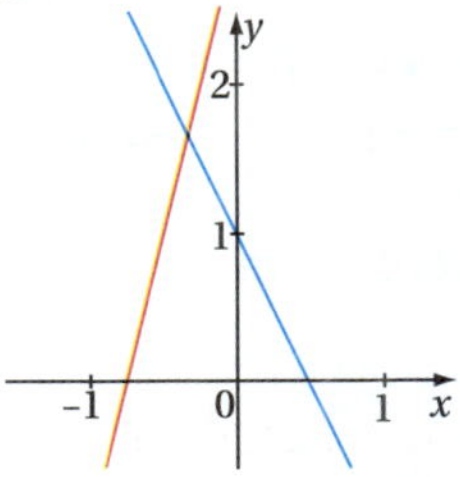

On considère les deux fonctions affines f et g ainsi définies : $f(x) = 1 - 2x$ et $g(x) = 4x + 3$.

a. Associer chacune des droites ci-contre à sa fonction et indiquer leurs sens de variation respectifs.

b. Dresser le tableau de signes de chacune d'elles.

CONSEILS
a. Déterminez les coefficients directeurs de chaque fonction.
b. Déterminez d'abord les nombres qui annulent chaque fonction → FICHE 10.

SOLUTION

a. Le coefficient directeur de f est −2, négatif, et celui de g est 4, positif. Donc la fonction f est décroissante et g est croissante. Ainsi la droite bleue représente f et la droite rouge représente g.

b. Graphiquement ou algébriquement, on trouve ces tableaux de signes.

x	$-\infty$		$\frac{1}{2}$		$+\infty$
$f(x)$		+	0	−	

x	$-\infty$		$-\frac{3}{4}$		$+\infty$
$g(x)$		−	0	+	

36 Fonction carré

En bref *La fonction carré a pour courbe une parabole. Elle est caractéristique des fonctions du second degré qui ont la forme particulière d'une cloche ou d'un vase.*

I Définition et propriétés

■ La **fonction carré** est la fonction définie sur $\mathbb{R}$ par :

$$f(x) = x^2$$

x	$-\infty$		0		$+\infty$
x^2		↘	0	↗	

■ La fonction carré est **décroissante** sur l'intervalle $]-\infty\ ;\ 0]$ et **croissante** sur l'intervalle $[0\ ;\ +\infty[$.

En effet, pour tous réels a et b : $f(b) - f(a) = b^2 - a^2 = (b - a)(b + a)$.

Donc, si $a \leqslant b$ et a et b négatifs, alors $b - a \geqslant 0$ et $b + a \leqslant 0$ et par conséquent $(b - a)(b + a) \leqslant 0$, soit $f(b) - f(a) \leqslant 0$ et $f(a) \geqslant f(b)$.

Si $a \leqslant b$ et a et b positifs alors $(b - a)(b + a) \geqslant 0$ et donc $f(a) \leqslant f(b)$.

■ La fonction carré est **paire** car pour tout $x \in \mathbb{R}$, $f(-x) = (-x)^2 = x^2 = f(x)$ → FICHE 34. La courbe représentative de la fonction carré a donc un **axe de symétrie**, c'est l'axe des ordonnées. Cette courbe s'appelle une **parabole**.

II Les paraboles $x \mapsto kx^2$ où k est une constante

$k > 0$

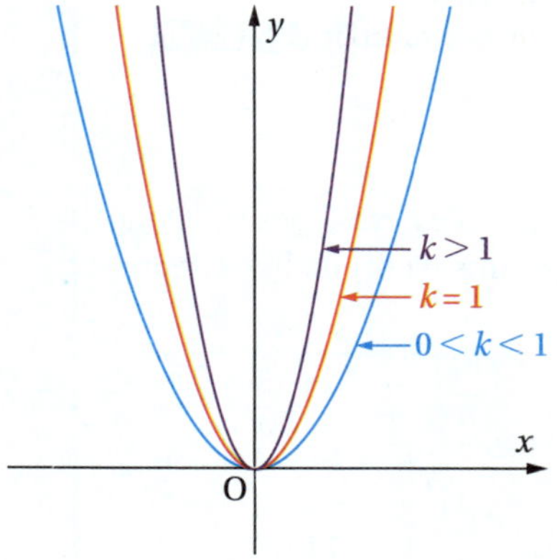

Parabole convexe
(en forme de vase)

$k < 0$

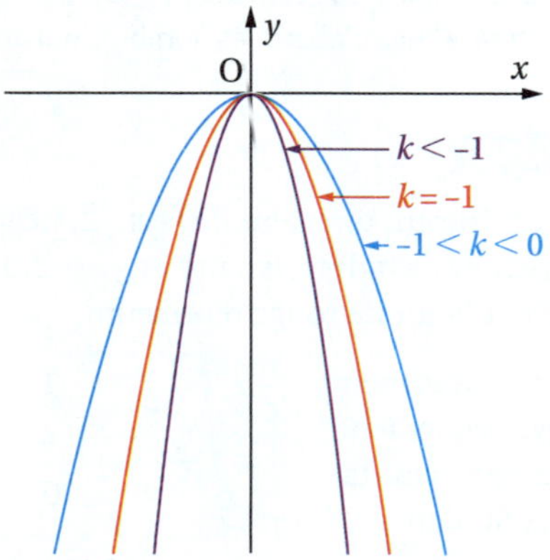

Parabole concave
(en forme de cloche)

Méthodes

1 Résoudre graphiquement des équations

On se propose de résoudre graphiquement les équations d'inconnue x du type $x^2 = k$, où k est un réel que l'on fixe comme on veut.

1. Dire comment la figure ci-contre permet d'affirmer que l'équation $x^2 = k$ a deux solutions.

2. Discuter, suivant les valeurs de k, le nombre de solutions de l'équation $x^2 = k$.

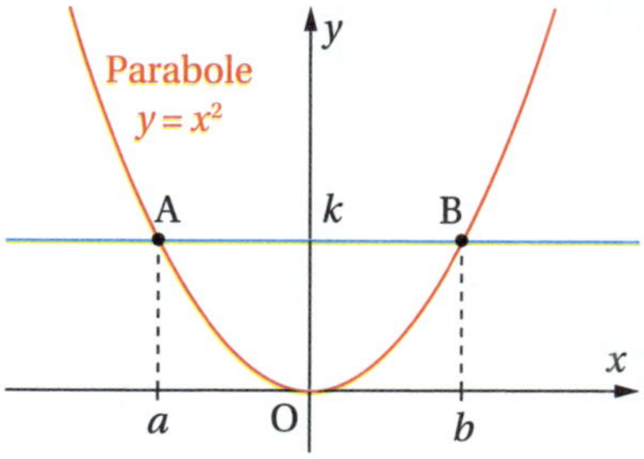

CONSEILS

1. Faites le lien entre a et l'ordonnée du point A, de même pour le point B.

2. Faites varier k sur l'axe des ordonnées.

SOLUTION

1. On a $f(a) = k \Leftrightarrow a^2 = k$ et $f(b) = k \Leftrightarrow b^2 = k$. L'équation $x^2 = k$ a donc deux solutions qui sont a et b. D'ailleurs, $a = -\sqrt{k}$ et $b = \sqrt{k}$.

2. • Si $k > 0$, alors la droite horizontale coupe la parabole en deux points, donc l'équation a deux solutions.

• Si $k = 0$, alors l'équation n'a qu'une solution, qui est 0.

• Si $k < 0$, l'équation n'a pas de solution.

2 Résoudre graphiquement des inéquations

Quelles inéquations la figure ci-dessous permet-elle de résoudre ($k \geqslant 0$) ?

CONSEILS

Faites le lien entre la partie hachurée en bleu et la partie hachurée en rouge.

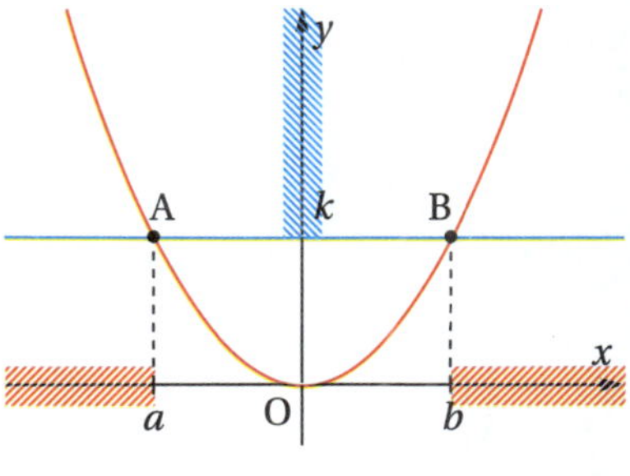

SOLUTION

On a $x^2 \geqslant k \Leftrightarrow x \in]-\infty\,;a] \cup [b\,;+\infty[$.
Et $x^2 > k \Leftrightarrow x \in]-\infty\,;a[\cup]b\,;+\infty[$.

On peut lire que $x^2 < k \Leftrightarrow x \in]a\,;b[$ et $x^2 \leqslant k \Leftrightarrow x \in [a\,;b]$.

37 Fonction cube

En bref *La fonction cube est particulière. Sa courbe, une cubique, a une allure typique, bien différente des droites et des paraboles. Elle est caractérisée par un fort ralentissement de sa croissance sur l'intervalle [–1 ; 1].*

I Définition et propriétés

■ La **fonction cube** est la fonction définie sur ℝ par :

$$f(x) = x^3$$

x	$-\infty$	$+\infty$
x^3	↗	

■ La fonction cube est **croissante** sur ℝ (démonstration → MÉTHODE).

■ La fonction cube est **impaire** car, pour tout $x \in \mathbb{R}$, $f(-x) = (-x)^3 = -x^3 = -f(x)$ → FICHE 34. La courbe représentative de la fonction cube a donc un **centre de symétrie** qui est l'origine du repère où elle est tracée. Cette courbe s'appelle une **cubique**.

■ Le tableau ci-dessous suggère qu'au voisinage de 0 les ordonnées des points de la courbe sont proches de 0. C'est pourquoi au voisinage de l'origine du repère la courbe est très aplatie.

x	–1	–0,8	–0,6	–0,4	–0,2	0	0,2	0,4	0,6	0,8	1
x^3	–1	–0,512	–0,216	–0,064	–0,008	0	0,008	0,064	0,216	0,512	1

II Les cubique $x \mapsto kx^3$ où k est une constante

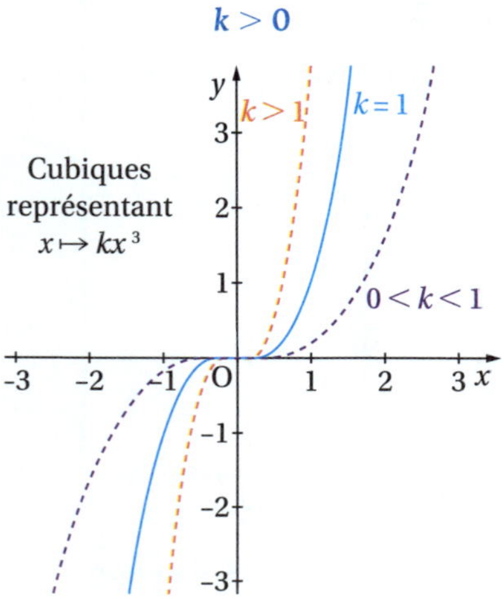

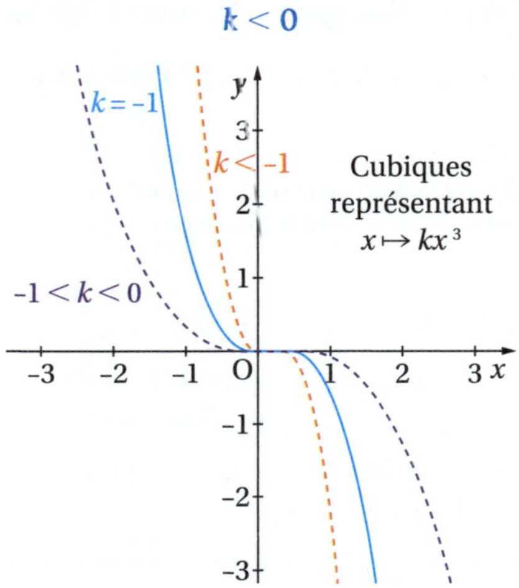

Méthodes

1 Classer les cubes de deux nombres

On considère deux nombres x et y et on suppose $x < y$.
On veut démontrer qu'alors $x^3 < y^3$.

a. Examiner le cas où x et y sont de signes contraires.

b. Montrer que pour tous réels a et b : $(a - b)(a^2 + ab + b^2) = a^3 - b^3$.

c. En déduire le résultat annoncé quand x et y sont de même signe.

d. Qu'en déduit-on sur les variations de la fonction cube ?

CONSEILS

a. Quel est le signe du cube d'un nombre négatif ?

b. Il suffit de développer le membre à gauche de l'égalité.

c. Quel est le signe du produit de deux nombres de même signe ?

SOLUTION

a. Le cube d'un nombre négatif étant négatif et le cube d'un nombre positif étant positif, si on a $x < 0 < y$ alors $x^3 < 0 < y^3$ donc $x^3 < y^3$.

b. Développons : $(a - b)(a^2 + ab + b^2) = a^3 + a^2b + ab^2 - ba^2 - ab^2 - b^3 = a^3 - b^3$.

c. Supposons x et y de même signe. Alors le produit xy est positif. Donc $x^2 + xy + y^2$ est positif.
Par conséquent, puisque $x - y$ est négatif, $(x - y)(x^2 + xy + y^2)$ est négatif également. Il en résulte que $x^3 - y^3$ est négatif, donc $x^3 < y^3$.

d. On en déduit que la fonction cube est croissante sur $\mathbb{R}$ car dans tous les cas $x < y \Rightarrow x^3 < y^3$.

2 Résolution graphique d'une inéquation

Utiliser les courbes ci-contre pour résoudre l'inéquation $x \geqslant x^3$.

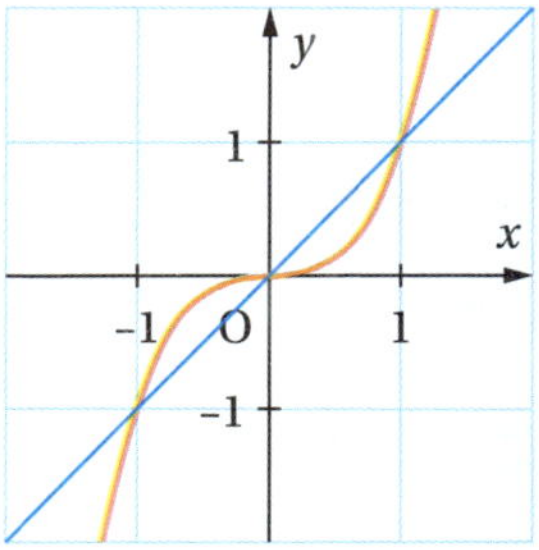

CONSEILS

Repérer les intervalles où la droite est au-dessus de la cubique.

SOLUTION

Les points d'intersection de la droite et de la cubique ont pour abscisses respectives -1 et 1.

Les nombres x solutions de l'inéquation sont les abscisses des points où la droite est au-dessus de la courbe.

Ce sont les nombres de l'ensemble $]-\infty ; -1] \cup [0 ; 1]$, qui est l'ensemble des solutions cherché.

38 Fonction inverse

En bref *La fonction inverse a pour courbe représentative une hyperbole. Elle a un centre de symétrie.*

I Définition et propriétés

■ La **fonction inverse** est la fonction définie sur $]-\infty\,;0[\,\cup\,]0\,;+\infty[$ par :

$$f(x) = \frac{1}{x}$$

x	$-\infty$	0	$+\infty$
$\frac{1}{x}$	↘	‖	↘

■ La fonction inverse est **décroissante** sur l'intervalle $]-\infty\,;0[$ et **décroissante** sur l'intervalle $]0\,;+\infty[$.

En effet, pour tous réels a et b non nuls :

$$f(b) - f(a) = \frac{1}{b} - \frac{1}{a} = \frac{a}{ab} - \frac{b}{ab} = \frac{a-b}{ab}.$$

Donc, si $a \leqslant b$ et a et b de même signe (et non nuls) : d'une part $a - b \leqslant 0$ et d'autre part, comme le produit de deux nombres de même signe est positif, $ab \geqslant 0$, donc $\frac{a-b}{ab} \leqslant 0$. On a alors $f(b) - f(a) \leqslant 0$, soit $f(a) \geqslant f(b)$.

■ La fonction inverse est **impaire**, car pour tout $x \in \mathbb{R}$, $f(-x) = \frac{1}{-x} = -\frac{1}{x} = -f(x)$.
La courbe représentative de la fonction inverse a donc un centre de symétrie qui est l'origine du repère. Cette courbe s'appelle une **hyperbole**.

II Les hyperboles $x \mapsto \frac{1}{x}$ et $x \mapsto -\frac{1}{x}$

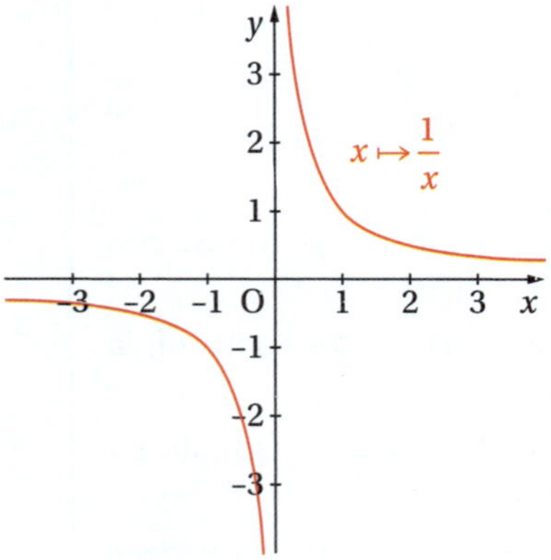

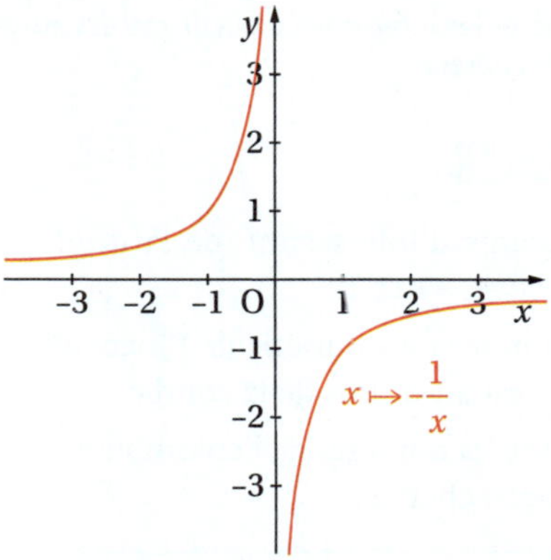

Méthodes

1 Résoudre graphiquement des équations

Au vu des courbes ci-contre, quelles sont les solutions des équations $\frac{1}{x} = x^2$ et $-\frac{1}{x} = x^2$?

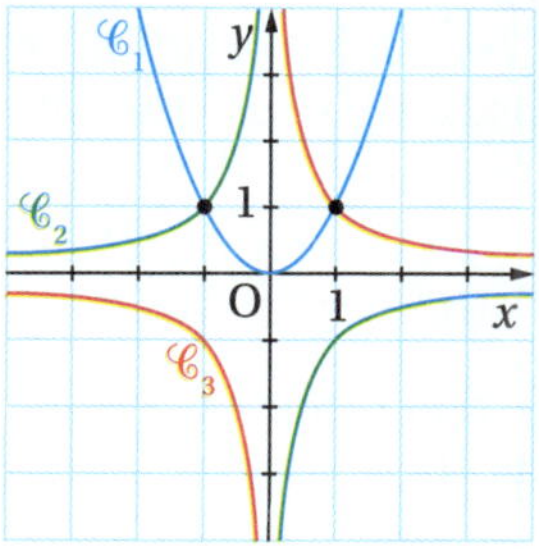

CONSEILS
Repérez les représentations graphiques des fonctions $x \mapsto x^2$, $x \mapsto \frac{1}{x}$ et $x \mapsto -\frac{1}{x}$.

SOLUTION

- La figure permet de résoudre l'équation $\frac{1}{x} = x^2$. En effet les courbes $\mathscr{C}_1$ et $\mathscr{C}_3$ des fonctions $x \mapsto x^2$ et $x \mapsto \frac{1}{x}$ se coupent en un seul point d'abscisse 1, solution unique de l'équation .
- De même, $\mathscr{C}_1$ et $\mathscr{C}_2$ se coupent en un point d'abscisse –1, solution de l'équation $-\frac{1}{x} = x^2$.

2 Résoudre graphiquement des inéquations

Quelles sont les inéquations dont les parties hachurées peuvent représenter les solutions ?

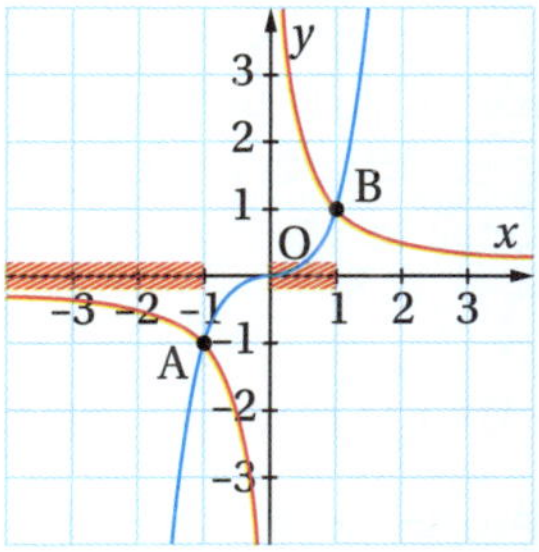

CONSEILS
Repérez les fonctions représentées (→ FICHE 37 pour la courbe bleue).

SOLUTION

La courbe bleue est la cubique d'équation $y = x^3$.
La courbe rouge représente l'hyperbole d'équation $y = \frac{1}{x}$.
L'intervalle $]-\infty\ ; -1]$ est l'ensemble des nombres négatifs solutions de l'inéquation $\frac{1}{x} \geqslant x^3$ car, sur cet intervalle, l'hyperbole est au-dessus de la cubique. De même, l'intervalle $]0\ ; 1]$ est l'ensemble des nombres strictement positifs solutions de l'inéquation $\frac{1}{x} \geqslant x^3$. Cette inéquation a donc pour solutions les nombres de l'ensemble $]-\infty\ ; -1] \cup]0\ ; 1]$. De même, l'inéquation $\frac{1}{x} > x^3$ a pour solutions $]-\infty\ ; -1[\cup]0\ ; 1[$, partie hachurée sur la figure.

39 Fonction racine carrée

En bref *La fonction racine carrée est définie sur l'intervalle [0 ; +∞[car on ne peut calculer la racine carrée d'un nombre qu'à la condition qu'il soit positif. Sa courbe se trouve donc dans le premier quadrant.*

I Définition et propriétés

■ La fonction racine carrée est la fonction définie sur [0 ; +∞[par :

$$f(x) = \sqrt{x}$$

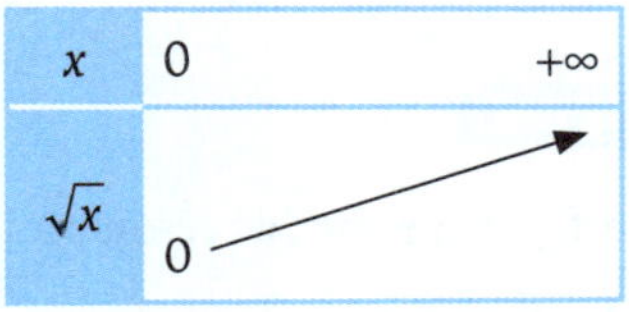

■ La fonction f est **croissante** sur [0 ; + ∞[.

En effet, pour tous réels a et b positifs et non tous les deux nuls :

$$\sqrt{a} - \sqrt{b} = \frac{(\sqrt{a} - \sqrt{b})(\sqrt{a} + \sqrt{b})}{\sqrt{a} + \sqrt{b}} = \frac{(\sqrt{a})^2 - (\sqrt{b})^2}{\sqrt{a} + \sqrt{b}} = \frac{a - b}{\sqrt{a} + \sqrt{b}}.$$

Donc $a < b \Rightarrow \dfrac{a - b}{\sqrt{a} + \sqrt{b}} < 0 \Rightarrow f(a) < f(b)$, car $\sqrt{a} + \sqrt{b} > 0$.

■ La question de la parité ne se pose pas pour la fonction racine carrée car son ensemble de définition n'est pas symétrique par rapport à 0. Elle n'est donc ni paire ni impaire.

II Représentation graphique

Le tableau de valeur ci-dessous suggère qu'au voisinage de 0 les ordonnées des points de la courbes croissent très rapidement. C'est pourquoi, au voisinage de l'origine du repère, la courbe « part » très vite.

Remarque : Les valeurs de $\sqrt{x}$ sont arrondies.

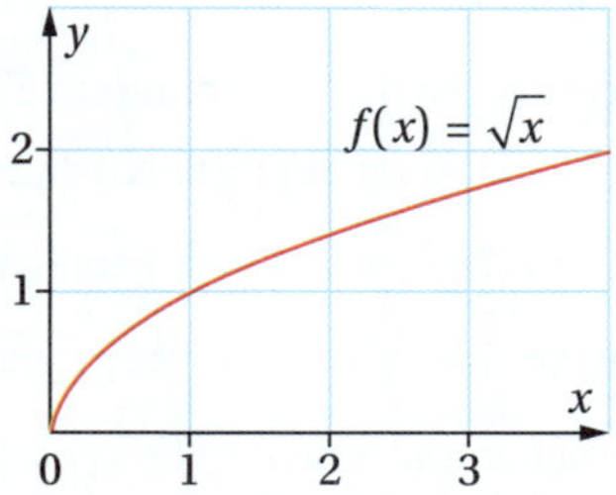

x	0,05	0,1	0,15	0,2	0,25	0,3	0,35	0,4	0,45	0,5
$\sqrt{x}$	0,22	0,32	0,39	0,45	0,5	0,55	0,59	0,63	0,67	0,71

Méthode

Montrer la symétrie des courbes $y = x^2$ et $y = \sqrt{x}$

Le point P a pour abscisse x et appartient à la parabole et le point A à la droite Δ d'équation $y = x$. Le point R a pour abscisse x_A et appartient à la courbe d'équation $y = \sqrt{x}$. Le point I est l'intersection de [RP] et de Δ.

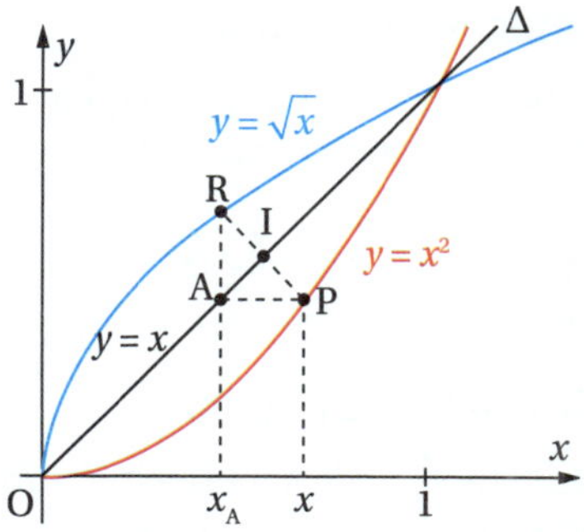

1. Exprimer les coordonnées de A et de R en fonction de x.

2. Calculer AP et AR et en déduire que A appartient à la médiatrice de [RP].

3. Montrer que le milieu de [RP] appartient à Δ et en déduire que P et R sont symétriques a rapport à Δ.

CONSEILS

1. Remarquez que $x_A = y_A$.

2. Utilisez les formules de calcul de distances → FICHE 13.

3. Calculez les coordonnées du milieu de [RP] → FICHE 22.

SOLUTION

1. Le point P a pour coordonnées $(x\,;x^2)$. D'après la figure, $y_A = y_P = x^2$, donc $x_A = x^2$ car Δ a pour équation $y = x$. D'où les coordonnées $A(x^2\,;x^2)$.
De plus, $x_R = x_A = x^2$ et $y_R = \sqrt{x_R} = \sqrt{x^2} = x$ car $x \geqslant 0$. D'où $R(x^2\,;x)$.

2. On a $AP^2 = (x - x_A)^2 = (x - x^2)^2$ et $AR^2 = (y_R - y_A)^2 = (x - x^2)^2$.
Il en résulte que AR = AP donc que A appartient à la médiatrice de [RP].

3. Soit J le milieu de [RP]. On a $x_J = \dfrac{x_P + x_R}{2} = \dfrac{x + x^2}{2}$ et $y_J = \dfrac{y_P + y_R}{2} = \dfrac{x^2 + x}{2}$.

Donc $y_J = x_J$, ce qui prouve que $J \in \Delta$. De plus, $J \in \Delta \cap (RP)$ donc J = I. La droite (AI) est donc la médiatrice de [RP]. Il en résulte que les points P et R sont symétriques par rapport à Δ. Cela prouve la symétrie des deux courbes par rapport à Δ.

SE TESTER QUIZ

Vérifiez que vous avez bien compris les points clés des **fiches 31 à 39**.

1 Antécédents et images

→ FICHES 31 et 32

La courbe ci-contre continue à monter à droite et à descendre à gauche. Le réel −2 :

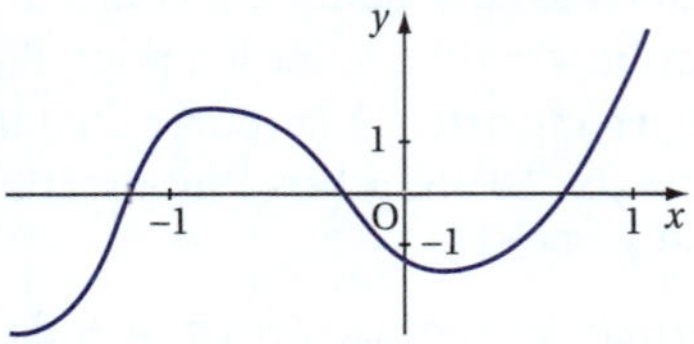

☐ **a.** a un antécédent
☐ **b.** a plusieurs antécédents
☐ **c.** n'a aucun antécédent

2 Tableau de variation

→ FICHE 33

D'après le tableau de variation de la fonction f ci-dessous, quelles affirmations sont vraies ?

☐ **a.** $f(b) = 0$
☐ **b.** Pour tout $x \in [c\ ;\ d]$, $2 \leqslant f(x) \leqslant 4$.
☐ **c.** Pour tout $x \in [b\ ;\ c]$, $f(x) \geqslant 2$.
☐ **d.** Pour tout $x \in [a\ ;\ d]$, $f(x) \leqslant 10$.

x	a		b		c		d
$f(x)$	10	↘	0	↗	4	↘	2

3 Fonctions affines

→ FICHE 35

On considère les fonctions f, g et h : $f(x) = 2x$, $g(x) = 5 - 3x$, $h(x) = 7$.

Parmi les affirmations suivantes, lesquelles sont vraies ?

☐ **a.** L'ordonnée à l'origine de f est 0.
☐ **b.** Le coefficient directeur de g est 5.
☐ **c.** L'ordonnée à l'origine de h est 0.
☐ **d.** Les trois fonctions sont des fonctions affines.

4 Fonctions usuelles

→ FICHES 36, 38 et 39

1. Parmi ces affirmations concernant la fonction carré, lesquelles sont vraies ?

☐ **a.** Elle est monotone sur $]-\infty\ ;\ +\infty[$.
☐ **b.** Elle est toujours positive.
☐ **c.** Elle est croissante sur $]0\ ;\ +\infty[$.
☐ **d.** Elle est paire.

2. Parmi ces affirmations sur la fonction inverse, lesquelles sont vraies ?

☐ **a.** Elle est décroissante sur $]-\infty\ ;\ 0[$.
☐ **b.** Elle est positive sur $]0\ ;\ +\infty[$.
☐ **c.** Elle est croissante si elle est positive.
☐ **d.** Elle est paire.

3. De ces affirmations sur la fonction racine carrée, lesquelles sont vraies ?

☐ **a.** Elle est paire.
☐ **b.** Elle est croissante sur $[0\ ;\ +\infty[$.
☐ **c.** Pour tout $x \geqslant 0$, $\sqrt{x} \leqslant x$.
☐ **d.** Elle est toujours positive.

OBJECTIF BAC

5 Problème d'optimisation
30 min

Le problème consiste à optimiser la fabrication d'une boîte de conserve de forme cylindrique, c'est-à-dire à utiliser le moins de métal possible pour un volume donné. Pour cela, on doit étudier une fonction et en trouver le minimum.

On désire fabriquer une boîte de conserve cylindrique, avec ses deux couvercles, d'un volume de 1 000 cm³. On veut, pour cela, utiliser le moins de métal possible.

1. Exprimer la hauteur h de la boîte en fonction de son rayon x.

2. Montrer que la surface S de la boîte étudiée exprimée en cm³ est la fonction définie par $S(x) = 2\left(\frac{1000}{x} + \pi x^2\right)$ où x est le rayon de la boîte.

À NOTER
Le volume V d'un cylindre de hauteur h et de rayon x est : $V = \pi x^2 h$.

3. Sur la calculatrice, tracer la courbe représentant S, x variant de 1 à 10 dans un repère convenablement choisi.

4. On constate que la fonction S admet un minimum en une certaine valeur a. En donner une estimation.

5. a. En prenant $a \approx 5{,}42$, donner une approximation de l'aire minimale cherchée.

b. En prenant toujours $a \approx 5{,}42$, vérifier que la hauteur correspondante vaut environ $2a$.

6 Résolution graphique d'(in)équations
30 min

L'exploitation du graphique suivant (droite coupant une parabole) conduit à la résolution purement graphique d'équations et d'inéquations du second degré.

On a programmé l'écran d'une calculatrice pour que les graduations du repère orthogonal mais non orthonormé soient visibles, de 1 en 1.

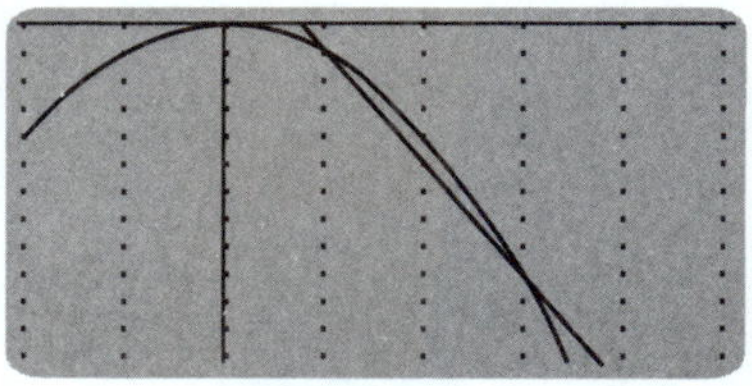

a. Expliquer pourquoi la parabole représente la fonction $-x^2$.

b. Donner l'expression de la fonction affine f associée à la droite.

c. Quelles sont les solutions de l'équation $f(x) = -x^2$?

d. Quelles sont les solutions de l'inéquation $f(x) > -x^2$?

e. Résoudre graphiquement l'inéquation $-x^2 + 4x - 3 < 0$.

CORRIGÉS

SE TESTER QUIZ

1 Antécédents et images

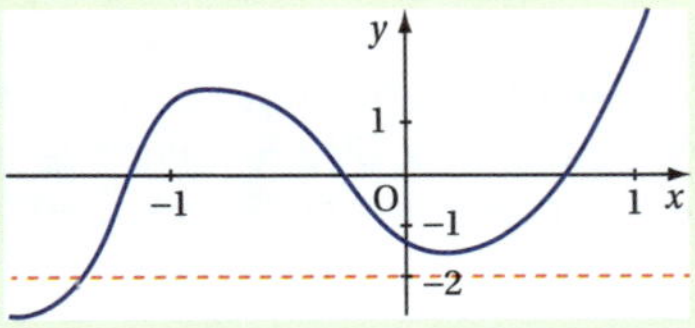

Réponse a. En effet, la droite en pointillé sur la figure ci-contre rencontre la courbe en un seul point.

2 Tableau de variation

Réponses a, b et d. La réponse **c** est fausse : pour tout $x \in [b, c]$, $f(x) \geqslant 0$.

3 Fonctions affines

Réponses a. ($f(x) = 2x + 0$) et **d.**

L'affirmation **b** est fausse car $g(x) = (-3)x + 5$ et le coefficient directeur est −3. De même, $h(x) = 0x + 7$ et, par conséquent, l'affirmation **c** est fausse (l'ordonnée à l'origine est 7).

4 Fonctions usuelles

1. Réponses b, c et d. La réponse **a.** est fausse car la fonction carré est décroissante sur $]-\infty\ ; 0]$ et croissante sur $[0\ ; +\infty[$.

2. Réponses a et b. La réponse **d** est fausse car la fonction inverse est impaire.

3. a. Faux car son ensemble de définition n'est pas symétrique par rapport à 0.

b. Vrai. c. Faux. Pour $x = 0{,}49$, on a $\sqrt{0{,}49} = 0{,}7$ et $0{,}7 \geqslant 0{,}49$.

d. Vrai. La racine carrée d'un nombre positif est un nombre positif.

OBJECTIF BAC

5 Problème d'optimisation

1. $V = \pi x^2 h \Rightarrow 1000 = \pi x^2 h \Rightarrow h = \dfrac{1000}{\pi x^2}$.

2.

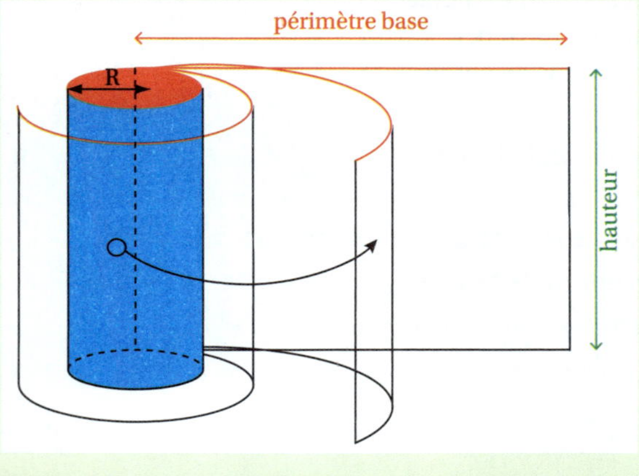

La surface de la boîte comprend les deux couvercles et la surface latérale qui a la forme d'un rectangle (voir la figure ci-dessous). Les dimensions de ce rectangle sont, d'une part, h et, d'autre part, $2\pi x$, circonférence du disque de base. En additionnant les trois surfaces, on trouve ainsi $S(x) = 2\pi x^2 + 2\pi xh$.
Remplaçons h par sa valeur précédemment trouvée :

$S(x) = 2\pi x^2 + 2\pi x \times \dfrac{1000}{\pi x^2} = 2\pi x^2 + \dfrac{2000}{x}$, c'est-à-dire $\mathbf{S(x) = 2\left(\dfrac{1000}{x} + \pi x^2\right)}$.

3.

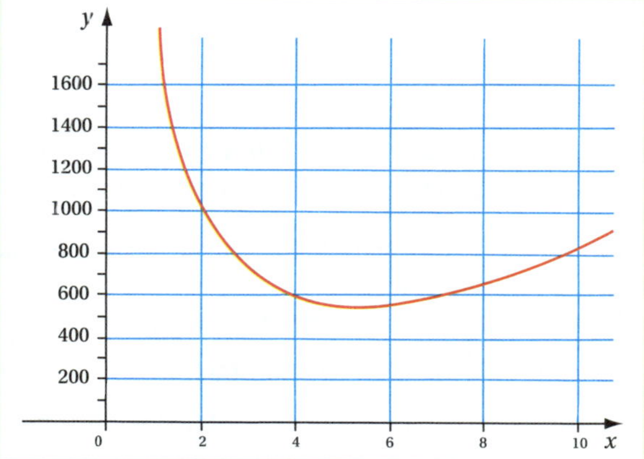

4. On voit graphiquement que a vaut **un peu plus de 5**.

5. a. En utilisant une calculatrice, on trouve :
$\mathbf{S(5{,}42) \approx 554}$.

b. Puisque $h = \dfrac{1000}{\pi x^2}$, en remplaçant x par 5,42, on en déduit que $h \approx 10{,}84$ soit $\mathbf{h \approx 2a}$.

6 Résolution graphique d'(in)équations

a. La parabole est **symétrique** (par rapport à l'axe des abscisses) à celle qui a pour équation $y = x^2$. C'est pourquoi elle représente la fonction $-x^2$.

b. La droite passe par les points de coordonnées $(1 ; -1)$ et $(3 ; -9)$. La fonction f représentée par la droite a donc pour coefficient directeur $\dfrac{-1-(-9)}{1-3} = \dfrac{8}{-2} = -4$. Par conséquent $f(x) = -4x + b$.
Comme $f(1) = -1$, $-4 + b = -1 \Rightarrow b = 3$. Finalement $\mathbf{f(x) = -4x + 3}$.

c. Les solutions de l'équation $f(x) = -x^2$ sont les abscisses des points d'intersection des deux courbes. On trouve **1 et 3**.

d. On observe que la parabole est en dessous de la droite si et seulement si : $x \in]-\infty ; 1[\cup]3 ; +\infty[$. Les solutions de l'inéquation sont donc les nombres de l'ensemble $\mathbf{]-\infty ; 1[\cup]3 ; +\infty[}$.

e. L'inéquation $-x^2 + 4x - 3 < 0$ équivaut à $-4x + 3 > -x^2$. C'est l'inéquation précédente qui a les **mêmes solutions** !

40 Informations chiffrées

En bref *Les informations délivrées par les médias sont truffées de nombres : pourcentages, pourcentages de pourcentages, indices, coefficients multiplicateur, variations absolues, relatives... Comment s'y retrouver ?*

I Pourcentages

1 Généralités

■ Un **pourcentage** est une façon particulière d'écrire une fraction : au lieu d'écrire $\frac{a}{100}$ (a sur 100 ou a centièmes) on écrit a % (a pour cent).

■ Pour calculer un pourcentage d'une quantité, on en calcule une fraction dont le dénominateur est 100.

Exemple : Dans un lycée de 200 élèves il y a 48 latinistes. La proportion, ou fraction, de latinistes est $\frac{48}{200} = \frac{24}{100}$. Il y a donc 24 % de latinistes.

■ « Appliquer un pourcentage (ou un taux de pourcentage) » d'une quantité est synonyme de « multiplier la quantité par la fraction correspondante ».

Exemple : 32 % de 190 valent $\frac{32}{100} \times 190 = 0,32 \times 190 = 60,8$.

2 Coefficients multiplicateurs

■ Si on **augmente** une quantité q de t % on obtient la quantité :

$$q' = q \times \left(1 + \frac{t}{100}\right)$$

En effet, si q augmente de t %, alors elle se transforme en une quantité q' égale à q à laquelle on ajoute l'augmentation qui vaut $q \times t\ \% = q \times \frac{t}{100}$.

■ Si on **diminue** une quantité q de t % on obtient la quantité :

$$q' = q \times \left(1 - \frac{t}{100}\right)$$

En effet, si q diminue de t %, on soustrait $q \times t$ % à la quantité initiale.

> **À NOTER**
> Lorsqu'une quantité q augmente de t %, puis diminue de t %, la quantité obtenue n'est pas égale à q.

II Variations absolues et variations relatives

■ Lorsqu'une quantité varie de la valeur initiale v_i à la valeur finale v_f :

- sa **variation absolue** est la différence $v_f - v_i$;
- sa **variation relative** (ou taux d'évolution) est le quotient $\frac{v_f - v_i}{v_i}$. Elle mesure la fraction que représente la variation absolue par rapport à la valeur initiale. Elle s'exprime généralement en pourcentage.

Méthode

Augmentations et réductions

Première étape. On dispose d'une somme A. On enlève 10 % de sa valeur, on obtient A'. On enlève à cette somme A' 20 % de sa valeur, on obtient A''.

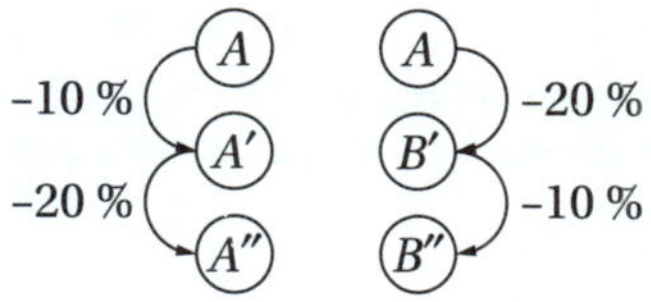

Deuxième étape. Reprenons cette même somme A. On lui enlève 20 % de sa valeur ce qui donne B' On enlève à B' 10 % de sa valeur, on obtient B''.

1. L'une des deux sommes A'' ou B'' représentent-elles 70 % de la somme initiale A ?

2. A-t-on $A'' = B''$? Justifier la réponse.

3. La réponse à la question **2.** reste-t-elle valable pour la situation décrite par le schéma ci-contre ?

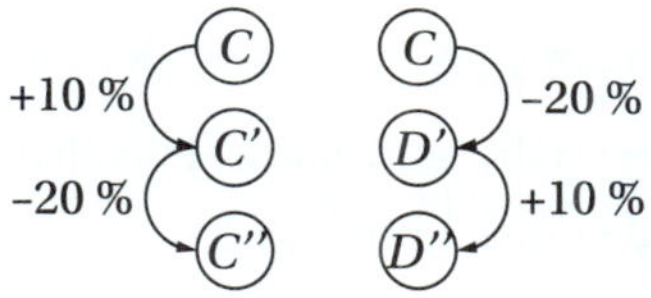

CONSEILS

1. On peut répondre facilement en prenant un exemple simple.

2. et **3.** La façon la plus efficace de répondre consiste à utiliser les coefficients multiplicateurs.

SOLUTION

1. Si $A = 100$ on trouve successivement $A' = 100 \times \left(1 - \dfrac{10}{100}\right) = 100 \times 0{,}90 = 90$

et $A' = 90 \times 0{,}8 = 72$. Donc A'' n'est pas égale à 70 % de A mais à 72 % de A.

De même B'' n'est pas égale à 70 % de A.

À NOTER
Les pourcentages de baisse ne s'ajoutent pas.

2. $A' = \left(1 - \dfrac{10}{100}\right) A = 0{,}9A$ et $A'' = \left(1 - \dfrac{20}{100}\right) A' = 0{,}8A' = 0{,}8 \times 0{,}9A = 0{,}72A$.

$B' = \left(1 - \dfrac{20}{100}\right) A = 0{,}8A$ et $B'' = \left(1 - \dfrac{10}{100}\right) B' = 0{,}9B' = 0{,}9 \times 0{,}8A = 0{,}72A$.

Donc $A'' = B''$. Ces sommes représentent toutes les deux 72 % de A, c'est-à-dire A diminuée de 28 % de sa valeur.

3. $C' = \left(1 + \dfrac{10}{100}\right) C = 1{,}1C$ et $C'' = \left(1 - \dfrac{20}{100}\right) C' = 0{,}8C' = 0{,}8 \times 1{,}1C = 0{,}88C$.

$D' = \left(1 - \dfrac{20}{100}\right) C = 0{,}8C$ et $D'' = \left(1 + \dfrac{10}{100}\right) D' = 1{,}1D = 1{,}1 \times 0{,}8C = 0{,}88C$.

Donc $C'' = D''$. Elles représentent toutes les deux 88 % de C.

41 Calculs statistiques

En bref *La médiane, les quartiles et l'écart type sont des caractéristiques de dispersion d'une série statistique : ils aident à savoir comment sont concentrées les valeurs de la série autour de sa moyenne, qui est elle-même un indicateur de tendance centrale.*

I Médiane et quartiles

■ On considère un caractère quantitatif d'effectif total N. On forme la suite des valeurs du caractère, **répétées** autant de fois que leur effectif et **rangées dans l'ordre croissant.**

• Si N est **impair**, la médiane des valeurs (notée M) est la valeur de rang $\frac{N+1}{2}$.

• Si N est **pair**, la médiane des valeurs est le nombre égal à la demi-somme des valeurs de rangs $\frac{N}{2}$ et $\frac{N}{2}+1$.

■ Le **premier quartile** est la plus petite valeur (notée Q_1) telle qu'au moins un quart des valeurs soient inférieures ou égales à Q_1.

Le **troisième quartile** est la plus petite valeur (notée Q_3) telle qu'au moins trois quarts des valeurs soient inférieures ou égales à Q_3.

La différence $Q_3 - Q_1$ s'appelle l'**écart interquartile** de la série.

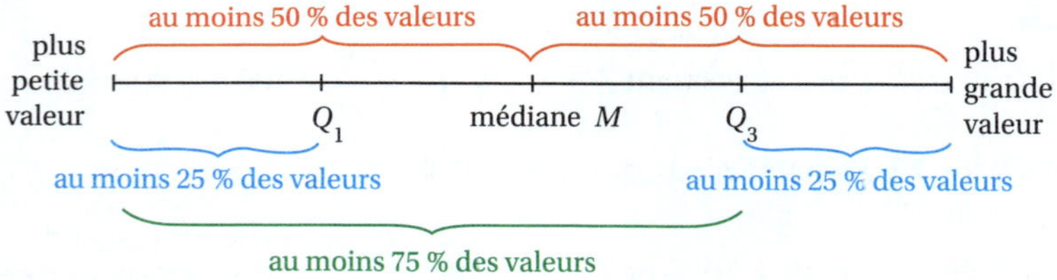

II Moyenne et écart type

■ Le graphique ci-contre montre la répartition des notes à un mini-contrôle (noté sur 10) des élèves de deux classes de seconde.

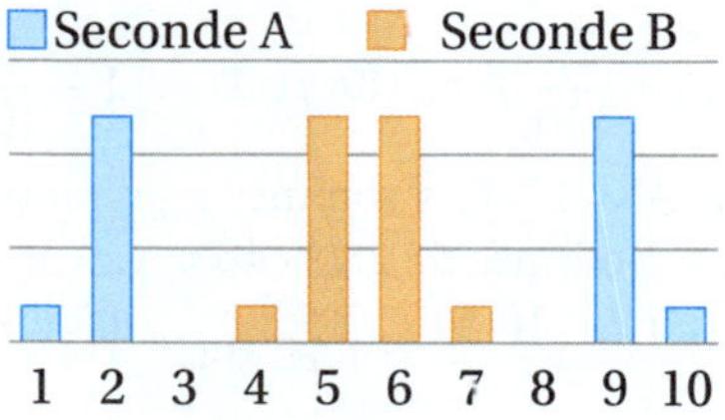

Les deux classes ont la même moyenne : 5,5. Cependant les notes sont beaucoup plus dispersées autour de la moyenne dans la seconde A.

■ L'indicateur qui permet de rendre compte de cette dispersion est l'**écart type**, noté σ (lire « sigma »). **Il est d'autant plus grand que la série est dispersée autour de la moyenne.**

Un calcul à la calculatrice donne $\sigma_A \approx 3{,}2$ et $\sigma_B \approx 0{,}73$.

Méthode

Calculer la moyenne, la médiane et les quartiles

Les valeurs (en €) de 25 objets précieux appartenant à des élèves d'une classe sont consignées dans le tableau ci-dessous.

Valeur	50	80	100	110	120	140	150	160	180	200
Effectif	1	3	5	1	7	2	1	2	2	1

a. Calculer la valeur moyenne d'un objet en utilisant un tableur.

b. Calculer la médiane, les deux quartiles et l'écart interquartile.

CONSEILS

a. Ajoutez une ligne pour calculer le produit de chaque valeur par son effectif.

b. Utilisez les formules du cours.

SOLUTION

a. Dans la cellule B3, on saisit et recopie vers la droite la formule « =B1*B2 ». La cellule L2 calcule l'effectif total qui est 25. On calcule la moyenne pondérée en L3 avec la formule : « =SOMME(B3:K3)/L2 », la moyenne est 122.

	A	B	C	D	E	F	G	H	I	J	K	L
1	Valeur	50	80	100	110	120	140	150	160	180	200	
2	Effectif	1	3	5	1	7	2	1	2	2	1	25
3		50	240	500	110	840	280	150	320	360	200	122

b. L'effectif total est 25. On a représenté ci-dessous toutes les valeurs dans l'ordre croissant.

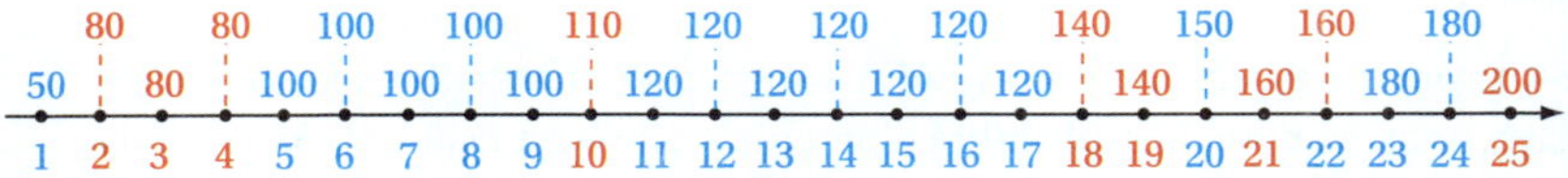

- La médiane est la valeur de rang $\frac{25+1}{2}$, la treizième valeur, soit 120.
- Pour calculer le premier quartile Q_1, il faut connaître le quart de 25 : c'est 6,25. Il faut donc trouver sept valeurs (car il en faut au moins un quart) qui soient inférieures ou égales à Q_1. On voit que la septième valeur est 100, donc $Q_1 = 100$.
- Pour calculer le troisième quartile Q_3, il faut connaître les trois quarts de 25 : c'est 18,75. Il faut donc trouver dix-neuf valeurs (car il en faut au moins trois-quarts) qui soient inférieures ou égales à Q_3. On voit que la dix-neuvième valeur est un 14, donc $Q_3 = 140$.
- L'écart interquartile est égal à 140 – 100, donc à 40.

42 Expériences aléatoires et probabilités

En bref *Une expérience aléatoire est une expérience dont on ne peut pas connaître les résultats à coup sûr car ils dépendent du hasard. On doit alors recourir à des probabilités pour les étudier.*

I Les objets ordinaires et les objets truqués

1 Les objets ordinaires

■ Lorsqu'on lance **un dé** parfaitement équilibré, on a une chance sur six d'obtenir un numéro donné (par exemple le 3), cinq chances sur six d'obtenir un numéro autre que le 4, une chance sur deux d'obtenir un numéro pair, etc.

On traduit ces affirmations par :

- la probabilité d'obtenir un numéro donné est égale à $\frac{1}{6}$;
- la probabilité d'obtenir un numéro autre que le 4 est égale à $\frac{5}{6}$;
- la probabilité d'obtenir un numéro pair est égale à $\frac{1}{2}$ ou à 0,5.

■ Lorsqu'on jette une **pièce de monnaie** parfaitement équilibrée, la probabilité d'obtenir « face » et celle d'obtenir « pile » sont toutes les deux égales à 0,5.

■ La probabilité qu'un œuf frais jeté du haut de la tour de Pise atterrisse intact au sol est **égale à 0** : il n'a **aucune chance** d'atterrir intact. La probabilité qu'il fasse jour demain matin est **égale à 1** : il fera jour demain matin **à coup sûr**.

2 Les objets truqués

■ Pour une **pièce truquée**, on ne peut plus énoncer les affirmations précédentes. Cependant, si on sait que la probabilité d'obtenir « pile » est égale à 0,55, alors la probabilité d'obtenir « face » est égale à 0,45 car $0{,}55 + 0{,}45 = 1$.

■ De même, pour un **dé pipé**, si la probabilité d'obtenir un numéro autre que 4 est égale à 0,82 alors la probabilité d'obtenir 4 est égale à 0,18 car $1 - 0{,}82 = 0{,}18$.

II L'idéal mathématique

En mathématiques, lorsqu'on cherche à résoudre un problème de probabilité, les objets sont des **objets idéaux**, sauf mention du contraire. C'est pourquoi, lorsqu'on jette une pièce de monnaie ordinaire, la probabilité d'obtenir « pile » est égale à 0,5. Pour des dés ordinaires, la probabilité d'obtenir le 4 est égale à $\frac{1}{6}$, etc.

À NOTER
On suppose que la pièce ne tombe jamais sur la tranche et que le dé n'est jamais « cassé » lorsqu'on les lance.

Méthode

Reconnaître un objet truqué

Dans une urne, il y a une boule blanche et deux boules noires.

Les deux algorithmes suivants simulent l'expérience aléatoire consistant à choisir au hasard une boule, noter sa couleur puis la remettre dans l'urne et répéter cela 100 fois.

La variable *prise* contient un nombre aléatoire de l'intervalle $[0\,;1]$ qui change à chaque passage.

Que représente la valeur contenue dans la variable R après l'exécution de chacun des algorithmes ?

Algorithme 1

$R \leftarrow 0$
Pour k allant de 1 à 100
Si *prise* $< \frac{1}{3}$ alors
$R \leftarrow R + 1$
Fin Si
Fin Pour

Algorithme 2

$R \leftarrow 0$
Pour k allant de 1 à 100
Si *prise* $< \frac{2}{3}$ alors
$R \leftarrow R + 1$
Fin Si
Fin Pour

CONSEILS
La probabilité de tirer une boule blanche est de $\frac{1}{3}$.

SOLUTION

■ **Algorithme 1**

Il y a une chance sur trois pour que le nombre aléatoire soit inférieur à $\frac{1}{3}$, tout comme la probabilité de tirer la boule blanche dans l'urne.

Par conséquent le premier algorithme augmente la valeur de R d'une unité à chaque fois que la boule tirée est blanche.

C'est pourquoi R contient le nombre de boules blanches prélevées au bout des 100 tirages.

■ **Algorithme 2**

Après l'exécution du second algorithme, la variable R contient le nombre de boules noires tirées car il y a deux chances sur trois pour que le nombre aléatoire contenu dans *prise* soit inférieur à $\frac{2}{3}$ (ce qui est égal à la probabilité de tirer une boule noire dans l'urne également).

43 Calculs probabilistes

En bref *Lors d'une expérience aléatoire, le calcul des probabilités des événements élémentaires se fait facilement. Grâce à ces probabilités, on peut ensuite calculer celles d'événements non élémentaires.*

I Probabilité d'un événement

- **Théorème.** La probabilité d'un événement est égale à la somme des probabilités des événements élémentaires qui le composent.
- **Cas particulier important** : Si tous les événements élémentaires sont **équiprobables**, la probabilité d'un événement A est égale au rapport :

$$\frac{\text{nombre d'événements élémentaires dans } A}{\text{nombre total d'événements élémentaires}}$$

À NOTER
La somme des probabilités des événements élémentaires est égale à 1.

Soit A et B deux événements.

- L'**intersection** de A et de B est l'événement formé de tous les éléments communs à A et à B. On la note $A \cap B$ qui se lit « A inter B ».
- La **réunion** de A et de B est l'événement formé de tous les éléments appartenant à A ou à B ou aux deux. On la note $A \cup B$ qui se lit « A union B ».
- Le **contraire** de A est l'événement formé des éléments qui appartiennent à Ω mais pas à A. On le note $\overline{A}$ qui se lit « A barre ».
- Dire que deux événements sont **incompatibles** signifie que $A \cap B = \varnothing$.

II Formules de calcul

- **Théorème 1.** Pour tout événement A et tout événement B d'un univers Ω :

$$P(A \cup B) + P(A \cap B) = P(A) + P(B)$$

- **Cas particulier important** : Si les événements A et B sont **incompatibles** (et dans ce seul cas), alors :

$$P(A \cup B) = P(A) + P(B)$$

- **Théorème 2.** Pour tout événement A :

$$P(A) + P(\overline{A}) = 1$$

Donc $P(\overline{A}) = 1 - P(A)$.

À NOTER
L'événement Ω étant l'événement certain, il y a 100 % de chances qu'il se produise. Donc : $P(\Omega) = 1$ et $P(\varnothing) = 1 - P(\Omega) = 0$.

Méthode

Calculer la probabilité d'un événement

Une urne contient 3 boules blanches (bb) et 7 boules noires (bn) identiques.

a. On tire une boule au hasard. Quelle est la probabilité qu'elle soit noire ?

b. On tire une poignée de deux boules. Quelle est la probabilité qu'elles soient de couleurs différentes ?

CONSEILS

a. Les événements élémentaires sont au nombre de 10. Attention, la réponse n'est pas $\frac{1}{2}$ sous prétexte que la boule tirée est soit noire soit blanche !

b. Examinez les deux raisonnements suivants : ils sont faux ! Pourquoi ?
Premier raisonnement faux. Trois tirages sont possibles : 1 bb et 1 bn ; 2 bb ou 2 bn. Il y a donc une chance sur trois pour chacun.
Deuxième raisonnement faux. Soit le tirage est bicolore, soit le tirage est unicolore. Il y a donc une chance sur deux pour chacun.

SOLUTION

a. On peut numéroter les bb de 1 à 3 (b1, b2, b3) et les bn de 4 à 10 (b4, b5, ..., b10). L'événement « la boule tirée est noire » est donc {b4, b5, b6, b7, b8, b9, b10}. Cet événement est formé de 7 événements élémentaires. Sa probabilité est égale à $\frac{7}{10}$.

b. ■ L'univers des possibles est constitué de toutes les paires de boules possibles.
On compte :
9 paires contenant la b1 ((b1, b2), (b1, b3)...),
8 paires contenant la b2 et pas la b1 ((b2, b3), (b2, b4)...),
7 paires contenant la b3 et ni la b1 ni la b2, etc.,
1 paire contenant la b9 et aucune des précédentes ((b9, b10)).
Au total, on a $9 + 8 + 7 + 6 + 5 + 4 + 3 + 2 + 1 = 45$ événements élémentaires.

■ 7 événements élémentaires contiennent la b1 et une boule noire : (b1, b4), (b1, b5), (b1, b6),..., (b1, b10). De même, 7 événements élémentaires contiennent la b2 et une boule noire. 7 événements encore contiennent la b3 et une boule noire. Au total, 21 événements élémentaires composent l'événement « les deux boules sont de couleurs différentes ».

■ La probabilité cherchée est donc égale à $\frac{21}{45}$, soit à $\frac{7}{15}$.

À NOTER

Les affirmations énoncées dans les deux raisonnements des « Conseils » sont justes, mais ce sont les conclusions que l'on en tire qui sont fausses. En effet, les événements énoncés ne sont pas équiprobables.

44 Échantillonnage

En bref *Lorsqu'on effectue un grand nombre de simulations d'une expérience à l'aide d'un programme ou d'un tableur, on peut avoir une idée de la probabilité d'un événement ou de la proportion d'une certaine quantité dans une population de grande taille.*

I Vocabulaire

- Effectuons n fois la même expérience aléatoire. On obtient n résultats. Si les répétitions sont indépendantes, ces n résultats constituent un **échantillon** de taille n.
- On dispose d'une population dans laquelle est présent un caractère avec une proportion p. Lorsque l'on sélectionne un échantillon de cette population, il serait étonnant que le caractère y soit avec la même proportion p. Ce phénomène s'appelle la **fluctuation due à l'échantillonnage** (ou fluctuation d'échantillonnage).

II Résultats théoriques

- **À propos de la loi des grands nombres**

Simulons n fois une expérience à deux issues : « succès » ou « échec ». Soit f la fréquence d'apparition du succès. Alors, si n est grand, cette fréquence est proche de la probabilité du « succès » lors d'une expérience.

- **Estimation d'une proportion dans une population.**

On dispose d'un échantillon de taille n de l'expérience consistant à tirer une boule dans une urne composée de boules blanches et de boules noires. Alors la fréquence d'apparition d'une boule blanche dans l'échantillon est une estimation de la proportion de boules blanches dans l'urne. Elle est d'autant plus précise que n est grand.

- **Théorème** (Intervalle de fluctuation)

On dispose de N échantillons de taille n (n étant grand) d'une expérience aléatoire à deux issues (« succès » et « échec »). Soit p la probabilité d'une issue (par exemple « succès ») et f la fréquence observée de cette issue dans un échantillon. Alors il est presque certain que la distance $d(p\,;f)$ est inférieure à $\frac{1}{\sqrt{n}}$, c'est-à-dire $|p-f| \leqslant \frac{1}{\sqrt{n}}$, ou encore :

$$f \in \left[p-\frac{1}{\sqrt{n}}\,;p+\frac{1}{\sqrt{n}}\right]$$

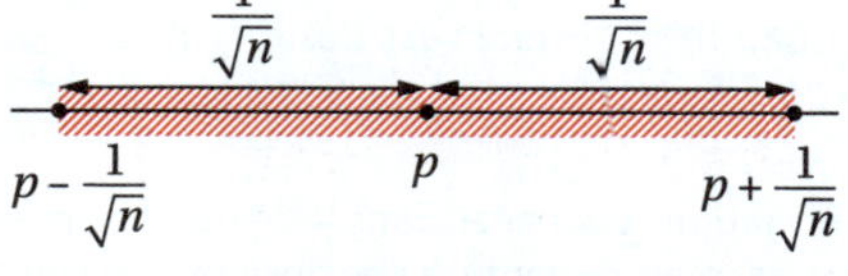

f appartient presque certainement au segment hachuré.

Méthode

Simuler une expérience aléatoire

Dans l'algorithme ci-contre, la variable *n* contient la valeur 10 000 et la variable *azar* contient un nombre aléatoire de [0 ; 1] qui change à chaque passage.

```
pile ← 0
face ← 0
Pour k allant de 1 à 10 000
  Si azar < 0,5 alors
    pile ← pile + 1
    Sinon face ← face + 1
  Fin Si
Fin Pour
```

a. Pourquoi cet algorithme simule-t-il le lancer d'une pièce non truquée ?

b. Après avoir lancé l'algorithme, on trouve *pile* = 4 982 et *face* = 5 018. Les fréquences liées à ces valeurs sont-elles comprises dans l'intervalle de fluctuation ?

CONSEILS

a. Si la pièce est non truquée, la probabilité d'obtenir « pile » est égale à celle d'obtenir « face » : elles sont toutes les deux égales à $\frac{1}{2}$.

b. Utilisez la définition du cours.

SOLUTION

a. On exécute 10 000 fois l'opération suivante : si le nombre aléatoire *azar* est inférieur à 0,5, on ajoute 1 au contenu de la variable *pile* et, sinon, on ajoute 1 au contenu de la variable *face*.

À la fin du processus, la variable *pile* contient le nombre de fois où le nombre *azar* a été inférieur à 0,5 au cours des 10 000 tentatives, et la variable *face* contient le nombre de fois où le nombre *azar* a été supérieur ou égal à 0,5 au cours des 10 000 tentatives.

De cette façon, on simule le nombre de « pile » et le nombre de « face » obtenus au cours de 10 000 lancers.

b. La pièce de monnaie est supposée non truquée. L'intervalle de fluctuation cherché est :

$$\left[0{,}5 - \frac{1}{\sqrt{10000}} ; 0{,}5 + \frac{1}{\sqrt{10000}}\right] = [0{,}49 ; 0{,}51].$$

Comme $\frac{4982}{10000} = 0{,}4982$ et $\frac{5018}{10000} = 0{,}5018$, les deux proportions affichées appartiennent à cet intervalle.

SE TESTER QUIZ

Vérifiez que vous avez bien compris les points clés des **fiches 40 à 44**.

1 Coefficient multiplicateur

→ FICHE 40

1. Si le prix d'un article passe de 45 € à 36 €, alors il diminue de 9 %.

☐ **a.** Vrai ☐ **b.** Faux

2. Pour un prix de 300 €, une augmentation de 6 € est une hausse de :

☐ **a.** 2 % ☐ **b.** 102 %

3. Le prix d'un article a d'abord diminué de 50 %, puis a ensuite triplé. Globalement :

☐ **a.** il a augmenté 50 % ☐ **b.** il a baissé de 9 % environ
☐ **c.** il a augmenté de 150 %

2 Calculs de probabilités

→ FICHES 42 et 43

1. Il est impossible qu'un événement et son contraire aient la même probabilité.

☐ **a.** Vrai ☐ **b.** Faux

2. Si un événement a une chance sur trois de se produire, alors son contraire a deux chances sur trois de se produire.

☐ **a.** Vrai ☐ **b.** Faux

3. On jette un dé cubique ordinaire parfaitement équilibré. On note A l'événement « la face du dessus est paire » et B « la face du dessus est impaire ». Parmi les affirmations suivantes, lesquelles sont vraies ?

☐ **a.** $A \cap B = \{1, 2, 3, 4, 5, 6\}$ ☐ **b.** $A = \overline{B}$

☐ **c.** $A \cup B = \{1, 2, 3, 4, 5, 6\}$ ☐ **d.** $A \cap B = \emptyset$

4. On jette un dé cubique ordinaire parfaitement équilibré. La probabilité d'obtenir l'un des trois chiffres 2, 3 ou 4 est égale à la probabilité d'obtenir un nombre pair.

☐ **a.** Vrai ☐ **b.** Faux

3 Échantillonnage

→ FICHE 44

1. L'intervalle de fluctuation est d'autant plus petit que la taille de l'échantillon est grande.

☐ **a.** Vrai ☐ **b.** Faux

2. La population d'une ville de 80 000 habitants contient 60 % de jeunes de moins de 25 ans. On fait un sondage sur 1 600 habitants. L'intervalle de fluctuation où se situe la proportion de jeunes est [0,575 ; 0,625].

☐ **a.** Vrai ☐ **b.** Faux

OBJECTIF BAC

4 Une salle de cinéma jamais remplie

60 min

Pour résoudre le problème, il faut mobiliser toutes ses connaissances techniques sur les statistiques, et aussi traduire en égalités les données. Par déductions logiques on en trouve la solution.

Une salle de cinéma peut accueillir 210 personnes au maximum. Voici les statistiques des six dernières séances.

Moyenne des entrées : 128 ; troisième quartile : 172 ; écart interquartile : 60 ; médiane : 140. À l'aide de ces données, il s'agit de démontrer que la salle n'a jamais été complètement remplie.

Pour cela on note dans l'ordre croissant le nombre d'entrées au cours des six jours :

$e_1 \leqslant e_2 \leqslant e_3 \leqslant e_4 \leqslant e_5 \leqslant e_6$.

1. Pourquoi a-t-on $e_5 = 172$ et $e_2 = 112$?

2. Montrer que $e_3 + e_4 = 280$.

3. a. Raisonnons par l'absurde et supposons que la salle ait été remplie un des 6 jours. Justifier qu'alors $e_6 = 210$.

b. En utilisant la définition de la moyenne, montrer que l'on aboutit à une aberration sur la valeur de e_1.

4. Conclure.

5 Arbres et tableaux

30 min

On résout facilement le problème donné à l'aide d'un arbre ou d'un tableau. Ces deux techniques clarifient grandement les données d'un problème.

Dans un lycée, 52 % des élèves de Seconde sont des garçons. En LV1, les élèves étudient soit l'anglais (A) soit l'allemand (D). 60 % des filles étudient l'allemand en LV1 et 45 % des garçons étudient aussi l'allemand en LV1. On choisit au hasard un élève de Seconde.

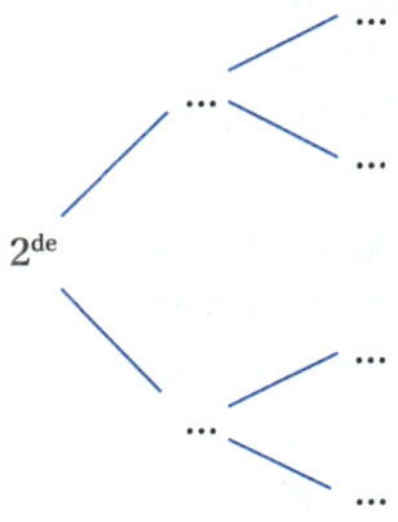

1. En utilisant l'arbre ci-contre, calculer les probabilités des événements suivants :

a. L'élève choisi est une fille étudiant l'allemand en LV1.

b. L'élève choisi n'étudie pas l'anglais en LV1.

2. Compléter le tableau ci-dessous et vérifier les réponses aux deux questions précédentes.

		Sexe		
		G	F	Total
LV1	D			
	A			
	Total			100

CORRIGÉS

SE TESTER QUIZ

1 Coefficient multiplicateur

1. Réponse b. Faux. Si le prix passe de 45 € à 36 €, le coefficient multiplicateur x vérifie $36 = 45x$ donc $x = \frac{36}{45} = \frac{4}{5} = 0{,}8 = 1 - 0{,}2 = 1 - 20\,\%$. La baisse est donc de 20 %.

2. Réponse a. $\frac{6}{300} = 0{,}02 = 2\%$, donc 6 € représentent **2 % de 300 €**.

3. Réponse a. Le prix initial P a été multiplié par 0,5 d'abord puis par 3, c'est-à-dire par 1,5. Comme $1{,}5 = 1 + \frac{50}{100}$. Le nouveau prix P' est égal à $P \times (1 + 50\,\%)$, il y a donc **augmentation de 50 %**.

2 Calculs de probabilités

1. Réponse b. Faux.
Par exemple, dans le cas du jet d'une pièce de monnaie parfaitement équilibrée, la probabilité d'obtenir « pile » est égale à la probabilité d'obtenir « face », les deux valant 0,5.

2. Réponse a. Vrai.
Si A est un événement, alors $p(\overline{A}) = 1 - p(A)$.

3. Réponses b, c et d. $A = \{2, 4, 6\}$ et $B = \{1, 3, 5\}$. L'affirmation **a** est fausse car $A \cap B = \varnothing$.

4. Réponse a. Vrai.
En effet, les deux événements ont chacun pour probabilité $\frac{1}{2}$.

3 Échantillonnage

1. Réponse a. Soit n la taille de l'échantillon. Si n augmente, $\frac{1}{\sqrt{n}}$ diminue. Or la longueur de l'intervalle de fluctuation est égale à $\frac{2}{\sqrt{n}}$ (pour la trouver, on fait la différence entre les deux bornes) ; cette quantité devient de plus en plus petite quand n augmente.

À NOTER
La longueur d'un intervalle de fluctuation $\left[p - \frac{1}{\sqrt{n}} ; p + \frac{1}{\sqrt{n}}\right]$ est égale à $\frac{2}{\sqrt{n}}$.

2. Réponse a. Vrai.
L'échantillon du sondage a un effectif de 1 600. Par conséquent, l'intervalle de fluctuation de niveau 0,95 (donc 95 %) est :

$$\left[0{,}6 - \frac{1}{\sqrt{1\,600}} \; ; 0{,}6 + \frac{1}{\sqrt{1\,600}}\right] = \left[0{,}6 - \frac{1}{40} \; ; 0{,}6 + \frac{1}{40}\right] = [0{,}575 \; ; 0{,}625]$$

OBJECTIF BAC

4 Une salle de cinéma jamais remplie

1. Le premier quartile est la valeur e_2 car $\frac{1}{4} \times 6 = 1{,}5$ donc le premier quartile est la deuxième valeur. De même le troisième quartile est la valeur e_5 car $\frac{3}{4} \times 6 = 4{,}5$. On en déduit que $e_5 = 172$.
D'autre part, l'intervalle interquartile est égal à $e_5 - e_2$ ce qui fait que $172 - e_2 = 60$ donc $e_2 = 112$.

2. Il y a un nombre pair de données, donc la médiane est égale à $\frac{e_3 + e_4}{2}$, soit $e_3 + e_4 = 280$.

3. a. Les nombres d'entrées sont classés dans l'ordre croissant. C'est pourquoi le nombre d'entrées maximum est e_6 et donc $e_6 = 210$.

b. Par définition de la moyenne, $\frac{e_1 + e_2 + e_3 + e_4 + e_5 + e_6}{6} = 128$.
Donc $e_1 + 112 + 280 + 172 + 210 = 6 \times 128 = 768$, soit $e_1 + 774 = 768$ donc $e_1 = -6$.
Cette valeur est négative, donc aberrante.

4. En utilisant les données de l'énoncé et en raisonnant correctement nous avons donc abouti à une aberration. Pourquoi ? Parce que nous avons fait une hypothèse absurde : $e_6 = 210$. Cette hypothèse est fausse et par conséquent $e_6 \neq 210$.
La salle de cinéma n'a donc jamais été complètement remplie au cours des six jours.

5 Arbres et tableaux

1. a. On sait qu'il y a 48 % de filles.

La probabilité cherchée est donc égale à : $0{,}48 \times 0{,}6$, donc 0,288.

b. Un élève qui n'étudie pas l'anglais en LV1 étudie forcément l'allemand en LV1. Il est soit un garçon, soit une fille.

La probabilité de choisir un garçon étudiant l'allemand est égale à $0{,}52 \times 0{,}45$, donc à 0,234. La probabilité pour que l'élève choisi n'étudie pas l'anglais est égale à $0{,}288 + 0{,}234$, donc à 0,522.

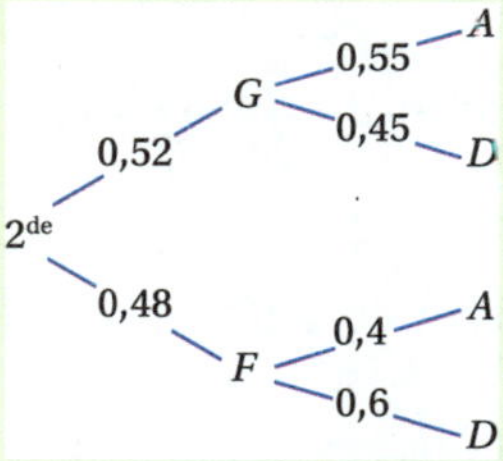

2. Pour remplir le tableau, on place d'abord 0,52, soit 52 %, qui est la proportion de garçons dans le lycée.

Ensuite, on calcule la proportion de garçons étudiant l'allemand en LV1 **(1)**, puis la proportion totale de filles **(2)**, puis la proportion de filles étudiant l'allemand **(3)** et enfin la proportion d'élèves pratiquant l'allemand en LV1 **(4)**.

La ligne de l'anglais se complète alors par simples soustractions.

		Sexe		
		G	F	Total
LV1	*D*	23,4 **(1)**	28,8 **(3)**	52,2 **(4)**
	A	28,6	19,2	47,8
	Total	52	48 **(2)**	100

PHYSIQUE CHIMIE

TOUT LE PROGRAMME

- Le cours en 38 fiches
- Exercices et sujets corrigés

SOMMAIRE

Constitution et transformations de la matière

1. Constitution de la matière

2. Les transformations de la matière

Quand vous en avez fini avec une fiche ou un entraînement, cochez la case ☐ correspondante !

Mouvement et interactions

3. Mouvement et interactions

Ondes et signaux

4. Ondes et signaux

1 Corps purs et mélanges

En bref *Un mélange est constitué de plusieurs espèces chimiques. Il peut être homogène ou bien hétérogène. Connaître la composition massique des espèces le constituant permet de fabriquer un mélange donné.*

I Corps purs, mélanges homogène et hétérogène

■ Une substance, solide, liquide ou gazeuse, est un corps pur si elle n'est constituée que d'une espèce chimique et un mélange si elle en comporte plusieurs.

Exemples : L'eau distillée est un corps pur qui ne contient qu'une seule entité : H_2O. L'air est un mélange constitué principalement des gaz diazote et dioxygène.

■ Un mélange est homogène si on ne peut pas distinguer à l'œil nu ses différents constituants après agitation.
- L'eau peut former des mélanges homogènes avec d'autres liquides comme l'alcool ou l'encre. Les deux liquides sont dits miscibles.
- Certains solides, comme le sel ou le sucre, peuvent se dissoudre dans l'eau et peuvent former avec elle un mélange homogène. Le solide est soluble dans l'eau.
- Certains gaz peuvent aussi se dissoudre dans l'eau comme le dioxygène.

■ Un mélange est hétérogène si au moins deux de ses constituants sont visibles à l'œil nu même après agitation. Ces mélanges peuvent être constitués :
- de deux liquides, comme l'eau et l'huile (les deux liquides ne sont pas miscibles) ;
- d'un liquide et d'un solide, comme l'eau et le sable ou l'eau et la farine ;
- d'un liquide et d'un gaz, comme dans une limonade exposée à l'air libre.

II Composition massique des espèces d'un mélange

■ Lors d'un mélange, il y a conservation de la masse :

$$m_{\text{mélange}} = m_A + m_B.$$

■ Dans un mélange de masse $m_{\text{mélange}}$, si une espèce chimique A représente une masse m_A, la composition massique de cette espèce A dans le mélange est :

À NOTER
Au cours d'un mélange, il n'y a **pas** conservation du volume !

$$\text{Composition massique de A} = \frac{m_A}{m_{\text{mélange}}}$$

m_A et $m_{\text{mélange}}$ dans la même unité
Composition massique sans unité

La composition massique est comprise entre 0 et 1. La somme des compositions massiques des divers constituants du mélange vaut exactement 1.

■ En multipliant la composition massique par 100, on obtient le pourcentage massique, noté %.

Exemple : 20 % de sel dans l'eau signifie 80 g d'eau et 20 g de sel.

Méthode

Calculer une composition massique

On réalise les deux expériences suivantes.

Expérience 1

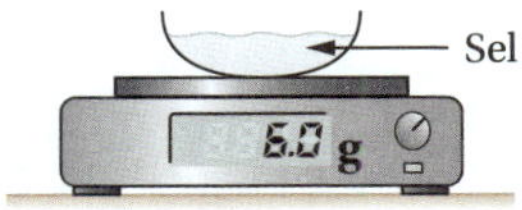

La coupelle est sur la balance.
On tare la coupelle.
On pèse 6 g de sel.

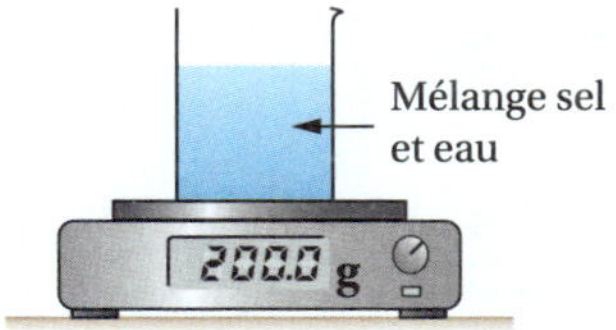

On tare le bécher, on y place le sel et de l'eau. On mélange avec une spatule. On place l'ensemble sur la balance.

Expérience 2

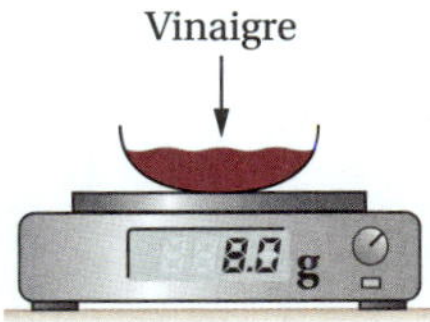

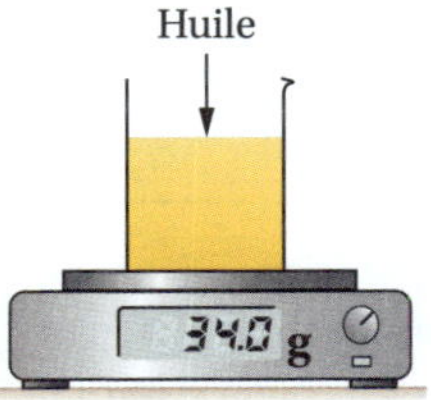

La fonction tare de la balance est utilisée pour chaque pesée.

On verse le vinaigre dans l'huile, on agite et laisse reposer.

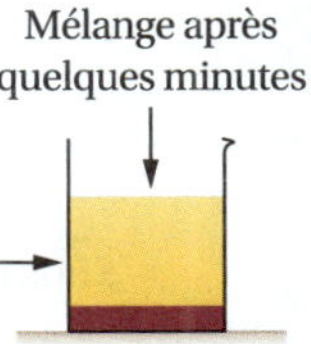

a. Qualifier le mélange de l'expérience 1 et determiner la composition massique en sel. En déduire celle de l'eau.

b. Comment qualifier le mélange de l'expérience 2 ? L'affirmation : « Le pourcentage massique du vinaigre dans l'huile est de 23,5 %. » est-elle vraie ? Argumenter.

CONSEILS

a. et **b.** Vous devez utiliser le vocabulaire pour qualifier un mélange et extraire les informations sur les masses à partir des schémas des expériences. Il faut connaître la définition de la composition massique.

SOLUTION

a. Le sel est soluble dans l'eau, il est totalement dissous : l'eau salée obtenue est un mélange homogène.

$$\frac{m_{\text{sel}}}{m_{(\text{mélange})}} = \frac{6}{200} = 0{,}03 \text{ soit } 3~\% \text{ en masse de sel}$$

% sel + % eau = 100 % donc % eau = 100 – 3 = 97 %.

b. L'huile et le vinaigre ne sont pas miscibles : le vinaigre et l'huile forment un mélange hétérogène. $m_{\text{vinaigre}} = 8{,}0$ g et $m_{\text{huile}} = 34$ g donc le mélange a une masse de 34 + 8 = 42 g car il y a conservation de la masse ; d'où $\frac{8}{34+8} = 0{,}19$ soit un pourcentage massique en vinaigre de 19 %. L'affirmation est fausse.

2 Caractéristiques physiques d'une espèce chimique

En bref *Chaque espèce chimique possède ses propres caractéristiques physiques (températures de changement d'état, masse volumique, solubilité...) qui permettent de l'identifier.*

I Températures de changements d'état

■ L'état physique, **solide, liquide** ou **gazeux**, d'une espèce chimique dépend des conditions de température et de pression.

■ Pour une pression donnée, le changement d'état d'une espèce chimique a lieu à une température fixe, appelée **température de changement d'état**.

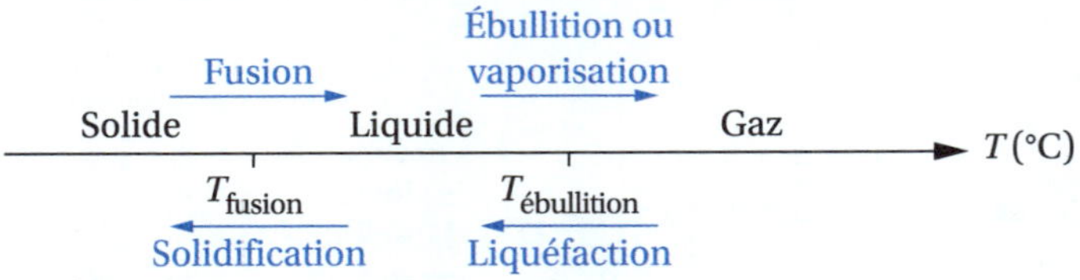

Exemple : Pour l'eau : T_{fusion} = 0 °C et $T_{ébullition}$ = 100 °C.

II Masse volumique et solubilité dans un solvant

■ La **masse volumique** ρ (rhô) est le quotient de la masse *m* d'un échantillon sur le volume *V* de cet échantillon.

$$\rho = \frac{m}{V}$$

Si *m* est en g et *V* en cm³, alors ρ est en $g \cdot cm^{-3}$.
Si *m* est en kg et *V* en m³, alors ρ est en $kg \cdot m^{-3}$.

■ La masse volumique de l'eau : $\rho_{eau} = 1{,}0\ g \cdot cm^{-3} = 1{,}0 \times 10^3\ kg \cdot m^{-3}$.

À NOTER
$1\ kg = 10^3\ g$ et $1\ m^3 = 10^6\ cm^3$ d'où $1\ kg \cdot m^{-3} = 10^{-3}\ g \cdot cm^{-3}$ ou $10^3\ kg \cdot m^{-3} = 1\ g \cdot cm^{-3}$.

■ Lorsqu'on mélange deux **liquides non miscibles**, celui qui a la masse volumique la plus faible surnage.
Exemple : On mélange de l'eau et du cyclohexane avec $\rho_{cyclohexane} = 0{,}78\ g \cdot cm^{-3}$. $\rho_{cyclohexane} < \rho_{air}$ donc le cyclohexane se trouve au-dessus de l'eau.

■ L'**air** est un mélange de plusieurs gaz, constitué de 20 % de dioxygène et 80 % de diazote en volume. $\rho_{eau} = 1{,}2\ kg \cdot m^{-3}$ à 20 °C sous la pression atmosphérique ($\rho_{air} << \rho_{eau}$).

■ La **solubilité** d'une espèce chimique est la masse maximale que l'on peut dissoudre par litre de solution, dans un solvant donné. Elle s'exprime en $g \cdot L^{-1}$. Si on dépasse cette valeur, le mélange est hétérogène : la solution est **saturée**.

Méthode

Déterminer la composition d'un mélange

On réalise un mélange eau-alcool en prélevant un volume V_1 d'alcool et un volume V_2 d'eau à l'aide de deux éprouvettes graduées de 100 mL. On réalise ensuite le mélange dans une éprouvette graduée de 200 mL.

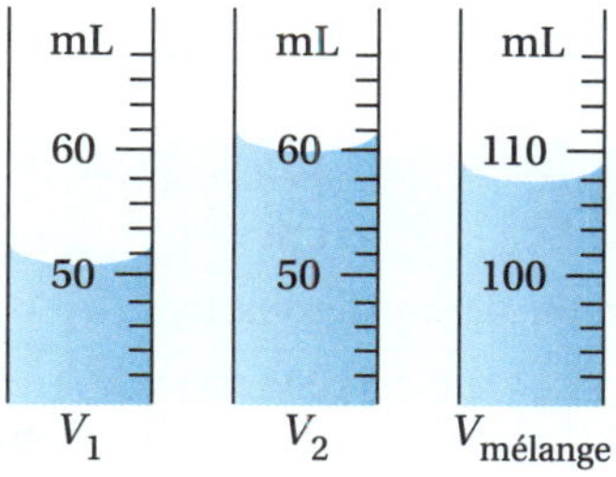

Données dans les conditions de l'expérience à 20 °C :
- masse volumique de l'alcool $\rho_{(alcool)} = 0{,}785\ g \cdot mL^{-1}$;
- masse volumique de l'eau $\rho_{(eau)} = 1{,}000\ g \cdot mL^{-1}$.

a. Quelle constatation peut-on faire au regard du schéma de ces trois éprouvettes ?

b. Déterminer la valeur de la masse volumique du mélange eau-alcool réalisé.

c. Quel est le pourcentage massique en alcool et en eau de ce mélange ?

CONSEILS

a. Le schéma permet de lire les volumes d'alcool, d'eau et du mélange.
La lecture se fait au niveau de la base du ménisque.
Comparez le volume du mélange à celui de l'alcool et l'eau.
b. Définissez la masse volumique du mélange et identifiez les valeurs connues et inconnues. À partir des données et des schémas, déterminez ces inconnues.
c. Définissez la composition massique en alcool dans le mélange puis déduisez-en le pourcentage massique. La somme des pourcentages doit être égale à 100 %.

SOLUTION

a. On constate que $V_1 = 51$ mL et $V_2 = 60{,}0$ mL or le volume du mélange $V_{mélange} = 108$ mL est inférieur à $V_1 + V_2 = 111$ mL. Au cours du mélange des deux liquides, il n'y a pas conservation du volume.

b. La masse volumique du mélange est égale au quotient de la masse du mélange sur le volume du mélange. Il y a conservation de la masse donc $m = m_1 + m_2$; il faut déterminer ces deux masses :

$m_1 = \rho_1 \times V_1 = 0{,}785 \times 51 = 40$ g et $m_2 = \rho_2 \times V_2 = 1{,}0 \times 60 = 60$ g.

$$\rho = \frac{m_1 + m_2}{V_{mélange}} = \frac{100}{108} = 0{,}926\ g \cdot mL^{-1}$$

Le résultat obtenu est cohérent : $\rho(alcool) < 0{,}926\ g \cdot mL^{-1} < \rho(eau)$.

c. Le mélange est réalisé avec 40 g d'alcool et 60 g d'eau pour une masse totale de 100 g. Il y a donc 40 % d'alcool et 60 % d'eau en masse dans ce mélange.

3 Identifier une espèce chimique

En bref *Certains tests chimiques ainsi que la chromatographie permettent d'identifier une espèce chimique. Mais la chromatographie permet également de détecter si cette espèce est pure ou s'il s'agit d'un mélange.*

I Quelques tests chimiques

Mise en évidence de :	On utilise le test :	Si l'espèce chimique est présente :
gaz dihydrogène H_2	allumette enflammée	légère détonation.
gaz dioxygène O_2	bûchette incandescente	le dioxygène ravive la combustion de la bûchette.
molécule d'eau H_2O	sulfate de cuivre anhydre (blanc)	le sulfate de cuivre bleuit en présence d'eau.
gaz dioxyde de carbone CO_2	eau de chaux	l'eau de chaux se trouble.

II Chromatographie sur couche mince (CCM)

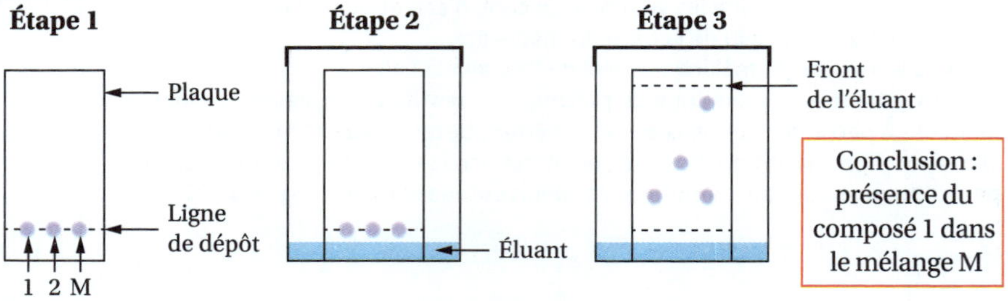

Étape 1 : dépôt de l'échantillon M et des composés de référence dissous dans un solvant sur la plaque recouverte de silice (phase fixe).
Étape 2 : début de l'élution. La plaque est placée dans une cuve contenant un éluant (phase mobile) avec la ligne de dépôt au-dessus du niveau de l'éluant.
Étape 3 : fin d'élution. On marque la ligne du front de l'éluant, on sèche la plaque. On révèle la plaque si les espèces sont incolores.

- L'éluant monte par capillarité le long de la plaque en entraînant les espèces chimiques **suivant leur solubilité**. Les espèces du mélange M et des composés de référence sont localisées à différentes hauteurs sur la plaque.
- Si les espèces sont **colorées**, le résultat de la chromatographie est immédiatement visible. Si ces espèces sont incolores, il faut procéder à une **révélation** pour les rendre visibles (sous lampe UV par exemple).
- Deux espèces migrant au **même niveau** sont **identiques**.

Méthode

Identifier un solide

Pour vérifier si le solide blanc obtenu lors d'une synthèse est du paracétamol :

- On réalise une chromatographie sur couche mince : on dissout le solide dans un solvant adéquat, on réalise un dépôt E de l'échantillon à analyser et un dépôt R correspondant à du paracétamol pur. On obtient le chromatogramme ci-contre après élution et révélation.

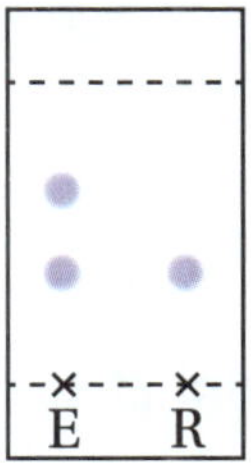

- À l'aide d'un banc Kofler, on mesure sa température de fusion : on obtient 163 °C.

Donnée :
Le paracétamol pur a une température de fusion de 168 °C.

Plaque chauffante (présente un gradient de température)

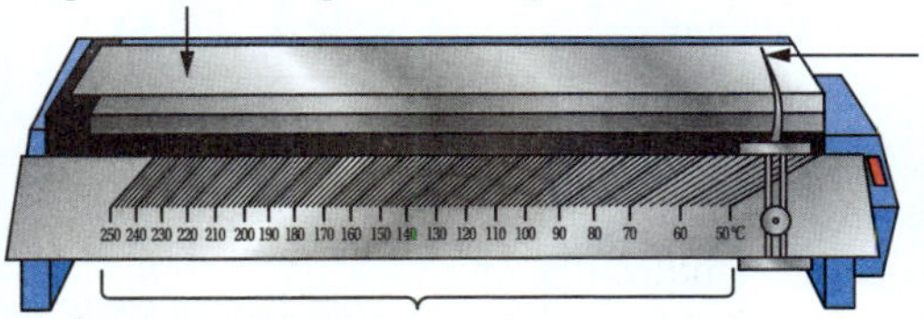

Échelle de lecture de température graduée (gradient : 50 °C à 250 °C)

On déplace l'échantillon solide avec le curseur de 50 °C jusqu'à la température où on observe la fusion. Pour un produit pur, la mesure est précise à 1 °C près.

a. Interpréter le chromatogramme obtenu.

b. Quel est le changement d'état observé sur le banc Kofler ? Pourquoi la température de fusion du paracétamol synthétisé n'est-elle pas de 168 °C ?

CONSEILS

a. Horizontalement, les taches au même niveau correspondent à la même espèce ; une lecture verticale permet d'identifier un produit pur ou un mélange.

SOLUTION

a. Horizontalement, on a une tache au même niveau que le composé de référence. Verticalement, l'échantillon est constitué de deux taches. C'est un mélange : il est constitué de paracétamol mais il n'est pas pur.

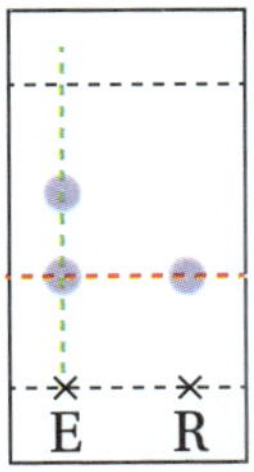

b. La fusion est le passage de l'état solide à l'état liquide. Ce changement d'état est une caractéristique physique du composé. Le paracétamol pur a une température de fusion de 168 °C, or pour le produit analysé, on mesure 163 °C.
Cette température est plus faible de 5 °C, l'échantillon analysé n'est pas du paracétamol pur. Il contient des impuretés.

4 Les solutions aqueuses : définitions

En bref *Les solutions font partie de notre quotidien et plus particulièrement les solutions aqueuses. On distingue les solutions moléculaires et ioniques. Pour déterminer leur contenu, on utilise la concentration en masse.*

I Définitions

1 Solvant et soluté

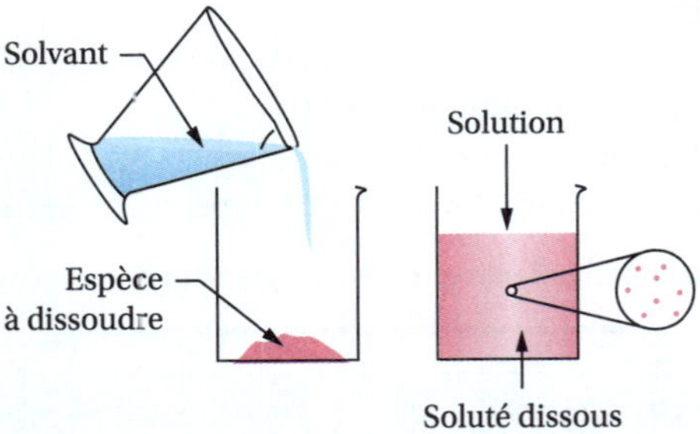

- Une **solution** est un mélange liquide homogène de plusieurs constituants. Le **solvant** est le constituant majoritaire : c'est un liquide capable de dissoudre une espèce chimique (solide, liquide ou gazeuse) appelée le **soluté**.
- La solution est le résultat de la **dissolution** du soluté dans le solvant. Les entités chimiques du soluté (molécules ou ions) se dispersent parmi les molécules du solvant.
- Une solution est **aqueuse** lorsque le solvant est l'eau.

> **À NOTER**
> Lors d'une dissolution la masse se conserve, mais pas le volume → FICHE 1.

2 Les solutions aqueuses moléculaires et ioniques

- Une solution est **moléculaire** lorsque le soluté est dissous sous forme de molécules. L'eau sucrée est une solution aqueuse moléculaire contenant des molécules de saccharose $C_{12}H_{22}O_{11}$.
- Une solution est **ionique** lorsque le soluté est dissous sous forme d'ions. L'eau salée est une solution aqueuse ionique contenant des ions sodium Na^+ et des ions chlorure Cl^-. Elle a la particularité de conduire le courant.

> **À NOTER**
> Toute solution aqueuse est électriquement neutre.

- Une solution est **saturée** lorsque le soluté introduit n'est pas totalement dissous. On a dépassé la solubilité du soluté. On peut dissoudre au maximum environ 400 g de sel dans un litre d'eau à 20 °C → FICHE 2.

II Concentration en masse du soluté

La **concentration en masse** C_A d'une espèce A en solution est égale au quotient de la masse de soluté m_A dissoute sur le volume V_{sol} de la solution.

$$c_A = \frac{m_{(A)}}{V_{sol}}$$

C_A en $g \cdot L^{-1}$; $m_{(A)}$ en g ; V_{sol} en L.

Méthode

Distinguer solutions aqueuses moléculaires et ioniques

On prépare une solution aqueuse de glucose et une solution aqueuse de chlorure de potassium. Le glucose et le chlorure de potassium sont des solides blancs. On prélève une masse $m = 10$ g de solide pour préparer 200 mL de chaque solution.

On réalise un circuit comprenant un générateur, une lampe et deux électrodes plongées dans une solution. On constate que la lampe ne s'allume pas lorsque l'on place dans le bécher de l'eau distillée ou la solution de glucose. En revanche, elle s'allume avec la solution d'eau salée.

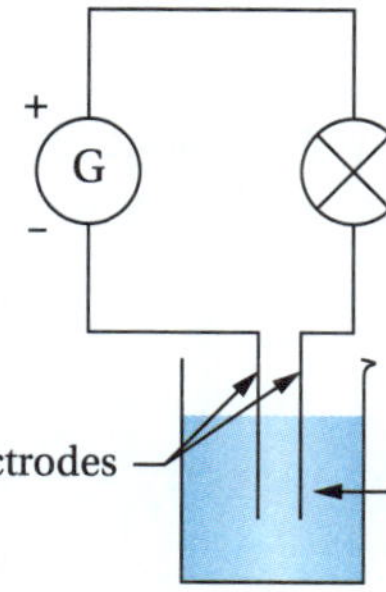

a. Identifier le solvant et le soluté pour chaque solution.

b. Déterminer la concentration en masse de chaque solution.

c. Quelle est la solution moléculaire et la solution ionique ? Justifier.

CONSEILS

b. Utilisez la définition de la concentration en masse. Attention aux unités.
c. Interprétez les observations expérimentales.
Réinvestissez vos connaissances de collège sur les espèces qui permettent la conduction du courant dans les solutions.

SOLUTION

a. L'espèce dissoute est le solide (glucose ou chlorure de potassium) appelé soluté, le solvant est l'eau car on parle de solution aqueuse.

b. La concentration en masse est : $C = \dfrac{m_{\text{soluté}}}{V_{\text{solution}}}$ en $\text{g} \cdot \text{L}^{-1}$.

On dissout une masse $m_{\text{soluté}} = 10$ g et on prépare un volume :

$V_{\text{solution}} = 200 \text{ mL} = 0{,}200 \text{ L} = 2{,}0 \times 10^{-1} \text{ L}$ d'où $C = \dfrac{10}{2{,}0 \times 10^{-1}} = 50 \text{ g} \cdot \text{L}^{-1}$.

c. La solution aqueuse de glucose, comme l'eau distillée ne conduisent pas le courant car la lampe ne s'allume pas. En revanche, la solution aqueuse de chlorure de potassium conduit le courant car la lampe s'allume. C'est le soluté, chlorure de potassium qui permet cette conduction puisque le solvant, l'eau, ne conduit pas.

La conduction du courant est due à la présence d'ions dans la solution. Le chlorure de potassium est un solide ionique : sa dissolution constitue une solution ionique. Le glucose est une molécule, qui ne permet pas la conduction du courant électrique et constitue une solution moléculaire.

5 Préparation d'une solution aqueuse

En bref *Une bonne connaissance de la verrerie de chimie et de son utilisation est indispensable pour préparer précisément une solution aqueuse de concentration donnée.*

I Connaître la verrerie

■ Pour préparer précisément une solution de concentration fixée, on utilise la **verrerie de précision** ci-dessous.

Pipette jaugée à 1 ou 2 traits de jauge | **Pipette graduée** | **Burette graduée** | **Fiole jaugée**

■ Les éprouvettes graduées sont **moins précises**, de même l'indication des graduations présente sur un erlenmeyer ou un bécher est seulement indicative.

II Préparation d'une solution

1 Préparation par dissolution

Pour préparer un volume V de solution aqueuse de concentration C_A, il faut prélever une **masse de soluté** m_A : $m_A = C_A V$. On pèse à l'aide d'une balance la masse m_A et on prépare la solution à l'aide d'une fiole jaugée de volume V.

2 Préparation par dilution

■ Diluer une solution aqueuse, appelé solution mère $S_{\text{mère}}$, consiste à lui ajouter de l'eau distillée pour obtenir une solution **moins concentrée**, appelée solution fille S_{fille}.

■ La **masse** de soluté est **conservée** : $m_{\text{mère}} = m_{\text{fille}}$ soit : $C_{\text{mère}}V_{\text{mère}} = C_{\text{fille}}V_{\text{fille}}$.

■ Si $V_{\text{fille}} = 10\,V_{\text{mère}}$, alors $C_{\text{fille}} = \dfrac{C_{\text{mère}}}{10}$.

On dit que la solution est diluée 10 fois ou que le **facteur de dilution** est : $F = \dfrac{C_{\text{mère}}}{C_{\text{fille}}} = \dfrac{V_{\text{fille}}}{V_{\text{mère}}}$.

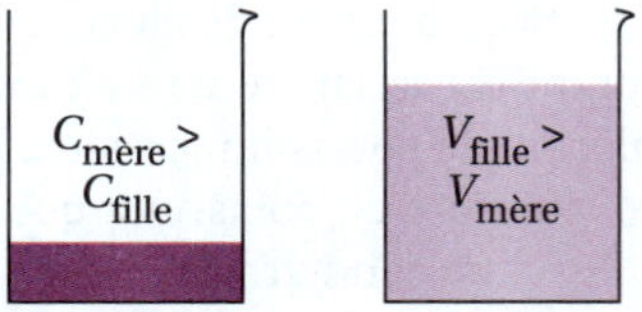

Solution mère | Solution fille

$m_{\text{mère}} = m_{\text{fille}}$

■ Le **matériel à utiliser** est une pipette jaugée pour prélever le volume V_1 de solution mère et une fiole jaugée de volume V_2 pour préparer la solution fille.

Méthode

Préparer une solution aqueuse

On suit le protocole suivant pour préparer 100 mL d'eau sucrée en dissolvant 2,0 g de sucre en poudre.

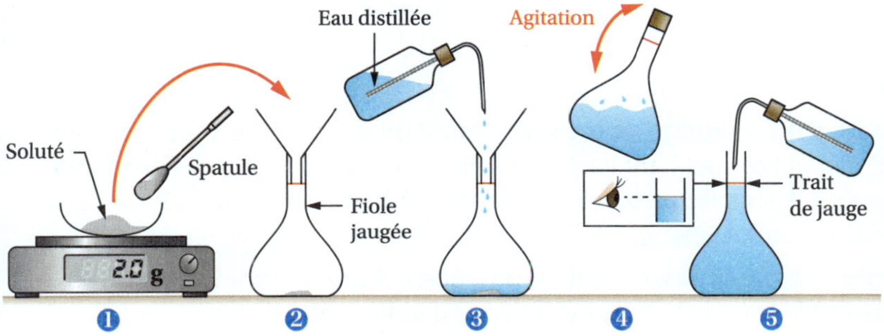

a. Pourquoi utilise-t-on une fiole jaugée et non un bécher ?

b. Quelle est la concentration en masse de la solution préparée ?

c. On veut préparer 50 mL d'une solution sucrée en diluant 5 fois la solution précédente. Indiquer le matériel nécessaire pour préparer cette solution.

d. Déterminer la concentration en masse de la solution diluée.

CONSEILS

b. Utilisez la définition de la concentration en masse → FICHE 4.
Attention aux unités.

c. Utilisez la définition du facteur de dilution. Choisissez de la verrerie précise.

d. Vous devez bien comprendre ce que signifie « diluer 5 fois ».

SOLUTION

a. La fiole jaugée est un matériel précis si on respecte bien le remplissage jusqu'au trait de jauge, contrairement au bécher.

b. $C = \frac{m_{sucre}}{V_{solution}} = \frac{2{,}0}{0{,}100} = 20\ g \cdot L^{-1}$ avec m_{sucre} en g et $V_{solution}$ en L.

c. Le facteur de dilution vaut 5 soit $F = \frac{C_{mère}}{C_{fille}} = \frac{V_{fille}}{V_{mère}} = 5$. Donc $V_{fille} = 5V_{mère}$.

$V_{fille} = 50{,}0$ mL d'où $V_{mère} = 10{,}0$ mL.

Avec une pipette jaugée de 10 mL, on prélève la solution mère que l'on verse dans une fiole jaugée de 50 mL.

On complète avec de l'eau jusqu'au trait de jauge.

d. Si on dilue 5 fois, la concentration de la solution fille est 5 fois plus faible : $C_{fille} = 4{,}0\ g \cdot L^{-1}$.

6 Dosage par étalonnage

En bref *L'objectif est de déterminer, avec la plus grande précision possible, la concentration d'une espèce chimique dissoute en solution à partir de solutions étalons à des concentrations connues.*

I Principe

- Le dosage par étalonnage repose sur l'utilisation de solutions (appelées solutions étalons) qui contiennent l'espèce chimique à doser à différentes concentrations connues. Elles sont préparées par **dilution** à partir d'une solution mère de concentration connue → FICHE 5.
- La concentration de l'espèce chimique à doser influe sur une **grandeur physique mesurable** comme la masse volumique, l'indice optique, etc.
- On compare ensuite la grandeur physique mesurée pour l'échantillon à celles des **solutions étalons** afin de déterminer la concentration de l'échantillon.

II Comparaison à une échelle de teintes

Une échelle de teintes est réalisée avec des solutions contenant une espèce colorée à des concentrations connues. On compare, dans des **conditions identiques d'observation**, la teinte de la solution inconnue avec celles de l'échelle de teintes.

Exemple : La concentration de la solution à doser C_i ci-contre a une couleur intermédiaire entre les solutions C_2 et C_3 d'où $0{,}25\ \text{g}\cdot\text{L}^{-1} < C_i < 0{,}5\ \text{g}\cdot\text{L}^{-1}$.

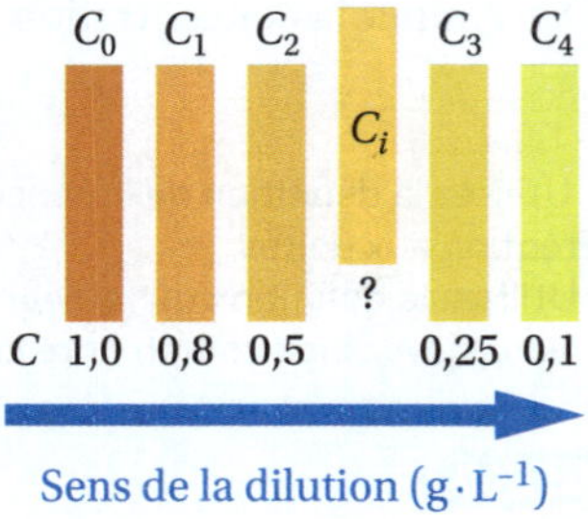

III Exploitation d'une courbe d'étalonnage

On mesure une grandeur physique pour chaque solution fille et on trace le graphe $G = f(C)$ appelé **courbe d'étalonnage**. On mesure la grandeur physique pour la solution de concentration inconnue et on en déduit graphiquement cette concentration C_i.

À NOTER
Si la courbe d'étalonnage conduit à une droite passant par l'origine, les deux grandeurs C et G sont proportionnelles.

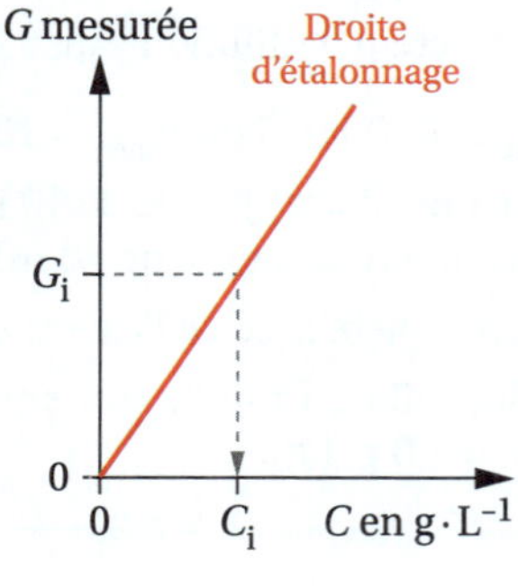

Méthode

Déterminer la concentration d'une solution inconnue

• On prépare une échelle de teintes en réalisant 5 solutions étalons S_1 à S_5 par dilution d'une solution de permanganate de potassium. Dans les mêmes conditions, la teinte de la solution inconnue S en permanganate de potassium est comprise entre S_3 et S_4.

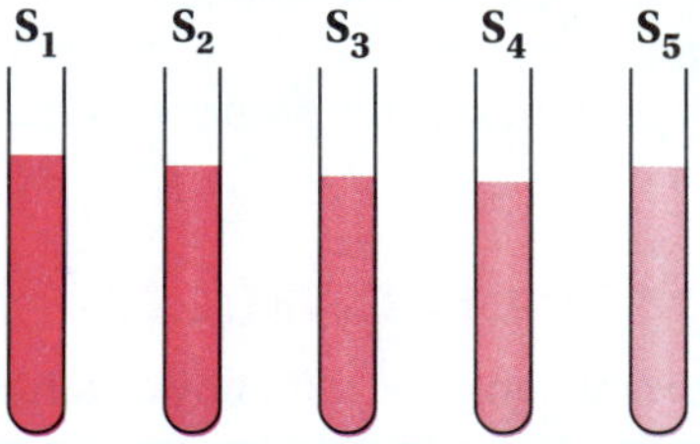

Solutions	S_1	S_2	S_3	S_4	S_5
C ($g \cdot L^{-1}$)	$2{,}0 \times 10^{-1}$	$1{,}5 \times 10^{-1}$	$1{,}0 \times 10^{-1}$	$5{,}0 \times 10^{-2}$	$2{,}5 \times 10^{-2}$

• L'absorbance est une grandeur physique proportionnelle à la concentration de l'espèce colorée. On mesure l'absorbance pour chaque solution étalon et on trace le graphe $A = f(C)$. L'absorbance de la solution S est $A_S = 0{,}44$.

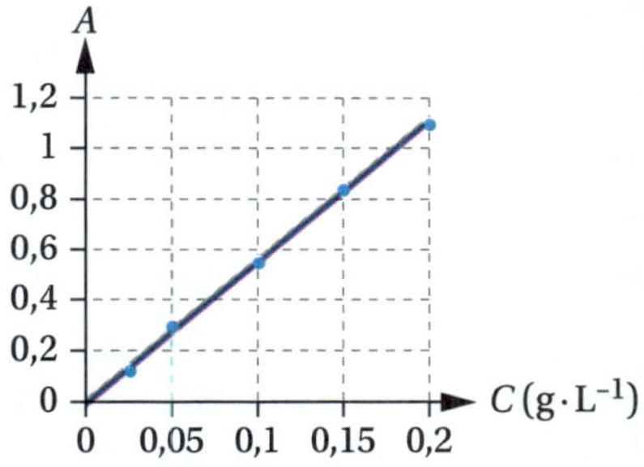

a. Évaluer la concentration de S à partir de l'échelle de teintes.

b. Déterminer précisément la concentration de la solution S. Les résultats des deux dosages sont-ils concordants ?

CONSEILS

b. Exploitez la courbe d'étalonnage.

SOLUTION

a. La solution S a une concentration comprise entre $1{,}0 \times 10^{-1}\ g \cdot L^{-1}$ et $5{,}0 \times 10^{-2}\ g \cdot L^{-1}$ puisqu'elle a une couleur intermédiaire entre les solutions S_3 et S_4.

b. $A_S = 0{,}44$: on reporte cette valeur sur la droite d'étalonnage. On lit : $C_S = 0{,}08\ g \cdot L^{-1} = 8{,}0 \times 10^{-2}\ g \cdot L^{-1}$. La concentration C_S est comprise entre la concentration de S_3 et S_4 ; les résultats concordent.

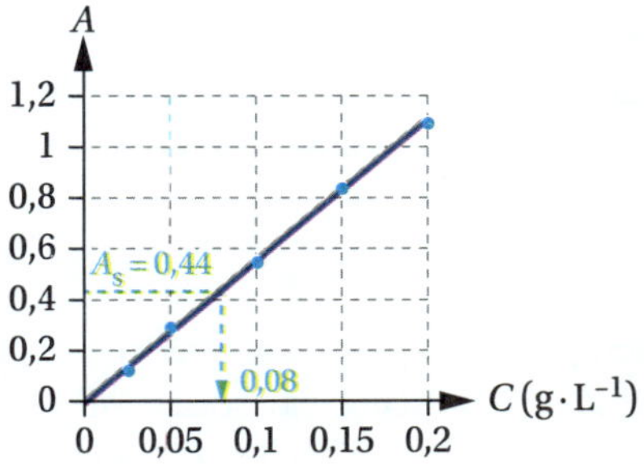

7 De l'atome aux éléments chimiques

En bref *Un élément chimique peut se trouver dans différentes entités chimiques : atome, ions, molécules. Connaître la constitution d'un atome permet de comprendre ce qui caractérise un élément chimique.*

I Structure et caractéristiques de l'atome

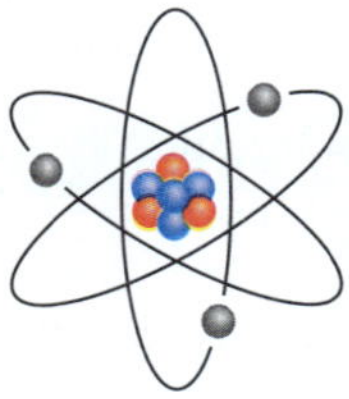

- L'atome est constitué d'un noyau central autour duquel gravitent des électrons constituant un nuage électronique.
- Le noyau d'un atome, chargé positivement, est constitué de protons et de neutrons, appelés nucléons. Les protons et neutrons ont des masses peu différentes : $m_{proton} \approx m_{neutron} \approx 1{,}67 \times 10^{-27}$ kg. Les neutrons sont électriquement neutres, tandis que les protons portent une charge électrique positive q_{proton} appelée charge élémentaire et notée e : $q_{proton} = e = 1{,}6 \times 10^{-19}$ C (le coulomb (C) est l'unité de charge électrique).
- On symbolise le noyau d'un atome ainsi :

${}^{A}_{Z}X$	X est le symbole de l'élément ; Z, appelé numéro atomique, est le nombre de protons et A, appelé nombre de masse, est le nombre de nucléons (protons + neutrons).

- Les électrons ont une masse de $9{,}11 \times 10^{-31}$ kg soit environ 2 000 fois plus petite que celle d'un nucléon et portent une charge électrique élémentaire négative opposée à la charge du proton. : $q_{électron} = -e = -1{,}6 \times 10^{-19}$ C ($q_{électron} = -q_{proton}$).
- Un atome est électriquement neutre car il contient autant de protons dans son noyau que d'électrons dans son nuage électronique.
- La masse d'un atome est quasiment égale à celle de son noyau : $m_{atome} = A \times m_{nucléon}$ car : $m_{électron} << m_{nucléon}$.
- Le diamètre de l'atome est de l'ordre de $10^{-10} m$, alors que celui du noyau est de l'ordre de $10^{-15} m$: le noyau est donc environ 100 000 fois plus petit.

II Élément chimique

- Un élément chimique est caractérisé par son numéro atomique Z et représenté par son symbole chimique : une majuscule suivie éventuellement d'une minuscule.
- Des entités (atomes, ions) ayant le même numéro atomique Z, mais des nombres de nucléons A différents sont appelés isotopes. Ils diffèrent par leur nombre de neutrons. *Exemples* : ${}_{29}Cu^{2+}$; ${}^{63}_{29}Cu$ et ${}^{65}_{29}Cu$.

À NOTER
Un atome peut perdre ou gagner un ou plusieurs électrons, il forme un **ion monoatomique** : Cu^{2+} a perdu 2 électrons (29 protons et 27 électrons).

Méthode

Utiliser le symbole ^A_ZX et calculer la masse d'un atome

a. Détailler la composition d'un atome d'aluminium dont le noyau est symbolisé par $^{27}_{13}$Al.

b. Calculer le rapport des masses d'un nucléon et d'un électron, puis conclure.

c. Calculer la masse d'un atome d'aluminium $^{27}_{13}$Al.

d. Dans cette liste :
$^{17}_{8}$X ; $^{14}_{6}$X ; $^{14}_{7}$X ; $^{17}_{7}$X, combien y a-t-il d'éléments chimiques ?

CONSEILS

a. Dénombrez le nombre de protons, de neutrons et d'électrons.

b. Calculez en utilisant les propriétés des puissances de 10 : $\dfrac{10^a}{10^b} = 10^{a-b}$.

c. Tenez compte du résultat précédent !

d. Par quoi reconnaît-on un même élément chimique ?

SOLUTION

a. Al est le symbole de l'aluminium. Son noyau contient $A = 27$ nucléons, et $Z = 13$ protons soit $A - Z = 27 - 13 = 14$ neutrons.
L'atome est neutre, il possède donc autant de protons que d'électrons (13 électrons) puisque $q_{\text{électron}} = -q_{\text{proton}}$.

b. En reprenant les valeurs données page précédente :

$\dfrac{m_{\text{nucléon}}}{m_{\text{électron}}} = \dfrac{1{,}67 \times 10^{-27}}{9{,}11 \times 10^{-31}} = 1{,}83 \times 10^3$. Le proton et le neutron sont 1 830 fois plus lourds que l'électron. On peut donc négliger la masse des électrons devant celle des nucléons.

c. Pour un atome possédant Z protons, $(A - Z)$ neutrons et Z électrons :
$m_{\text{atome}} = Z \times m_{\text{proton}} + (A - Z) \times m_{\text{neutron}} + Z \times m_{\text{électron}}$. On vient de montrer que la masse des électrons est négligeable devant celle des nucléons :
$m_{atome} = Z \times m_{proton} + (A - Z) \times m_{neutron}$ et $m_{\text{proton}} \approx m_{\text{neutron}}$ d'où :
$m_{\text{atome}} = A \times m_{\text{nucléon}}$.
La masse d'un atome d'aluminium de noyau $^{27}_{13}$Al est : $m_{\text{atome}} = 27 \times m_{\text{nucléon}}$
soit : $m_{\text{atome}} = 27 \times 1{,}67 \times 10^{-27} = 4{,}51 \times 10^{-26}$ kg.

d. Le numéro atomique Z caractérise l'élément chimique. Il y a donc trois éléments chimiques dans la liste.

- $^{14}_{7}$X et $^{17}_{7}$X sont deux isotopes d'un même élément avec $Z = 7$.
- $^{17}_{8}$X correspond à un autre élément puisque $Z = 8$.
- Le troisième élément est $^{14}_{6}$X avec $Z = 6$.

8 Le cortège électronique et sa configuration

En bref *Il est nécessaire de connaître la configuration électronique d'un atome, d'un ion… pour expliquer les propriétés chimiques de la matière.*

I L'atome d'hydrogène

■ Le schéma montre la probabilité de trouver l'unique électron de l'atome d'hydrogène à un instant donné. L'électron apparaît principalement dans une zone sphérique, centrée sur le noyau. On dit que l'électron appartient à une couche électronique notée K.

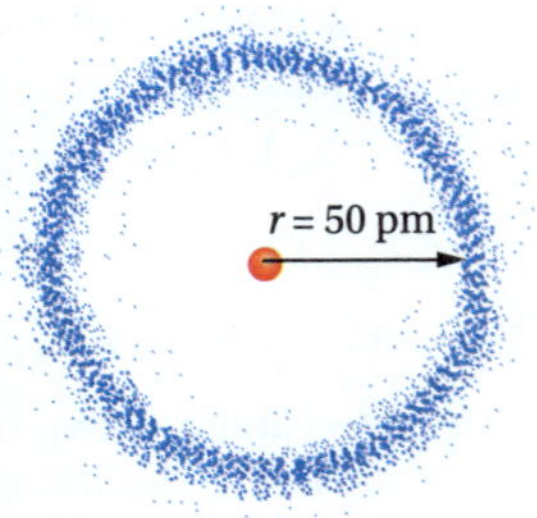

■ Cette couche K contient un seul niveau d'énergie ou sous-couche notée 1s. L'atome hydrogène a un électron qui se situe dans la sous-couche 1s : on note $1s^1$ sa configuration électronique.

II Configuration électronique des atomes

■ De même, les électrons des autres atomes se répartissent autour du noyau sur des couches K, L, M… dans l'ordre d'éloignement. Plus les électrons sont proches du noyau, plus ils sont liés à ce noyau.

- La première couche K est constituée d'une sous-couche : 1s.
- La deuxième couche L est constituée de deux sous-couches : 2s et 2p.
- La troisième couche M de trois sous-couches : 3s, 3p et 3d…

■ Les électrons se disposent autour du noyau de manière à ce que leur niveau d'énergie soit le plus bas. Ainsi, pour les premiers niveaux d'énergie (ou sous-couches), les règles suivantes permettent de les répartir.

- Ils se remplissent selon l'ordre : 1s, 2s, 2p, 3s puis 3p.
- Pour pouvoir entamer le remplissage d'une nouvelle couche, il faut que toutes celles de niveaux d'énergie inférieurs soient remplies.
- Chaque sous-couche ne peut contenir qu'un nombre limité d'électrons : 2 sur s, 6 sur p…

■ La configuration électronique d'un atome représente la répartition des électrons de cet atome sur les différentes sous-couches. La dernière couche occupée est appelée couche externe ; ses électrons sont appelés électrons de valence.

À NOTER
Une couche est dite saturée si elle est totalement remplie.

Exemple : ${}^{16}_{8}O$: $Z = 8$, il y a 8 électrons à placer soit la configuration : $1s^2\ 2s^2\ 2p^4$.
Les chiffres en bleu représentent la couche, la lettre la sous-couche, et l'exposant en rouge le nombre d'électrons contenus dans la sous-couche.
La somme des exposants donne donc le nombre total d'électrons : $2 + 2 + 4 = 8$.
L est la couche externe avec 6 électrons de valence pour l'atome d'oxygène.

Méthode

Écrire une configuration électronique et déterminer le nombre d'électrons de valence

a. Quelles sont les configurations électroniques des atomes d'hydrogène H, de carbone C et de l'ion oxyde O^{2-} ?

b. Combien y a-t-il d'électrons de valence pour l'atome de carbone C et pour l'ion chlorure $C\ell^-$?

Données : numéro atomique : $Z(H) = 1$, $Z(C) = 6$, $Z(O) = 8$, $Z(C\ell) = 17$.

CONSEILS

a. Rappelez-vous que l'atome est toujours neutre, il possède donc autant de protons que d'électrons. Attention dans le cas d'un ion, regardez bien sa charge pour déterminer le nombre d'électrons. Dans le cas où un ion perd un ou plusieurs électrons, c'est un cation chargé positivement ; dans le cas où il gagne un ou plusieurs électrons, c'est un anion chargé négativement → FICHE 10.

b. La dernière couche remplie est la couche externe qui contient les électrons de valence.

SOLUTION

a. Il faut connaître le nombre d'électrons présents. Z donne le nombre de protons et pour un atome c'est aussi le nombre d'électrons.

• L'atome d'hydrogène H n'a qu'un électron, situé sur la 1re couche K. La couche K est constituée d'une sous-couche s, soit la configuration électronique : $1s^1$.

• L'atome de carbone C, possède 6 électrons dans son cortège électronique, 2 sur la 1re couche K ($1s^2$) qui est alors saturée puis 4 sur la 2e couche L constituée de deux sous-couches s et p : $2s^2\ 2p^2$. Une fois la sous-couche s remplie, on complète alors la sous-couche p. La sous-couche s contient au maximum 2 électrons et la sous-couche p, 6 !

La configuration électronique du carbone est : $1s^2\ 2s^2\ 2p^2$.

• L'ion oxyde O^{2-} est un atome d'oxygène O ($Z = 8$) qui a gagné 2 électrons, il possède donc $8 + 2 = 10$ électrons et sa configuration sera :
K : $1s^2$ couche saturée puis L : $2s^2\ 2p^6$ couche également saturée.
La configuration électronique de l'ion oxyde O^{2-} est : $1s^2\ 2s^2\ 2p^6$.

b. • Pour le carbone de configuration : $1s^2\ 2s^2\ 2p^2$, la couche externe est la couche L ($2s^2\ 2p^2$) constituée de $2 + 2 = 4$ électrons. L'atome de carbone a donc 4 électrons de valence.

• L'ion chlorure $C\ell^-$ est un atome qui a gagné un électron. Il possède donc 18 électrons dans son nuage électronique. Ces 18 électrons se répartissent sur les couches K, L et M et sa configuration est : $1s^2\ 2s^2\ 2p^6\ 3s^2\ 3p^6$. Il possède 8 électrons de valence sur la couche externe M ($3s^2\ 3p^6$).

9 Le tableau périodique et les familles chimiques

En bref *La connaissance des configurations électroniques permet de comprendre la construction du tableau périodique des éléments et d'identifier des propriétés communes à certains, regroupés alors par famille chimique.*

I Historique

- Au XIXe siècle, le chimiste russe **Mendeleïev** (1834-1907) propose une classification des éléments chimiques par masse atomique croissante et regroupe ceux qui ont des propriétés chimiques communes.
- Il est à l'origine de la **classification périodique**.

II Critère de la classification

- Les éléments chimiques sont classés par numéro atomique Z **croissant**.
- Le remplissage d'une ligne ou **période** correspond au remplissage d'une couche électronique (K, L, M...).
- Les éléments possédant le même nombre d'électrons de valence sur la couche externe sont placés dans une même **colonne**.

III Présentation de la classification périodique

- Du lithium Li au néon Ne, la 2e période est associée au remplissage progressif de la couche électronique L (2s 2p).
- Pour les 2e et 3e périodes, un élément situé dans la n^e colonne possède autant d'électrons de valence que l'unité de la colonne.
Exemple : 13e colonne, 3 électrons de valence.
- La classification des éléments est qualifiée de périodique car les éléments ayant des propriétés chimiques semblables sont situés dans une **même colonne** : ils constituent une **famille chimique**. Cette ressemblance est due à leur configuration électronique externe qui est la même.
Exemples :
• Les **gaz rares ou nobles** ont une couche externe en duet (2 électrons) pour He sinon en octet (8 électrons). Ils sont très stables (grande inertie chimique) → FICHE 11.
• Les **alcalins** (1re colonne) sont des métaux relativement mous qui réagissent vivement avec l'eau.
• Le carbone C et le silicium S ont 4 électrons de valence : $2s^2\ 2p^2$ pour C et $3s^2\ 3p^2$ pour Si. Ils sont donc de la même famille (14e colonne).

Méthode

Positionner un atome dans la classification

a. Identifier l'atome X de configuration électronique : $1s^2\ 2s^2\ 2p^6\ 3s^2\ 3p^3$. Quel est son voisin dans la classification périodique ? L'atome d'azote N ($Z = 7$) fait-il partie de la même famille ?

b. À quelle famille appartiennent les éléments néon ($Z = 10$) et argon ($Z = 18$) ? Donner leur configuration électronique.

c. Comment appelle-t-on la famille des éléments dont l'atome possède un seul électron de valence ?

CONSEILS

a. La configuration électronique permet de positionner un élément dans la classification périodique (et réciproquement).
Chaque ligne, ou période de la classification, correspond au remplissage d'une couche électronique (1re ligne, couche K ; 2e ligne, couche L...). Le numéro de la couche externe correspond au numéro de la période dans laquelle il se trouve.
b. et **c.** Recherchez le nombre d'électrons de valence pour trouver la colonne.

SOLUTION

a. La configuration électronique de l'atome X est : $1s^2\ 2s^2\ 2p^6\ 3s^2\ 3p^3$.

La couche externe de l'atome X est la 3e couche M : 3e ligne ou période.

La couche externe est $3s^2 3p^3$ elle contient $2 + 3 = 5$ électrons de valence. Cet atome se situe donc dans la 15e colonne. Si on regarde à l'intersection de la 15e colonne et 3e ligne, on trouve l'élément phosphore P.

Réciproquement, un élément qui se trouve dans la 15e colonne de la classification possède 5 électrons de valence. S'il se trouve dans la 3e période, alors la dernière couche occupée est la couche M. Les couches K et L sont alors saturées, sa configuration électronique est : $1s^2\ 2s^2\ 2p^6\ 3s^2\ 3p^3$.

• L'atome qui suit le phosphore dans la classification possède un électron de plus sur sa couche externe, d'où la configuration : $1s^2\ 2s^2\ 2p^6\ 3s^2\ 3p^4$; il s'agit du soufre S (16e colonne, 3e période).

• L'atome d'azote N ($Z = 7$) possède 7 électrons dans son nuage électronique et a la configuration : $1s^2\ 2s^2\ 2p^3$. Sa couche externe (L) contient $3 + 2 = 5$ électrons de valence comme le phosphore, ils auront alors les mêmes propriétés chimiques. L'azote N fait partie de la même famille que le phosphore. Il se situe juste au-dessus du phosphore dans la même colonne de la classification périodique (15e colonne, 2e période).

b. Ne : $1s^2\ 2s^2\ 2p^6$ et Ar : $1s^2\ 2s^2\ 2p^6\ 3s^2\ 3p^6$ possèdent 8 électrons de valence et se situent dans la 18e colonne : ils appartiennent à la famille des gaz rares.

c. Ce sont les éléments de la 1re colonne : famille des alcalins.

10 Espèces chimiques et entités microscopiques

En bref *À l'état microscopique, la matière est constituée d'entités comme les atomes, les ions monoatomiques ou les molécules qui sont constituées d'atomes liés entre eux par une ou plusieurs liaisons de covalence.*

I Atomes et ions monoatomiques

■ Un **atome** est une entité électriquement neutre composée d'un noyau atomique et d'électrons qui gravitent autour de ce noyau.

■ La **configuration électronique** d'un atome et plus particulièrement sa couche externe lui confère des propriétés qui lui sont propres → FICHES 7 et 8.

■ Un atome qui perd ou gagne un ou plusieurs électrons est chargé : c'est un **ion monoatomique**.

- Un **cation** est un ion **chargé positivement** (par exemple, Na^+ charge = + 1 : perte de 1 électron).
- Un **anion** est un ion **chargé négativement** (par exemple, O^{2-} charge = −2 : gain de 2 électrons).

Exemples : quelques ions monoatomiques

Symbole	H^+	Na^+	K^+	Ca^{2+}	Mg^{2+}	$C\ell^-$	F^-
Nom	ion hydrogène	ion sodium	ion potassium	ion calcium	ion magnésium	ion chlorure	ion fluorure

II Molécules

■ Une **molécule** est un ensemble d'atomes (au moins deux) identiques ou non, liés entre eux par une ou plusieurs liaisons de covalence et formant un édifice neutre.

■ Une **liaison de covalence** entre 2 atomes correspond à la mise en commun de 2 électrons de leurs couches externes, chaque atome fournissant un électron. Les 2 atomes se partagent les 2 électrons afin de former un **doublet d'électrons liant**. Le partage de 1, 2 et 3 paires d'électrons s'appelle respectivement « liaison simple », « liaison double » et « liaison triple ».

■ Une molécule est symbolisée par sa **formule brute**, construite à partir du symbole des atomes et de leurs nombres respectifs indiqués en indice.

Exemples :

- Molécule de dihydrogène de formule brute H_2 : H–H les deux atomes sont liés par un doublet liant, une liaison simple notée par un tiret « – ».
- Molécule de dioxyde de carbone CO_2 : O=C=O Le carbone est lié par deux doublets liants aux atomes d'oxygène. On parle de double liaison notée « = ».

Méthodes

1 Différencier atome et ion monoatomique

L'atome de soufre $^{32}_{16}S$ et l'ion sulfure S^{2-} ont-ils la même masse ? la même configuration électronique ?

CONSEILS

Donnez la constitution de l'atome de soufre puis de l'ion sulfure.
Répondez alors en argumentant rigoureusement.

SOLUTION

$^{32}_{16}S$ $Z = 16$ et $A = 32$: le noyau de l'atome de soufre est constitué de 16 protons et de $A - Z = 16$ neutrons. L'atome étant neutre il y a autant d'électrons qui gravitent autour du noyau que de protons dans ce dernier, soit 16 électrons.

L'ion sulfure S^{2-} possède le même symbole, caractérisé par le numéro atomique Z. Le noyau de l'ion est identique au noyau de l'atome. Seul le nuage électronique est différent. La charge de l'ion S^{2-} est de –2, cela signifie qu'il a gagné 2 électrons. L'ion sulfure a donc 18 électrons dans son nuage électronique.

Le noyau est identique dans l'atome et l'ion : il est constitué de 16 protons et 16 neutrons. L'atome et l'ion ont donc la même masse car la masse des électrons est négligeable devant celle des nucléons.

En revanche, le nuage électronique est différent, donc l'atome et l'ion n'ont pas la même configuration électronique :
- configuration de l'atome S : $1s^2\ 2s^2\ 2p^6\ 3s^2\ 3p^4$, soit 6 électrons de valence ;
- configuration de l'ion S^{2-} : $1s^2\ 2s^2\ 2p^6\ 3s^2\ 3p^6$, soit 8 électrons de valence.

2 Donner la formule brute d'une molécule

On donne ci-contre la formule développée de la molécule d'éthanol. Écrire la formule brute de l'éthanol.

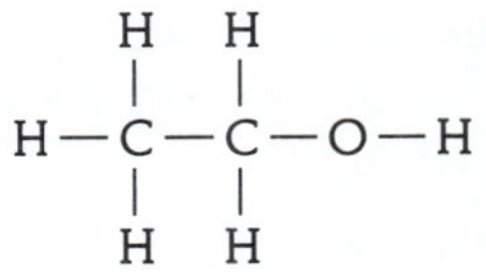

CONSEILS

Comptez tous les atomes ! Pour écrire la formule brute, on commence par le carbone puis l'hydrogène et les autres atomes. Un indice après chaque symbole précise le nombre de chaque atome présent.

SOLUTION

On compte 2 C, 6 H et 1 O soit la formule brute C_2H_6O (on ne met pas d'indice lorsqu'il n'y a qu'un seul atome comme ici l'oxygène).

11 Entités stables : les ions monoatomiques

En bref *Certains éléments se trouvent sous forme d'ions monoatomiques et non sous forme atomique car ils deviennent alors plus stables, comme les gaz nobles.*

I Gaz nobles et configuration électronique

■ L'hélium, le néon, l'argon, le krypton, le xénon et le radon forment la famille des gaz rares (18e colonne de la classification). Ils sont caractérisés par leur très **grande inertie chimique** (ils ne réagissent jamais avec un autre composé), d'où les qualificatifs de *rares* ou d'*inertes* qui leur sont quelquefois donnés.

■ Cette inertie chimique ou stabilité s'explique par l'existence d'une couche électronique externe en **duet** (2 électrons pour l'hélium) ou en **octet** (8 électrons) :
- hélium He $Z = 2$ $1s^2$ soit 2 électrons de valence : duet ;
- néon Ne $Z = 10$ $1s^2\ 2s^2\ 2p^6$ soit 8 électrons de valence sur L : octet ;
- argon Ar $Z = 18$ $1s^2\ 2s^2\ 2p^6\ 3s^2\ 3p^6$ soit 8 électrons de valence sur M : octet.

II Stabilité d'un ion monoatomique

■ C'est le nombre d'électrons de la couche externe d'un élément qui indique s'il est **réactif ou stable**.

■ Dans la nature, tous les éléments « tendent à » devenir stables. Pour y parvenir, il leur faut **perdre ou gagner des électrons** et ainsi acquérir la configuration électronique externe en duet ou en octet d'un gaz noble.

■ **Règles de stabilité** (ou règles du duet et de l'octet) :
- Les atomes dont le numéro atomique est proche de 2 cherchent à obtenir une couche externe saturée en duet $1s^2$ (celle de l'hélium).
- Les autres atomes cherchent à obtenir une couche électronique externe saturée en octet, $ns^2\ np^6$ (qui est celle du gaz noble le plus proche dans la classification : néon ou argon).

■ Ces règles permettent de rendre compte des charges des **ions monoatomiques stables** existant dans la nature.

Exemples :
- L'atome de lithium Li ($Z = 3$) : $1s^2\ 2s^1$ cherche à obtenir la configuration saturée **en duet** : $1s^2$. Pour cela il doit perdre un électron et devenir l'ion lithium Li^+.
- Le soufre S ($Z = 16$) de configuration électronique : $1s^2\ 2s^2\ 2p^6\ 3s^2\ 3p^4$ cherche à obtenir la configuration saturée **en octet** : $1s^2\ 2s^2\ 2p^6\ 3s^2\ 3p^6$ (celle de l'argon). Pour cela, il doit gagner deux électrons et devenir l'ion sulfure S^{2-}.

À NOTER
Pour connaître l'ion monoatomique le plus stable, il faut « ôter » ou « ajouter » le moins d'électrons possible.

Méthode

Déterminer la configuration électronique d'un ion monoatomique

Quel ion monoatomique stable donnera l'atome d'aluminium ${}^{27}_{13}A\ell$?

CONSEILS

Suivez ces 3 étapes.

Étape 1. Établissez la configuration électronique de l'atome d'aluminium et déterminez le nombre d'électrons sur sa couche externe.

Étape 2. Pour déterminer la configuration électronique de l'ion, il faut satisfaire à la règle de stabilité : il faut « ôter » ou « ajouter » le moins d'électrons possible pour saturer la couche externe (règle du duet ou de l'octet).

Étape 3. Déduisez-en la charge de l'ion et donnez son symbole.

SOLUTION

Étape 1. L'atome d'aluminium ($Z = 13$) de configuration électronique : $1s^2\ 2s^2\ 2p^6\ 3s^2\ 3p^1$ a 3 électrons de valence sur sa couche externe M.

Étape 2. Pour acquérir une configuration stable en octet (8 électrons), l'aluminium peut :

– soit gagner 5 électrons sur la couche M : $3s^2\ 3p^6$ et ainsi obtenir une couche M à 8 électrons comme le gaz rare argon ;

– soit perdre 3 électrons de la couche M et ainsi saturer sa couche externe L $2s^2\ 2p^6$ à 8 électrons comme le gaz rare néon.

Du point de vue énergétique il est plus facile d'« ôter » 3 électrons que d'en « ajouter » 5 ! L'atome d'aluminium va donc perdre 3 électrons. L'ion aluminium a la configuration électronique : $1s^2\ 2s^2\ 2p^6$, qui satisfait à la règle de l'octet.

Étape 3. Le nombre de protons est le même pour l'ion aluminium que pour l'atome car seul le nombre d'électrons est modifié.

Il y a toujours Z protons de charge élémentaire e soit la charge positive Ze.

Dans l'atome, il y a Z électrons qui correspondent à une charge négative $-Ze$

À NOTER

À chaque électron perdu apparaît une charge positive (+e) sur l'ion.

À chaque électron gagné apparaît une charge négative (−e) sur l'ion.

L'atome d'aluminium a perdu 3 électrons, il apparaît donc 3 charges positives (+3e) sur l'ion aluminium. Cette charge est notée 3+. L'ion $A\ell^{3+}$ a la configuration électronique stable : $1s^2\ 2s^2\ 2p^6$, qui correspond à celle du néon.

$A\ell^{3+}$ ← La charge de l'ion est notée en haut à droite.

Le symbole est toujours le même, il s'agit du même élément car on ne modifie pas le nombre de protons du noyau.

12 Les molécules

En bref *Au début des années 1920, Gilbert Newton Lewis (1875-1946) propose un modèle pour décrire une molécule faisant intervenir tous les électrons de valence des atomes liés entre eux par des liaisons de covalence.*

I Modèle de Lewis d'une molécule

■ • Un **doublet liant ou liaison covalente** entre deux atomes d'une molécule est la mise en commun de deux électrons. Le doublet liant permet à chaque atome impliqué de gagner un électron sur sa couche externe. Il est symbolisé par un tiret.

• Un **doublet non liant** est une paire d'électrons de la couche externe d'un atome qui n'est pas impliqué dans une liaison de covalence.

■ Chaque atome d'une molécule s'entoure du nombre suffisant d'électrons pour acquérir une **configuration électronique stable**, en saturant sa couche de valence. L'atome acquiert ainsi la configuration du gaz rare voisin en $1s^2$ ou ns^2np^6. Cette règle fixe le nombre de liaisons que peuvent former les atomes.

Exemples :

• L'hydrogène H ($Z = 1$; $1s^1$) se lie une fois ; il est dit **monovalent**.

• L'oxygène O ($Z = 8$; $1s^2\ 2s^2\ 2p^4$) se lie 2 fois pour acquérir la configuration en octet : $2s^2\ 2p^6$. L'oxygène est dit **divalent** : il forme 2 liaisons de covalence (2 doublets liants) et possède 2 doublets non liants.

À NOTER
À l'exception de l'hydrogène, tous les atomes d'une molécule sont entourés de quatre doublets dont au moins un liant.

Exemples : Formules de Lewis de l'éthanol et du dioxygène.

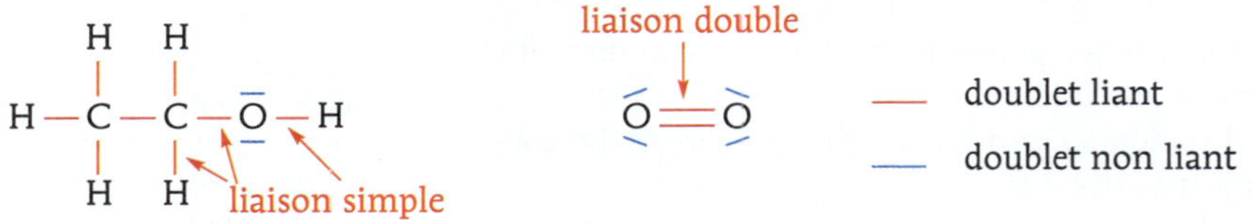

II Énergie de liaison

■ Pour rompre une liaison covalente entre deux atomes, il est nécessaire de fournir de l'énergie : c'est un processus **endothermique**. À l'inverse, la formation d'une liaison covalente est un processus **exothermique**.

■ Plus la liaison à casser est forte, plus la quantité d'énergie qu'il faudra apporter est importante. Au cours d'une **transformation chimique**, des liaisons sont rompues et d'autres sont formées → FICHE 15.

Méthodes

1 | Déterminer le nombre de liaisons engendrées par un atome

On considère les atomes de carbone ($Z = 6$) et d'azote ($Z = 7$). Déterminer leur valence (le nombre de liaisons qu'ils formeront au sein d'une molécule).

CONSEILS

Écrivez la configuration électronique de l'atome à partir de son numéro atomique Z, puis déduisez-en le nombre d'électrons de sa couche externe. Déterminez enfin le nombre d'électrons qu'il doit acquérir pour satisfaire à la règle de stabilité (de l'octet ou du duet). Ce nombre correspond au nombre de liaisons qu'il engendrera.

SOLUTION

Le carbone C a pour numéro atomique $Z = 6$. Sa configuration électronique est : $1s^2\ 2s^2\ 2p^2$; il se lie 4 fois car il lui manque 4 électrons pour obtenir la saturation de sa couche externe, soit une configuration en octet : $2s^2\ 2p^6$.

Le carbone engendrera toujours 4 liaisons de covalence : on dit que le carbone est tétravalent. Il va partager 4 doublets liants.

L'azote N a pour numéro atomique $Z = 7$; sa configuration électronique est $1s^2\ 2s^2\ 2p^3$; il se lie 3 fois car il lui manque 3 électrons pour acquérir la configuration externe en octet : $2s^2\ 2p^6$. Il va partager 3 doublets liants et possède un doublet non liant.

2 | Exploiter le schéma de Lewis d'une molécule

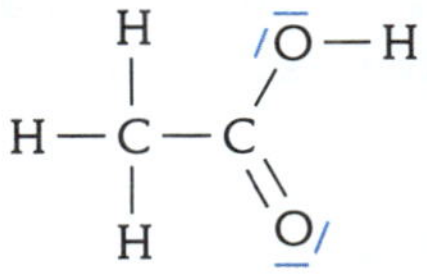

a. Que représentent ci-contre un tiret noir et un tiret bleu ?

b. Combien de liaisons engendrent les atomes d'oxygène et d'hydrogène ?

CONSEILS

b. Comptez les liaisons qu'engendre un atome. Suivant leur nombre, il peut former des liaisons simple, double ou triple.

SOLUTION

a. Un tiret noir représente un doublet liant ou liaison entre deux atomes d'une molécule, c'est la mise en commun de deux électrons de leur couche externe. Le tiret bleu est un doublet d'électrons non liant de la couche externe propre à un seul atome.

b. L'atome d'oxygène engendre soit deux liaisons simples ou une double liaison, il est divalent. L'hydrogène n'engendre qu'une seule liaison, il est monovalent.

13 La mole

En bref *À notre échelle, qualifiée de macroscopique, les échantillons de matière renferment un nombre gigantesque d'entités chimiques microscopiques (atomes, molécules ou ions). Il est nécessaire de définir une unité, la mole, pour dénombrer les entités chimiques à cette échelle.*

I La mole, unité de quantité de matière

■ Pour mesurer les quantités de matière, les scientifiques ont choisi de regrouper les atomes, les molécules ou les ions par « paquets ». Chaque paquet est appelé **mole**. Une mole (symbole : mol) d'un corps pur contient **$6{,}02 \times 10^{23}$ entités** chimiques (atomes, molécules ou ions) toutes identiques.

Exemples :

• Une mole de fer contient $6{,}02 \times 10^{23}$ atomes de fer Fe.

• Une mole de glucose renferme $6{,}02 \times 10^{23}$ molécules de glucose de formule brute $C_6H_{12}O_6$.

■ La **constante d'Avogadro** est le nombre d'entités chimiques (atomes, molécules ou ions) contenues dans une mole :

$$N_A = 6{,}02 \times 10^{23}\ \text{mol}^{-1}$$

■ Le chimiste passe ainsi **du niveau microscopique** (atome molécule et ion), dans lequel il ne peut effectuer aucune mesure, **au niveau macroscopique** (mole d'atomes, de molécules et d'ions), dans lequel il peut mesurer les masses et les volumes correspondants.

II Quantité de matière ou nombre de moles

■ La **quantité de matière** d'une espèce chimique représente le **nombre de moles** contenues dans un échantillon de cette espèce. Elle est notée n et s'exprime en mol.

■ Un échantillon d'un corps pur, constitué de N entités chimiques toutes identiques, contient la quantité de matière n exprimée par la relation :

$$n = \frac{N}{N_A} \text{ ou } N = n \times N_A$$

n en moles (mol)
N sans unité
N_A constante d'Avogadro en mol^{-1}

■ La quantité de matière contenue **dans une masse m d'échantillon** peut être déterminée en connaissant la masse de l'entité (atome, ion ou molécule) :

$$N = \frac{m_{\text{échantillon}}}{m_{\text{entité}}} \text{ d'où } n = \frac{N}{N_A} = \frac{m_{\text{échantillon}}}{N_A \times m_{\text{entité}}}$$

À NOTER
La masse d'une molécule est égale à la somme des masses des atomes qui constituent cette molécule.

Méthodes

1 Déterminer une quantité de matière à partir d'une masse

On dispose de 30,1 g de carbone et 45,3 g d'eau. Quelle est la quantité de matière de carbone et d'eau dans ces échantillons ? Que constatez-vous ?

Données : • atomes : $^{12}_{6}C$; $^{1}_{1}H$; $^{16}_{8}O$; molécule d'eau : H_2O ;
• $m_{\text{nucléon}} = 1{,}67 \times 10^{-24}$ g et $N_A = 6{,}02 \times 10^{23}$ mol^{-1}.

CONSEILS

a. Déterminez la masse d'un atome de carbone et en déduire le nombre d'atomes de carbone dans l'échantillon. Une mole est un paquet de $6{,}02 \times 10^{23}$ entités.

b. Faites de même pour l'eau. Attention, il s'agit d'une molécule. La masse d'une molécule est égale à la somme des masses des atomes constituant cette molécule.

SOLUTION

a. La masse d'un atome de carbone est :
$m_C = A \times m_{\text{nucléon}} = 12 \times 1{,}67 \times 10^{-24}\ \text{g} = 2{,}00 \times 10^{-23}$ g.

Il y a : $N = \dfrac{m_{\text{échantillon}}}{m_{\text{entité}}} = \dfrac{30{,}1}{2{,}00 \times 10^{-23}} = 1{,}50 \times 10^{24}$ atomes, soit une quantité de matière : $n_C = \dfrac{N}{N_A} = \dfrac{1{,}50 \times 10^{24}}{6{,}02 \times 10^{23}} = 2{,}50$ mol.

b. La masse d'une molécule d'eau est : $m(H_2O) = 2 \times m_H + m_O$

$m(H_2O) = 2 \times (1 \times 1{,}67 \times 10^{-24}) + (16 \times 1{,}67 \times 10^{-24}) = 3{,}01 \times 10^{-23}$ g

$n_{H_2O} = \dfrac{N}{N_A} = \dfrac{m_{\text{échantillon}}}{N_A \times m_{\text{entité}}} = \dfrac{45{,}3}{6{,}02 \times 10^{23} \times 3{,}01 \times 10^{-23}} = 2{,}50$ mol.

On a la même quantité de matière de carbone et d'eau, mais ces quantités n'ont pas la même masse !

2 Déterminer un volume à partir d'une quantité de matière

Quel est le volume occupé par une bille pleine de 0,281 mol de cuivre ?

Données : $m_{\text{atome Cu}} = 1{,}05 \times 10^{-22}$ g et $\rho_{Cu} = 8{,}89\ \text{g} \cdot \text{cm}^{-3}$.

CONSEILS

Partez de la définition de la masse volumique. Quelle grandeur faut-il d'abord trouver pour calculer le volume ?

SOLUTION

$\rho = \dfrac{m}{V}$ d'où $V = \dfrac{m}{\rho}$. La masse de cuivre est : $m = N \times m_{\text{atome Cu}}$ et $N = n \times N_A$.

D'où $m = n \times N_A \times m_{\text{atome Cu}} = 0{,}281 \times 6{,}02 \times 10^{23} \times 1{,}05 \times 10^{-22} = 17{,}8$ g

d'où : $V = \dfrac{17{,}8}{8{,}89} = 2{,}00\ \text{cm}^3$.

SE TESTER QUIZ

Vérifiez que vous avez bien compris les points clés des **fiches 1 à 13**.

1 Caractéristiques physiques d'une espèce chimique

→ FICHE 2

1. Parmi les relations suivantes, lesquelles sont correctes ?

☐ **a.** $\rho = m \times V$ ☐ **b.** $\rho = \frac{m}{V}$ ☐ **c.** $V = \frac{\rho}{m}$ ☐ **d.** $m = \rho \times V$

2. La masse volumique peut s'exprimer :

☐ **a.** en $kg \cdot L$ ☐ **b.** en $g \cdot cm^{-3}$ ☐ **c.** en $mL \cdot g^{-1}$ ☐ **d.** sans unité

3. La température à laquelle une espèce chimique passe de l'état solide à l'état liquide se nomme la température :

☐ **a.** de fusion ☐ **b.** de vaporisation ☐ **c.** d'ébullition

2 Préparation d'une solution aqueuse

→ FICHE 5

1. La masse de soluté à peser pour préparer 200 mL de solution à 0,5 $g \cdot L^{-1}$ est :

☐ **a.** 0,4 g ☐ **b.** 0, 1 g ☐ **c.** 10 g ☐ **d.** 100 g

2. Lorsque l'on ajoute de l'eau dans une solution aqueuse de saccharose, la concentration en masse du saccharose :

☐ **a.** augmente ☐ **b.** reste la même ☐ **c.** diminue

3. On veut mesurer exactement 10,0 mL d'eau. Pour cela, on utilise :

☐ **a.** une éprouvette graduée ☐ **b.** une pipette jaugée
☐ **c.** un bécher gradué

4. Une solution mère de concentration molaire $5{,}0 \times 10^{-1}$ $g \cdot L^{-1}$ est diluée 100 fois. La concentration de la solution fille est :

☐ **a.** $5{,}0 \times 10^{-3}$ $g \cdot L^{-1}$ ☐ **b.** $5{,}0 \times 10^{-2}$ $g \cdot L^{-1}$ ☐ **c.** 5,0 $mg \cdot L^{-1}$

3 Le cortège électronique et sa configuration

→ FICHE 8

Parmi les affirmations suivantes sur l'atome de bore $^{10}_{5}B$, lesquelles sont vraies ?

☐ **a.** Son nuage électronique est constitué de 10 électrons.
☐ **b.** Sa configuration électronique est $1s^2\ 2s^2\ 2p^6$.
☐ **c.** Sa couche externe est la couche L.
☐ **d.** Le bore a un électron de valence.

4 La mole

→ FICHE 13

1. Dans une mole d'atomes, il y a :

☐ **a.** $6{,}02 \times 10^{-23}$ atomes ☐ **b.** $6{,}02 \times 10^{23}$ atomes ☐ **c.** 602×10^{21} atomes

2. La quantité de matière *n* est :

☐ **a.** $n = 6{,}02 \times 10^{-23} \times N$ ☐ **b.** $n = \frac{N_A}{N}$ ☐ **c.** $n = \frac{N}{6{,}02 \times 10^{23}}$

OBJECTIF BAC

5 Métaux alcalins

45 min

Ce problème traite d'une famille de composés, les alcalins, et permet de réinvestir les notions sur les entités microscopiques et leur stabilité.

Les ions monoatomiques ont existé depuis les premiers instants de l'expansion de notre Univers. Les interactions entre ces ions et les autres particules existantes, que ce soient des photons, des électrons, des atomes ou des molécules, sont incessantes et participent à la construction de l'Univers.

Membre de la famille des métaux alcalins, le sodium n'existe pas à l'état libre dans la croûte terrestre en raison de sa forte réactivité. Les océans et d'autres étendues d'eau doivent leur salinité au chlorure de sodium (NaCl), composé plus couramment connu sous le nom de sel. Du savon au sel et du verre aux textiles, en passant par la photographie et les explosifs, le sodium occupe une grande place dans l'industrie.

a. Classer par organisation croissante les particules suivantes : électron, atome, molécule, ion monoatomique. Argumenter le classement.

b. La masse d'un noyau de sodium a été déterminée en laboratoire : elle est de $3{,}84 \times 10^{-26}$ kg. Sa charge est de $+ 1{,}76 \times 10^{-18}$ C. Quelle est la composition de ce noyau ? Donner sa représentation symbolique.

c. L'élément sodium et l'élément potassium, également un alcalin, sont d'importants constituants de la croûte terrestre, mais on ne connaît aucun gisement de sodium ou potassium natifs. Pourquoi ?

d. Sous quelle forme se trouve l'élément sodium sur Terre ? Et l'élément potassium ?

MOT CLÉ

Natif se dit du métal qui se trouve dans la terre sous la forme métallique, sans être minéralisé par sa combinaison avec d'autres substances (or, argent, cuivre natif).

e. On propose trois configurations électroniques pour l'élément sodium : $1s^2\ 2s^2\ 2p^6$; $1s^2\ 2s^2\ 2p^6\ 3s^1$ et $1s^2\ 2s^2\ 2p^6\ 3s^2\ 3p^6$. Laquelle correspond à l'atome de sodium ? Laquelle correspond à l'ion sodium ? Donner la représentation symbolique de l'ion sodium et de l'ion potassium. Justifier.

f. Le chlorure de sodium est un sel. Sachant qu'un sel est une structure ionique électriquement neutre, quelle est la représentation de l'ion chlorure ?

g. La configuration électronique de l'ion chlorure est $1s^2\ 2s^2\ 2p^6\ 3s^2\ 3p^6$. Sachant que le noyau de chlore contient 18 neutrons, donner la représentation symbolique de son noyau.

Données :
- masse d'un nucléon : $m_n \approx 1{,}67 \times 10^{-27}$ kg ;
- charge élémentaire : $e = 1{,}6 \times 10^{-19}$ C.

CORRIGÉS

SE TESTER QUIZ

1 Caractéristiques physiques d'une espèce chimique

1. Réponses b et d. $\rho = \frac{m}{V}$ et $m = \rho \times V$.

2. Réponse b. L'unité de la masse volumique est : $g \cdot cm^{-3}$.

3. Réponse a. La température à laquelle une espèce chimique passe de l'état solide à l'état liquide se nomme la température de fusion.

2 Préparation d'une solution aqueuse

1. Réponse b.
La masse de soluté à peser pour préparer 200 mL de solution à 0,5 $g \cdot L^{-1}$ est $m = C \times V_{solution} = 0{,}5 \times 0{,}2 = 0{,}1$ g.

2. Réponse c.
Lorsque l'on ajoute de l'eau dans une solution aqueuse de saccharose, on dilue la solution, sa concentration en saccharose diminue.

3. Réponse b.
La pipette jaugée est la verrerie la plus précise.

4. Réponses a et c.
La solution est diluée 100 fois donc sa concentration est 100 fois plus faible (le facteur de dilution $F = 100$).
La concentration de la solution fille est :
$$C_{fille} = \frac{C_{mère}}{F} = \frac{5{,}0 \times 10^{-1}}{100} = 5{,}0 \times 10^{-3}\ g \cdot L^{-1} \text{ soit } 5{,}0\ mg \cdot L^{-1}.$$

3 Le cortège électronique et sa configuration

Réponse c. Les affirmations **a** et **b** sont fausses car ${}^{10}_{5}B$ signifie $Z = 5$, le bore a donc 5 protons dans son noyau, et donc 5 électrons dans son nuage électronique ; sa configuration électronique est $1s^2\ 2s^2\ 2p^1$.
L'affirmation **d** est fausse car la couche externe est la 2e couche soit la couche L ($2s^2\ 2p^1$) contenant 3 électrons, soit 3 électrons de valence.

4 La mole

1. Réponses b et c.
Dans une mole d'atomes, il y a $6{,}02 \times 10^{23}$ atomes ou 602×10^{21} atomes.

2. Réponse c. La quantité de matière n est : $n = \frac{N}{N_A} = \frac{N}{6{,}02 \times 10^{23}}$ (en mol).

OBJECTIF BAC

5 Métaux alcalins

a. L'électron est une particule chargée négativement, on le retrouve dans les ions et les atomes. Un atome est constitué d'un noyau autour duquel gravitent les électrons. Si un atome perd ou gagne un ou des électrons, on a alors une espèce chargée, nommée ion monoatomique. Les molécules sont constituées d'un assemblage d'atomes.

b. Les nucléons (protons et neutrons) sont les constituants du noyau.
La masse du noyau est égale à : $m = A \times m_{\text{nucléon}}$.
Soit le nombre de nucléons :

$$A = \frac{m}{m_{\text{nucléon}}} = \frac{3{,}84 \times 10^{-26}}{1{,}67 \times 10^{-27}} = 23.$$

La charge du noyau est due à la présence des protons chargés positivement (e leur charge) soit Z leur nombre.

$$Q = Ze \text{ soit } Z = \frac{Q}{e} = \frac{1{,}76 \times 10^{-18}}{1{,}6 \times 10^{-19}} = 11.$$

Le noyau est constitué de $Z = 11$ protons et $N = A - Z = 23 - 11 = 12$ neutrons. D'où : ${}^{23}_{11}\text{Na}$.

c. L'élément sodium ne se trouve pas sous forme d'atome sur Terre car il n'est pas stable et est très réactif. Il réagit pour se stabiliser. De même pour le potassium qui fait partie de la même famille chimique et qui a les mêmes propriétés.

d. L'élément sodium se trouve sous forme d'ion : il est stable sous forme ionique, comme l'ion potassium.

e. L'atome de sodium a la configuration électronique : $1s^2\ 2s^2\ 2p^6\ 3s^1$ car il possède 11 électrons. Pour satisfaire à la règle de l'octet, il aura tendance à perdre un électron. La configuration électronique de l'ion correspondant est : $1s^2\ 2s^2\ 2p^6$ comme celle d'un gaz rare, très stable. Il s'agit d'un cation Na^+.
Le potassium, se trouvant dans la même colonne du tableau périodique que le sodium, donnera le cation K^+ ayant le même nombre d'électrons sur la couche externe.

f. L'ion sodium possède une charge positive donc, pour que le chlorure de sodium soit neutre, l'ion chlorure possède une charge négative ; c'est un anion : $C\ell^-$.

g. D'après la configuration électronique de l'ion chlorure, il y a 18 électrons dans son nuage électronique. L'atome, lui, possède un électron de moins, soit la configuration : $1s^2\ 2s^2\ 2p^6\ 3s^2\ 3p^5$, d'où le numéro atomique $Z = 17$.
Le noyau de l'atome de chlore est constitué de 18 neutrons et 17 protons soit $A = 35$ et $Z = 17$ soit ${}^{35}_{17}C\ell$.

14 Transformations physiques

En bref *Une transformation physique, appelée changement d'état, peut avoir lieu lorsque de la matière reçoit ou libère de l'énergie thermique.*

I Les changements d'état

■ Le **changement d'état** d'une espèce chimique solide, liquide ou gazeuse est son passage à un autre état physique ; on parle d'une **transformation physique**.

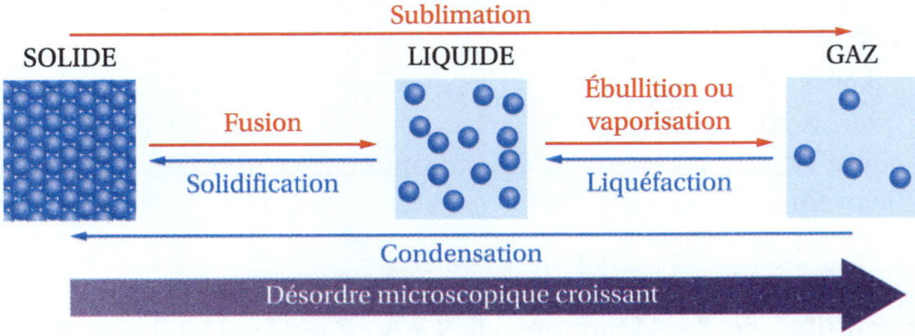

■ Un changement d'état n'affecte pas la structure des espèces chimiques mais **seulement l'organisation** de celles-ci à l'échelle microscopique.

Exemple : Les molécules H_2O sont ordonnées dans la glace et en mouvement désordonné dans l'eau liquide.

■ Le changement d'état d'un corps pur à une pression donnée a lieu à une température fixe, appelée **température de changement d'état** → FICHE 2.

Exemple : À la pression atmosphérique : T_{fusion} (eau) = $T_{\text{solidification}}$ (eau) = 0 °C

■ Un changement d'état est symbolisé par une **équation**.

Exemple : Équation de vaporisation de l'éthanol :

$$C_2H_6O_{(\ell)} \rightarrow C_2H_6O_{(g)}$$

À NOTER
L'état physique est symbolisé par une lettre : solide (s), liquide (ℓ), gaz (g).

II Énergie massique de changement d'état

■ Une transformation physique est : **endothermique** si elle absorbe de l'énergie thermique ; **exothermique** si elle libère de l'énergie. La fusion et la vaporisation sont endothermiques ; la liquéfaction et la solidification sont exothermiques.

■ L'**énergie massique E_m de changement d'état** d'une espèce chimique, exprimée en joules par kilogramme ($J \cdot kg^{-1}$), est l'énergie thermique transférée lors du changement d'état d'un kilogramme de cette espèce à sa température de changement d'état. La relation entre l'énergie massique E_m, la masse m d'espèce subissant le changement d'état et l'énergie E nécessaire à cette transformation est :

$$E_m = \frac{E}{m}$$

Exemple : Énergie massique de fusion de la glace à 0 °C : $E_{\text{fusion}} = 330\ kJ \cdot kg^{-1}$.

Méthode

Exploiter la relation entre l'énergie transférée et l'énergie massique

L'énergie massique de vaporisation de l'eau est :

E_m (vaporisation) = 2,25 kJ·g^{-1} à 100 °C.

a. Écrire l'équation de vaporisation de l'eau.

b. Expliquer ce que représente l'énergie massique fournie.

c. Pourquoi la valeur de cette énergie massique est-elle donnée à 100 °C ?

d. Calculer l'énergie à apporter pour vaporiser un quart de litre d'eau à 100 °C.

e. S'agit-il d'une transformation endothermique ou exothermique ? Justifier.

CONSEILS

a. à **c.** Utilisez les définitions d'un changement d'état et de son énergie massique.

d. Utilisez la relation : $E_m = \dfrac{E}{m}$.

SOLUTION

a. Équation de vaporisation de l'eau :

$$H_2O_{(\ell)} \rightarrow H_2O_{(g)}$$

b. L'énergie massique de vaporisation représente l'énergie à apporter à un kilogramme d'eau liquide à 100 °C pour la transformer en un kilogramme d'eau à l'état de vapeur (gaz) à 100 °C.

c. L'énergie massique de vaporisation est donnée à 100 °C car c'est la température à laquelle a lieu ce changement d'état à la pression atmosphérique.

d. Un quart de litre d'eau (0,250 L) a une masse :
$m = 0{,}250$ kg $= 250$ g.

La relation $E_m = \dfrac{E}{m}$ conduit à $E = E_m \times m$.

Avec $E_m = 2{,}25$ kJ·g^{-1} et $m = 250$ g, on obtient :
$E = 2{,}25 \times 250 = 563$ kJ.
Il faut apporter une énergie de 563 kJ pour faire passer 250 g d'eau liquide initialement à 100 °C à l'état de vapeur d'eau à 100 °C.

À NOTER
Cette énergie ne change pas la température de l'eau, mais simplement son état physique.

e. La vaporisation est une transformation endothermique puisqu'il faut apporter de l'énergie à l'eau pour que le changement d'état se produise.

15 Transformations chimiques

En bref *Lors d'une transformation chimique, les éléments chimiques constituant les réactifs sont recombinés pour former les produits de la transformation.*

I La transformation chimique, un système qui évolue

■ Un système chimique est un mélange d'espèces chimiques susceptibles de réagir entre elles. L'**état d'un système chimique** est décrit par :
– les conditions de pression p et de température T ;
– les espèces chimiques présentes en précisant leur état physique : solide (s), liquide (ℓ), gaz (g) ou en solution aqueuse (aq).

■ Pour décrire l'évolution d'un système chimique, on compare son **état initial** (EI) à son **état final** (EF).

À NOTER
La plupart des systèmes chimiques se trouvent initialement à la pression atmosphérique. Cette pression s'exprime en pascals et vaut : $p_{atm} = 1{,}013 \times 10^5$ Pa.

EI (p_i, T_i)
Espèces chimiques présentes

→ Évolution — Transformation chimique →

EF (p_f, T_f)
Espèces chimiques nouvelles
Espèces chimiques restantes

■ Une transformation chimique est une évolution d'un système au cours de laquelle des espèces chimiques, appelées **réactifs,** disparaissent en faisant apparaître de nouvelles espèces chimiques, appelées **produits** de la transformation. Les espèces système qui ne sont pas affectées sont dites **spectatrices**.

■ Au cours d'une transformation chimique, les réactifs disparaissent mais les éléments chimiques qui les constituent se retrouvent dans les produits de la transformation. C'est **la conservation des éléments** → FICHE 17.

Exemple : La combustion de l'éthanol (C_2H_6O) dans le dioxygène (O_2) est modélisée par une réaction dont l'équation → FICHE 17 est :

$$C_2H_6O_{(\ell)} + 3\ O_{2(g)} \rightarrow 2\ CO_{2(g)} + 3\ H_2O_{(g)}$$

Les éléments chimiques (H, C et O) présents dans les réactifs ne disparaissent pas, on les retrouve dans les produits de la transformation, assemblés différemment.

II Aspect énergétique d'une transformation chimique

■ Une transformation chimique **endothermique** absorbe de l'énergie. En général, cela se traduit par une diminution de la température du milieu réactionnel.
Exemple : La dissolution du nitrate d'ammonium est endothermique.

■ Une transformation chimique **exothermique** libère de l'énergie thermique. En général, cela se traduit par une élévation de température du milieu réactionnel.
Exemple : Les combustions sont exothermiques.

Méthode

Décrire un système chimique et son évolution

On chauffe fortement du sucre (saccharose $C_{12}H_{22}O_{11}$) dans un tube à essai équipé d'un tube à dégagement. Il brunit, de la vapeur d'eau s'échappe, se condense sous forme liquide dans un deuxième tube jusqu'au moment où, au fond du tube chauffé, il ne reste plus qu'un solide noir, c'est du carbone.

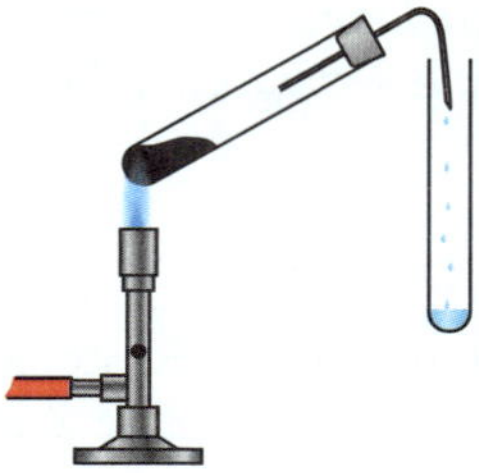

a. Décrire l'état initial et l'état final du système. Montrer qu'une transformation chimique a eu lieu et identifier les réactifs et les produits.

b. Lors de l'expérience, une transformation physique a également lieu. Laquelle ?

c. La transformation chimique est-elle endothermique ou exothermique ? Justifier.

CONSEILS

a. Relevez dans l'énoncé les espèces présentes initialement et finalement, en notant leur état physique. Identifiez celles qui disparaissent et celles qui apparaissent.

b. Identifiez le produit de la réaction qui subit le changement d'état.

c. Observez les conditions expérimentales.

SOLUTION

a. Initialement, le dispositif contient du saccharose solide : $C_{12}H_{22}O_{11(s)}$ et de l'air (diazote $N_{2(g)}$ et dioxygène $O_{2(g)}$). Finalement, il reste toujours de l'air, le sucre a disparu tandis que de l'eau liquide $H_2O_{(\ell)}$ et du carbone solide $C_{(s)}$ se sont formés.

EI (p_{atm}, T_1)	→	EF (p_{atm}, T_2)
Saccharose $C_{12}H_{22}O_{11(s)}$		Carbone $C_{(s)}$
Diazote $N_{2(g)}$ et dioxygène $O_{2(g)}$		Eau $H_2O_{(\ell)}$
		Diazote $N_{2(g)}$ et dioxygène $O_{2(g)}$

C'est une transformation chimique car il apparaît deux nouvelles espèces (carbone et eau). Dans la situation étudiée, il n'y a qu'un réactif, le saccharose (sucre) qui est totalement consommé. Les produits de la transformation sont le carbone et l'eau.

À NOTER

Cette transformation n'est pas une combustion, mais une pyrolyse ; la molécule de saccharose est décomposée par la chaleur.

b. L'eau se forme à l'état de vapeur, puis elle se liquéfie lorsqu'elle se refroidit dans le tube à dégagement. L'eau subit donc une liquéfaction.

c. Pour réaliser cette pyrolyse, il faut chauffer fortement, c'est-à-dire apporter de l'énergie thermique. La transformation est donc endothermique.

16 Transformations nucléaires

En bref *Certains noyaux atomiques peuvent subir une transformation, dite nucléaire, au cours de laquelle de nouveaux noyaux sont formés. Une telle transformation est modélisée par une réaction nucléaire.*

I Isotopes

Des isotopes sont des atomes d'un même élément chimique (même nombre Z de protons) qui diffèrent seulement par leur **nombre de neutrons** (donc par leur masse) → FICHE 7.

Exemple : Le zinc 64 de symbole $^{64}_{30}Zn$ et le zinc 68 de symbole $^{68}_{30}Zn$ sont deux isotopes naturels stables du zinc.

À NOTER
Le mot isotope créé en 1913 par Sir Frederick Soddy signifie : « dans la même case de la classification périodique » (du grec, *iso* : égal et *topos* : place).

II Réactions nucléaires

■ Les noyaux de certains isotopes peuvent subir une transformation pour former de nouveaux noyaux. On parle alors d'une **transformation nucléaire** modélisée par une réaction nucléaire.

• La **fusion nucléaire** met en jeu des noyaux légers qui se réunissent pour former un noyau plus lourd. La fusion nucléaire est à l'origine de l'énergie du Soleil.

• La **fission nucléaire** est la division d'un noyau lourd en noyaux plus légers sous l'effet de l'impact d'un neutron. C'est le type de réactions nucléaires utilisées dans les centrales nucléaires pour produire de l'énergie thermique convertie en énergie électrique.

■ Au cours d'une transformation nucléaire, il y a :
- **conservation du nombre de nucléons** (nombre A) ;
- **conservation du nombre de charges** (nombre Z).

■ La réaction nucléaire modélisant la transformation est symbolisée par une **équation** respectant ces deux lois de conservation.

Exemple : L'équation :

$$^{2}_{1}H + ^{2}_{1}H \rightarrow ^{3}_{1}H + ^{1}_{1}H$$

symbolise la fusion de deux noyaux d'hydrogène 2. Le nombre de nucléons est bien conservé (2 + 2 = 3 + 1) ainsi que le nombre de charges (1 + 1 = 1 + 1).

À NOTER
Contrairement aux transformations physiques et chimiques, les transformations nucléaires ne respectent pas la conservation des éléments chimiques.

Méthode

Écrire une équation de réaction nucléaire

a. En utilisant une notation $^{A}_{Z}X$, similaire à celle employée pour symboliser un noyau, le neutron se note $^{1}_{0}n$. Expliquer pourquoi.

b. L'interaction entre un noyau d'azote 14 et un neutron est modélisée par une réaction nucléaire d'équation : $^{1}_{0}n + ^{14}_{7}N \rightarrow ^{A}_{Z}X + ^{1}_{1}H$. Identifier le noyau $^{A}_{Z}X$.

c. Un neutron entrant en collision avec un noyau d'uranium 235 peut provoquer la fission de ce noyau en deux noyaux plus légers. L'une de ces réactions de fission donne naissance à un noyau de sélénium 85 et un noyau de cérium 146, il se forme également plusieurs neutrons. Écrire l'équation de cette réaction de fission et déterminer le nombre y de neutrons formés.

Données : symboles et numéros atomiques de quelques éléments chimiques

Élément	bore	carbone	azote	oxygène	fluor	sélénium	cérium	uranium
Symbole	B	C	N	O	F	Se	Ce	U
Z	5	6	7	8	9	34	58	92

CONSEILS

a. Utilisez la signification des nombres A et Z.
b. et **c.** Appliquez les lois de conservation.

SOLUTION

a. Un neutron se note $^{1}_{0}n$ car le neutron est un nucléon ($A = 1$) qui ne porte pas de charge électrique ($Z = 0$).

b. La conservation du nombre de nucléons s'exprime par l'équation : $1 + 14 = A + 1$ et par conséquent $A = 14$. La conservation du nombre de charges s'exprime par l'équation : $0 + 7 = Z + 1$ donc $Z = 6$. L'élément chimique de numéro atomique $Z = 6$ est le carbone C. Le noyau $^{A}_{Z}X$ est donc $^{14}_{6}C$, c'est-à-dire l'isotope 14 du carbone. L'équation est :

$$^{1}_{0}n + ^{14}_{7}N \rightarrow ^{14}_{6}C + ^{1}_{1}H$$

c. L'équation de fission nucléaire s'écrit :

$$^{1}_{0}n + ^{235}_{92}U \rightarrow ^{85}_{34}Se + ^{146}_{58}Ce + y\ ^{1}_{0}n$$

La conservation du nombre de nucléons se traduit par :
$1 + 235 = 85 + 146 + y \times 1$ et par conséquent $y = 235 + 1 - 85 - 146 = 5$.
Cette fission aboutit donc à la formation de 5 neutrons :

$$^{1}_{0}n + ^{235}_{92}U \rightarrow ^{85}_{34}Se + ^{146}_{58}Ce + 5\ ^{1}_{0}n$$

À NOTER

La conservation de la charge est bien vérifiée, il y a initialement 92 charges et finalement on retrouve ces 92 charges ($34 + 58 + 5 \times 0 = 92$).

17 La réaction chimique

En bref *Une transformation chimique est modélisée par une réaction chimique. Les équations chimiques sont ajustées pour traduire la conservation de la matière et des charges électriques.*

I L'équation de la réaction et sa signification

■ Une transformation chimique → FICHE 15 est modélisée par une réaction chimique dont l'équation indique les **réactifs** et les **produits**, représentés par leur formule et l'état physique des espèces : solide (s), liquide (ℓ), gaz (g) ou aqueux (aq). Elle indique les proportions des quantités qui interviennent mais pas les conditions dans lesquelles se déroule la réaction.

> **MOT CLÉ**
> **Aqueux** signifie que l'espèce est dissoute, en solution dans l'eau.

■ Les espèces chimiques présentes et qui ne réagissent pas sont appelées **espèces spectatrices.** Elles n'apparaissent pas dans l'équation chimique.

Exemple : La combustion du charbon qui brûle dans l'air est une transformation modélisée par la réaction entre le carbone et le dioxygène d'équation :

$$C_{(s)} + O_{2(g)} \rightarrow CO_{2(g)}$$

• À l'**échelle microscopique** : un atome de carbone réagit avec une molécule de dioxygène pour former une molécule de dioxyde de carbone.

• À l'**échelle macroscopique** : une mole d'atomes de carbone réagit avec une mole de molécules de dioxygène pour former une mole de dioxyde de carbone.

• Les gaz présents dans l'air (diazote par exemple) sont des espèces spectatrices.

II Conservation de la matière et nombres stœchiométriques

■ Au cours d'une transformation chimique, il y a **conservation des éléments chimiques** et **des charges électriques**.

■ Dans l'équation, on place devant les formules, des **nombres stœchiométriques** que l'on ajuste pour traduire cette conservation (le nombre 1 n'est pas écrit).

Exemple : La réaction entre l'éthanol (C_2H_6O) et le dioxygène (O_2) forme du dioxyde de carbone (CO_2) et de la vapeur d'eau (H_2O). Son équation est :

$$C_2H_6O_{(\ell)} + 3\ O_{2(g)} \rightarrow 2\ CO_{2(g)} + 3\ H_2O_{(g)}$$

Les nombres stœchiométriques (en rouge dans l'équation) renseignent sur les proportions dans lesquelles les réactifs sont consommés et les produits sont formés : 1 mole d'éthanol réagit avec 3 moles de dioxygène pour former 2 moles de dioxyde de carbone et 3 moles d'eau.

■ La conservation de la matière se manifeste à l'échelle macroscopique par la **conservation de la masse totale** du système chimique.

Méthode

Écrire et ajuster des équations chimiques

Le gaz de ville est constitué de méthane de formule CH_4 qui brûle en réagissant avec le dioxygène de l'air. Cette transformation exothermique est très utilisée pour le chauffage au gaz ; elle produit du dioxyde de carbone et de l'eau.

Les pluies acides attaquent le calcaire : les ions hydrogène H^+ contenus dans les acides réagissent avec le carbonate de calcium $CaCO_3$ constituant le calcaire. Il apparaît des ions calcium Ca^{2+}, des molécules de dioxyde de carbone et d'eau.

Écrire les équations des réactions chimiques qui modélisent ces deux transformations.

CONSEILS

Étape 1. Après avoir identifié les réactifs (espèces qui disparaissent) et les produits (espèces qui apparaissent), écrivez les formules brutes des différents constituants avec leur état physique : les réactifs à gauche et les produits à droite de la flèche.
Étape 2. Comptez les éléments présents de part et d'autre de la flèche : vérifiez qu'il y a le même nombre, sinon ajoutez, devant les formules, les nombres stœchiométriques qui permettent d'écrire la conservation.
Étape 3. Vérifiez la conservation des charges électriques.

SOLUTION

Étape 1. Pour la combustion du méthane, les réactifs sont : le méthane $CH_{4(g)}$ et le dioxygène $O_{2(g)}$; les produits : le dioxyde de carbone $CO_{2(g)}$ et l'eau $H_2O_{(g)}$. Pour l'attaque du calcaire, les réactifs sont : les ions hydrogène $H^+_{(aq)}$, dissous dans l'eau de pluie, et le calcaire $CaCO_{3(s)}$; les produits : les ions calcium $Ca^{2+}_{(aq)}$, le dioxyde de carbone $CO_{2(g)}$ et l'eau $H_2O_{(\ell)}$. Pour les deux réactions,

on écrit les formules des espèces à gauche et à droite de la flèche :

$$CH_{4(g)} + O_{2(g)} \rightarrow CO_{2(g)} + H_2O_{(g)}$$

$$H^+_{(aq)} + CaCO_{3(s)} \rightarrow Ca^{2+}_{(aq)} + CO_{2(g)} + H_2O_{(\ell)}$$

Étape 2. On ajuste pour écrire la conservation des éléments :

$$CH_{4(g)} + 2\ O_{2(g)} \rightarrow CO_{2(g)} + 2\ H_2O_{(g)}$$

2 devant H_2O permet d'écrire la conservation de l'hydrogène : 4 de chaque côté tandis que 2 devant O_2 permet d'écrire la conservation de l'oxygène : 4 de chaque côté.

$$2\ H^+_{(aq)} + CaCO_{3(s)} \rightarrow Ca^{2+}_{(aq)} + CO_{2(g)} + H_2O_{(\ell)}$$

2 devant H^+ permet d'écrire la conservation de H : 2 de chaque côté.

Étape 3. Seule la seconde situation comporte des charges électriques. Le nombre stœchiométrique 2 devant H^+ permet d'avoir 2 charges positives avant et après la transformation. Les équations ci-dessus sont donc ajustées.

18 Stœchiométrie et réactif limitant

En bref *Les réactifs d'un système chimique qui subit une transformation chimique ne sont pas souvent mélangés dans les « bonnes » proportions. L'équation chimique permet de faire un bilan en fonction des quantités mises en jeu.*

I Stœchiométrie d'une réaction

La stœchiométrie d'une réaction correspond aux **proportions** dans lesquelles les réactifs réagissent. Elle est indiquée par les nombres stœchiométriques de l'équation chimique.

MOT CLÉ
Le mot **stœchiométrie** vient des mots grecs « élément » et « mesure » : c'est la mesure des quantités qui interviennent lors d'une réaction chimique.

Exemple : La combustion du méthane est une réaction avec le dioxygène dont l'équation est :

$$CH_{4(g)} + 2\ O_{2(g)} \rightarrow CO_{2(g)} + 2\ H_2O_{(g)}$$

Les nombres stœchiométriques 1 (non écrit dans l'équation devant CH_4) et 2 (devant O_2) indiquent les proportions dans lesquelles le méthane et le dioxygène réagissent. Ainsi 1 mole de méthane réagit avec 2 moles de dioxygène. Et de façon générale, x moles de méthane réagissent avec $2x$ moles de dioxygène.

II Réaction totale et réactif limitant

- Une transformation chimique est modélisée par une **réaction totale** si elle s'arrête lorsqu'un réactif a complètement disparu.
- Le réactif qui est totalement consommé est appelé **réactif limitant**. Sa disparition complète empêche la transformation de se poursuivre. La détermination du réactif limitant repose sur la comparaison des quantités initiales mises en jeu avec les proportions stœchiométriques indiquées par les nombres stœchiométriques.

À NOTER
Il est possible qu'il y ait deux réactifs limitants lors d'une réaction.

Exemple : Pour la combustion du méthane (équation ci-dessus) :

Si le système chimique qui est le siège de la combustion du méthane est composé d'un mélange de 7 moles de méthane et de 19 moles de dioxygène, alors les proportions stœchiométriques ne sont pas respectées.

En effet, si 1 mole de méthane réagit avec 2 moles de dioxygène, alors 7 moles de méthane réagissent avec $2 \times 7 = 14$ moles de dioxygène.

Donc, si la réaction est totale, tout le méthane disparaît et il reste $19 - 14 = 5$ moles de dioxygène. Le méthane est le réactif limitant.

Méthode

Identifier le réactif limitant d'une transformation chimique

Un morceau de fusain incandescent, constitué de 0,25 mol de carbone solide, est plongé dans un flacon contenant 0,10 mol de dioxygène. Il s'enflamme pendant quelques secondes puis s'éteint. En fin d'évolution, le flacon s'est échauffé, une partie seulement du fusain a disparu et il ne reste plus de dioxygène.

Un test à l'eau de chaux montre qu'il s'est formé du dioxyde de carbone.

a. Quels sont les réactifs et les produits de cette transformation chimique ?

b. Écrire l'équation de la combustion du fusain.

c. Expliquer pourquoi on observe un reste de fusain en fin de transformation.

d. Identifier le réactif limitant de cette réaction et interpréter.

CONSEILS

a. Recherchez les espèces qui disparaissent et celles qui apparaissent.
b. Veillez à respecter l'écriture des formules et pensez à préciser l'état physique.
c. Comparez les quantités initiales avec les nombres stœchiométriques.
d. Justifiez l'observation réalisée pour le dioxygène.

SOLUTION

a. Les réactifs sont le carbone et le dioxygène ; le produit est le dioxyde de carbone.

b. Équation chimique de la réaction : $C_{(s)} + O_{2(g)} \rightarrow CO_{2(g)}$.

c. Les nombres stœchiométriques sont 1 et 1 (non écrits dans l'équation).

Cela signifie que 1 mole de carbone réagit avec 1 mole de dioxygène.

Donc seulement 0,10 mol de carbone peut réagir avec 0,10 mol de dioxygène.

Il reste donc 0,25 – 0,10 = 0,15 mol de carbone qui n'a pas réagi.

On dit alors que le carbone est en excès.

d. Le dioxygène disparaît entièrement. Cette disparition complète est due au fait que le carbone est en excès dans le flacon. Le réactif limitant est le dioxygène.

19 Synthèse d'une espèce chimique

En bref *L'insuffisance des produits naturels et les besoins en produits spécifiques imposent le recours à la synthèse chimique. C'est le cas dans de nombreux domaines : pharmacie, agroalimentaire, cosmétique...*

I Définition

- La **synthèse d'une espèce chimique** est une transformation chimique → FICHES 15 et 17 au cours de laquelle des réactifs mis en jeu conduisent à un (ou des) produit(s) dont l'espèce recherchée. Lors d'une synthèse, certaines conditions expérimentales doivent être respectées : température, pression, proportions de réactifs...
- Si l'espèce synthétisée est identique à une **espèce naturelle**, alors elle possède les mêmes propriétés physico-chimiques que celle-ci.

II Techniques expérimentales

La synthèse d'une espèce chimique s'effectue en **plusieurs étapes**.

- Un **chauffage à reflux** (ci-contre) permet d'accélérer la réaction à température élevée. Le mélange réactionnel est maintenu à ébullition. Les espèces, transformées en gaz lors du chauffage, se condensent dans le réfrigérant vertical et refluent à l'état liquide dans le ballon ; ceci permet d'éviter toute perte de matière. Les produits se forment au sein du mélange réactionnel. L'agitation est nécessaire pour mélanger les réactifs et pour que le chauffage soit homogène.

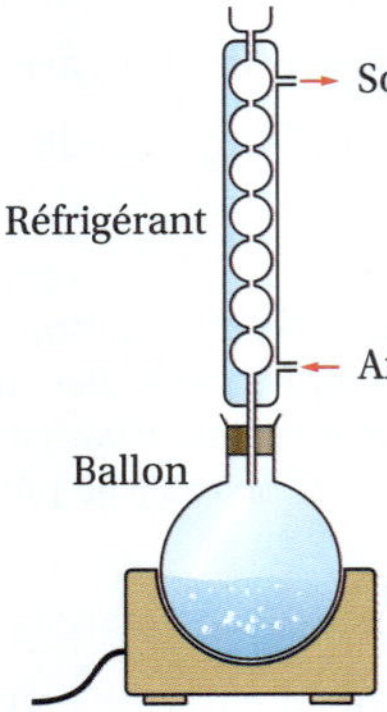

- Un **traitement** permet de séparer l'espèce synthétisée des autres produits. Plusieurs techniques sont possibles : une extraction (si l'espèce synthétisée est mélangée en phase liquide) ou une filtration (si l'espèce synthétisée est solide).
- Une fois isolée, l'espèce chimique synthétisée doit être identifiée en déterminant certaines de ses caractéristiques physiques : température de changement d'état, densité, indice de réfraction → FICHE 2 en réalisant un test chimique ou en la comparant à une espèce de référence par chromatographie → FICHE 3. Cette **identification** permet de vérifier sa pureté et de confirmer que la transformation attendue a bien eu lieu.

Méthodes

1 Mettre en œuvre un montage de synthèse

On réalise la synthèse d'une espèce chimique en chauffant des réactifs en phase liquide. Parmi les trois dispositifs proposés, lequel faut-il retenir ? Argumenter clairement son choix.

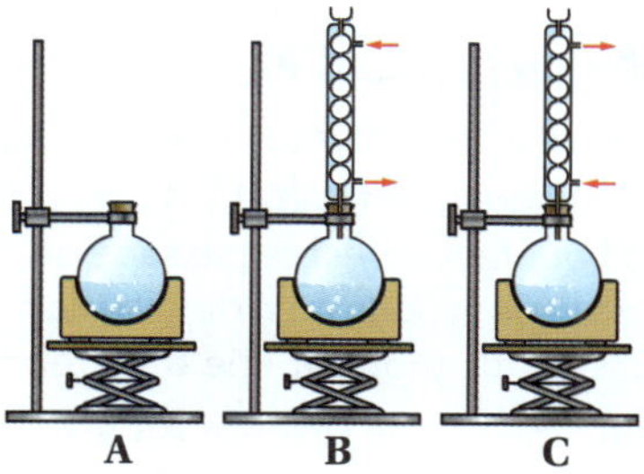

CONSEILS
Observez les trois montages et comparez-les. Pensez à ce qui se passe lorsqu'on chauffe un mélange liquide de réactifs (pour obtenir le maximum de produit).

SOLUTION

Le montage à choisir est le montage C. Au cours du chauffage, des vapeurs se forment qui s'échappent : on aura des pertes avec le montage A. Il est donc nécessaire d'avoir un réfrigérant pour condenser les vapeurs. L'eau de refroidissement doit circuler du bas vers le haut dans le réfrigérant, ce qui correspond au montage C, appelé montage à reflux.

2 Comparer une espèce synthétique et une espèce naturelle

La menthone est un des constituants de la menthe poivrée (10 % de l'huile essentielle). Elle peut aussi être synthétisée à partir du menthol obtenu par extraction de l'espèce végétale (50 % de l'huile essentielle). La chromatographie ci-contre a été obtenue en réalisant différents dépôts :

1. de menthone naturelle ;
2. de menthol naturel ;
3. d'huile essentielle de menthe poivrée ;
4. du produit de synthèse obtenu à partir du menthol.

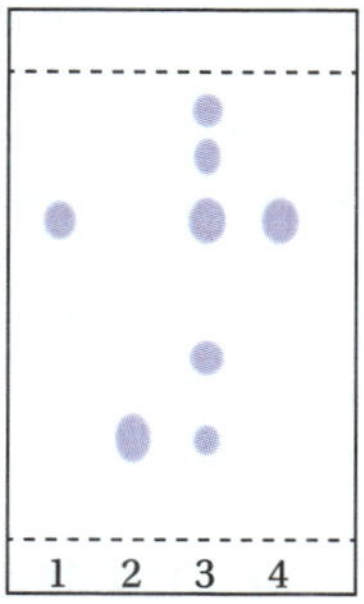

a. Comment voit-on la présence de menthone dans l'huile essentielle de menthe ?

b. Quelle est la nature du produit de synthèse ?

CONSEIL
Pour la CCM, voir → FICHE 3.

SOLUTION

a. La chromatographie de l'huile essentielle (dépôt 3) montre une tache à la même hauteur que celle de la menthone : elle est donc présente dans l'huile essentielle.

b. La tache associée au dépôt 4 est à la hauteur de celle de la menthone : le produit de synthèse est donc de la menthone synthétique identique à la menthone naturelle.

SE TESTER QUIZ

Vérifiez que vous avez bien compris les points clés des **fiches 14 à 19**.

1 Changements d'état

→ FICHE 14

1. Parmi les affirmations suivantes, lesquelles sont vraies ?

☐ **a.** Un changement d'état est une transformation chimique.
☐ **b.** La liquéfaction est le passage de l'état solide à liquide.
☐ **c.** Lors de la vaporisation de l'eau, la molécule d'eau garde la même formule.
☐ **d.** La solidification est une transformation exothermique.

2. La sublimation de l'espèce AB est modélisée par la réaction d'équation :

☐ **a.** $AB_{(\ell)} \rightarrow AB_{(g)}$ ☐ **b.** $AB_{(s)} \rightarrow AB_{(\ell)}$
☐ **c.** $AB_{(g)} \rightarrow AB_{(s)}$ ☐ **d.** $AB_{(s)} \rightarrow AB_{(g)}$

3. L'énergie massique de changement d'état d'une espèce chimique s'exprime en :

☐ **a.** J ☐ **b.** $J \cdot kg^{-1}$ ☐ **c.** W ☐ **d.** $J \cdot L^{-1}$

2 Transformations nucléaires et isotopes

→ FICHE 16

Parmi les affirmations suivantes, lesquelles sont vraies ?

☐ **a.** Une transformation nucléaire met en jeu des molécules.
☐ **b.** La conservation des éléments chimiques est respectée lors d'une transformation nucléaire.
☐ **c.** La réaction symbolisée par ${}^{60}_{27}Co \rightarrow {}^{60}_{28}Ni + {}^{0}_{-1}e$ est une réaction nucléaire.
☐ **d.** La fusion nucléaire est le passage de l'état solide à l'état liquide.
☐ **e.** Lorsque deux noyaux atomiques légers se réunissent pour former un noyau plus lourd, on parle de fission nucléaire.
☐ **f.** Les noyaux ${}^{64}_{28}Ni$, ${}^{65}_{29}Cu$ et ${}^{66}_{30}Zn$ ont tous les trois le même nombre de neutrons.
☐ **g.** Les noyaux ${}^{64}_{28}Ni$; ${}^{65}_{29}Cu$; ${}^{66}_{30}Zn$ sont des isotopes.

3 La réaction chimique

→ FICHES 17 à 19

1. Au cours d'une transformation chimique, il y a conservation :

☐ **a.** des éléments chimiques ☐ **b.** des molécules ☐ **c.** de la masse totale

2. Les nombres stœchiométriques de l'équation chimique :

☐ **a.** dépendent des quantités de réactifs mélangés
☐ **b.** indiquent les proportions dans lesquelles les réactifs réagissent
☐ **c.** rendent compte de la conservation des éléments et des charges électriques

3. Le montage utilisé fréquemment pour une synthèse chimique est :

☐ **a.** un chauffage à reflux qui évapore et condense les vapeurs des réactifs
☐ **b.** un chauffage à flux qui permet aux vapeurs de s'échapper pour réagir
☐ **c.** un chauffage à distiller qui permet de recueillir le produit

OBJECTIF BAC

4 Bougie

30 min

Dans ce problème, on s'intéresse aux transformations de la matière mises en jeu lorsqu'une bougie brûle, et notamment leur aspect énergétique.

Une bougie est constituée essentiellement de stéarine solide $C_{57}H_{110}O_{6(s)}$ et d'une mèche en coton. Lorsque la bougie est allumée, la stéarine fond à proximité de la mèche enflammée puis elle se vaporise avant d'être consommée par combustion.

On réalise l'expérience suivante : une bougie enflammée est placée sous un flacon sec rempli d'air. La bougie continue à brûler pendant quelques secondes, puis elle s'éteint. Le flacon s'échauffe et se recouvre de buée. Un test à l'eau de chaux montre qu'il s'est formé du dioxyde de carbone.

On supposera que la pression dans le flacon reste égale à la pression atmosphérique.

a. Identifier les changements d'états subis par la stéarine lorsque la bougie brûle.

b. Écrire les équations de ces changements d'état.

c. Pourquoi la bougie s'éteint-elle ?

d. Décrire l'état initial et l'état final du système constitué par les espèces chimiques présentes dans le flacon. On négligera la mèche de coton.

e. Expliquer ce qui permet d'affirmer que le système subit une transformation chimique.

f. Quels sont les produits et les réactifs ? La loi de conservation des éléments est-elle bien vérifiée ?

g. Pour chaque transformation de la matière mise en jeu lorsqu'une bougie brûle, préciser s'il s'agit d'une transformation endothermique ou exothermique.

CORRIGÉS

SE TESTER QUIZ

1 Changements d'état

1. Réponses c et d.
L'affirmation **a** est fausse : un changement d'état n'est pas une transformation chimique mais une transformation physique.
L'affirmation **b** est fausse : la liquéfaction est le passage de l'état gazeux à liquide tandis que le passage de l'état solide à liquide est la fusion.

2. Réponse d. La sublimation est le passage de l'état solide à l'état gazeux :

$$AB_{(s)} \rightarrow AB_{(g)}$$

3. Réponse b. L'énergie massique s'exprime en $J \cdot kg^{-1}$

2 Transformations nucléaires et isotopes

Réponses c et f.
L'affirmation **a** est fausse : une transformation nucléaire ne met pas en jeu des molécules, mais des noyaux atomiques.
L'affirmation **b** est fausse : la conservation des éléments chimiques n'est pas respectée lors d'une transformation nucléaire.
L'affirmation **c** est vraie : la réaction symbolisée par ${}^{60}_{27}Co \rightarrow {}^{60}_{28}Ni + {}^{0}_{-1}e$ est une réaction nucléaire au cours de laquelle un noyau de cobalt 60 est transformé en un noyau de nickel 60 en émettant un électron (symbolisé par ${}^{0}_{-1}e$). Il s'agit d'une désintégration radioactive.
L'affirmation **d** est fausse : la fusion nucléaire ne doit pas être confondue avec la fusion qui est une transformation physique correspondant au passage de l'état solide à l'état liquide.
L'affirmation **e** est fausse : lorsque deux noyaux atomiques légers se réunissent pour former un noyau plus lourd, il ne s'agit pas d'une fission nucléaire mais d'une fusion nucléaire.
L'affirmation **f** est vraie : les noyaux ${}^{64}_{28}Ni$, ${}^{65}_{29}Cu$ et ${}^{66}_{30}Zn$ ont tous 36 neutrons
L'affirmation **g** est fausse : les noyaux ${}^{64}_{28}Ni$, ${}^{65}_{29}Cu$ et ${}^{66}_{30}Zn$ ne sont pas des isotopes puisqu'ils n'ont pas le même nombre Z de protons.

3 La réaction chimique

1. Réponses a. et c. Au cours d'une transformation chimique, les éléments chimiques et la masse totale sont conservés, mais des molécules disparaissent et d'autres sont créées.

2. Réponses b. et c. L'affirmation **a** est fausse car les quantités de réactifs mélangés peuvent être quelconque.
L'affirmation **c** est vraie : ce sont les lois de la conservation de la matière.

3. Réponse a. L'affirmation **b** est fausse car le chauffage à reflux (et non flux) permet aux vapeurs de ne pas s'échapper grâce à leur condensation dans le réfrigérant. L'affirmation **c** est fausse car un montage à distiller permet de séparer les constituants d'un mélange mais pas de synthétiser une espèce chimique.

OBJECTIF BAC

4 Bougie

a. La stéarine solide subit une fusion, passant de l'état solide à l'état liquide, puis elle subit une vaporisation (passage de l'état liquide à gazeux).

b. Fusion : $C_{57}H_{110}O_{6(s)} \rightarrow C_{57}H_{110}O_{6(\ell)}$

Vaporisation : $C_{57}H_{110}O_{6(\ell)} \rightarrow C_{57}H_{110}O_{6(g)}$

c. Une combustion nécessite du dioxygène. La bougie brûle dans un récipient clos contenant de l'air (80 % de diazote et 20 % de dioxygène). Lorsque tout le dioxygène est consommé, la combustion cesse et la bougie s'éteint.

d. Initialement, le flacon contient : une bougie allumée constituée de stéarine solide, liquide et gazeuse, ainsi que de l'air (80 % de diazote et 20 % de dioxygène). Finalement, il reste de la stéarine solide et liquide (à proximité de la mèche) et il s'est formé du dioxyde de carbone et de la vapeur d'eau. Le dioxygène a disparu mais le diazote est toujours présent.

e. Le système évolue de la manière suivante :

EI (p_{atm}, T_1)
Stéarine
$C_{57}H_{110}O_{6(s)}$
$C_{57}H_{110}O_{6(\ell)}$
$C_{57}H_{110}O_{6(g)}$
Dioxygène $O_{2(g)}$
Diazote $N_{2(g)}$

→

EF (p_{atm}, T_2)
Stéarine
$C_{57}H_{110}O_{6(s)}$
$C_{57}H_{110}O_{6(\ell)}$
$C_{57}H_{110}O_{6(g)}$
Dioxygène $O_{2(g)}$
Diazote $N_{2(g)}$
Dioxyde de carbone $CO_{2(g)}$
Eau vapeur $H_2O_{(g)}$

Des espèces chimiques disparaissent et d'autres apparaissent. Il y a donc transformation chimique.

f. Les produits de cette transformation chimique sont le dioxyde de carbone et la vapeur d'eau. Les réactifs sont la stéarine gazeuse et le dioxygène. On vérifie que les produits et les réactifs sont bien constitués des mêmes éléments chimiques : l'hydrogène H, le carbone C et l'oxygène O.

g. La fusion et la vaporisation de la stéarine nécessitent un apport d'énergie thermique pour avoir lieu : ce sont deux changements d'état endothermiques. Cette énergie est apportée au début par la flamme (allumette par exemple) qui amorce la combustion de la mèche.

La combustion de la stéarine est une transformation chimique exothermique comme toutes les combustions.

20 La relativité du mouvement

En bref *La description du mouvement d'un système doit permettre de répondre à des questions comme : quel est le mobile étudié ? Comment se déplace-t-il et par rapport à quoi ? Les réponses dépendent des choix faits avant d'étudier le mouvement.*

I Se repérer pour décrire un mouvement

Exemple : Au démarrage du bus, la personne B se déplace dans le bus en restant à la hauteur de C, placé sur le côté de la route. Pour C, vu de la route, B semble immobile alors que A avance. Pour le chauffeur du bus, c'est l'inverse. Il faut donc préciser par rapport à quoi est observé le mouvement.

1 Relativité du mouvement

- Le mouvement est une notion relative. La description du mouvement d'un **système** nécessite le choix d'un solide de référence appelé **référentiel**. Dans l'exemple précédent, si on choisit le référentiel « route », A se déplace et C est immobile. Si on choisit le référentiel « bus », c'est le contraire.

> **MOT CLÉ**
> Le **système** est l'objet ou l'ensemble d'objets choisi pour l'étude. Ce qui est en dehors du système est appelé « environnement ».

- Le référentiel le plus souvent utilisé est la Terre ou un solide fixe par rapport à la Terre : c'est le **référentiel terrestre**.

2 Repères d'espace et de temps

- Pour localiser le mobile dans l'espace il faut **définir un repère** avec une origine notée O, liée au référentiel ainsi que des axes gradués pour situer le mobile.
- Pour situer le mobile dans le temps, il faut **choisir une origine des temps** ($t = 0$) et une unité de mesure, comme la seconde par exemple.

II Caractéristiques d'un mouvement

- La **trajectoire** est l'ensemble des positions successives occupées par le système mobile au cours de son mouvement.
- La **vitesse moyenne** v est le quotient de la distance parcourue d sur la durée du parcours $\Delta t = t_2 - t_1$ (t_1 et t_2 : deux dates successives).

$$v = \frac{d}{\Delta t}$$ d en m (ou km) ; Δt en s (ou h) ; v en $m \cdot s^{-1}$ (ou $km \cdot h^{-1}$).

Méthode

Décrire un mouvement dans deux référentiels différents

Un cycliste lâche une balle en roulant à vélo à vitesse constante. Les enregistrements ci-dessous montrent les mouvements du vélo, de la balle et de la roue dans deux référentiels différents. L'intervalle de temps séparant deux positions successives est τ = 40 ms.

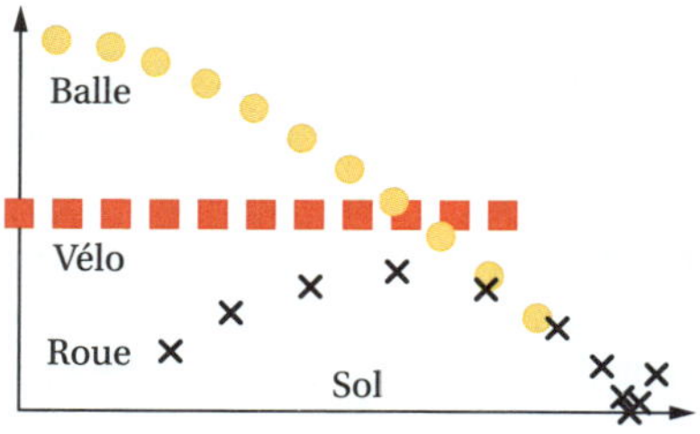

Dans le référentiel terrestre

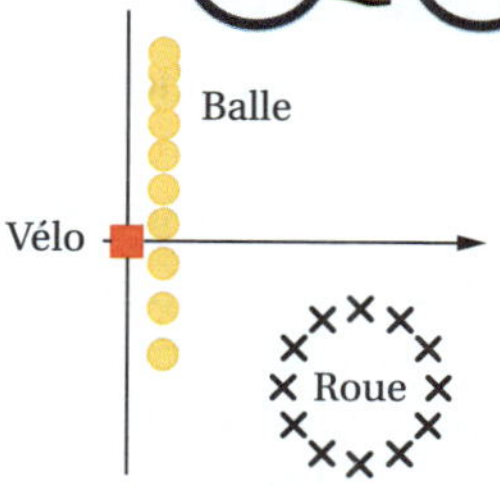

Dans le référentiel vélo

a. Décrire les trajectoires observées pour la balle dans chaque référentiel.

b. Décrire les variations de la vitesse du vélo et de la balle dans le référentiel terrestre.

c. Le vélo se déplace sur la route de 2,8 m en 0,40 s. Calculer sa vitesse dans chaque référentiel.

CONSEILS

a. Une trajectoire peut être rectiligne, circulaire ou curviligne.
b. Observez la manière dont évoluent les intervalles entre les points.
c. Utilisez la définition de la vitesse en précisant le référentiel choisi.

SOLUTION

a. Dans le référentiel terrestre, la balle a une trajectoire curviligne (parabolique) mais dans le référentiel vélo, elle a une trajectoire rectiligne.

b. La distance parcourue par le vélo pendant des intervalles de temps égaux reste la même, sa vitesse est donc constante : le mouvement du vélo est uniforme. Les positions de la balle sont de plus en plus espacées, sa vitesse est donc de plus en plus grande : le mouvement de la balle est accéléré.

c. Dans le référentiel terrestre : $v = \dfrac{d}{\Delta t} = \dfrac{2{,}8}{0{,}40} = 7{,}0\ \text{m} \cdot \text{s}^{-1}$.

Dans le référentiel vélo, il est immobile : $v = 0\ \text{m} \cdot \text{s}^{-1}$.

À NOTER

La trajectoire et la vitesse sont relatives : elles dépendent du choix du référentiel.

21 Les différents types de mouvements

En bref *Le mouvement d'un système est décrit par la nature de sa trajectoire et les variations éventuelles de sa vitesse. Pour faciliter cette description, on réduit souvent ce mouvement à celui d'un point particulier du mobile.*

I Observation par vidéo ou chronophotographie

- La vidéo ou la chronophotographie permettent d'enregistrer et d'analyser le mouvement d'un objet. La décomposition image par image donne les positions occupées par le mobile à **intervalles de temps réguliers**.
- Si ces positions successives sont régulièrement espacées alors la vitesse est constante et le mouvement est dit **uniforme**. Si elles sont de plus en plus espacées, le mouvement est **accéléré** et si elles sont de plus en plus rapprochées, le mouvement est **ralenti**.

Exemple : Dans le référentiel terrestre, le « poids » lancé par un athlète est animé d'un mouvement ascendant ralenti puis d'un mouvement descendant accéléré.

II Quelques mouvements simples

	La vitesse **augmente**.	La vitesse est **constante**.	La vitesse **diminue**.
La trajectoire est une **droite**.	**Mouvement rectiligne accéléré** Sens du mouvement	**Mouvement rectiligne uniforme** Sens du mouvement	**Mouvement rectiligne ralenti** Sens du mouvement
La trajectoire est un **cercle**.	Sens du mouvement **Mouvement circulaire accéléré**	Sens du mouvement **Mouvement circulaire uniforme**	Sens du mouvement **Mouvement circulaire ralenti**

Méthode

Étudier un mouvement de chute

Cette chronophotographie de la chute d'une bille dans une éprouvette d'huile a été réalisée avec une caméra filmant 25 images par seconde. Les positions de la bille sont repérées sur l'axe des x orienté vers le bas à 4 dates différentes.

a. Décrire le mouvement de la bille.

b. Calculer sa vitesse moyenne sur toute la chute.

c. Déterminer sa vitesse instantanée au point 14.

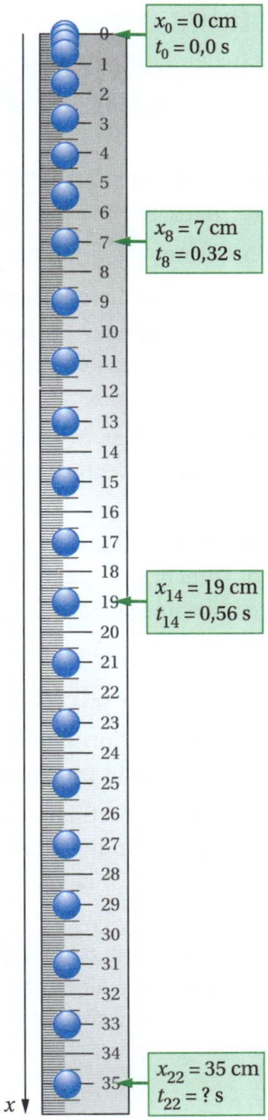

CONSEILS

a. Indiquez la nature de la trajectoire et la manière dont varie la vitesse en précisant le référentiel.
b. Utilisez la définition de la vitesse moyenne.
c. Pour déterminer la vitesse en un point, évaluez la vitesse moyenne sur un petit intervalle contenant le point considéré.

SOLUTION

a. Dans le référentiel terrestre, la bille tombe suivant la verticale, sa trajectoire est donc rectiligne. Entre les positions 0 et 8, les écarts augmentent, donc sa vitesse augmente. Puis à partir de la position 8, les écarts restent égaux donc sa vitesse est constante. Donc :
- entre 0 et 8 : mouvement rectiligne accéléré ;
- entre 8 et 22 : mouvement rectiligne uniforme.

b. Entre 2 images, il s'écoule $\frac{1}{25}$ seconde soit 0,040 s. La chute fait apparaître 22 intervalles de temps et dure donc :

$\Delta t = t_{22} - t_0 = 22 \times 0{,}040 = 0{,}88$ s.

La distance parcourue est alors $d = 35$ cm, donc :

$$v = \frac{d}{\Delta t} = \frac{35}{0{,}88} = 39{,}8 = 40 \text{ cm}\cdot\text{s}^{-1}.$$

c. Entre les points 14 et 15, la vitesse est constante et la bille chute de 2,0 cm (entre chaque position) en $\Delta t = 0{,}040$ s, donc :

$$v = \frac{d}{\Delta t} = \frac{2{,}0}{0{,}040} = 50 \text{ cm}\cdot\text{s}^{-1}.$$

22 Le vecteur vitesse et sa variation

En bref *Le déplacement et la vitesse d'un point mobile sont caractérisés par une direction, un sens et une valeur : ils peuvent donc être associés à des vecteurs représentés par des flèches.*

I Vecteurs déplacement et vitesse

Les positions d'un mobile M sont enregistrées à intervalles de temps réguliers Δt.

■ Le **vecteur déplacement** $\overrightarrow{MM'}$ est représenté par une flèche entre les points M et M'.

■ Le **vecteur vitesse** $\vec{v}$ est : colinéaire au vecteur $\overrightarrow{MM'}$; dans le sens du mouvement ; de valeur (ou norme) : $\frac{MM'}{\Delta t}$. Il est représenté par une flèche de même direction et de même sens que $\overrightarrow{MM'}$ et de longueur proportionnelle à sa valeur, en fonction de l'échelle de représentation choisie.

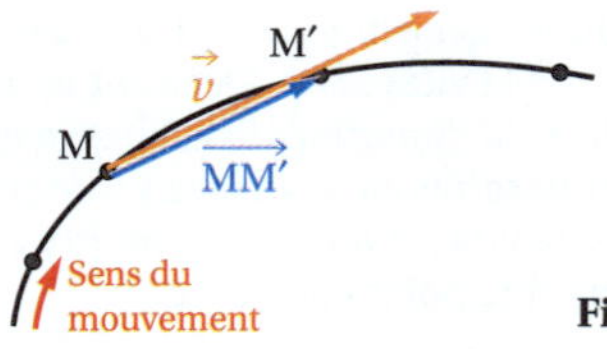

Fig. 1

• Sur la figure 1, M et M' sont éloignés : on définit ainsi est un vecteur **vitesse moyenne** entre M et M'.

• Sur la figure 2, lorsque M et M' sont suffisamment proches, $\vec{v}$ tend vers le vecteur **vitesse instantanée** en M.

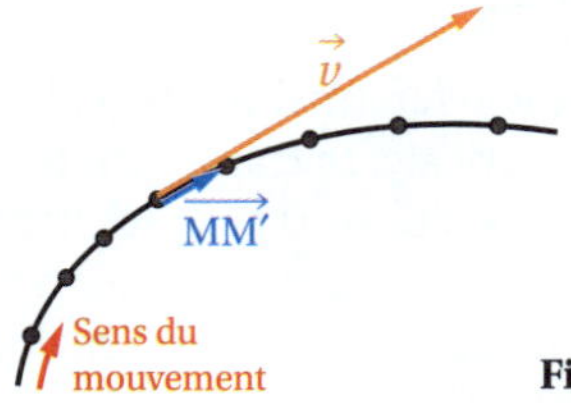

Fig. 2

II La variation du vecteur vitesse

Pour décrire la variation du vecteur vitesse pendant le mouvement entre deux points M_1 et M_2, il faut prendre en compte **sa direction et sa valeur**.

• Si la trajectoire est **rectiligne**, la variation de la valeur du vecteur indique la variation de la vitesse (sur la figure 3, la valeur de la vitesse augmente).

Fig. 3

• Si la trajectoire n'est **pas rectiligne** et si la vitesse est **constante**, alors c'est la direction du vecteur vitesse qui change (comme sur la figure 4).

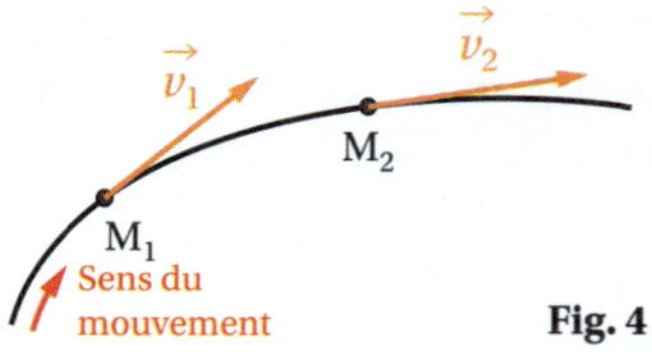

Fig. 4

Méthode

Représenter des vecteurs vitesse et décrire la variation de la vitesse

Une voiture jouet a été photographiée pendant son mouvement, toutes les 0,5 s devant une échelle graduée en mètres et posée sur le sol.

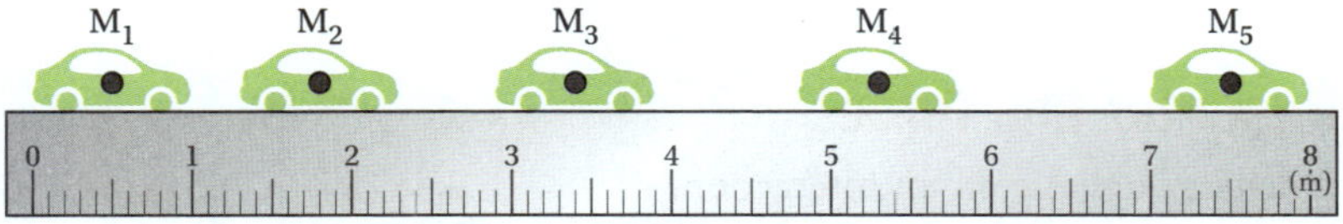

a. Décrire le mouvement de la voiture en précisant le référentiel choisi.

b. Déterminer la valeur de sa vitesse moyenne sur les déplacements M_2M_3 et M_4M_5.

c. Tracer les vecteurs vitesse $\vec{v_2}$ et $\vec{v_4}$ en choisissant comme échelle 1 cm (sur le dessin) pour 2 $m \cdot s^{-1}$ (vitesse calculée).

d. Décrire la variation du vecteur vitesse entre les points M_2 et M_4.

CONSEILS

a. Indiquez la trajectoire et la variation de vitesse.

b. La distance parcourue toutes les 0,5 s est lue sur l'échelle graduée.

c. Pour tracer les vecteurs vitesse, tracez d'abord les vecteurs déplacement.

d. Comparez les vecteurs vitesse $\vec{v_2}$ et $\vec{v_4}$ (direction et valeur).

SOLUTION

a. Le mouvement de la voiture est étudié dans le référentiel « sol » (ou référentiel terrestre). Les positions successives sont alignées et de plus en plus écartées : le mouvement est donc rectiligne (horizontal) et accéléré (la vitesse augmente).

b. $v_2 = \dfrac{M_2M_3}{\Delta t} = \dfrac{(3{,}4-1{,}8)}{0{,}5} = 3{,}2\ m \cdot s^{-1}$ $\quad v_4 = \dfrac{M_4M_5}{\Delta t} = \dfrac{(7{,}5-5{,}3)}{0{,}5} = 4{,}4\ m \cdot s^{-1}$

c. Colinéaires aux vecteurs déplacements, les vecteurs $\vec{v_2}$ et $\vec{v_4}$ sont représentés aux points M_2 et M_4 suivant la direction et le sens du mouvement avec des flèches de longueurs 1,6 cm $\left(\dfrac{3{,}2}{2}\right)$ et 2,2 cm $\left(\dfrac{4{,}4}{2}\right)$ en tenant compte de l'échelle imposée.

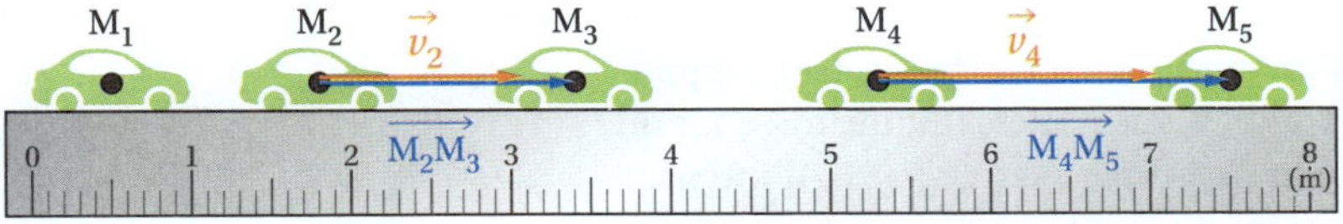

d. Entre les points M_2 et M_4 le vecteur vitesse ne change pas de direction car le mouvement est rectiligne, mais sa norme augmente car la valeur de la vitesse augmente.

23 Modélisation d'une action par une force

En bref *Pour comprendre le mouvement d'un système, il faut prendre en compte les actions mécaniques qui s'exercent sur lui. Chaque action exercée sur un système peut être modélisée par une force.*

I Représenter une force

■ Lorsque deux systèmes sont en interaction, ils exercent l'un sur l'autre des **actions mécaniques** modélisées par des forces.

Exemple : Les personnages A et B exercent une force l'un sur l'autre par l'intermédiaire de la corde.

■ Une **force** est caractérisée par : sa direction, son sens et sa valeur (ou intensité) exprimée en newtons (N). L'endroit où la force s'exerce, est appelé point d'application.

■ Les caractéristiques d'une force sont celles d'un **vecteur**. On schématise une force par un segment fléché appelé vecteur force dont :
- la direction est celle de la force ;
- le sens est celui de la force ;
- la longueur est proportionnelle à l'intensité de la force ;
- l'origine est placée au point d'application de la force.

Exemple : La force exercée par A sur B est représentée par le vecteur force $\vec{F}_{A/B}$ et son intensité est égale à $F_{A/B} = 200$ N car la longueur de la flèche est le double du segment choisi pour représenter 100 N.

À NOTER
Le choix d'une échelle doit permettre une représentation simple : la valeur de la force correspondant à la norme du vecteur force.

II Principe des actions réciproques

Lorsque deux systèmes sont en interaction, ils exercent toujours l'un sur l'autre des **forces opposées**. Ainsi, tout corps A exerçant une force sur un corps B subit une force exercée par B, d'intensité égale, de même direction mais de sens opposé :

$$\vec{F}_{B/A} = -\vec{F}_{A/B}$$

Méthodes

1 Distinguer actions à distance et actions de contact

Quelles sont les forces subies par la balle de ping-pong pendant un échange ? Distinguer, parmi les actions exercées sur la balle, celles qui sont des forces de contact et celles qui s'exercent à distance.

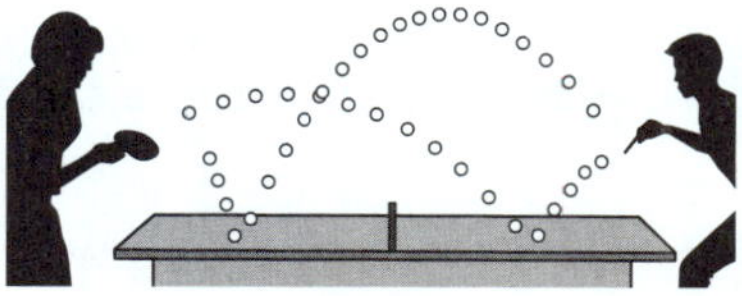

CONSEILS
On distingue deux types d'actions mécaniques suivant qu'elles s'exercent avec ou sans contact entre les systèmes en interaction. Pour trouver les forces qui interviennent, listez les autres systèmes en interaction avec la balle.

SOLUTION

La balle est frappée par les raquettes, rebondit sur la table, est freinée par l'air et est déviée vers le bas. Elle est donc soumise aux moments des contacts, à la force des raquettes ou de la table et pendant tout son mouvement, elle est freinée par l'air et attirée par La Terre. Les forces exercées par les raquettes, la table ou l'air sont des forces de contact. L'attraction de la Terre se fait à distance : c'est le poids → FICHE 25.

2 Réaliser un diagramme objet-interactions (DOI)

a. Proposer le diagramme objet-interactions, noté DOI, permettant de faire l'inventaire des forces s'exerçant sur un perchiste pendant le saut.

b. En déduire les trois forces s'exerçant sur le perchiste au même moment.

CONSEILS
Pour faire l'inventaire des forces s'appliquant sur le système, identifiez tous les « autres objets » qui interagissent avec lui. Représentez les objets en interaction dans des bulles et les interactions par une double flèche entre les bulles.

SOLUTION

a. Si le système étudié est le perchiste, alors les « objets » qui agissent sur lui sont la Terre, l'air et la perche.

b. Le perchiste est donc soumis à l'attraction terrestre (ou poids → FICHE 25), l'action de la perche et l'action de l'air.

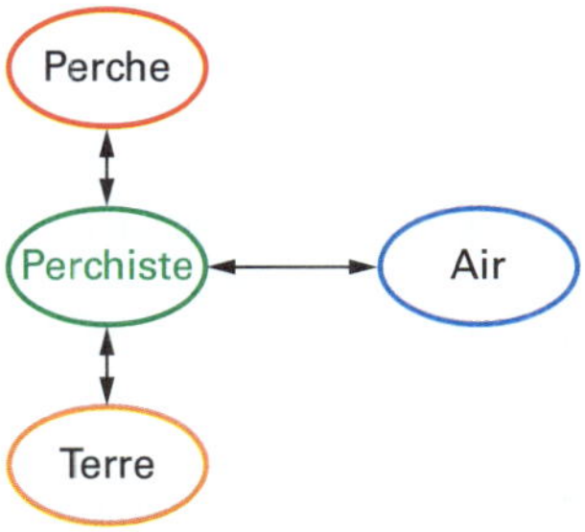

24 Forces d'interaction gravitationnelle

En bref *La gravitation universelle a été découverte par Newton au XVIIe siècle. Le mouvement de la Lune autour de la Terre est la manifestation d'une action à distance appelée interaction gravitationnelle.*

I Intensité des forces gravitationnelles

■ Deux corps A et B s'attirent en exerçant l'un sur l'autre des forces d'**interaction gravitationnelle**.

■ D'après le principe des **actions réciproques**, la force exercée par A sur B est opposée à la force exercée par B sur A : $\vec{F}_{B/A} = -\vec{F}_{A/B}$.

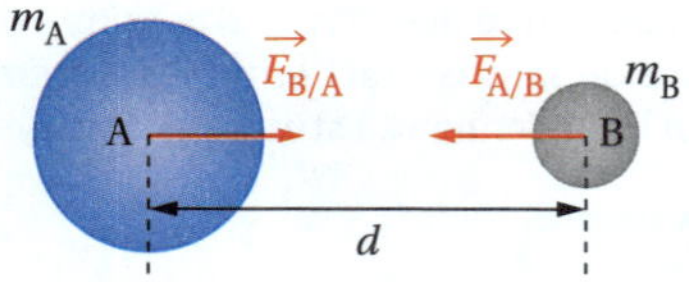

■ Ces forces ont la **même intensité**, proportionnelle à leurs masses m_A et m_B et inversement proportionnelle au carré de la distance d qui sépare les corps A et B :

$$F_{A/B} = F_{B/A} = G \times \frac{m_A \times m_B}{d^2}$$

$F_{A/B}$ et $F_{B/A}$ en newtons (N)
m_A et m_B en kilogrammes (kg)
d en mètres (m)

G est la **constante de gravitation universelle** : $G = 6{,}67 \times 10^{-11} N \cdot m^2 \cdot kg^{-2}$.

À NOTER
Cette expression n'est valable que pour des objets « ponctuels » (dont la taille est petite devant la distance qui les sépare) ou des objets sphériques à répartition homogène de masse (c'est le cas des astres par exemple). G est une grandeur « universelle » car elle est constante dans tout l'Univers.

II Expression vectorielle des forces gravitationnelles

Exemple :

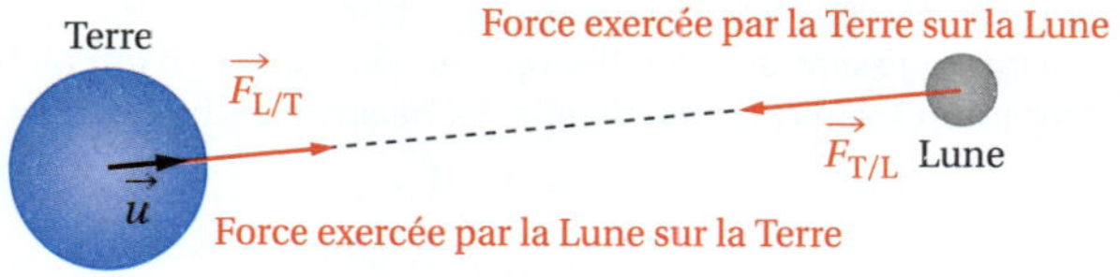

■ En choisissant un vecteur unitaire $\vec{u}$ dirigé de la Terre vers la Lune, on peut exprimer la force exercée sur la Terre **vectoriellement** : $\vec{F}_{L/T} = G \times \frac{m_T \times m_L}{d^2}\,\vec{u}$.

■ La force exercée sur la Lune étant **dans l'autre sens** : $\vec{F}_{T/L} = -G \times \frac{m_T \times m_L}{d^2}\,\vec{u}$.

À NOTER
Cette expression est généralisable à toute interaction gravitationnelle entre deux corps A et B

Méthode

Calculer l'intensité des forces d'interaction gravitationnelle

a. Calculer la valeur de la force exercée par la Terre sur la Lune. La comparer à la valeur de la force exercée par la Lune sur la Terre.

b. Calculer la valeur de la force exercée par la Terre sur une pomme de masse 70 g proche du sol.

c. Que peut-on dire de la force d'attraction gravitationnelle entre deux pommes de 70 g séparées de 50 cm ?

Données :
- $M_{Terre} = 5{,}98 \times 10^{24}$ kg et $M_{Lune} = 7{,}35 \times 10^{22}$ kg ;
- distance Terre-Lune : $d_{T/L} = 3{,}84 \times 10^{8}$ m ;
- rayon de la Terre : $R_T = 6\,380$ km.

CONSEILS

a. Utilisez la formule donnant l'intensité des forces d'interaction gravitationnelles sans oublier le carré de la distance au dénominateur de l'expression.
b. La distance d à prendre en compte est celle qui sépare les centres des objets : recherchez la donnée correspondante en faisant attention aux unités.
c. Attention aux unités : les masses sont en kg et les distances en m.

SOLUTION

a. D'après la loi de la gravitation universelle :

$$F_{T/L} = G \times \frac{m_T \times m_L}{{d_{T/L}}^2} = 6{,}67 \times 10^{-11} \times \frac{5{,}98 \times 10^{24} \times 7{,}35 \times 10^{22}}{(3{,}84 \times 10^{8})^2} = 1{,}99 \times 10^{20}\ \text{N}.$$

La force exercée par la Lune sur la Terre a la même valeur que la force exercée par la Terre sur la Lune : $F_{L/T} = F_{T/L} = 1{,}99 \times 10^{20}$ N.

b. La distance à prendre en compte pour le calcul est le rayon terrestre R_T et il doit être exprimé en mètres : 6 380 km = 6 380 000 m = $6{,}38 \times 10^{6}$ m.

$$F_{T/P} = G \times \frac{m_T \times m_P}{{d_{T/P}}^2} = 6{,}67 \times 10^{-11} \times \frac{5{,}98 \times 10^{24} \times 70 \times 10^{-3}}{(6{,}38 \times 10^{6})^2} = 0{,}69\ \text{N}.$$

c. Entre deux pommes séparées de 50 cm = 0,50 m (distance exprimée en m) ayant une masse de 70 g = 70×10^{-3} kg (masse exprimée en kg)

$$F_{P/P} = G \times \frac{m_P \times m_P}{{d_{P/P}}^2} = 6{,}67 \times 10^{-11} \times \frac{70 \times 10^{-3} \times 70 \times 10^{-3}}{(0{,}50)^2} = 1{,}3 \times 10^{-12}\ \text{N}.$$

Cette force est extrêmement petite comparée à $F_{T/P}$.

À NOTER

Les forces gravitationnelles se manifestent surtout lorsqu'un au moins des deux corps est massif (astre par exemple).

25 Exemples de forces

En bref *Parmi les forces les plus fréquentes rencontrées à l'étude des systèmes figurent le poids et la force exercée par un support ou par un fil. Elles ont chacune des caractéristiques propres.*

I Poids

- Au voisinage de la Terre, tout objet de masse m est soumis à une action mécanique modélisée par une force appelée **poids** et notée $\vec{P}$.

- Ce poids s'applique au centre de gravité de l'objet, suivant la **verticale et vers le bas**. Sa valeur, notée P, est proportionnelle à la masse de l'objet :

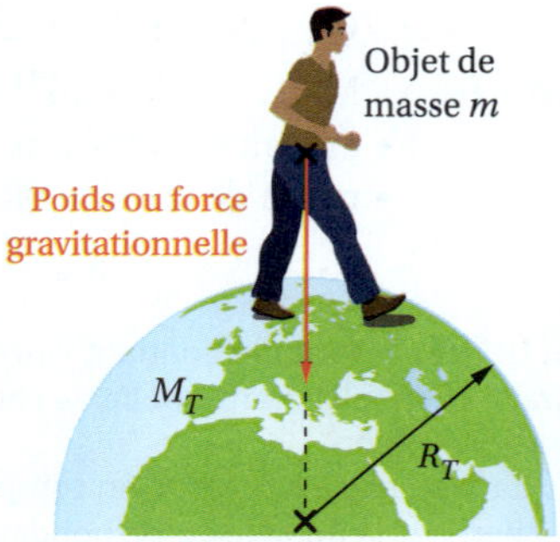

$P = m \times g$	P en N ; m en kg ; g en N·kg^{-1} g intensité de la pesanteur terrestre.

- Le poids $\vec{P}$ d'un objet résulte de **l'attraction de la Terre**. Il peut être assimilé à la force gravitationnelle $\vec{F}_{T/O}$ exercée par la Terre sur cet objet.

Si $\vec{P} = \vec{F}_{T/O} = -G \times \dfrac{M_T \times m}{d^2}\vec{u}$, alors $mg = G \times \dfrac{m \times M_T}{d^2}$ et $g = G \times \dfrac{M_T}{d^2}$.

Sur Terre : $d = R_T = 6\,380$ km $= 6{,}38 \times 10^6$ m et $M_T = 5{,}98 \times 10^{24}$ kg.

D'où $g = 6{,}67 \times 10^{-11} \times \dfrac{5{,}98 \times 10^{24}}{(6{,}38 \times 10^6)^2} = 9{,}80$ N·kg^{-1}.

II Force exercée par un support ou par un fil

- Lorsqu'un objet est immobile, posé sur un support ou suspendu par un fil, il exerce sur le support ou le fil une force verticale et vers le bas, liée à son poids $\vec{P}$. D'après le principe des **actions réciproques**, le support exerce sur l'objet une force opposée $\vec{R}$ et le fil exerce une force opposée $\vec{F}$.

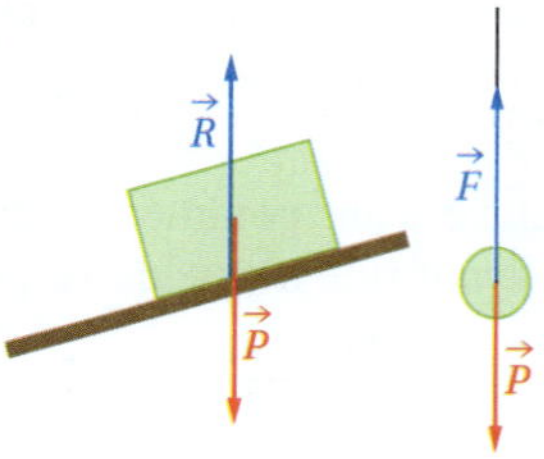

- Dans ce cas, les forces exercées sont souvent **verticales et vers le haut**.

À NOTER

Les forces décrites ci-dessus peuvent être déterminées en utilisant le principe d'inertie → FICHE 26.

Méthode

Calculer le poids en différents endroits

a. Déterminer la valeur du poids d'un astronaute A, de 75,3 kg, lorsqu'il se trouve à Paris puis à l'équateur.

b. Quelle est l'intensité de la force gravitationnelle exercée sur lui par la Terre dans une station spatiale à 400 km d'altitude ?

c. En assimilant l'attraction gravitationnelle avec le poids, déterminer la valeur de la pesanteur g dans la station. L'intensité de pesanteur dépend-elle de l'altitude ?

d. Le même astronaute se trouve sur la Lune. Comparer son poids sur la Lune à celui sur la Terre. Expliquer la différence observée.

Données :
- $g_{\text{Paris}} = 9{,}81\ \text{N}\cdot\text{kg}^{-1}$; $g_{\text{équateur}} = 9{,}79\ \text{N}\cdot\text{kg}^{-1}$; $g_{\text{Lune}} = 1{,}62\ \text{N}\cdot\text{kg}^{-1}$;
- masse de la Terre : $M_T = 5{,}98 \times 10^{24}$ kg ;
- rayon de la Terre : $R_T = 6\ 380$ km.

CONSEILS

a. Utilisez l'expression mathématique reliant le poids d'un objet à sa masse.
b. Utilisez l'expression de la force d'interaction gravitationnelle → FICHE 24.
c. Utilisez la relation $F_{T/A} = P = mg$ en faisant attention aux unités.
d. Calculez le quotient $\frac{P_{\text{Terre}}}{P_{\text{Lune}}}$ et comparez les masses des astres.

SOLUTION

a. $P_{\text{Paris}} = m \times g_{\text{Paris}} = 75{,}3 \times 9{,}81 = 739$ N.

$P_{\text{équateur}} = m \times g_{\text{équateur}} = 75{,}3 \times 9{,}79 = 737$ N.

b. À 400 km d'altitude, la distance au centre de la Terre est :

6 380 + 400 = 6 780 km.

$$F_{T/A} = G \times \frac{m \times M_T}{d^2} = 6{,}67 \times 10^{-11} \times \frac{5{,}98 \times 10^{24} \times 75{,}3}{(6{,}78 \times 10^6)^2} = 653\ \text{N}.$$

c. Soit g_S l'intensité de pesanteur dans la station.

$F_{T/A} = P = m \times g$, donc $g_S = \frac{F_{T/A}}{m} = \frac{653}{75{,}3} = 8{,}67\ \text{N}\cdot\text{kg}^{-1}$.

La valeur de la pesanteur diminue lorsque l'altitude augmente

d. Poids de l'astronaute sur la Lune : $P_{\text{Lune}} = m \times g_{\text{Lune}} = 75{,}3 \times 1{,}62 = 122$ N.

Ainsi $\frac{P_{\text{Terre}}}{P_{\text{Lune}}} = \frac{739}{122} = 6{,}06 \approx 6$. Le poids sur la Terre est donc environ 6 fois plus grand que sur la Lune. Ceci est dû à la différence de masse : la Lune moins massive attire moins les objets que la Terre.

26 Première approche du principe d'inertie

En bref *Dans le langage courant, l'inertie désigne l'inaction. En physique, c'est la propriété qu'a un système à ne pas pouvoir modifier de lui-même son état de repos ou de mouvement, qu'il conserve sauf si une force intervient.*

I Énoncé du principe d'inertie

■ Dans un **référentiel galiléen**, tout corps persévère dans son état de **repos** ou de **mouvement rectiligne et uniforme** s'il n'est soumis à aucune force ou si les forces qui s'appliquent sur lui se compensent.

MOT CLÉ
Un **référentiel galiléen** est un référentiel dans lequel le principe d'inertie est vérifié.

■ **Réciproquement**, si un corps est immobile ou en mouvement en ligne droite et à vitesse constante (mouvement rectiligne uniforme), alors il n'est soumis à aucune force ou les forces qui s'appliquent sur lui se compensent.

Exemple : Une pierre de curling avance sur la glace avec un mouvement rectiligne et uniforme si, et seulement si, les forces qui s'appliquent sur elle se compensent.

Vitesse constante

II Conséquences

■ Peut-il y avoir un mouvement sans force ? Une force modifie un mouvement mais on a tendance à penser qu'une force est nécessaire pour entretenir un mouvement. C'est faux ! S'il n'y a aucune force ou si les forces se compensent, il peut y avoir un **mouvement rectiligne et uniforme**.

■ Deux forces qui **se compensent** ont des effets qui s'annulent : elles ont même direction, des sens opposés et des valeurs égales → FICHE 27.

Exemple : La pierre de curling en mouvement rectiligne et uniforme est soumise à deux forces qui se compensent : son poids et la force exercée par le sol (glace).

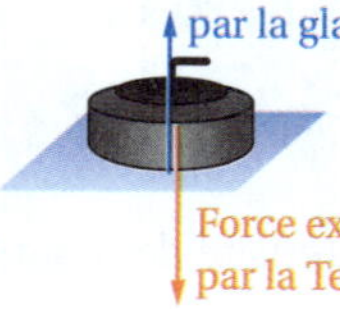

■ Que se passe-t-il si les forces **ne se compensent pas** ? Dans le référentiel terrestre, si les forces qui s'exercent sur l'objet ne se compensent pas, alors l'objet a un **mouvement non rectiligne ou non uniforme** et il ne peut pas être au repos → FICHE 28.

Méthodes

1 Appliquer le principe d'inertie

Dans le référentiel terrestre, on considère divers mouvements :
- un nageur avance en ligne droite et à vitesse constante ;
- un patineur décrit un mouvement circulaire et uniforme ;
- un coureur est immobile dans ses starting-blocks ;
- un parachutiste descend verticalement avec un mouvement uniforme ;
- un cycliste accélère dans une montée en ligne droite.

Dans chaque cas, le sportif est-il soumis à des forces qui se compensent ?

SOLUTION

D'après le principe d'inertie, seuls les systèmes au repos ou ayant un mouvement rectiligne (en ligne droite) et uniforme (vitesse constante) sont soumis à des forces qui se compensent : le nageur, le coureur et le parachutiste.

2 Utiliser le principe d'inertie

Une boule de bowling roule sur la piste horizontale avec un mouvement rectiligne et uniforme.

a. Réaliser un diagramme objet-interactions (DOI) et faire l'inventaire des forces qui s'appliquent sur la boule. On négligera l'action de l'air.

b. Ces forces se compensent-elle ?

c. Représenter ces forces sur un schéma.

CONSEILS
b. Quel est le mouvement ? Utilisez le principe d'inertie.
c. Comment sont dirigées des forces qui se compensent ?

SOLUTION

a. Voir le DOI ci-dessous à gauche. La boule est soumise à deux forces : son poids (attraction de la Terre) et l'action de la piste.

b. La boule est animée d'un mouvement rectiligne uniforme donc, d'après le principe d'inertie, les forces qui s'appliquent sur elle se compensent.

c. Le poids (force d'attraction de la Terre) est dirigé vers le bas (la Terre attire la boule) tandis que l'action de la piste est dirigée vers le haut (la piste compense l'attraction terrestre). On obtient le schéma ci-dessous à droite.

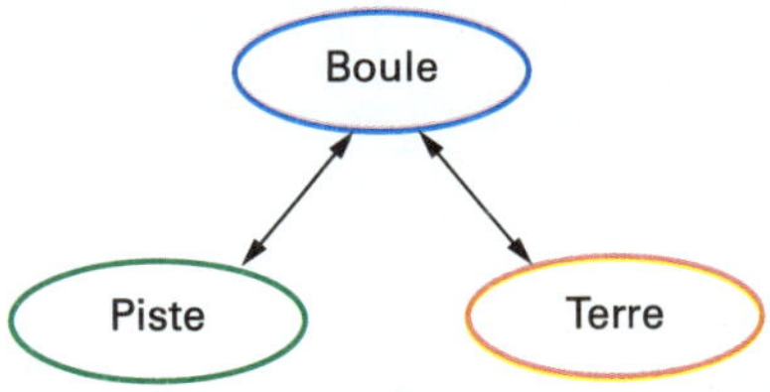

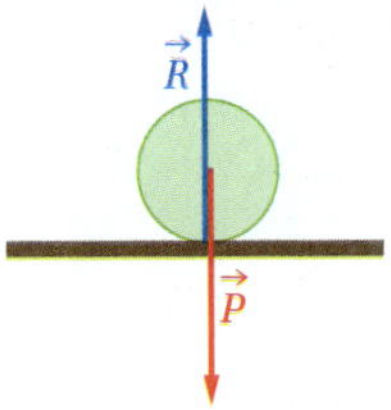

27 Cas où les forces se compensent

En bref *Le mouvement d'un système dépend des forces qui s'appliquent sur lui. D'après le principe d'inertie, si elles se compensent alors soit il est immobile, soit il a un mouvement rectiligne et uniforme.*

I Forces qui se compensent

Les forces qui s'appliquent sur un système se compensent lorsqu'elles s'annulent. Les forces étant de nature vectorielle, elles s'annulent lorsque la **somme vectorielle** des vecteurs qui les représentent est **nulle**.

Exemples : • Système soumis à 2 forces • Système soumis à 3 forces

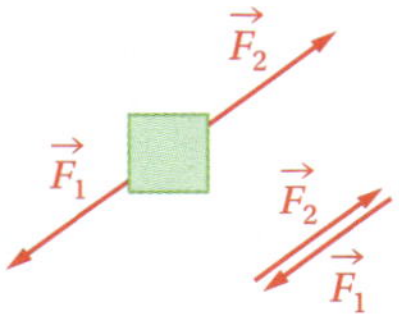

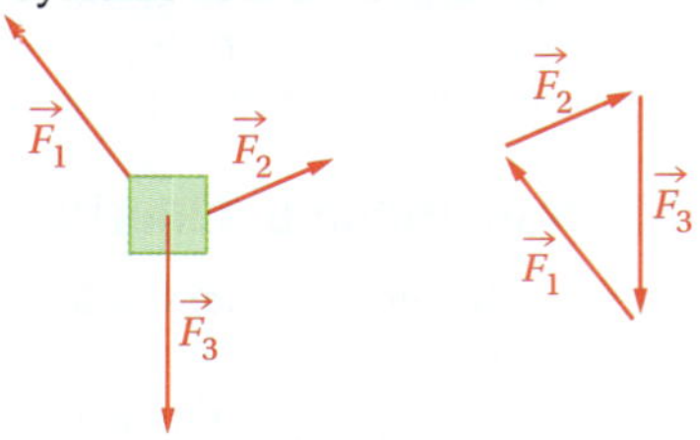

À NOTER
La somme vectorielle est réalisée en plaçant les flèches des vecteurs force bout à bout. Cette somme est nulle lorsque les flèches se rejoignent.

II Conséquences sur le mouvement

Les forces qui se compensent maintiennent le système dans son état.

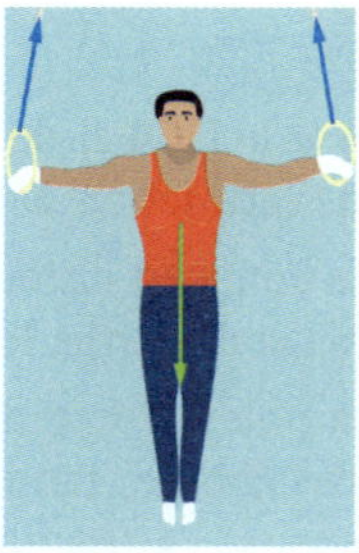

• Si le système est **immobile**, alors il reste immobile.

Exemple : Le gymnaste immobile ci-contre est soumis à 3 forces qui se compensent : son poids dirigé vers le bas et les forces des anneaux dirigées vers le haut.

• Si le système **se déplace**, alors il conserve son mouvement rectiligne et uniforme.

Exemple : La voiture qui se déplace en ligne droite à vitesse constante est soumise à 3 forces qui se compensent : son poids (vers le bas), les forces de la route (vers le haut et vers l'avant) et de l'air (qui la freine).

À NOTER
Selon le principe des actions réciproques → FICHE 23, si les roues motrices de la voiture « poussent » la route vers l'arrière alors la route « pousse » la voiture vers l'avant.

Méthode

Exploiter le principe d'inertie pour déterminer une force

Un skieur nautique se déplace en mouvement rectiligne et uniforme. Il est soumis à 3 forces : son poids $\vec{P}$, la traction du bateau $\vec{T}$ et l'action de l'eau $\vec{F}$. Sa masse est de 51 kg. La force exercée par le bateau est horizontale et vaut 280 N.

a. Déterminer les caractéristiques du poids du skieur ($g = 9,8\ \text{N} \cdot \text{kg}^{-1}$).

b. Que peut-on dire des forces qui s'exercent sur le skieur ?

c. Représenter ces forces en choisissant une échelle adaptée.

d. En déduire la valeur de la force exercée par l'eau.

CONSEILS

a. Indiquez la direction, le sens et la valeur du poids.
b. Appliquez le principe d'inertie.
c. La force exercée par l'eau doit compenser les deux autres forces.
d. Dessinez les flèches des forces bout à bout et utilisez le théorème de Pythagore.

SOLUTION

a. Le poids est vertical et vers le bas. Sa valeur est calculée avec la relation :

$$P = m \times g = 51 \times 9,8 = 499,8 = 500\ \text{N}.$$

b. D'après le principe d'inertie, si son mouvement est rectiligne et uniforme alors le skieur est soumis à des forces qui se compensent.

c. L'ordre de grandeur des intensités des forces étant de 280 à 500 N, on choisit comme échelle 1 cm pour 200 N. Le poids $\vec{P}$ est alors représenté par une flèche verticale de 2,5 cm ; la traction du bateau $\vec{T}$ par une flèche horizontale de 1,4 cm.
La force exercée par l'eau $\vec{F}$, inclinée vers l'arrière, compensent les deux autres.

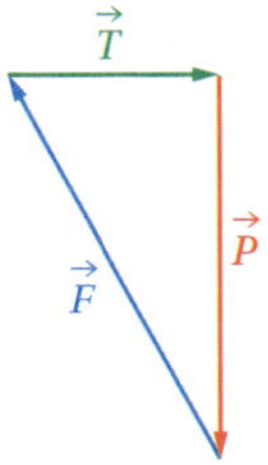

d. Si les forces se compensent, elles s'annulent et les flèches qui les représentent mises bout à bout, forme un vecteur nul. Dans le triangle rectangle ainsi dessiné, on peut écrire le théorème de Pythagore : $T^2 + P^2 = F^2$.
Donc : $F^2 = 280^2 + 500^2 = 3,28 \times 10^5$ soit $F = \sqrt{3,28 \times 10^5} = 573 = 5,7 \times 10^2$ N.
La force exercée par l'eau sur le skieur est donc inclinée, vers le haut avec une intensité voisine de 570 N.

28 Forces appliquées et variation de la vitesse

En bref *D'après le principe d'inertie, si les forces qui s'appliquent sur un système ne se compensent pas alors il n'est pas immobile et son mouvement n'est pas rectiligne uniforme, donc son vecteur vitesse varie.*

I Forces qui ne se compensent pas

- Lorsque les forces ne se compensent pas, elles produisent une **variation du vecteur vitesse** du système : la vitesse varie en direction, en valeur ou les deux.
- Le vecteur vitesse varie dans la même direction et dans le même sens que la **résultante** des forces qui s'exercent sur le système.

Exemple : Le scooter et son conducteur sont soumis à trois forces : le poids $\vec{P}$, la force exercée sur la roue arrière $\vec{F_1}$ et celle exercée sur la roue avant $\vec{F_2}$. Ces forces ne se compensent pas et leur somme vectorielle notée $\vec{F}$ est horizontale et dirigée vers l'avant. La vitesse augmente donc vers l'avant : le mouvement est accéléré.

À NOTER
La résultante des forces est déterminée par la somme vectorielle obtenue en plaçant bout à bout les différents vecteurs forces.

II Exemple de la chute libre

- On dit qu'un système est en mouvement de chute libre s'il est soumis **uniquement à l'action de son poids**. Le mouvement de chute libre correspond à une situation idéale car les autres forces doivent être négligeables.
- Dans le cas d'une chute libre verticale (ci-contre), le poids est la seule force appliquée au système en mouvement, donc la **vitesse varie** pendant la chute.
- Le poids étant **vertical et vers le bas**, il entraîne une variation de la vitesse suivant la **verticale et vers le bas**. Ainsi, comme le montre la figure ci-contre, la balle en chute libre voit sa vitesse augmenter progressivement vers le bas sous l'action de son poids qui reste constant.

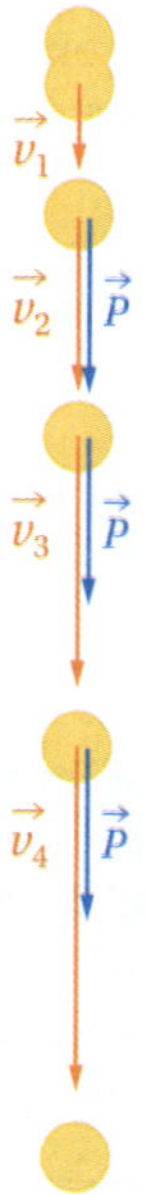

À NOTER
Un mouvement de chute libre peut aussi être parabolique si la vitesse initiale n'est pas verticale.

Méthode

Relier la variation du vecteur vitesse aux forces appliquées

Une bille est posée sans vitesse initiale sur une glissière inclinée puis horizontale. La force exercée par la glissière sur la bille est perpendiculaire au déplacement. L'enregistrement vidéo met en évidence deux phases dans le mouvement de la bille : une phase accélérée suivie d'un mouvement uniforme. Les valeurs des vitesses sont : $v_7 = 1{,}2\ \text{m}\cdot\text{s}^{-1}$, $v_{11} = 1{,}7\ \text{m}\cdot\text{s}^{-1}$ et $v_{13} = v_{17} = 1{,}8\ \text{m}\cdot\text{s}^{-1}$ aux points B_7, B_{11}, B_{13} et B_{17}, respectivement.

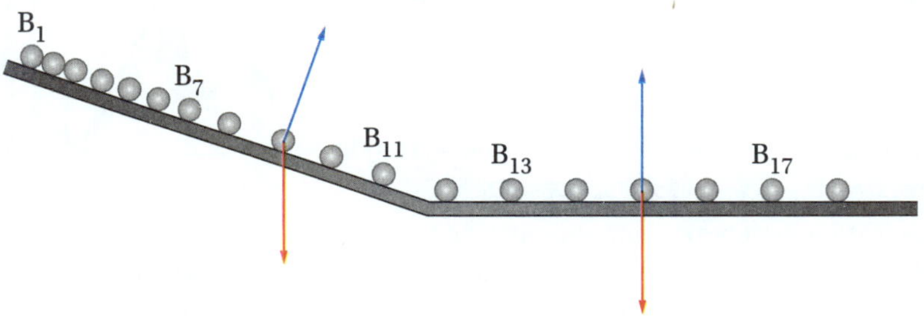

a. Représenter les vecteurs vitesse aux points B_7, B_{11}, B_{13} et B_{17}.

b. Nommer les deux principales forces qui s'exercent sur la bille et qui sont représentées sur la figure ci-dessus.

c. Interpréter les mouvements observés en comparant les variations de vitesse à la somme des forces mises en jeu.

CONSEILS

a. Choisissez une échelle simple et veillez à la direction et au sens des vecteurs.
b. On néglige l'action de l'air.
c. Analysez les variations de vitesse entre les points B_7 et B_{11} puis entre B_{13} et B_{17}.

SOLUTION

a. Échelle choisie : 1 cm pour $1\ \text{m}\cdot\text{s}^{-1}$.

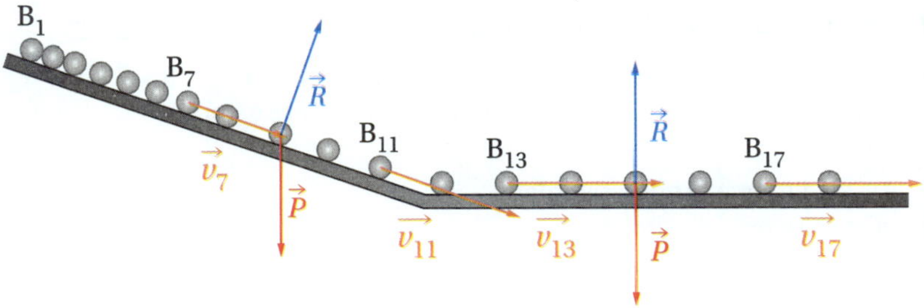

b. Les deux forces sont le poids $\vec{P}$ de la bille et la force $\vec{R}$ exercée par la glissière.

c. Entre B_7 et B_{11}, la vitesse augmente car les forces ne se compensent pas. Entre B_{13} et B_{17}, elle est constante car les forces se compensent.

SE TESTER QUIZ

Vérifiez que vous avez bien compris les points clés des **fiches 20 à 28**.

1 La relativité du mouvement

→ FICHE 20

Un marathonien (A), coiffé d'une casquette (C), court sur une route (B). Il est encouragé par un spectateur assis sur le bord de la route.

1. Le marathonien est en mouvement par rapport :

☐ **a.** à la route
☐ **b.** à sa casquette
☐ **c.** au spectateur

2. Le marathonien est en mouvement dans le référentiel :

☐ **a.** terrestre ☐ **b.** spectateur ☐ **c.** route.

3. Le spectateur est en mouvement par rapport :

☐ **a.** à la route ☐ **b.** au spectateur ☐ **c.** à la casquette.

2 Forces d'interaction gravitationnelle

→ FICHE 24

1. La force d'interaction gravitationnelle entre deux systèmes :

☐ **a.** s'exerce à distance
☐ **b.** est proportionnelle aux masses des systèmes qui s'attirent
☐ **c.** est indépendante de la distance qui les sépare

2. Parmi ces schémas, lequel représente les forces d'interaction gravitationnelle qui s'exercent entre deux corps A et B ?

☐ **a.** ☐ **b.** ☐ **c.**

3 Première approche du principe d'inertie

→ FICHE 26

1. Depuis 2012, la sonde Voyager 1 a quitté le système solaire. Elle n'est plus soumise à l'attraction des astres et s'éloigne de nous à environ 16 km·s^{-1}.

☐ **a.** Sa vitesse diminue progressivement.
☐ **b.** Sa trajectoire est une droite.
☐ **c.** Elle est toujours attirée par la Terre.

2. On lance un palet sur la glace d'une patinoire horizontale. Il traverse la piste en ligne droite et s'immobilise 27 m plus loin.

☐ **a.** Le palet a un mouvement rectiligne et uniforme.
☐ **b.** Le palet est soumis à des forces qui se compensent.
☐ **c.** Le poids du palet est sans effet sur son mouvement.

OBJECTIF BAC

4 La sonde InSight

60 min

La sonde InSight a été lancée depuis la Terre à l'aide d'une fusée Atlas. Le décollage a eu lieu le 5 mai 2018. Grâce à plusieurs instruments de mesure, la sonde qui s'est posée sur le sol martien devrait permettre une meilleure connaissance de la structure interne de la planète.

Données :

- masse de la fusée Atlas au décollage (lanceur, carburant et sonde) : 370 t ;
- masse de la sonde InSight : 694 kg ;
- pesanteur terrestre : 9,81 $N \cdot kg^{-1}$;
- pesanteur martienne : 3,71 $N \cdot kg^{-1}$.

1. Avant le décollage, la fusée est immobile sur la plateforme de lancement.

a. Quelles sont les deux principales forces qui s'exercent sur elle ?

b. En admettant que ces forces se compensent → FICHE 27, calculer leur valeur et les représenter sur le schéma de la fusée sans souci d'échelle.

2. Le décollage est obtenu grâce à la force exercée par les gaz produits par la combustion dans les moteurs et expulsés vers le bas.

a. Quelles sont les deux principales forces qui s'exercent sur la fusée juste après le décollage ?

b. Indiquer leur direction, leur sens et comparer leurs intensités.

3. Lors de son transit vers Mars, la sonde spatiale effectue moins d'une demi-orbite autour du Soleil. Le trajet qui dure 205 jours, lui fait parcourir 485 millions de kilomètres, alors que Mars se trouve à 121 millions de kilomètres de distance au moment du lancement. Le 25 juillet, la sonde S se trouve entre la Terre et Mars qui sont alors en positions T_2 et M_2, alignées avec le Soleil. À cette date, la sonde se trouve à 170 millions de kilomètres du Soleil.

La trajectoire de la sonde S est représentée sur le schéma ci-après.

Données :

- distance Soleil-Terre : 150 Mkm ; distance Soleil-Mars : 228 Mkm ;
- masses : $M_{Soleil} = 1{,}99 \cdot 10^{30}$ kg ; $M_{Terre} = 5{,}97 \cdot 10^{24}$ kg ; $M_{Mars} = 6{,}39 \cdot 10^{23}$ kg.

a. Quel est le référentiel choisi pour représenter la trajectoire de la sonde ?

b. Calculer les distances de la sonde à la Terre et à Mars le 25 juillet.

c. Représenter les forces gravitationnelles exercées par le Soleil, la Terre et Mars le 25 juillet, sur le schéma ci-dessous (sans souci d'échelle).

d. Déterminer les valeurs de ces trois forces gravitationnelles, puis les comparer.

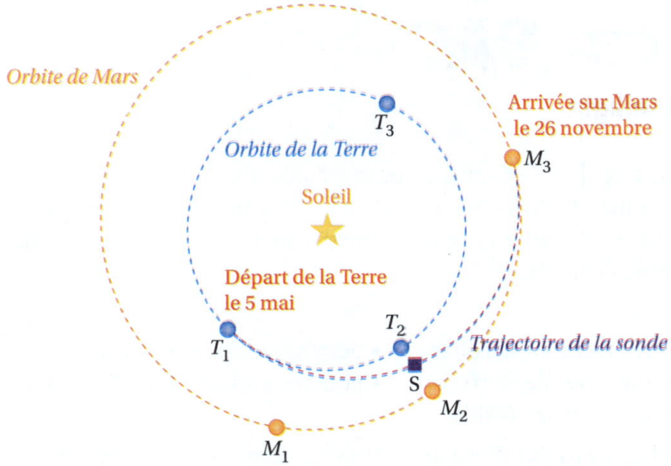

4. La sonde s'est posée sur le sol martien le 26 novembre 2018.

a. Quelle est la valeur de la masse de la sonde sur Mars.

b. Comparer son poids sur Mars avec son poids sur Terre.

CORRIGÉS

SE TESTER QUIZ

1 La relativité du mouvement

1. Réponses a et c. **2.** Réponses a, b et c. **3.** Réponse c.

2 Forces d'interaction gravitationnelle

1. Réponses a et b. **2.** Réponse a.

3 Première approche du principe d'inertie

1. Réponse b. **2.** Réponse c.

OBJECTIF BAC

4 La sonde InSight

1. a. Avant le décollage, la fusée est soumise à l'attraction de la Terre (son poids) et à l'action du sol qui la supporte.

b. Connaissant la masse de la fusée, on calcule son poids :

$P = m \times g = 370\,000 \times 9{,}81 = 3{,}63 \times 10^6$ N.

Comme les deux forces se compensent, elles ont même direction, même intensité mais elles sont de sens contraires : le poids est vers le bas et la force exercée par le sol $\vec{F}_{s/f}$ est vers le haut.

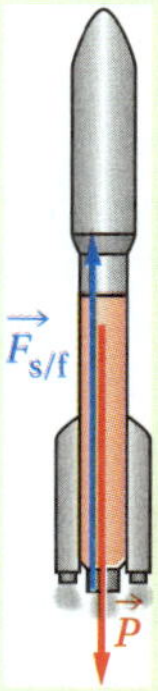

Avant le décollage

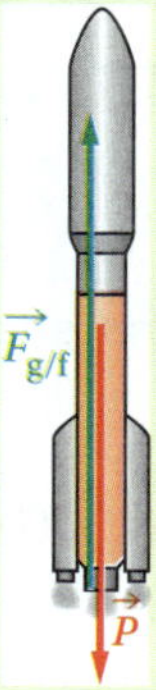

Juste après le décollage

2. a. Juste après le décollage, la fusée ne touche plus le sol. Elle est alors soumise à son poids et à la poussée des gaz.

b. Le poids est toujours vertical et vers le bas, mais la poussée des gaz est équivalente à une force $\overrightarrow{F}_{g/f}$ qui est verticale et vers le haut.

Cette force est supérieure au poids pour provoquer le décollage.

3. a. Le référentiel choisi est le référentiel héliocentrique : le mouvement est décrit dans un repère d'espace lié au Soleil.

b. Les distances sont calculées à partir des données :

$d_{\text{Terre/sonde}} = d_{\text{Soleil/sonde}} - d_{\text{Soleil/Terre}} = 170 - 150 = 20 \text{ Mkm} = 2{,}0 \times 10^{10} \text{ m}$

$d_{\text{Mars/sonde}} = d_{\text{Soleil/Mars}} - d_{\text{Soleil/sonde}} = 228 - 170 = 58 \text{ Mkm} = 5{,}8 \times 10^{10} \text{ m}$

c. Les forces sont représentées à partir de la sonde sur laquelle elles s'appliquent et sont dirigées vers les astres attracteurs : le Soleil, la Terre et Mars.

d. Les valeurs des forces sont calculées à l'aide de l'expression de la force gravitationnelle :

$$F_{\text{Terre/satellite}} = G \times \frac{M_T \times m}{d^2} = 6{,}67 \times 10^{-11} \times \frac{5{,}97 \times 10^{24} \times 694}{(2{,}0 \times 10^{10})^2} = 6{,}91 \times 10^{-4} \text{ N}$$

$$F_{\text{Soleil/satellite}} = G \times \frac{M_S \times m}{d^2} = 6{,}67 \times 10^{-11} \times \frac{1{,}99 \times 10^{30} \times 694}{(1{,}7 \times 10^{11})^2} = 3{,}19 \text{ N}$$

$$F_{\text{Mars/satellite}} = G \times \frac{M_M \times m}{d^2} = 6{,}67 \times 10^{-11} \times \frac{6{,}39 \times 10^{23} \times 694}{(5{,}8 \times 10^{10})^2} = 8{,}79 \times 10^{-6} \text{ N.}$$

On peut remarquer que la force du Soleil est très supérieure aux autres : même s'il est plus éloigné, le Soleil exerce une force plus grande du fait de sa masse.

4. a. La masse d'un objet est la mesure de sa quantité de matière, elle ne dépend pas du lieu et elle reste donc constante : $m_{\text{sonde}} = 694$ kg.

b. La pesanteur sur Mars étant plus faible que sur Terre, son poids est plus petit.

Puisque $P = m \times g$, alors $\frac{P_{\text{Terre}}}{P_{\text{Mars}}} = \frac{g_{\text{Terre}}}{g_{\text{Mars}}} = \frac{9{,}81}{3{,}71} = 2{,}64$.

Le poids de la sonde sur Mars est donc 2,64 fois plus faible que sur Terre.

29 Émission et propagation d'un signal sonore

En bref *Tout son (signal sonore) qui est capté par un récepteur, l'oreille humaine par exemple, a d'abord été émis par un objet vibrant puis s'est propagé dans un milieu matériel.*

I Principe de l'émission d'un signal sonore

■ Un son naît dès qu'un objet vibre et qu'il transmet ses **vibrations** au milieu matériel (air, eau, métal...) qui l'entoure. Des exemples d'objets vibrants émettant un son sont : les cordes vocales, les cordes d'une guitare, la hanche d'une clarinette, la membrane d'un haut-parleur, etc.

■ Les émetteurs sonores (instrument de musique, haut-parleur...) comportent en général une **caisse de résonance** ayant pour rôle de transmettre les oscillations de l'objet vibrant à l'air contenu dans la caisse et d'amplifier spécifiquement certaines vibrations de fréquences particulières → FICHE 30. Dans le cas de la voix humaine, la caisse de résonance du son émis par les cordes vocales est constituée du pharynx et des cavités buccale et nasale.

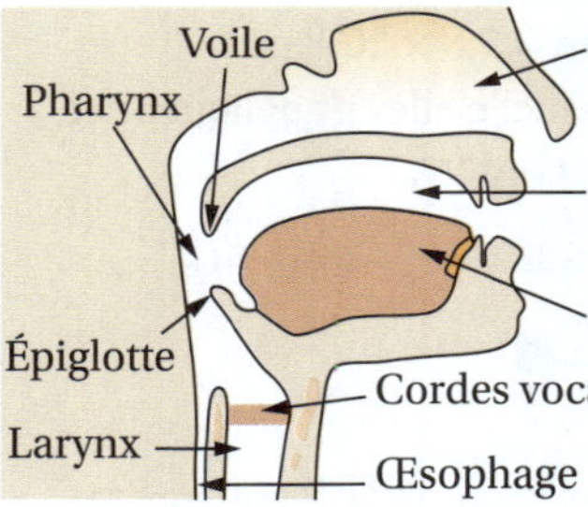

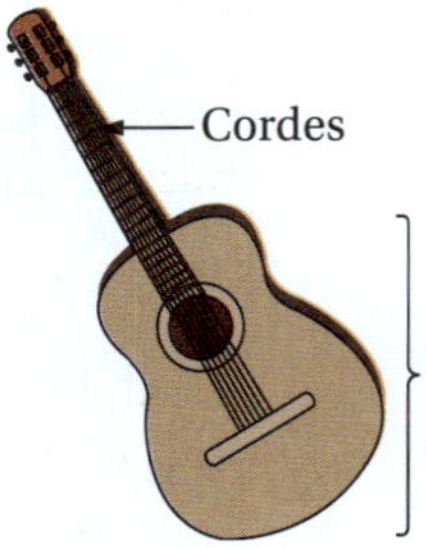

II Propagation d'un signal sonore

■ La propagation d'un signal sonore depuis un émetteur jusqu'à un récepteur est le résultat de la **transmission de proche en proche** de la vibration initiale de l'objet vibrant.

■ Contrairement à la lumière, le son ne se propage pas dans le vide. Cette propagation ne peut avoir lieu que **dans un milieu matériel** (gaz, liquide, solide).

■ La **vitesse v du son** (en $m \cdot s^{-1}$) s'exprime par la relation $v = \dfrac{d}{\Delta t}$; d étant la distance (en m) parcourue par le son pendant la durée Δt (en s).

■ La vitesse de propagation d'un signal sonore dépend de la **nature du milieu** matériel : dans l'air à 20 °C, $v_{air} = 340\ m \cdot s^{-1}$; dans l'eau, $v_{eau} = 1\,500\ m \cdot s^{-1}$.

À NOTER
Plus le milieu est dense, et plus le son se propage vite.

Méthode

Mesurer la vitesse de propagation d'un son

Afin de mesurer la vitesse de propagation d'un son dans l'air, on enregistre la réception d'un clap sonore par deux microphones, distants de d = 1,00 m, placés dans l'alignement de la source sonore.

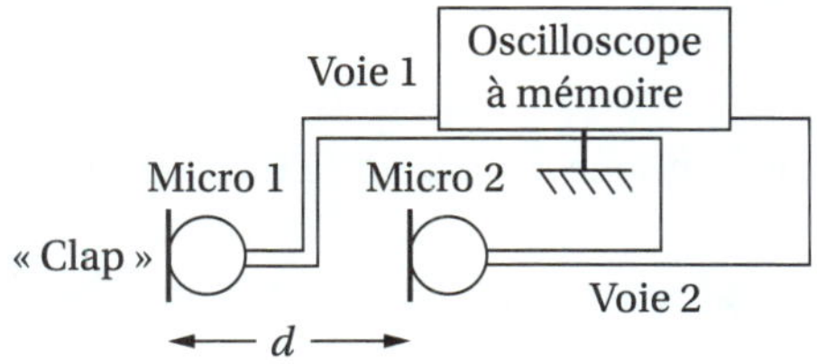

Montage expérimental

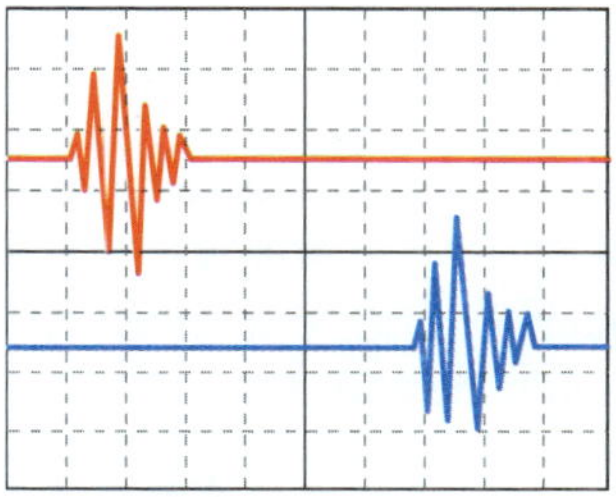

Oscillogramme

L'axe horizontal de l'oscillogramme est l'axe des temps et son échelle est la base de temps. L'axe vertical est l'axe des tensions et son échelle (éventuellement différente sur les deux voies) est la sensibilité verticale.

Les réglages de l'oscilloscope sont les suivants :
- base de temps : 500 µs · div^{-1} ;
- sensibilités verticales : voie 1 : 100 mV · div^{-1} ; voie 2 : 50 mV · div^{-1}.

a. Indiquer la voie correspondant à chaque courbe de l'oscillogramme.

b. Déterminer en m · s^{-1} la vitesse de propagation du son dans l'air, obtenue à l'aide de cette expérience.

CONSEILS

a. Le signal le plus « à gauche » sur l'oscillogramme est le premier reçu.
b. Mesurez sur l'oscillogramme la durée Δt qui s'est écoulée entre la réception du clap par les deux microphones en utilisant la base de temps (échelle horizontale). Attention aux unités : 1 µs = 10^{-6} s.

SOLUTION

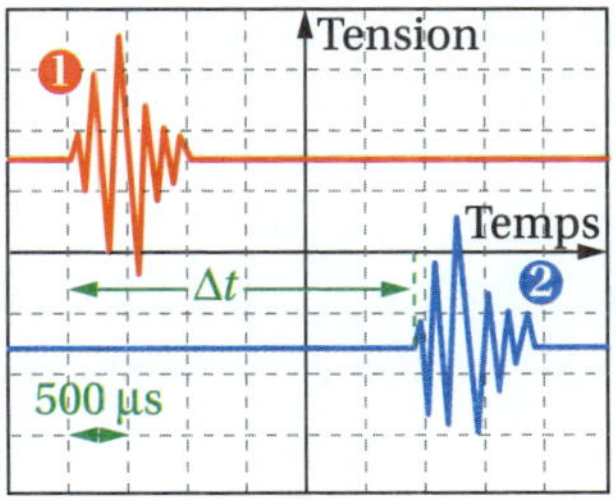

a. Le microphone 1 (connecté à la voie 1) reçoit le signal sonore en premier car il est le plus proche de la source sonore.

b. La durée Δt entre la réception du son par les deux microphones correspond à 5,8 divisions sur l'écran donc :
$\Delta t = 5{,}8 \times 500\ \mu s = 2\ 900\ \mu s = 2{,}9 \times 10^{-3}$ s.

La vitesse du son est donc : $v = \dfrac{d}{\Delta t} = \dfrac{1{,}00}{2{,}9 \times 10^{-3}} = 3{,}4 \times 10^{2}\ m \cdot s^{-1}$.

30 Signal sonore périodique

En bref *Un signal sonore périodique se répète identique à lui-même au cours du temps. Il est caractérisé par sa période ou sa fréquence. Sa forme* → FICHE 31 *et son amplitude sont d'autres caractéristiques.*

I Période et fréquence

■ Un signal sonore périodique se reproduit identique à lui-même à intervalle de temps régulier appelé **période** et noté T.

■ La **fréquence** notée f d'un signal périodique est le nombre de fois qu'il se répète par unité de temps :

$$f = \frac{1}{T}$$ T en secondes (s) ; f en hertz (Hz)

Exemple : Si un signal se reproduit de façon identique toutes les deux millisecondes, cela signifie que sa période vaut $T = 2{,}00$ ms $= 2{,}00 \times 10^{-3}$ s et que sa fréquence est $f = \frac{1}{2{,}00 \times 10^{-3}} = 5{,}00 \times 10^{2}$ Hz. Ce signal se répète identique à lui-même 500 fois par seconde.

II Conversion d'un signal sonore en signal électrique

■ Lorsqu'un signal sonore périodique est capté par un microphone, il est converti en un signal électrique périodique (ou tension électrique périodique) ayant la **même période** et donc la **même fréquence** que le signal sonore.

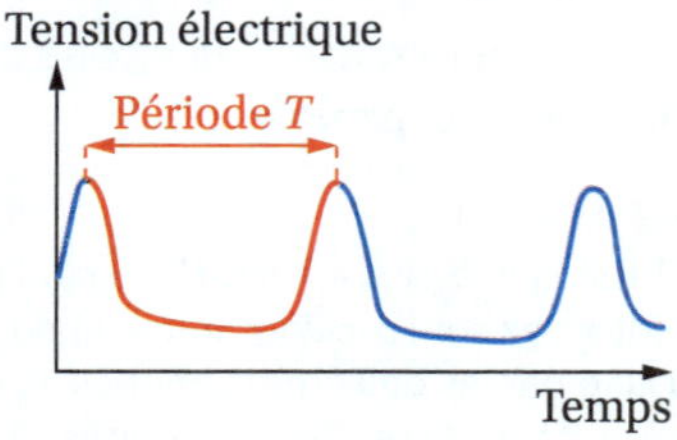

■ On peut **visualiser ce signal** périodique sur l'écran d'un oscilloscope ou sur l'écran d'un ordinateur à l'aide d'un système d'acquisition.

■ L'**amplitude « crête à crête »** du signal électrique est l'écart entre la valeur maximale de la tension et sa valeur minimale. Elle s'exprime en volts (V), millivolts (mV) ou microvolts (µV) : 1 mV = 10^{-3} V ; 1 µV = 10^{-6} V.

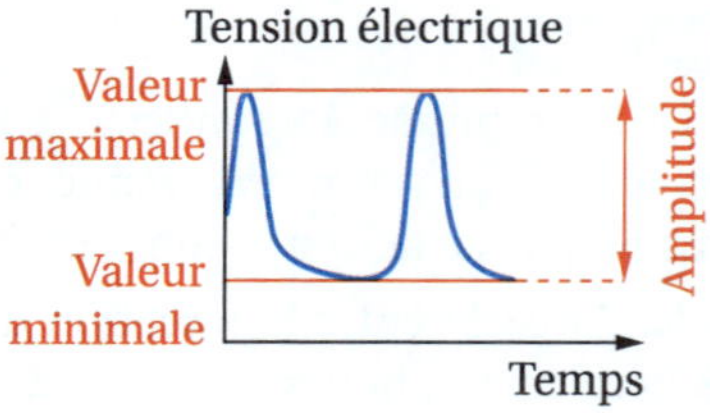

Exemple : Si un signal électrique oscille entre –2 V et +5 V, son amplitude « crête à crête » vaut 7 V.

■ Si le microphone est utilisé normalement, l'amplitude du signal électrique qu'il fournit est **proportionnelle** à l'amplitude du signal sonore qu'il reçoit.

À NOTER
Si un signal électrique prend alternativement des valeurs positives et négatives, on parle d'une tension alternative.

Méthode

Mesurer une fréquence sonore à l'aide d'un oscilloscope

Un signal sonore périodique capté par un microphone est converti en signal électrique périodique et visualisé sur l'écran d'un oscilloscope dont les réglages sont les suivants :

- échelle horizontale (ou base de temps) : 1,0 ms · div^{-1} ;
- échelle verticale (ou sensibilité verticale) : 50,0 mV · div^{-1} ;
- l'origine des tensions électriques (tension nulle) est à mi-hauteur de l'écran.

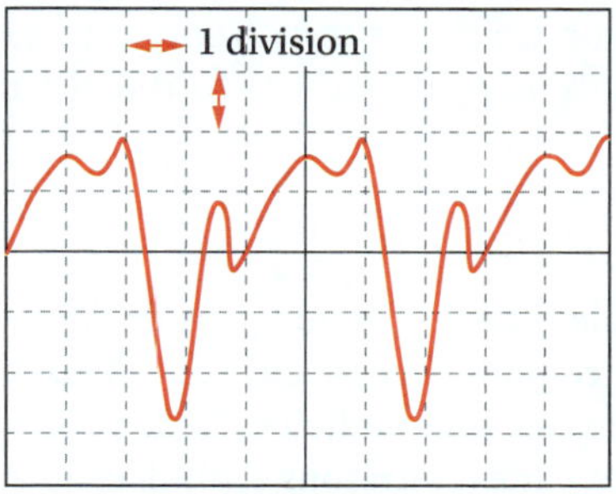

Oscillogramme du signal électrique

a. La tension électrique est-elle alternative ? Justifier.

b. Déterminer la période et l'amplitude « crête à crête » du signal électrique.

c. En déduire la fréquence du signal sonore.

CONSEILS

b. Pour déterminer la période, repérez dans le signal le motif qui se répète et mesurez sa durée en utilisant la base de temps.
Pour l'amplitude, utilisez la sensibilité verticale.

c. Calculez la fréquence en utilisant sa définition, sans oublier d'exprimer la période T en secondes.

SOLUTION

a. La tension est nulle au milieu de l'écran donc elle prend alternativement des valeurs positives puis négatives. Il s'agit donc d'une tension alternative.

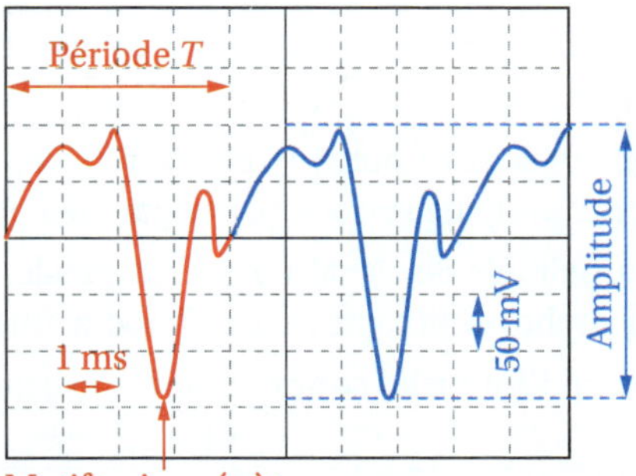

b. La période est la durée du motif qui se répète. Cette période correspond à 4 divisions sur l'oscillogramme. Or l'échelle horizontale est de 1,0 ms · div^{-1} donc la période vaut : $T = 4{,}0 \text{ ms} = 4{,}0 \times 10^{-3}$ s.
L'amplitude « crête à crête » mesure 4,8 divisions et l'échelle verticale est de 50,0 mV · div^{-1} donc cette amplitude vaut : $4{,}8 \times 50{,}0 = 240$ mV.

c. La fréquence du signal électrique (et donc celle du signal sonore) est :

$$f = \frac{1}{T} = \frac{1}{4{,}0 \times 10^{-3}} = 2{,}5 \times 10^{2} \text{Hz} = 250 \text{ Hz}.$$

31 Perception d'un son

En bref *La manière dont un son est perçu par l'oreille humaine (sa hauteur, son timbre et son niveau sonore) est directement liée aux caractéristiques (la fréquence, la forme et l'amplitude) du signal sonore.*

I Hauteur

■ L'oreille est sensible aux sons de fréquences comprises entre environ 20 Hz et 20 kHz : les **sons audibles**. En deçà de 20 Hz, on parle d'infrasons et au-delà de 20 kHz d'ultrasons.

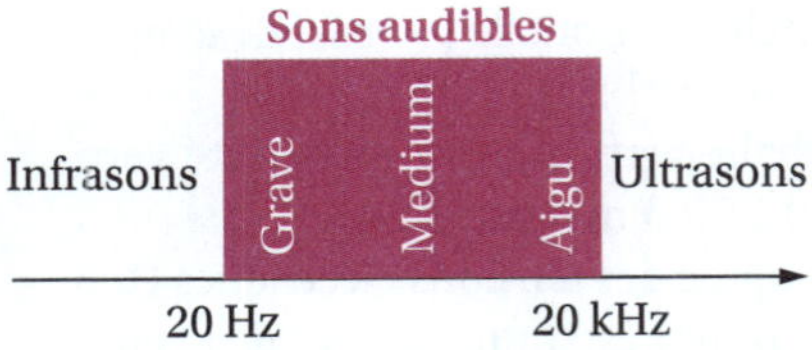

■ La **hauteur** d'un son est caractérisée par sa **fréquence**. Plus la fréquence d'un son est élevée, plus le son est aigu. Plus sa fréquence est faible, plus le son est grave.

II Timbre

Des signaux sonores de même fréquence qui n'ont pas la même **forme** ne sont pas perçus de la même manière. On dit que les sons n'ont pas le même **timbre**.

Exemple : La même note la_3 (440 Hz) émise par des instruments de musique différents est perçue différemment.

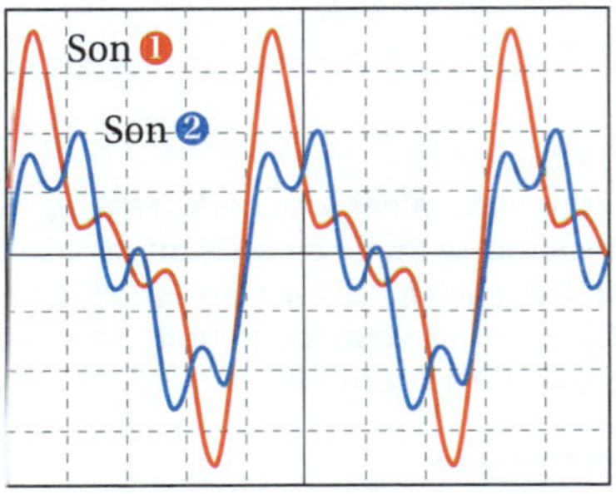

Deux sons de même fréquence mais de timbres différents

III Niveau d'intensité sonore

■ L'**intensité sonore** notée I (en $W \cdot m^{-2}$) est l'énergie transmise par unité de temps et par unité de surface au tympan de l'oreille recevant le signal sonore.

■ Plus l'**amplitude** du signal sonore est grande, plus l'intensité sonore est élevée et plus le microphone qui capte ce signal produit un signal électrique de forte amplitude.

■ Le **niveau d'intensité sonore** noté L s'exprime en décibels (dB).

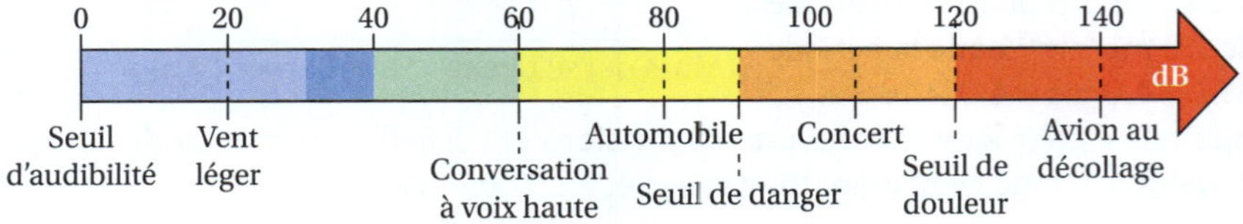

À NOTER
Si l'intensité sonore double, le niveau d'intensité sonore croît de 3 dB, passant par exemple de 50 à 53 dB. Si l'intensité est multipliée par 10, le niveau croît de 10 dB.

Méthode

Comparer des sons

Grâce à un microphone relié à un système d'acquisition informatisée, on enregistre le son émis par un diapason, une guitare et une trompette.

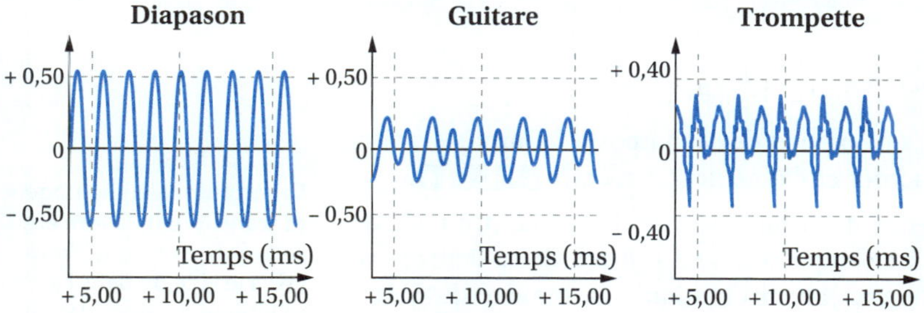

a. Quelle est la durée de chaque enregistrement ?

b. Quelle est la grandeur représentée en ordonnée des enregistrements ?

c. Les trois sons ont-ils le même timbre ? la même hauteur ?

d. Quel est le son le plus aigu ? le son le plus grave ?

CONSEILS

c. Comparez la forme des signaux puis les fréquences des signaux.
d. Sans calcul, recherchez le son de plus haute fréquence, puis celui de plus basse fréquence.

SOLUTION

a. On lit sur l'axe des abscisses que chaque enregistrement dure 20 ms.

b. Les sons sont captés par un microphone qui transforme le signal sonore en signal électrique. L'axe des ordonnées des enregistrements représente donc la tension électrique exprimée en volts (V).

À NOTER
Les trois tensions électriques enregistrées sont des tensions alternatives.

c. Les trois signaux sont périodiques mais ils n'ont pas le même timbre puisqu'ils n'ont pas la même forme.

Pour le diapason, on compte un peu moins de 9 périodes en 20 ms. Pour la guitare et la trompette, on compte un peu moins de 5 périodes en 20 ms. Cela signifie que les sons émis par la guitare et par la trompette ont environ la même fréquence et donc la même hauteur, contrairement au diapason.

d. Le son le plus aigu correspond à la fréquence la plus haute et le son le plus grave à la fréquence la plus basse. Compte tenu de la réponse précédente, on peut dire que le son émis par le diapason est le plus aigu des trois tandis que les sons émis par la guitare et par la trompette sont les plus graves.

32 Caractéristiques de la lumière

En bref *La lumière blanche et les lumières colorées ont des propriétés communes et des caractéristiques spécifiques, porteuses de renseignements sur leur source.*

I La lumière blanche

- Un prisme permet de **décomposer la lumière** émise par une source et d'obtenir son **spectre** → FICHE 34.
- Le spectre de la lumière blanche est **continu**. Cette lumière est composée d'une infinité de couleurs ; on dit qu'elle est **polychromatique**. La lumière du Soleil est une lumière blanche.

À NOTER
Dans tout milieu homogène et transparent, la lumière se propage en ligne droite. Dans le vide ou dans l'air, sa vitesse de propagation est $c = 3{,}00 \times 10^8\ \text{m} \cdot \text{s}^{-1}$.

- Chaque couleur du spectre est associée à une radiation caractérisée dans le vide par sa **longueur d'onde** notée λ et exprimée en nanomètres $(1\ \text{nm} = 1 \times 10^{-9}\ \text{m})$.
- Le **spectre de la lumière visible** s'étend du violet au rouge. Au-delà du rouge ($\lambda > 800$ nm) se trouvent les **infrarouges** et en deçà du violet ($\lambda < 400$ nm) se trouvent les **ultraviolets**.

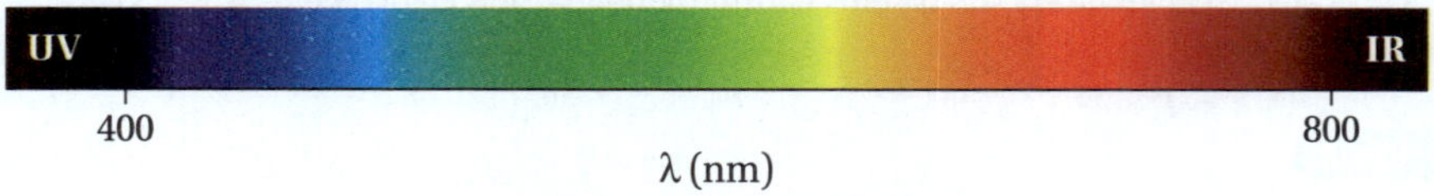

II Différents spectres d'émission

- Tout corps chaud (solide, liquide ou gaz) sous haute pression émet une lumière dont le spectre est **continu**. Lorsque la température T du corps augmente, sa couleur passe du rouge au blanc et le spectre de sa lumière s'enrichit vers le violet.

- Un gaz (à basse pression) chauffé ou soumis à une décharge électrique émet une lumière dont le spectre est **discontinu**. Les raies observées sont caractéristiques des entités chimiques présentes dans le gaz.

Exemple : Le **spectre de raies** de l'hydrogène comporte les raies suivantes : 410 nm ; 434 nm ; 486 nm et 656 nm.

Méthodes

1 Calculer une durée de propagation de la lumière dans le vide

Le Soleil et la Terre sont éloignés d'environ 150 millions de kilomètres.

Calculer la durée mise par la lumière pour nous parvenir du Soleil.

CONSEILS

Soyez attentif aux unités. La vitesse c s'exprime en $m \cdot s^{-1}$, donc la distance doit être exprimée en mètres pour que la durée soit exprimée en secondes.

On a : 1 000 000 km = 1×10^6 km = 1×10^9 m.

La vitesse de propagation est le quotient de la distance *d* parcourue par la durée de parcours Δt → FICHE 29. La durée peut donc être déterminée en connaissant la vitesse et la distance.

SOLUTION

Par définition de la vitesse de la lumière : $c = \dfrac{d}{\Delta t}$ donc $\Delta t = \dfrac{d}{c}$.

$c = 3{,}00 \times 10^8 \ m \cdot s^{-1}$ et $d = 150 \times 10^9$ m

donc $\Delta t = \dfrac{150 \times 10^9}{3{,}00 \times 10^8} = 5{,}00 \times 10^2 = 500$ s.

La lumière du Soleil met environ 500 s soit $\dfrac{500}{60} = 8{,}3$ min pour nous parvenir.

2 Analyser la lumière d'un laser

Voici le spectre de la lumière d'un laser.

Laser 

a. Quelle est la nature de ce spectre ?

b. Pourquoi parle-t-on de lumière monochromatique ?

CONSEILS

Chaque couleur du spectre est associée à une radiation caractérisée par une longueur d'onde λ.

SOLUTION

a. C'est un spectre de raies montrant une seule raie rouge.

b. Le laser produit une lumière monochromatique, caractérisée par une seule longueur d'onde λ car elle ne possède qu'une seule couleur sur son spectre.

MOTS CLÉS

- Le spectre d'une **lumière monochromatique** est constitué d'une seule raie.
- Toute lumière qui n'est pas monochromatique est une **lumière polychromatique**, son spectre est soit un spectre continu, soit un spectre constitué de plusieurs raies.

33 Réflexion et réfraction de la lumière

En bref *Le trajet d'un rayon lumineux est modifié s'il rencontre une surface réfléchissante ou s'il passe d'un milieu transparent à un autre. Ces phénomènes sont appelés respectivement réflexion et réfraction.*

I La réflexion

■ Un **rayon lumineux** modélise un trajet de la lumière. Dans un milieu transparent homogène, il est représenté par une ligne droite avec une flèche indiquant le sens de propagation.

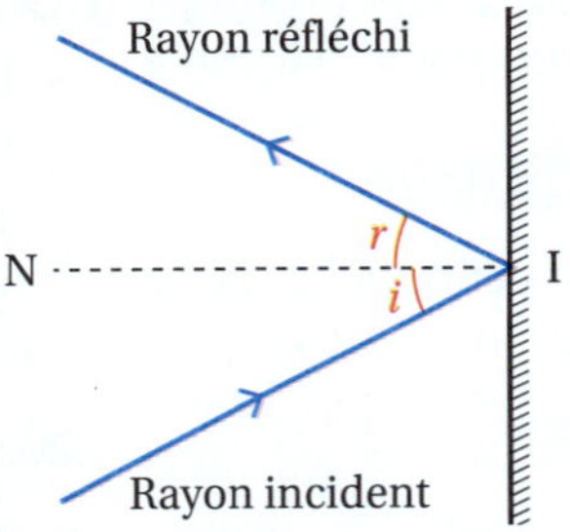

■ Une **surface réfléchissante** (un miroir par exemple) renvoie (réfléchit) un rayon lumineux dans une direction particulière.

■ Les lois de Snell-Descartes pour la réflexion

1re loi. Les rayons réfléchi et incident sont dans le même plan, appelé plan d'incidence et défini par le rayon incident et la normale IN au point d'incidence I.

2e loi. L'angle de réflexion r entre le rayon réfléchi et la normale IN est égal à l'angle d'incidence i entre le rayon incident et la normale IN : $r = i$

II La réfraction

■ La **réfraction** est le changement de direction subie par la lumière lorsqu'elle passe d'un milieu transparent à un autre milieu transparent.

■ L'**indice optique** n d'un milieu transparent est le rapport de la vitesse c de la lumière dans le vide par la vitesse v de la lumière dans le milieu considéré :

$$n = \frac{c}{v}$$

c et v en $m \cdot s^{-1}$. n sans unité. *Exemple* : L'indice optique de l'air est 1.

■ La vitesse v de la lumière dans un milieu transparent est toujours inférieure à la célérité c de la lumière dans le vide, donc l'indice optique d'un milieu (autre que le vide) est toujours **supérieur à 1**.

■ Les lois de Snell-Descartes pour la réfraction

1re loi. Le rayon réfracté est dans le plan d'incidence défini par le rayon incident et la normale au point d'incidence à la surface de séparation entre les deux milieux.

2e loi. Lorsque le rayon passe d'un milieu d'indice n_1 à un milieu d'indice n_2, l'angle d'incidence i_1 et l'angle de réfraction i_2 sont liés par la relation :

$$n_1 \sin i_1 = n_2 \sin i_2$$

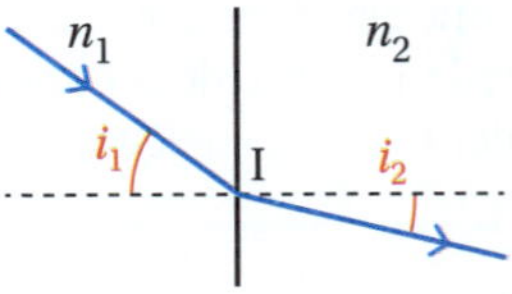

Méthodes

1 | Comprendre la signification d'un indice optique

L'indice optique d'un verre ordinaire est 1,50.

a. Sans calcul, indiquer quelle information fournit cette valeur.

b. Quelle grandeur peut-on calculer à partir de cet indice optique ? La calculer.

c. Quelle information qualitative peut-on tirer de la comparaison de l'indice optique du verre ordinaire avec celui de l'alcool qui vaut 1,36 ?

CONSEILS
Utilisez la définition de l'indice optique d'un milieu transparent.

SOLUTION

a. $n_{\text{verre}} = 1{,}50$ donc la lumière se propage 1,50 fois moins vite dans ce milieu transparent que dans le vide ou dans l'air.

b. On peut calculer la vitesse de propagation de la lumière dans le verre.

$n = \dfrac{c}{v}$ donc $v = \dfrac{c}{n}$ soit $v = \dfrac{3{,}00 \times 10^8}{1{,}50} = 2{,}00 \times 10^8\ \text{m·s}^{-1}$.

c. L'indice optique du verre est supérieur à l'indice optique de l'alcool donc la lumière se propage moins vite dans le verre que dans l'alcool.

2 | Déterminer un angle de réfraction

Un faisceau laser est réfracté de l'air dans l'eau.

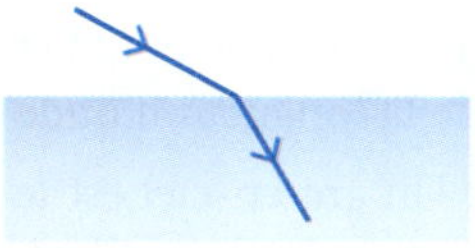

a. Compléter la figure ci-contre : indiquer le point d'incidence I ; tracer la normale en I à la surface de séparation entre l'air et l'eau ; repérer le rayon incident, le rayon réfracté, l'angle d'incidence i_1 et l'angle de réfraction i_2.

b. L'indice optique de l'eau est 1,33 et l'angle d'incidence mesure 60°. Déterminer la valeur de l'angle de réfraction.

CONSEILS
Appliquez les deux lois de Snell-Descartes pour la réfraction. Utilisez la fonction arcsin de la calculatrice (Asn ou $\sin^{-1}$) en définissant l'unité d'angle en degrés.

SOLUTION

a.

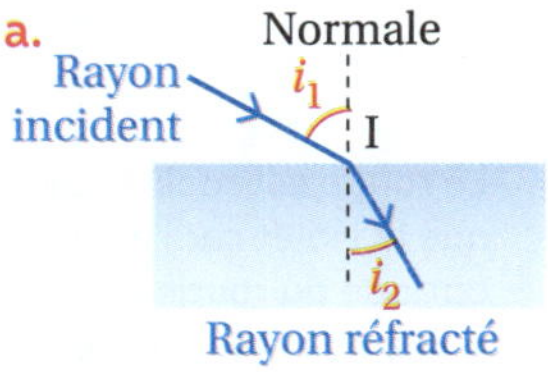

b. $n_1 \sin i_1 = n_2 \sin i_2$ avec $n_1 = 1{,}00$ (air), $n_2 = 1{,}33$ (eau) et $i_1 = 60$ °. On obtient :

$\sin i_2 = \dfrac{n_1 \sin i_1}{n_2} = \dfrac{1{,}00 \times \sin 60°}{1{,}33} = \dfrac{0{,}866}{1{,}33} = 0{,}651$

donc $i_2 = 40{,}6°$.

34 Dispersion de la lumière par un prisme

En bref *Le phénomène de dispersion par un prisme s'explique par les deux réfractions subies par la lumière lorsqu'elle traverse le prisme et par la variation de l'indice optique du milieu en fonction de la longueur d'onde.*

I Décomposition de la lumière blanche par un prisme

Lorsqu'un fin faisceau de lumière blanche traverse un prisme de verre, on observe un **spectre continu** → FICHE 32 formé d'une multitude de lumières colorées juxtaposées, appelées radiations monochromatiques.

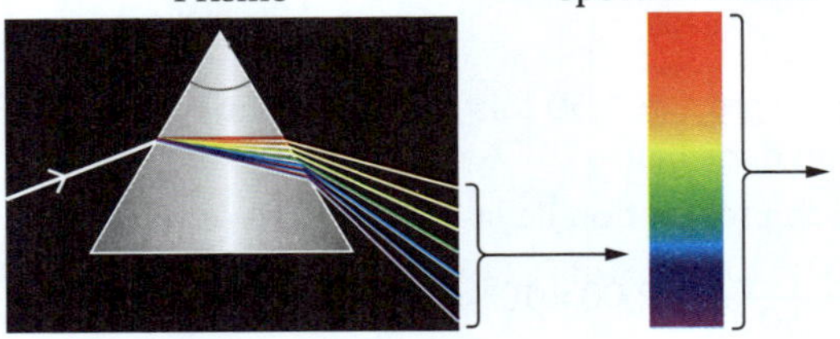

II Interprétation de la dispersion de la lumière blanche

- Dans un **milieu dispersif** (verre, eau...), l'indice optique n dépend de la couleur et donc de la longueur d'onde de la lumière monochromatique qui le traverse.

Exemple : Un arc-en-ciel est le résultat de la décomposition de la lumière solaire par les gouttes de pluie. C'est la preuve que l'eau est un milieu dispersif.

- Pour un même angle d'incidence i_1 dans l'air (d'indice $n_1 = 1,00$), l'angle de réfraction i_2 dans le verre est tel que $\sin i_2 = \dfrac{n_1 \sin i_1}{n_2} = \dfrac{1,00 \times \sin i_1}{n_2} = \dfrac{\sin i_1}{n_2}$

(d'après la 2e loi de Snell-Descartes pour la réfraction → FICHE 33). L'indice n_2 du verre dépend de la couleur de la lumière monochromatique qui le traverse, donc l'angle i_2 en dépend également. Ce **phénomène de dispersion** permet de décomposer la lumière blanche en séparant les radiations monochromatiques qui la constituent.

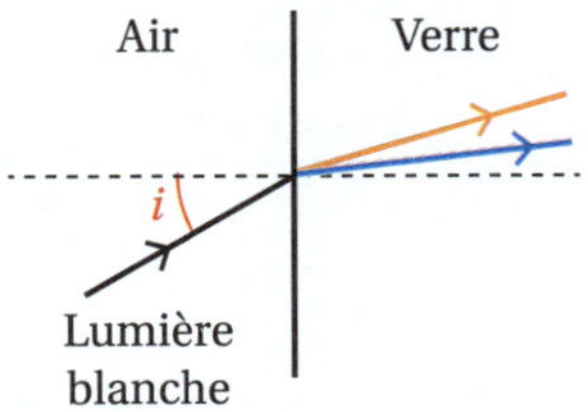

> **À NOTER**
> Le rouge est moins dévié que le violet car l'indice optique du rouge est plus faible que celui du violet.

Méthode

Interpréter la dispersion de la lumière par un prisme

La courbe suivante représente les variations de l'indice optique n du verre d'un prisme en fonction de la longueur d'onde de la lumière dans le vide.

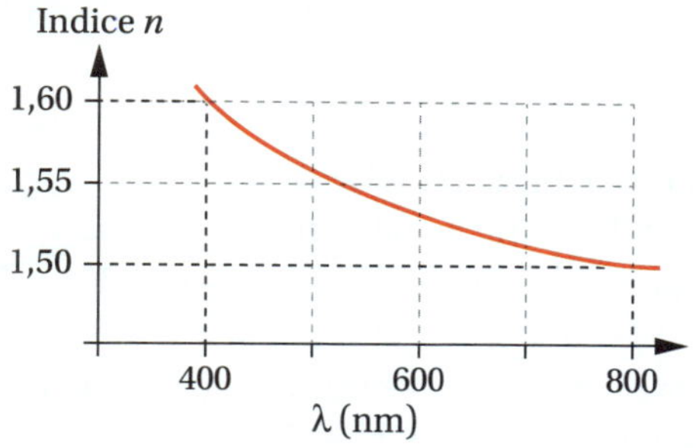

a. Montrer que la 2e loi de Snell-Descartes pour la première réfraction subie par la lumière à l'entrée dans le prisme peut s'écrire : $\sin i_1 = n \sin i_2$.

b. Pour un rayon de lumière blanche arrivant sur le prisme avec un angle d'incidence de 45°, calculer la valeur de l'angle de réfraction pour chacune des limites du visible.

c. Expliquer pourquoi on dit que le rouge est moins dévié que le violet.

CONSEILS

a. Exprimez la 2e loi de Snell-Descartes pour la réfraction → FICHE 33 en réfléchissant aux valeurs des indices optiques de chacun des deux milieux.

b. Utilisez la touche $\sin^{-1}$ (ou Asn) de la calculatrice.

c. Définissez la déviation du rayon lumineux par un angle.

SOLUTION

a. La 2e loi de Snell-Descartes sous sa forme générale est $n_1 \sin i_1 = n_2 \sin i_2$. Dans le cas étudié, le milieu 1 est l'air donc $n_1 = 1{,}00$ et le milieu 2 est le verre du prisme dont l'indice est noté n. Donc, la loi devient : $\sin i_1 = n \sin i_2$.

b. $n_{(\text{violet})} = 1{,}60$ donc : $\sin i_2(\text{violet}) = \dfrac{\sin i_1}{n(\text{violet})} = \dfrac{\sin 45°}{1{,}60} = \dfrac{0{,}707}{1{,}60} = 0{,}442$ et finalement $i_2(\text{violet}) = 26{,}2°$.

$n_{(\text{rouge})} = 1{,}50$ donc : $\sin i_2(\text{rouge}) = \dfrac{\sin i_1}{n(\text{rouge})} = \dfrac{\sin 45°}{1{,}50} = \dfrac{0{,}707}{1{,}50} = 0{,}471$ et finalement $i_2(\text{rouge}) = 28{,}1°$.

c. Les calculs montrent qu'à l'entrée dans le prisme : la radiation rouge passe d'un angle de 45° à 28,1°, soit une déviation de 16,9° tandis que la radiation violette passe d'un angle de 45° à 26,2°, soit une déviation de 18,8°. La radiation rouge est donc moins déviée que la radiation violette.

35 Lentilles minces convergentes

En bref *Lorsque la lumière provenant d'un objet traverse une lentille, il se forme une image de cet objet. Les caractéristiques de l'image dépendent de la position de l'objet, et de la distance focale de la lentille.*

I Caractéristiques des lentilles convergentes

- Une **lentille mince convergente** transforme un faisceau de lumière parallèle en un faisceau convergent. L'axe de symétrie Δ de la lentille est appelé **axe optique** ou axe principal.

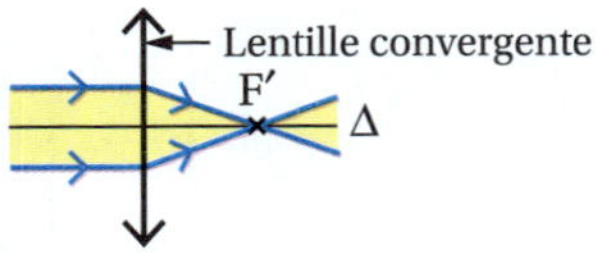

- Une lentille mince convergente est caractérisée par trois points particuliers (O, F et F′) et sa **distance focale** f' : $f' = OF' = OF$. La lentille est d'autant plus convergente que f' est petite.
- Tout rayon incident passant par le **centre optique O** n'est pas dévié. Tout rayon incident parallèle à l'axe optique émerge en passant par le **foyer image** F′. Tout rayon incident passant par le **foyer objet F** émerge parallèle à l'axe optique.
- Une lentille forme une image A′B′ d'un objet AB. La position de l'image dépend de la position de l'objet par rapport au foyer.

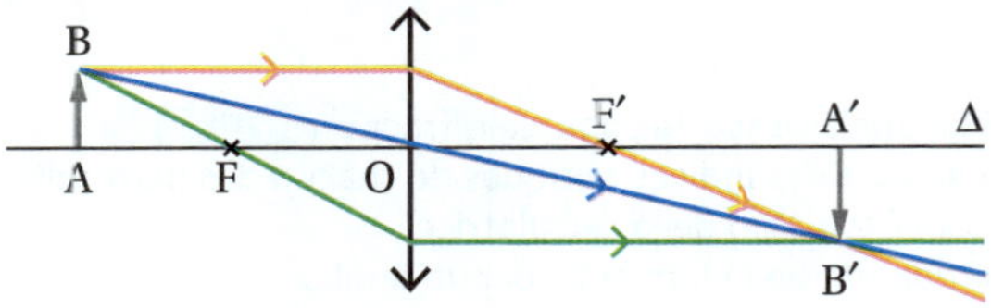

- **Le grandissement** $\gamma = \frac{A'B'}{AB}$ est une grandeur sans unité, positive si l'image est dans le même sens que l'objet et négative si l'image est renversée.

II Modèle de l'œil réduit

- Un œil est modélisé par une lentille mince convergente (le cristallin), associée à un écran sensible (la rétine), séparés par une **distance fixe** d = 15,0 mm.

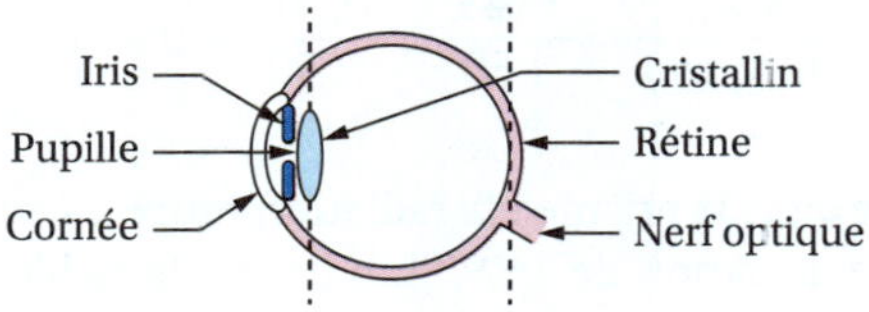

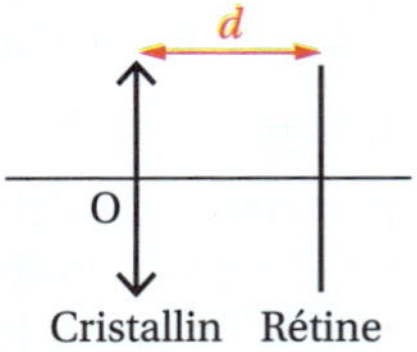

- La distance focale f' du cristallin est réglable, c'est l'**accommodation**.

Méthode

Modéliser le fonctionnement optique de l'œil

L'œil voit nettement un objet lorsque son image, formée par le cristallin de distance focale f', se situe exactement sur la rétine.

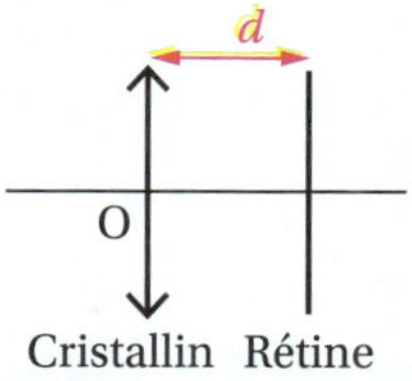

Donnée : distance fixe cristallin-rétine : $d = 15{,}0$ mm.

a. Vision de loin. Lorsqu'un œil normal (ni myope, ni hypermétrope) est au repos, la distance focale f' du cristallin est maximale et égale à d. Construire dans ce cas l'image d'un objet AB situé au loin (à l'infini). Conclure.

b. Vision de près. Montrer que la distance focale de l'œil doit être inférieure à d pour voir nettement un objet proche AB.

CONSEILS

a. Positionnez les foyers F′ et F. Tracez deux rayons issus de B : celui qui passe par O et celui qui passe par F. Ces rayons sont parallèles car B est à l'infini.
b. Positionnez un objet proche de la lentille et construisez son image de manière à ce qu'elle soit sur la rétine en traçant deux rayons particuliers : celui qui passe par O et celui qui est parallèle à l'axe optique. Positionnez ensuite le foyer F′ et comparez la distance focale f' à d.

SOLUTION

a. F′ est situé sur la rétine et F est son symétrique par rapport à O. L'image d'un objet à l'infini se forme sur la rétine : l'œil normal au repos voit au loin.

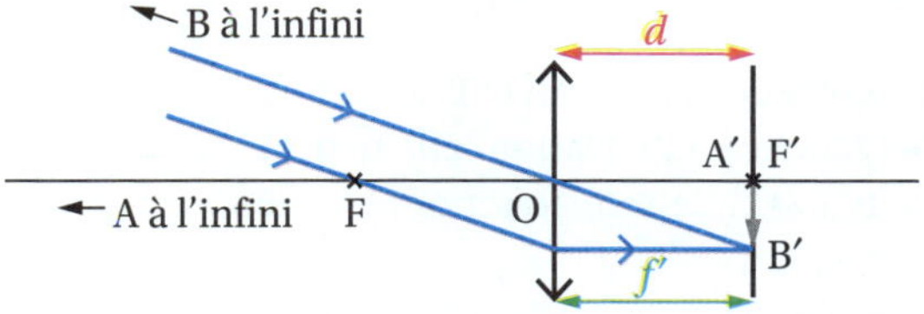

b. Pour voir net un objet proche AB, son image A′B′ doit être sur la rétine. En faisant la construction, on constate que $f' < d$. C'est grâce aux muscles ciliaires que la distance focale f' peut être réduite de manière à voir nettement l'objet proche AB. Ce processus est appelé accommodation.

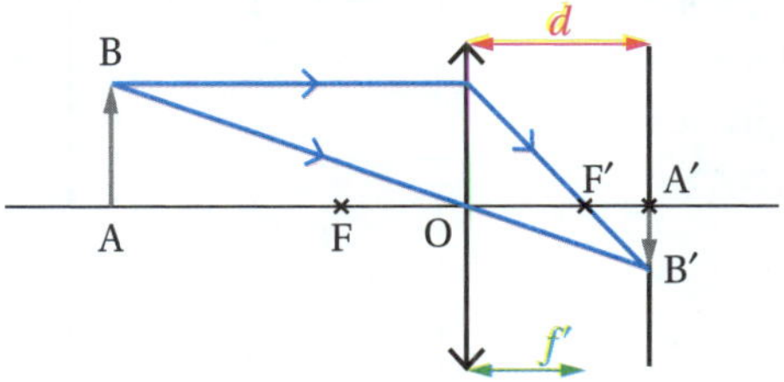

MOT CLÉ

Dans les deux constructions, les rayons formant B′ se coupent réellement. L'image est dite **réelle**.

36 Lois des nœuds et des mailles

En bref *Dans tout circuit électrique, qu'il soit en série ou bien en dérivation, l'intensité et la tension électriques sont régies par la loi des nœuds et la loi des mailles.*

I Loi des nœuds

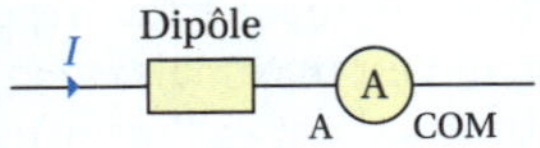

- L'**intensité** I d'un courant électrique traversant un dipôle se mesure à l'aide d'un ampèremètre monté en série. Elle s'exprime en ampères (A).
- **Sens conventionnel du courant** : le courant électrique circule de la borne positive vers la borne négative du générateur, à l'extérieur de celui-ci.
- Les dipôles d'une **même branche** sont traversés par un courant électrique de **même intensité**. Un nœud est un point d'intersection de plusieurs branches.
- **Loi des nœuds** : la somme des intensités des courants entrants dans un nœud est égale à la somme des intensités des courants sortants du nœud.

Exemple : Un courant d'intensité I_1 circule dans les dipôles 3 et 4 de la branche BED. Au nœud B ou au nœud D : $I = I_1 + I_2$.

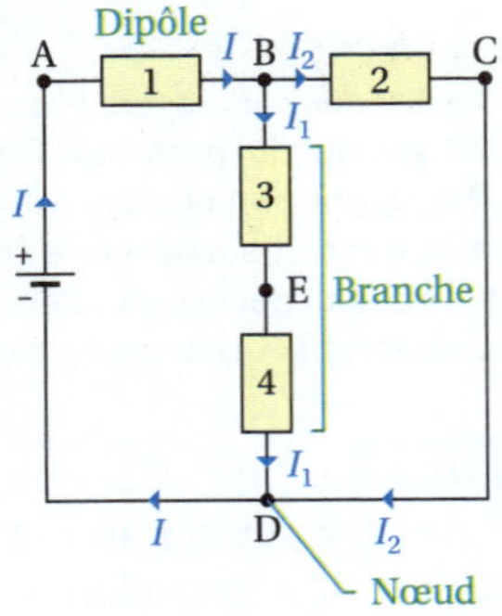

II Loi des mailles

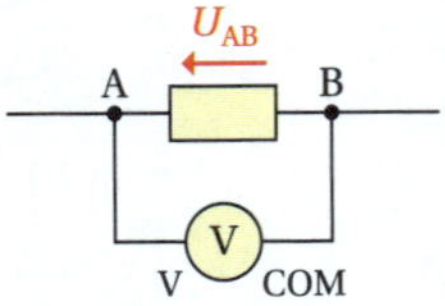

- La **tension** électrique entre deux points A et B se mesure à l'aide d'un voltmètre branché en dérivation. Elle se note U_{AB} et s'exprime en volts (V). Elle se représente par une flèche dont la pointe est en A.
- La tension est une **grandeur algébrique** : $U_{AB} = -U_{BA}$.

Pour mesurer U_{AB}, il faut connecter la borne V du voltmètre en A et sa borne COM en B.

- Une **maille** est une boucle fermée.
- **Loi des mailles** : la somme algébrique des tensions électriques dans une maille est nulle.

Exemple : Dans la maille ABED, la loi s'exprime :
$U_{AD} - U_{AB} - U_{BE} - U_{ED} = 0$ et par conséquent :
$U_{AD} = U_{AB} + U_{BE} + U_{ED}$

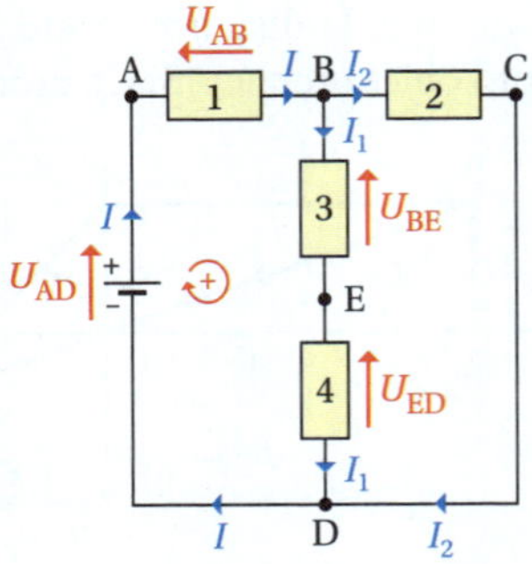

À NOTER
La valeur de la tension aux bornes d'un fil de connexion peut être considérée comme nulle.

Méthode

Appliquer les lois des mailles et des nœuds

Dans le montage ci-contre, on dispose des valeurs des tensions suivantes :

$U_{AB} = 2{,}7$ V, $U_{BE} = 1{,}4$ V et $U_{EF} = 1{,}9$ V.

Par ailleurs, l'intensité du courant électrique traversant le dipôle 1 est $I_1 = 0{,}25$ A et celle du courant traversant le dipôle 2 est $I_2 = 0{,}38$ A.

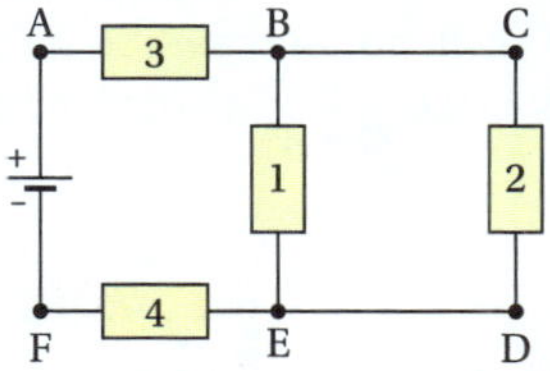

Déterminer la valeur de :

a. la tension délivrée par la pile ; **b.** la tension aux bornes du dipôle 2 ; **c.** l'intensité I du courant débité par la pile ; **d.** l'intensité du courant traversant les dipôles 3 et 4.

CONSEILS

a. Appliquez la loi des mailles en mettant en œuvre la procédure suivante :

Étape 1. Repérez la maille du circuit dans laquelle se trouve la tension que vous souhaitez déterminer et choisissez un sens positif pour cette maille (de préférence celui correspondant au sens du courant électrique).

Étape 2. Représentez les tensions aux bornes de chaque dipôle de la maille par une flèche orientée vers la borne positive du générateur.

Étape 3. Les tensions représentées par une flèche allant dans le sens positif de la maille sont affectées d'un signe + et les autres d'un signe –.

b. Un dipôle est un élément d'un circuit électrique possédant deux bornes de connexion (lampe, pile...). Remarquez que les dipôles 1 et 2 sont en dérivation.

c. Appliquez la loi des nœuds.

d. Utilisez l'unicité de l'intensité électrique dans une branche.

SOLUTION

a. Loi des mailles appliquée à ABEF :

$$U_{AF} - U_{AB} - U_{BE} - U_{EF} = 0.$$

Soit : $U_{AF} = U_{AB} + U_{BE} + U_{EF}$

donc $U_{AF} = 2{,}7 + 1{,}4 + 1{,}9 = 6{,}0$ V.

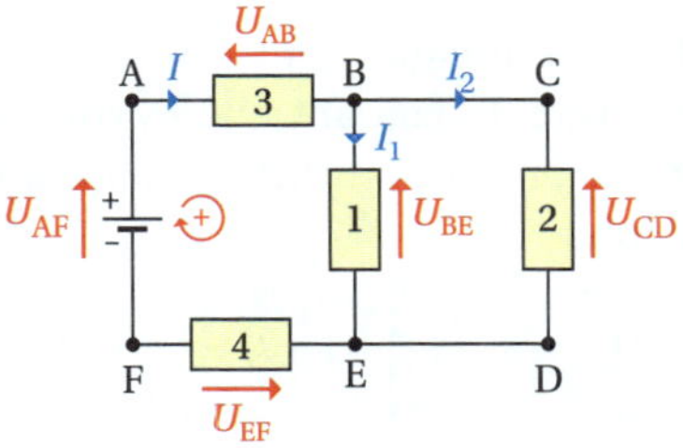

b. Les branches BE et CD sont en dérivation donc : $U_{CD} = U_{BE} = 1{,}4$ V.

Le dipôle 2 est soumis à une tension de 1,4 V.

c. Au nœud B, la loi des nœuds s'exprime : $I = I_1 + I_2$ et par conséquent le générateur débite un courant d'intensité : $I = 0{,}25 + 0{,}38 = 0{,}63$ A.

d. Le dipôle 3 et le dipôle 4 appartiennent à la même branche EFAB que le générateur. L'intensité du courant les traversant est donc : $I = 0{,}63$ A.

37 Comportement d'un dipôle électrique

En bref *La tension U_{AB} aux bornes d'un dipôle électrique et l'intensité I du courant qui le traverse ne sont pas indépendantes. La relation existant entre U_{AB} et I caractérise le fonctionnement du dipôle.*

I Caractéristique tension-courant d'un dipôle

■ La **caractéristique tension-courant** d'un dipôle AB est la courbe représentant l'évolution de la tension U_{AB} entre ses bornes en fonction de l'intensité I du courant qui le traverse.

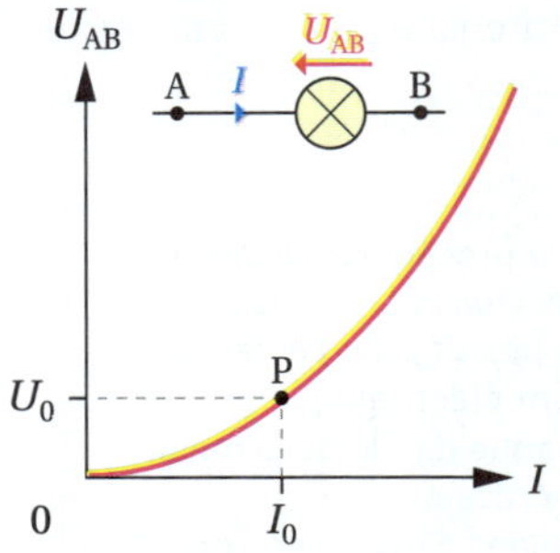

Lampe à incandescence

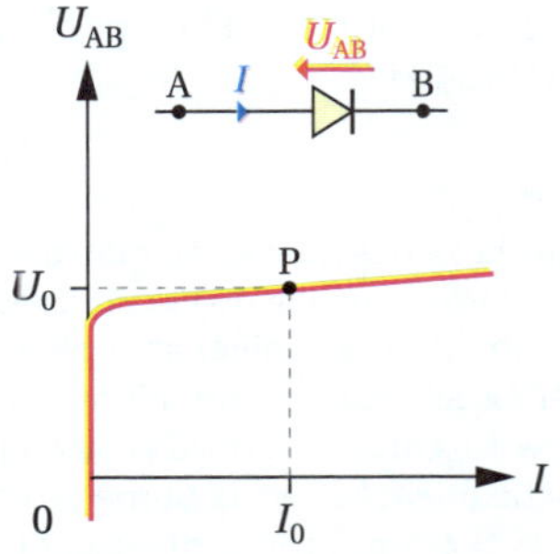

Diode

■ Inséré dans un circuit, un dipôle est traversé par un courant d'intensité I_0 et la tension entre ses bornes prend la valeur U_0. Le point P de coordonnées (I_0 ; U_0) sur la caractéristique est appelé **point de fonctionnement** du dipôle.

II Dipôle ohmique

■ Les dipôles ohmiques sont caractérisés par une relation de proportionnalité entre l'intensité du courant qui les traverse et la tension entre leurs bornes. Le coefficient de proportionnalité est appelé **résistance** R du dipôle ohmique. C'est la **loi d'Ohm** :

$$U_{AB} = R \times I$$

U_{AB} en V
I en A
R en ohms (Ω)

■ La **caractéristique** d'un dipôle ohmique est une droite passant par l'origine, de coefficient directeur (ou pente) égal à R.

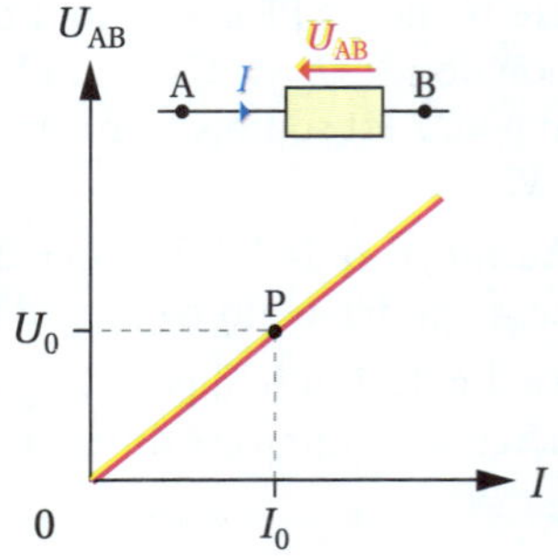

À NOTER
Plus un dipôle ohmique a une résistance élevée et plus il s'oppose au passage du courant.

Méthode

Déterminer un point de fonctionnement

a. Déterminer la résistance R_1 du dipôle ohmique dont la caractéristique est présentée ci-contre.

b. Compléter cette caractéristique en traçant celle d'un dipôle ohmique de résistance : $R_2 = 150\ \Omega$.

c. On monte les deux résistances R_1 et R_2 en dérivation avec un générateur délivrant une tension : $U_{AB} = 6{,}0$ V. Déterminer le point de fonctionnement de chacun des deux dipôles ohmiques.

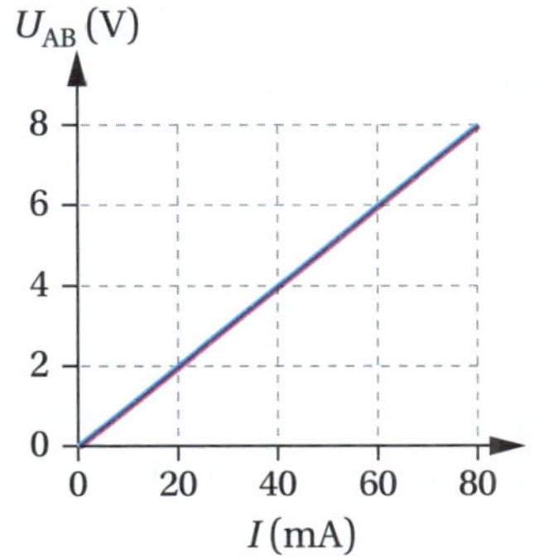

d. Quelle est l'intensité débitée par le générateur ?

CONSEILS

a. Déterminez le coefficient directeur de la caractéristique.
b. L'équation de la droite caractéristique est la loi d'Ohm.
c. Utilisez la valeur de la tension appliquée aux dipôles pour déterminer graphiquement les points de fonctionnement et leurs coordonnées.
d. Appliquez la loi des nœuds.

SOLUTION

a. L'équation de la caractéristique est : $U_{AB} = R_1 \times I$. On peut choisir le point d'abscisse : $I = 20$ mA $= 0{,}020$ A dont l'ordonnée est : $U_{AB} = 2{,}0$ V. D'où :

$$R_1 = \frac{U_{AB}}{I} = \frac{2{,}0}{0{,}020} = 100\ \Omega.$$

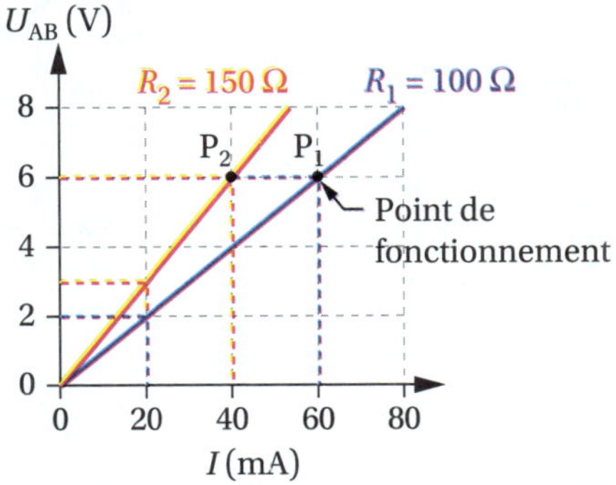

b. La caractéristique est une droite d'équation : $U_{AB} = R_2 \times I$.
Elle passe par le point origine et par le point d'abscisse $I = 20$ mA $= 0{,}020$ A dont l'ordonnée est : $U_{AB} = R_2 \times I = 150 \times 0{,}020 = 3{,}0$ V.

c. Les deux dipôles sont soumis à la tension : $U_{AB} = 6{,}0$ V. Graphiquement, les points de fonctionnement sont : $P_1(60$ mA ; $6{,}0$ V$)$ et $P_2(40$ mA ; $6{,}0$ V$)$.

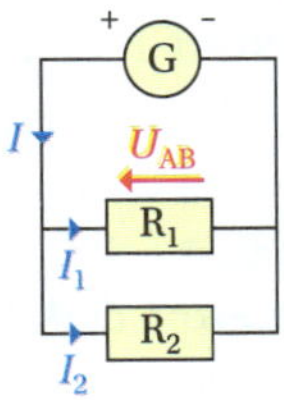

d. La loi des nœuds s'exprime : $I = I_1 + I_2$ avec $I_1 = 60$ mA et $I_2 = 40$ mA (abscisses des points de fonctionnement). Le générateur débite donc un courant d'intensité : $I = 60 + 40 = 100$ mA.

38 Capteurs électriques

En bref *Les objets de la vie quotidienne renferment des capteurs de toutes sortes qui permettent de recueillir de l'information pour la traiter, notamment des capteurs électriques résistifs.*

I Exemples de capteurs électriques

■ Un **capteur** électrique est un dispositif qui transforme une grandeur physique observée (température, intensité lumineuse, pression...) en un signal électrique. Il est associé à un système d'acquisition et de traitement du signal permettant de mesurer la grandeur et de commander un autre dispositif en conséquence.

Exemple : Capteur de température déclenchant un système de chauffage

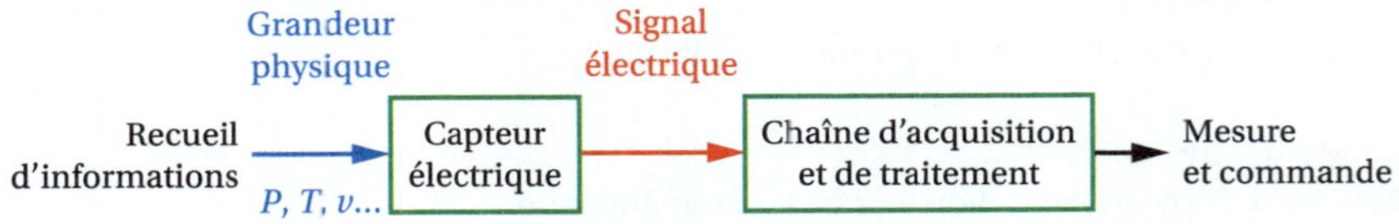

■ Les **objets de la vie quotidienne** contiennent de multiples capteurs permettant d'effectuer des mesures et de communiquer avec l'environnement.

Exemple : Capteurs d'un smartphone

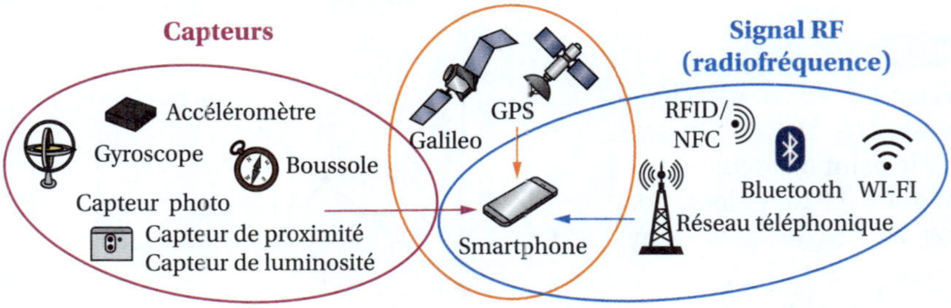

II Capteurs électriques résistifs

■ Un **capteur** résistif est un composant électrique dont **la résistance varie** avec une grandeur physique : température, intensité lumineuse, pression...

■ Pour mesurer indirectement la grandeur physique recherchée à l'aide du capteur résistif, il faut au préalable tracer une **courbe d'étalonnage**.

Exemple : Courbe d'étalonnage d'une thermistance (ci-contre).

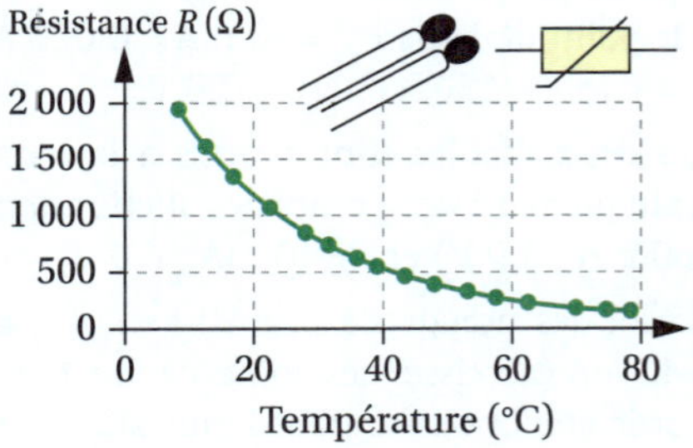

Méthode

Tracer et exploiter la courbe d'étalonnage d'un capteur résistif

Un capteur de luminosité comprend un composant appelé photorésistance, de symbole 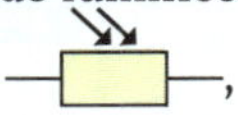, se comportant comme un dipôle ohmique dont la résistance R est fonction de l'éclairement E (grandeur exprimée en lux).
Pour étalonner la photorésistance, une série de mesures est effectuée :

E (lux)	10	20	30	50	100
R (kΩ)	100	46	30	21	15

a. Tracer la courbe d'étalonnage de la photorésistance. La résistance est-elle proportionnelle à l'éclairement ?

b. Le capteur a pour fonction d'allumer un système d'éclairage public lorsque l'éclairement ambiant passe en dessous d'un seuil de 30 lux. Estimer l'incertitude sur la détection du seuil sachant que la valeur de la résistance de la photorésistance est mesurée à ± 2 kΩ près.

c. Sans faire de mesure, indiquer si cette incertitude serait inchangée, augmentée ou diminuée si le seuil était choisi à 50 lux au lieu de 30 lux.

CONSEILS

a. Utilisez un tableur-grapheur.
b. Exploitez la courbe tracée en **a.** pour déterminer la valeur de la résistance R correspondant au seuil de luminosité et l'incertitude sur la détection du seuil.
c. Observez, sans faire de calcul, l'évolution de la pente de la courbe.

SOLUTION

a. La courbe d'étalonnage n'est pas une droite passant par l'origine.
R n'est donc pas proportionnelle à E.

b. Pour $E = 30$ lux, $R = 30$ kΩ. Avec l'incertitude de 2 kΩ, cela signifie que : 28 kΩ < R <32 kΩ.
Pour $R = 28$ kΩ, $E = 32$ lux et pour $R = 32$ kΩ, $E = 28$ lux donc E est déterminé à ±2 lux près : $E = 30 \pm 2$ lux.

c. On remarque que pour 50 lux, la courbe d'étalonnage est moins pentue, donc une incertitude de 2 kΩ entraînerait une incertitude très supérieure à ±2 lux sur le seuil.

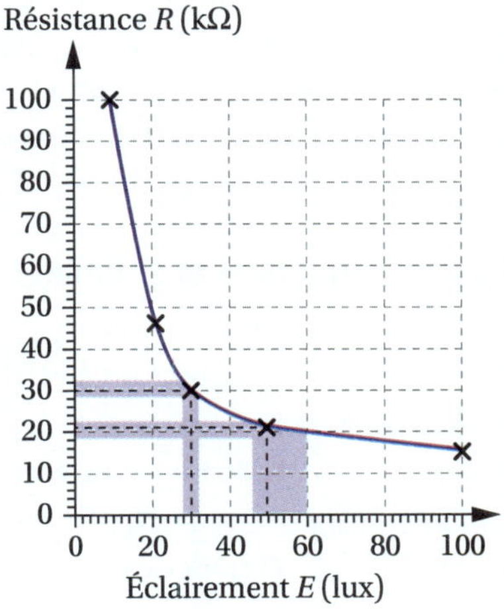

SE TESTER QUIZ

Vérifiez que vous avez bien compris les points clés des **fiches 29 à 38**.

1 Perception d'un son

→ FICHE 31

1. Un signal sonore de fréquence 40 000 Hz est :

☐ **a.** un son audible ☐ **b.** un infrason ☐ **c.** un ultrason

2. Le niveau d'intensité sonore s'exprime en :

☐ **a.** hertz ☐ **b.** watts par mètre carré ☐ **c.** décibels

3. La hauteur d'un son est directement liée à :

☐ **a.** la fréquence du signal sonore

☐ **b.** l'amplitude du signal sonore

2 Réflexion, réfraction et dispersion de la lumière

→ FICHES 33 et 34

1. L'indice optique d'un milieu est :

☐ **a.** le rapport de la vitesse de propagation de la lumière dans le vide sur la vitesse de propagation de la lumière dans le milieu

☐ **b.** toujours supérieur ou égal à 1

2. Lorsqu'un rayon lumineux est réfracté d'un milieu d'indice n_1 vers un milieu d'indice n_2, l'angle d'incidence i_1 et l'angle de réfraction i_2 sont liés par la relation :

☐ **a.** $n_1 \cos i_1 = n_2 \cos i_2$ ☐ **b.** $n_1 \cos i_1 = n_2 \sin i_2$ ☐ **c.** $n_1 \sin i_1 = n_2 \sin i_2$

3. Pourquoi une lumière polychromatique est-elle dispersée par un prisme ?

☐ **a.** Car l'indice optique du prisme a une valeur différente pour chaque radiation monochromatique constituant la lumière.

☐ **b.** Car la vitesse de propagation de chaque radiation monochromatique constituant la lumière y est différente.

4. Une radiation monochromatique traversant un prisme est :

☐ **a.** déviée ☐ **b.** dispersée

3 Lois des nœuds et des mailles

→ FICHE 36

1. Le volt est l'unité internationale :

☐ **a.** d'énergie ☐ **b.** de tension électrique ☐ **c.** d'intensité électrique

2. L'ampère est l'unité internationale :

☐ **a.** d'énergie ☐ **b.** de tension électrique ☐ **c.** d'intensité électrique

3. Un ampèremètre se connecte :

☐ **a.** en série ☐ **b.** en dérivation

4. Un voltmètre se connecte :

☐ **a.** en série ☐ **b.** en dérivation

OBJECTIF BAC

4 L'échographie médicale

60 min

Ce problème permet de découvrir les principes physiques sur lesquels repose la technique d'échographie, utilisée en imagerie médicale, notamment les propriétés des signaux ultrasonores.

L'échographie est un examen indolore et non dangereux permettant l'observation directe d'organes internes. Cette technique utilise des signaux ultrasonores produits par une sonde jouant le rôle d'émetteur et de récepteur.

Lorsqu'un signal ultrasonore rencontre un nouveau milieu de propagation, une partie du signal incident est transmise dans ce nouveau milieu avec une vitesse différente et l'autre partie est réfléchie (écho). Ce sont ces propriétés qui permettent d'obtenir des images échographiques.

Document 1 Dispositif pour montrer le principe de l'échographie

Pour montrer le principe de l'échographie avec du matériel de lycée, on conçoit le dispositif suivant où G est un générateur de salves relié à un émetteur ultrasonore E, et R est un récepteur d'ultrasons.

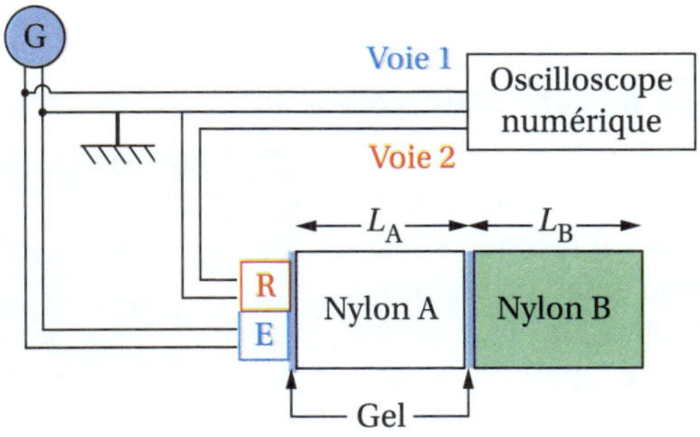

L'émetteur E et le récepteur R sont mis en contact avec un bloc solide A en nylon, lui-même accolé à un autre bloc de nylon B.

La longueur du bloc de nylon A est $L_A = 36{,}4$ cm et celle du bloc de nylon B est $L_B = 34{,}2$ cm.

Le rôle du gel est de permettre une bonne transmission des signaux ultrasonores d'abord entre l'émetteur et le nylon A, puis entre les nylons A et B et tertio entre le nylon A et le récepteur.

Les deux nylons (A et B) n'ont pas la même masse volumique. La vitesse de propagation des ultrasons dans ces deux solides n'est donc pas identique.

L'oscilloscope permet de visualiser la salve ultrasonore émise par E et de constater que deux salves, notées 1 et 2, sont reçues successivement par R.

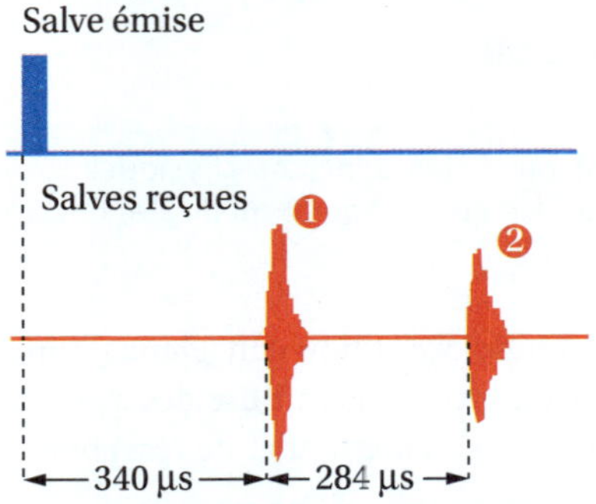

Oscillogramme. La sensibilité verticale pour les salves reçues et la sensibilité pour la salve émise sont différentes.

La salve 1 est le résultat de la réflexion partielle de l'onde ultrasonore sur la surface de séparation entre le nylon A et le nylon B.

La salve 2 est le résultat de la réflexion totale du signal ultrasonore sur l'extrémité du bloc de nylon B, en contact avec l'air.

La durée séparant l'émission par E de la réception par R de la salve 1 est $\Delta t_1 = 340$ µs. Une durée $\Delta t_2 = 284$ µs s'écoule entre la réception de la salve 1 et celle de la salve 2.

Document 2 Principe de l'obtention d'une image échographique

La sonde échographique est associée à un appareillage électronique qui convertit les échos ultrasonores en image. La conversion se fait en niveaux de gris selon l'intensité de l'écho capté par la sonde. Lorsqu'il n'y a pas d'écho, l'image est noire. Plus l'écho est intense et plus l'image est blanche.

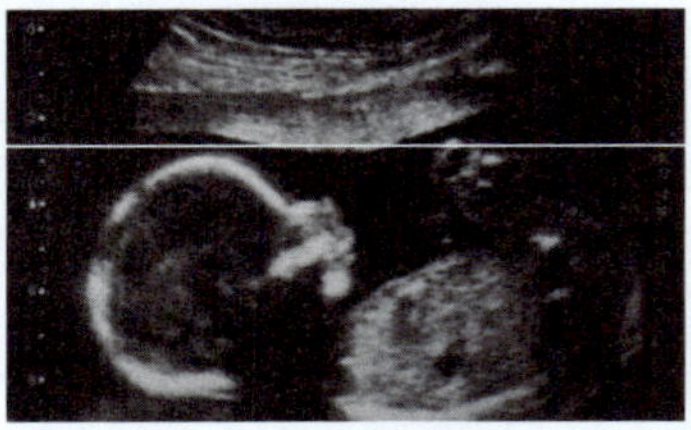

Image échographique d'un fœtus

1. Les fréquences des signaux ultrasonores utilisés en échographie dépendent des organes à sonder. Elles sont habituellement comprises entre 2 MHz et 15 MHz.

a. Indiquer la signification du symbole MHz.

b. Que vaut la fréquence 15 MHz en unité internationale ?

2. a. Observer l'oscillogramme du document 1 et donner un argument permettant d'affirmer que la salve ultrasonore 2 s'est propagée sur une plus longue distance que la salve 1 avant d'être captée par R.

b. Compléter la figure suivante avec les légendes : *salve incidente* • *salve 1* • *salve 2.*

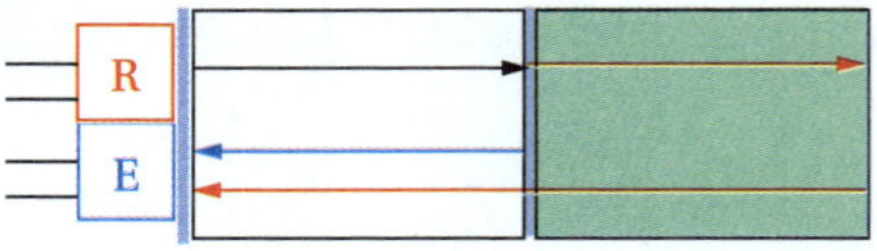

c. Quelle est la distance totale parcourue dans le nylon A par le signal ultrasonore entre son émission par E et la réception de la salve 1 ? En déduire la valeur (en unité internationale) de la vitesse de propagation v_A des ultrasons dans le nylon A.

d. Combien de temps s'est écoulé entre l'émission de la salve incidente par E et son arrivée à la surface de séparation entre les nylons A et B ?

e. La salve 2 se réfléchit à l'extrémité du bloc B avant de revenir vers le récepteur. Quelle est la durée du trajet de la salve 2 dans le nylon B ?

f. Quelle est la distance totale parcourue par la salve 2 dans le nylon B ?

En déduire la valeur (en unité internationale) de la vitesse de propagation v_B des ultrasons dans le nylon B.

g. Comparer la vitesse de propagation des ultrasons dans les nylons A et B avec la vitesse de propagation des signaux sonores dans l'air.

h. Comment serait modifié l'oscillogramme si on inversait les blocs A et B ?

3. a. Les liquides simples, ne contenant pas de particules en suspension, se laissent traverser par les ultrasons. Seront-ils noirs, gris ou blanc sur une image échographique ?

b. Les solides réfléchissent très bien les ultrasons. Seront-ils noirs, gris ou blanc sur une image échographique ?

c. Expliquer pourquoi l'image échographique du fœtus (document 2) apparaît sur fond noir et pourquoi une ligne blanche borde le crâne et le dos.

CORRIGÉS

SE TESTER QUIZ

1 Perception d'un son

1. Réponse c. **2.** Réponse c. **3.** Réponse a.

2 Réflexion, réfraction et dispersion de la lumière

1. Réponse b. **2.** Réponse c. **3.** Réponses a et b. **4.** Réponse a.

3 Lois des nœuds et des mailles

1. Réponse b. **2.** Réponse c. **3.** Réponse a. **4.** Réponse b.

OBJECTIF BAC

4 L'échographie médicale

1. a. MHz symbolise les mégahertz.

b. 15 MHz = 15 × 10^6 Hz.

2. a. La salve 2 s'est propagée sur une distance plus longue que la salve 1 puisqu'elle est captée avec un retard de 284 µs par rapport à la salve 1.

b.

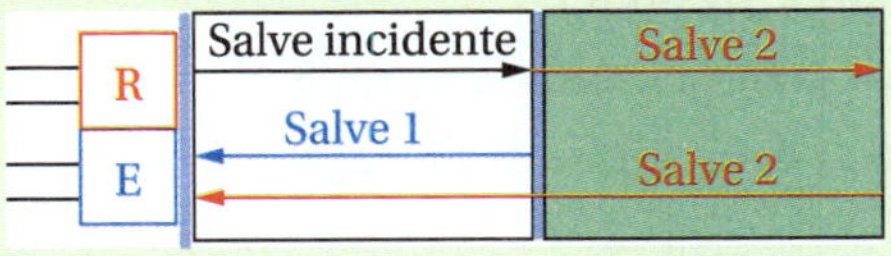

c. Dans le nylon A, la salve ultrasonore (nommée salve incidente, puis salve 1) parcourt en une durée $\Delta t_1 = 340$ µs un aller-retour, soit la distance :
$d_A = 2L_A = 2 \times 36{,}4 = 72{,}8$ cm.

La vitesse des ultrasons dans le nylon A est $v_A = \dfrac{d_A}{\Delta t_1}$ avec $d_A = 0{,}728$ m et $\Delta t_1 = 340 \times 10^{-6}$ s $= 3{,}40 \times 10^{-4}$ s donc : $v_A = \dfrac{0{,}728}{3{,}40 \times 10^{-4}} = 2{,}14 \times 10^3$ m.s^{-1}.

d. La salve incidente parcourt la longueur L_A dans le nylon A pour atteindre B. La durée nécessaire pour ce parcours est donc : $\dfrac{\Delta t_1}{2} = 170$ µs.

e. La salve 2 (voir schéma de la question **2b**) parcourt son trajet dans le nylon B en une durée : $\Delta t_2 = 284$ µs $= 284 \times 10^{-6}$ s $= 2{,}84 \times 10^{-4}$ s.

f. La distance parcourue par l'ultrason dans B est un aller-retour, soit la distance :
$d_B = 2L_B = 2 \times 34{,}2 = 68{,}4$ cm $= 0{,}684$ m.

La vitesse des ultrasons dans le nylon B est $v_B = \dfrac{d_B}{\Delta t_2}$ soit :
$v_B = \dfrac{0{,}684}{2{,}84 \times 10^{-4}} = 2{,}41 \times 10^3 \text{m} \cdot \text{s}^{-1}$.

g. La vitesse de propagation des signaux sonore (ou ultrasonores) dans l'air est 340 m.s^{-1}. Les vitesses de propagation mesurées dans les deux nylons A et B sont respectivement 2 140 m·s^{-1} et 2 410 m·s^{-1}. Le son se propage donc environ 6 à 7 fois plus vite dans ces matériaux solides que dans l'air.

h. En inversant les deux blocs de nylon, on constaterait que la salve 1 serait captée au bout de 284 µs et la salve 2, serait reçue 340 µs plus tard.

3. a. Un liquide ne réfléchit pas les ultrasons donc son image échographique est noire.

b. Un solide réfléchit très bien les ultrasons donc son image échographique est blanche.

c. Le fœtus apparaît sur fond noir car il est immergé dans le liquide amniotique qui ne réfléchit pas les ultrasons.

La ligne blanche qui borde le crâne et le dos du fœtus est caractéristique d'une substance solide. Il s'agit des os du crâne et de la colonne vertébrale.

SVT

TOUT LE PROGRAMME

- Le cours en 30 fiches
- Exercices et sujets corrigés

SOMMAIRE

La Terre, la vie et l'organisation du vivant

1. L'organisation du vivant

2. Biodiversité et évolution

Les enjeux contemporains de la planète

3. Les enjeux contemporains de la planète

Corps humain et santé

4. Corps humain et sexualité

5. Agents pathogènes et microbiote humain

1 La cellule, unité du vivant

En bref *Tous les êtres vivants sont constitués de cellules. Certains ne sont constitués que d'une seule cellule (unicellulaires), d'autres sont pluricellulaires.*

I Les constituants d'une cellule

- Une cellule possède un cytoplasme délimité par une membrane plasmique. Les cellules des organismes eucaryotes (animaux, végétaux, champignons) ont un noyau, qui contient l'ADN, les cellules des procaryotes (bactéries) n'en possèdent pas : l'ADN baigne dans le cytoplasme.
- Les cellules eucaryotes abritent dans leur cytoplasme des organites cellulaires, tels que les mitochondries ou les chloroplastes. Ces derniers sont présents dans les cellules végétales chlorophylliennes.
- La taille d'une cellule est de l'ordre de plusieurs dizaines de micromètres pour les cellules eucaryotes et de quelques micromètres pour les cellules procaryotes.

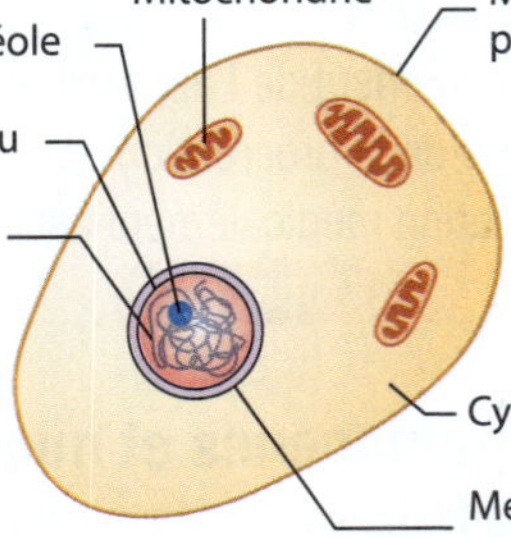

Doc 1 Une cellule eucaryote animale

MOT CLÉ
Organite : structure présente dans le cytoplasme assurant des fonctions indispensables à la cellule.

II De la cellule à l'organe

- Chez les organismes pluricellulaires, les cellules assurant la même fonction sont associées entre elles pour former des tissus qui eux-mêmes constituent des organes. Un organe correspond donc à un ensemble de tissus assurant une grande fonction biologique (nutrition, reproduction, respiration...).
- Il existe quatre principaux types de tissus : les tissus de recouvrement, qui tapissent la surface des organes, les tissus de soutien (comme le tissu osseux), les tissus musculaires et les tissus nerveux.
- Les cellules sont associées à une matrice extracellulaire assurant l'adhérence et le maintien des cellules. Les cellules à la base de l'épiderme, par exemple, sont liées entre elles et reposent sur une lame basale qui est une matrice extracellulaire séparant le derme de l'épiderme.

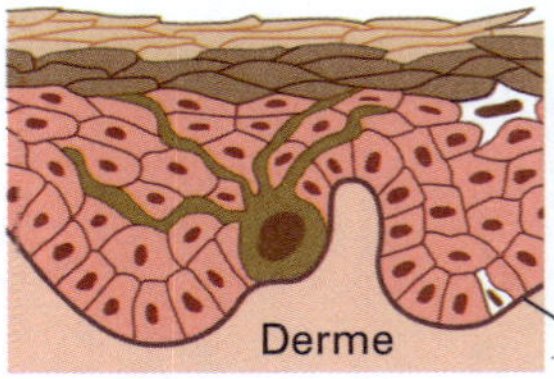

Doc 2 Coupe de la peau

Méthode

Calculer la taille réelle d'une cellule

Une cellule est une structure microscopique. Sur un document, elle est forcément plus grande que dans la réalité. Il est possible de déterminer sa taille réelle grâce à l'échelle.

Déterminer la taille de la cellule ci-dessous.

Doc Électronographie d'une cellule du sang humain

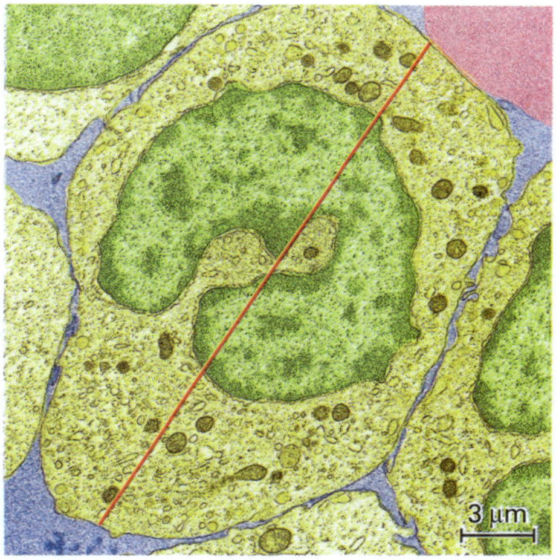

CONSEILS

Étape 1 Mesurer la barre d'échelle et indiquer ce qu'elle représente.
Étape 2 Mesurer la taille de la cellule (trait rouge).
Étape 3 Réaliser un produit en croix pour obtenir la taille réelle de la cellule, puis conclure.

SOLUTION

Étape 1 La barre d'échelle mesure 0,8 cm. Cela signifie que 0,8 cm sur la photo représentent 3 µm dans la réalité.

Étape 2 Le diamètre de la cellule mesure 6,5 cm.

Étape 3 0,8 cm sur la photo représentent 3 µm dans la réalité.

6,5 cm sur la photo représentent *z* µm dans la réalité.

$$z = \frac{6,5 \times 3}{0,8}$$

Cette cellule mesure donc 24,4 µm en réalité.

2 La structure de la molécule d'ADN

En bref *L'ADN est une molécule présente chez tous les êtres vivants. Sa forme peut varier, mais sa structure sera toujours identique d'une espèce à l'autre.*

I L'ADN dans la cellule

- Chez les **eucaryotes**, l'ADN est situé dans le noyau : il est porté par les **chromosomes**. Chaque chromosome possède une ou deux chromatides contenant chacune une molécule d'ADN identique.
- Chez les **procaryotes**, l'ADN est situé dans le cytoplasme, sous la forme d'un seul chromosome, de forme circulaire.

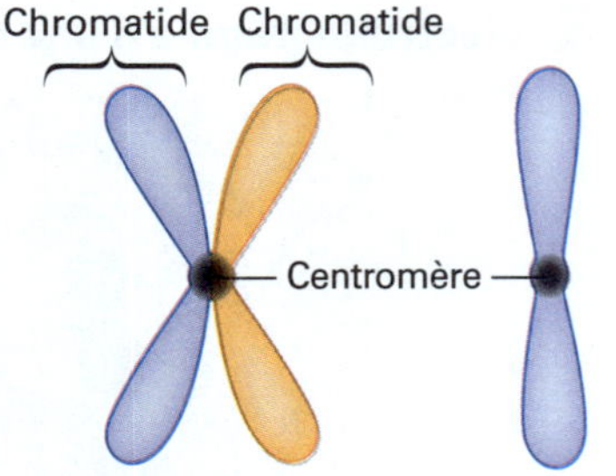

Doc 1 Chromosomes à une ou deux chromatides

II La structure de la molécule d'ADN

- Chaque molécule d'ADN est constituée de deux chaînes formant une **double hélice**. Chaque chaîne est constituée d'une succession de sous-unités appelées des **nucléotides**.
- Chaque nucléotide est lui-même constitué de trois molécules :
  - un **acide**, l'acide phosphorique ou phosphate ;
  - un **sucre**, le désoxyribose ;
  - une **base azotée** : adénine (A), guanine (G), cytosine (C) ou thymine (T).

> **À NOTER**
> **Nucléotide :** il existe quatre sortes de nucléotides que l'on distingue selon la nature de leur base azotée.

- Les deux chaînes d'une molécule d'ADN sont associées par leurs bases azotées. Les thymines d'une chaîne sont associées aux adénines de l'autre et les cytosines aux guanines. C'est ce que l'on appelle la **complémentarité des bases**. Les deux chaînes d'une molécule d'ADN sont donc rigoureusement complémentaires.

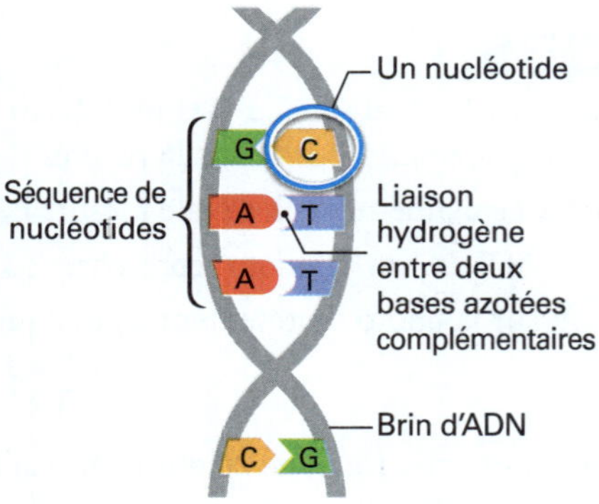

Doc 2 Une molécule d'ADN

Méthode

Démontrer la complémentarité des bases

La mise en évidence de la complémentarité des nucléotides a été fondamentale pour déterminer la structure en double hélice de l'ADN.

À l'aide du document suivant, montrer que les nucléotides des deux chaînes de l'ADN sont complémentaires, quel que soit l'être vivant.

Doc Proportions (en %) de chaque nucléotide dans l'ADN de différentes espèces

	Adénine	Thymine	Cytosine	Guanine
Espèce humaine	30,5	29,4	19,8	19,9
Levure (champignon)	31,1	31,9	18,1	18,7
Blé	27,3	27,2	22,8	22,7

CONSEILS

Étape 1 Présenter rapidement le document.
Étape 2 Comparer les pourcentages des nucléotides pour chaque espèce, puis entre les différentes espèces.
Étape 3 Interpréter cette comparaison pour montrer que les nucléotides sont complémentaires quelle que soit l'espèce considérée.

SOLUTION

Étape 1 Ce document présente les pourcentages de chaque nucléotide pour trois espèces appartenant à trois embranchements différents.

Étape 2

- Au sein de chaque espèce, les pourcentages d'adénine et de thymine sont très proches, de même que les pourcentages de guanine et de cytosine.
- Ces similitudes de pourcentage des nucléotides s'observent chez plusieurs espèces. Cela signifie que cette répartition n'est pas liée au hasard.

Étape 3

- Si les pourcentages d'adénine et de thymine sont proches, cela signifie qu'il y a le même nombre de nucléotides portant chacune de ces bases azotées dans l'ADN. Cela peut s'expliquer si chaque adénine d'une chaîne d'ADN est associée à une thymine de l'autre chaîne.
- Le même raisonnement peut être tenu avec les cytosines et les guanines.
- On peut tenir ce raisonnement pour des espèces très différentes. La complémentarité des bases azotées est donc une caractéristique de l'ADN commune à tous les êtres vivants.

3 L'information génétique des cellules

En bref *Les cellules possèdent de l'ADN portés par des chromosomes. La structure de cette molécule permet le stockage d'informations.*

I Les gènes, unités d'information génétique

- Les molécules d'ADN sont constituées d'une succession de nucléotides. La **séquence des nucléotides**, c'est-à-dire l'ordre dans lequel ils sont placés, détermine l'information portée par la molécule.
- Certaines parties de l'ADN forment les **gènes**. Ces gènes correspondent à des séquences de nucléotides qui contiennent l'information génétique dirigeant l'expression d'un caractère héréditaire.
- L'expression d'un **caractère héréditaire** passe par la production de protéines, élaborées d'après les informations contenues dans les gènes.
- Toutes les cellules d'un organisme sont issues de la division d'une **cellule-œuf**. Elles contiennent donc toutes les mêmes gènes et la même information génétique.

À NOTER
L'homme possède environ 30 000 **gènes**, mais on considère que seul 20 % de son ADN est constitué de gènes. Le reste de l'ADN est qualifié de non codant.

II Gènes et spécialisation cellulaire

- Dans un **organe**, les cellules sont **spécialisées** et ont une fonction bien particulière. Dans la peau par exemple, les mélanocytes produisent de la mélanine qui absorbe le rayonnement ultraviolet ; les cellules des glandes sébacées produisent le sébum qui assure une protection contre le dessèchement et les bactéries.
- Toutes les cellules d'un organisme contiennent l'intégralité de l'information génétique. Cependant, le fait qu'elles ne produisent pas les mêmes molécules montre qu'elles n'expriment pas les mêmes gènes. Chaque cellule spécialisée n'utilise que la partie de l'information génétique qui lui est utile.

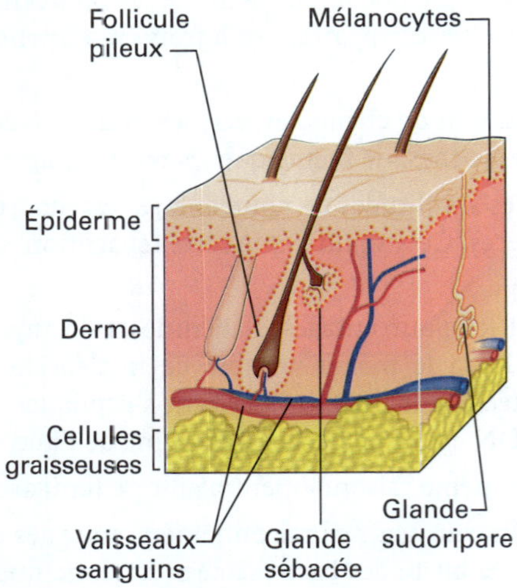

Doc 1 Coupe de peau

Méthode

Montrer que l'information contenue dans un gène dépend de la séquence de nucléotides

L'ordre des nucléotides dans l'ADN définit une séquence de nucléotides. Pour chacun des deux brins de l'ADN, on peut noter ces séquences en utilisant les lettres correspondant aux bases A, T, C, G.

Exemple :

brin 1 : ATCGTGTAA...
brin 2 : TAGCACATT...

Voici un extrait des séquences de deux gènes : le gène codant l'allèle A du groupe sanguin dans le système ABO et le gène MC1R contrôlant la production de mélanine dans les cellules. Pour chaque gène, un seul des deux brins a été représenté.

Gène du groupe sanguin (ABO allèle A) :
ATGGCCGAGGTGTTGCGGACGCTGGCCGGAAAACC...
(total : 1065 nucléotides)

Gène MC1R :
AGACGCAGTCTTCAGCAAGGAAGTGCTGGGAACG...
(total : 252 nucléotides)

Montrer que la séquence de nucléotides d'un gène est porteuse d'une information.

CONSEILS

Étape 1 Comparer les nucléotides des deux gènes.

Étape 2 Indiquer quel est le rôle de ces deux gènes et mettre en évidence le fait qu'ils ne contiennent pas la même information génétique.

Étape 3 Mettre en relation leurs différences structurales et leur différence d'information génétique.

SOLUTION

Étape 1 Ces deux gènes sont constitués des quatre mêmes nucléotides. Il n'y en a pas le même nombre et ils ne sont pas dans le même ordre.

Étape 2 Ces deux gènes n'ont pas le même rôle. Le premier code un marqueur du groupe sanguin, le second régule la production de mélanine. L'information génétique que contient ces gènes est donc différente.

Étape 3 On peut donc en déduire que l'information génétique portée par un gène est déterminée par le nombre et la séquence de ses nucléotides.

4 Les voies métaboliques de la cellule

En bref *Les molécules et l'énergie nécessaires à chaque cellule proviennent de nombreuses réactions chimiques. Une série de réactions chimiques, contrôlée par diverses enzymes, constitue une voie métabolique.*

I Les enzymes, molécules essentielles au métabolisme

■ Le **métabolisme** est défini comme l'ensemble des réactions chimiques se déroulant à l'intérieur d'une cellule. Ces réactions permettent de produire les molécules indispensables aux cellules et d'obtenir l'énergie nécessaire à leur fonctionnement.

■ Chacune des nombreuses réactions chimiques du métabolisme est contrôlée par une **enzyme** produite par la cellule.

MOT CLÉ
Enzyme : molécule permettant de catalyser (accélérer) une réaction chimique du métabolisme.

■ Une enzyme favorise la transformation chimique d'une molécule, nommée **substrat**, en une ou plusieurs autres, nommées **produits**.

Exemple : L'enzyme E permet la transformation de la molécule A (substrat de l'enzyme E) en molécule B (produit de l'enzyme E).

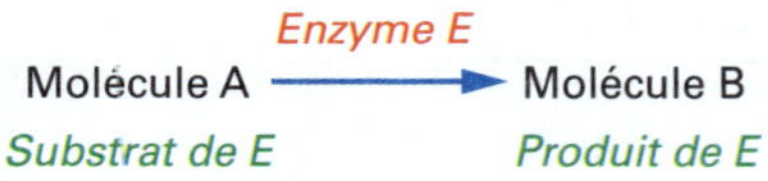

II Le métabolisme, un ensemble de voies métaboliques

1 Une voie métabolique : succession de réactions

Les molécules issues d'une réaction métabolique servent généralement de substrats à d'autres réactions du métabolisme. L'ensemble des réactions successives menant d'un substrat initial à un produit final constitue une **voie métabolique**.

2 Une interconnexion des voies métaboliques

Les différentes voies métaboliques d'une cellule sont interconnectées. Les produits intermédiaires des réactions du métabolisme (nommés métabolites) peuvent appartenir à plusieurs voies métaboliques distinctes.

Exemple : ces trois voies métaboliques sont connectées par les molécules B et Y.

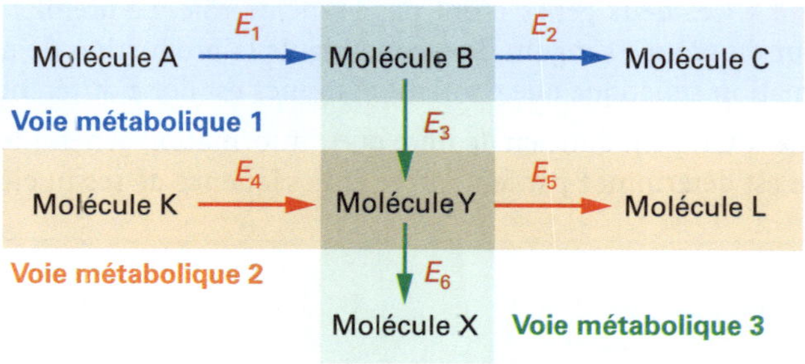

Méthode

Identifier les substrats et produits du métabolisme

Des expérimentations permettent de reproduire en classe certaines réactions du métabolisme. L'amylase, par exemple, est une enzyme qui contrôle l'une de ces réactions. De l'amylase est ajoutée à une solution d'amidon, dans un bain-marie chauffé à 37 °C. Pour mettre en évidence certains composés, des tests sont effectués avant l'ajout d'amylase et 30 minutes après.

Identifier le substrat et le produit de la réaction catalysée par l'amylase.

Doc Résultat des expériences

L'eau iodée de couleur jaune pâle vire au violet en présence d'amidon. La liqueur de Fehling de couleur bleue forme un précipité rouge brique en présence de certains sucres, comme le maltose, lorsqu'on la chauffe.

	Avant l'ajout d'amylase	30 minutes après l'ajout d'amylase
Test n° 1 (eau iodée)		
Test n° 2 (liqueur de Fehling)		

CONSEILS

Étape 1 Parmi les différentes molécules citées dans l'énoncé, identifier l'enzyme et les réactifs utilisés comme révélateurs d'autres molécules.
Étape 2 Repérer les éléments présents avant et après l'action de l'enzyme.
Étape 3 Interpréter les résultats, sachant que les composés qui disparaissent après l'action de l'enzyme sont les substrats et que les composés qui apparaissent sont les produits.

SOLUTION

Étape 1 L'enzyme est l'amylase. L'eau iodée et la liqueur de Fehling sont des composés qui ne servent qu'à révéler la présence d'amidon et de maltose.

Étape 2 La coloration de l'eau iodée révèle la présence d'amidon en début d'expérience et son absence après réaction avec l'amylase. La coloration de la liqueur de Fehling révèle l'absence de sucres tels que le maltose en début d'expérience, mais leur présence après réaction avec l'amylase.

Étape 3 L'amidon disparaît sous l'action de l'amylase : c'est le substrat de cette enzyme. Des sucres tels que le maltose apparaissent progressivement : ce sont les produits de cette réaction.

5 Les organismes autotrophes

En bref *Les organismes autotrophes produisent leurs propres molécules organiques à partir de molécules minérales présentes dans leur environnement et de lumière.*

I L'autotrophie

■ Les organismes autotrophes possèdent des cellules dont le métabolisme permet la production de **molécules organiques**, riches en énergie, à partir de **molécules minérales**.

■ L'autotrophie d'une cellule est principalement permise par un ensemble de réactions réunies sous le terme de photosynthèse.

MOTS CLÉS
- **Molécule organique :** molécule contenant simultanément au moins un atome de carbone et un atome d'hydrogène (par exemple : lipides, glucides, protides, acides nucléiques).
- **Molécule minérale :** molécule ne possédant pas d'atome de carbone et d'hydrogène simultanément.

II La photosynthèse

■ La photosynthèse est une voie métabolique qui a principalement lieu dans les cellules des végétaux chlorophylliens (ainsi que chez certaines bactéries). Chez les végétaux eucaryotes, elle se déroule dans les cellules des organes aériens, à l'intérieur d'**organites** spécifiques : les chloroplastes.

MOT CLÉ
Organite : compartiment de la cellule délimité par une ou plusieurs membranes, qui assure une fonction spécifique.

■ Les substrats utilisés lors de la photosynthèse sont l'eau et le dioxyde de carbone ; les produits finaux sont les glucides, riches en énergie, et le dioxygène.

■ Dans les chloroplastes, des enzymes et des macromolécules spécifiques comme la chlorophylle contrôlent les réactions de cette voie métabolique. Certains sels minéraux sont également indispensables à ces réactions.

■ Lors de la photosynthèse, l'énergie de la lumière est captée par la chlorophylle, puis convertie en énergie chimique et concentrée dans les glucides.

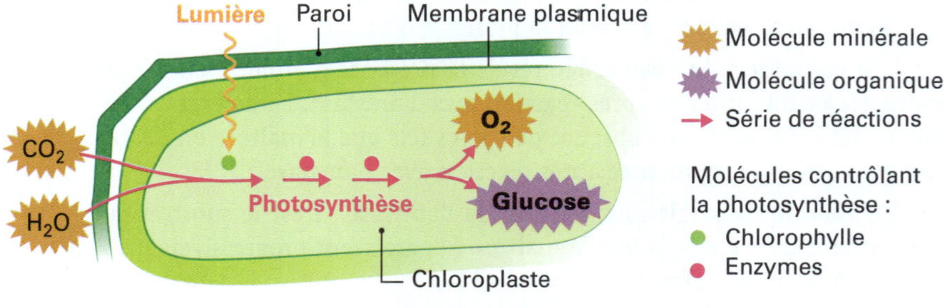

Doc **Photosynthèse au sein d'une cellule végétale**

Méthode

Identifier une condition nécessaire au métabolisme photosynthétique

À l'aide de sondes, on mesure les échanges gazeux d'une suspension de cellules chlorophylliennes dans différentes conditions d'éclairement.

Utiliser les variations des échanges gazeux pour identifier une condition nécessaire à la réalisation de la photosynthèse.

Doc Concentration en CO_2 et en O_2 d'une suspension de cellules chlorophylliennes en fonction de l'éclairement

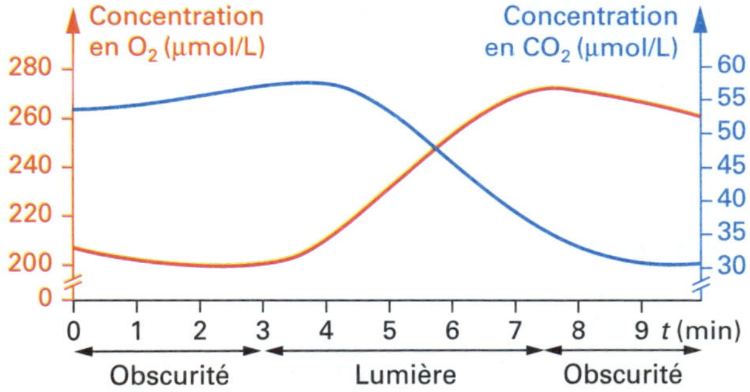

CONSEILS

Étape 1 Commenter les évolutions des concentrations de gaz au cours du temps en fonction de l'éclairement. Quantifier ces observations.

Étape 2 Faire appel à ses connaissances (gaz absorbés/rejetés durant la photosynthèse) pour expliquer ces variations.

Étape 3 Les interpréter pour identifier un élément nécessaire à la photosynthèse.

SOLUTION

Étape 1 À l'obscurité, pendant 3 minutes, il y a une faible augmentation de CO_2 (de 54 à 57,5 µmol/L) et une faible diminution d'O_2 (de 208 à 200 µmol/L). À la lumière, pendant 4 minutes et demi, il y a une forte augmentation d'O_2 (de 200 à 270 µmol/L) et une forte diminution de CO_2 (de 57,5 à 30 µmol/L).

À NOTER

Évitez les descriptions du type « la courbe augmente/diminue ». Citez plutôt les paramètres qui varient, par exemple : « Le taux de CO_2 augmente/diminue ».

Étape 2 La photosynthèse correspond à une consommation de CO_2 et une production d'O_2 par les cellules.

Étape 3 À l'obscurité, la diminution de l'O_2 est due à sa consommation par les cellules et l'augmentation du CO_2 est due à son rejet par les mêmes cellules. À la lumière, le phénomène est inverse. La lumière est donc l'élément nécessaire à la photosynthèse.

6 Les organismes hétérotrophes

En bref *Les organismes hétérotrophes prélèvent dans leur milieu les molécules organiques dont ils ont besoin. L'énergie de ces molécules est ensuite extraite par les voies métaboliques de respiration ou de fermentation.*

I L'hétérotrophie

- Les **organismes hétérotrophes** (champignons, animaux et certaines bactéries) prélèvent des molécules organiques dans leur milieu de vie pour produire leurs propres molécules organiques et extraire l'énergie nécessaire au fonctionnement de leurs cellules. Ils ne réalisent pas la photosynthèse.

- La source d'énergie des organismes hétérotrophes est stockée dans les molécules organiques qu'ils consomment. Elle peut être extraite au moyen de deux types de voie métabolique : la **respiration** et la **fermentation**.

À NOTER
Des cellules hétérotrophes peuvent être présentes dans les organismes autotrophes : par exemple, les cellules des racines des végétaux.

II Les réactions métaboliques des hétérotrophes

- La **respiration** correspond à l'ensemble des réactions qui permet d'extraire, **grâce au dioxygène**, l'énergie présente dans les molécules de glucose. Ces réactions libèrent de l'eau et du dioxyde de carbone.

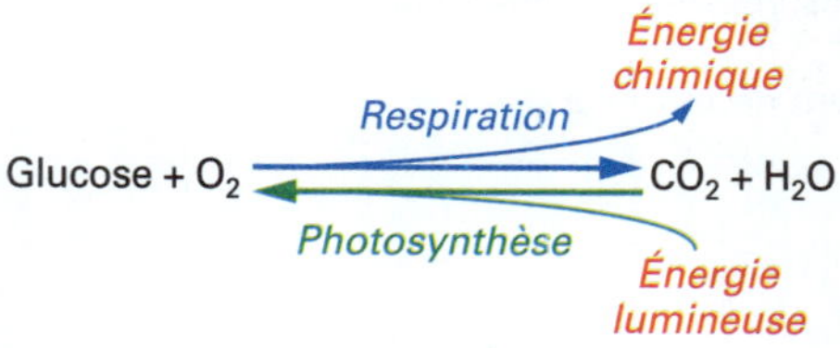

Doc Comparaison respiration/photosynthèse

En simplifiant, on peut considérer que impliquées dans la respiration sont les réactions « inverses » de celles de la photosynthèse.

- Une partie des réactions de respiration a lieu dans le **cytoplasme**, l'autre partie dans des organites spécialisés : les **mitochondries**.

- La grande majorité des organismes vivants effectue la **respiration** cellulaire. Pour les végétaux, la grande différence avec les hétérotrophes réside dans le fait que le glucose qu'ils dégradent lors de la respiration ne provient pas d'autres êtres vivants ; il est issu de la photosynthèse.

- La **fermentation** correspond à l'ensemble des réactions permettant d'extraire, en l'**absence de dioxygène**, l'énergie présente dans les molécules de glucose. Ces réactions libèrent du CO_2 et d'autres composés organiques (alcool, acide lactique). Ces réactions ont lieu dans le **cytoplasme** des levures, des bactéries ou des cellules musculaires des animaux, dans des conditions de manque d'O_2.

Méthode

Montrer le contrôle du métabolisme par l'information génétique

La concentration en dioxygène présent dans l'environnement de levures mutantes et sauvages a été mesurée avant et après l'injection de glucose.

Montrer que l'information génétique des levures contrôle leur métabolisme.

Doc **Concentration en O_2 dans le milieu en fonction du temps**

Les levures mutantes ont un ADN modifié qui ne peut plus coder une molécule (le cytochrome c) normalement présente dans les mitochondries et impliquée dans une réaction métabolique.

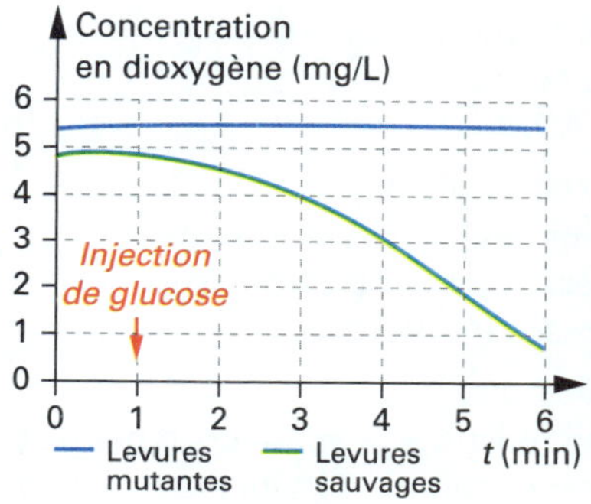

CONSEILS

Étape 1 Commenter l'évolution de la concentration en O_2 dans chaque milieu. Chiffrer ces observations.

Étape 2 Faire appel à ses connaissances (gaz absorbés/rejetés durant le métabolisme des levures) pour expliquer ces variations.

Étape 3 Interpréter les différences observées entre levures mutantes et sauvages pour montrer que leur information génétique contrôle leur métabolisme.

SOLUTION

Étape 1 La concentration en O_2 chute après l'injection de sucre, seulement chez les levures normales (elle passe de 4,8 à 0,8 mg/L en 6 minutes). Chez les levures mutantes, elle reste stable à 5,25 mg/L.

Étape 2 La respiration des levures s'accompagne d'une consommation d'O_2 (et d'un rejet de CO_2, non visible ici).

À NOTER
La fermentation n'est pas étudiée ici, car le dioxygène est toujours présent durant l'expérience.

Étape 3 La chute de la concentration en dioxygène est due à sa consommation par les levures sauvages lors de la respiration. Les levures mutantes ne consomment pas d'O_2 (son taux reste stable) : elles ne respirent pas.

C'est la modification de l'information génétique qui prive les levures mutantes d'une molécule normalement présente dans les mitochondries, le cytochrome c, et les empêche de respirer. Cette molécule doit donc être essentielle à l'une des réactions de la respiration, qui a lieu dans les mitochondries.

SE TESTER QUIZ

Vérifiez que vous avez bien compris les points clés des **fiches 1 à 6**.

1 La cellule, unité du vivant

→ FICHE 1

1. Une cellule procaryote ne contient pas :

☐ **a.** de cytoplasme
☐ **b.** de membrane plasmique
☐ **c.** de noyau
☐ **d.** D'ADN

2. Les cellules animales :

☐ **a.** sont des cellules procaryotes
☐ **b.** possèdent des chloroplastes
☐ **c.** possèdent un noyau

3. Un organe :

☐ **a.** est constitué de plusieurs types de tissus
☐ **b.** est constitué d'un seul type de tissu
☐ **c.** existe chez les organismes unicellulaires

2 L'information génétique des cellules

→ FICHE 3

1. L'information génétique :

☐ **a.** varie d'une cellule à une autre
☐ **b.** est portée par les gènes
☐ **c.** permet l'expression des caractères héréditaires

2. Les cellules d'un organisme :

☐ **a.** possèdent toutes la même information génétique
☐ **b.** expriment toutes la même information génétique
☐ **c.** possèdent toutes des rôles différents

3 Les voies métaboliques de la cellule

→ FICHE 4

1. Le métabolisme d'une cellule :

☐ **a.** correspond à sa forme dans l'espace
☐ **b.** correspond aux réactions chimiques qui s'y déroulent
☐ **c.** dépend des enzymes qu'elle contient
☐ **d.** dépend de son information génétique

2. Une voie métabolique :

☐ **a.** est l'ensemble des réactions chimiques se déroulant dans une cellule
☐ **b.** nécessite l'intervention de plusieurs enzymes
☐ **c.** est indépendante des autres voies métaboliques de la cellule
☐ **d.** permet la production d'un ou plusieurs substrat(s) à partir des réactions successives d'un ou plusieurs produit(s)

OBJECTIF BAC

4 La transmission de l'information génétique

20 min

→ FICHE 2

Lorsqu'elle se divise, une cellule mère transmet son information génétique à deux cellules filles.

À l'aide du document, argumenter en faveur des deux idées suivantes.

a. Les deux cellules filles contiennent chacune la même quantité d'information génétique.

b. Il n'y a pas de perte d'ADN au cours de la division cellulaire.

> **À NOTER**
> Un caryotype est un document présentant l'ensemble des chromosomes d'une cellule.

Doc **Caryotypes des deux cellules issues de la division d'une cellule mère**

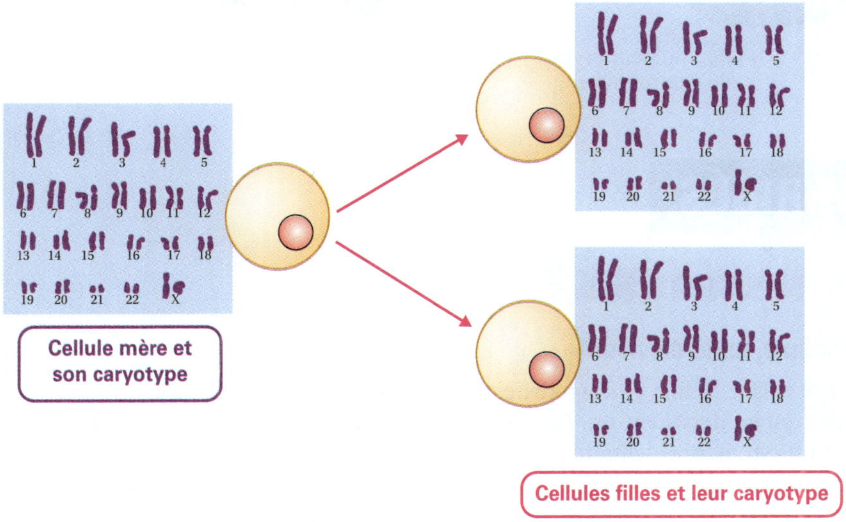

5 Prouver le rôle de la chlorophylle dans la photosynthèse

20 min

→ FICHE 5

La photosynthèse est une voie métabolique qui permet la production de molécules organiques à partir de molécules minérales et de lumière. Les premières molécules organiques élaborées par la photosynthèse sont des glucides tels que l'amidon.

La chlorophylle, présente dans les chloroplastes, est une molécule indispensable à la photosynthèse.

Exploiter le résultat de l'expérience pour montrer que la chlorophylle est nécessaire au déroulement de la photosynthèse.

Doc 1 Protocole de l'expérience

Une feuille à la pigmentation « panachée » d'une plante du genre *Coleus* est placée à la lumière pendant 48 heures. Elle est ensuite dépigmentée en la plongeant dans de l'alcool bouillant, puis trempée dans un bain d'eau iodée.

L'eau iodée est un réactif jaune pâle, qui se colore en violet noir en présence d'amidon.

Doc 2 Résultat de l'expérience

a. Aspect de la feuille avant l'expérience.

b. Aspect de la feuille à la fin de l'expérience.

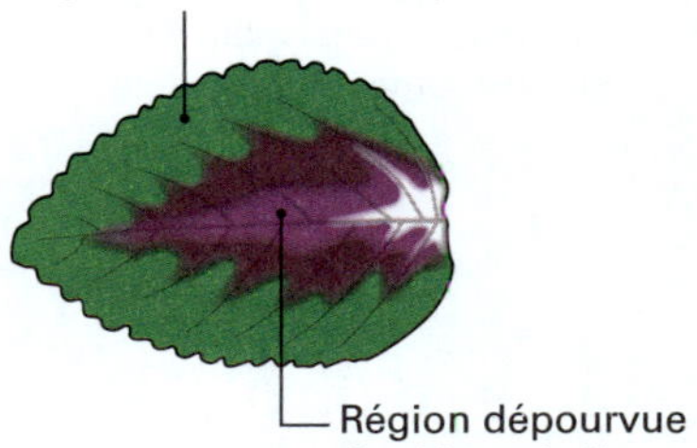

a.

b.

CORRIGÉS

SE TESTER QUIZ

1 La cellule, unité du vivant

1. Réponse c. Une cellule procaryote ne contient pas de noyau. Ce sont les cellules eucaryotes qui en possèdent un. Par contre, tous les types de cellules possèdent de l'ADN et un cytoplasme délimité par une membrane plasmique.

2. Réponse c. Les cellules animales sont des cellules eucaryotes. Elles possèdent donc un noyau. Seules les cellules végétales chlorophylliennes contiennent des chloroplastes.

3. Réponse a. Un organe est constitué de plusieurs types de tissus. Un tissu étant une association de plusieurs cellules, on ne peut les trouver que chez des organismes pluricellulaires.

2 L'information génétique des cellules

1. Réponses b et c. L'information génétique est identique dans toutes les cellules, car elle dérive de la division d'une même cellule-œuf. L'information génétique est portée par les gènes, qui dirigent l'expression des caractères héréditaires.

2. Réponses a et c. Les cellules d'un organisme possèdent la même information génétique. Par contre, elles sont spécialisées dans des rôles différents et ne produisent pas les mêmes molécules. Elles n'expriment donc qu'une partie de l'information génétique.

3 Les voies métaboliques de la cellule

1. Réponses b, c et d. L'information génétique d'une cellule détermine les différentes enzymes qu'elle produit. Les enzymes contrôlent les réactions chimiques qui se déroulent dans la cellule, c'est-à-dire son métabolisme.

2. Réponse b. Une voie métabolique ne correspond qu'à une partie des réactions du métabolisme d'une cellule. Elle peut dépendre de molécules intermédiaires (métabolites) produites par d'autres voies métaboliques. Ce sont les produit(s) qui sont créés à partir d'un ou plusieurs substrat(s) et non l'inverse.

OBJECTIF BAC

4 La transmission de l'information génétique

À quelques exceptions près, toutes les cellules d'un organisme possèdent la même information génétique. L'étude des caryotypes avant et après une division cellulaire fournit des arguments.

a. Les deux cellules filles contiennent chacune 46 chromosomes, répartis en 23 paires, dont une paire de chromosomes sexuels. Ces chromosomes ont des tailles similaires d'une cellule à l'autre. C'est un argument en faveur de l'idée que les deux cellules filles contiennent la même quantité d'information génétique.

b. Si on compare le caryotype des cellules filles avec celui de la cellule mère, on remarque qu'il y a le même nombre de chromosomes et que les chromosomes ont également des tailles similaires.

La cellule mère semble avoir transmis l'intégralité de son matériel génétique à chacune de ses deux cellules filles.

5 Prouver le rôle de la chlorophylle dans la photosynthèse

- La feuille présente de la chlorophylle (vert) sur le pourtour, mais pas dans sa partie centrale (violette).

Après dépigmentation, puis coloration de la feuille à l'eau iodée, une coloration violet noir indique la présence d'amidon sur le pourtour de la feuille, mais pas dans sa partie centrale.

Or, l'introduction de l'exercice nous indique que l'amidon est l'une des premières molécules organiques produites au cours de la photosynthèse.

- L'amidon n'étant synthétisé que dans les zones de la feuille qui possèdent de la chlorophylle, nous pouvons en conclure que la chlorophylle est une molécule indispensable au déroulement de la photosynthèse.

À NOTER
La **chlorophylle** est une molécule qui permet de capter la lumière.

7 Les différentes échelles de la biodiversité

En bref *Sur Terre, on observe une extraordinaire diversité d'organismes vivants. Elle se définit à trois échelles : la biodiversité des écosystèmes, la biodiversité des espèces (ou spécifique) et la biodiversité génétique.*

I La diversité des écosystèmes

- Les écosystèmes sont des ensembles comprenant un **milieu de vie** (le biotope), des êtres vivants (la biocénose) et toutes les relations qui peuvent exister et se développer au sein de cet ensemble (qui mange qui ou quoi...). Des écosystèmes très différents peuvent se côtoyer.
- L'**écosystème** est le niveau d'organisation de la biodiversité le plus vaste.

II La diversité des espèces

Au sein des écosystèmes, la biodiversité est à l'échelle des **espèces**. Celles-ci sont constituées d'individus formant des populations. Il peut s'agir d'animaux, de végétaux, de champignons ou de bactéries. Cette diversité des espèces est la **biodiversité spécifique.**

MOT CLÉ
Espèce : groupe d'individus se ressemblant et interféconds : ils sont capables de se reproduire entre eux et leur descendance est fertile.

III La diversité génétique

- Les individus d'une population varient en fonction de leur **phénotype**. Un caractère peut exister sous des formes différentes, car chaque gène existe en plusieurs versions appelées allèles.
- Ces différents allèles peuvent résulter de **mutations**. L'existence d'allèles différents au sein d'une même espèce est à l'origine de la **diversité génétique.**

MOTS CLÉS
- **Phénotype** : ensemble des caractères observables d'un individu.
- **Mutation** : modification de la séquence de nucléotides d'une molécule d'ADN.

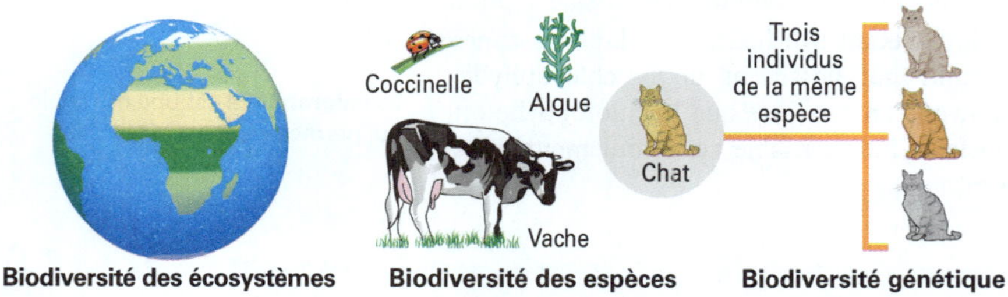

Doc **Les trois échelles de la biodiversité**

Méthode

Délimiter les différentes échelles de la biodiversité

Il existe une grande diversité d'écosystèmes, qu'il peut être parfois difficile de délimiter. Par exemple, un verger de pommiers constitue un écosystème. Mais que dire de la pomme elle-même, une fois tombée de l'arbre ?

Doc Pomme tombée de son arbre

1 Zone de pourriture causée par un champignon microscopique (*Monimia* sp.). **2** Chenille d'un papillon ravageur (carpocapse des pommes). **3** Papillon ravageur adulte. **4** Molécules libérées par la pomme en cas d'agression, inhibant localement le développement de la moisissure.

À partir du document, montrer que la pomme peut, elle aussi, être considérée comme un écosystème.

CONSEILS

Étape 1 Reprendre la définition d'un écosystème et repérer ce qui correspond au biotope et à la biocénose, en restant à l'échelle macroscopique.

Étape 2 Montrer qu'il existe des relations entre les différents acteurs présents dans ce biotope, en abordant l'échelle microscopique.

Étape 3 Conclure sur le fait que la pomme constitue elle-même un écosystème.

SOLUTION

Étape 1 La pomme peut être considérée comme un milieu de vie, car on observe à l'intérieur une chenille. On note également la présence de champignons à sa surface. La pomme est donc un biotope et les êtres vivants (chenille, champignons) qu'elle abrite constituent une biocénose.

Étape 2 À l'œil nu, on observe que la chenille consomme la pomme et qu'elle se développe probablement à l'intérieur. À plus petite échelle (à la loupe), on observe que des champignons se développent à la surface de la pomme. Une fois agressée, la pomme libère des composés qui inhibent le développement de la moisissure.

Étape 3 Ainsi, nous avons tous les éléments caractérisant un **écosystème** : le biotope est la pomme, la biocénose est formée par la chenille et les champignons, avec des interactions alimentaires.

À NOTER
L'**écosystème** est un système complexe pouvant exister à différentes échelles.

8 Les changements de la biodiversité au cours du temps

En bref

La biodiversité se modifie au cours du temps : des espèces apparaissent, d'autres disparaissent. Les espèces actuelles ne représentent qu'une très faible part de la biodiversité spécifique ayant jamais existé.

I La biodiversité et les crises biologiques

1 Les variations de la biodiversité dans le temps

- La biodiversité n'a pas toujours été celle que nous observons aujourd'hui. Elle se renouvelle en permanence.
- La biodiversité, à l'échelle du globe, s'accroît depuis les origines de la vie. Mais cette augmentation n'est pas régulière dans le temps. Certaines périodes ont été marquées par des **extinctions massives** d'organismes vivants dans un temps géologique très court : ce sont les **crises biologiques**.

2 Les crises biologiques

- On parle de **crise biologique** quand plus de 60 % des espèces disparaissent sur toute la planète.
- On dénombre **cinq grandes crises** majeures dans l'histoire de notre planète. Les causes peuvent être multiples : géologiques, climatiques, astronomiques, biologiques et même humaines.

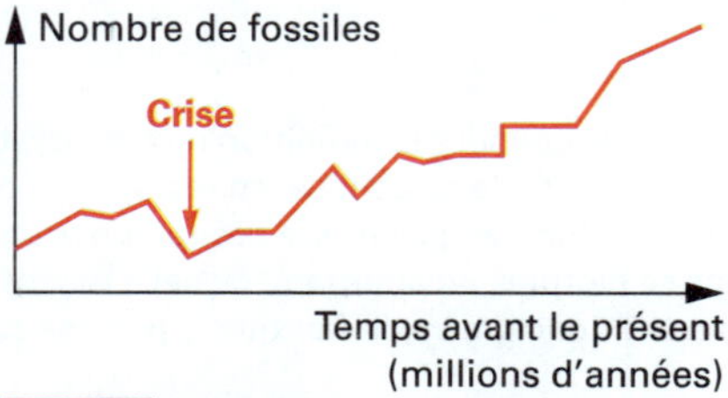

Doc Graphique représentant une crise biologique

- Les crises sont toujours suivies d'une période de diversification du vivant, lors de laquelle le nombre d'espèces croît fortement.

II La modification de la biodiversité par l'homme

- Les activités humaines agissent aussi sur la biodiversité. On estime que le taux d'extinction des espèces est 100 à 1 000 fois plus élevé aujourd'hui qu'au siècle dernier. Selon de nombreux scientifiques, nous assistons aujourd'hui à la 6ᵉ grande crise biologique. L'homme en est certainement la cause principale.
- L'homme peut avoir un **impact négatif** sur différents niveaux de la biodiversité : en détruisant les écosystèmes (déforestation), en polluant les milieux de vie (utilisation d'engrais et de pesticides), en surexploitant les ressources (surpêche).
- L'homme peut aussi aider à la **préservation** de cette biodiversité en créant des zones protégées (parcs naturels), en proposant des quotas de pêche ou en limitant l'usage des pesticides.

Méthode

Analyser un graphique pour montrer une perturbation de la biodiversité

Probablement échappée d'aquariums monégasques dans les années 1980, l'algue tropicale *Caulerpa taxifolia* a colonisé près de 13 000 hectares au fond de la Méditerranée.

Un recensement du nombre d'espèces appartenant à de grands groupes d'organismes marins a été réalisé dans deux stations biologiques, l'une où la caulerpe est absente et l'autre où la caulerpe est présente.

Doc Comparaison du nombre d'espèces marines dans différentes stations

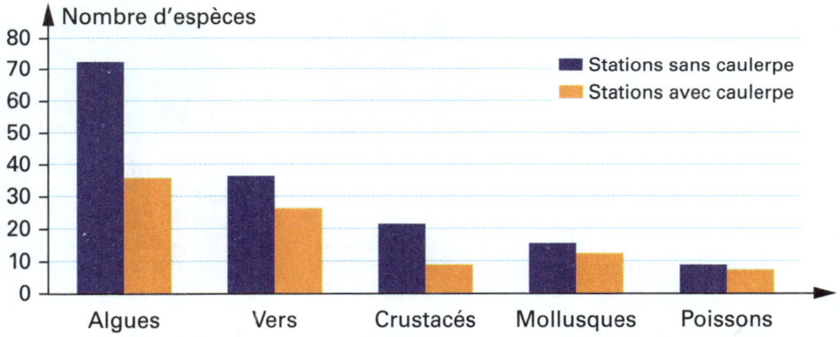

À partir du document, montrer que la caulerpe perturbe la biodiversité locale. Conclure sur l'impact de cette espèce introduite sur la biodiversité locale.

CONSEILS

Étape 1 Comparer le nombre d'espèces observées dans chaque station lorsque la caulerpe est présente et lorsqu'elle est absente.
Étape 2 Conclure sur le rôle de cette espèce introduite ici à partir de l'exploitation des résultats de son action sur les êtres vivants.

SOLUTION

Étape 1 Ce graphique montre que le nombre total d'espèces recensé est toujours inférieur dans les stations avec caulerpe que dans les stations sans caulerpe. Par exemple, la station sans caulerpe présente 70 espèces d'algues, alors que la station avec caulerpe n'en compte que 30.

Étape 2 La présence de cette espèce engendre une diminution de la biodiversité. Elle affecte un grand nombre d'espèces animales et végétales différentes. La caulerpe perturbe donc la biodiversité locale.

9 Les forces évolutives

En bref *La sélection naturelle et la dérive génétique sont deux forces évolutives à l'origine de la modification d'une population. Elles peuvent avoir conduit à la formation de nouvelles espèces.*

I La sélection naturelle

- L'environnement influence les chances d'une espèce de transmettre ses caractères. Certains caractères donnent un **avantage reproductif**, tandis que d'autres sont au contraire désavantageux. La sélection naturelle donne plus de chance aux caractères avantageux.
- Au cours du temps, il s'instaure une **concurrence** entre les organismes sur les paramètres influençant la survie et la reproduction de l'individu (accès à la nourriture, camouflage, attirance sexuelle...).
- Les individus présentant des caractères avantageux dans un milieu donné auront plus de chance d'avoir des descendants capables de transmettre ces caractères, car statistiquement ils survivront plus longtemps. La fréquence des allèles à l'origine de ces caractères augmentera donc au cours du temps dans la population.

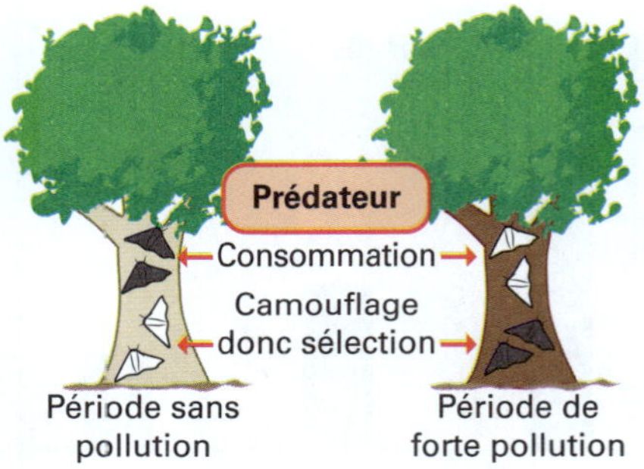

Doc **Processus de sélection naturelle**

II La dérive génétique

- La **dérive génétique** est une modification aléatoire (liée au hasard) de la fréquence des allèles. Elle est liée au mode de reproduction sexuée des individus.
- Tous les individus d'une population ne se reproduisent pas ; certains meurent sans descendance. Ceux qui se reproduisent ne laissent que la moitié de leurs allèles à leurs descendants. Il en résulte que, statistiquement, certains allèles disparaissent.
- La dérive génétique favorise les allèles qui ne confèrent **ni avantage ni désavantage** à la population concernée dans son milieu de vie. Elle est d'autant plus forte que l'effectif de la population est petit ; elle peut conduire à la **disparition** ou à la **fixation** de certains allèles.

> **MOT CLÉ**
> **Fixation d'un allèle** : fréquence d'un allèle atteignant 100 %. L'allèle fixé dans la population ne peut plus disparaître.

Méthode

Comprendre le principe de la dérive génétique

Pour comprendre l'effet de la taille d'une population sur la dérive génétique, on a modélisé l'évolution de deux populations de tailles différentes durant 100 générations à l'aide d'un logiciel de simulation. Le document présente trois simulations d'évolution des fréquences alléliques.

Formuler une relation entre l'effectif d'une population et la rapidité d'évolution de la dérive génétique.

Doc Modélisation de la dérive génétique

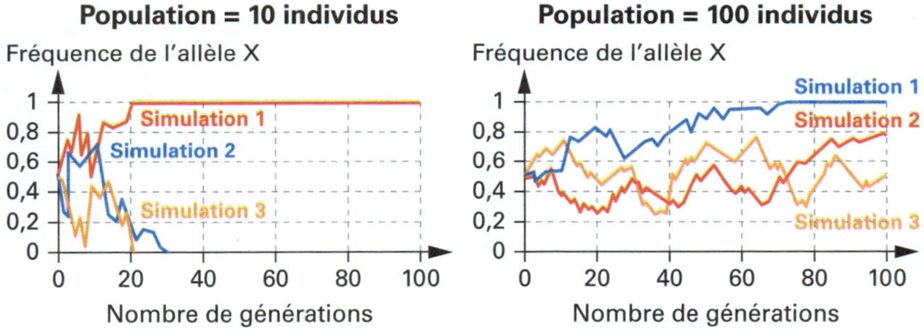

CONSEILS

Étape 1 Présenter les graphiques en précisant pour chaque simulation la valeur initiale de la fréquence de l'allèle X puis sa valeur finale. Si la fréquence atteint 0, l'allèle disparaît ; si la fréquence atteint 1, on dit qu'il est fixé.
Indiquer le nombre de générations nécessaire pour la fixation ou la disparition d'un allèle dans chaque population.

Étape 2 Conclure sur la relation entre l'effectif d'une population et la rapidité d'évolution d'un allèle par dérive génétique.

SOLUTION

Étape 1 Les graphiques présentent l'évolution de la fréquence de l'allèle X en fonction du nombre de générations pour une population de 10 individus et une population de 100 individus. La fréquence initiale de l'allèle, pour chaque simulation, est de 0,5.
Pour la population de 10 individus, l'allèle X disparaît rapidement (fréquence égale à 0) ou est rapidement fixé (fréquence égale à 1).
Pour la population de 100 individus, les trois simulations montrent une évolution globalement similaire, la fréquence de l'allèle variant relativement peu d'une génération à l'autre. L'allèle n'a été ni fixé ni perdu.

Étape 2 Plus la population est grande, moins il y a de risque de disparition ou de fixation de certains allèles.

10 La communication et la reproduction chez les animaux

En bref *La communication correspond à la transmission et à la réception d'un signal. Elle favorise les comportements assurant la survie et le succès reproducteur des individus.*

I La notion de communication

- La communication se définit comme la **transmission d'un signal** d'un individu appelé **émetteur** à un ou plusieurs autres individus nommés **récepteurs**. Elle peut avoir pour effet de modifier le comportement du récepteur.
- Un **signal** est un **stimulus** constituant un **message** pour le récepteur. Il existe différents types de signaux selon les modes et milieux de vie des organismes : les signaux visuels, auditifs, chimiques (habituellement olfactifs) et tactiles. Ces signaux définissent quatre grands types de communication : les communications visuelles, sonores, tactiles et chimiques.
- La communication entre individus d'une même espèce est la **communication intraspécifique**. Elle permet une collaboration étroite entre les individus et permet une **vie sociale**.

Doc 1 Schéma de principe de la communication

II La communication et le choix du partenaire

- Les caractères sexuels secondaires favorisent la **rencontre** entre les individus sexués. Ils sont soumis à une **sélection sexuelle**, qui est la plupart du temps réalisée par les femelles.
- Dans beaucoup d'espèces, les mâles possèdent des caractères sexuels secondaires spectaculaires entraînant un **dimorphisme sexuel** ; il est important pour les espèces animales vivant de façon solitaire.

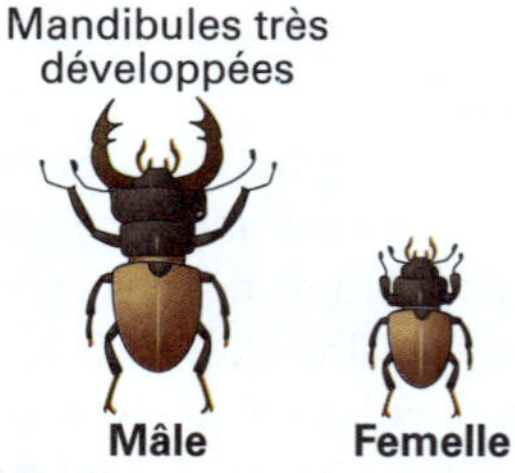

Doc 2 Dimorphisme sexuel chez les lucanes

MOT CLÉ

Dimorphisme sexuel : différences entre le mâle et la femelle au sein d'une même espèce dues aux caractères sexuels secondaires (taille, coloration de certaines parties du corps, chant…).

Méthode

Déterminer le mode de communication des drosophiles

Il existe une grande diversité de formes de communication chez les animaux. Voici une série de comportements caractérisant la parade nuptiale chez la mouche du vinaigre.

À partir du document, indiquer pour chaque étape les types de signaux mis en jeu permettant la fonction reproductrice chez la drosophile.

Doc **Parade nuptiale chez la mouche du vinaigre *Drosophila melanogaster***

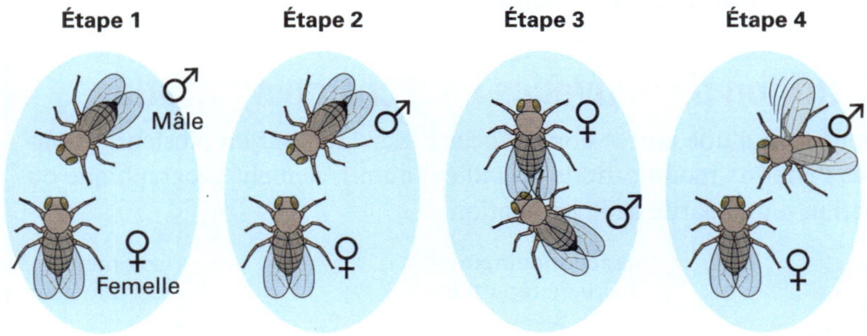

Étape 1 : Le mâle repère une femelle et se tourne vers elle.

Étape 2 : Le mâle détecte les substances chimiques libérées par la femelle.

Étape 3 : Le mâle tapote l'abdomen de la femelle avec ses pattes antérieures.

Étape 4 : Le mâle étire son aile, la fait vibrer, ce qui émet un chant nuptial.

CONSEILS

Étape 1 Identifier pour chaque étape les types de signaux utilisés lors de l'interaction entre le mâle et la femelle.
Étape 2 Expliquer en quoi l'ensemble de ces étapes assure la fonction reproductrice chez la drosophile.

SOLUTION

Étape 1 Dans un premier temps, le mâle « repère » une femelle de son espèce grâce à sa vision : il utilise la communication visuelle. Puis il détecte des substances chimiques libérées par la femelle grâce à son odorat : il s'agit d'une communication chimique. Enfin, quand le mâle émet un son, il sollicite l'ouïe de sa partenaire, il a ainsi recours à une communication auditive.

Étape 2 La reconnaissance entre les mâles et les femelles a lieu grâce à une diversité de signaux qui s'enchaînent selon une séquence précise. Les comportements engendrés sont un « passage » obligé avant la reproduction.

11 Espèces et spéciation

En bref *Le processus selon lequel une espèce évolue jusqu'à l'apparition de deux nouvelles espèces est appelé spéciation.*

I La notion d'espèce

- Une espèce est formée d'un ensemble d'individus capables de se reproduire entre eux et de donner une descendance viable et fertile : c'est le critère d'**interfécondité**.
- Au sein d'une même espèce, les individus peuvent présenter des caractères originaux : c'est la **diversité intraspécifique.**

II L'apparition de nouvelles espèces ou spéciation

- Une population d'une espèce donnée peut s'individualiser en plusieurs populations sous l'effet de modifications du milieu, d'un isolement géographique ou de la migration d'une partie de la population.

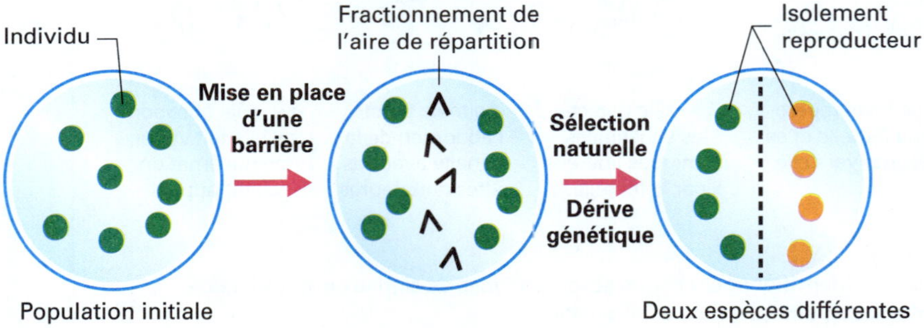

Doc **Le processus de spéciation**

- De la même manière, si la communication intraspécifique devient impossible, un **isolement reproducteur** peut se mettre en place : la reproduction ne se réalise qu'entre des individus ayant la capacité de communiquer entre eux.
- Sous l'effet de la **sélection naturelle** et de la **dérive génétique**, des différences génétiques peuvent s'installer au sein des différentes populations isolées. Lorsque la reproduction entre les individus de différentes populations devient impossible (absence de reconnaissance entre individus, descendance stérile...), on aboutit à un **isolement reproductif** pouvant entraîner la formation de nouvelles espèces : c'est la **spéciation**.
- Puisqu'elles conduisent à l'apparition de nouvelles espèces, la dérive génétique et la sélection naturelle sont deux **moteurs de l'évolution**.

Méthode

Comprendre l'isolement reproductif comportemental

La communication est essentielle à la reconnaissance entre les partenaires sexuels d'une même espèce. Les grillons sont de petits insectes qui, pour attirer leur partenaire, recourent à des signaux acoustiques appelés stridulations. Les différents sons enregistrés ont conduit les scientifiques à distinguer trois espèces de grillon.

À partir de l'analyse du document, expliquer comment les scientifiques sont arrivés à distinguer trois espèces.

Doc **Enregistrements sonores de trois espèces de grillon**

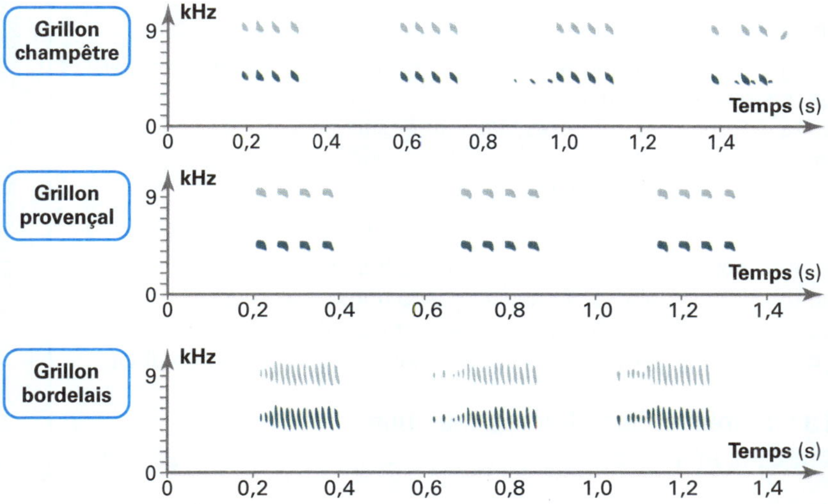

CONSEILS

Étape 1 Pour l'ensemble des enregistrements, comparer les variations d'amplitude et de fréquence des profils sonores.

Étape 2 En déduire l'existence de trois espèces différentes.

SOLUTION

Étape 1 L'enregistrement des signaux acoustiques produits par les grillons montre des sons qui diffèrent en amplitude et en fréquence.

Étape 2 Chacune des trois espèces possédant son propre signal, on peut supposer qu'il existe bien trois espèces de grillon différentes. C'est un cas d'isolement reproductif comportemental.

SE TESTER QUIZ

Vérifiez que vous avez bien compris les points clés des **fiches 7 à 11**.

1 La diversité génétique

→ FICHE 7

La diversité génétique d'une population est liée :

☐ **a.** à la diversité des phénotypes des individus
☐ **b.** à l'existence de plusieurs versions de chaque gène
☐ **c.** à l'apparition de mutations des gènes
☐ **d.** à la diversité des espèces présentes dans un écosystème

2 Variation de la biodiversité dans le temps

→ FICHE 8

1. La biodiversité :

☐ **a.** est globalement la même aujourd'hui qu'il y a 100 millions d'années
☐ **b.** se renouvelle en permanence
☐ **c.** a été marquée par des crises biologiques successives
☐ **d.** des végétaux est toujours composée des mêmes grands groupes depuis l'apparition des premiers végétaux

2. Les modifications de la biodiversité :

☐ **a.** sont toujours liées aux activités de l'être humain
☐ **b.** se traduisent toujours par une baisse du nombre d'espèces
☐ **c.** peuvent s'expliquer par des changements du climat
☐ **d.** sont très importantes aujourd'hui en raison des activités humaines

3 La communication et la reproduction chez les animaux

→ FICHE 10

1. La communication :

☐ **a.** permet à un individu émetteur de modifier le comportement d'un individu récepteur
☐ **b.** permet de transmettre un message
☐ **c.** intraspécifique est identique pour toutes les espèces
☐ **d.** a peu d'importance dans la vie sociale des espèces animales

2. La sélection sexuelle :

☐ **a.** dans la plupart des espèces, correspond à une sélection des mâles par les femelles
☐ **b.** rend les mâles et femelles identiques morphologiquement
☐ **c.** réduit l'aptitude de survie des mâles, mais augmente leur succès reproductif
☐ **d.** peut être à l'origine de caractères sexuels secondaires spectaculaires

OBJECTIF BAC

4 Relever les facteurs accélérant la perte de la biodiversité

30 min

→ FICHE 8

Le document présente l'évolution du nombre d'oiseaux et de la couverture forestière en Nouvelle-Zélande à trois périodes de l'histoire du pays.

Doc Perte de la biodiversité en Nouvelle-Zélande

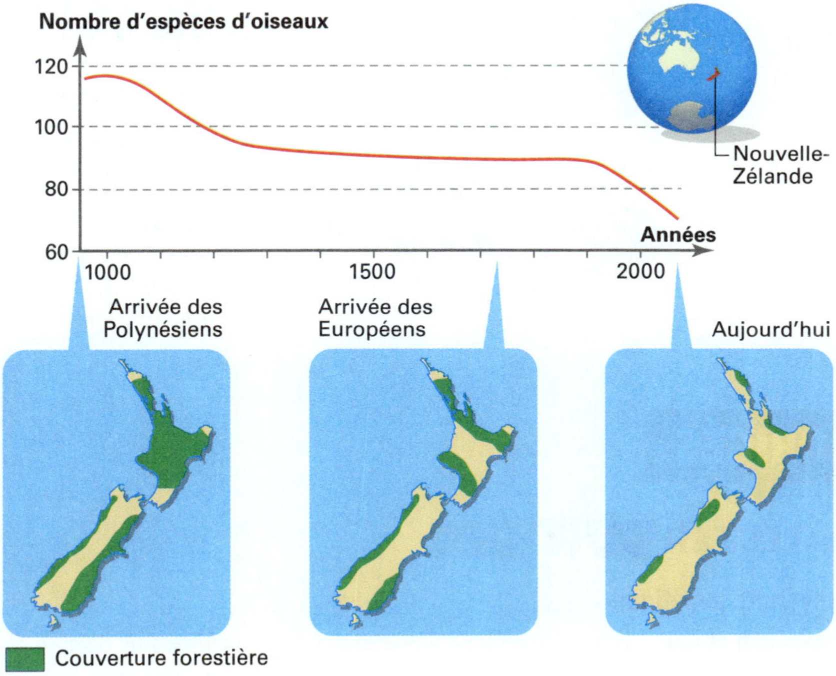

1. Décrire l'évolution du nombre d'espèces d'oiseaux présent depuis l'arrivée des Polynésiens jusqu'à nos jours.

2. Comment évolue le couvert forestier depuis l'arrivée des premiers hommes ?

3. Proposer des hypothèses expliquant l'ensemble de ces observations.

5 Comprendre les changements de couleurs au sein d'une population

25 min

→ FICHE 9

La phalène du bouleau est un papillon nocturne vivant en Angleterre. Les oiseaux sont leurs principaux prédateurs. Dans la nature, ce papillon existe sous deux formes, liées à la présence de deux allèles : une forme claire appelée *typica* et une forme sombre appelée *carbonaria*.

Le jour, les phalènes se reposent sur les troncs des bouleaux dont l'écorce est claire. Lorsque l'air est pollué par des émissions de suies, les troncs deviennent sales et sombres.

À partir du document et de vos connaissances, expliquer en quoi la sélection naturelle serait responsable des changements de couleurs dans les populations de phalènes du bouleau entre 1830 et 1950.

Doc **Évolution des formes de phalènes du bouleau en Angleterre entre 1830 et 1950**

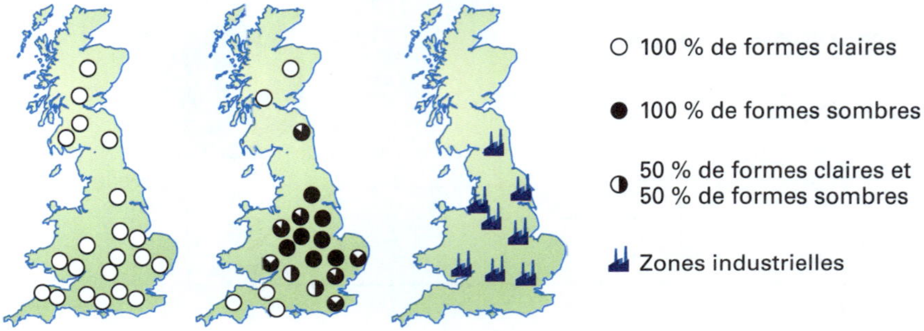

CORRIGÉS

SE TESTER QUIZ

1 La diversité génétique

3. **Réponses a, b et c.** La diversité génétique d'une population entraîne une diversité de phénotypes. Elle résulte de l'existence de plusieurs versions de nos gènes, les allèles. L'apparition de ces allèles est liée à des modifications des gènes provoquées par exemple par des mutations.

2 Variation de la biodiversité dans le temps

1. **Réponses b et c.** La biodiversité se modifie au cours du temps sous l'effet de nombreux facteurs de l'environnement. Les espèces actuelles sont très différentes de celles qui existaient il y a 100 millions d'années. De même, la biodiversité végétale a radicalement changé depuis l'apparition des premiers végétaux.

2. **Réponses c et d.** Les modifications de la biodiversité ne sont pas toujours liées aux activités humaines, les causes peuvent être aussi géologiques, climatiques, astronomiques ou biologiques.
Elles ne se traduisent pas obligatoirement par une baisse du nombre d'espèces. Après une crise biologique, par exemple, le nombre d'espèces peut augmenter.
Mais aujourd'hui, les activités humaines affectent gravement la biodiversité.

3 La communication et la reproduction chez les animaux

1. Réponses a et b. La communication intraspécifique varie selon les espèces, car elles ne vivent pas toutes dans les mêmes milieux. Certaines privilégient la vision, d'autres le chant ou la communication chimique. La communication permet une collaboration étroite entre les individus, renforçant ainsi la vie sociale.

2. Réponses a, c et d. Les caractères distinguant certains individus mâles sont sélectionnés par les femelles. Au cours des générations, ces caractères peuvent devenir de plus en plus visibles, favorisant un dimorphisme sexuel. Les mâles et les femelles ne sont plus identiques morphologiquement.

OBJECTIF BAC

4 Relever les facteurs accélérant la perte de la biodiversité

1. On constate que le nombre d'espèces d'oiseaux décroît continuellement depuis l'arrivée des Polynésiens. On passe de 118 espèces avant l'an 1000 à 80 espèces en 1750, puis à 60 en l'an 2000. Globalement, le nombre d'espèces diminue beaucoup plus fortement à partir de 1850, après l'arrivée des Européens.

2. Le couvert forestier est représenté en vert sur la carte de la Nouvelle-Zélande. On constate que la surface diminue continuellement depuis l'arrivée des premiers hommes, avant l'an 1000, jusqu'à nos jours. Aujourd'hui, le couvert forestier n'est constitué que de petites régions peu étendues.

3. La diminution du nombre d'espèces d'oiseaux et du couvert forestier coïncide avec un ensemble de facteurs liés à l'arrivée de l'homme. La déforestation entraîne une destruction de l'habitat les oiseaux. Les Européens pourraient aussi être responsables de l'introduction d'espèces invasives, comme les rats, les chats, les chiens… causant des déséquilibres et entraînant la disparition d'espèces d'oiseaux.

5 Comprendre les changements de couleurs au sein d'une population

- Tout d'abord un constat : en 1830, toutes les phalènes sont de couleur claire et, en 1950, on observe un grand nombre de phalènes de couleur sombre. Les proportions varient selon la région d'Angleterre.
- La carte montre la localisation des zones industrielles. On constate qu'elles se situent plutôt au centre du pays, à peu près où l'on rencontre des phalènes de couleur sombre.
- Le texte d'introduction indique que la pollution assombrit la couleur des troncs d'arbres. Or, les phalènes vivent et se posent sur les troncs des bouleaux. Ainsi, on peut supposer que les papillons clairs deviennent de plus en plus visibles en raison de la pollution. Les prédateurs repèrent ainsi plus facilement les papillons clairs, ce qui favorise la survie des papillons sombres. Des individus clairs continuent d'apparaître, car les mutations sont liées au hasard, mais ils sont de moins en moins fréquents. Ainsi sont présentes deux formes différentes : l'une permet un camouflage dans un environnement pollué, mais pas l'autre. La pollution, modifiant la couleur de l'environnement, entraîne une sélection différente au cours du temps. Ainsi, l'évolution des couleurs du phalène du bouleau peut s'expliquer par le mécanisme de la sélection naturelle.

12 Structure et fonctionnement des agrosystèmes

En bref *Pour satisfaire les besoins d'une population mondiale en forte croissance, l'augmentation des rendements agricoles est un défi majeur.*

I La production de biomasse dans les agrosystèmes

- Les agrosystèmes sont des écosystèmes modifiés par l'homme dont tout ou partie de la **biomasse** produite est sortie du système (au moment de la récolte) pour répondre à différents besoins : alimentaires, textiles, énergétiques, pharmaceutiques, etc.
- Qu'il s'agisse d'agrosystèmes terrestres ou aquatiques, la biocénose est souvent réduite à une seule espèce d'intérêt agronomique.

MOTS CLÉS
- **Biomasse :** masse de matière organique.
- **Production primaire :** production de biomasse par les organismes autotrophes.

- La gestion des agrosystèmes permet d'augmenter quantitativement la biomasse produite. La **production primaire** des végétaux autotrophes est destinée soit à la consommation humaine, soit à l'alimentation animale.

II Le fonctionnement des agrosystèmes

- Les systèmes agricoles sont variés (agriculture vivrière, extensive ou intensive) et nécessitent en général l'apport d'intrants (engrais, produits phytosanitaires ou vétérinaires) pour maintenir la **productivité** des agrosystèmes.
- L'utilisation d'intrants soulève des questions environnementales et de santé.

MOT CLÉ
Productivité : quantité de biomasse obtenue en un temps donné.

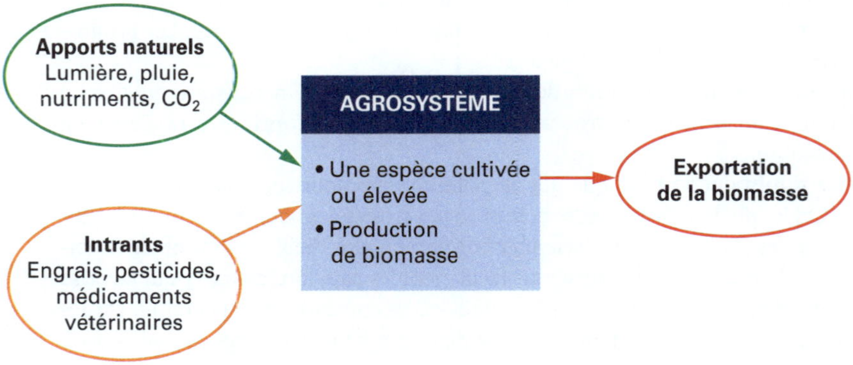

Doc **Fonctionnement d'un agrosystème**

Méthode

Calculer des rendements écologiques

Des producteurs primaires aux différents consommateurs (producteurs secondaires), il y a transfert d'énergie et de matière. Considérons des veaux se nourrissant de luzerne puis consommés par un individu.

Calculer les rendements écologiques (en %) de biomasse.

Expliquer les faibles valeurs obtenues.

MOT CLÉ
Rendement écologique : rapport de biomasse ou d'énergie d'un niveau trophique par rapport au précédent.

Doc 1 Données de biomasse et d'énergie

Producteur (niveau trophique)	Nombre d'individus	Biomasse (en kg)	Énergie transmise au niveau suivant (en kJ)
Individu (3)	1	50	$32{,}5 \times 10^4$
Veau (2)	4,5	1 035	$11{,}1 \times 10^6$
Plants de luzerne (1)	20 000 000	8 211	$16{,}3 \times 10^7$

Doc 2 Devenir de l'énergie

On distingue deux pertes de biomasse et d'énergie chez les consommateurs : les pertes sous forme d'excréments et d'urine et les pertes respiratoires.

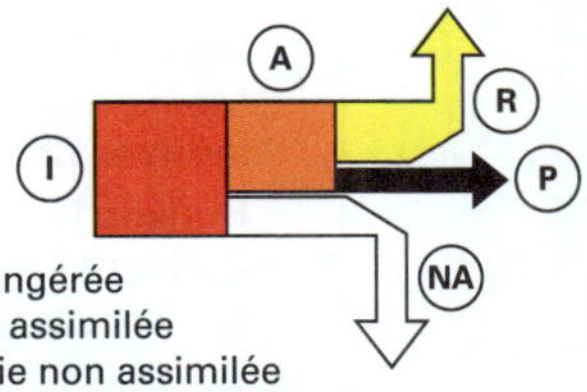

I : Énergie ingérée
A : Énergie assimilée
NA : Énergie non assimilée
R : Énergie perdue par respiration
P : Énergie fixée dans la production

CONSEILS
Étape 1 Calculer les rapports de biomasse entre les niveaux trophiques et exprimer les résultats en pourcentages.
Étape 2 Identifier les pertes d'énergie (et de biomasse) d'un consommateur.

SOLUTION

Étape 1 Rendement écologique veau/luzerne = 1 035/8 211 = 0,13 = 13 %.
Rendement écologique individu/veau = 50/1 035 = 0,05 = 5 %.

Étape 2 Une part de l'énergie (ou biomasse) ingérée n'est pas assimilée et se retrouve dans les excréments et les urines. La respiration contribue également à la perte d'énergie. Finalement, la part d'énergie participant à la croissance du niveau trophique suivant est faible.

13 L'importance des sols dans la production de biomasse

En bref *La formation des sols repose notamment sur les interactions entre les roches et la biosphère. Les êtres vivants participent également à la fertilité des sols.*

I Structure et formation des sols

- Le sol est constitué de différentes couches de composition variable, appelées horizons, reposant sur une roche mère.
- Les sols résultent de l'altération de la roche mère et de son interaction avec la biosphère.

MOTS CLÉS
- **Roche mère :** roche du sous-sol dont l'altération participe à la formation du sol sus-jacent.
- **Humus :** matière sombre provenant de la dégradation partielle de la matière organique de la litière.

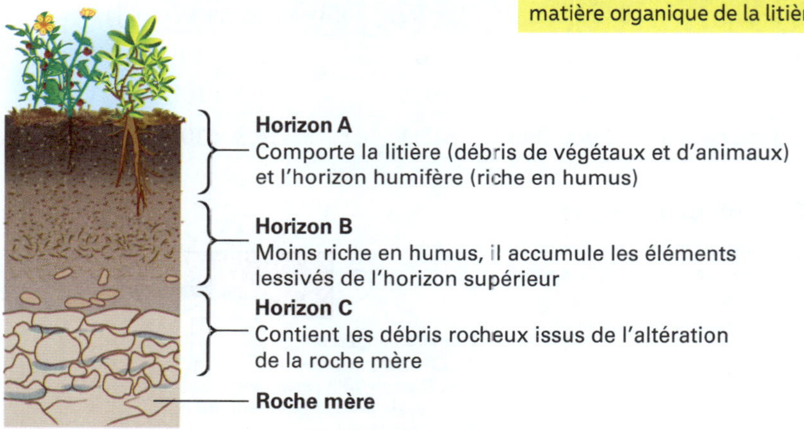

Doc **Coupe d'un sol sur roche mère calcaire**

II Recyclage de la biomasse et fertilité des sols

- Les producteurs primaires prélèvent dans les sols des éléments minéraux (eau, sels minéraux) participant à la production de biomasse.
- Cette biomasse est ensuite consommée, directement ou indirectement, au travers de chaînes trophiques.
- La minéralisation de la biomasse par les organismes décomposeurs des sols recycle les éléments minéraux qui redeviennent disponibles pour des organismes autotrophes.
- L'ensemble de ces processus participe au cycle de la matière.

MOTS CLÉS
- **Chaîne trophique :** succession d'organismes qui se nourrissent les uns des autres.
- **Décomposeur :** organisme convertissant la matière organique en matière minérale.

Méthode

Montrer l'influence de la roche mère sur les propriétés d'un sol

La capacité d'un sol à laisser passer les infiltrations d'eau est sa perméabilité. Pour un sol argileux ou sur roche granitique elle est de 3 $cm \cdot an^{-1}$, pour un sol calcaire de 86 $cm \cdot jour^{-1}$ et pour un sol sableux de 60 $cm \cdot min^{-1}$.

Montrer que la nature du sous-sol influence les caractéristiques des sols et conditionne le développement des végétaux.

Doc 1 Carte des sols dans la région de Mende

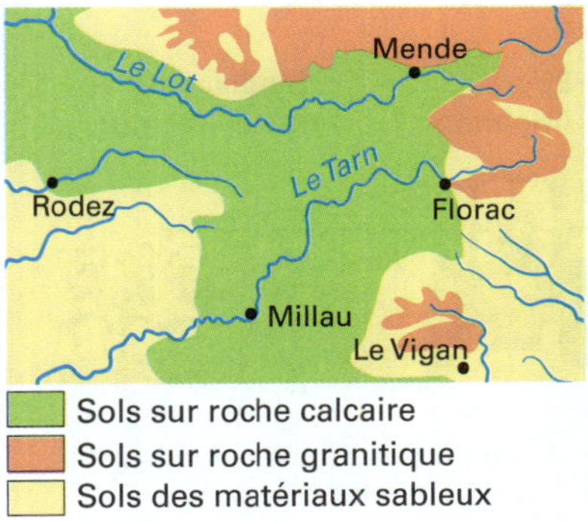

Doc 2 Carte de la végétation dans la région de Mende

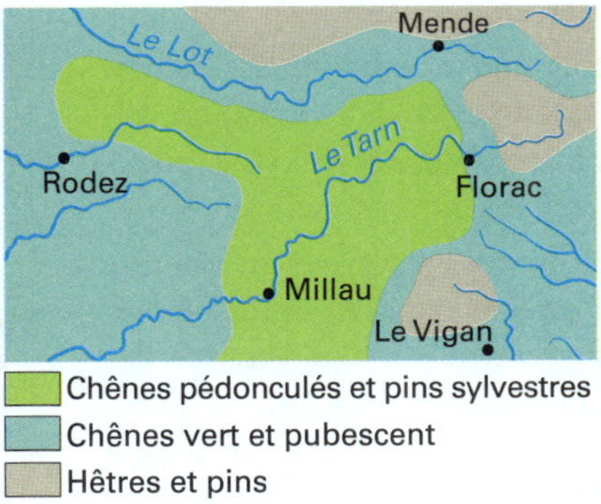

CONSEILS

Étape 1 Mettre en relation les types de sols étudiés et leurs perméabilités.
Étape 2 Décrire la répartition des sols et de la végétation en utilisant les données cartographiques (villes, points cardinaux, cours d'eau…).
Étape 3 Conclure en mettant en relation perméabilité des sols et végétation.

SOLUTION

Étape 1 La région de Mende présente des sols sableux très perméables (60 $cm \cdot min^{-1}$), des sols calcaires perméables (86 $cm \cdot jour^{-1}$) et des sols reposant sur roche granitique imperméables (3 $cm \cdot an^{-1}$).

Étape 2 Les sols sableux sont présents au sud de Rodez et à l'est de Florac et du Vigan. Ces régions sont occupées par des chênes vert et pubescent. Au nord et au sud de Mende, de part et d'autre du Lot, les sols sont sur roche granitique et occupés par des hêtres et des pins. Au sud du Lot et tout autour de Millau, les sols sont calcaires et couverts de chênes pédonculés et de pins sylvestres.

Étape 3 La nature des roches mères influence donc certaines propriétés des sols comme la perméabilité, qui influence à son tour la végétation.

14 Vers une gestion durable des agrosystèmes

En bref *La compréhension des impacts environnementaux des agrosystèmes est indispensable pour limiter leur empreinte écologique.*

I Les impacts environnementaux des agrosystèmes

- Les agrosystèmes impactent la qualité des sols et l'état général de l'environnement de façon plus ou moins importante selon les modèles d'exploitation.
- Les pratiques culturales peuvent réduire durablement la fertilité des sols, faciliter leur érosion ou entraîner leur pollution.
- L'agriculture exerce de fortes contraintes sur les ressources en eau (irrigation, alimentation des animaux d'élevage, pollution par certains intrants, etc.).
- La culture ou l'élevage d'un nombre réduit d'espèces dans les agrosystèmes limite fortement la biodiversité. Par ailleurs, la sélection de plants et d'animaux d'intérêt agronomique participe à la réduction de la diversité génétique.
- La consommation d'énergies fossiles par les machines agricoles a également un impact sur l'environnement (réchauffement climatique, etc.).

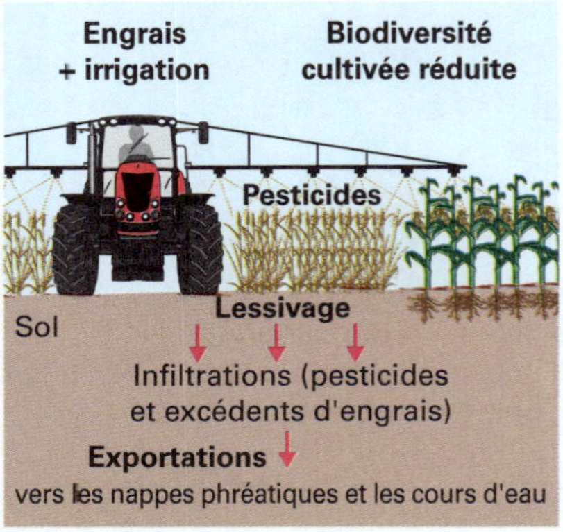

Doc **Impacts environnementaux des agrosystèmes**

II Recherche agronomique et recherche de solutions

- Le développement des techniques a permis d'augmenter considérablement les productions agricoles depuis les années 1950, répondant ainsi quantitativement aux besoins de la population. La limitation des impacts environnementaux n'est devenue un enjeu majeur qu'au XXIe siècle.
- La recherche **agronomique** s'appuie sur l'étude des processus biologiques et écologiques pour améliorer les pratiques agricoles. L'objectif est de développer une **agriculture durable** permettant de couvrir les besoins de l'humanité, tout en limitant les impacts environnementaux.

MOTS CLÉS

- **Agronomie :** science s'intéressant aux pratiques agricoles.
- **Agriculture durable :** système de production assurant le développement socio-économique tout en préservant les ressources naturelles.

Méthode

Transcrire les informations d'un texte dans un tableau de comparaison

Doc **Comparaison de systèmes de production agricole**

« La comparaison de systèmes de production intensive et biologique a été réalisée par l'Inra sur des cultures de blé. L'agriculture biologique n'utilise pas de produits phytosanitaires, au contraire de l'agriculture intensive où cette utilisation peut être massive. Le temps de travail des agriculteurs (semis, récoltes, épandages…) a été évalué à 7 heures et 6 minutes par hectare pour l'agriculture intensive contre 6 heures et 13 minutes par hectare pour l'agriculture biologique. La consommation d'énergie s'élève à 8 MJ/ha en agriculture biologique pour des rendements de 5,0 t/ha et à près de 16 MJ/ha pour l'agriculture intensive avec des rendements de 9,8 t/ha. »

Construire un tableau de comparaison des pratiques de culture.

CONSEILS

Étape 1 Compter le nombre de pratiques de culture et le nombre de paramètres comparés pour chacune d'elles.

Étape 2 Prévoir une ligne et une colonne supplémentaires pour les en-têtes.

Étape 3 Donner un titre au tableau. Légender les en-têtes des lignes et des colonnes, ainsi que les deux parties de la case du coin supérieur gauche. Ne pas oublier les éventuelles unités.

SOLUTION

Étape 1 Il y a deux pratiques de culture étudiées (biologique et intensive), comparées selon quatre paramètres (utilisation de produits phytosanitaires, temps de travail de l'agriculteur, consommation d'énergie et rendement).

Étape 2 Le tableau doit donc comprendre cinq lignes et trois colonnes (ou inversement).

À NOTER

Dans un tableau de comparaison, le choix de ce qui est placé en colonne et en ligne est libre.

Étape 3

Comparaison de cultures de blé en agriculture intensive ou biologique

Culture / Paramètre	Intensive	Biologique
Produits phytosanitaires	Oui, massive	Non
Temps de travail (par ha)	7 heures 6 minutes	6 heures 13 minutes
Consommation d'énergie (MJ/ha)	16	8
Rendement (t/ha)	9,8	5

15 L'érosion, ses mécanismes et ses conséquences

En bref *En raison de l'altération des roches, les reliefs se transforment sous l'effet de l'érosion : les roches sont progressivement désagrégées et les résidus transportés jusqu'aux bassins de sédimentation.*

I Tous les reliefs sont soumis à l'érosion

■ L'étude des paysages révèle les diverses actions de l'érosion. La vitesse de l'érosion dépend, entre autres, de la nature des roches (roches dures ou tendres, etc.).

■ L'**eau liquide** est le principal facteur d'**altération** et d'**érosion** des roches. D'autres facteurs d'altération physique agissent également, tels le vent, les glaciers, le gel, l'alternance de températures extrêmes (en milieu désertique par exemple), etc.

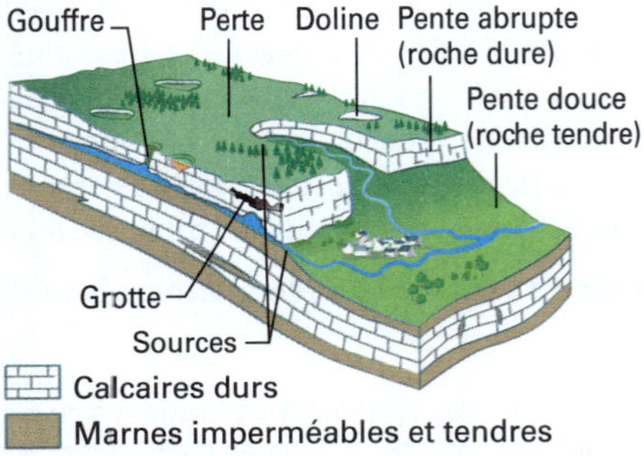

Doc 1 Paysage karstique né de l'érosion du calcaire

MOTS CLÉS
- **Altération :** modifications physiques et chimiques d'une roche.
- **Érosion** : ablation (détachement) et transport des produits de l'altération.

II De l'altération à la sédimentation

■ L'action de l'eau est prépondérante dans l'altération : elle s'infiltre dans les fractures, les agrandit et facilite la **dissolution** des minéraux.

■ L'altération dépend de la nature de la roche, du climat (température, humidité) et de la présence ou non d'un couvert végétal.

■ Les **produits d'altération** sont constitués d'éléments solubles (ions) ou solides (particules de tailles diverses) et sont transportés par l'eau (ou le vent) jusqu'au lieu de leur accumulation (par sédimentation).

■ Érosion et sédimentation conduisent à une **modification des paysages**.

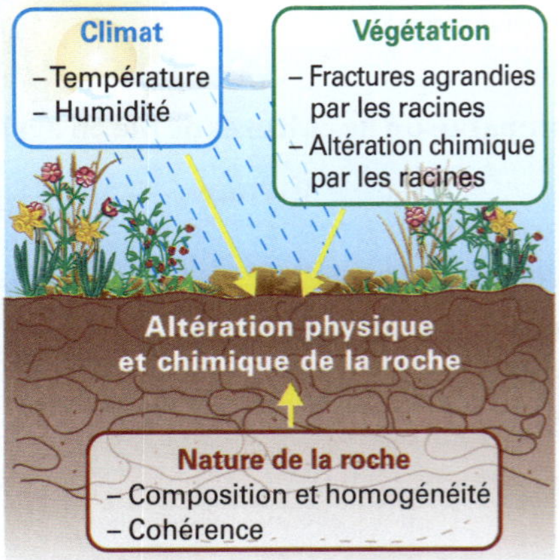

Doc 2 L'altération des roches

Méthode

Relier la force d'un courant à sa capacité de transport

Le diagramme de Hjulström (début du XXe siècle) permet de se faire une idée du devenir d'une particule en fonction de sa taille et de la vitesse du cours d'eau. **D'après les documents, expliquer ce qui va se passer pour la roche le long de la rivière.**

Doc 1 Diagramme de Hjulström

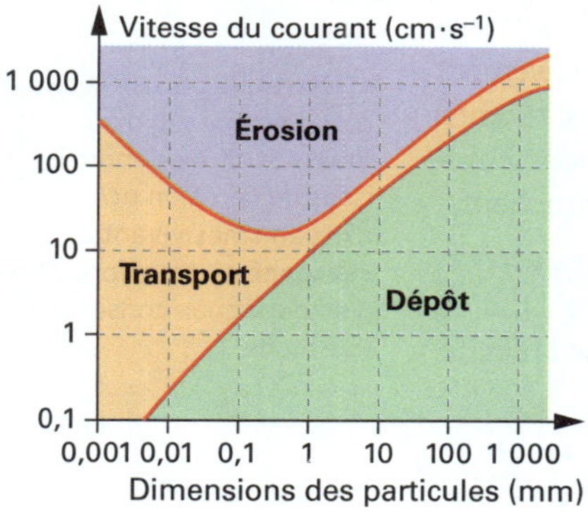

Doc 2 La rivière

La rivière étudiée passe sur des terrains constitués de grès dont la taille des grains varie entre 0,1 et 1 mm. Elle dévale les collines où elle prend sa source à une vitesse de $1 \text{ m} \cdot \text{s}^{-1}$, traverse la vallée peu pentue à une vitesse de $0{,}05 \text{ m} \cdot \text{s}^{-1}$, puis finit son parcours dans un delta à moins de $0{,}01 \text{ m} \cdot \text{s}^{-1}$.

CONSEILS

Étape 1 Repérer les indications de vitesse et de taille des grains.
Étape 2 Reporter dans le diagramme de Hjulström les différentes zones.
Étape 3 En déduire si les particules sont plutôt érodées, transportées ou déposées.

SOLUTION

Étape 1 Le document 2 indique que les grains du grès font entre 0,1 et 1 mm. Trois indications de vitesse sont données : $1 \text{ m} \cdot \text{s}^{-1}$ dans les collines, $0{,}05 \text{ m} \cdot \text{s}^{-1}$ dans la plaine et $0{,}01 \text{ m} \cdot \text{s}^{-1}$ dans le delta.

Étape 2 Voir le document 3.

Doc 3 Diagramme annoté

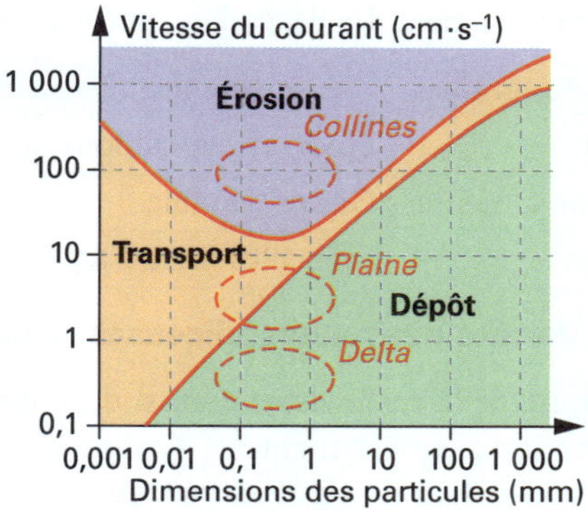

Étape 3 Dans les collines, la vitesse est suffisante pour arracher les particules de grès détachées de la roche mère. En plaine, seules les particules inférieures à 1 mm sont transportées. On peut supposer que les particules de taille supérieure ont sédimenté entre les collines et la plaine. Enfin, dans le delta, les particules les plus fines (0,1 mm de diamètre) se déposent à leur tour.

16 Sédimentation et paléoenvironnements

En bref *Les dépôts sédimentaires se consolident progressivement après leur enfouissement et donnent naissance à différentes roches. L'étude de ces roches permet de reconstituer l'environnement de leur formation.*

I Du dépôt à la roche sédimentaire détritique

- Lorsque le cours d'eau ralentit, les particules transportées se déposent. Les dépôts sont progressivement enfouis et recouverts par d'autres dépôts plus récents. Au cours de l'**enfouissement**, les sédiments sont **compactés** : l'eau est expulsée et les grains se rapprochent.
- La perte d'eau entraîne la précipitation des espèces chimiques auparavant dissoutes (calcite, silice...), d'où la **cimentation** des grains et le durcissement de la roche.

MOTS CLÉS
- **Détritique :** qualifie une roche composée d'au moins 50 % de débris issus de l'érosion et/ou d'organismes vivants.
- **Diagenèse :** transformation d'un dépôt non consolidé en une roche.

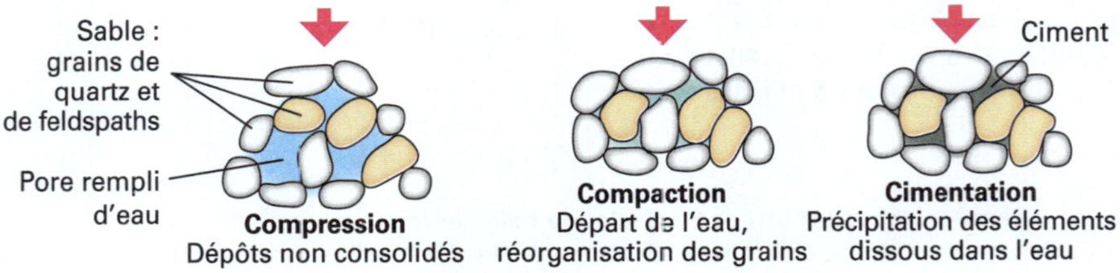

Doc 1 Du sable au grès : déroulement de la diagenèse

II Les roches sédimentaires détritiques

- La roche sédimentaire dépend de la nature des dépôts (grains, ciment, etc.).

Taille des grains	Sédiments avant consolidation	Roche formée
> 2 mm	Blocs, galets, cailloux, graviers...	Conglomérat
De 2 mm à 63 µm	Grains de sable	Grès
< 63 µm	Particules fines d'argile et de silt	Pélite

Doc 2 Variété des roches siliceuses selon la taille des grains

- La nature de la roche dépend aussi du milieu de sédimentation : environnement (continental ou marin), profondeur de dépôt, climat, etc.
- L'étude de la roche sédimentaire (et de ses éventuels fossiles) permet de reconstituer le **paléoenvironnement** dans lequel elle s'est formée.

À NOTER
Afin de reconstituer les **paléoenvironnements**, on postule que les processus à l'œuvre autrefois s'exerçaient de la même façon qu'aujourd'hui : c'est le principe d'actualisme.

Méthode

Reconstituer un paléoenvironnement par principe d'actualisme

Dans le massif du Chenaillet (Alpes), on trouve une roche riche en radiolaires fossiles, appelée radiolarite. Les radiolaires actuels sont des organismes planctoniques vivant, comme de nombreux organismes à coque calcaire, dans des eaux chaudes à diverses profondeurs.

Grâce aux documents ci-dessous, retrouvez la profondeur à laquelle cette roche sédimentaire a pu se déposer.

Doc 1 Radiolarite du Rocher de la Perdrix

Cette roche du Jurassique présente des grains très fins (< 300 μm), presqu'exclusivement issus de squelettes siliceux de radiolaires.

Doc 2 Courbes de dissolution de la silice et du calcaire

Teneur en silice (en bleu) ou en carbonates (en rouge), en % par rapport à la quantité initiale

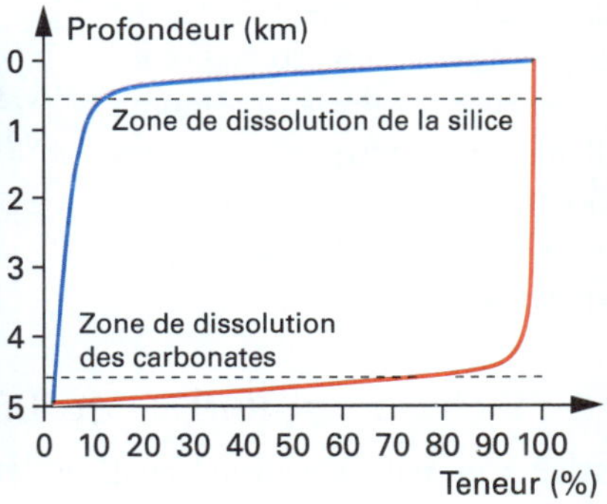

CONSEILS

Étape 1 Relever dans les documents la taille des grains, la nature du ciment ou la nature des fossiles présents.
Étape 2 Reconstituer comment une telle roche peut se former aujourd'hui.
Étape 3 Appliquer le principe d'actualisme pour déduire le paléoenvironnement.

SOLUTION

Étape 1 La radiolarite (doc. 1) a des grains fins, un ciment siliceux et est constituée uniquement de squelettes siliceux (absence de squelettes calcaires).

Étape 2 La finesse des grains suggère un milieu de dépôt très calme, donc plutôt profond. La sédimentation a eu lieu à plus de 500 m de profondeur sinon les coques se seraient dissoutes (doc. 2), et même à plus de 5 000 m de profondeur sinon il y aurait davantage de coques calcaires.

Étape 3 On en déduit qu'au Jurassique cette région était occupée par un océan de plus de 5 000 m de profondeur, un environnement très calme ayant permis le dépôt d'une roche siliceuse à grains fins : la radiolarite.

17 Érosion et activités humaines

En bref *L'homme exploite de nombreux produits d'origine sédimentaire pour son quotidien. Certaines activités favorisent donc l'érosion, mais des aménagements peuvent limiter celle-ci dans les zones à risque.*

I Les roches sédimentaires au quotidien

- L'être humain exploite de nombreuses roches sédimentaires pour ses besoins. Ainsi, pour la construction, il transforme les argiles en briques, tuiles ou **céramiques**, les calcaires en pierre de taille, les sables et graviers en **béton.**

- D'autres roches sédimentaires sont également utilisées : les **roches carbonées** (charbon, pétrole...) comme source d'énergie, les **évaporites** (issues de l'évaporation de l'eau de mer) fournissent le sel, le plâtre (fabriqué à partir du gypse), etc.

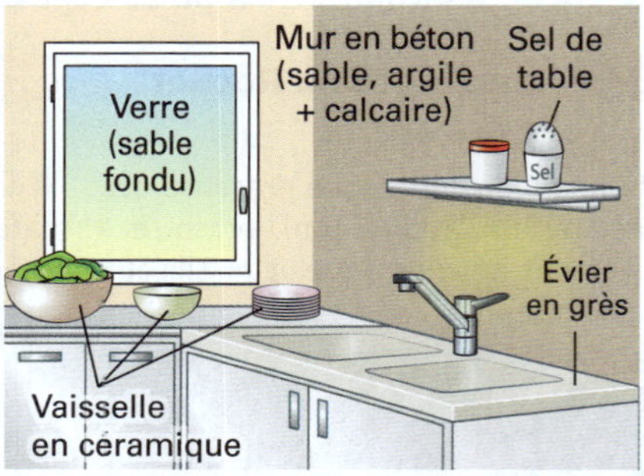

Doc 1 Des roches sédimentaires dans la cuisine

II Influence des activités humaines sur l'érosion

- Les activités humaines peuvent favoriser l'érosion, ce qui augmente les **risques** de dommages pour les infrastructures et les populations les plus exposées.

- Par exemple, les **côtes** sont menacées par l'exploitation du sable au large des plages ou par la hausse du niveau des mers due au réchauffement climatique.

- Certaines activités (déforestation, surpâturage...) peuvent mettre le sol à nu, ce qui facilite son érosion et entraîne **éboulements** et **désertification**.

- Les installations fluviales peuvent réduire la vitesse de l'eau et donc favoriser la sédimentation dans le lit des cours d'eau.

- Pour limiter les risques encourus par les populations, des mesures peuvent être prises : apports de matériaux pour consolider les sols, plantations, digues, dragage des cours d'eau, limitation de l'urbanisation dans les zones à risque, etc.

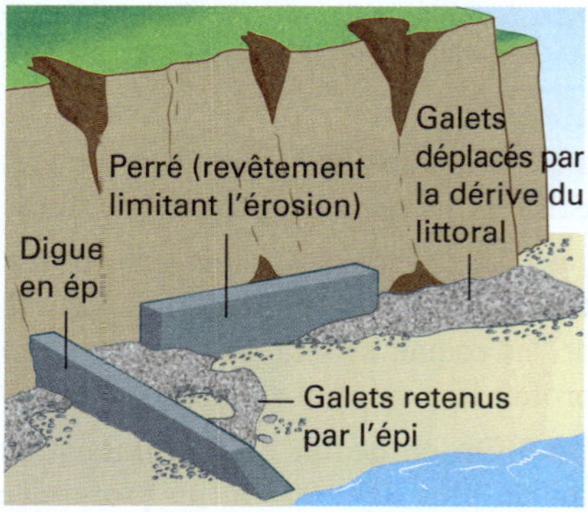

Doc 2 Mesures de protection contre l'érosion des côtes

Méthode

Utiliser des données pour évaluer l'impact des mesures humaines

À Tokyo, l'érosion du littoral est favorisée par l'enfoncement (subsidence) des zones habitées. Pour limiter cela, les autorités de la ville ont réduit le pompage de l'eau dans les nappes phréatiques à partir de 1964.

Évaluer l'impact du pompage de l'eau sur la subsidence à Tokyo.

Doc 1 Profondeur (en m) de la subsidence à Tokyo

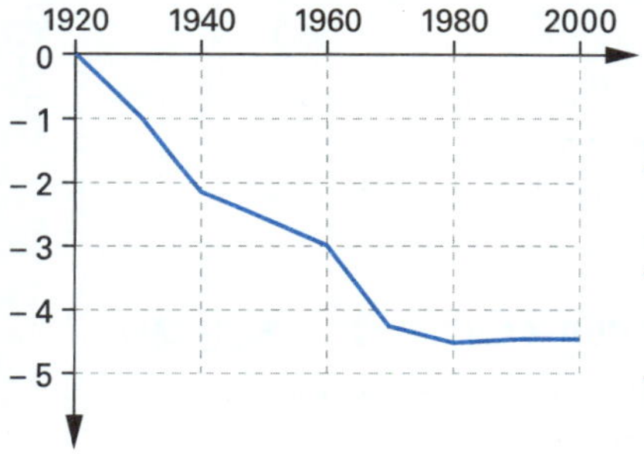

Doc 2 Niveau d'eau (en m) dans les puits à Tokyo

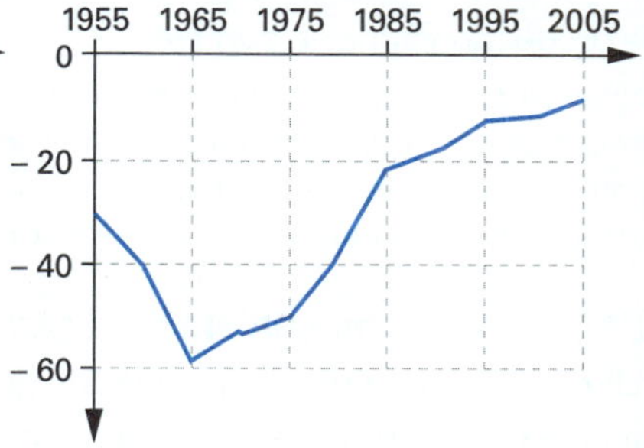

CONSEILS

Étape 1 Identifier le facteur d'érosion étudié.
Étape 2 Identifier les mesures prises pour favoriser ou limiter l'érosion, quand elles ont été prises et leur objectif.
Étape 3 Décrire d'après les documents la situation avant et après ces mesures.
Étape 4 Conclure en indiquant si les mesures ont eu l'impact prévu sur l'érosion.

SOLUTION

Étape 1 On étudie ici l'affaissement du sol (qui facilite l'érosion des côtes).

Étape 2 À partir de 1964, les autorités de Tokyo ont décidé de limiter le pompage de l'eau dans les nappes phréatiques afin d'augmenter la quantité d'eau dans les nappes et donc de limiter l'affaissement du sous-sol.

Étape 3 Avant 1965, le niveau d'eau dans les puits (doc. 2) avait diminué de 30 m en 10 ans ; après 1965, ce niveau a augmenté et est aujourd'hui à environ 50 m au-dessus du niveau de 1965. De la même façon, entre 1920 et 1970, les sols (doc. 1) se sont affaissés de 4 m (donc au rythme de 8 cm/an) ; cet affaissement s'est ralenti à 2 cm/an dans les années 1970, pour s'arrêter à partir des années 1980.

Étape 4 Les mesures prises dès 1964 pour limiter le pompage de l'eau à Tokyo ont permis d'augmenter le niveau d'eau dans les nappes phréatiques, **ce qui a eu pour effet de stopper dès 1980 l'affaissement des sols urbanisés.**

SE TESTER QUIZ

Vérifiez que vous avez bien compris les points clés des **fiches 12 à 17**.

1 Agrosystèmes et agriculture durable

→ FICHES 12 et 14

1. Dans un agrosystème :

☐ **a.** la biodiversité est généralement élevée
☐ **b.** le biotope n'est pas modifié par l'homme
☐ **c.** les interventions humaines modifient le biotope et la biocénose
☐ **d.** la biomasse produite est exportée pour l'alimentation humaine
☐ **e.** les intrants influent sur la productivité

2. Une production agricole durable :

☐ **a.** nécessite l'emploi de pesticides pour éliminer les ennemis des cultures
☐ **b.** implique une utilisation modérée des intrants
☐ **c.** doit tenir compte de l'augmentation de la population mondiale
☐ **d.** affecte durablement la fertilité des sols

2 L'érosion, ses mécanismes et ses conséquences

→ FICHE 15

1. Le climat affecte l'altération. Ainsi, lorsque la température augmente :

☐ **a.** la vitesse des réactions chimiques augmente
☐ **b.** la vitesse des réactions chimiques diminue
☐ **c.** l'altération chimique augmente
☐ **d.** l'altération chimique diminue

2. Lorsque la vitesse du cours d'eau diminue :

☐ **a.** il peut arracher des éléments plus gros à la roche mère
☐ **b.** il peut transporter des éléments plus gros
☐ **c.** il ne transporte que les éléments les plus fins
☐ **d.** les éléments les plus gros sédimentent en premier
☐ **e.** les argiles et silts sédimentent en premier

3 Sédimentation et paléoenvironnements

→ FICHE 16

1. Le principe d'actualisme suppose que :

☐ **a.** les conditions de formation des roches changent au cours du temps
☐ **b.** les roches se forment toujours de la même façon
☐ **c.** l'environnement d'une région ne change jamais
☐ **d.** les lois physiques et chimiques sont les mêmes qu'autrefois
☐ **e.** le climat actuel d'une région est forcément le même qu'autrefois

2. Les paysages évoluent sous l'effet :

☐ **a.** de l'altération
☐ **b.** de l'érosion
☐ **c.** de la sédimentation
☐ **d.** de la diagenèse

OBJECTIF BAC

4 Agronomie et érosion de la biodiversité

60 min

→ FICHES 7, 8 et 14

Le développement d'une agriculture visant à augmenter les rendements n'est pas sans conséquence sur la biodiversité naturelle.

À partir de l'étude des documents et des connaissances, identifier et expliquer les effets des pratiques de culture intensive sur la biodiversité.

Doc 1 Consommation de pesticides et évolution des résistances

L'augmentation de la production agricole mondiale résulte, notamment après la Seconde Guerre mondiale, d'une utilisation de plus en plus importante de pesticides. Le graphique ci-contre présente le nombre d'espèces « nuisibles » résistant aux pesticides.

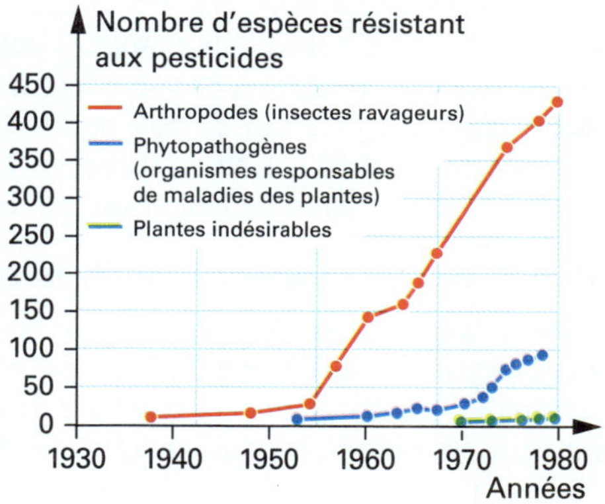

Doc 2 Densité des graines de plantes sauvages dans les champs cultivés

Le graphique ci-contre présente les résultats des analyses des graines de plantes sauvages trouvées dans les récoltes de céréales. Le développement de quelques espèces indésirables, comme *Polygonum aviculare*, reste encore difficile à limiter aujourd'hui.

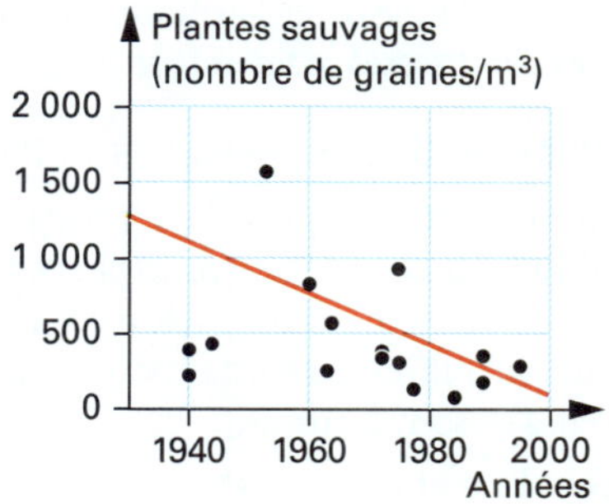

Doc 3 Diversité des populations d'oiseaux

Du fait de leur écologie variée, les oiseaux sont de bons indicateurs de biodiversité. Par rapport à l'année 1989, l'abondance des populations d'oiseaux a été évaluée pour des espèces vivant dans les espaces agricoles et pour des espèces « généralistes » plus largement répandues, comme le pigeon ramier.

Les oiseaux des zones agricoles, comme l'alouette des champs, voient leurs effectifs diminuer et les causes sont multiples : disparition des habitats (ces oiseaux nichent préférentiellement dans les zones enherbées), moins de ressources alimentaires (insectes et graines de plantes sauvages) ou mortalité directe (lorsqu'ils sont fauchés par les moissonneuses).

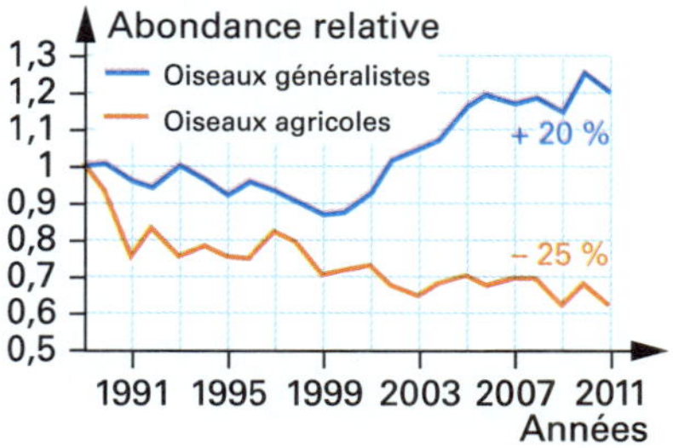

CORRIGÉS

SE TESTER QUIZ

1 Agrosystèmes et agriculture durable

1. Réponses c, d et e. Le travail des agriculteurs consiste à cultiver une espèce, souvent en limitant le développement des autres. Il intervient donc sur la biocénose. Le travail mécanique des sols et les pratiques d'arrosage modifient le biotope. Dans un agrosystème, la biomasse est exportée. Même si elle sert à alimenter du bétail, elle est vouée *in fine* à nourrir l'humanité. L'apport d'intrants est nécessaire au maintien, voire à l'augmentation de la productivité.

2. Réponses b et c. L'agriculture durable doit répondre aux besoins d'une population mondiale en croissance, tout en limitant l'utilisation d'intrants qui peuvent avoir un impact sur l'environnement et sur la santé humaine.

2 L'érosion, ses mécanismes et ses conséquences

1. Réponses a et c. La vitesse des réactions chimiques dépend de la violence du choc entre les molécules (d'eau ou de minéral). Le choc est d'autant plus intense que la vitesse des molécules est grande, cette vitesse étant liée à la température. Aussi la température conditionne la vitesse des réactions chimiques d'altération (hydrolyse, oxydation, etc.).

2. Réponse c et d. Selon le diagramme de Hjulström, lorsque la vitesse diminue, les particules les plus grosses sédimentent, tandis que les plus fines sont encore transportées.

3 Sédimentation et paléoenvironnements

1. Réponses b et d. Le principe d'actualisme stipule que les mécanismes à l'œuvre aujourd'hui l'étaient déjà dans le passé, donc il suppose que les roches se forment toujours de la même façon, selon les mêmes lois physiques et chimiques qu'aujourd'hui. Identifier ces roches permet donc de reconstituer l'environnement dans lequel elles se sont formées.

2. Réponses b et c. L'altération ne bouleverse pas les paysages, son action se faisant à l'échelle de la roche. En revanche, l'ablation des produits d'altération, leur transport et leur sédimentation conduit au déplacement de masses importantes de roches, donc à des modifications importantes du paysage.

OBJECTIF BAC

4 Agronomie et érosion de la biodiversité

■ Depuis la Seconde Guerre mondiale, de plus en plus de pesticides sont utilisés dans les pratiques de culture intensive pour augmenter la production agricole (doc. 1). Le nombre d'espèces d'arthropodes ravageurs résistant à ces pesticides est passé de 10 à près de 425 entre 1938 et 1980, de 10 à 80 pour les phytopathogènes entre 1953 et 1980, et de 5 à 10 pour les plantes indésirables entre 1970 et 1980 (doc. 1).

À NOTER
Il faut faire appel à vos connaissances sur la sélection naturelle pour mettre en relation une modification environnementale (les pesticides) et la modification des populations.

■ Dans les populations d'espèces nuisibles aux cultures, les individus les plus sensibles meurent. En revanche, les individus résistants survivent et se reproduisent, ce qui conduit ces populations à devenir globalement résistantes par sélection naturelle.

À NOTER
On a ici identifié et surtout expliqué un premier effet des pratiques de culture intensive.

■ D'après le document 2, le nombre de graines de plantes sauvages retrouvées dans les récoltes de céréales est passé de 1 250 à moins de 100 graines/m^3 entre 1930 et 2000. Les pratiques de culture intensive avec l'utilisation de désherbants ont fortement contribué à la réduction de la diversité des plantes sauvages. Certaines espèces, comme *Polygonum aviculare*, restent encore difficiles à éliminer aujourd'hui, sans doute parce que ces plantes sont devenues résistantes aux traitements herbicides.

CONSEILS
On attend de vous que vous identifiez le lien entre le document 1 et les données sur cette espèce difficile à « contrôler ».

■ Le document 3 montre que l'abondance des oiseaux occupant les espaces agricoles, comme l'alouette des champs, a baissé de 25 % par rapport à 1989. Cette baisse s'explique notamment par la disparition des habitats (zones enherbées), la mortalité directe (lors du passage de moissonneuses), mais aussi par la diminution des ressources alimentaires comme les insectes ou les graines de plantes sauvages, ce que confirme le document 2.

■ L'abondance des oiseaux généralistes comme le pigeon ramier a en revanche augmenté de 20 %. Là aussi, la sélection naturelle explique cette évolution. Les conséquences des pratiques de culture intensive affectent fortement les populations d'oiseaux des zones agricoles. Les oiseaux généralistes, moins exigeants en termes de ressources, se reproduisent donc davantage dans les milieux débarrassés de certains de leurs congénères agricoles, c'est pourquoi leurs effectifs augmentent.

18 La différenciation des appareils sexuels

En bref *Le gène SRY, porté par le chromosome Y, contrôle la différenciation des gonades indifférenciées en testicules. D'autres gènes permettent la différenciation des gonades en ovaires.*

I De la fécondation à l'appareil sexuel indifférencié

- Le **sexe chromosomique** d'un individu correspond à ses chromosomes sexuels. Il est déterminé dès la fécondation : si la cellule-œuf possède deux chromosomes X, un individu femelle se développe ; si elle possède un chromosome X et un chromosome Y, elle conduit au développement d'un individu mâle.

- Chez l'espèce humaine, l'appareil reproducteur se forme cinq semaines après la fécondation. Il est alors identique chez tous les individus, quel que soit leur sexe chromosomique (doc. 1) : on dit qu'il est **indifférencié**.

- L'appareil reproducteur indifférencié est constitué de trois catégories d'organes (doc. 2).

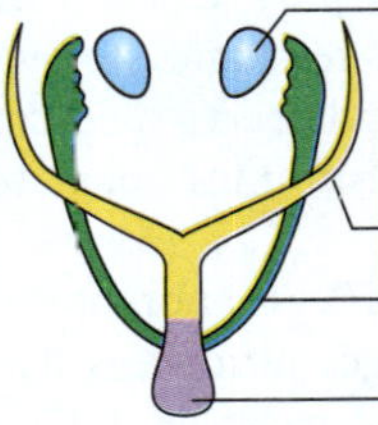

Doc 1 Structure de l'appareil génital indifférencié

Organes	Mâle	Femelle	Fonction à l'âge adulte
Gonade	Testicule	Ovaire	Production de cellules reproductrices
Voies génitales	Canaux déférents	Trompes, utérus, vagin	Transport de cellules reproductrices Implantation de l'embryon (utérus)
Organes génitaux externes	Pénis, bourses	Vulve	Plaisir sexuel, accouplement

Doc 2 Devenir des différents organes reproducteurs

II La différenciation des gonades

- Le **gène SRY** est porté par le chromosome Y. Il permet la différenciation des gonades en testicules. Les testicules contrôlent ensuite la différenciation des voies génitales et des organes génitaux externes (*via* l'action d'hormones) pour aboutir à un appareil sexuel masculin.

- Les femelles ne possèdent pas de chromosome Y. Ce sont d'autres gènes que SRY qui contrôlent la différenciation des gonades en ovaires et celle des voies génitales et organes génitaux externes pour former l'appareil sexuel féminin.

Méthode

Expliquer le rôle des chromosomes sexuels

Certaines personnes naissent avec une anomalie du nombre de chromosomes sexuels. Les caractères sexuels de ces personnes sont comparés à ceux de personnes ayant un caryotype courant.

Montrer le rôle que jouent les chromosomes sexuels dans la mise en place des appareils sexuels différenciés.

Doc Relations entre caractères sexuels et caryotype

Sujet étudié	Caryotype	Appareil génital
Témoin mâle	46 chromosomes, dont un X et un Y	Masculin (fonctionnel)
Témoin femelle	46 chromosomes, dont deux X	Féminin (fonctionnel)
Atteint du syndrome de Klinefelter	47 chromosomes, dont deux X et un Y	Pénis et testicules (de petite taille) ; Stérilité
Atteint du syndrome de Turner	45 chromosomes, dont un seul X	Vulve et ovaires (de petite taille) ; Stérilité

CONSEILS

Étape 1 Relier les caractères sexuels visibles chez les personnes atteintes des syndromes de Klinefelter et Turner aux chromosomes sexuels qu'elles possèdent.

Étape 2 Montrer le rôle essentiel que joue l'un des chromosomes sexuels dans la mise en place de l'appareil sexuel.

Étape 3 Utiliser vos connaissances pour expliquer ces observations.

SOLUTION

Étape 1 Les personnes atteintes du syndrome de Klinefelter possèdent trois chromosomes sexuels au lieu de deux : deux X et un Y. Leur appareil sexuel est masculin, mais non fonctionnel. Les personnes atteintes du syndrome de Turner possèdent un seul chromosome sexuel : un X. Leur appareil sexuel est féminin et il est également non fonctionnel.

Étape 2 La différenciation des appareils sexuels ne semble pas liée au nombre de chromosomes X. En effet, une personne possédant un seul chromosome X (Turner) ou deux (témoin femelle) développe un appareil sexuel féminin ; une personne possédant un chromosome Y (en plus d'un ou de deux X) développe un appareil sexuel masculin. **La présence d'un chromosome Y suffit donc au développement d'un appareil masculin.**

Étape 3 Le chromosome Y porte le gène SRY nécessaire à la transformation des gonades indifférenciées en testicules. C'est donc la présence de ce gène (Klinefelter) ou son absence (Turner) qui explique les caractères sexuels observés.

19 L'appareil sexuel mâle adulte

En bref *L'appareil sexuel mâle est constitué de plusieurs organes qui permettent l'émission de sperme. Les testicules produisent spermatozoïdes et testostérone, hormone qui agit sur différents organes.*

I Le fonctionnement de l'appareil sexuel mâle

Les spermatozoïdes produits par les testicules sont stockés dans l'épididyme. Durant l'éjaculation, ils transitent jusqu'à la prostate *via* les canaux déférents, où ils sont mis en présence de liquide séminal (produit par la prostate et les vésicules séminales). Spermatozoïdes et liquide séminal constituent le sperme. Celui-ci est expulsé par l'urètre.

II La structure et le fonctionnement des testicules

- Les testicules sont constitués de nombreux canaux nommés **tubes séminifères**. Certaines cellules de ces tubes se différencient progressivement en **spermatozoïdes**, grâce à l'action d'autres cellules : les **cellules de Sertoli** (doc).

- Situées entre les tubes séminifères, les **cellules interstitielles** (ou cellules de Leydig) produisent la **testostérone**, **hormone** sexuelle mâle. Celle-ci est libérée dans les vaisseaux sanguins accolés aux cellules interstitielles.

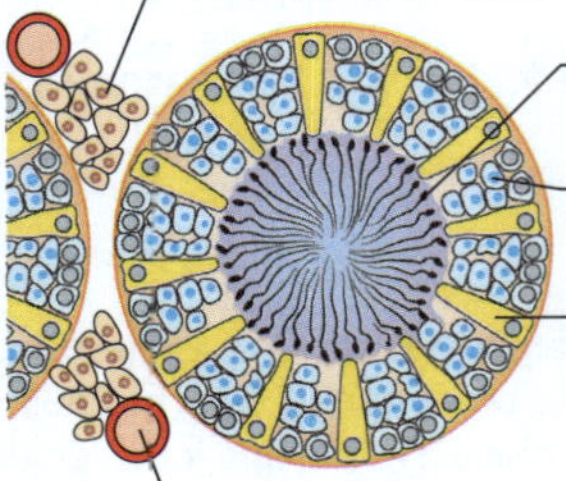

Doc **Schéma d'une coupe de tube séminifère**

> **MOTS CLÉS**
> **Hormone :** molécule libérée dans le sang et agissant à distance sur des organes cibles.

- Dans l'enfance, peu de testostérone est produite. Sa synthèse augmente fortement durant l'adolescence : elle déclenche la **puberté**. Ses organes cibles sont variés (cellules du larynx, de muscles...). Elle permet la mise en place des **caractères sexuels secondaires** (développement musculaire, mue de la voix, pilosité...), la croissance des organes génitaux externes (**caractères sexuels primaires**) et la production des spermatozoïdes *via* l'activation des cellules de Sertoli.

> **MOTS CLÉS**
> • **Caractères sexuels secondaires :** pas directement liés aux organes reproducteurs. Ils apparaissent à la puberté.
> • **Caractères sexuels primaires** : en relation avec les organes de l'appareil reproducteur. Ils sont présents dès la naissance, bien que réduits jusqu'à la puberté.

Méthode

Localiser le lieu de production d'une hormone

Les testicules d'un garçon en début de puberté ont été observés au microscope.

Localiser le lieu de production de la testostérone à partir du document.

Doc Photographie d'une coupe de testicule d'un individu de 13 ans

Une des enzymes permettant la synthèse de la testostérone a été mise en évidence grâce à une coloration brune spécifique.

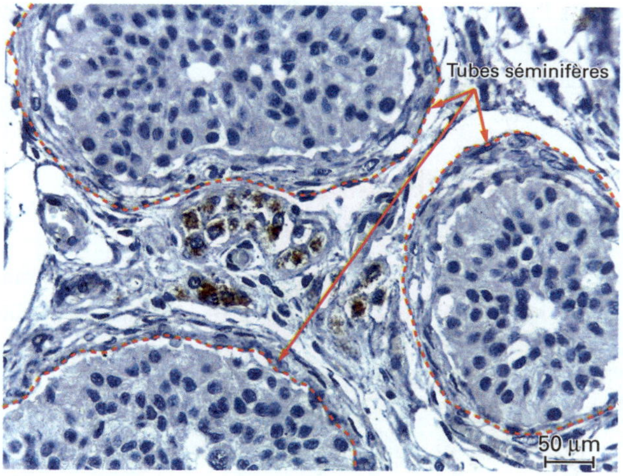

CONSEILS

Étape 1 Localiser les différentes cellules (Leydig, Sertoli...) sur la photographie.

Étape 2 Indiquer quel est le moyen de détecter la testostérone dans cette expérimentation.

Étape 3 Conclure en indiquant quel est le type de cellule productrice de testostérone.

SOLUTION

Étape 1 La paroi des tubes séminifères est constituée de cellules de Sertoli et de cellules à l'origine des spermatozoïdes. Les cellules interstitielles sont situées entre ces tubes.

Étape 2 Les cellules productrices de testostérone peuvent être repérées en colorant en brun une des enzymes nécessaires à la production de cette hormone.

Étape 3 Seules les cellules interstitielles sont colorées en brun : elles seules sont donc capables de produire de la testostérone dans les testicules.

20 L'appareil sexuel femelle adulte

En bref *La fécondation et le développement de l'embryon se déroulent dans les organes de l'appareil sexuel femelle. Les ovaires assurent l'ovulation et la production des hormones sexuelles.*

I Le fonctionnement de l'appareil sexuel femelle

■ Une fois le sperme déposé dans le vagin, les spermatozoïdes franchissent le col de l'utérus, puis rejoignent les trompes. Si un ovocyte a été libéré par un ovaire, la fécondation a lieu dans l'une des trompes. L'embryon rejoint alors la muqueuse utérine où il s'implante, puis se développe.

■ À l'inverse des organes masculins, les organes féminins fonctionnent de manière cyclique. Un cycle, d'une durée moyenne de 28 jours, débute par des règles.

II La structure et le fonctionnement des ovaires

■ Les ovaires contiennent divers **follicules** (doc).

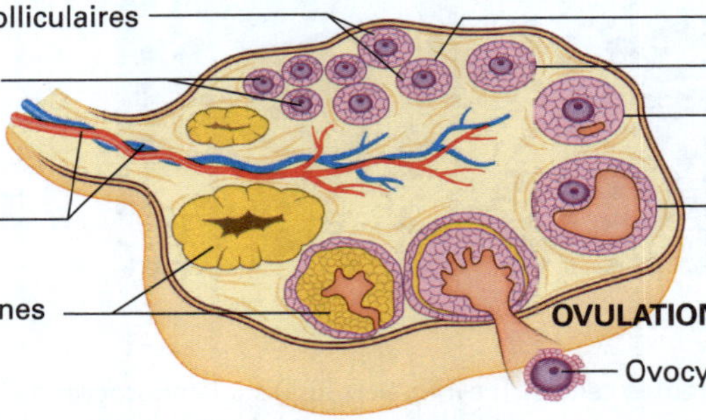

Doc Évolution des follicules dans un ovaire

> **MOT CLÉ**
> **Follicule :** structure constituée de petites cellules (cellules folliculaires) entourant l'ovocyte.

■ Durant la phase folliculaire (du jour 1 au jour 14), quelques follicules primaires grossissent et l'un d'eux devient mûr. Le follicule mûr expulse un ovocyte dans l'une des deux trompes au 14e jour : c'est l'ovulation.

■ Durant la phase lutéale (jours 14 à 28), le follicule qui a émis l'ovocyte se transforme en corps jaune, qui dégénère en fin de cycle s'il n'y a pas eu fécondation.

■ Les cellules folliculaires produisent des œstrogènes, responsables de l'apparition des caractères sexuels secondaires féminins. Le corps jaune produit aussi des œstrogènes ainsi qu'une autre hormone féminine : la progestérone.

■ L'utérus est l'un des organes cibles de ces hormones. Les œstrogènes stimulent l'épaississement de la muqueuse utérine, la progestérone est responsable de sa vascularisation. Ces modifications préparent la muqueuse à l'implantation d'un embryon. La chute de la progestérone en fin de cycle déclenche les règles.

Méthode

Réaliser un schéma fonctionnel

Ovaires et utérus sont des organes qui interagissent *via* l'action d'hormones. Les œstrogènes et la progestérone agissent notamment sur la glaire cervicale. C'est une sécrétion du col de l'utérus composée de filaments enchevêtrés, dont les mailles sont plus ou moins resserrées selon le moment du cycle. La progestérone resserre les mailles, les œstrogènes ont l'action inverse.

Réaliser un schéma fonctionnel illustrant les relations existant entre les ovaires et l'utérus.

Doc 1 Aspect de la glaire cervicale à deux moments du cycle

a. Durant la plus grande partie du cycle. **b.** Période proche de l'ovulation.

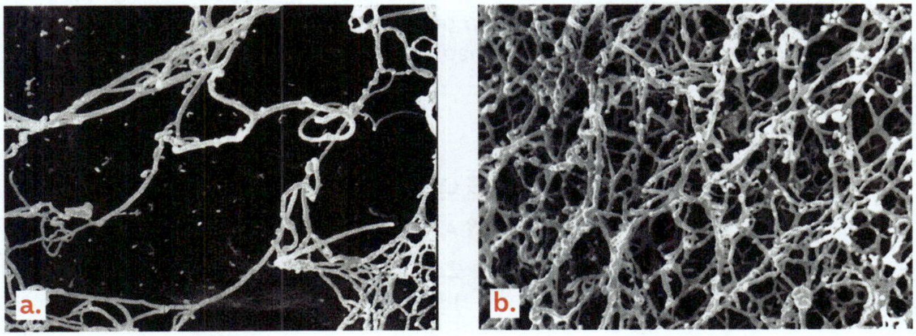

CONSEILS

Étape 1 Distinguer l'organe producteur d'hormones et l'organe cible.

Étape 2 Pour chaque organe, identifier les différentes parties ou les différents types de cellules qui les composent. Les représenter dans des cadres intérieurs.

Étape 3 Représenter les actions des hormones par des flèches.

Étape 4 Donner un titre au schéma.

SOLUTION

Doc 2 Schéma représentant les relations entre ovaires et utérus

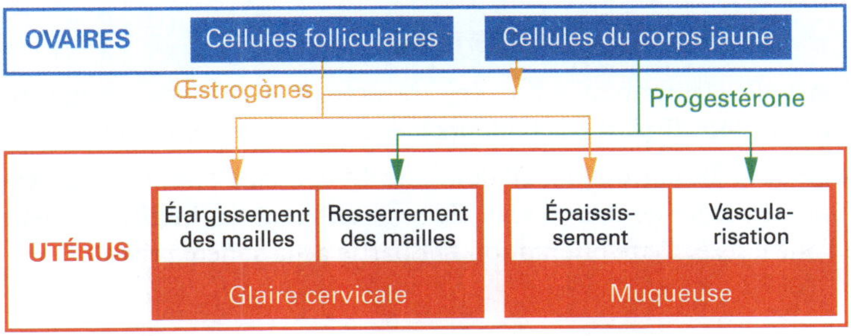

21 Vivre sa sexualité

En bref *Le comportement sexuel des mammifères est contrôlé par les hormones sexuelles et un ensemble de structures cérébrales constituant le système de récompense.*

I Le comportement sexuel

■ **Les hormones sexuelles** ont une forte influence sur le comportement sexuel des mammifères. Elles stimulent une **activité sexuelle** à certaines périodes du cycle de reproduction ou de l'année (période de fertilité).

■ Un ensemble de structures cérébrales en interaction influence le comportement sexuel. Il constitue le **système de récompense.**

■ Certaines stimulations sensorielles (toucher, vision...) activent le cortex préfrontal, qui stimule l'aire tegmentale ventrale. Celle-ci stimule alors des zones générant un sentiment de **plaisir et de satisfaction** (composante affective). L'individu aura tendance à répéter ce comportement par apprentissage du plaisir qu'il délivre (composante cognitive).

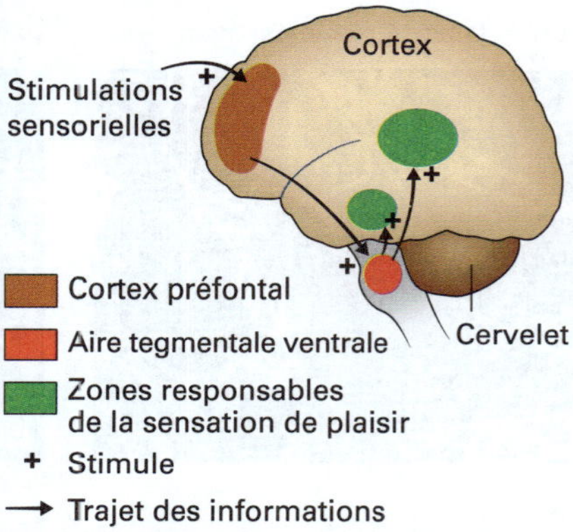

Doc 1 Structures cérébrales du système de récompense

■ Le système de récompense entraîne un comportement sexuel basé sur **la recherche de plaisir**. Il est indépendant des périodes de fertilité, qui sont, elles, contrôlées par les hormones sexuelles.

■ **Le contexte socioculturel et familial** influence fortement le comportement sexuel, notamment les pratiques, les préférences et les orientations sexuelles.

II Identité et orientation sexuelle

■ **L'identité sexuelle** (féminin ou masculin) correspond au sexe selon lequel on se définit dans la société. Il n'est pas toujours identique au sexe biologique.

■ **L'orientation sexuelle** correspond au désir affectif et sexuel que l'on peut ressentir pour une personne de même sexe, de sexe différent ou indifféremment pour l'un ou l'autre sexe. Cette orientation fait partie de la sphère privée.

Méthode

Identifier le rôle d'une hormone sexuelle

Chez certains hommes, les testicules sont peu développés et, par conséquent, ne sécrètent que peu de testostérone. Un traitement peut leur être administré, consistant à injecter des doses de testostérone allant de 0 à 400 mg/100 ml.

Quatre semaines après les injections, on mesure les effets du traitement sur le comportement sexuel.

Doc Effet de la testostérone sur l'activité sexuelle

Réponses (sexuelles physiques et comportementales) à la suite d'injections de testostérone à des concentrations différentes.

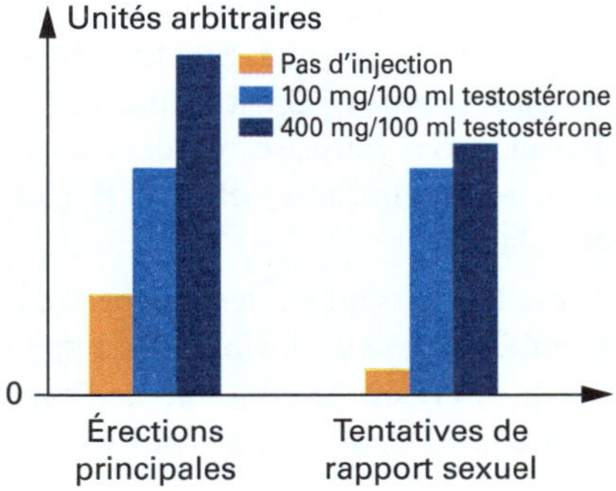

Exploiter les résultats présentés dans le document pour en déduire le rôle de la testostérone sur le comportement sexuel de l'homme.

CONSEILS

Étape 1 Repérer la variable évaluée et les paramètres contrôlés.
Étape 2 Mettre en évidence les différences de résultats avec les différentes conditions de l'expérience.
Étape 3 Répondre à la consigne.

SOLUTION

Étape 1 On observe la réponse sexuelle (en évaluant la quantité d'érections et de tentatives de rapports sexuels) chez des hommes ayant reçu des quantités variables de testostérone.

Étape 2 Les patients ayant reçu 400 mg/100 ml de testostérone ont une quantité d'érections et de tentatives de rapports sexuels bien plus élevée que les patients ayant reçu 100 mg/100 ml. Eux-mêmes présentent une réponse supérieure à ceux n'ayant rien reçu.

Étape 3 On en déduit que la testostérone, qui est une hormone sexuelle, stimule le comportement sexuel en favorisant les rapports sexuels et l'érection.

22 Le fonctionnement de l'appareil reproducteur chez la femme

En bref *L'appareil reproducteur féminin a un fonctionnement cyclique. Il est contrôlé via des hormones par deux structures cérébrales : l'hypophyse et l'hypothalamus.*

I Contrôle cérébral des cycles féminins

■ Chez la femme, une **neurohormone** nommée GnRH est synthétisée par une structure du système cérébral, l'hypothalamus. Elle stimule une glande, l'hypophyse, qui, en réponse, sécrète deux hormones : la LH (hormone lutéinisante) et la FSH (hormone folliculostimulante).

MOT CLÉ
Neurohormone : hormone synthétisée par un neurone, agissant sur une cellule cible spécifique par voie sanguine.

■ La FSH et la LH agissent sur le cycle ovarien de la femme :
– la FSH stimule la croissance des follicules, responsables de la sécrétion d'œstrogènes ;
– à forte dose, la LH est responsable de l'ovulation et de la transformation du reste du follicule en corps jaune. Celui-ci sécrète alors des œstrogènes et de la progestérone.

II Contrôle hormonal du cycle utérin

Les œstrogènes et la progestérone préparent l'utérus à l'éventuelle implantation d'un embryon. Leur structure chimique leur permet de se fixer spécifiquement sur les cellules de la muqueuse utérine dont elles contrôlent l'évolution. Elles jouent également un rôle sur la viscosité de la glaire cervicale. Cette substance, localisée au niveau du col de l'utérus, bloque le passage des spermatozoïdes. Pendant les jours qui précèdent ou qui suivent l'ovulation, elle devient plus fluide et laisse passer les spermatozoïdes.

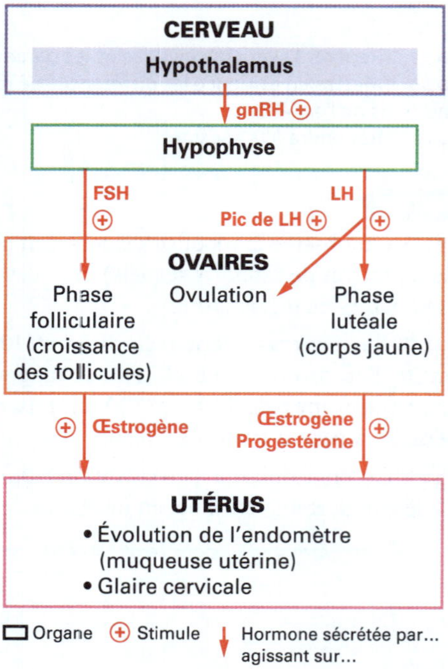

Doc **Contrôle hormonal de l'appareil reproducteur chez la femme**

Méthode

Déterminer le rôle d'un organe dans le cycle sexuel

Différentes expériences ont été réalisées sur des rates (femelles du rat) adultes.

À partir de l'exploitation des résultats de ces expériences, indiquer le rôle de l'hypophyse sur le cycle ovarien.

Doc Résultats d'expérimentations effectuées sur des rates adultes

Expériences réalisées	Conséquences visibles
1. Ablation de l'hypophyse	Atrophie des ovaires, stérilité, disparition des cycles ovariens et du comportement sexuel
2. Ablation de l'hypophyse, puis injection de FSH	Développement de nombreux follicules et augmentation du taux d'œstrogènes dans le sang ; pas d'ovulation
3. Ablation de l'hypophyse, puis injection d'une très forte dose de LH 7 jours après	Ovulation, formation de corps jaune et augmentation des concentrations sanguines en œstrogènes et progestérone

CONSEILS

Étape 1 Repérer les conséquences directes et indirectes de l'ablation d'un organe pour en déduire son rôle lorsqu'il est présent et fonctionnel.
Étape 2 Une fois le rôle de l'organe déterminé, il reste à comprendre par quel moyen il agit. Pour cela, repérer les conséquences de l'ajout de molécules naturellement produites par cet organe (FSH et LH) lorsque celui-ci est absent.
Étape 3 Faire la synthèse des informations pour répondre à la consigne.

SOLUTION

Étape 1 Après l'ablation de l'hypophyse, on observe l'atrophie des ovaires. Cette atrophie entraîne une stérilité (pas d'ovule produit), une disparition des cycles ovariens et du comportement sexuel (pas d'hormone sexuelle produite). L'hypophyse joue donc un rôle sur le fonctionnement des ovaires.

Étape 2 À la suite d'une injection de FSH, on note le développement de nombreux follicules. Cela entraîne une augmentation du taux d'œstrogènes dans le sang.

À la suite d'une injection à très forte dose de LH chez une rate, on note une ovulation et la formation de corps jaune. Cela entraîne l'augmentation du taux d'œstrogènes et de progestérone dans le sang.

Étape 3 L'hypophyse contrôle donc le fonctionnement cyclique des ovaires :
- la FSH agit sur le cycle folliculaire des ovaires ;
- la LH agit sur l'ovulation et sur la phase lutéale du cycle des ovaires.

23 La maîtrise de la procréation

En bref *Les connaissances sur le fonctionnement de l'appareil reproducteur ont permis de mettre au point des hormones de synthèse. Grâce à elles, il est possible de contrôler le processus de reproduction.*

I La contraception hormonale régulière

- La **pilule** (féminine ou masculine) contient des hormones de synthèse ayant une structure moléculaire proche de celle des hormones sexuelles (œstrogène et progestérone chez la femme, testostérone chez l'homme).
- Ces hormones de synthèse trompent le fonctionnement du système reproducteur (action **contraceptive**)en agissant comme des **leurres** : elles se fixent aux récepteurs des cellules cibles des hormones sexuelles produites par l'organisme.

> **MOT CLÉ**
> **Contraception** : méthode contrariant la fécondation.

- Chez les femmes, elles bloquent ainsi la production d'ovocytes, le développement de la muqueuse utérine et provoquent la densification de la glaire cervicale. Chez les hommes, elles empêchent la production de spermatozoïdes. Elles **empêchent donc la fécondation** ou la **nidation**.

II La contraception d'urgence et la contragestion

- La **pilule d'urgence** est composée d'hormones de synthèse imitant la progestérone. Elle empêche l'ovulation (si celle-ci n'a pas encore eu lieu), réduit la mobilité des spermatozoïdes et agit sur la muqueuse utérine pour la rendre impropre à la nidation (action **contragestive**).

> **MOT CLÉ**
> **Contragestion** : méthode contrariant le développement d'un embryon.

- Le **RU486** est une hormone contragestive qui se positionne sur les récepteurs à la progestérone, empêchant celle-ci d'agir. Si une fécondation a eu lieu, elle déclenche un avortement ou interruption volontaire de grossesse (IVG).

III Les IST

- Les IST ou **infections sexuellement transmissibles** peuvent survenir lors de rapports sexuels **non protégés**, si l'un des deux partenaires est contaminé.
- L'utilisation de préservatifs est la seule méthode de contraception qui protège contre les IST. Des vaccins peuvent également protéger contre certaines d'entre elles (ex : l'hépatite B).
- Le **dépistage** est un moyen de connaître son état de santé et d'agir en conséquence. En cas d'infection, on peut bénéficier d'un traitement adapté et prévenir son entourage d'une éventuelle contamination.

Méthode

Identifier le rôle d'une hormone de synthèse

Après un rapport non ou mal protégé, la pilule d'urgence peut être un recours permettant d'éviter le développement d'un embryon. Elle agit sur différents organes de l'appareil reproducteur féminin.

Après avoir exploité le document, déduire un des modes d'action de la pilule d'urgence.

Doc Sécrétion de LH chez une personne témoin (cycle normal) et chez une personne ayant pris une pilule d'urgence

On considère que les cycles de 28 jours des deux personnes sont concordants.

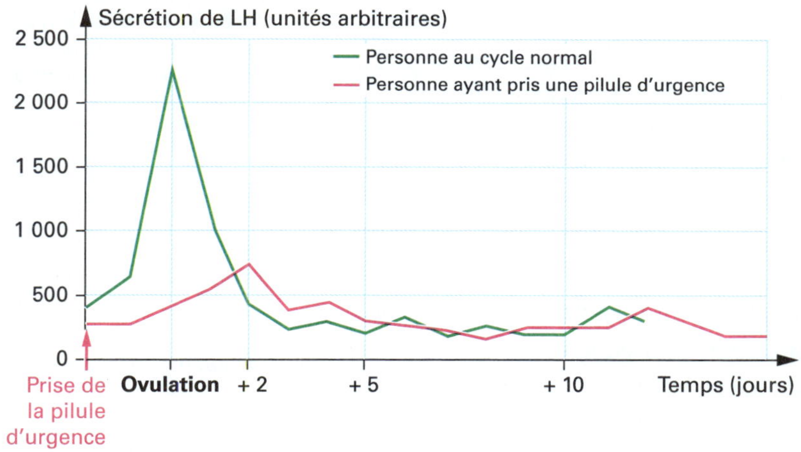

CONSEILS

Étape 1 Décrire la variable mesurée selon la prise ou non de la pilule d'urgence.

Étape 2 En mettant en lien vos observations avec vos connaissances, en déduire l'impact du traitement et ses conséquences sur le fonctionnement de l'appareil reproducteur.

SOLUTION

Étape 1 Chez la personne témoin, on note un pic de LH. Chez la personne ayant ingéré la pilule d'urgence, ce pic est absent.

Étape 2 Le pic de LH déclenche l'ovulation. En son absence, il n'y aura donc pas d'ovulation et donc de fécondation. La pilule d'urgence empêche l'ovulation et donc la fécondation.

24 La procréation médicalement assistée (PMA)

En bref *Certains couples rencontrent des difficultés à procréer en raison de problèmes de stérilité ou d'infertilité. Des solutions existent, comme l'utilisation d'hormones qui agissent sur le fonctionnement de l'appareil reproducteur.*

I Les causes de stérilité ou d'infertilité

- Dans un couple, l'homme ou la femme peut présenter des signes d'**infertilité** ou de **stérilité** empêchant la procréation.
- Les causes peuvent être diverses :
- chez l'homme : pas ou trop peu de spermatozoïdes produits, spermatozoïdes pas assez mobiles... ;
- chez la femme : absence d'ovulation, obstruction des trompes, dérèglement de la production d'hormones sexuelles...

MOTS CLÉS

- **Stérilité** : impossibilité irréversible de procréer.
- **Infertilité** : difficulté à avoir un enfant ; la procréation assistée peut être une solution.

II Des méthodes pour aider à la procréation

- **L'insémination artificielle** consiste à déposer des spermatozoïdes à l'intérieur de l'utérus. Elle favorise la rencontre des gamètes.
- **La stimulation ovarienne** consiste à stimuler les follicules et à déclencher l'ovulation par injection d'hormones. Ces hormones miment l'action de la FSH et de la LH. Elles permettent le développement des follicules et de la muqueuse utérine et préparent l'utérus à l'implantation de l'embryon.
- **La Fivete** (fécondation *in vitro* et transfert d'embryon) consiste à prélever un ou plusieurs ovocytes dans l'ovaire, puis d'effectuer la fécondation entre l'ovule et le spermatozoïde dans une éprouvette (*in vitro*). Un ou deux embryons est ensuite replacé dans l'utérus de la femme où il poursuit son développement.

Une stimulation ovarienne est en général effectuée préalablement.

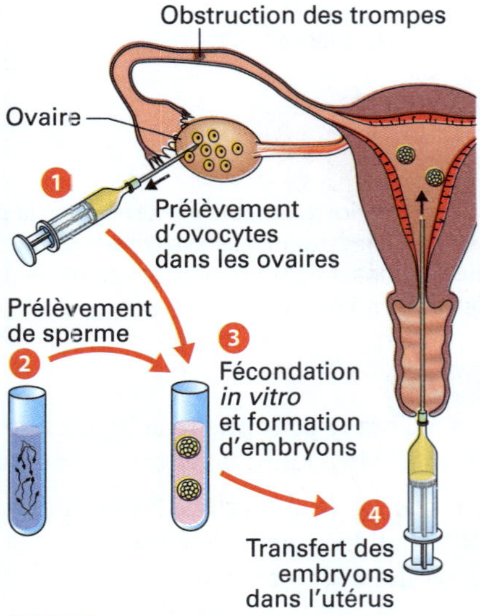

Doc **Les différentes étapes de la Fivete**

Méthode

Diagnostiquer une infertilité

Un couple n'arrivant pas à procréer consulte un médecin qui prescrit alors une radiographie de l'utérus et des trompes.

Doc 1 Radiographie de l'utérus et des trompes d'une personne fertile (à gauche) et de la patiente (à droite)

Un produit de contraste est administré dans l'utérus afin de distinguer le col de l'utérus, la cavité utérine et les trompes. Les ovaires n'apparaissent pas sur ces radiographies, mais ils sont bien présents dans les deux cas.

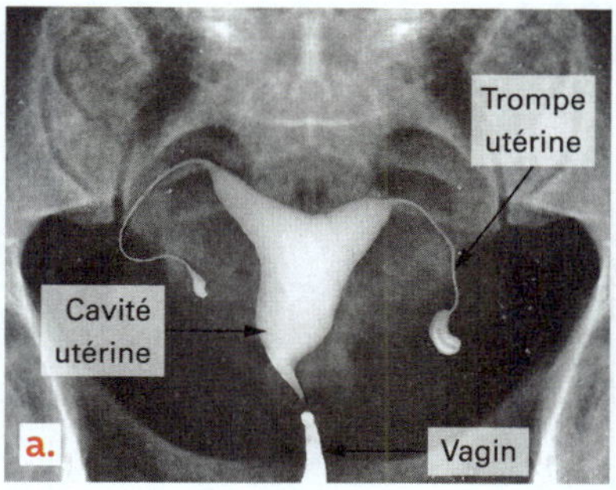

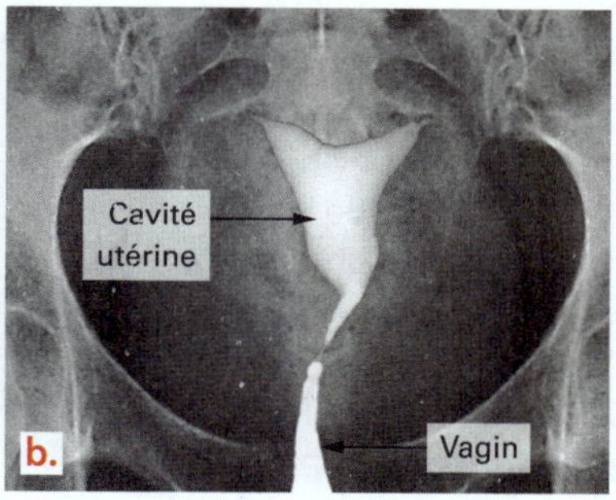

Identifier la cause d'infertilité qui se pose pour ce couple et proposer, si cela est possible, une solution pour résoudre leur problème.

CONSEILS

Étape 1 Observer et comparer les différentes structures de l'appareil reproducteur chez les deux personnes.
Étape 2 En déduire le problème qui peut ressortir de ces différences, en mettant vos observations en relation avec vos connaissances.
Étape 3 Indiquer une solution qui pourrait pallier le problème d'infertilité.

SOLUTION

Étape 1 L'appareil reproducteur de la personne fertile est constitué de deux trompes reliées à l'utérus et au vagin. Chez la patiente, les trompes semblent absentes.

Étape 2 Cela nous indique que les trompes sont bouchées et empêchent le produit de contraste de circuler. Les trompes permettent le passage des spermatozoïdes jusqu'à l'ovule, puis, une fois la fécondation réalisée, le passage de l'embryon jusqu'à l'utérus. Si une ou les deux trompes sont bouchées, les spermatozoïdes ne peuvent atteindre l'ovule et donc le féconder.

Étape 3 La patiente peut avoir recours à une Fivete. La fécondation est effectuée *in vitro*, puis l'embryon réimplanté dans l'utérus.

SE TESTER QUIZ

Vérifiez que vous avez bien compris les points clés des **fiches 18 à 24**.

1 La différenciation des appareils sexuels

→ FICHE 18

1. L'appareil sexuel :

☐ **a.** est indifférencié à la naissance
☐ **b.** se différencie en appareil mâle en raison de l'action d'un gène porté par le chromosome X
☐ **c.** est constitué de gonades, voies génitales et organes génitaux externes
☐ **d.** a un devenir (mâle ou femelle) déterminé dès la fécondation

2. Le gène SRY :

☐ **a.** n'est présent que chez les mâles
☐ **b.** est responsable de la différenciation des organes génitaux externes
☐ **c.** est porté par un chromosome X
☐ **d.** disparaît après la différenciation des appareils sexuels

2 Le fonctionnement de l'appareil reproducteur chez la femme

→ FICHE 22

Parmi les affirmations suivantes, lesquelles sont vraies ?

☐ **a.** L'hypothalamus contrôle l'hypophyse *via* la GnRH
☐ **b.** L'hypothalamus contrôle les ovaires *via* les œstrogènes et la progestérone
☐ **c.** L'hypophyse contrôle l'hypothalamus *via* la FSH et la LH
☐ **d.** L'hypophyse contrôle les ovaires *via* les œstrogènes et la progestérone

3 La maîtrise de la procréation

→ FICHE 23

1. La pilule contraceptive hormonale régulière peut agir notamment sur :

☐ **a.** les ovaires en bloquant l'ovulation
☐ **b.** la muqueuse utérine en favorisant son développement
☐ **c.** la glaire cervicale en favorisant sa destruction

2. Les hormones de synthèse :

☐ **a.** agissent comme un leurre en se plaçant sur les récepteurs des hormones
☐ **b.** protègent contre les IST
☐ **c.** n'existent pas pour les hommes
☐ **d.** peuvent avoir une action contraceptive et/ou contragestive

OBJECTIF BAC

4 Présenter les étapes de la Fivete

20 min

→ FICHE 24

Numéroter sur le schéma les différentes étapes de la Fivete et les récapituler dans un texte chronologique précis les différentes étapes de la Fivete.

À NOTER
Pensez à préciser les hormones utilisées et leurs rôles.

Doc La Fivete

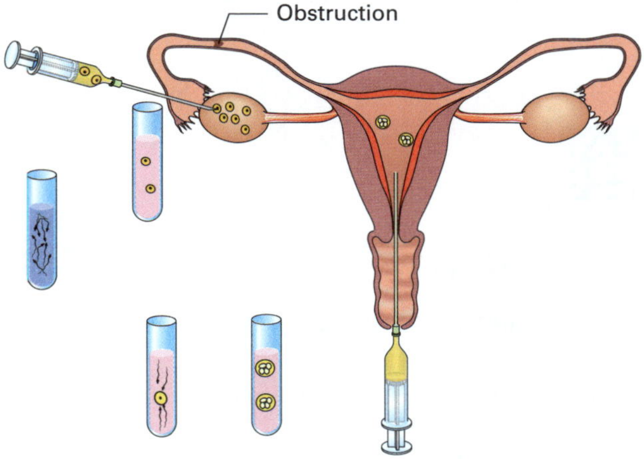

5 Réaliser un schéma fonctionnel

30 min

→ FICHES 19 et 20

La testostérone est une hormone sexuelle mâle produite par certaines cellules testiculaires. Ses actions variées dépendent des organes qu'elle cible : la peau, les os, les muscles… et les testicules eux-mêmes.

Elle favorise la croissance des os en stimulant les cellules spécialisées dans la construction osseuse : les ostéoblastes. Au sein du tissu osseux, d'autres cellules ont un rôle inverse en favorisant la résorption osseuse : les ostéoclastes. La testostérone agit de façon opposée sur les ostéoclastes en **inhibant** leur action.

MOT CLÉ
Inhiber : réduire, freiner le fonctionnement d'une cellule ou d'un organe.

La testostérone favorise également la croissance des muscles, au moment de la puberté et durant l'âge adulte. Pour cela, elle active la synthèse de certaines protéines au sein des cellules musculaires.

Enfin, dans la peau, elle facilite la sécrétion de **sébum** par les cellules nommées sébocytes et active la formation de poils épais par les cellules des **follicules pileux**.

Construire un schéma fonctionnel illustrant les relations existant entre les testicules et les autres organes par l'action de la testostérone.

MOTS CLÉS

- **Sébum** : sécrétion grasse de la peau permettant de limiter son dessèchement et de la protéger contre des micro-organismes.
- **Follicule pileux** : cavité de la peau dans laquelle le poil prend naissance.

CONSEILS

Penser à donner la signification des flèches en légende. La testostérone ayant des actions contraires sur certaines cellules (ostéoclastes et ostéoblastes), un des moyens de les différencier est d'utiliser des flèches de couleurs différentes.

CORRIGÉS

SE TESTER QUIZ

1 La différenciation des appareils sexuels

1. Réponses c et d.

a. L'appareil sexuel se différencie au cours de la vie embryonnaire, il est donc mâle ou femelle à la naissance.

b. Le gène SRY est porté par le chromosome Y. Le devenir de l'appareil sexuel est donc déterminé par les chromosomes sexuels présents dans la cellule-œuf, au moment de la fécondation.

2. Réponse a.

b. Le gène SRY est responsable de la différenciation des gonades (les organes génitaux mâles se différencient ultérieurement sous l'effet d'hormones produites par les testicules). **c.** Il est porté par le chromosome Y.

d. Comme tous les gènes, il reste présent dans toutes les cellules de l'individu, même s'il ne s'exprime plus à l'âge adulte.

2 Le fonctionnement de l'appareil reproducteur chez la femme

Réponse a. L'hypophyse contrôle les ovaires *via* la FSH et LH. Les ovaires contrôlent l'utérus via l'œstrogène et la progestérone.

3 La maîtrise de la procréation

1. Réponse a. Voir schéma → FICHE 23. La pilule contraceptive peut agir en empêchant la fécondation (blocage de l'ovulation ou blocage des spermatozoïdes au niveau du col de l'utérus par un épaississement de la glaire cervicale) ou en empêchant l'implantation de l'embryon dans la muqueuse utérine.

2. **Réponses a et d.** Les hormones de synthèse (pilule contraceptive pour la femme ou pour l'homme, pilule d'urgence, RU486) agissent comme des leurres en se positionnant sur les récepteurs des hormones naturelles et en les empêchant ainsi d'agir. Elles peuvent avoir un mode d'action contraceptif (empêche la fécondation) et/ou contragestif (empêche l'implantation de l'embryon). Elles ne protègent pas des IST.

OBJECTIF BAC

4 Présenter les étapes de la Fivete

Si une ou deux trompes sont bouchées, comme indiqué dans le document, on peut avoir recours à la procréation médicalement assistée et plus précisément à la Fivete. Celle-ci s'effectue en plusieurs étapes :
- préparation hormonale de la femme : celle-ci subit une stimulation ovarienne avec injection d'hormones mimant l'action de FSH et LH pour stimuler les follicules et préparer l'utérus à l'implantation de l'embryon ;
- recueil de spermatozoïdes et prélèvement des ovocytes ;
- mise en présence des ovocytes et des spermatozoïdes pour effectuer la fécondation *in vitro* ;
- formation de cellules œufs et d'embryons ;
- transfert de deux embryons dans l'utérus. Si d'autres embryons sont formés, ils sont congelés pour une éventuelle nouvelle tentative.

Voir le document de la fiche 24 pour la numérotation des étapes.

5 Réaliser un schéma fonctionnel

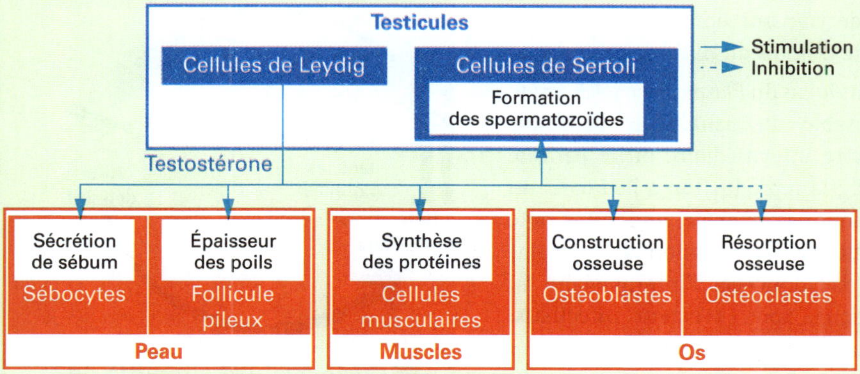

Action de la testostérone sur les testicules, la peau, les muscles et les os

25 Agents pathogènes et transmission des maladies

En bref *Nous vivons dans un monde peuplé de micro-organismes. Certains d'entre eux sont appelés agents pathogènes, car ils provoquent des maladies lorsqu'ils nous contaminent.*

I Différents types d'agents pathogènes

- Certains agents pathogènes sont des êtres vivants **procaryotes**, comme les bactéries, d'autres sont **eucaryotes** (champignons, vers ou eucaryotes unicellulaires). D'autres ne sont pas des êtres vivants, comme les **virus** ou les **prions**.

> **À NOTER**
> Les **prions** sont des protéines qui peuvent s'accumuler dans les cellules du système nerveux et provoquer des dommages.

- Les agents pathogènes pour la plupart sont des **parasites**. Ils ne peuvent pas assurer seuls des fonctions biologiques comme la nutrition ou la reproduction. Ils ont besoin pour cela d'un ou de plusieurs **hôtes**.
- L'action de l'agent pathogène entraîne des effets néfastes sur son hôte. Ce sont les **symptômes** de la maladie.

II Différents modes de transmission

- Les agents pathogènes suivent un **cycle évolutif** comportant plusieurs étapes au sein d'un ou de plusieurs hôtes qui assurent leur croissance et leur reproduction.
- On distingue deux modes principaux de transmission en fonction du nombre d'hôtes du pathogène.
- Dans le cas du *Plasmodium falciparum*, responsable du paludisme, l'Homme est l'**hôte intermédiaire** où le parasite grandit ; la reproduction a lieu dans un moustique, l'anophèle, qui est l'**hôte définitif**. La transmission de la maladie se fait donc par l'intermédiaire du moustique, appelé **vecteur infectieux**. On parle de transmission indirecte.

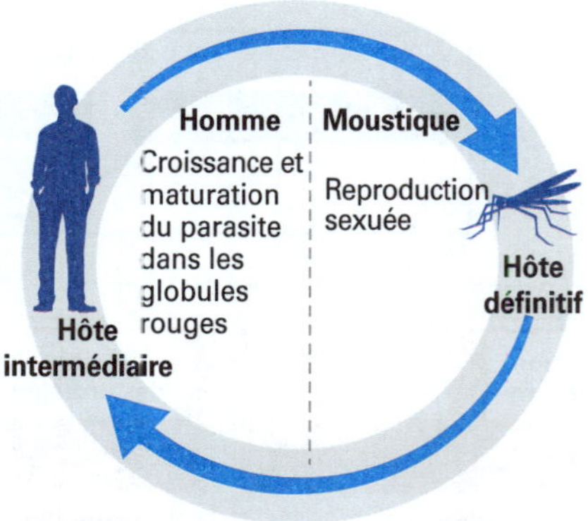

Doc **Cycle évolutif simplifié de *Plasmodium falciparum***

- La plupart des infections virales et certaines infections bactériennes n'ont qu'un seul hôte. C'est également le cas des agents pathogènes responsables des **IST** (infections sexuellement transmissibles). On parle de transmission directe.
- La transmission a lieu d'individu à individu, soit par contact cutané, soit par échanges (salive, sang, sueur, sécrétions génitales), soit par le milieu (air, eau contaminée).

Méthode

Décrire le cycle évolutif d'un parasite pathogène

La toxoplasmose est une infection due à un parasite appelé *Toxoplasma gondii*, fréquemment transmise à l'Homme par les chats. Elle est le plus souvent bénigne, mais peut être dangereuse pour les femmes enceintes.

Doc Cycle évolutif simplifié de *Toxoplasma gondii*

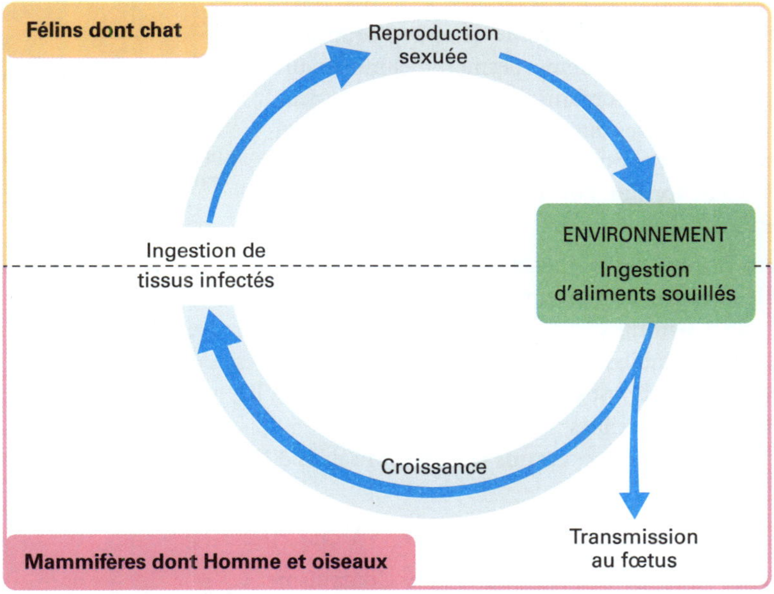

Décrire le cycle évolutif de l'agent de la toxoplamose.

CONSEILS

Étape 1 Indiquer quels sont les hôtes du parasite.
Étape 2 Indiquer quel est l'hôte définitif et quels sont les hôtes intermédiaires en le justifiant.
Étape 3 Indiquer comment le parasite passe d'hôte en hôte.

SOLUTION

Étape 1 Le cycle de ce parasite comprend deux hôtes. Le premier est un félin, le second un autre mammifère ou un oiseau. Une partie du cycle se déroule dans l'environnement extérieur.

Étape 2 L'hôte définitif est celui chez qui a lieu la reproduction sexuée. Le félin est donc l'hôte définitif. Les autres hôtes sont des hôtes intermédiaires.

Étape 3 Le parasite change d'hôte en passant par la voie digestive, après avoir été ingéré soit par l'hôte définitif, soit par l'hôte intermédiaire.

26 Empêcher la propagation des agents pathogènes

En bref *La propagation rapide d'agents pathogènes provoque des épidémies. Lorsque l'être humain constitue le réservoir à pathogènes, des mesures permettent d'éviter la propagation d'individu à individu.*

I Limiter la contamination directe

- Adopter des **mesures d'hygiène** simples, comme se laver les mains fréquemment, permet d'éliminer une grande partie des micro-organismes présents sur la peau. Éviter le contact entre les mains et la bouche permet d'éviter la contamination par ces mêmes micro-organismes. Se couvrir la bouche lorsque l'on tousse ou éternue évite de contaminer quelqu'un d'autre.

> **MOT CLÉ**
> **Réservoir à pathogènes** : espèce servant d'habitat et à l'origine de la propagation d'un agent pathogène.

- Les micro-organismes pathogènes responsables des IST se transmettent par voie sexuelle. Il existe des moyens pour **lutter contre la contamination** :
  - les préservatifs féminins et masculins, qui constituent le moyen de protection le plus efficace en établissant une barrière physique entre les deux partenaires ;
  - les traitements pré et post-exposition existent contre le VIH, mais ils sont moins efficaces et moins accessibles ;
  - il existe des vaccins contre certains virus responsables d'IST comme l'hépatite B.

II Éliminer les pathogènes dans l'organisme

- La **vaccination** consiste à introduire dans l'organisme un morceau de l'agent pathogène (ou le pathogène entier mais inactivé) afin que l'organisme produise des **anticorps** spécifiques à ce pathogène. La réaction de l'organisme sera plus rapide et plus efficace en cas de nouvelle rencontre avec le pathogène.

> **MOT CLÉ**
> **Anticorps** : molécule produite par le système immunitaire, permettant l'élimination de micro-organismes étrangers.

- La vaccination d'une population permet de stopper la propagation d'un agent pathogène, ce qui protège indirectement les personnes ne pouvant pas toujours se faire vacciner (nourrissons, personnes âgées).
- Les **antibiotiques** ne permettent d'éliminer que les bactéries. Il existe :
  - des antibiotiques à large spectre, efficaces contre plusieurs espèces de bactéries ;
  - des antibiotiques très spécifiques, efficaces contre certaines espèces seulement.
- Les antibiotiques doivent être utilisés avec discernement, car ils peuvent favoriser l'apparition de souches résistantes et perdre ainsi de leur efficacité.
- Toutes les mesures prises pour limiter l'apparition et la propagation de maladies dans une population sont regroupées sous l'appellation de **prophylaxie**.

Méthode

Montrer que la vaccination permet de se défendre contre un pathogène

La vaccination est un moyen qui permet à l'organisme de renforcer sa réponse immunitaire face à un pathogène.

Doc Évolution de la quantité d'anticorps anti-grippe chez deux individus, dont l'un est vacciné contre la grippe

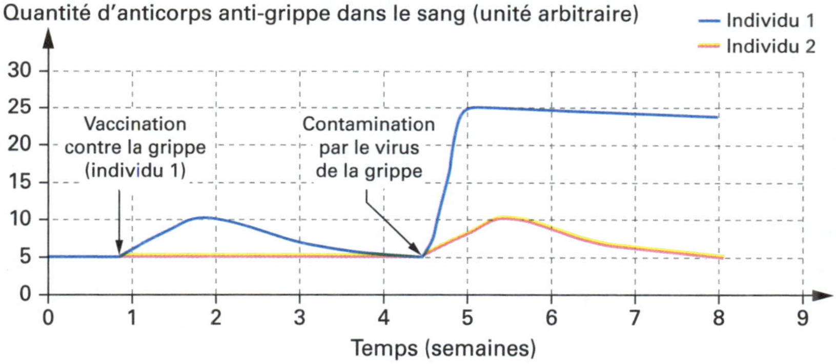

Montrer que la vaccination permet une réponse immunitaire plus rapide et plus efficace contre un pathogène.

CONSEILS

Étape 1 Indiquer quel individu est vacciné.
Étape 2 Montrer que la réponse est plus efficace chez un individu vacciné en comparant les productions d'anticorps des deux individus après contamination.
Étape 3 Montrer que la réponse est plus rapide chez un individu vacciné en comparant le temps nécessaire pour arriver au maximum de la production d'anticorps.

SOLUTION

Étape 1 L'individu 1 a été vacciné contre la grippe trois semaines et demi avant d'être contaminé.

Étape 2 L'individu non vacciné produit 10 UA d'anticorps après contamination par le virus de la grippe. L'individu vacciné en produit deux fois et demi plus (25 UA). La réponse immunitaire est donc plus efficace chez l'individu vacciné.

Étape 3 L'individu non vacciné produit le maximum d'anticorps environ une semaine après la contamination. L'individu vacciné produit le maximum d'anticorps 3 ou 4 jours après la contamination. La réponse immunitaire est donc plus rapide chez l'individu vacciné.

27 Lutter contre les maladies vectorielles

En bref *Dans le cas de maladies vectorielles, c'est-à-dire transmises indirectement par un vecteur, il est parfois plus facile de lutter contre le vecteur de la maladie que contre l'agent pathogène.*

I Limiter la transmission de maladies vectorielles

■ Connaître le **cycle évolutif** de l'agent pathogène permet d'élaborer des moyens de lutte afin d'éviter sa propagation.

■ En Afrique, pour lutter contre le paludisme, on limite autant que possible le contact entre l'anophèle (moustique **vecteur de la maladie** et donc **réservoir à pathogènes**) et les populations :
- pose de moustiquaires imprégnées d'insecticides sur les fenêtres et les lits pour faire barrage aux insectes ;
- campagnes de démoustications pour limiter la population d'anophèles.

■ En Europe occidentale, la **maladie vectorielle** la plus fréquente est la maladie de Lyme, provoquée par une bactérie du genre *Borellia* et transmise par les tiques. C'est une **maladie endémique** de l'Europe du Nord.

> **MOT CLÉ**
> **Maladie endémique** : maladie habituelle dans une région.

■ Le port de vêtements couvrants et l'utilisation de répulsifs permettent de s'en protéger dans les zones à risque.

II Maladies vectorielles et changement climatique

■ Le changement climatique modifie, en l'élargissant, l'aire de répartition des moustiques tigres du genre *Aedes*, qui sont les vecteurs de maladies comme la dengue, le chikungunya ou le paludisme.

■ L'élargissement des zones où l'on peut trouver le vecteur de maladies peut augmenter les risques de voir apparaître une **pandémie.**

> **MOT CLÉ**
> **Pandémie** : épidémie touchant une grande partie de la population mondiale.

■ Il y a eu plusieurs grandes pandémies dans l'histoire de l'humanité :
- la peste noire (XIVe siècle) fit 25 millions de morts ;
- la grippe espagnole (début XXe siècle) entre 50 et 100 millions de morts ;
- la grippe H1N1 (2009) fit 16 000 morts.

Méthode

Mettre en évidence la modification de l'aire de répartition des moustiques tigres

Le changement climatique provoque une modification de l'aire de répartition de certains vecteurs de maladies.

Montrer que l'aire de répartition du moustique tigre du genre *Aedes* se modifie en progressant vers le nord.

Doc Années d'installation du moustique tigre dans les départements de France métropolitaine

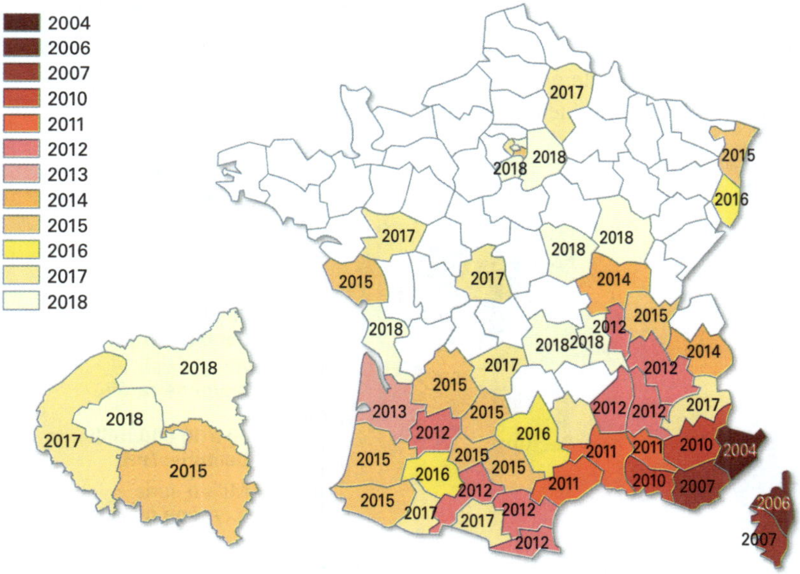

CONSEILS

Étape 1 Identifier la partie de la France où s'est installé le moustique.
Étape 2 Identifier les zones où le moustique s'est installé en premier, puis sa première zone d'expansion.
Étape 3 Identifier les dernières zones où s'est installé le moustique.

SOLUTION

Étape 1 Le moustique tigre est essentiellement présent dans le sud du territoire français.

Étape 2 Il est arrivé en 2004 dans le sud-est de la France, puis a gagné tous les départements autour de la Méditerranée.

Étape 3 Entre 2016 et 2018, il s'est installé de manière durable dans quelques départements du centre et en région parisienne.

28 Le microbiote et son hôte

En bref *Le microbiote est essentiel au fonctionnement et au bien-être de l'organisme. Sa composition est un indicateur de la santé.*

I Le microbiote de l'homme

- Le microbiote humain (ou flore microbienne) représente l'ensemble des **micro-organismes** (surtout des bactéries, mais aussi des champignons, des eucaryotes unicellulaires, etc.) qui vivent sur et au sein du corps humain. Leur nombre est difficile à estimer. Ils seraient deux à dix fois plus nombreux que les cellules humaines.
- L'essentiel du microbiote est situé dans le gros intestin (côlon), mais des micro-organismes vivent également sur toutes les surfaces exposées à l'environnement (peau, yeux, nez, muqueuses, intestin...).

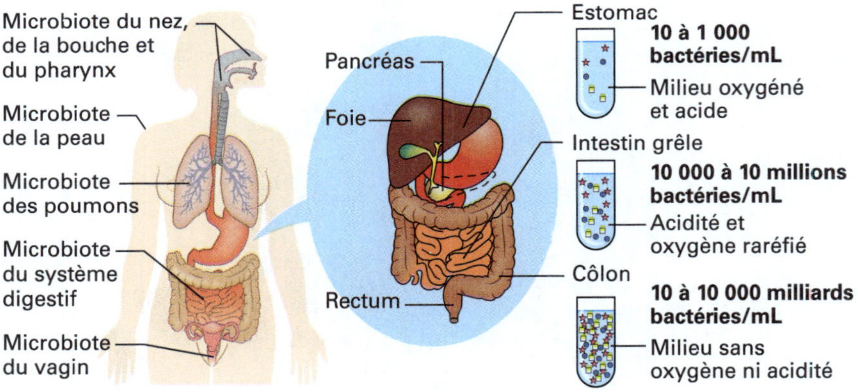

Doc 1 Le principal microbiote est celui du système digestif

II Les interactions hôte-microbiote

- Les micro-organismes sont en majorité soit inoffensifs, soit bénéfiques à leur hôte humain, car ils participent à de nombreuses fonctions biologiques (digestion, immunité...). Certains sont pathogènes (tel *Ricksettia*) ou le deviennent s'ils prolifèrent (tel *Staphylococcus*).
- L'étude de la composition et de la diversité du microbiote permet donc d'apprécier la santé de l'individu.

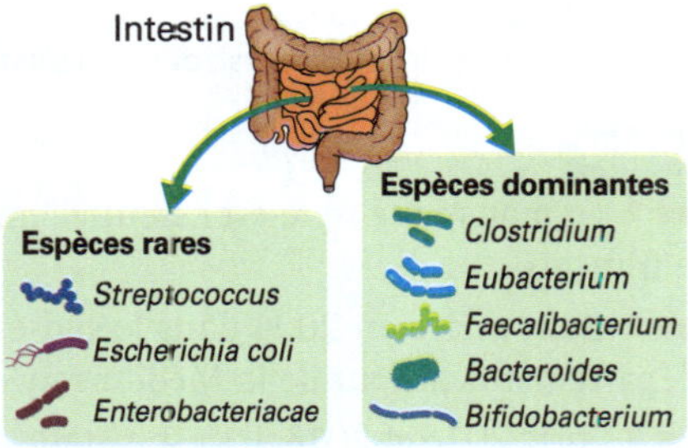

Doc 2 Diversité du microbiote intestinal

Méthode

Évaluer le nombre de cellules du microbiote et de l'hôte

Le microbiote de la peau (ou microbiote cutané) contribue aux odeurs corporelles et joue un rôle de protection.

D'après le document, évaluer la diversité du microbiote cutané et le nombre de cellules bactériennes par rapport aux cellules de l'hôte.

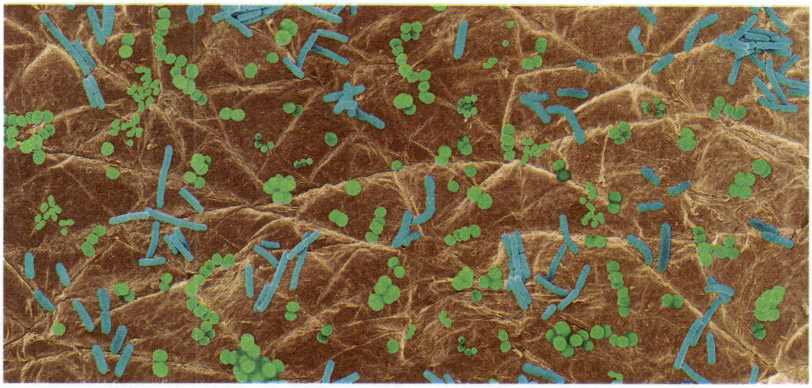

Doc Image de la surface de la peau au microscope électronique (SEM) en fausses couleurs

Les cellules de la peau apparaissent comme des triangles ou des trapèzes.

CONSEILS

Étape 1 Repérer les cellules de l'hôte et les cellules du microbiote.
Étape 2 Différencier les types cellulaires du microbiote (en fonction de la taille, de la forme, du mode d'association, etc.).
Étape 3 Repérer quelques cellules de l'hôte (une dizaine) et compter le nombre de cellules du microbiote associées (majoritairement sur la cellule de l'hôte).
Étape 4 Calculer le rapport entre le nombre de cellules du microbiote et le nombre de cellules de l'hôte.

SOLUTION

Étape 1 Les cellules de l'hôte sont triangulaires et apparaissent en brun avec des contours plus clairs. Celles du microbiote sont en bleu ou en vert.

Étape 2 On distingue deux types de cellules du microbiote différentes : des bâtonnets bleus et des sphères vertes.

Étape 3 Sur dix cellules de peau, on dénombre une dizaine de bâtonnets et une quarantaine de petites sphères.

Étape 4 Sur un échantillon de peau, on identifie donc deux espèces du microbiote différentes. Elles sont au total cinq fois plus nombreuses que les cellules humaines.

29 Rôles du microbiote et pathologies

En bref *Le microbiote peut jouer un rôle dans l'apparition de certaines pathologies, d'où l'importance de connaître sa composition.*

I Les nombreux rôles du microbiote

- Le microbiote intestinal est essentiel à la digestion : il transforme (par fermentation) de nombreuses molécules complexes (telles les fibres) en molécules simples (nutriments) et est responsable de la synthèse de certaines vitamines (K ou B12).

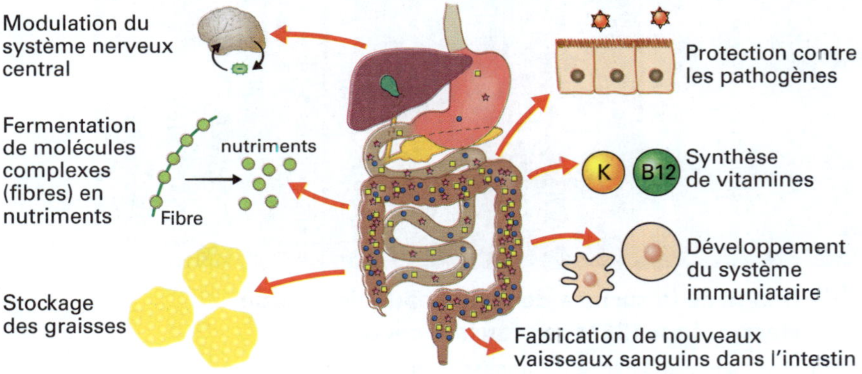

Doc **Quelques rôles du microbiote intestinal**

- Le microbiote participe au développement du système immunitaire, en l'aidant à distinguer les bactéries indésirables. Il peut aussi avoir un rôle anti-inflammatoire ou limiter l'installation de populations bactériennes potentiellement pathogènes.
- L'intestin possédant près de 200 millions de neurones, son microbiote interagit avec le système nerveux central.

II Implication du microbiote dans certaines pathologies

- Il existe une corrélation entre la composition du microbiote et certaines maladies inflammatoires chroniques de l'intestin. L'obésité ou le diabète de type II pourraient également être liés à des perturbations du microbiote.
- Des maladies telles que la cirrhose du foie peuvent être détectées précocement, car elles modifient le microbiote.
- Certaines maladies auto-immunes, comme la maladie de Crohn, sont corrélées à des perturbations du microbiote. L'affaiblissement de l'immunité favorise ainsi la prolifération de bactéries normalement inoffensives lorsqu'elles sont en nombre limité.

Méthode

Montrer le rôle du microbiote dans certaines pathologies

L'insuline est une hormone qui permet le stockage du sucre dans les cellules, limitant ainsi la glycémie (quantité de sucre dans le sang). Certains indices suggèrent que des changements dans le microbiote intestinal provoqueraient une résistance des cellules à l'insuline et seraient à l'origine d'un diabète de type II.

Montrer l'importance du microbiote dans le diabète de type II.

Doc Résultats d'expériences de transplantation de microbiote

Afin d'étudier l'influence du microbiote sur la survenue des symptômes du diabète de type II, l'équipe de P. Gérard a transplanté chez des souris mâles dépourvues de microbiote et génétiquement identiques :
- soit le microbiote de souris obèses sans diabète de type II (lot NR) ;
- soit le microbiote de souris obèses avec diabète de type II (lot R).

Les résultats, 16 semaines après la transplantation, sont :

Lot	Prise de masse (g)	Glycémie à jeun (mg/dL)	Insulinémie à jeun (pg/mL)	Indice de résistance à l'insuline
Souris NR	13,2	104	665	3,8
Souris R	14,6	134	1072	8,4

CONSEILS

Étape 1 Identifier les paramètres mesurés et les conditions de l'expérience.
Étape 2 Comparer les valeurs des différents paramètres en recherchant celles qui caractériseraient la pathologie étudiée.
Étape 3 Conclure en indiquant le rôle du microbiote dans la pathologie.

SOLUTION

Étape 1 Le document compare la prise de masse, la quantité de glucose et d'insuline dans le sang, et la résistance des cellules à l'insuline, pour deux types de souris : des souris R avec un microbiote issu de souris obèses et malades et des souris NR au microbiote issu de souris obèses et saines.

Étape 2 On observe que pour une prise de masse quasi similaire la glycémie, l'insulinémie et l'indice de résistance à l'insuline des souris R sont entre 1,3 à 2 fois plus importants que chez les souris NR, ce qui correspond à des désordres métaboliques importants.

Étape 3 On en conclut que les souris ayant reçu le microbiote provenant de souris obèses malades présentent des symptômes du diabète de type II. Le microbiote pourrait donc jouer un rôle dans la survenue de cette maladie.

30 Mise en place et évolution du microbiote

En bref *Le microbiote se met en place dès la naissance et évolue au cours de la vie en fonction notamment de l'environnement. Certaines maladies pourraient être traitées en agissant sur le microbiote.*

I Le microbiote : de la naissance à l'âge adulte

- Le microbiote se met en place dès la naissance, par contact avec celui de la mère ou des personnes environnantes. Ainsi, le microbiote intestinal d'enfants nés par accouchement est principalement constitué de bactéries vaginales de la mère, tandis que celui d'enfants nés par césarienne possède des bactéries cutanées, provenant du personnel ou de la salle d'accouchement.
- Le microbiote évolue selon l'environnement : une alimentation riche en fibres peut augmenter la diversité et la stabilité du microbiote, un traitement antibiotique détruira à la fois les bactéries pathogènes et les bactéries symbiotiques.

MOT CLÉ
Symbiose : association d'organismes coopérant les uns avec les autres.

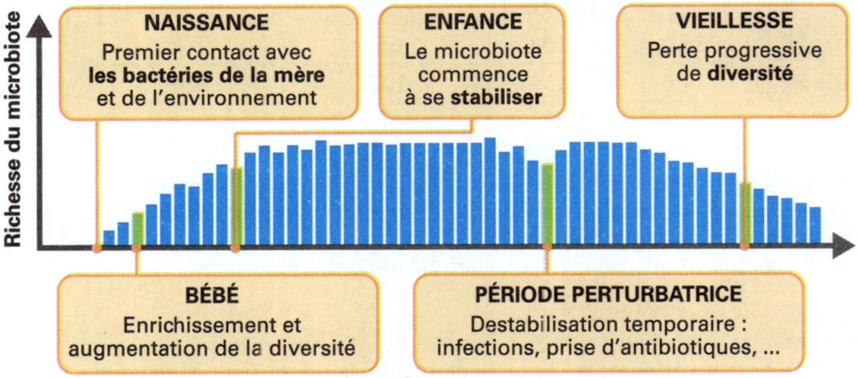

Doc **Évolution du microbiote au cours de la vie**

II Soigner en modifiant le microbiote ?

- Le microbiote est généralement stabilisé à l'âge de 2 ans et il est résilient : après une perturbation (antibiotiques), il retrouve sa composition initiale.
- Le microbiote peut aussi être modifié. Par exemple, un changement important d'alimentation (comme le passage d'un régime omnivore à un régime végétarien) peut changer assez rapidement la composition du microbiote.
- De la même façon, on envisage de soigner certaines infections graves de l'intestin par des transplantations de microbiote (greffe de matière fécale).

Méthode

Évaluer l'impact d'un traitement sur le microbiote

Pour évaluer l'impact des antibiotiques sur le microbiote intestinal, les scientifiques Young et Schmidt ont évalué en 2004 la diversité bactérienne dans les selles d'un patient de 39 ans sous traitement antibiotique.

Évaluer l'impact de la prise d'antibiotiques sur le microbiote intestinal.

Doc Diversité bactérienne lors du traitement

Les valeurs correspondent au pourcentage d'échantillons de selles contenant des bactéries du groupe bactérien considéré.

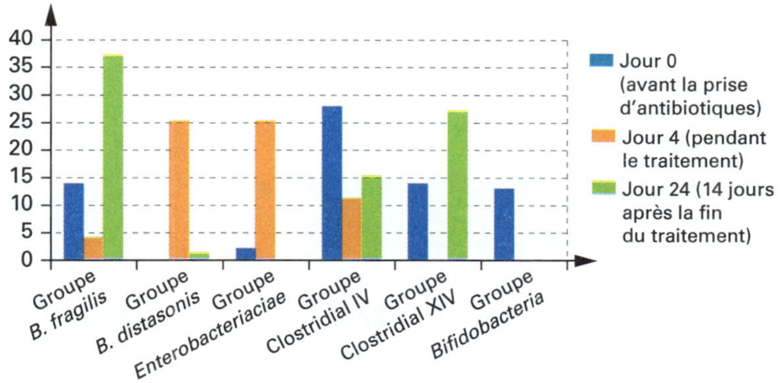

CONSEILS

Étape 1 Identifier le paramètre à évaluer et les conditions à comparer.
Étape 2 Décrire le paramètre dans chacune des conditions.
Étape 3 Souligner les évolutions entre chaque condition et conclure.

SOLUTION

Étape 1 Le document permet d'évaluer la diversité bactérienne avant, pendant et après un traitement antibiotique.

Étape 2 Avant le traitement, le microbiote du patient présente cinq groupes de bactéries différentes dont quatre prédominent (*B. fragilis*, Clostridial IV et XIV, *Bifidobacteria*) ; pendant le traitement, il ne reste plus que quatre groupes de bactéries, dont deux dominent très largement (*B. distasonis* et *Enterobacteriaciae*) ; 14 jours après la fin du traitement, quatre groupes sont présents, dont trois dominent (*B. fragilis*, Clostridial IV et XIV).

Étape 3 Le traitement antibiotique entraîne une baisse de la diversité du microbiote et un remplacement de certaines bactéries : Clostridial XIV et *Bifidobacteria* disparaissent au profit de *B. distasonis* et *Enterobacteriaciae*. Après la fin du traitement, le microbiote n'a pas complètement retrouvé sa diversité d'origine, les *Bifidobacteria* n'étant toujours pas présentes.

SE TESTER QUIZ

Vérifiez que vous avez bien compris les points clés des **fiches 25 à 30**.

1 Empêcher la propagation des agents pathogènes

→ FICHE 26

1. Un réservoir à pathogène :

- ☐ **a.** sera toujours l'espèce humaine
- ☐ **b.** est une espèce servant d'habitat à un agent pathogène
- ☐ **c.** est une espèce qu'il faut réguler dans le cas de maladies vectorielles

2. La vaccination :

- ☐ **a.** permet de se protéger à titre individuel
- ☐ **b.** permet de protéger l'intégralité d'une population
- ☐ **c.** détruit directement l'agent pathogène
- ☐ **d.** permet une meilleure réactivité du système immunitaire

3. Les antibiotiques :

- ☐ **a.** peuvent être utilisés contre tous les agents pathogènes
- ☐ **b.** ne sont utiles que contre les virus
- ☐ **c.** ne sont utiles que contre les bactéries

2 Lutter contre les maladies vectorielles

→ FICHE 27

1. Une pandémie :

- ☐ **a.** est une épidémie à très grande échelle
- ☐ **b.** n'est jamais arrivée dans l'histoire de l'humanité
- ☐ **c.** peut être favorisée par le changement climatique

2. Une maladie est endémique :

- ☐ **a.** si elle touche un grand nombre de personnes
- ☐ **b.** si elle est habituelle dans une région donnée
- ☐ **c.** s'il n'y a pas de traitement pour la soigner

3 Le microbiote

→ FICHES 28 et 29

1. La majeure partie du microbiote est composée d'organismes :

- ☐ **a.** pathogènes
- ☐ **b.** commensaux (qui partagent le même repas que l'hôte)
- ☐ **c.** symbiotiques
- ☐ **d.** parasites

2. Le microbiote pourrait intervenir dans des maladies telles que :

- ☐ **a.** la trisomie 21
- ☐ **b.** l'obésité
- ☐ **c.** le diabète de type II
- ☐ **d.** certaines maladies auto-immunes

OBJECTIF BAC

4 Rougeole et vaccination

30 min

→ FICHE 26

Pour mettre en œuvre les connaissances acquises dans ce chapitre et comprendre quels sont les intérêts de la vaccination, on étudie l'exemple de la rougeole et de sa vaccination.

LE PROBLÈME

À l'aide de vos connaissances et des documents fournis, montrer que la vaccination permet de limiter la propagation de la maladie, en se protégeant de manière individuelle et en protégeant également les personnes à risque.

Doc 1 Évolution du nombre de cas de rougeole et de la couverture vaccinale au Royaume-Uni entre 1940 et 2010

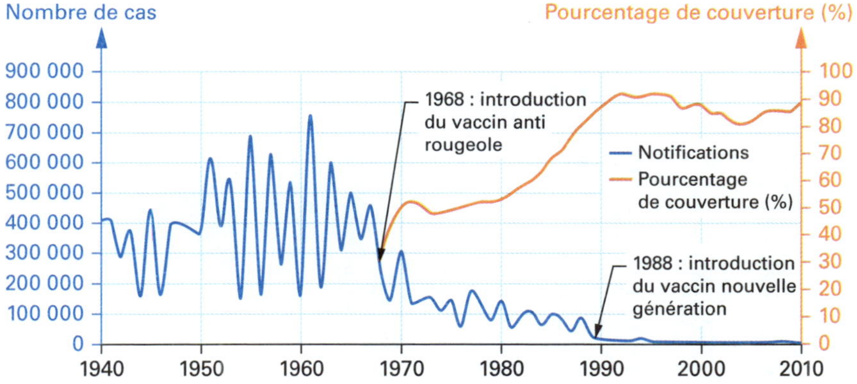

Doc 2 La rougeole en France en 2018

La rougeole est une maladie infectieuse due à un virus. Elle est extrêmement contagieuse. On estime qu'un individu malade peut contaminer entre 10 et 15 autres personnes.

Nombre de cas	2 878
Couverture vaccinale	90 %

	Individus vaccinés	Individus non vaccinés
Nombre de cas	316 (11 %)	2 562 (89 %)
Pourcentage de la population contaminée	0,0005 %	0,04 %

Doc 3 Vaccination et personnes à risque

Certaines personnes âgées ne peuvent pas être vaccinées. Le vieillissement des cellules peut être la cause d'une réaction potentiellement dangereuse à certains vaccins. De la même manière, les personnes immunodéprimées, c'est-à-dire dont le système immunitaire est déficient, peuvent être trop faibles pour être vaccinées. Toutes ces personnes sont dites à risque et sont donc la cible des virus.

5 Déterminer le nombre de bactéries dans le microbiote intestinal

20 min

→ FICHE 28

On estime généralement que les cellules du microbiote sont 10 à 100 fois plus nombreuses que les cellules de l'hôte.

Estimer le nombre de bactéries par rapport au nombre de cellules humaines dans le document.

Doc Image microscopique d'un frottis vaginal (× 1 000)

Les cellules vaginales font environ 10 µm de diamètre et possèdent un noyau bien visible. Les bactéries ont été colorées en violet.

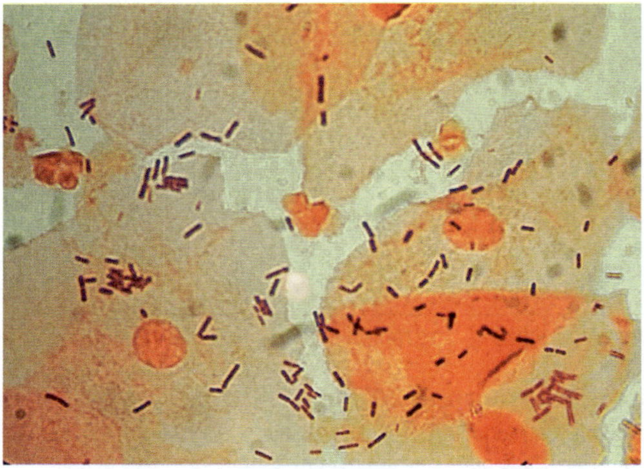

CORRIGÉS

SE TESTER QUIZ

1 Empêcher la propagation des agents pathogènes

1. Réponses b et c. Un réservoir à pathogènes est l'espèce qui sert d'hôte à l'agent pathogène. Ce sera l'espèce humaine uniquement pour les maladies à transmission directe. Pour les maladies vectorielles, réduire la population de l'espèce réservoir permet de limiter la propagation de l'agent pathogène.

2. Réponses a, b et d. La vaccination permet de se protéger à titre individuel, mais permet également, si la couverture vaccinale est suffisante, de protéger l'intégralité de la population. La vaccination ne détruit pas l'agent pathogène mais permet à l'organisme de produire plus rapidement des anticorps dirigés contre ce pathogène.

3. Réponse c. Les antibiotiques ne sont efficaces que contre les bactéries.

2 Lutter contre les maladies vectorielles

1. Réponses a et c. Une pandémie est une épidémie à très grande échelle. En modifiant l'aire de répartition d'espèces vecteurs de maladies, le changement climatique peut augmenter leur probabilité de transmettre le pathogène. Il se produit des pandémies tous les ans (grippe saisonnière).

2. Réponse b. Une maladie endémique est une maladie « habituelle », car fréquente dans une région. Si elle touche un grand nombre de personnes dans cette région, on parlera d'épidémie. Si elle touche un grand nombre de personnes à l'échelle mondiale, on parlera de pandémie. Une maladie peut être endémique, qu'on puisse ou non la soigner.

3 Le microbiote

1. Réponses b et c. Les micro-organismes commensaux se contentent de profiter de l'alimentation de l'hôte, sans lui nuire. Les organismes symbiotiques sont bénéfiques pour l'hôte. Ces deux types de micro-organismes prédominent dans le microbiote. Les micro-organismes pathogènes (qui déclenchent des maladies) ou parasites, tant qu'ils restent en petite quantité, ne sont pas dangereux pour l'hôte.

2. Réponses b, c et d. Le microbiote joue sans doute un rôle central dans les maladies métaboliques (obésité, diabète de type II, etc.) ou dans certaines maladies auto-immunes (maladie de Crohn, etc.). Il n'intervient pas dans la survenue de la trisomie 21, qui est une anomalie génétique.

OBJECTIF BAC

4 Rougeole et vaccination

Étape 1 Extraire les informations des documents

■ Dans le document 1, on remarque qu'avant 1968 (début de la vaccination contre la rougeole), le nombre de cas oscille entre 200 000 et 800 000 par an. Après la vaccination, le nombre de cas diminue rapidement à moins de 100 000 par an. Avec l'introduction de nouveaux vaccins en 1988, le nombre de cas se réduit à quelques milliers par an.

■ D'après le **document 2**, la plupart des cas de rougeole en 2018 proviennent d'individus mal ou non vaccinés (89 %). Le risque d'être malade est environ 100 fois plus important si un individu n'est pas vacciné (0,04 % contre 0,0005 %).
Un individu malade peut potentiellement contaminer 15 personnes.

■ Le **document 3** explique qu'une personne à risque est une personne qui ne peut pas se faire vacciner, pour des raisons de santé ou de fragilité. Ces personnes ne sont donc pas protégées contre la maladie.

Étape 2 Relier les informations entre elles et les expliquer avec vos connaissances

■ Les informations des **documents 1 et 2** montrent que la diminution du nombre de cas de rougeole peut être corrélée avec une augmentation de la couverture vaccinale. En effet, chaque individu vacciné produit des anticorps contre le virus et combat donc plus efficacement la maladie. Près de 90 % des cas de rougeole apparaissent chez des individus non vaccinés. De plus, si la probabilité d'être malade pour un individu diminue, cela diminue également pour lui la probabilité de transmettre la maladie.

■ Si on risque moins d'être malade en étant vacciné, la probabilité de transmettre la maladie diminue et donc le risque de transmettre la maladie à une personne à risque diminue également.

Étape 3 Rédiger la réponse

■ La vaccination consiste à introduire tout ou partie d'un agent pathogène inactivé pour que l'organisme produise des anticorps contre cet agent et puisse être ainsi protégé.

■ Les campagnes de vaccination ont permis de réduire de manière radicale le nombre de cas de rougeole ; les individus, protégés, résistent mieux à l'infection (seuls 11 % des cas de rougeole). La propagation de la rougeole est donc ralentie par la protection individuelle qu'offre la vaccination.

■ Les individus vaccinés ont également moins de risque de transmettre le virus à d'autres personnes, y compris à celles n'ayant pas pu être vaccinées. Ces personnes sont donc indirectement protégées.

■ La vaccination permet donc d'une part de se protéger individuellement, mais également de protéger les personnes fragiles en évitant de leur transmettre la maladie.

5 Déterminer le nombre de bactéries dans le microbiote intestinal

Appliquons la méthode de la fiche 28.

Étape 1 Les cellules de l'hôte sont rouge-orangé, avec un gros noyau bien visible. Les bactéries apparaissent sous la forme de petits bâtonnets violets.

Étape 2 Il semble qu'il n'y ait qu'un type de bactérie sur l'image.

Étape 3 Aucune cellule de l'hôte n'apparaît entièrement. On en observe partiellement cinq et on compte entre 140 et 150 bactéries sur l'image.

Étape 4 $\frac{150}{5} = 30$. Les bactéries sont donc environ 30 fois plus nombreuses que les cellules de ce frottis vaginal.

HISTOIRE GÉOGRAPHIE

TOUT LE PROGRAMME

- Le cours en 46 fiches
- Exercices et sujets corrigés

SOMMAIRE

Histoire

1. La Méditerranée antique et médiévale

2. Nouveau rapport au monde, mutation intellectuelle et développement des sciences

3. L'État et la société d'ordres à l'époque moderne

Quand vous en avez fini avec une fiche ou un entraînement, cochez la case ☐ correspondante !

Géographie

4. Sociétés et environnement

5. Territoires, populations et développement

6. Mobilités, transports et aménagement

7. L'Afrique australe : un espace en profonde mutation

1 Athènes, une cité démocratique et conquérante

En bref *La Grèce ancienne est un monde de cités, petits États indépendants composés d'une ville et d'un territoire agricole. L'une d'entre elles, Athènes, se distingue pour avoir inventé la démocratie et imposé sa domination sur le monde égéen.*

I Une cité démocratique

1 La naissance de la démocratie

- Jusqu'à l'aube du VIe siècle, Athènes est gouvernée par les plus fortunés de ses habitants. C'est un **régime aristocratique ou oligarchique**.
- En 508 av. J.-C., Clisthène, un noble athénien, réforme la cité : les hommes libres qui déclarent un revenu supérieur à 200 médimnes (1 médimne correspond à 51 litres de blé) deviennent **citoyens**.

2 Le fonctionnement de la politique athénienne

Ce système démocratique repose sur la toute-puissance de l'assemblée des citoyens, l'**Ecclésia**. Les électeurs se réunissent sur la colline de la Pnyx et écoutent l'orateur, situé en contrebas. Ce relief a influencé la forme actuelle de nos assemblées. Les décisions sont prises à la majorité des participants, à main levée.

3 Les exclus de la citoyenneté

- Les **femmes** ne sont pas citoyennes : elles ne participent pas à la vie politique, ne peuvent intenter d'action en justice, ni être propriétaires. Elles vivent en permanence sous l'autorité d'un homme, père, frère ou mari.
- Les **étrangers** (ou métèques) n'ont pas de droits politiques. Les **esclaves**, qui sont souvent des prisonniers de guerre, n'ont ni droits politiques ni droits civils.

INFO + **Périclès, le père de la démocratie**

Riche citoyen athénien, Périclès (vers 494-429 av. J.-C.) représente le camp du peuple face à Cimon qui défend les intérêts des plus riches. Il est plusieurs fois élu stratège. Son influence est telle que le Ve siècle porte son nom.

II Un empire maritime

1 Les guerres médiques

- De 499 à 494 av. J.-C., les cités grecques d'Asie Mineure se révoltent **contre l'Empire perse** (ou mède). Athènes soutient ce mouvement de libération.

■ Lors de la première guerre médique, en 490 av. J.-C., l'armée perse est défaite par les fantassins athéniens (les hoplites) à la bataille de Marathon près d'Athènes.

■ En 480 av. J.-C., les Perses partent à nouveau à l'assaut des cités grecques. Athènes intègre ses citoyens les plus pauvres dans l'armée en tant que rameurs, ce qui lui permet de disposer d'une flotte importante et de remporter la bataille navale de Salamine.

2 La ligue de Délos

■ En 477 av. J.-C., les cités grecques, qui se placent librement sous la tutelle d'Athènes, s'allient au sein de la ligue de Délos pour résister à l'ennemi perse. L'ensemble des cités fournit un tribut – une taxe imposée aux peuples vaincus – conservé au sanctuaire de Délos.

■ Mais, en 468 av. J.-C., Athènes oblige la cité de Carystos à adhérer à la ligue de Délos tandis que l'île de Naxos se voit refuser son départ. Cette tutelle déclenche la guerre du Péloponnèse (431-404 av. J.-C.) qui oppose les cités grecques alliées d'Athènes à la ligue du Péloponnèse dirigée par Sparte.

■ En 454 av. J.-C., Périclès, principal dirigeant d'Athènes, fait déplacer le trésor de la ligue de Délos à Athènes et l'utilise pour financer le **misthos** et construire l'Acropole.

MOT CLÉ

Le **misthos** est une indemnité équivalente à la moitié d'une journée de salaire d'un ouvrier, versée aux citoyens les plus pauvres pour qu'ils puissent participer aux activités démocratiques de la cité.

zoOm

Athènes et la domination du monde égéen au Ve siècle

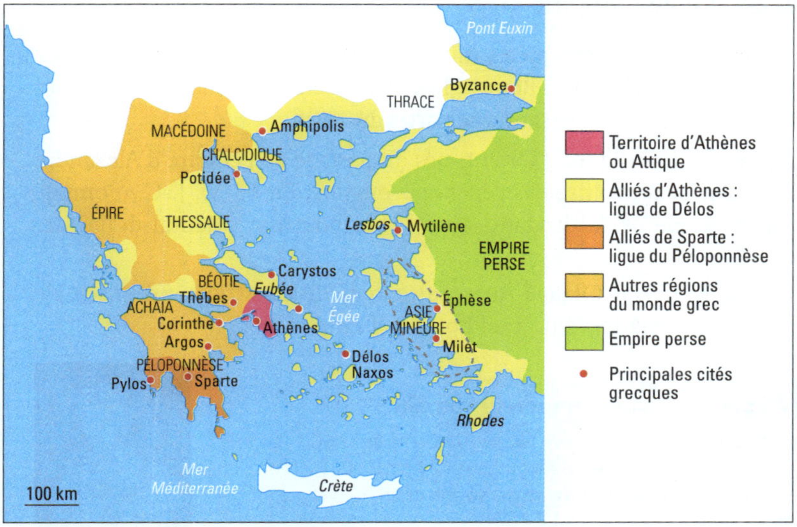

L'empire maritime athénien s'étend tout autour de la mer Égée.

2 Rome à la conquête d'un empire (IIIe-Ier siècle av. J.-C.)

En bref *Selon la légende, en 753 av. J.-C., Romulus fonde Rome sur la colline du Palatin, à proximité de l'embouchure du Tibre. Au cours des IIIe-Ier siècles av. J.-C., cette modeste cité prend la maîtrise d'un immense territoire.*

I Les étapes de l'impérialisme romain

1 Se prémunir du danger

Au IVe siècle av. J.-C., les Romains cherchent à se prémunir contre les attaques des Samnites, un peuple montagnard vivant au sud de Rome. À la suite de sa victoire finale, la **République** fonde des colonies, cités romaines peuplées de soldats, et annexe le territoire samnite.

MOT CLÉ

La **République romaine** (509-27 av. J.-C.) est un régime oligarchique où le pouvoir est détenu par les sénateurs, des hommes dont les ancêtres ont exercé des fonctions politiques.

2 Soutenir ses alliés

Au IIIe siècle av. J.-C., pour soutenir ses alliés siciliens, Rome déclare la guerre à Carthage, cité africaine à la tête d'un empire qui s'étend tout autour de la mer Méditerranée occidentale. Après trois conflits, Rome triomphe et s'empare des possessions carthaginoises (Sicile, Corse, Sardaigne et Espagne).

3 La naissance de l'empire

- Au Ier siècle av. J.-C., les conquêtes militaires sont devenues nécessaires pour conquérir le pouvoir politique à Rome. Elles permettent aux généraux de gagner le soutien du peuple en lui reversant une partie du butin.
- Les royaumes hellénistiques d'Orient, nés du partage de l'empire d'Alexandre le Grand, attirent la convoitise des généraux romains. En 63 av. J.-C., Pompée s'empare du royaume de Mithridate, situé sur le pourtour oriental de la mer Noire.
- Antoine puis son rival Octave-Auguste tentent de construire un ensemble cohérent sous la domination d'un seul homme, l'Empire.

INFO + Auguste, premier empereur romain

Fils adoptif de Jules César, Octave (63 av. J.-C.-14 ap. J.-C.) devient empereur sous le nom d'Auguste en 27 av. J.-C. Il crée un consensus politique autour de sa personne entre le peuple, l'armée et le Sénat.

II L'administration d'un empire territorial immense

- Les **provinces** sont administrées par un gouverneur qui a pour mission de maintenir l'ordre, de lever des impôts et de rendre la justice au nom de Rome. Un personnel administratif subalterne peu nombreux seconde le gouverneur.
- Pour mieux collecter l'impôt, Auguste fait procéder au **recensement** des populations de l'Empire. Des magistrats spécialisés, les propréteurs *ad census*, organisent les opérations en Syrie, Judée et Gaule dans les années 6/7 ap. J.-C.
- Cette volonté de comprendre le monde se manifeste également dans l'essor de la **littérature géographique** dont Strabon (60 av. J.-C.-20 ap. J.-C.) est le plus célèbre exemple. Sa *Géographie* décrit les peuples et les paysages du monde romain.
- Sous la République, les magistrats développent le réseau routier. En 312 av. J.-C., commence la construction de la **via Appia** qui relie Rome à Capoue.
- Durant la période de l'Empire, les empereurs favorisent la création de routes. Agrippa, fidèle bras droit d'Auguste, dessine le tracé de trois axes à partir de Lyon, permettant ainsi d'**intégrer la Gaule** à Rome.

zoOm

Rome et la domination du bassin méditerranéen (Ier-IVe siècle)

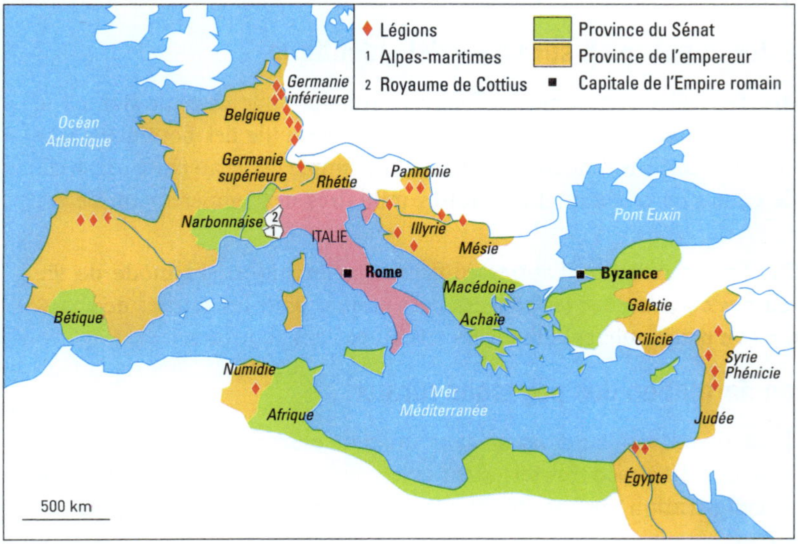

À son arrivée au pouvoir, Auguste réorganise l'Empire en provinces sénatoriales et impériales. Les premières, pacifiées de longue date, sont gouvernées par d'**anciens sénateurs**. Les autres, caractérisées par une présence militaire importante, sont administrées par des **légats**, représentants de l'empereur.

3 La romanisation des territoires conquis

En bref

L'influence de Rome est particulièrement forte entre le Ier et le IIe siècle ap. J.-C. Ce phénomène multiforme, appelé romanisation, est parfois battu en brèche.

I Les outils de la romanisation

1 Une organisation politique calquée sur celle de Rome

- À **Rome**, les fonctions politiques sont exercées par des magistrats qui, une fois leur fonction annuelle terminée, se rassemblent dans le Sénat qui vote les décisions majeures.
- Dans les **cités de l'Empire romain**, des hommes sont élus pour un an pour gérer les affaires de la ville. Ils se nomment édiles et duumvirs. Ils deviennent ensuite décurions et siègent au Sénat de la ville qui décide des finances, de la vie religieuse et des condamnations.
- En 212, **Caracalla** accorde la citoyenneté à tous les hommes libres de l'Empire et achève ainsi la romanisation politique.

2 Des villes construites sur un modèle identique

- Le **centre des villes** comprend les mêmes bâtiments que ceux de Rome : le forum, place publique entourée d'un portique qui accueille des boutiques, une basilique où les décurions rendent la justice et un temple dédié au culte impérial. Les arcs de triomphe célèbrent les victoires militaires de l'empereur ou de ses généraux.
- Les édiles font construire d'autres édifices caractéristiques du **mode de vie romain**, tels des odéons pour les concerts, des cirques pour les courses de chars, des thermes (ou bains publics) alimentés en eau par des aqueducs.

3 La transformation des paysages ruraux

À partir de deux axes qui se croisent dans un centre urbain (*cardo* et *decumanus*), les Romains découpent les terres agricoles environnantes en parcelles géométriques (**cadastration**) encore visibles aujourd'hui grâce aux photographies aériennes.

INFO + **Constantin, premier empereur romain converti au christianisme**

Constantin (306-337) déplace la capitale de l'Empire à Byzance – qu'il baptise Constantinople, ville de Constantin – pour mieux contrôler les provinces d'Orient et fait bâtir de nombreuses églises chrétiennes à Jérusalem.

II Le brassage culturel et religieux dans l'Empire

1 La persistance des langues locales

■ Le latin s'impose comme langue de commandement et d'apprentissage. Il sert à diriger les troupes auxiliaires et à éduquer les jeunes enfants. Il devient une langue internationale qui permet à des peuples d'origines diverses de communiquer.

■ Le grec reste utilisé dans la moitié orientale de l'Empire. Les archéologues ont également découvert des inscriptions bilingues rédigées en latin et en punique, dialecte de l'Afrique occidentale romaine.

2 Une grande tolérance religieuse

■ Rome se montre tolérante et ouverte face à la diversité religieuse qui caractérise l'Empire. Les divinités étrangères prennent ainsi un nom latin. Ainsi les dieux gaulois Teutatès, Taranis et Bélénos deviennent Mercure, Jupiter et Apollon.

■ Les Romains adoptent aussi les cultes orientaux. L'empereur Caligula fait construire sur le Champ-de-Mars un temple dédié à la déesse égyptienne Isis.

3 Les résistances face à la romanisation

■ Malgré la très large autonomie que les Romains laissent aux peuples conquis, certains refusent de perdre leur indépendance politique. Ainsi, en 60 ap. J.-C., la reine Boudicca fédère l'opposition des peuples celtes et cherche à repousser les envahisseurs hors d'Angleterre.

■ Les juifs puis les chrétiens, qui refusent de pratiquer le culte impérial, incompatible avec la croyance en un Dieu unique, sont persécutés au cours des premiers siècles. En 313, par l'édit de Milan, Constantin autorise le christianisme.

zoOm — Le pilier des Nautes

■ Ce petit monument, découvert dans les fondations de la cathédrale Notre-Dame de Paris, est un des témoignages les plus éloquents du syncrétisme – mélange d'influences religieuses – à l'œuvre dans l'Empire romain.

■ Sur l'étage supérieur, on distingue la représentation de deux dieux celtes, Cernunnos et Esus, tandis que la dédicace s'adresse à l'empereur Tibère (14-37 ap. J.-C.). Les personnages sont identifiés comme des Nautes, c'est-à-dire les propriétaires des barges navigant sur la Seine.

4 Les trois grandes civilisations de la Méditerranée médiévale

En bref *Au IIIᵉ siècle ap. J.-C., les pourtours du bassin méditerranéen sont occupés par les Romains. Au début du Moyen Âge, cette unité se fissure et trois nouvelles civilisations, byzantine, latine et musulmane, chacune caractérisée par une langue et une croyance religieuse, apparaissent.*

I Naissance et affirmation de trois nouvelles civilisations

1 L'Empire byzantin

- À partir de 476, l'Empire byzantin est le **seul héritier du monde romain**. Il se caractérise par la puissance de l'empereur, le ***basileus***, et l'utilisation du **grec**. Lors d'une audience, les sujets doivent se prosterner devant le souverain, toujours habillé de pourpre. Les querelles à la cour de Constantinople sont nombreuses, et les empereurs byzantins meurent souvent assassinés.

- L'**orthodoxie** est le ciment religieux de l'Empire. Cette croyance chrétienne se distingue du catholicisme par la vénération des **icônes** et la possibilité pour les prêtres, appelés **popes**, de se marier et d'avoir des enfants. Les moines jouissent d'une grande popularité dans la population qui se passionne pour les débats métaphysiques.

> **MOT CLÉ**
> Les **icônes** sont des images sacrées de Jésus-Christ, de la Vierge ou des saints. Elles sont peintes sur un morceau de bois avec des couleurs chatoyantes.

- Les **églises byzantines** sont somptueusement décorées. Les mosaïques et l'encens évoquent la splendeur de l'au-delà. Le plan en croix grecque (les deux bras de la croix sont de mêmes longueurs) représente la structure du monde : le carré au sol symbolise la Terre, tandis que la coupole figure le Ciel.

2 La naissance du monde arabo-musulman

- Au VIIᵉ siècle, en Arabie, un jeune caravanier du nom de Mohamed fonde une nouvelle religion monothéiste, l'**islam**. Son message est transcrit en arabe dans un livre sacré, le **Coran**.

- Les conquérants arabes diffusent cette croyance en Asie, en Afrique du Nord et en Espagne. Ils créent un **empire unifié sous l'autorité d'un calife**, commandeur politique et religieux des musulmans.

3 La chrétienté latine

- En 476 ap. J.-C., l'**Empire romain d'Occident disparaît** et laisse place à de nombreux royaumes **barbares**.

> **MOT CLÉ**
> **Barbare** est un adjectif qui désigne ceux qui ne parlent ni latin ni grec.

- Aux IXᵉ-Xᵉ siècles, les incursions des Vikings accentuent encore cette fragmentation. Le pouvoir est exercé par des seigneurs sur de petits territoires appelés **fiefs**.

■ L'Église catholique profite de cet affaiblissement du pouvoir politique pour affirmer son autorité. Le pape Grégoire VII (1073-1085) contrôle les pratiques religieuses unifiées. L'Europe de l'Ouest se couvre d'églises à partir du XIe siècle.

II Des fractures au sein des mondes byzantin et musulman

1 Des problèmes religieux et économiques dans l'Empire byzantin

■ Entre 730 et 843, les empereurs byzantins interdisent la vénération des images qui constituent pourtant la base des croyances orthodoxes et provoquent ainsi la colère du peuple et du clergé.

■ À partir du XIe siècle, les paysans s'endettent pour payer les nombreux impôts et sont contraints de céder leurs terres à des grands seigneurs. Ainsi, l'agriculture ne se modernise pas et l'Empire byzantin s'appauvrit.

2 L'impossible unité de la civilisation musulmane

■ Les disputes autour de la succession de Mohamed divisent les musulmans en deux branches. Les chiites veulent attribuer le commandement des croyants à un descendant de la famille du prophète, tandis que les sunnites ne jugent pas cette filiation nécessaire.

■ La domination des Arabes est également remise en cause. En Orient, des royaumes perses contestent l'autorité du califat de Bagdad. En Occident, des Berbères s'emparent du califat d'Espagne.

zoOm

Constantinople

■ La capitale de l'Empire byzantin est un lieu d'échanges entre les trois grandes civilisations de la Méditerranée médiévale. Son architecture se nourrit des influences de l'Antiquité romaine (voie triomphale, hippodrome, forum) et du christianisme (nombreuses églises dont Sainte-Sophie).

■ Constantinople est également un carrefour commercial, à cheval entre l'Europe et l'Asie.

1. Forum du Bœuf
2. Forum du Taureau
3. For. de Constantin
4. Hippodrome
5. Ste-Sophie
6. Acropole

5 Les conflits entre les trois grandes civilisations

En bref *À partir du XIIe siècle, le dynamisme économique et religieux de l'Europe occidentale se traduit par une volonté d'expansion aux dépens des mondes byzantin et musulman. Au nom de la religion catholique, les Occidentaux cherchent à s'emparer de nouveaux territoires.*

I Des combats permanents en Terre sainte

1 La première croisade

- En 1095, le pape **Urbain II** appelle les chrétiens d'Occident à porter secours aux orthodoxes de l'Empire byzantin qui défendent seuls les lieux saints face aux musulmans.
- Depuis 1078, **Jérusalem** est occupée par les Turcs. Abritant le tombeau du Christ (église du Saint-Sépulcre), la ville est le principal lieu saint du christianisme. Des seigneurs catholiques, les **croisés**, quittent l'Europe et s'emparent de Jérusalem le 15 juillet 1099.

MOT CLÉ
Les chrétiens qui partent combattre en Orient se nomment les **croisés** en référence aux croix peintes sur leurs vêtements.

2 La réponse musulmane

Les chevaliers fondent **quatre États latins d'Orient** : le royaume de Jérusalem (1098), le comté de Tripoli (1098), la principauté d'Antioche (1099) et le comté d'Édesse (1102). Ces États sont fragiles car soumis à la **menace permanente des musulmans**. En effet, Turcs et Arabes reprennent l'esprit de guerre sainte (*djihad*) qui les avait aidés à mener leurs conquêtes aux VIIe et VIIIe siècles et, en 1144, s'emparent du comté d'Édesse.

3 Bernard de Clairvaux et la deuxième croisade

- Le jour de Pâques 1146, dans la basilique de Vézelay, **Bernard de Clairvaux**, à la demande du pape Eugène III, appelle les rois et seigneurs à une deuxième croisade. L'expédition ne permet pas de reconquérir Édesse.
- Bernard de Clairvaux lutte contre le découragement des princes et réunit les évêques à Chartres en 1150 pour lancer une **nouvelle croisade**.

INFO + Bernard de Clairvaux (1090-1153)
Fils d'un chevalier bourguignon, il devient moine à l'abbaye de Cîteaux à 22 ans. Il suit la règle de Saint-Benoît de façon très stricte. Il ne mange ni viande ni poisson et dort habillé sur des planches de bois. Son intransigeance attire de nombreux postulants et, à 30 ans, il a déjà fondé plus de cinq monastères.

II Les autres affrontements religieux

1 La Reconquista

■ Au VIIIe siècle, les deux tiers de l'Espagne ont été conquis par les cavaliers musulmans. Le territoire se nomme **Al-Andalous**.

■ En 1063, le pape Alexandre III lance la Reconquista, c'est-à-dire la **reconquête des territoires ibériques**, assimilée à une guerre sainte. Les rois catholiques espagnols affrontent les musulmans pendant plus de trois siècles. En **1492,** le dernier royaume musulman d'Espagne, le sultanat de Grenade, disparaît.

2 Le drame de la quatrième croisade

■ Catholiques et orthodoxes ont des **relations distantes** depuis le schisme de 1054, les orthodoxes refusant de reconnaître l'autorité du pape. Pourtant, lors des premières croisades, ils luttent, ensemble, contre les musulmans.

MOT CLÉ
Un **schisme** désigne une rupture entre les membres d'une même religion.

■ Mais en 1204, les Vénitiens détournent la quatrième croisade et pillent Constantinople. La mise à sac de la capitale de l'Empire byzantin rend définitive la **scission** entre les deux communautés chrétiennes.

zoOm

Les conquêtes de Saladin

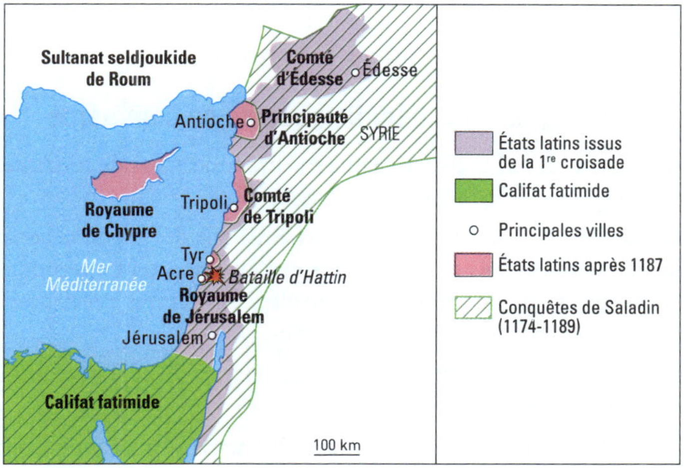

■ Saladin est fils d'un officier kurde. Il lutte d'abord **contre les croisés** installés dans le califat chiite d'Égypte. En 1171, il se rend maître du pays.

■ En 1187, à la bataille de Hattin, il écrase les armées chrétiennes et s'empare de Jérusalem. Les possessions catholiques en Orient sont considérablement réduites. Nommé vizir puis sultan, il **gouverne** au nom du calife abbasside sunnite.

6 La permanence des échanges pacifiques en mer Méditerranée

En bref *Malgré la violence des conflits religieux, les échanges culturels et commerciaux entre les trois grandes civilisations méditerranéennes ne sont jamais interrompus. Ils sont parfois même encouragés par les gouvernements, comme dans le monde musulman ou à Venise.*

I Des échanges culturels réduits

MOT CLÉ
L'**abaque** est un instrument mécanique facilitant le calcul. C'est à cette occasion que le zéro est introduit en Occident, même si son usage ne se généralise qu'un siècle plus tard.

- Les Européens, conscients de leur retard scientifique, accentuent les échanges intellectuels avec les Arabes. Par exemple, alors qu'ils utilisent encore les chiffres romains qui rendent les opérations complexes et fastidieuses, le savant Gerbert d'Aurillac (938-1003), devenu pape en 999 sous le nom de Sylvestre II, s'inspire des chiffres arabes pour concevoir l'« **abaque** ».
- En Espagne, dans les territoires reconquis par les rois chrétiens → FICHE 5, des érudits juifs traduisent des ouvrages d'auteurs grecs antiques, de l'arabe en latin. Pierre le Vénérable, abbé de Cluny, fait traduire le Coran en latin à Tolède en 1142.
- Depuis la seconde moitié du XIe siècle, des rois catholiques gouvernent la Sicile où cohabitent des populations musulmanes et byzantines.

II Des échanges commerciaux intenses

1 Les produits échangés et les bénéficiaires de ce commerce

- Des progrès agricoles et dans l'industrie textile en Europe occidentale conduisent à une accélération des échanges en mer Méditerranée.
- Les Européens vendent des céréales et des tissus ainsi que des produits venant d'Europe du Nord, comme le bois et le fer. D'Orient, ils importent des produits de luxe comme les épices (poivre, noix de muscade), des pierres précieuses et l'alun qui permet de fixer les colorants sur les étoffes.
- Les marchands des cités d'Italie du Nord (Gênes, Pise et Venise) assurent les liaisons maritimes en mer Méditerranée.
- Les souverains musulmans prélèvent des taxes à l'arrivée de chaque bateau dans leurs ports et encouragent le commerce qui les enrichit.

2 La puissance commerciale de Venise

- À partir du VIIe siècle, Venise est gouvernée par un duc ou « doge ».
- Depuis 1082, les marchands vénitiens disposent d'un quartier réservé à Constantinople et d'exemption de droits de douane dans l'Empire byzantin.

Aux XIIe et XIIIe siècles, ils étendent leurs possessions avec la conquête de la Dalmatie et l'achat des îles de Crète et de Corfou. L'État entretient des galères qui protègent les convois – ou *mude* – des bateaux commerciaux en direction de Byzance, de la Syrie et de l'Égypte.

- Les Vénitiens mettent au point des outils et méthodes commerciales innovantes. Pour harmoniser les comptes des institutions commerciales, ils inventent la **comptabilité en deux parties** : une colonne avec les crédits et une autre avec les débits. Ce système se nomme « *alla veneziana* ».
- Les **ducats**, pièces d'or frappées d'une représentation du doge, servent de monnaie de référence de 1284 au XVIe siècle.

zoOm

Funduq et comptoirs italiens

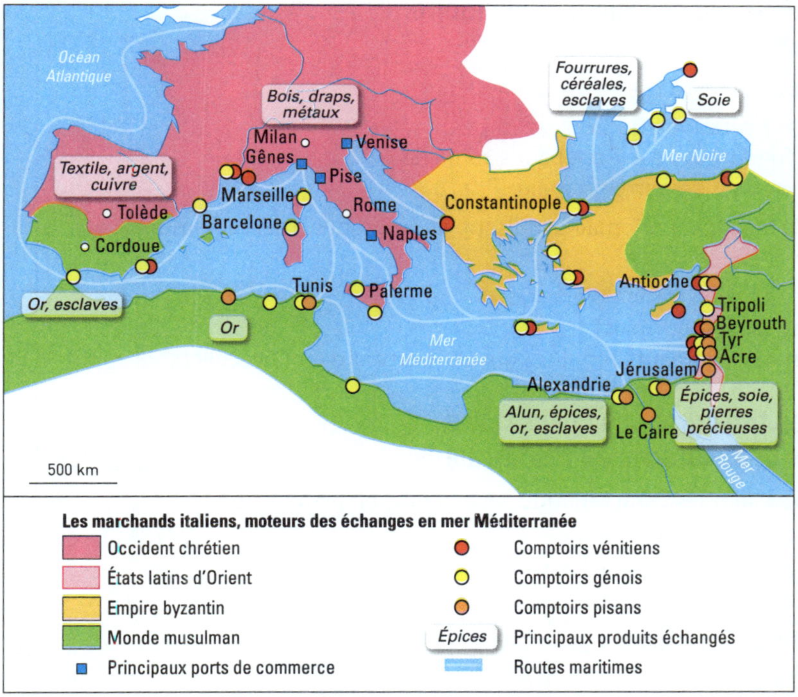

- Dans certaines villes du monde musulman, les marchands italiens ont le **droit d'entreposer** leurs marchandises dans des *funduq*. Autour de ces lieux de stockage, naissent des quartiers ou comptoirs, dans lesquels les étrangers peuvent commercer et vivre selon leur religion.
- Le représentant des cités italiennes, le baile à Venise et le podestat à Gênes, traite directement avec les autorités locales et s'acquitte pour leur communauté de l'**impôt réservé aux non-musulmans**.

SE TESTER QUIZ

Vérifiez que vous avez bien compris les points clés des **fiches 1 à 6**.

1 Athènes, une cité démocratique et conquérante

→ FICHE 1

1. Une cité est :

☐ **a.** un État indépendant, comprenant une ville et un territoire agricole
☐ **b.** une ville
☐ **c.** un territoire entouré de murailles

2. L'alliance entre Athènes et les cités grecques opposées aux Perses se nomme :

☐ **a.** le tribut de Délos ☐ **b.** la ligue de Délos ☐ **c.** le sanctuaire de Délos

2 Rome à la conquête d'un empire (IIIe-Ier siècle av. J.-C.)

→ FICHE 2

1. Qui est Auguste ?

☐ **a.** le fondateur de Rome
☐ **b.** le fondateur de la République romaine
☐ **c.** le premier empereur romain

2. Quels moyens les Romains utilisent-ils pour gouverner leur immense empire ?

☐ **a.** une administration pléthorique
☐ **b.** des routes (ou voies)
☐ **c.** des recensements réguliers qui permettent de mieux collecter l'impôt

3 Les trois grandes civilisations de la Méditerranée médiévale

→ FICHE 4

1. Quelles sont les caractéristiques de la religion orthodoxe ?

☐ **a.** la vénération des icônes
☐ **b.** la reconnaissance de l'autorité du pape
☐ **c.** le droit pour les prêtres de se marier

2. Qui fonde la religion musulmane ?

☐ **a.** un jeune caravanier, Mohamed
☐ **b.** le basileus
☐ **c.** le calife

3. Les musulmans qui n'acceptent comme calife qu'un descendant du prophète de l'islam sont :

☐ **a.** les Byzantins
☐ **b.** les sunnites
☐ **c.** les chiites

OBJECTIF BAC

4 Statue d'Auguste dite de la Prima Porta • Analyse de document

1 h

L'étude d'un document iconographique est la façon la plus simple d'aborder l'exercice du commentaire historique. Elle vous permet de visualiser les détails de l'œuvre que vous devez expliquer en fonction de vos connaissances.

À travers l'étude de la statue d'Auguste dite de la Prima Porta, présentez les relations qu'entretiennent les Romains avec les peuples conquis, puis les limites du document.

Statue en marbre de Paros datant de 20 av. J.-C. représentant **Auguste**.
Elle mesure environ 2 mètres de hauteur (Musée du Vatican, Rome).
À droite, détail de la statue.

CORRIGÉS

SE TESTER QUIZ

1 Athènes, une cité démocratique et conquérante

1. Réponse a. Une cité est un État indépendant composé d'une ville et d'un territoire agricole.

2. Réponse b. La ligue de Délos est une coalition de cités grecques dirigée par Athènes, contre les Perses. Elle permet à Athènes d'imposer sa tutelle sur le bassin égéen. Mais, petit à petit, les cités grecques se révoltent contre l'hégémonie athénienne.

2 Rome à la conquête d'un empire (IIIe-Ier siècle av. J.-C.)

1. Réponse c. Auguste est le premier empereur romain. Il s'impose face à son rival, Antoine, pour mettre fin aux guerres civiles qui ravagent l'Italie. Après sa victoire face à Antoine à Actium en 31 av. J.-C., il s'arroge progressivement un pouvoir immense et personnel que le Sénat valide en 27 av. J.-C. Durant son principat, il conserve les institutions républicaines même si elles n'ont plus aucun pouvoir.

2. Réponses b. et c. Rome gouverne son immense empire en recensant ses populations et favorisant la création de routes. Ces deux opérations donnent de la cohérence à un empire composé de populations très diverses.

3 Les trois grandes civilisations de la Méditerranée médiévale

1. Réponses a. et c. La reconnaissance de l'autorité du pape est, au contraire, une des caractéristiques de la religion catholique.

2. Réponse a. Mohamed était un caravanier, c'est-à-dire un marchand qui participait aux caravanes qui approvisionnaient les villes d'Arabie.

3. Réponse c. Les chiites composent une des deux branches de l'islam. Ils représentent aujourd'hui 10 % de la population musulmane mondiale.

OBJECTIF BAC

4 Analyser un document iconographique

Pour préparer l'analyse, vous pouvez compléter un tableau comme celui-ci.

Détails de la statue	Les connaissances qui s'y rapportent
Le général victorieux avec une louve à ses pieds.	Auguste qui a vaincu un peuple d'Orient.
Le peuple vaincu.	Le chef des Parthes remet des légions prises aux Romains lors d'une précédente guerre.
En bas, la Terre avec ses enfants et une corne d'abondance, le Ciel qui ouvre son manteau.	Les Romains dominent le monde selon la volonté des dieux.

Détails de la statue	Les connaissances qui s'y rapportent
À gauche de la scène, des aigles, Apollon et son griffon. À droite, Diane sur un cerf.	Ce dieu et cette déesse représentent la religion romaine.

Les titres de partie sont donnés à titre indicatif mais ne doivent pas apparaître sur votre copie.

Introduction

La statue en marbre d'Auguste, dite de la Prima Porta, date de 20 av. J.-C. De taille imposante, sculptée en marbre de Paros, elle célèbre l'avènement de l'Empire en 27 av. J.-C. et la fin des conquêtes qui ont permis aux Romains de dominer l'ensemble du pourtour méditerranéen. Grâce au détail de la cuirasse d'Auguste, on peut comprendre quel type de relations les Romains entretiennent avec les peuples vaincus.

I. Une mise en scène symbolique de la romanisation pacifique des peuples d'Orient

Tout d'abord, cette statue est à la gloire d'Auguste. À ses pieds, le cupidon chevauchant un dauphin rappelle son ascendance divine et la bataille navale d'Actium qu'il a remportée contre Marc Antoine et qui lui a permis de s'imposer comme empereur. Surtout, les détails de la cuirasse, qui évoquent la restitution des aigles par les Parthes, montrent **la romanisation telle que l'envisageaient les Romains**. Les Parthes sont un peuple d'Asie centrale qui avait battu les armées romaines en 53 av. J.-C. Mais par ce geste, ils mettent fin à une période de conflit et reconnaissent la supériorité romaine. La scène principale est entourée par des représentations des dieux qui manifestent leur assentiment à l'assujettissement des peuples par Rome. L'harmonie de la composition témoigne de la volonté pacifique et tolérante de la puissance conquérante.

II. Une œuvre de propagande qui occulte les aspects négatifs de la romanisation

Cependant, il s'agit avant tout d'une œuvre de propagande qui sert le pouvoir personnel d'Auguste et celui de Rome. Seul le point de vue des Romains est ici présenté. Ils apparaissent magnanimes. Mais nous savons que les généraux de la fin de la période républicaine ont multiplié les pillages afin de s'enrichir. Ces exactions **contredisent l'image harmonieuse** présentée sur la cuirasse. D'autre part, certains peuples, comme les Celtes menés par la reine Boudicca en 60 ap. J.-C. ou les juifs ont résisté à cette domination.

Conclusion

Cette statue résume la façon dont les Romains se représentaient leur domination sur les peuples voisins. Ils se voulaient à la fois supérieurs et magnanimes. Cependant, cette domination n'était pas toujours bien acceptée par les souverains vaincus qui cherchaient à se rebeller.

7 La constitution d'empires coloniaux aux XVe et XVIe siècles

En bref *Au XVe siècle, les peuples ibériques se lancent à l'assaut des océans dans l'espoir de s'emparer des richesses de l'Asie. Au gré de leurs découvertes et conquêtes, Portugais et Espagnols se retrouvent au milieu du XVIe siècle à la tête de deux vastes empires.*

I *L'Estado da India*, l'empire marchand portugais

- À partir des années 1420, **Henri le Navigateur** (1394-1460), prince du Portugal, cherche à contrôler les routes commerciales détenues par les Vénitiens et les musulmans.
- En 1498, **Vasco de Gama** atteint le cap de Bonne-Espérance et poursuit son voyage dans l'océan Indien. Les explorateurs qui lui succèdent créent des escales comme à Sofala ou à Mozambique. En 1500, en tentant de contourner l'Afrique pour atteindre les Indes, Pedro Álvares Cabral découvre le Brésil.
- En **Asie**, les Portugais bâtissent des forteresses et des **comptoirs** qui leur assurent le contrôle de l'approvisionnement de l'Europe en **épices** jusqu'en 1570 : poivre en provenance d'Inde, santal du Timor, clous de girofle des Moluques.

> **MOT CLÉ**
> Les **comptoirs** sont des établissements de commerce fondés par une nation ou un groupe d'individus dans un territoire éloigné.

- De 1500 à 1521, les Portugais dominent l'approvisionnement en **or** qui provient des mines d'Afrique de l'Ouest puis, à partir de la seconde moitié du XVIe siècle, d'Afrique australe. Les marchands l'échangent contre des épices en Asie.

II Les Espagnols à l'assaut de l'Amérique

1 L'assujettissement des Antilles et la conquête de l'Amérique

- Le 31 août 1492, **Christophe Colomb**, marchand génois, quitte Cadix avec l'aval de la reine d'Espagne, Isabelle de Castille, à la recherche de nouvelles terres. Le 11 octobre, il débarque aux Bahamas. Lors de ses trois voyages successifs (1493-1502), il découvre les Antilles.
- L'amenuisement des richesses aux Antilles pousse les Espagnols à se tourner vers le continent. En une vingtaine d'années – décennies 1520 et 1530 – un noble espagnol, Hernán Cortés, conquiert l'**empire aztèque** grâce à une alliance avec un peuple local. Les territoires conquis deviennent la **vice-royauté de Nouvelle-Espagne** en 1535.
- De 1530 à 1550, Francisco Pizarro conquiert le **royaume des Incas**, situé dans la cordillère des Andes, profitant d'une guerre de succession entre les parents du souverain Atahualpa, assassiné en 1532. En 1543, le roi d'Espagne baptise ces nouvelles possessions la **vice-royauté de Nouvelle-Castille**.

2 L'or et l'argent d'Amérique au service de l'Espagne

■ Les explorateurs volent les bijoux en or des Indiens aux Antilles et obligent des centaines de milliers d'hommes à remuer sables et graviers des plages et fleuves du continent découvert. Cette méthode artisanale se nomme l'**orpaillage**.

■ Au Mexique, de nombreuses **mines d'argent**, dont celle de Zacatecas, sont ouvertes. Puis, à partir de 1570, les mines d'argent de la région du Potosi (sud du Pérou, nord de la Bolivie actuelle) alimentent l'Espagne. Une partie de l'argent est envoyée en Asie par bateau (galion de Manille) pour acheter aux Chinois de la porcelaine, de la soie et de l'ivoire.

■ Ainsi, l'Espagne devient la **première puissance économique mondiale**. En Espagne, la période qui va de la « découverte » de l'Amérique au milieu du XVIIe siècle se nomme le « siècle d'or ».

zoOm

L'arbitrage des convoitises espagnoles et portugaises

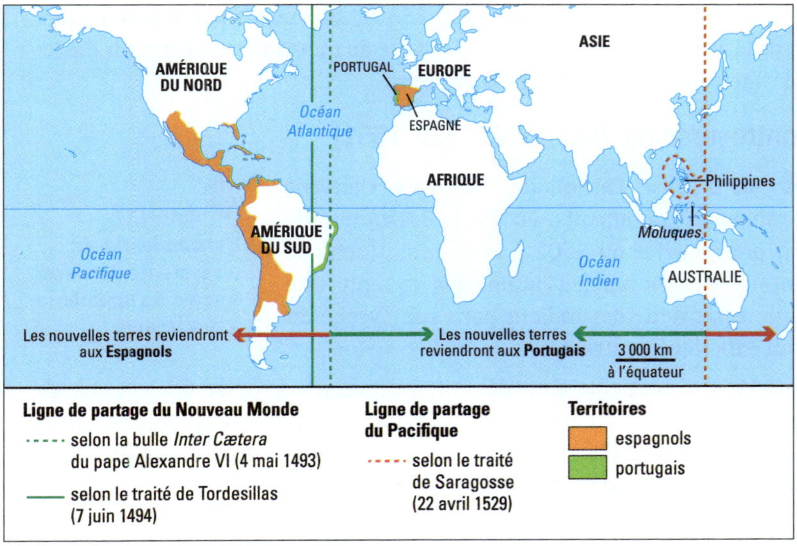

■ En mai 1493, le pape Alexandre VI répartit les terres de part et d'autre d'une ligne située à 100 lieues des Açores. Le roi du Portugal conteste ce découpage et obtient en 1494 un report de 300 lieues à l'ouest de la ligne initiale. C'est le **traité de Tordesillas** (7 juin 1494).

■ Mais en Asie, les Philippines, les Moluques et Timor, pleinement situés dans la sphère portugaise, sont conquis par la force par les Espagnols. En 1529, par le **traité de Saragosse**, l'Espagne renonce au Timor et aux Moluques.

8 La rencontre violente des populations

En bref *En 1492, le continent américain est densément peuplé. La diversité des langues et des religions ainsi que la complexité des organisations politiques en attestent. L'arrivée des Européens bouleverse ces sociétés et en crée une nouvelle.*

I La disparition des Amérindiens

1 Un bilan démographique catastrophique

- La population du Mexique avant l'arrivée de Cortés est chiffrée à 25 millions de personnes. En **1492**, les historiens estiment par extension la population américaine à **100 millions d'habitants**.
- Dès l'arrivée de Christophe Colomb aux Antilles, les autochtones sont réduits en **esclavage**.
- Lors de la conquête du continent (1520-1560), les ***conquistadores*** massacrent la plupart des Indiens. Mais la plus grande cause de mortalité semble avoir été les **virus** et les **bactéries** amenés par les Européens.

2 La controverse de Valladolid (1550-1551)

- Au sein de l'Église catholique, des voix s'élèvent contre ces mauvais traitements. En 1514, **Bartolomé de Las Casas**, prêtre arrivé en 1502 à Hispaniola (actuelle Saint-Domingue), renonce à l'***encomienda*** et tente une évangélisation pacifique des Indiens dans son évêché du Chiapas, en Amérique centrale.

MOT CLÉ
L'***encomienda*** est un système de travail forcé qui s'apparente à l'esclavage.

- En 1550-1551, il participe à un débat (controverse) organisé dans la ville de Valladolid sur ordre du roi d'Espagne Charles Quint. Opposé au théologien Juan Ginés de Sepúlveda, Las Casas affirme que **les Indiens ont une âme** et appartiennent à l'espèce humaine. Ils ne peuvent être réduits en esclavage.

II Le développement de l'esclavage

1 Une réalité remise au goût du jour

- Au Moyen Âge, les **Arabes** traversent le Sahara pour chercher une main-d'œuvre servile.
- À partir de 1450, les **Portugais** s'approvisionnent en esclaves sur le continent africain, pour les transporter dans leurs archipels atlantiques (Açores, Sao-Tomé). Mais le besoin de main-d'œuvre se fait sentir en Amérique et, en 1503, le premier chargement d'esclaves arrive à Hispaniola.

2 Le début de la traite atlantique négrière

■ En vertu du traité de Tordesillas de 1494, les Portugais sont les seuls à pouvoir commercer en Afrique. Les Espagnols pratiquent parfois la traite négrière en payant un droit, l'*asento* (ou *asiento*).

■ Au cours du XVIe siècle, en moyenne 3 283 esclaves africains par an sont déportés en Amérique. Le taux de mortalité à bord des navires avoisine les 30 %.

III L'économie sucrière

■ Le sucre a une grande valeur car il est le seul, avec le sel, à prolonger la période de consommation des aliments.

■ La culture de la canne à sucre nécessite une main-d'œuvre nombreuse. En 1570, les Portugais débutent la traite en « droiture », de la côte africaine à la côte brésilienne. En 30 ans, 50 000 esclaves sont déportés vers le Brésil, dont l'humidité, les vastes espaces vierges et les sols argileux sont propices à la culture de la canne à sucre.

■ Les esclaves cultivent et transportent la canne à sucre jusqu'au moulin, *l'engenho de assucar*, qui actionne des meules et transforme la canne à sucre en jus. Après avoir cuit dans des chaudières, le jus est purgé de ses impuretés dans des cônes de terre cuite troués et placés la pointe en bas. Ainsi se forme un cône de sucre.

zoOm

La lutte contre l'esclavage

Aldeia da Cuada, aux Açores (possession portugaise), est fondé en 1676 pour permettre aux esclaves d'échapper à leur sort dans les plantations sucrières.

■ À partir de 1530, les colons portugais partent à la chasse aux esclaves à l'intérieur des terres brésiliennes (*bandeiras*).

■ Pour s'opposer à cette réduction en esclavage, les Jésuites, des moines qui obéissent exclusivement au pape, construisent des villages (*aldeias*) où les Indiens sont évangélisés et peuvent vivre à l'abri des colons.

9 Les progrès de la connaissance du monde (XVe-XVIe s.)

En bref *Au Moyen Âge, les textes bibliques influencent la connaissance du monde. Les mappemondes en TO – où le T figurant la croix du Christ s'inscrit à l'intérieur d'un O qui représente la Terre – en sont le symbole. Grâce aux découvertes des XVe et XVIe siècles, la connaissance du monde progresse.*

I Les progrès de la cartographie

■ Les premiers **portulans** apparaissent au XIIIe siècle pour décrire les trajets en mer Méditerranée. Ces textes sont accompagnés de cartes, **sans système de projection**. Seules des lignes délimitant des espaces de 11,25° (ou rhumbs) y sont dessinées. Ce sont des représentations partielles de la Terre.

MOT CLÉ
Les **portulans** sont des livres d'instructions nautiques qui représentent l'espace maritime.

■ Au début du XVIe siècle, le roi du Portugal Manuel Ier interdit à l'**Armazem da Guiné Mina e India**, l'administration royale chargée de la production des cartes marines, de représenter la côte africaine au-delà de São Tomé-et-Principe (îles en face de l'actuel Gabon). Seul un chef cartographe assermenté met à jour le *padron real*, la carte-modèle, reproduite puis distribuée aux capitaines qui travaillent pour le roi.

■ En Espagne, la **Casa de Contratacion**, organisme privé en charge des relations commerciales avec le « Nouveau Monde », pratique la même politique de secret.

II Le travail des humanistes

■ Au début du XVe siècle, la *Géographie* du savant grec **Ptolémée** (v. 100-v. 170) est traduite en latin. Son quadrillage du monde, selon un système de coordonnées et de lignes mathématiques (parallèles et méridiens), permet la création de **mappemondes**.

MOT CLÉ
Une **mappemonde** est une carte représentant toutes les parties du globe terrestre divisé en deux hémisphères.

■ De nombreux récits relatant l'existence d'un nouveau monde parviennent aux Européens, tel le *Mundus Novus* (1503-1504) écrit par **Amerigo Vespucci**, un marchand florentin de haute culture qui fréquente les savants entourant les Médicis et participe vers 1500 à deux voyages d'exploration.

■ En 1507, Martin Waldseemüller et ses compagnons de l'académie de savants de Saint-Dié actualisent la *Cosmographie* de Ptolémée à partir du *Mundus Novus* de Vespucci. Pour la première fois, ils représentent le « nouveau » continent distinct de l'Asie et le nomment « **America** », en hommage à l'explorateur italien.

III Une nouvelle perception du monde

- Du travail conjugué des explorateurs et des humanistes naissent de nouveaux types de cartes, les **planisphères**. **Magellan** entreprend en 1519 la première circumnavigation du monde. En 1569, Gerard De Kremer, mathématicien et cartographe flamand plus connu en français sous le nom de Gérard **Mercator**, réalise le premier planisphère avec des latitudes croissantes en fonction des pôles.

> **MOT CLÉ**
> Un **planisphère** est une carte représentant à plat la totalité de la Terre.

- Dans son ouvrage *Navigationi e viaggi* (1550-1559), le géographe italien G. B. Ramusio ne se contente pas de décrire les nouveaux peuples et leur environnement. Il les classe et conclut à l'existence d'aires homogènes d'occupation humaine définies par Dieu. Il essaie de **concilier religion et connaissance du monde**.

- Louis Le Roy, professeur de grec au Collège de France et traducteur de Platon et d'Aristote, affirme dans son ouvrage *De la vicissitude des choses de l'univers* (1575) que l'**écoumène** (ou œkoumène), c'est-à-dire le monde habité, correspond à l'espace terrestre.

zoOm

Le planisphère de Nicolo de Caveiro (1506)

- Alberto Cantino, espion du duc de Ferrare, envoyé à Lisbonne en 1502, soudoie un des cartographes de l'Armazem pour réaliser un planisphère. Cette carte influence le travail du **Génois Caveiro**.
- Caveiro utilise les connaissances géographiques portugaises, comme la représentation du Brésil découvert 6 ans auparavant, les méthodes de calcul des portulans (rose des vents, rhumbs) ainsi qu'une **échelle de latitude**.

10 Humanisme et Renaissance (XVe-XVIe s.)

En bref *Les XVe et XVIe siècles marquent une rupture dans le système de pensée médiéval entièrement basé sur Dieu. La redécouverte des textes antiques amène la naissance de nouveaux modes de pensée et d'expression.*

I Une nouvelle philosophie : l'humanisme

1 L'humanisme

- La culture grecque inspire des penseurs comme Pic de la Mirandole (1463-1494) qui pose les bases de l'humanisme, une philosophie qui affirme sa confiance dans l'être humain : si l'Homme est une image imparfaite de Dieu, il peut atteindre la perfection grâce aux savoirs.
- Érasme, célèbre philosophe hollandais, rédige l'*Éloge de la Folie*, un sermon qui réconcilie la culture antique et chrétienne. Comme tous les humanistes, Érasme se passionne pour l'éducation et devient précepteur de jeunes princes italiens.

2 La diffusion des idées nouvelles grâce à l'imprimerie

- Vers 1450, dans la vallée du Rhin, à Mayence, Johannes Gutenberg met au point la presse à imprimer qui permet de reproduire les textes sans erreur et à volonté, grâce à l'utilisation du papier et de caractères mobiles encrés en métal.
- Les imprimeurs s'entourent d'humanistes afin de reproduire les traductions des œuvres de l'Antiquité. L'imprimeur parisien Robert Estienne édite ainsi une nouvelle version du Nouveau Testament en 1527. Érasme publie ses nombreuses traductions des auteurs grecs et latins.
- La noblesse et la bourgeoisie se passionnent pour la culture humaniste et constituent des bibliothèques privées à partir des ouvrages imprimés.

II La Renaissance des arts

1 L'influence des modèles antiques

- De même, les artistes s'inspirent des statues et des monuments gréco-romains antiques. Peintres et sculpteurs introduisent la nudité dans leur art.
- Michel-Ange (1475-1564), considéré comme le plus grand artiste de la Renaissance, peint à partir de 1508 la fresque du Jugement dernier sur le mur de l'autel de la chapelle Sixtine au Vatican à Rome, à la demande du pape Jules II. Le successeur de ce dernier, Paul III, s'offusque que les âmes soient représentées sous la forme d'êtres humains nus.

2 Un art centré sur l'Homme

Reprenant les idées des humanistes, les artistes mettent **l'Homme au centre** de leurs créations. Sur le plafond de la chapelle Sixtine, Michel-Ange représente la Genèse : Dieu et Adam se font face. La forme de leurs corps et leur posture sont semblables, illustrant l'idée selon laquelle Dieu a créé l'Homme à son image.

3 Une nouvelle place donnée à l'artiste

- À partir du XVe siècle, les artistes ne réalisent plus seulement les commandes mais créent **selon leur propre sensibilité**. Ils signent leurs œuvres et réalisent des autoportraits. Ainsi, Michel-Ange se serait représenté sur la fresque du Jugement dernier comme une silhouette pendante, le visage triste et les mains molles.
- Les rois, les princes et les marchands cherchent à s'entourer d'artistes, capables de **mettre en scène leur gloire**. Ils deviennent **mécènes** : Michel-Ange travaille d'abord pour la famille Médicis à Florence puis pour le pape à Rome.

MOT CLÉ
Un **mécène** est une personne qui soutient l'activité d'un artiste ou d'un savant par une aide financière (commande d'œuvres).

zoom

Érasme, un humaniste européen

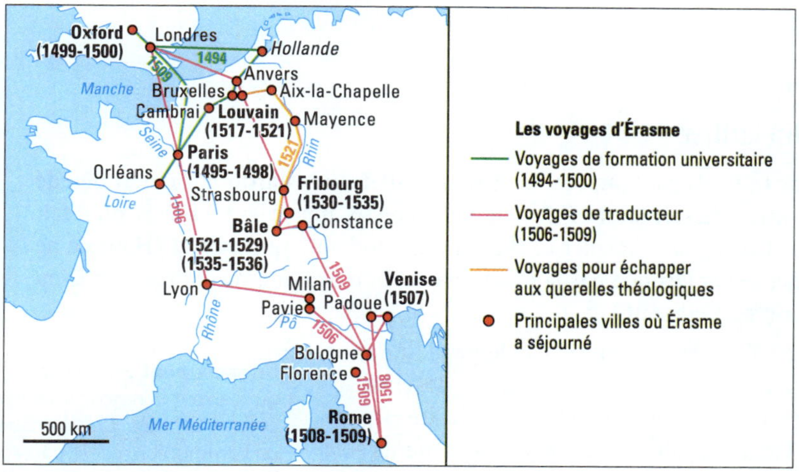

- Érasme (1467-1536) naît à Rotterdam aux Pays-Bas. Dès ses études à la **Sorbonne à Paris** (1494-1495), il veut avant tout débarrasser le texte biblique de tous les commentaires inutiles accumulés pendant le Moyen Âge.
- De retour aux Pays-Bas, il prépare une **traduction de la Bible**. Les catholiques lui reprochent d'avoir favorisé la naissance de la Réforme → FICHE 11. Pour échapper aux querelles, il se réfugie à Bâle en Suisse en 1521.

11 Les réformes protestante et catholique (XVe-XVIe s.)

En bref *Au Moyen Âge, toutes les croyances et pratiques religieuses sont contrôlées par le clergé. Certains chrétiens, s'inspirant du mouvement humaniste qui accorde une plus grande importance à la réflexion personnelle, veulent s'émanciper de cette tutelle.*

I Les causes de la Réforme protestante

- La grande épidémie de peste (1347-1352), qui emporte 50 % de la population européenne et les ravages de la guerre de Cent Ans (1337-1453), ont accentué les angoisses des chrétiens au sujet de la vie après la mort. Les **danses macabres**, motifs artistiques qui représentent un défilé de squelettes, témoignent de ce désarroi.
- Dès le XVe siècle, Jean Hus en Bohème et John Wycliff en Angleterre appellent au **retour à la simplicité du message biblique** : une vie sans péchés dans l'attente du Jugement dernier.
- Pour accroître leur richesse, les prêtres vendent des **indulgences** : il s'agit d'un pardon qui permettrait de raccourcir ou annuler le temps passé au purgatoire, lieu où l'âme séjourne avant d'aller au Paradis. Plus on paie, plus l'accès à l'éternité est rapide.

II Les réformes protestantes

1 Martin Luther

- Comme tous ses contemporains, le moine allemand Martin Luther est obsédé par la **question du salut**. En 1517, il publie un texte, appelé les ***95 thèses***, où il fait des propositions pour réformer l'Église. Il y affirme notamment que l'Homme ne peut gagner le paradis que par la foi et que l'action des intermédiaires avec Dieu (clergé, saints...) est inutile.
- En 1520, il est **excommunié par le pape**. Il donne alors naissance à une nouvelle forme de christianisme, le protestantisme ou Réforme. Le culte est pratiqué en langue locale et seuls deux **sacrements** – le baptême et l'eucharistie – sont conservés.

MOT CLÉ
Un **sacrement** est un rite qui permet la rencontre entre Dieu et le fidèle. L'eucharistie, ou communion, est le partage du pain et du vin, rappel du dernier repas du Christ.

2 Jean Calvin

Vers 1532, Jean Calvin, élève en droit à Paris, se convertit au protestantisme. Il adopte un **point de vue encore plus radical sur le salut**. Selon lui, Dieu choisit ceux qui iront au paradis (prédestination). En 1541, il s'installe à Genève, en Suisse, où il organise la cité selon une morale très stricte.

III La Contre-Réforme, ou réforme catholique

- Pour contrer la réforme protestante, le pape Paul III convoque en 1545 un **concile à Trente** en Italie. Les évêques y réaffirment les dogmes du catholicisme : l'importance des bonnes actions pour obtenir le salut, le rôle fondamental du clergé pour comprendre la Bible et la reconnaissance des sept sacrements.
- Pour diffuser ces croyances, Paul III s'appuie sur la **compagnie de Jésus** (les Jésuites), fondée en 1540. Ces moines, particulièrement bien formés, sont capables de répondre aux polémiques soulevées par les luthériens et les calvinistes.
- L'**art baroque** est une réponse à l'austérité des temples protestants. La surcharge des décors tente de ramener les fidèles dans les églises.
- En Espagne et en Italie, les protestants sont persécutés par les **tribunaux ecclésiastiques de l'Inquisition**. Au contraire, dans les pays du nord de l'Europe, les réformés obtiennent le soutien des souverains.

zoOm

L'anglicanisme

Lucas de Heere, *La famille d'Henry VIII, une allégorie de la succession Tudor*, v. 1572, 132 x 184 cm (Sudeley Castle, Gloucestershire).

- Sur le tableau à la droite d'Henry VIII, se tiennent les catholiques Mary Ire et son époux Philippe II d'Espagne. À sa gauche, Edouard VI est agenouillé et Elizabeth Ire tient la main d'une allégorie de la Paix.
- En 1534, le roi d'Angleterre Henry VIII **rompt avec la papauté** pour hâter son divorce et s'approprier toutes les terres détenues par l'Église. Sa fille, Mary Ire (1553-1558), tente de rétablir le catholicisme.
- Elizabeth Ire (1568-1603), la dernière de ses filles, impose l'anglicanisme, **synthèse** des croyances protestantes et des pratiques catholiques.

12 L'essor de l'esprit scientifique au XVIIe siècle

En bref *À partir du XVIIe siècle, les défenseurs d'un nouvel esprit scientifique rejettent la tradition au nom de l'expérience. Nourris d'un mouvement engagé au XVIe siècle, ils posent les bases des sciences modernes malgré de nombreux obstacles.*

I Un mouvement déjà engagé au XVIe siècle

1 Le poids de la tradition

- Au XVIe siècle, les connaissances scientifiques reposent encore sur les **savoirs hérités de l'Antiquité**. Ainsi, en astronomie, les théories **géocentriques** de Ptolémée, savant grec du IIe siècle, restent la référence.
- Les **dogmes de l'Église** font autorité : au nom du géocentrisme, l'Église condamne les thèses **héliocentriques** du mathématicien Nicolas Copernic. Les contrevenants s'exposent au jugement du tribunal de l'Inquisition.

MOTS CLÉS

Le **géocentrisme** est une théorie affirmant que la Terre est au centre de l'univers.
L'**héliocentrisme** est une théorie affirmant que le Soleil est au centre de l'univers.

2 L'émergence d'un esprit scientifique

- Depuis le XVe siècle, l'**humanisme** valorise l'expérimentation scientifique aux dépens de la tradition et des dogmes.
- De plus, l'essor de la **presse à imprimer**, mise au point en 1455 en Allemagne, favorise la diffusion des connaissances.
- Ainsi la **médecine**, fondée sur les théories du savant grec Galien, est révolutionnée par les observations et les travaux de l'anatomiste flamand André Vésale et du chirurgien français Ambroise Paré.

II La naissance de la science moderne

- Les **mathématiques** permettent aux savants de **démontrer** leurs hypothèses scientifiques. Elles constituent désormais le langage commun à tous les savants.
- Les travaux du français René Descartes (1596-1650), du hollandais Christiaan Huygens (1629-1695) et de l'allemand Gottried W. Leibniz (1646-1716) établissent les lois de la **mécanique** et de l'**optique** sur des bases mathématiques.
- Les savants privilégient une approche fondée sur l'**observation** et l'**expérimentation**, qui permettent d'émettre puis de **valider** des hypothèses scientifiques.
- Le physicien anglais Robert Hooke (1635-1703) utilise le **microscope** pour étudier les cellules végétales et animales.

III La diffusion des sciences

1 Divers canaux de diffusion

- Les **académies**, qui bénéficient du soutien du pouvoir royal, accélèrent la diffusion des progrès scientifiques auprès des savants. La Royal Society de Londres est fondée en 1662 ; l'Académie des sciences de Paris en 1666.

MOT CLÉ
Une **académie** est une société de savants, de gens de lettres ou d'artistes chargée de promouvoir leurs disciplines.

- Des ouvrages de vulgarisation favorisent également la diffusion des avancées scientifiques auprès d'un public éclairé. Ainsi, dans son *Entretien sur la pluralité des mondes* (1686), Fontenelle présente de façon plaisante les théories astronomiques de Copernic et de Descartes.

2 Des obstacles à cette diffusion

- L'Église condamne les théories qui remettent en cause le dogme officiel. Ainsi, en 1633, Galilée comparaît devant le tribunal de l'Inquisition pour avoir défendu l'héliocentrisme qui remet en cause la vision biblique de l'univers : il doit abjurer.
- L'analphabétisme de la majorité de la population européenne restreint l'accès aux progrès scientifiques à une infime minorité. Seules les élites participent au développement des sciences.

zoOm

La lunette astronomique de Galilée

- Cet instrument grossissant trente fois la taille d'un objet permet à Galilée d'observer le mouvement des planètes. Il recueille ses observations dans son traité *Le Messager des étoiles* (1610).
- Confirmant ainsi la thèse héliocentrique de Copernic, Galilée remet en cause le dogme de l'Église. C'est pourquoi il comparaît devant le tribunal de l'Inquisition en 1633.

Une des premières lunettes astronomiques de Galilée, 1630 (Musée des sciences, Florence).

13 Le développement des sciences au XVIIIe siècle

En bref *Portées par les principes des Lumières et le soutien des monarques, les sciences connaissent au XVIIIe siècle un essor sans précédent. En même temps, l'horizon géographique et sociologique des connaissances scientifiques s'élargit.*

I Un contexte nouveau

MOT CLÉ
Les **Lumières** sont un mouvement intellectuel qui se développe dans toute l'Europe au XVIIIe siècle. Elles sont fondées sur la raison par opposition aux préjugés.

- Le XVIIIe siècle se caractérise par la volonté des **Lumières** de privilégier la raison face aux préjugés hérités de la tradition et de la religion.
- Dans le sillage du nouvel esprit scientifique qui s'est développé au XVIIe siècle, les scientifiques croient au progrès comme source de bonheur pour l'homme.
- Chez les élites, l'influence idéologique de l'Église recule. Derrière une pratique religieuse de façade, la société se sécularise.
- De nombreux souverains européens, soucieux de leur gloire et ouverts aux idées nouvelles, soutiennent les philosophes et les savants. C'est le temps du « despotisme éclairé », forme d'absolutisme fondé sur la raison.
- Ainsi, en 1700, Frédéric II de Prusse fonde l'Académie des sciences de Berlin où il fait venir le mathématicien allemand Leonhard Euler, appelé plus tard à Saint-Pétersbourg par l'impératrice Catherine II de Russie. En France, en 1736-1737, Louis XV charge le mathématicien et physicien Maupertuis de vérifier la théorie de Newton selon laquelle la Terre est aplatie aux pôles.

II De nombreux progrès scientifiques

- Les savants cherchent à poser des lois universelles fondées sur l'observation et l'expérimentation. Dès la fin du XVIIe siècle, le physicien anglais Isaac Newton (1642-1727) pose les principes de la gravitation universelle et les lois de la mécanique, ce qui permet d'expliquer et de prévoir le mouvement des corps célestes.
- Dans la seconde moitié du XVIIIe siècle, le naturaliste français Georges Louis Buffon (1707-1788) instaure une classification des plantes et des animaux.
- Jusqu'au XVIIe siècle, les savants se désintéressent souvent des applications techniques potentielles de leurs découvertes. Au XVIIIe siècle, au contraire, celles-ci débouchent sur de nombreux progrès techniques, en particulier dans l'industrie naissante. Ainsi, les travaux du chimiste français Antoine Lavoisier permettent la mise au point de la montgolfière grâce à la maîtrise de l'hydrogène.

III Une large diffusion

1 De multiples moyens de diffusion (l'exemple français)

■ La circulation des connaissances **entre savants** se fait par des rencontres directes, des échanges épistolaires, des discussions au sein d'académies ou par des journaux spécialisés comme *Le Mercure de France*.

■ Les connaissances se diffusent aussi **auprès d'un public plus large** : l'*Encyclopédie*, publiée de 1751 à 1772 sous la direction de Diderot et d'Alembert, fait un état de toutes les connaissances de l'époque dans tous les domaines ; des expériences publiques comme celles consacrées à l'électricité vulgarisent les sciences.

2 Une Europe scientifique

■ La diffusion des sciences s'effectue à l'échelle européenne : les ouvrages scientifiques sont **traduits** en plusieurs langues (Émilie du Châtelet traduit du latin au français les *Principes mathématiques* d'Isaac Newton) ; les savants européens participent à des controverses communes comme celles opposant les théories de Descartes à celles de Newton à propos du mouvement des planètes.

■ Grâce aux académies et aux séjours des savants, les grandes villes européennes deviennent les **centres** de cette Europe scientifique : Paris, Londres, Berlin, Vienne et Saint-Pétersbourg en sont les symboles.

zoOm

Émilie du Châtelet, femme de science

■ Émilie de Breteuil, marquise du Châtelet (1706-1749), est une passionnée de sciences : elle traduit les ***Principes mathématiques*** d'Isaac Newton et publie un traité de physique.

■ Elle accueille de nombreux savants dans son château de Cirey. Ses entretiens avec son hôte, le comte Francesco Algarotti, sont publiés en 1737 sous le titre *Le Newtonianisme pour les femmes :* le système newtonien y est exposé sous forme d'une **conversation galante**.

École française, 1748 (Château de Breteuil).

14 De l'essor des sciences à la révolution industrielle

En bref *Au XVIIIe siècle, les découvertes scientifiques débouchent rapidement sur des progrès techniques. Portés par l'esprit des Lumières et les réflexions des agronomes, les inventeurs améliorent les procédés de production industrielle.*

I Un contexte favorable aux innovations techniques

1 L'influence de l'esprit des Lumières

- Les philosophes des Lumières estiment que la science doit contribuer au progrès et au bonheur de l'humanité. C'est pourquoi ils s'intéressent aux inventions techniques qui découlent de progrès scientifiques. Ainsi, les 11 volumes de planches de l'*Encyclopédie* de Diderot et d'Alembert (1751-1772) font la part belle aux innovations techniques.
- Dans un contexte de plus en plus concurrentiel, les souverains français et britannique encouragent l'innovation technique : ils octroient des **brevets** aux inventeurs pour protéger leurs découvertes ; en France, l'État crée des écoles formant des ingénieurs (École des ponts et chaussées en 1747).

MOT CLÉ
Un **brevet** est un privilège accordé par le pouvoir royal garantissant à l'inventeur l'exclusivité d'un procédé ou d'une production.

2 L'essor de l'agronomie

- À partir du milieu du XVIIIe siècle, les penseurs physiocrates considèrent l'agriculture comme la source principale de richesse et préconisent la liberté du commerce. C'est la théorie que développe l'économiste français François Quesnay dans son *Tableau économique* (1758).
- De façon plus pratique, les agronomes prétendent faire de l'agriculture une véritable science expérimentale. Dans la première moitié du XVIIIe siècle, le britannique Jethro Tull met au point le semoir et perfectionne la charrue ; dans son sillage, le français Duhamel du Monceau, auteur des *Éléments d'agriculture* (1762) propose diverses améliorations techniques pour augmenter la productivité agricole (sélection des semences et des espèces animales).
- L'essor de l'agronomie contribue à la révolution agricole du XVIIIe siècle, qui elle-même est un des facteurs de la **révolution industrielle** : la disponibilité d'une partie de la main-d'œuvre agricole est mise à profit par l'industrie.

MOT CLÉ
La **révolution industrielle**, qui touche l'Europe du milieu du XVIIIe siècle au XIXe siècle, se caractérise par une forte croissance de la production industrielle.

II Des innovations à la révolution industrielle

■ Dans l'industrie textile, de nombreuses innovations techniques permettent la **mécanisation du travail**. Dès 1733, la navette volante de l'anglais John Kay améliore l'efficacité du métier à tisser à la main ; en 1745, le français Jacques de Vaucanson met au point un métier automatique ; en 1784, l'anglais Edmund Cartwright invente un métier à tisser mécanique.

■ Dans la seconde moitié du XVIIIe siècle, de **nouvelles sources d'énergie** (charbon, vapeur) remplacent l'énergie animale. En Angleterre, dès 1698, Thomas Savery invente une machine à vapeur pour pomper l'eau des mines ; en 1712, Thomas Newcomen perfectionne cette machine ; en 1764, James Watt met au point le condenseur qui améliore l'efficacité motrice de la vapeur.

■ La **vapeur** est l'énergie motrice emblématique de la première révolution industrielle qui s'amorce dès le milieu du XVIIIe siècle en Angleterre : utilisable pour tout type de machine, elle permet une production de masse. Ainsi se développe le **Factory System**.

> **MOT CLÉ**
> Le **Factory System** est une méthode de production réunissant dans le même atelier les ouvriers, les machines et la matière première.

■ Cependant, dans l'industrie, le **travail en atelier** reste dominant. L'agriculture demeure quant à elle longtemps à l'écart des innovations industrielles.

zoOm

La machine à vapeur de Thomas Newcomen (1712)

■ En 1712, l'anglais Thomas Newcomen crée une « **pompe à feu** » pour puiser l'eau des mines. Il est ainsi l'héritier du physicien français Denis Papin qui a étudié les propriétés de la vapeur et mis au point la marmite à vapeur dès 1707.

■ La vapeur dégagée de la combustion du charbon permet d'actionner un piston ❶ et un balancier ❷ pour extraire l'eau. En 1764, le mouvement des pistons sera transformé en mouvement continu par **James Watt.**

SE TESTER QUIZ

Vérifiez que vous avez bien compris les points clés des **fiches 7 à 14**.

1 La constitution des empires coloniaux

→ FICHES **7** et **8**

1. Quel État européen ouvre la période d'exploration des océans à la fin du Moyen Âge ?

☐ **a.** le Portugal ☐ **b.** l'Espagne ☐ **c.** la France

2. Qui s'oppose à l'esclavage des Amérindiens ?

☐ **a.** Colomb ☐ **b.** Pizarro ☐ **c.** de Las Casas

2 Humanisme, Renaissance et réformes

→ FICHES **10** et **11**

1. Où a été mise au point l'imprimerie ?

☐ **a.** en Italie ☐ **b.** en Allemagne ☐ **c.** aux Pays-Bas

2. Qui a peint la chapelle Sixtine ?

☐ **a.** Léonard de Vinci ☐ **b.** Michel-Ange ☐ **c.** Raphaël

3. Qui est le père du protestantisme ?

☐ **a.** Martin Luther ☐ **b.** Jean Calvin ☐ **c.** le pape Paul III

3 L'essor des sciences (XVIIe-XVIIIe siècles)

→ FICHES **12** et **13**

1. L'Académie des sciences de Paris est fondée en :

☐ **a.** 1662 ☐ **b.** 1666 ☐ **c.** 1682

2. L'instrument scientifique mis au point par Galilée en 1609 est :

☐ **a.** le microscope

☐ **b.** la lunette astronomique

☐ **c.** le baromètre

3. Quel savant est soutenu par le roi de Prusse Frédéric II ?

☐ **a.** Euler ☐ **b.** Maupertuis ☐ **c.** Newton

4. Quelles classifications sont instaurées par Georges Louis Buffon ?

☐ **a.** des minéraux ☐ **b.** des végétaux ☐ **c.** des animaux

4 De l'essor des sciences à la révolution industrielle

→ FICHE **14**

1. Le brevet est un privilège accordé à un inventeur par le pouvoir :

☐ **a.** royal ☐ **b.** ecclésiastique ☐ **c.** seigneurial

2. Le Factory System repose sur :

☐ **a.** la production de masse

☐ **b.** une main-d'œuvre abondante

☐ **c.** l'utilisation de la machine à vapeur

OBJECTIF BAC

5 Galilée face à l'Église • Analyse de document

1 h

Ce texte présente à la fois la position défendue par l'Église et par Galilée : il s'agit donc d'une controverse idéologique et scientifique.

Analysez le texte suivant en 20 lignes environ.

Après avoir présenté le texte, vous exposerez les théories défendues par l'Église et par l'auteur, puis les arguments de l'auteur pour se défendre face à ses détracteurs. En conclusion, vous expliquerez de quel obstacle rencontré par la diffusion des sciences au XVIIe siècle témoigne ce document.

[Mes adversaires] en sont venus à prétendre que mes propositions sont contraires aux Saintes Écritures et qu'en conséquence elles sont condamnables et hérétiques. Le motif que l'on invoque pour condamner l'opinion de la mobilité de la Terre et l'immobilité du Soleil, est qu'en beaucoup de passages des Saintes Écritures il est dit que le Soleil se déplace et que la Terre demeure immobile ; or, comme l'Écriture ne peut jamais ni mentir ni errer, il en résulterait par voie de conséquence nécessaire que serait erronée et condamnable l'affirmation de celui qui voudrait prétendre que le Soleil est immobile par lui-même et que la Terre est mobile. À ce sujet, je dirais d'abord qu'il y a en effet piété à dire et sagesse à soutenir que la Sainte Écriture ne peut jamais mentir chaque fois que son vrai sens a été saisi. Or je crois que l'on ne peut pas nier que, bien souvent, ce sens est caché et qu'il est très différent du sens littéral. Il s'ensuit que, si l'on voulait s'arrêter toujours au sens littéral, on risquerait de faire indûment apparaître dans les Écritures non seulement des contradictions et des propositions éloignées de la vérité, mais de graves hérésies et même des blasphèmes.

Lettre de Galilée à Christine de Lorraine, grande-duchesse de Toscane, 1615.

CORRIGÉS

SE TESTER QUIZ

1 La constitution des empires coloniaux

1. Réponse a. La politique d'Henri le Navigateur (1394-1460), prince du Portugal, ouvre la période d'exploration du monde par les Européens.

2. Réponse c. Bartolomé de Las Casas s'oppose à l'esclavage des Indiens. Évêque du Chiapas, il tente une évangélisation pacifique des Amérindiens. Au cours de la controverse de Valladolid (1550-1551), il affirme que les Indiens ont une âme.

2 Humanisme, Renaissance et réformes

1. Réponse b. L'imprimerie est inventée à Mayence, une ville allemande qui se situe dans la vallée du Rhin.

2. Réponse b. Michel-Ange (1457-1564) est un des plus grands artistes de la Renaissance. Il a notamment peint la chapelle Sixtine à Rome. Il a aussi travaillé pour les Médicis à Florence et pour le sultan à Istanbul.

3. Réponse a. Martin Luther est le père du protestantisme. Il crée cette nouvelle religion en affichant ses *95 thèses* en 1517 à Wittenberg en Allemagne.

3 L'essor des sciences (XVIIe-XVIIIe siècles)

1. Réponse b. Elle est fondée en 1666 par Louis XIV. Elle constitue un moyen pour le pouvoir royal de contrôler les savants.

2. Réponse b. La lunette astronomique permet à Galilée de confirmer expérimentalement les calculs de Copernic.

3. Réponse a. Frédéric II fait ainsi de Berlin une métropole scientifique européenne.

4. Réponses b et c. C'est la première classification scientifique des êtres vivants.

4 De l'essor des sciences à la révolution industrielle

1. Réponse a. C'est une forme de contrôle de l'État sur l'innovation technique.

2. Réponses a., b. et c. Le Factory System est une méthode de production réunissant dans le même atelier industriel les ouvriers, les machines et la matière première. Il est permis par l'utilisation de la machine à vapeur.

OBJECTIF BAC

5 Galilée face à l'Église

Les titres de partie sont donnés à titre indicatif mais ne doivent pas apparaître sur votre copie.

Introduction

Ce texte est une lettre scientifique (avec des références religieuses) adressée par l'astronome italien Galilée à Christine de Lorraine, grande-duchesse de Toscane. Elle a été écrite en 1615, soit cinq ans après la publication du traité *Le messager des étoiles*. L'auteur y défend l'héliocentrisme face au dogme de l'Église.

Analyse du texte

L'Église défend le **géocentrisme**, c'est-à-dire la théorie selon laquelle la Terre serait au centre d'un univers fini (« *que le Soleil se déplace et que la Terre demeure immobile* »). Elle s'appuie sur la Bible (les « *Saintes Écritures* »).

Au contraire, **Galilée** défend l'**héliocentrisme**, c'est-à-dire la théorie selon laquelle le Soleil, autour duquel tourne la Terre, se trouve au centre d'un univers infini (« *celui qui voudrait prétendre que le Soleil est immobile par lui-même et que la Terre est mobile* »).

> **À NOTER**
> Galilée reprend la théorie héliocentrique défendue par le mathématicien Nicolas Copernic.

Face à l'Église, Galilée distingue le « sens littéral » de la Bible du « sens caché ». Selon lui, le **sens caché** est celui qui conduit à la vérité : c'est ce qu'il développe de façon très prudente dans les trois dernières phrases.

Conclusion

Ce texte nous montre donc que le **dogme de l'Église** constitue un obstacle à la diffusion des sciences au XVIIe siècle : l'héliocentrisme, qui le contredit, est ainsi condamné. C'est pourquoi Galilée est traduit devant le tribunal de l'Inquisition en 1633.

15 L'unification du royaume de France

En bref *À l'époque moderne, le royaume de France voit sa superficie s'étendre suite aux multiples guerres menées par les souverains. En même temps, ces derniers renforcent leur autorité sur leur territoire grâce à une administration centralisée.*

I Un territoire en extension

1 Des annexions successives

- De la fin du XVe siècle à la veille de la Révolution, le territoire soumis à l'autorité du roi de France s'agrandit par l'annexion de provinces limitrophes. En 1532, à la suite des mariages de la duchesse Anne de Bretagne avec les rois Charles VIII puis Louis XII, le **duché de Bretagne** est rattaché au royaume de France.
- Au XVIIe siècle, les **guerres** menées par Louis XIII et Louis XIV permettent de fixer les frontières du royaume au nord (annexion de la Flandre en 1668), à l'est (annexion de l'Alsace en 1668) et au sud (annexion du Roussillon en 1659). Sous Louis XV, la Lorraine est intégrée à la France en 1766, la Corse en 1769.

2 Le rôle fondamental de la guerre

- La guerre est d'abord un moyen pour les rois de France **d'agrandir et de consolider leur territoire**. Ainsi, Louis XIV charge Vauban de faire de la France un **« pré carré »** protégé par une ceinture de citadelles.

MOT CLÉ
Le **pré carré** désigne une double ligne de villes fortifiées défendant les frontières du royaume de France, en particulier au nord-est.

- La guerre est aussi un moyen d'**affirmer la gloire du souverain en Europe**. Ainsi, par les guerres d'Italie (1494-1559), les rois de France disputent aux Habsbourg l'hégémonie sur le continent. Au XVIIe siècle, Louis XIV ambitionne d'être au premier rang des souverains européens.

II Une administration royale centralisée

1 Le renforcement de l'autorité royale

- Du XVIe siècle au XVIIIe siècle, le roi renforce progressivement son autorité sur son royaume par le biais de son **administration**. En 1539, par l'**ordonnance de Villers-Cotterêts**, François Ier impose le français comme langue officielle du royaume. À partir du règne d'Henri II, l'intendant de justice, police et finances, nommé à la tête d'une généralité, en devient le personnage clé.
- L'affirmation des **intendants** se fait au détriment de l'autorité des officiers royaux (baillis, sénéchaux) et des membres des diverses cours de justice.

2 Les limites de l'autorité royale

- La complexité de l'organisation administrative limite le pouvoir royal : contrairement aux pays d'élections, les pays d'états, qui correspondent aux régions récemment rattachées au royaume, conservent le droit de fixer et de répartir l'impôt (comme la Bretagne ou l'Alsace).

MOT CLÉ
Un **pays d'élection** est une circonscription financière soumise à l'autorité directe de l'intendant.

- Les parlements, cours de justice chargées d'enregistrer les décisions royales, peuvent freiner leur application en exerçant leur droit de remontrance. Dans ce cas, le roi doit imposer sa décision en tenant un lit de justice.

zoOm

Louis XIV veut faire de son royaume un « pré carré »

Perpignan, une ville fortifiée par Vauban (plan-relief)

❶ parallèles (tranchées pour les tireurs) ❷ glacis (terrain en pente)
❸ fossé rempli d'eau ❹ mur de contrescarpe avec tireurs et chemin couvert
❺ bastion avec canons ❻ demi-lune avec tireurs
❼ courtine (ici d'époque médiévale)

- Commissaire général des fortifications à partir de 1678, Vauban est chargé par Louis XIV de protéger le royaume par une ceinture de fortifications.
- À ce poste, il supervise la construction de près de 300 places fortes qui prouvent leur efficacité : « ville fortifiée par Vauban, ville imprenable ».

16 La monarchie absolue de droit divin en France

En bref *Aux XVIe et XVIIe siècles se met en place un régime fondé sur la toute-puissance du monarque. Absolu en principe, le pouvoir royal est en fait contesté par de multiples oppositions, qu'elles soient politiques, sociales ou religieuses.*

I Un modèle politique

1 Un modèle théorisé par des juristes…

- Dès 1519, dans son ouvrage *La Grand'monarchie de France*, Claude de Seyssel parle d'une « dignité et autorité royale en son entier ». Sa théorie d'une monarchie absolue reste une référence pour les juristes jusqu'au XVIIIe siècle.

- Le roi, représentant de Dieu sur Terre, doit exercer un pouvoir sans partage : justicier suprême, il fait la loi et commande à tous ses sujets. La cérémonie du sacre et les **régalia** symbolisent l'absolutisme royal.

> **MOT CLÉ**
> Les **régalia** sont les objets symboliques de la royauté comme la couronne, la main de justice ou le sceptre.

- À partir de 1661, Louis XIV met en pratique ce modèle en décidant de gouverner seul : écartant les « Grands » (les membres de la haute noblesse, les princes et les membres de sa famille), il s'entoure d'hommes compétents et de condition plus modeste qui composent ses différents conseils. À partir de 1682, le « Roi-Soleil » fait du château de Versailles le siège de sa cour et de son gouvernement.

2 … qui se heurte à divers obstacles

- À plusieurs reprises, les Grands se révoltent contre l'absolutisme royal, accusé de réduire leurs prérogatives : la Ligue, dirigée contre Henri III à partir de 1576 ; la Fronde (1648-1653), durant la minorité de Louis XIV.

- Les parlementaires, issus de la noblesse de robe, prétendent constituer un rempart contre l'arbitraire royal. Durant le règne de Louis XV, ils font échouer les tentatives de réformes fiscales qui visent les privilégiés.

- Les paysans se révoltent régulièrement contre la levée de nouveaux impôts, comme les Croquants dans le Sud-Ouest (1635-1637).

II Le pouvoir royal et la question religieuse

1 Le « Roi Très Chrétien »

- La cérémonie du sacre dans la cathédrale de Reims rappelle à tous que le roi est le « lieutenant de Dieu sur Terre » et le défenseur de l'Église.

■ En 1516, le **concordat** de Bologne, signé entre François Ier et le pape Léon X, renforce le contrôle du roi sur le clergé dont il nomme les responsables (évêques et abbés).

MOT CLÉ
Un **concordat** est un texte signé entre le pape et un État pour préciser la situation de l'Église catholique sur son territoire.

■ Dès le début du XVIe siècle, le roi de France est ainsi un des rares souverains qui bénéficie d'un tel pouvoir sur l'Église.

2 La question protestante

■ De 1562 à 1598, l'autorité royale est fragilisée par les guerres de religion qui opposent catholiques et protestants. Ainsi, à partir de 1576, la Ligue, qui rassemble des catholiques intransigeants, cherche à détrôner Henri III jugé trop complaisant envers les protestants. Le roi est assassiné en 1589 par un moine ligueur.

■ En 1598, l'édit de Nantes signé par Henri IV accorde aux protestants la liberté de conscience, des privilèges militaires et l'égalité civique avec les catholiques. Cependant, au début du XVIIe siècle, Louis XIII mène trois guerres de religion contre des places fortes protestantes (siège de la Rochelle en 1627-1628).

■ Son successeur, Louis XIV, lutte contre les protestants pour assurer l'unité du royaume et s'affirmer comme défenseur de la foi catholique. Après des décennies de répression militaire, il révoque l'édit de Nantes en 1685 : le culte protestant est désormais interdit dans le royaume et les temples détruits. De nombreux protestants, souvent qualifiés, émigrent ; d'autres résistent, tels les Camisards dans les Cévennes (1702-1704). La persécution se poursuit jusqu'au milieu du XVIIIe siècle.

zoOm

Versailles : le « Roi-Soleil » et la société de cour

■ Dès 1661, Louis XIV fait agrandir le pavillon de chasse que son père Louis XIII a fait construire à Versailles. En 1682, alors que le château est encore en chantier, il s'y installe avec son gouvernement et sa cour.

■ L'étiquette permet au roi, traumatisé par le souvenir de la Fronde, de domestiquer la haute noblesse dans un lieu où tout rappelle la gloire du « Roi-Soleil ».

Promenade de Louis XIV dans les jardins de Versailles vers 1688

E. Allegrain, huile sur toile, XVIIe siècle (Musée national du château de Versailles).

17 Le contrôle de la vie économique française

En bref *Dans un royaume dominé par l'agriculture et peu développé, l'État louis-quatorzien entend jouer un rôle moteur : sous l'impulsion de Jean-Baptiste Colbert, il entreprend de nombreux aménagements pour le moderniser. Cependant, au XVIIIe siècle, le libéralisme lui conteste ce rôle.*

I Des pesanteurs économiques

1 La domination de l'agriculture

- Sous l'Ancien Régime, plus de 80 % de la population française vit de l'agriculture. Cette activité est considérée comme le pilier de l'économie nationale. Ainsi, pour Sully, ministre des Finances d'Henri IV, « *labourage et pâturage sont les deux mamelles de la France* ».
- Cependant, l'agriculture présente de nombreux archaïsmes : la domination de petites exploitations sur lesquelles travaillent des paysans non propriétaires ; le poids des **droits seigneuriaux**, de la dîme et des impôts ; de faibles rendements ; la domination de cultures de subsistance (blé, orge).

> **MOT CLÉ**
> Les **droits seigneuriaux** sont les redevances, en nature, en argent ou en travail dues par les paysans à leur seigneur en échange de l'utilisation de ses terres.

- De plus, l'agriculture est une activité vulnérable : en raison des intempéries, les mauvaises récoltes entraînent des crises de subsistance qui touchent les campagnes et les villes en raison de l'augmentation du prix du pain (comme en 1693-1694 ou en 1709).

2 Un territoire peu développé

- La richesse du royaume est concentrée dans quelques grandes villes où se développent les activités financières, commerciales et industrielles. Avant Paris, Lyon s'impose comme une métropole d'importance européenne : ses foires attirent des négociants de toute l'Europe tandis que son industrie de la soie prospère.
- Les moyens de communication sont limités : jusqu'au milieu du XVIIe siècle, les routes ne constituent pas de véritable réseau ; elles sont mal entretenues et peu sûres. Quant aux canaux, ils sont quasi inexistants.
- Les conflits des XVIe et XVIIe siècles constituent un obstacle au développement économique du royaume : de 1562 à 1598, les guerres de religion désorganisent la vie économique ; les guerres menées par Louis XIII et Louis XIV entraînent l'augmentation de la pression fiscale sur les forces vives du pays.

II L'État, modernisateur de l'économie

- Du XVIe au milieu du XVIIIe siècle, le **mercantilisme** domine. Cette théorie économique considère que la richesse d'un État se fonde sur l'**accumulation de métaux précieux** qui s'y trouvent. À la fin du XVIIe siècle, Jean-Baptiste Colbert, contrôleur général des Finances, la met en œuvre en favorisant les exportations tout en protégeant le marché intérieur.
- C'est pourquoi il crée des **manufactures d'État** sévèrement réglementées et protégées par des tarifs douaniers élevés (manufacture des Gobelins).
- Colbert fonde également des **compagnies de commerce à monopole** comme la Compagnie des Indes occidentales ; il fait aménager des ports (Brest, Lorient) et creuser des canaux (canal du Midi).
- Enfin, dans le sillage de Richelieu, il favorise la **mise en valeur des colonies**. Ainsi, dans les Antilles (Saint-Domingue, Martinique, Guadeloupe), se développe l'économie de plantation fondée sur la traite négrière.
- À partir de la moitié du XVIIIe siècle, sous l'influence des **Lumières**, l'État remet en cause le mercantilisme, accusé d'étouffer le développement économique.
- L'État recherche l'augmentation des rendements par l'amélioration des semences et les **enclosures**. Il remet en cause le monopole des compagnies de commerce. Il démantèle le monopole des manufactures en favorisant l'initiative privée (manufacture d'Oberkampf à Jouy-en-Josas).

MOT CLÉ
Une **enclosure** est un mouvement consistant à enclore des champs autrefois ouverts pour favoriser les grandes exploitations individuelles.

zoOm

Colbert développe les manufactures

Visite de Louis XIV à la manufacture des Gobelins, le 15 octobre 1667
Charles le Brun, tapisserie, 580 x 375 cm, XVIIe siècle (Musée national du château de Versailles).

- En 1667, la manufacture des Gobelins est transformée en « manufacture royale des meubles de la Couronne » par Colbert (situé sur la peinture à gauche de Louis XIV). Cet établissement est un outil pour mener une **politique mercantiliste** car il produit des œuvres destinées en partie à l'exportation.
- En outre, cette tapisserie, qui rappelle le **mécénat** de l'État dans le domaine artistique, est un moyen de communication politique au service de Louis XIV.

18 L'instauration d'une monarchie parlementaire en Angleterre

En bref *Après plusieurs décennies de guerre civile, l'Angleterre se dote d'une monarchie parlementaire à la fin du XVIIe siècle. Celle-ci repose sur deux textes fondamentaux : l'Habeas corpus (1679) et la Déclaration des droits (1689). Le Parlement a enfin réussi à faire valoir ses droits face au pouvoir royal.*

I L'Angleterre à la fin du XVIIe siècle

1 La fin de la monarchie absolue

- Entre 1642 et 1649, le royaume d'Angleterre est déchiré par une guerre civile qui oppose les partisans du roi à ceux du **Parlement**. Les premiers soutiennent une monarchie absolue tandis que les seconds défendent les prérogatives du Parlement. De plus, un conflit religieux oppose les rois catholiques à la majorité anglicane du pays. À l'issue de cette première révolution, le roi Charles Ier est exécuté en 1649.

> **MOT CLÉ**
> Le **Parlement britannique** vote les lois et la levée des impôts. Il est composé de la Chambre des Lords où siègent la noblesse et le clergé, et de la Chambre des communes où siègent des députés élus.

- Après une courte expérience républicaine, instaurée par Oliver Cromwell (1649-1658), la monarchie est restaurée par le Parlement en 1660. Charles II, fils de Charles Ier, monte sur le trône.
- Pour éviter un retour à l'absolutisme, le Parlement vote l'Habeas corpus en 1679 : cette loi interdit toute arrestation et détention arbitraire.

2 Le développement de la puissance britannique

- À la fin du XVIIe siècle, l'Angleterre connaît une période de forte croissance économique fondée sur ses activités commerciales et financières. En 1672 est fondée la Royal African Company qui pratique le **commerce triangulaire**.

> **MOT CLÉ**
> Le **commerce triangulaire**, organisé par les Européens du XVIe au XVIIIe siècle, relie l'Europe, l'Afrique et les Amériques. Il repose sur la traite négrière.

- En 1688 est créée la Lloyd's of London, marché de l'assurance britannique. En 1694 naît la première banque nationale, la Banque d'Angleterre, qui permet à l'État de moderniser le pays en aménageant des canaux et en construisant une flotte de guerre.
- Cette prospérité profite à la bourgeoisie et à la noblesse qui investissent dans le négoce et la finance. Elle bénéficie aussi au peuple des villes, en particulier celui de Londres, composé de boutiquiers, d'artisans et de domestiques.

II La Glorieuse Révolution (1688)

1 Un contexte tendu

- En 1685, Jacques II monte sur le trône. Catholique intransigeant, il persécute les protestants pourtant majoritaires et refuse de respecter l'Habeas corpus.
- En 1688, les protestants font appel au stathouder (gouverneur) des Provinces-Unies, Guillaume d'Orange, pour renverser Jacques II qui doit s'exiler en France. Guillaume devient roi d'Angleterre, d'Écosse et d'Irlande sous le nom de Guillaume III, après avoir accepté de respecter la Déclaration des droits.

2 La Déclaration des droits (1689)

- La Déclaration des droits (Bill of Rights) est un texte rédigé par le Parlement pour limiter le pouvoir royal. Il instaure une véritable **monarchie parlementaire**.

MOT CLÉ
Une **monarchie parlementaire** est un régime politique dans lequel le pouvoir du roi est limité par une assemblée élue.

- Ce texte restaure les droits du Parlement : les deux chambres conservent le pouvoir législatif ; elles doivent donner leur consentement pour toute nouvelle levée d'impôts ou la constitution d'une armée ; ses débats doivent être libres ; elles doivent se réunir régulièrement.
- Le texte garantit également les libertés des sujets du royaume : les libertés collectives comme le droit de présenter des pétitions au roi ; les libertés individuelles comme l'interdiction de détention et de jugement arbitraires.
- L'Habeas corpus et la Déclaration des droits constituent ainsi les deux piliers de la monarchie parlementaire britannique à la fin du XVIIe siècle.

zoOm

L'Habeas corpus et le Bill of Rights

- En 1679, par l'Habeas corpus puis en 1689, avec la Déclaration des droits, le Parlement combat l'arbitraire royal.
- Parmi les deux chambres s'impose la Chambre des communes, composée des représentants élus des bourgs et des comtés. Elle représente les forces vives du royaume, en particulier la bourgeoisie.

La Chambre des communes au début du XVIIIe siècle

P. Tillmans, huile sur toile, XVIIIe siècle (Parlement de Westminster, Londres).

19 L'influence du modèle politique britannique sur les Lumières

En bref *Pour les philosophes français des Lumières, le modèle britannique constitue un modèle : Londres est une ville attractive et prospère ; le philosophe anglais John Locke développe des idées novatrices. Voltaire et Montesquieu trouvent ainsi des armes pour remettre en cause la monarchie absolue.*

I Le rayonnement de Londres au XVIIIe siècle

- Au XVIIIe siècle, Londres connaît une **forte croissance démographique** : la ville passe de 500 000 habitants en 1700 à 900 000 habitants en 1801. En même temps, elle s'étale tant vers l'ouest aisé (West End) que vers l'est populaire (East End). Cette dernière partie de Londres a profité de l'immigration de protestants fuyant le royaume de France après la révocation de l'édit de Nantes en 1685.
- Depuis la fin du XVIIe siècle, Londres connaît une **forte croissance économique** : le quartier de la **City** concentre ainsi les activités commerciales et financières qui profitent du dynamisme du grand commerce maritime.
- Au XVIIIe siècle, Londres est une **métropole européenne** de par son influence économique, politique et culturelle : elle concurrence Paris, Berlin et Amsterdam.

II L'influence d'un philosophe majeur : John Locke

- John Locke (1632-1704) est un **homme de conviction**. Il s'oppose à la politique absolutiste des rois Charles II et Jacques II, et doit s'exiler en France de 1672 à 1670 puis en Hollande. Il revient en Angleterre après la Glorieuse Révolution de 1688.
- Il rédige d'importants **ouvrages philosophiques** tels que les *Lettres sur la tolérance* (1689) ou le *Traité sur le gouvernement civil* (1690).
- Locke est l'un des fondateurs de la notion d'**État de droit** : il considère que l'homme ne doit être soumis « *à la volonté d'aucun maître* » ; au contraire, seul est légitime le « *pouvoir législatif établi par le consentement de la communauté* » (*Traité sur le gouvernement civil*, 1690).
- Il est aussi l'un des précurseurs du **libéralisme politique** : selon lui, l'État doit être le garant des libertés individuelles et se limiter à ses fonctions régaliennes (police, justice, finances).
- Il pense que la politique doit être **indépendante** de la religion : la vie politique concerne le présent, ici-bas ; la vie religieuse le futur, au-delà.

MOT CLÉ
Le **libéralisme politique** défend les libertés individuelles face à l'État. Le libéralisme économique préconise la libre entreprise et la non-intervention de l'État dans la vie économique.

III L'influence du modèle politique britannique en France

■ Les philosophes français des Lumières **critiquent la monarchie absolue de droit divin** en prenant pour modèle la monarchie parlementaire britannique. En effet, Louis XV (1715-1774), successeur du « Roi-Soleil », se montre aussi absolutiste et intolérant que son aïeul.

■ **Voltaire** (1694-1778) découvre l'Angleterre lors de son exil de 1726 à 1728. Son séjour lui permet de découvrir la culture et les institutions du pays, ce qu'il relate dans ses *Lettres philosophiques* (ou *Lettres anglaises*) parues en 1734. Il s'y montre un grand admirateur du libéralisme politique et économique de ce pays.

■ **Montesquieu** séjourne également en Angleterre où il observe le fonctionnement des institutions. Cette expérience influence la rédaction de son ouvrage majeur : *De l'Esprit des lois* (1748). Il y défend le principe de **séparation des pouvoirs**, condition indispensable à l'exercice des libertés.

MINI-BIO
Montesquieu (1689-1755) est conseiller au parlement de Bordeaux. Ses voyages en Europe inspirent sa philosophie politique qui défend les régimes constitutionnels au nom des libertés.

zoOm

1727-1733 : Voltaire rédige les *Lettres philosophiques*

François Marie Arouet de Voltaire, dit Voltaire
D'après Maurice Quentin de la Tour, huile sur toile, XVIIIe siècle (Musée national du château de Versailles).

La nation anglaise est la seule de la terre qui soit parvenue à régler le pouvoir des rois en leur résistant, et qui d'efforts ait enfin établi un gouvernement sage où le prince tout-puissant pour faire du bien, a les mains liées pour faire du mal ; où les seigneurs sont grands sans insolence et sans vassaux, et où le peuple partage le gouvernement sans confusion.

Voltaire, *Lettres philosophiques*, 1734.

■ À son départ en Angleterre en 1726, Voltaire est considéré comme un poète mondain. Après la publication des *Lettres philosophiques* en 1734, il acquiert le **statut de philosophe**.

■ Cet ouvrage défend les **bienfaits de la liberté**, tout en critiquant les préjugés de la société française de façon satirique.

20 La révolution américaine

En bref *De 1775 à 1783, les treize colonies anglaises d'Amérique se soulèvent contre leur métropole. À cette occasion, leurs représentants rédigent un texte fondateur : la Déclaration d'indépendance des États-Unis.*

I Les origines de la révolution américaine

- Dès 1607, l'Angleterre colonise la côte atlantique de l'Amérique du Nord. De 1624 à 1732, elle transforme les territoires conquis en treize colonies.
- À la suite de la guerre de Sept Ans (1756-1763), l'Angleterre s'empare du Canada et de la Louisiane, appartenant jusqu'ici à la France. Tout l'est du continent nord-américain est alors sous souveraineté britannique.
- Les colons anglais d'Amérique supportent de plus en plus mal l'autorité de la lointaine Angleterre. D'autant plus qu'à partir de 1763, la métropole leur interdit de s'installer dans les territoires de l'Ouest, augmente les taxes et les droits de douane, en particulier sur le thé, fait appliquer strictement **l'exclusif**.
- Ces nouvelles dispositions entraînent un soulèvement général contre la couronne britannique en 1775.

MOT CLÉ
Le **régime de l'exclusif** est un règlement commercial interdisant aux colonies de commercer avec un autre pays que le Royaume-Uni.

II La guerre d'indépendance américaine

1 La Déclaration d'indépendance

- En 1776, les délégués des treize colonies insurgées se réunissent en Congrès à Philadelphie et adoptent la Déclaration d'indépendance des États-Unis.
- Inspiré par les théories philosophiques de Locke et de Montesquieu, ce texte affirme l'égalité, la liberté et le droit à l'insurrection.

2 Un conflit de huit ans

- De 1775 à 1783, la guerre d'indépendance oppose les colons révoltés (les Insurgents), dirigés par George Washington, aux troupes anglaises.
- Dès le début, les Insurgents sont soutenus par des volontaires français comme le marquis de La Fayette. En 1778, Louis XVI envoie une armée aux côtés des Insurgents, dans l'espoir d'affaiblir l'Angleterre, puissance rivale de la France.
- Ce soutien permet aux colons de remporter une victoire décisive à Yorktown en 1781. En 1783, l'Angleterre reconnaît l'indépendance de ses treize colonies.

III Des répercussions mondiales

1 Le soulèvement des autres colonies d'Amérique

- À la première vague de décolonisation en Amérique du Nord, succède ainsi une seconde vague dans l'espace latino-américain, soumis à la **tutelle espagnole**.
- S'opposant au régime de l'exclusif imposé par les souverains espagnols et inspirés par les principes de la Déclaration d'indépendance et ceux de la Révolution française, les **créoles** combattent pour leur indépendance. Sous la direction de **Simon Bolivar**, le Venezuela, la Colombie et l'Équateur l'obtiennent en 1830.

MOT CLÉ
Un **créole** est un colon blanc né en Amérique mais d'origine européenne.

2 L'influence sur la France

- Si elle creuse le **déficit budgétaire** de l'État, l'intervention militaire apparaît comme le soutien de la monarchie à un mouvement d'émancipation.
- Les principes énoncés dans la Déclaration d'indépendance des États-Unis inspirent vingt ans plus tard les rédacteurs de la **Déclaration des droits de l'homme et du citoyen** adoptée par l'Assemblée nationale constituante le 26 août 1789.

zoOm

La victoire de Yorktown (1781)

La Reddition du Lord Cornwallis, J. Trumbull, huile sur toile, XVIIIe siècle (Yale University Art Gallery, New York).

- Le 17 octobre 1781, le général anglais Cornwallis, assiégé par les troupes de George Washington soutenues par le corps français de Rochambeau, doit capituler à Yorktown (Virginie). Cette victoire décisive marque le **triomphe des Insurgents**.
- Elle fait également de **George Washington**, chevauchant au pied de la bannière étoilée, un véritable héros national.

21 Un nouvel univers politique et social aux États-Unis

En bref *En 1787, les États-Unis se dotent d'une constitution qui en fait une république fédérale. À sa tête, George Washington incarne à lui seul la nation. Cependant, malgré son apparente unité, celle-ci met à l'écart les esclaves et les Indiens.*

I Une constitution pour les États-Unis d'Amérique

- En 1787, les anciennes colonies se dotent d'une **constitution**. Ce texte est un compromis entre les **fédéralistes**, partisans d'un gouvernement central fort, et les **républicains**, défenseurs de l'autonomie des États.

- Le gouvernement de chaque **État** est souverain pour la police, la religion et l'éducation. Le **gouvernement fédéral** est chargé quant à lui des affaires communes à tous les États : les affaires étrangères, la défense, la monnaie.

> **MOT CLÉ**
> Une **constitution** est un texte qui précise l'organisation et le fonctionnement d'un État. Elle fixe également les droits et les devoirs des citoyens.

- Les États-Unis sont une **république** : les pouvoirs sont séparés et le chef de l'État est désigné pour une durée limitée. Le **pouvoir exécutif** est confié au président, élu pour quatre ans. Le **pouvoir législatif** est confié au Congrès : le Sénat et la Chambre des représentants. La **Cour Suprême**, composée à l'origine de sept juges nommés à vie par le président, veille au respect de la Constitution.

II Washington, premier président des États-Unis

- Ancien officier de l'armée britannique, George Washington s'engage dans la guerre d'Indépendance comme commandant en **chef des Insurgents** dès 1775. Après plusieurs échecs face aux Anglais, il remporte la victoire décisive de **Yorktown** avec l'appui des Français en 1781. En 1783, il signe la paix avec les Anglais (traité de Paris) qui accorde l'indépendance aux treize colonies.

- En 1787, il préside la **Convention de Philadelphie** chargée de rédiger la Constitution des États-Unis. Il figure alors parmi les **Pères fondateurs** de la nation.

- En 1789, il est élu à l'unanimité **président des États-Unis**, puis réélu en 1792. À ce poste, il joue le rôle d'**arbitre** entre les fédéralistes, dirigés par Hamilton, et les républicains, représentés par Jefferson. En 1796, il refuse un troisième mandat.

- Le premier président donne son nom à la **capitale fédérale** fondée en 1791 et promue à ce rang en 1800.

> **MOT CLÉ**
> Les **Pères fondateurs** des États-Unis sont les hommes signataires de la Déclaration d'indépendance (1776) et de la Constitution des États-Unis (1787).

III Les limites de la démocratie américaine

1 Une société esclavagiste

■ Malgré l'abolition de la traite en 1807, l'esclavage subsiste. Dans les États du Sud, il se développe car la **culture du coton** exige une main-d'œuvre nombreuse.

■ Son existence **contredit les principes** de la Déclaration d'Indépendance, en particulier l'égalité et la liberté. Les esclaves noirs ne disposent d'aucun droit politique : ils sont exclus de la démocratie.

2 La relégation des Indiens

■ Avec l'expansion vers l'ouest du territoire des États-Unis au XIXe siècle, les tribus indiennes sont **déplacées** pour permettre l'installation des colons. Peu nombreux et peu organisés, les Indiens ne peuvent résister à leur afflux.

■ Bientôt, les tribus indiennes sont parquées dans des **réserves** administrées par l'administration fédérale. Privés de tous droits politiques, les Indiens sont, comme les esclaves noirs, les laissés-pour-compte de la démocratie américaine.

zoOm

Le gouvernement fédéral américain

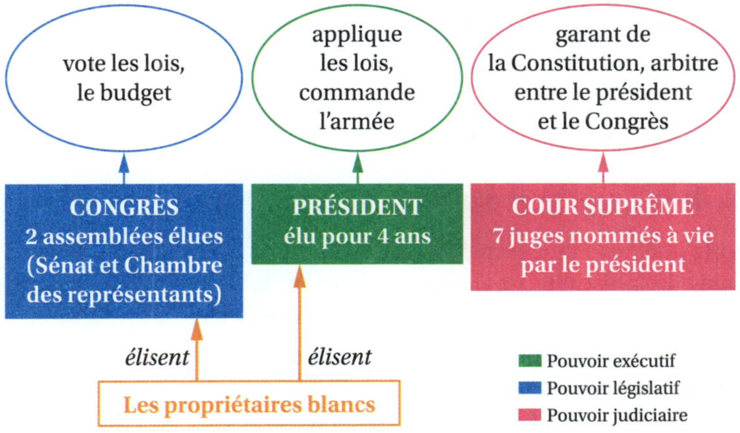

■ L'organisation du gouvernement fédéral des États-Unis met en œuvre le principe de **séparation des pouvoirs** théorisé par Montesquieu. La Cour suprême en garantit le bon fonctionnement.

■ Cependant, le président, chef de l'exécutif et qui désigne les juges de la Cour suprême, exerce un **pouvoir dominant**. Par ailleurs, le corps électoral ne se compose que des propriétaires blancs.

22 Les pesanteurs de la société d'ordres en France

En bref *La société d'Ancien Régime est une société d'ordres : les paysans, majoritaires, sont soumis à l'autorité de leurs seigneurs. Le poids de la pression fiscale entraîne de nombreux soulèvements dans les campagnes au XVIIe siècle. Cependant, le siècle suivant est marqué par une lente amélioration de la condition paysanne.*

I Une société tripartite

- Dans son *Traité des ordres et simples dignités* (1610), le juriste Charles Loyseau rappelle que tous les Français sont des sujets du roi. Parmi eux, il distingue trois catégories juridiques : le **clergé** (ceux qui prient), la **noblesse** (ceux qui combattent) et le **tiers état** (ceux qui travaillent).

- Le clergé (1 % de la population) et la noblesse (2 % de la population) bénéficient de **privilèges**, notamment fiscaux. Le tiers état (97 % de la population) est **soumis à l'autorité** des deux premiers.

> **MOT CLÉ**
> Un **privilège** est un droit réservé à une personne ou un groupe en raison de sa naissance, de sa fonction ou de son lieu de résidence.

- Le tiers état est constitué majoritairement de **paysans** (80 % de la population). Ils travaillent sur des terres qui ne leur appartiennent pas, dans le cadre d'une seigneurie.

II Un monde paysan dominé

1 Le poids de la fiscalité et des droits féodaux

- Le clergé et la noblesse étant exemptés partiellement ou totalement de certains impôts, le poids de la fiscalité royale repose donc entièrement sur les paysans. C'est le cas en particulier de la **taille**, destinée à financer la levée d'une armée.

- Les paysans sont également redevables de la **dîme**, impôt en nature dû à l'Église, qui correspond en moyenne au dixième de leurs récoltes.

- Enfin, et surtout, ils doivent s'acquitter de **nombreux droits seigneuriaux** : en nature (le champart), en argent (le cens) ou en travail (la corvée). Par ailleurs, ils sont soumis à l'autorité de leur seigneur (justice, police).

2 De multiples soulèvements populaires aux XVIe et XVIIe siècles

- Sous l'Ancien Régime, les révoltes paysannes sont **souvent d'origine fiscale**, lorsque la monarchie veut imposer un nouvel impôt. La colère des paysans est dirigée contre les gens de finance chargés de la collecte de l'impôt. Parti d'une paroisse, le soulèvement s'étend parfois à toute une région.

■ Ainsi, à partir de 1635, l'intervention militaire française dans la guerre de Trente Ans accroît la pression fiscale. Dans ce contexte, la Normandie est, en 1639, le théâtre de la **révolte des Va-nu-pieds** dirigée contre le rétablissement de la **gabelle**. Elle est réprimée férocement sur ordre de Richelieu, principal ministre de Louis XIII.

> **MOT CLÉ**
> La **gabelle** est un impôt perçu sur la vente du sel.

III Une amélioration de la condition paysanne au XVIIIe siècle

■ À partir de 1715, le **climat** devient plus clément. La disparition des hivers rigoureux entraîne celle des grandes famines (comme celle de l'hiver 1709). La **paix intérieure** du royaume préserve les récoltes de la destruction.

■ Au XVIIIe siècle, **l'État modernise l'agriculture** en s'appuyant sur les mémoires des intendants. Il favorise le recul de la jachère, la spécialisation agricole (maïs dans le Sud-Ouest, sarrasin en Bretagne) et le perfectionnement du matériel agricole.

■ La **gestion de la seigneurie** devient plus rigoureuse : les seigneurs la confient à des fermiers qui exercent une pression plus régulière sur les paysans en anticipant parfois les rentrées d'argent.

■ La condition paysanne varie **selon les régions** : dans l'est et le centre du royaume (Lorraine, Franche-Comté, Bourgogne, Auvergne), le pouvoir du seigneur est ainsi plus fort qu'ailleurs.

zoOm

Le poids des droits seigneuriaux sur les paysans

■ Le seigneur (« l'araignée ») fait figure de **prédateur** auprès du paysan (« la mouche »).

■ Un siècle avant la Révolution française, le sentiment d'une **profonde injustice** s'exprime.

Gravure de J. Lagniet-Guérard, XVIIe siècle (BNF, Paris).

23 Les mutations de la société d'ordres en France

En bref *La société d'ordres n'est pas figée : elle connaît de lentes mutations. Dans les villes les plus dynamiques, de nouvelles hiérarchies émergent et, dans un monde où le pouvoir est masculin, des femmes exercent une influence politique ou intellectuelle.*

I Un monde urbain en mouvement

1 Des villes dynamiques et influentes

- Les grandes villes du royaume sont **attractives** : elles offrent davantage de possibilités d'ascension sociale que les campagnes. C'est pourquoi leur population s'accroît avec une immigration continue venue des espaces ruraux.
- Les villes sont d'abord des **carrefours commerciaux** (halles, foires).
- Ce sont aussi des **centres administratifs** (sièges d'une **généralité**) et **judiciaires** (présence d'un parlement).
- Ce sont enfin de **hauts lieux de la vie religieuse** (centre d'un évêché) et **culturelle** (académie, théâtres, salons). Ainsi, Paris et Rouen, Bordeaux ou Toulouse concentrent des fonctions diversifiées.

MOT CLÉ
Une **généralité** est une circonscription administrative dirigée par un intendant.

2 Des sociétés urbaines diversifiées

- Les hiérarchies sociales traditionnelles subsistent. Ainsi, la **noblesse de robe**, formée notamment des membres des parlements, domine la société urbaine.
- Cependant, de nouvelles élites, fondées sur la richesse, s'affirment comme la **haute bourgeoisie** : à Nantes et à Bordeaux, les armateurs tiennent le haut du pavé. Ils tirent leurs profits de l'économie de plantation développée dans les Antilles grâce à la **traite négrière**.
- La **masse de la population urbaine** est constituée d'artisans, de boutiquiers et de domestiques. On compte aussi de nombreuses catégories intermédiaires (officiers, notaires, médecins). Riches et pauvres habitent souvent les mêmes quartiers et se côtoient dans les lieux publics, comme à Paris.

II L'affirmation des femmes dans la société

1 De sérieux obstacles

- De nombreux actes royaux réforment les droits coutumiers pour renforcer la **subordination de la femme à son mari**. De plus, l'État les écarte des responsabilités spirituelles dès le début du XVIIe siècle.

■ Une **mentalité misogyne** domine les esprits. Elle est particulièrement virulente lors des périodes de régence de Catherine de Médicis (1560-1563 puis 1574), veuve d'Henri II, marquée par le début des guerres de religion. La reine de France est présentée par ses détracteurs comme une manipulatrice. Au XVIIIe siècle, c'est la reine Marie-Antoinette qui est la cible des critiques pour son influence grandissante sur Louis XVI.

2 L'émergence de femmes d'influence

■ Dans le **monde politique**, le pouvoir reste une affaire d'hommes. Cependant, dans des circonstances particulières (régence, affaiblissement de l'autorité royale), des femmes d'exception jouent un rôle important : en 1525-1526, Louise de Savoie, mère du roi François Ier, assure la régence et maintient l'unité du royaume ; sous le règne de Louis XV, la marquise de Pompadour, maîtresse du roi, use de son influence pour soutenir la publication de l'*Encyclopédie* (1751-1772).

■ Dans le **domaine littéraire**, les femmes sont tenues à l'écart de l'Académie française. Cependant, elles jouent un rôle central dans la vie des **salons**. Ceux-ci connaissent une première vogue dans la première moitié du XVIIe siècle, à Paris et dans les grandes villes de province, avant d'être supplantés par la cour de Versailles. C'est au siècle des Lumières qu'ils connaissent leur apogée autour de femmes cultivées comme Madame de Tencin ou Madame Geoffrin.

zoOm

Un salon parisien au XVIIIe siècle

Anicet Charles Gabriel Lemonnier, *Lecture de la tragédie* L'Orphelin de la Chine *de Voltaire dans le salon de Madame Geoffrin*, huile sur toile, 196 x 129 mm, XVIIIe siècle (Musée national du château de Malmaison).

De 1749 à 1777, Marie-Thérèse Rodet **Geoffrin** accueille dans son hôtel particulier philosophes, hommes de lettres et personnalités de la noblesse ou de la haute bourgeoisie. Son salon est alors un des plus célèbres de Paris.

SE TESTER QUIZ

Vérifiez que vous avez bien compris les points clés des **fiches 15 à 23**.

1 Monarchie française et monarchie britannique

→ FICHES **15 à 19**

1. Pourquoi les parlements s'opposent-ils aux réformes fiscales du roi ?

☐ **a.** Pour défendre l'intérêt général. ☐ **b.** Pour défendre leurs privilèges.
☐ **c.** Pour moderniser le système fiscal.

2. « *Labourage et pâturage sont les deux mamelles de la France.* »
Cette citation est de :

☐ **a.** Sully ☐ **b.** Richelieu ☐ **c.** Jean-Baptiste Colbert

3. Dans le Parlement britannique, la Chambre des communes représente :

☐ **a.** la bourgeoisie ☐ **b.** la noblesse ☐ **c.** le clergé

4. Le principe de séparation des pouvoirs est mis en œuvre dans :

☐ **a.** une monarchie absolue ☐ **b.** une monarchie absolue de droit divin
☐ **c.** une monarchie parlementaire

2 La révolution américaine

→ FICHES **20 et 21**

1. La Déclaration d'indépendance américaine est signée en :

☐ **a.** 1775 ☐ **b.** 1776 ☐ **c.** 1783

2. Dans la Constitution des États-Unis, le pouvoir législatif est confié :

☐ **a.** à la Cour suprême ☐ **b.** au président ☐ **c.** au Congrès

3 Pesanteurs et mutations de la société d'ordres en France

→ FICHES **22 et 23**

1. Sous l'Ancien Régime, les deux ordres privilégiés sont :

☐ **a.** le clergé et la noblesse ☐ **b.** le clergé et le tiers état
☐ **c.** la noblesse et le tiers état

2. Quelle part de la population totale les paysans représentent-ils ?

☐ **a.** 70 % ☐ **b.** 80 % ☐ **c.** 97 %

3. Dans la société urbaine du XVIIIe siècle, la noblesse est concurrencée par :

☐ **a.** la haute bourgeoisie ☐ **b.** le clergé ☐ **c.** les professions libérales

OBJECTIF BAC

4 Forces et faiblesses de la monarchie absolue en France • Question problématisée

30 min

Après avoir analysé le sujet pour formuler une problématique et établir un plan, rédigez son introduction.

CORRIGÉS

SE TESTER QUIZ

1 Monarchie française et monarchie britannique

1. Réponse b. Les parlementaires, issus de la noblesse de robe, n'entendent pas renoncer à leurs privilèges fiscaux.

2. Réponse a. Sully, ministre des Finances du roi Henri IV, montre ainsi la priorité accordée à l'agriculture.

3. Réponse a. La Chambre des communes est composée de députés élus issus des bourgs et comtés.

4. Réponse c. Dans une monarchie parlementaire, le roi et une assemblée élue se partagent le pouvoir.

2 La révolution américaine

1. Réponse b. La Déclaration d'indépendance est signée en 1776, lors du Congrès de Philadelphie.

2. Réponse c. Dans la Constitution des États-Unis, le pouvoir législatif est confié au Congrès (Sénat et Chambre des représentants) : il vote les lois et le budget.

3 Pesanteurs et mutations de la société d'ordres en France

1. Réponse a. Le clergé et la noblesse sont exemptés de certains impôts.

2. Réponse b. Les paysans représentent 80 % de la population française.

3. Réponse a. La haute bourgeoisie concurrence la noblesse, en particulier dans les villes les plus dynamiques économiquement comme Paris, Nantes ou Bordeaux.

OBJECTIF BAC

4 Forces et faiblesses de la monarchie absolue en France

Les éléments entre crochets ne doivent pas apparaître sur votre copie.

Introduction

[Accroche] En France, la monarchie absolue se met progressivement en place alors que le royaume connaît une extension territoriale continue ; celle-ci résulte des conquêtes militaires et des négociations diplomatiques. *[Présentation du sujet]* La monarchie absolue est un régime politique dans lequel le roi exerce en principe tous les pouvoirs, sans limite. Elle fait preuve de sa longévité en restant en place du XVIe au XVIIIe siècle ; cependant cette longévité cache des fragilités.
[Problématique] Quelles sont les forces et les faiblesses de la monarchie absolue française ? *[Annonce du plan]* Nous répondrons à cette problématique en présentant successivement trois domaines : le domaine politique, le domaine religieux et le domaine économique.

24 Peuplement et milieux de vie sur Terre

En bref *La Terre compte 7,6 milliards d'habitants mais ceux-ci sont inégalement répartis. La vie sur Terre dépend en grande partie des caractéristiques des différents milieux.*

I Un monde inégalement peuplé

- On distingue plusieurs foyers de peuplement sur Terre. Les **foyers de peuplement majeurs** ont les densités de population les plus élevées et sont les plus anciens : l'Asie du Sud (sous-continent indien), l'Asie de l'Est (Japon, littoraux chinois, Corées) et l'Europe.
- Les **foyers de peuplement secondaires** ont des densités moins élevées : golfe de Guinée, Nord-Est américain et Sud-Est du Brésil.
- L'histoire explique souvent les fortes densités : le peuplement s'effectue par l'accumulation ancienne de la population (riziculture millénaire en Asie), ou plus récente suite à d'importantes vagues migratoires (depuis le XVIe siècle aux Amériques). Tous les foyers de peuplement se sont renforcés grâce à la **croissance démographique**.

II Des milieux de vie fragiles mais transformés

Le peuplement dépend aussi des **caractéristiques naturelles** offertes par les **milieux** : climats, reliefs, ressources en eau et natures des sols.

MOT CLÉ
On appelle **milieux** les conditions extérieures, c'est-à-dire des caractéristiques naturelles ou non, déterminant les relations entre l'homme et la nature.

1 Les milieux densément peuplés

- La **zone tropicale humide** abrite plus de la moitié de l'humanité. Les régions rizicoles d'Asie du Sud et du Sud-Est bénéficient de la mousson. En Afrique et en Amérique du Sud, les ressources agricoles sont insuffisantes pour nourrir toute la population, d'où un certain **surpeuplement** qui nécessite des défrichements de la forêt (Amazonie) ou le surpâturage menant à la désertification (Sahel).
- La **zone tempérée** est la plus propice aux activités humaines : les climats et les sols y sont favorables à l'agriculture. Néanmoins, cette activité est devenue minoritaire. Dans ces milieux fortement aménagés, la préoccupation des sociétés humaines est aujourd'hui de concilier progrès économique et respect de l'environnement en réduisant leur **empreinte écologique**.
- Avec la mondialisation des échanges, les **littoraux** sont devenus des espaces attractifs. Plus de la moitié de l'humanité vit près des océans, dans les grandes **métropoles**, les deltas des grands fleuves ou sur les plaines littorales. Mais ces espaces sont fragiles et instables, attaqués par l'érosion et soumis aux risques naturels.

2 | Les milieux hostiles

La moitié des terres émergées abritent 2 % de la population mondiale. Elles concentrent les **contraintes naturelles**.

MOT CLÉ

Les **contraintes naturelles** sont les obstacles naturels à l'installation des êtres humains et à la mise en valeur des territoires : froid, aridité, altitude, pente, couvert végétal.

■ Dans les **milieux désertiques**, le froid et l'aridité sont des contraintes fortes :
- le froid intense, le blizzard et le permafrost (sol gelé en permanence) limitent le peuplement dans les régions polaires (Arctique). La chasse, la pêche mais surtout l'extraction des ressources minières y sont les seules activités humaines ;
- dans les déserts chauds, la vie se concentre autour des oasis où l'agriculture dépend des ressources en eau. Le tourisme s'y développe cependant.

■ Dans les **milieux montagnards**, les aménagements sont difficiles. Les versants à l'ombre (ubac) sont délaissés tandis que les versants ensoleillés (adret) concentrent les activités d'élevage et de loisirs.

■ L'**insularité** est une contrainte : les îles, montagneuses et volcaniques, souffrent d'isolement. Elles sont mises en valeur par le tourisme et/ou l'agriculture.

zoOm

Les grands foyers de peuplement sur Terre (2016)

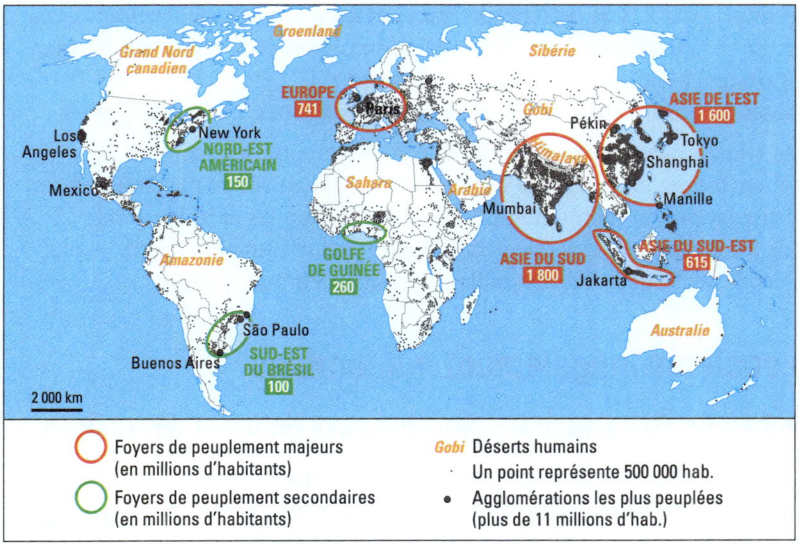

■ 60 % de l'humanité vit à proximité des espaces maritimes et près de 55 % dans un espace urbain. La **littoralisation** des populations est liée à l'augmentation des échanges maritimes dans le cadre de la mondialisation.

■ L'**urbanisation**, processus très avancé dans les pays riches et développés, progresse dans les pays en développement.

25 Les sociétés face aux risques

En bref *Les milieux sont tous aménagés par les êtres humains mais ils sont aussi confrontés à des risques d'intensité variable. Les sociétés qui y vivent sont inégalement vulnérables face à eux.*

I Des sociétés exposées à de multiples risques

■ On distingue différents types de **risques naturels** :
- les risques **climatiques** sont liés à des aléas météorologiques : cyclones, tempêtes, vagues de froid, canicules, sécheresses, raz-de-marée… ;
- les risques d'**origine lithosphérique** recouvrent les séismes, les éruptions volcaniques, les tsunamis et les mouvements de terrains ;
- les risques **hydrologiques** sont les inondations et les avalanches.

■ Les risques **engendrés par les activités humaines** sont nombreux :
- les activités industrielles, le transport et le stockage de certains produits sont à l'origine de risques **technologiques** (nuages toxiques, marées noires) ;
- l'industrie, l'extraction minière, le chauffage domestique, le transport, l'agriculture créent d'importantes **pollutions** (air, sols, eaux) ;
- les émissions de gaz à effet de serre contribuent au **réchauffement climatique**. Celui-ci entraîne la fonte des glaces et la hausse du niveau des océans, qui menace certains littoraux (Maldives, Pays-Bas, Bangladesh) ;
- les mobilités humaines croissantes engendrent des risques **épidémiologiques**.

■ Certains risques naturels sont **amplifiés par les activités humaines** :
- les défrichements et le bétonnage des sols (lié à l'urbanisation) accroissent les risques d'inondation qui représentent 80 % des catastrophes dans le monde ;
- les feux de forêt sont le plus souvent causés par l'action humaine : actes de malveillance, dépôt de déchets, débroussaillement par le feu mal maîtrisé.

II Des sociétés inégalement vulnérables

1 La recherche du « risque 0 » dans les pays riches et développés

■ Les pays développés subissent environ **25 % des catastrophes** naturelles mais ils ne déplorent que **5 % des victimes** car leur niveau de développement leur assure un niveau de **résilience** élevé. Cependant, les dégâts matériels peuvent y être importants car les aménagements y sont nombreux.

> **MOT CLÉ**
> La **résilience** est la capacité d'une société à se relever après une catastrophe.

■ Les pays développés sont particulièrement exposés à des **risques technologiques majeurs** du fait de leurs installations industrielles et nucléaires. Dans ces sociétés, la sécurité individuelle est considérée comme un droit, une simple perturbation de la circulation et des activités économiques comme un risque.

2 | Des risques aggravés par la pauvreté

■ Les PED se trouvant dans des zones sismiques ou dans la zone intertropicale sont plus exposés aux séismes, aux éruptions volcaniques et aux ouragans.

■ Les risques technologiques sont en augmentation dans les PED car les pays riches y délocalisent leurs activités les plus polluantes.

■ Les risques sanitaires sont particulièrement élevés dans les pays les plus pauvres, les pays les moins avancés (PMA). La sous-alimentation et des conditions d'hygiène insuffisantes y favorisent les épidémies.

■ Dans les PED, le risque est considéré comme une fatalité. La solution envisagée est souvent la fuite, donnant lieu à d'importants flux migratoires. La résilience des pays pauvres est faible et leur **vulnérabilité** est plus grande.

> **MOT CLÉ**
> La **vulnérabilité** est liée à la capacité d'un milieu, d'une société, d'un aménagement à faire face à un risque.

III La gestion des risques

■ Dans les pays riches, la gestion des risques relève de quatre démarches :
- la prévision consiste à mieux connaître les aléas en les observant : stations météo, sismographes, surveillance des installations industrielles et nucléaires ;
- la précaution est l'anticipation de risques incertains : interdiction de produits dangereux, campagnes de vaccination ;
- la prévention a pour but d'anticiper des risques identifiés : exercices d'évacuation, de mise à l'abri, sensibilisation et éducation de la population ;
- la protection doit limiter les risques : délimitation de zones à risque, constructions parasismiques, digues, déclenchement d'avalanches, débroussaillage des forêts...

■ Dans les PED, il n'existe quasiment pas de plans de prévention des risques. Aujourd'hui, une gestion plus globale des risques est nécessaire.

zoOm

Aléa, enjeu, risque et catastrophe

Aléa — Enjeu — Risque — Catastrophe

■ L'aléa correspond à la probabilité qu'un phénomène naturel, industriel ou sanitaire dangereux se produise. Les populations et les aménagements exposés à un aléa constituent un enjeu.

■ L'aléa devient un risque lorsqu'il touche les sociétés humaines. Si les dégâts matériels et humains sont importants, on parle alors de catastrophe.

26 Une ressource naturelle sous pression : l'eau

En bref *L'inégale répartition de l'eau sur Terre provoque des tensions. Elle rend nécessaires des aménagements pour maîtriser cette ressource essentielle et des mesures pour la gérer durablement.*

I L'eau, une ressource rare

■ L'eau recouvre les trois quarts de la surface du globe mais le volume d'eau douce ne représente que 2,5 % du volume d'eau disponible sur Terre.

■ L'eau douce est, de plus, inégalement accessible :
- 68,3 % est emprisonnée dans les inlandsis (calottes glaciaires) et les glaciers ;
- 31 % est localisée dans des nappes souterraines profondes et fossiles ;
- 0,7 % est stockée dans les lacs, rivières et nappes phréatiques. Seule cette eau est directement utilisable par les êtres humains.

■ La quantité d'eau disponible sur Terre est toujours la même, grâce au cycle de l'eau, mais elle est très inégalement répartie dans le temps (selon les saisons sèches ou humides ou d'une année sur l'autre) et dans l'espace. Les régions arides et semi-arides ne reçoivent que 2 % des précipitations alors qu'elles couvrent 40 % des continents. Ces régions, situées le long des tropiques, sont en situation de **stress hydrique ou de pénurie**.

MOT CLÉ
Dans les régions en **stress hydrique**, on ne dispose que de 1 000 à 1 700 m^3 d'eau par an et par habitant. En dessous de 1 000 m^3/an/hab., on parle de **pénurie**.

■ La disponibilité en eau est aussi une question qualitative : près de 800 millions de personnes sont encore privées d'eau potable non contaminée. En Afrique subsaharienne, les maladies hydriques restent le premier facteur de mortalité.

II Une ressource essentielle, convoitée et menacée

■ L'agriculture irriguée représente 70 % de la consommation mondiale de l'eau. Elle a quintuplé au XXe siècle et elle est en augmentation dans les pays en développement. L'irrigation est une nécessité dans les régions arides et un appoint dans les régions tempérées en période de sécheresse.

■ L'industrie consomme 20 % des ressources en eau. La part de l'industrie dans les usages de l'eau diminue dans les pays industrialisés grâce au recyclage des eaux usées, tandis qu'elle est en constante augmentation dans les pays émergents.

■ Les usages domestiques de l'eau représentent 10 % de la consommation mondiale d'eau. Ce chiffre croît de manière constante en raison de l'urbanisation, de la hausse du niveau de vie et de la croissance démographique.

■ L'augmentation de la consommation d'eau accroît les concurrences : entre villes et campagnes, populations locales et touristes, industriels et agriculteurs.

- Des **tensions** existent entre États riverains d'un même fleuve (Nil, Jourdain, Tigre, Euphrate) ou d'une même nappe souterraine.
- La **pénurie** d'eau menace de nombreux pays du fait de l'irrigation intensive et de l'exploitation des nappes d'eau fossiles (Arabie saoudite, Jordanie). Celle-ci entraîne également la salinisation des sols et une baisse de leur fertilité.
- Les **pollutions** d'origine industrielle (métaux lourds) et d'origine agricole (pesticides et engrais) sont les principales atteintes à la qualité de l'eau.

III Gérer durablement l'eau

- Une **gestion raisonnée** de l'eau passe par la lutte contre le gaspillage. L'entretien des conduites d'eau dans les villes est une nécessité.
- L'**irrigation goutte-à-goutte** limite la baisse du niveau des nappes phréatiques. L'utilisation réduite des intrants (pesticides, engrais) diminue leur pollution.
- Le **recyclage** des eaux usées et la **réduction de la consommation** domestique sont également des solutions à privilégier.

zoOm

La disponibilité en eau dans le monde (2015)

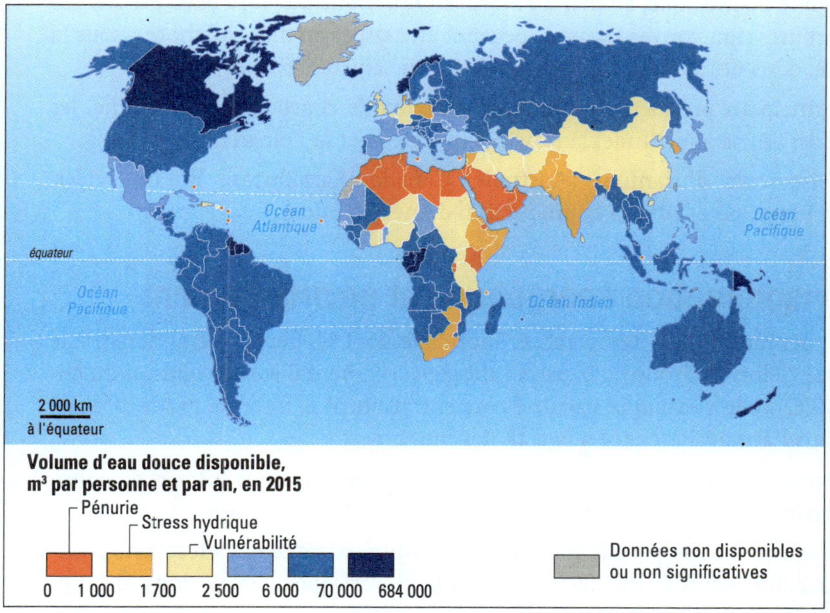

L'accès à l'eau ne dépend pas uniquement des **ressources disponibles** mais aussi de la capacité des États à mettre à la disposition de la population cette ressource grâce à des aménagements, donc de leur **niveau de développement**.

27 Une ressource naturelle sous pression : l'énergie

En bref *L'énergie est indispensable au développement des sociétés humaines mais la demande énergétique mondiale augmente et l'utilisation des énergies fossiles affecte l'équilibre thermique de la Terre.*

I Besoins et ressources énergétiques dans le monde

- La consommation énergétique mondiale s'élève en 2017 à 13,6 millions de TEP (tonne équivalent pétrole) pour une production équivalente.
- Toute la consommation d'énergie est issue d'énergies dites primaires, qu'elles soient épuisables (énergies fossiles : charbon, pétrole, gaz naturel, uranium) ou renouvelables (hydraulique, éolien, géothermie, biomasse).
- La consommation d'énergie a doublé depuis 1973 à cause de la croissance démographique, de la hausse des niveaux de vie, de l'urbanisation et de la hausse des mobilités humaines. Les pays émergents (Chine, Inde, Brésil) sont responsables des deux tiers de l'augmentation de la consommation d'énergie.
- Les gisements d'hydrocarbures (gaz, pétrole) se concentrent au Moyen-Orient, dans le golfe du Mexique, en mer du Nord, en Amérique du Nord et en Russie. Les hydrocarbures non conventionnels peuvent être situés en mer (offshore), sous la banquise, dans des sables bitumeux ou dans des schistes (roches).
- Les principaux producteurs et consommateurs de charbon sont la Chine, les États-Unis, l'Australie, l'Inde, la Russie, l'Indonésie et la Pologne.
- Les gisements d'uranium (Australie, Canada, Kazakhstan, Russie, Niger, Namibie) sont nécessaires à la production d'énergie nucléaire.

II Consommation énergétique et environnement

- L'augmentation de la température mondiale de 1 °C depuis l'ère industrielle est avérée. Selon le Groupe d'experts intergouvernemental sur l'évolution du climat (GIEC), elle s'explique par une concentration plus forte de gaz à effet de serre dans l'atmosphère, liée aux activités humaines.
- La production, le transport et la combustion d'énergies sont sources de pollutions maritimes (marées noires) et atmosphériques (pluies acides).
- L'extraction du charbon, la production d'hydroélectricité et d'électricité d'origine nucléaire représentent des risques majeurs : risques d'explosions, de ruptures de barrages, radioactivité des déchets nucléaires.
- L'exploitation des hydrocarbures de schiste par la technique de fracturation hydraulique (aux États-Unis par exemple) pollue les eaux et les sols par des produits chimiques et risque d'entraîner des pénuries d'eau.

III Assurer la transition énergétique

> **MOT CLÉ**
> Les énergies dites **renouvelables** sont issues d'une source dont le renouvellement est rapide (eau, soleil, vent, biomasse).

■ Aucune **énergie renouvelable** ne peut répondre seule aux besoins énergétiques de l'humanité. Elles comportent toutes des inconvénients :

- une seule éolienne peut répondre aux besoins domestiques de 1 000 à 2 000 personnes mais elle dépend de l'intermittence du vent et elle ne stocke pas encore l'énergie produite. De plus, elle dégrade les paysages ;
- l'énergie solaire (thermique ou photovoltaïque) permet de fournir de l'électricité à des zones isolées (déserts) mais le coût des panneaux solaires est élevé et leur durée de vie limitée. De plus, ils ne sont pas toujours recyclables ;
- la géothermie permet l'extraction de la chaleur de la Terre, mais les installations sont coûteuses et une partie de l'énergie extraite se perd en surface ;
- les agrocarburants permettent de réduire la dépendance aux hydrocarbures, mais leur production détourne une partie des cultures destinées à l'alimentation.

■ Il est donc nécessaire de développer la production des énergies renouvelables mais en les associant les unes aux autres afin d'effectuer la transition énergétique. Cette transition sous-entend la sobriété (supprimer le gaspillage) et l'efficacité énergétique (réduire les pertes d'énergie par des constructions isolantes). Elle dépend également des progrès techniques, par exemple pour favoriser la production de véhicules électriques suffisamment autonomes.

■ Depuis la conférence de Kyoto (1997), les États dialoguent pour réduire les émissions de gaz à effet de serre. Lors de la COP 21 à Paris en 2015, les États se sont engagés à limiter le réchauffement climatique à moins de 2 °C d'ici à 2100.

zoOm

La consommation d'énergie primaire dans le monde (2019)

■ Les besoins domestiques, les transports et l'industrie représentent chacun un quart de la consommation mondiale.

■ Les autres activités humaines, dont l'agriculture, représentent le dernier quart.

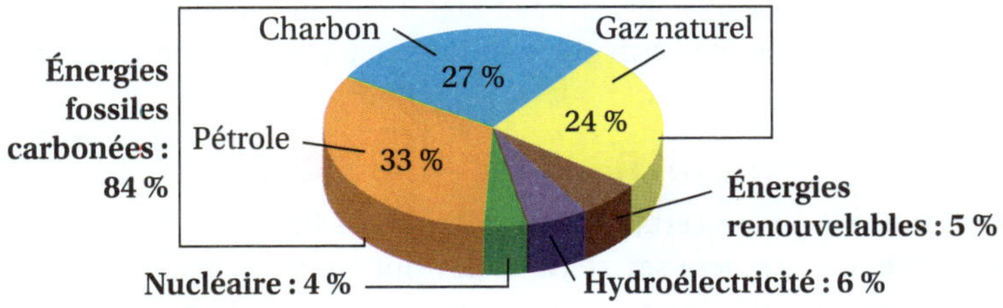

28 La France : des milieux à valoriser et à protéger

En bref *La France présente une grande diversité de milieux. Les aménagements génèrent ou aggravent des risques et des dégradations environnementales. Il faut valoriser ces milieux tout en les protégeant.*

I Des milieux français aux nombreuses potentialités

1 Une grande diversité

- Le territoire français (551 000 km^2) est en position de carrefour entre l'Europe du Sud et l'Europe du Nord, ouvert sur des espaces maritimes. Les territoires ultramarins permettent à la France de posséder la plus vaste zone économique exclusive (**ZEE**) avec près de 11 millions de km^2.

> **MOT CLÉ**
> Une **ZEE** est un espace maritime de 200 milles marins, soit 370 kilomètres, à partir du littoral, dans lequel un État possède l'exclusivité de l'exploitation des ressources.

- Les milieux métropolitains sont en zone tempérée et les deux tiers de la superficie du pays présentent des reliefs plats, ce qui est favorable aux activités.
- Les milieux densément peuplés sont artificialisés (urbains, industriels, touristiques) comparés aux milieux moins densément peuplés (agricoles, forestiers, humides).

2 Des potentialités valorisées

- La diversité des milieux et des paysages présente des potentialités.
• la richesse des terroirs permet certaines productions agricoles de qualité : céréales dans le Bassin parisien, vignobles du Bordelais, productions fruitières du bassin Méditerranéen ou dans les départements et régions d'outre-mer ;
• les grands fleuves (Rhône) permettent la production hydroélectrique ;
• en haute montagne, la pente et l'enneigement sont des atouts pour le tourisme de sports d'hiver. L'ensoleillement des régions méditerranéennes et ultramarines favorise le tourisme balnéaire et la production d'énergie solaire ;
• les forêts sont exploitées pour le bois de chauffage, l'ameublement et le papier ;
• les paysages des espaces ruraux permettent au tourisme vert de se développer.

II Risques et dégradations environnementales

- La France est touchée par un certain nombre de risques liés :
• aux aléas climatiques : sécheresses et canicules, inondations dans le milieu méditerranéen ; tempêtes sur les côtes atlantiques ; cyclones (Antilles, Réunion) ;
• aux aléas d'origine lithosphérique : volcans aux Antilles et à La Réunion.

■ Les **activités humaines** aggravent de nombreux risques : risques majeurs engendrés par l'industrie, feux de forêt (dans 90 % des cas, d'origine humaine), inondations catastrophiques dans des quartiers érigés en zones inondables, disparition des milieux humides du fait des activités agricoles et de l'urbanisation.

■ Les milieux urbains et touristiques sont les plus affectés par les **dégradations environnementales** : pollution atmosphérique et dégradation des paysages.

III Des milieux à protéger durablement

■ La France possède un système efficace de **prévision** : les bulletins d'alerte de Météo France, la surveillance des activités volcaniques.

■ Les milieux à risques bénéficient de moyens de **protection**, par exemple certaines infrastructures : digues, barrages, canaux, constructions parasismiques.

■ Les communes à risques doivent, depuis 1995, posséder un **plan de prévention des risques** (PPR) qui consiste à délimiter des zones constructibles, prévoir des plans d'évacuation ou de confinement. Certains sites industriels classés Seveso, c'est-à-dire à hauts risques, sont soumis à un plan particulier d'intervention (PPI).

■ Des **mesures de protection** des milieux et des ressources sont mises en œuvre par des acteurs publics (Union européenne, État, collectivités territoriales) :
- la **loi montagne** (1985) et la **loi littoral** (1986), régulièrement modifiées, réglementent ou interdisent les constructions dans des zones délimitées ;
- les **parcs naturels** (10 parcs nationaux, 51 régionaux, 6 marins) et de réserves naturelles préservent des espaces fragiles et leur biodiversité.

■ Les industries tentent de diminuer leurs émissions de CO_2, l'écotourisme et l'agriculture biologique se développent, des écoquartiers sont construits dans les métropoles. Les **agendas 21** locaux favorisent une politique des transports, du recyclage des déchets et de l'habitat plus soucieuse de l'environnement.

zoOm

Schéma d'un paysage alpin

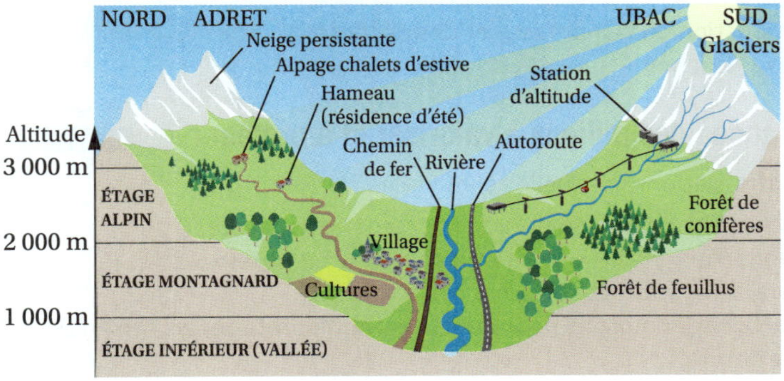

SE TESTER QUIZ

Vérifiez que vous avez bien compris les points clés des **fiches 24 à 28**.

1 Peuplement et milieux de vie sur Terre

→ FICHE 24

1. Combien compte-t-on d'habitants dans le monde aujourd'hui ?

☐ **a.** 9 milliards ☐ **b.** 7,6 milliards ☐ **c.** 700 millions

2. Les contraintes naturelles les plus fortes pour le peuplement sont :

☐ **a.** les températures ☐ **b.** l'aridité ☐ **c.** la pente des reliefs

2 Les sociétés face aux risques

→ FICHE 25

1. La vulnérabilité est :

☐ **a.** la capacité d'une société à surmonter une catastrophe
☐ **b.** la présomption de risques graves mais incertains
☐ **c.** liée à la capacité d'une société, d'un milieu, d'un aménagement à faire face à un risque

2. Les risques hydrologiques concernent :

☐ **a.** les inondations et avalanches
☐ **b.** les tempêtes et ouragans
☐ **c.** les séismes et volcans

3 Des ressources naturelles sous pression : l'eau et l'énergie

→ FICHES 26 et 27

1. Quel est le principal usage de l'eau dans le monde ?

☐ **a.** l'industrie
☐ **b.** les usages domestiques
☐ **c.** l'agriculture

2. Les énergies renouvelables les plus consommées dans le monde sont :

☐ **a.** le pétrole
☐ **b.** la combustion de la biomasse et des déchets
☐ **c.** l'énergie éolienne

4 La France : des milieux à valoriser et à protéger

→ FICHE 28

Parmi ces affirmations, lesquelles sont vraies ?

☐ **a.** En France, les milieux sont exclusivement artificialisés.
☐ **b.** Les aléas d'origine lithosphérique sont plus nombreux dans les territoires français ultramarins.
☐ **c.** Les parcs nationaux ont pour principal but de protéger les territoires des risques naturels.
☐ **d.** L'écotourisme concerne les loisirs peu polluants.

OBJECTIF BAC

5 La disparition de la mer d'Aral • Croquis

30 min

La réalisation d'un croquis de géographie est une épreuve avec laquelle vous devez vous familiariser pour le bac. En seconde, vous apprenez à maîtriser le langage cartographique. En premier lieu, il faut se demander quelles informations cartographier et comment organiser une légende.

LE SUJET

Organisez la légende du croquis sur le sujet suivant :
« La disparition de la mer d'Aral. »

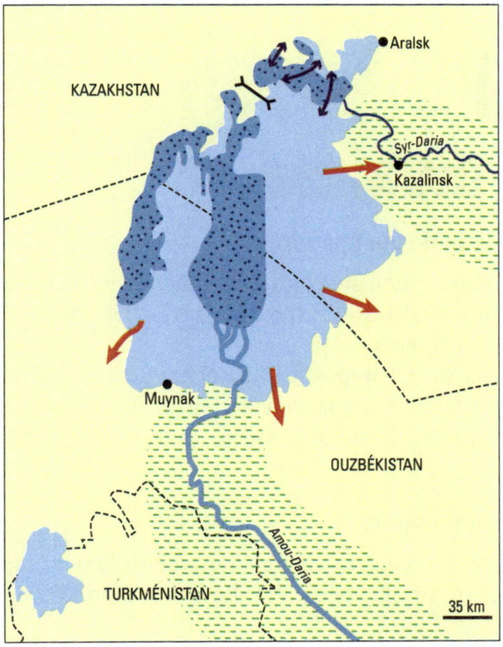

Voici, notées dans le désordre, toutes les informations à placer dans la légende.

réduction des pompages du Syr Daria • anciens ports aujourd'hui dans les terres • hausse de la salinité • zone irriguée pour la culture du coton • vents chargés de sable : stérilisation des terres • une mer menacée de disparition • fleuves pompés excessivement • les mesures pour sauver la mer d'Aral • climat semi-aride (précipitations faibles) • niveau actuel de la mer d'Aral • les causes d'une catastrophe écologique • la mer d'Aral à son niveau maximum • remontée du niveau des eaux, reprise de la pêche, retour de la biodiversité • barrage pour isoler la mer d'Aral du Nord de celle du Sud

▶▶▶ LA FEUILLE DE ROUTE

Étape 1 Dégager les idées principales

Identifiez dans la liste les informations à placer dans les titres de partie de la légende.

Étape 2 Organiser la légende

- Ordonnez les deux ou trois thèmes identifiés. Souvent, la légende décrit une situation géographique, puis ses origines et enfin les solutions envisageables.
- Trouvez sur la carte les figurés les plus appropriés à chaque information et répartissez ces informations dans les trois parties de façon équilibrée.

Étape 3 Réaliser la légende du croquis → CORRIGÉ p. 471

CORRIGÉS

SE TESTER QUIZ

1 Peuplement et milieux de vie sur Terre

1. Réponse b. La population mondiale continue d'augmenter mais le rythme de la croissance démographique ralentit. Ce n'est que vers 2050 que la Terre devrait atteindre les 9 milliards d'habitants.

2. Réponse b. Sans eau la vie est impossible. La pente peut être aménagée et se transformer en atout (sport d'hiver) et la chaleur, lorsqu'elle n'est pas extrême, est favorable au tourisme balnéaire. L'aridité constitue la contrainte naturelle la plus forte.

2 Les sociétés face aux risques

1. Réponse c. Il ne faut pas confondre vulnérabilité avec résilience (capacité à surmonter une catastrophe) ou principe de précaution (qui tente d'éviter un risque de se produire).

2. Réponse a. Les séismes et volcans sont des risques d'origine lithosphérique tandis que les tempêtes et les ouragans sont des risques climatiques.

3 Des ressources naturelles sous pression : l'eau et l'énergie

1. Réponse c. L'agriculture irriguée représente 70 % de la consommation mondiale de l'eau.

2. Réponse b. La biomasse est l'ensemble des matières organiques (bois, végétaux, déchets agricoles et animaux) pouvant produire de l'énergie par combustion. Un quart de l'humanité dépend de la biomasse pour se chauffer et cuire ses aliments. La combustion de la biomasse et des déchets assure près de 10 % des besoins énergétiques mondiaux.

4 La France : des milieux à valoriser et à protéger

Réponses a et b.

L'affirmation **a** est vraie. L'artificialisation d'un milieu désigne le processus par lequel des espaces « naturels » sont transformés par les êtres humains. La quasi-totalité du territoire national a été aménagée, y compris les espaces ruraux.

L'affirmation **b** est vraie. Les volcans aux Antilles (Guadeloupe et Martinique) et à la Réunion sont toujours en activité.

L'affirmation **c** est fausse. Les parcs nationaux ont pour principal but de préserver totalement ou partiellement des espaces fragiles et leur biodiversité.

L'affirmation **d** est fausse. L'écotourisme, ou tourisme vert, est centré sur la découverte de la nature.

OBJECTIF BAC

5 La disparition de la mer d'Aral

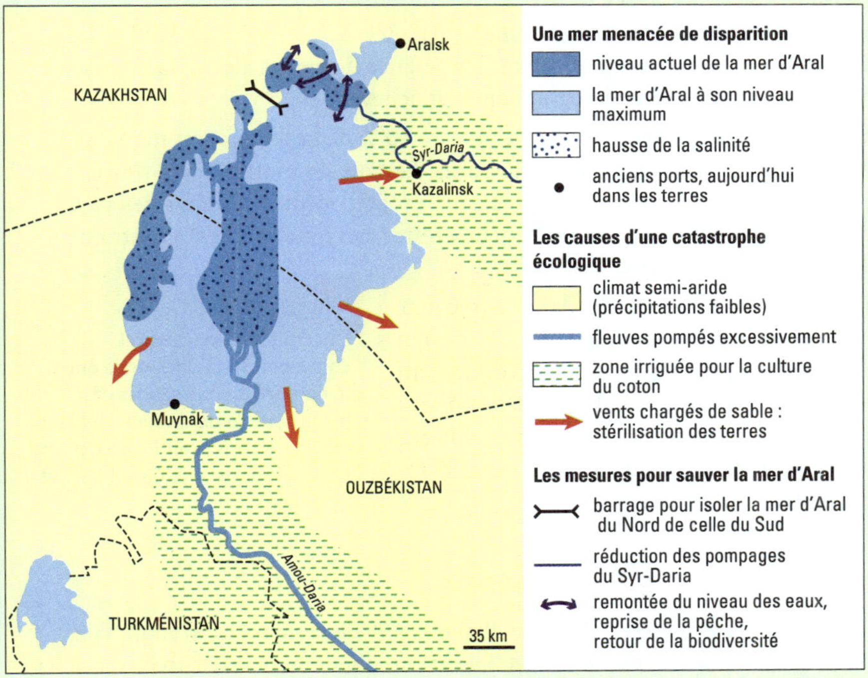

29 Les défis du nombre et du vieillissement

En bref *Depuis les années 1950, le monde connaît une forte croissance démographique et, en 2050, la Terre devrait abriter 9,8 milliards d'habitants. Cette croissance ralentit cependant et la population mondiale vieillit.*

I La croissance démographique dans le monde

■ Après une longue période de très faible croissance, la population mondiale augmente régulièrement à partir du milieu du XVIIIe siècle. À partir de 1950, la Terre connaît une véritable **explosion démographique**. En 250 ans, elle est ainsi passée de 700 millions d'habitants à 7,7 milliards.

■ La croissance démographique est très inégale dans le monde, car tous les pays n'en sont pas à la même étape de la **transition démographique.**

■ Les **pays développés** connaissent une croissance démographique faible : les taux de natalité et de mortalité sont bas, l'espérance de vie est élevée, la population vieillit. Leur transition démographique est achevée.

■ Les **pays en développement** abritent plus de 80 % de la population mondiale et connaissent des situations plus contrastées. Le taux de mortalité y a souvent baissé de façon brutale après 1945, grâce aux progrès médicaux venus des pays développés, mais l'**indice de fécondité** peut y rester élevé, notamment en Afrique subsaharienne (4 à 7 enfants par femme).

■ L'humanité est donc entrée dans la seconde phase de la transition démographique, ce qui contribue au ralentissement de l'**accroissement naturel** et au vieillissement de la population mondiale. Il reste cependant des exceptions, comme certains pays du Maghreb et l'Égypte, où la natalité augmente.

MOT CLÉ
L'**accroissement naturel** correspond à la différence entre le nombre de naissances et le nombre de décès dans un pays en un an, sans prendre en compte les migrations (entrées et sorties).

II Les défis du vieillissement

■ Les plus de 65 ans représentent actuellement 9 % de la population mondiale. Le **vieillissement de la population mondiale** est un phénomène qui s'accélère. La part des plus de 60 ans (962 millions de personnes) devrait doubler d'ici 2050 et même tripler d'ici 2100 selon l'ONU.

■ Les causes de ce vieillissement de la population sont multiples :
• l'allongement de l'**espérance de vie** (72,4 ans en moyenne dans le monde) ;

MOT CLÉ
L'**espérance de vie** désigne la durée de vie moyenne que l'on peut espérer atteindre à un moment donné dans un pays donné.

• l'arrivée à l'âge de 65 ans et plus de la génération du **baby boom** ;
• la baisse du **taux de fécondité** (nombre d'enfants en moyenne par femme).

■ Le vieillissement de la population est **lié au niveau de développement** des pays : ceux où le nombre de personnes âgées est le plus élevé sont les pays riches et développés. Le vieillissement est beaucoup moins rapide dans les pays en développement où la fécondité est plus forte (4 enfants par femme en moyenne) et l'espérance de vie moins longue (70 ans contre plus de 80 ans dans les pays riches).

■ La baisse de la **population active** liée au vieillissement menace la croissance. Celui-ci rend difficile le financement des retraites et augmente les dépenses de santé.

■ Pour faire face à ces conséquences, plusieurs solutions sont possibles :
• augmenter le nombre d'actifs en reculant l'âge de la retraite et/ou en favorisant le travail féminin encore sous représenté ;
• faire appel à l'immigration ;
• agir sur la natalité par des **politiques natalistes** (allocations, création de crèches).

■ Au **Japon** par exemple, où une personne sur trois a plus de 65 ans, le gouvernement a décidé de la gratuité des crèches pour 2019 et l'augmentation des politiques sociales pour relancer la natalité. L'objectif est de revenir au nombre de 200 millions de Japonais d'ici 2064 (126,8 millions aujourd'hui).

zoOm

La transition démographique

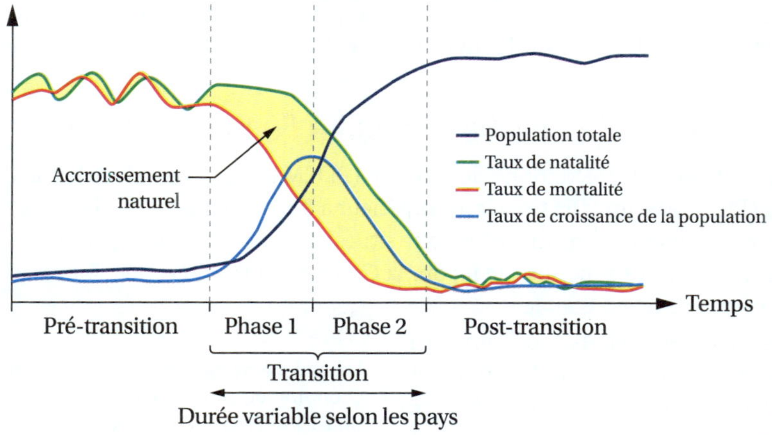

■ La transition démographique est une période de **forte croissance de la population**, où la mortalité diminue massivement mais où la natalité reste élevée.

■ Elle s'achève quand le taux de natalité baisse à son tour, rejoignant le taux de mortalité : on passe alors d'un régime démographique **traditionnel** à un régime **moderne**, avec une croissance démographique faible.

30 Des inégalités de développement à toutes les échelles

En bref *Le développement est un des enjeux majeurs auxquels doit faire face l'humanité. Les dynamiques de développement laissent à l'écart des territoires et des sociétés à toutes les échelles.*

I Mesurer le développement

■ Le **développement** est un processus par lequel un groupe social évolue vers de meilleures conditions de vie, plus de richesse et un système politique démocratique. Il n'est pas synonyme de croissance économique. C'est un processus qualitatif (amélioration des conditions de vie) alors que la croissance est un processus quantitatif (augmentation du PIB, qui ne mesure que la richesse).

■ Depuis 1990, le Programme des Nations unies pour le développement (PNUD) utilise l'**indice de développement humain** (IDH) pour mesurer le niveau du bien-être de la population.

■ L'IDH fait la synthèse de trois séries de données :
- l'espérance de vie à la naissance, qui donne une idée de l'**état sanitaire** de la population du pays ;
- la durée moyenne et la durée attendue de scolarisation, qui permettent d'estimer le **niveau d'instruction** ;
- le revenu national brut par habitant, calculé en parité de pouvoir d'achat (PPA), c'est-à-dire dans un montant assurant le même pouvoir d'achat dans tous les pays ; il donne une indication sur le **niveau de vie** d'une population.

II Les inégalités de développement à l'échelle mondiale

■ Les **pays développés** à économie de marché (PDEM), ou pays industrialisés développés (PID), avec un IDH très élevé (supérieur à 0,8), répondent aux besoins essentiels de leur population. Ces pays sont situés en Amérique du Nord, dans l'Union européenne ; ce sont aussi le Japon, la Corée du Sud, Singapour, Taïwan, l'Australie et la Nouvelle-Zélande.

■ Les pays dits « **émergents** » ont un IDH généralement compris entre 0,7 et 0,8. Les BRICS (Brésil, Russie, Inde, Chine et Afrique du Sud) sont les pays les plus riches de ce groupe et ils se réunissent en sommets depuis 2011.

MOT CLÉ
Les **pays émergents** ont une croissance économique élevée (augmentation du PIB/an) mais leur niveau de développement demeure moyen et très inégal d'une région à l'autre.

■ Les **pays producteurs de pétrole** peuvent également être considérés comme émergents : Arabie saoudite, Qatar, Émirats arabes unis, Brunei, Bahreïn. Leur développement est lié à l'extraction du pétrole, source d'importants revenus.

■ Les **pays intermédiaires** sont les plus nombreux. Leur IDH est moyen (entre 0,5 et 0,7) et ils dépendent des pays les plus développés auxquels ils vendent leurs matières premières. Dans ces pays, le secteur informel domine souvent l'économie (recyclage, travaux domestiques, vente dans la rue).

■ Les **pays les moins avancés** (PMA) sont les 48 États les plus pauvres du monde, la plupart situés en Afrique subsaharienne (34) et en Asie centrale (9). Leur IDH est inférieur à 0,5. Ils possèdent une économie rurale et leur population est jeune.

III Les inégalités de développement aux échelles régionales et locales

■ À l'échelle des **continents**, les progrès du développement sont importants en Asie, plus divers en Amérique latine. La situation s'est dégradée en Afrique.

■ À l'échelle étatique, les **métropoles** et les **régions littorales** sont souvent plus développées que les régions rurales et intérieures. Ce sont les espaces les mieux intégrés à la mondialisation.

■ À l'échelle urbaine, des poches de mal-développement sont le signe d'une **ségrégation sociospatiale**. Dans les pays émergents et intermédiaires, et les PMA, les **quartiers informels** se multiplient tandis que les populations les plus aisées s'isolent dans des résidences fermées (*gated communities*).

MOT CLÉ
L'expression « **quartier informel** » est synonyme de bidonville.

zoOm

L'IDH dans le monde (2017)

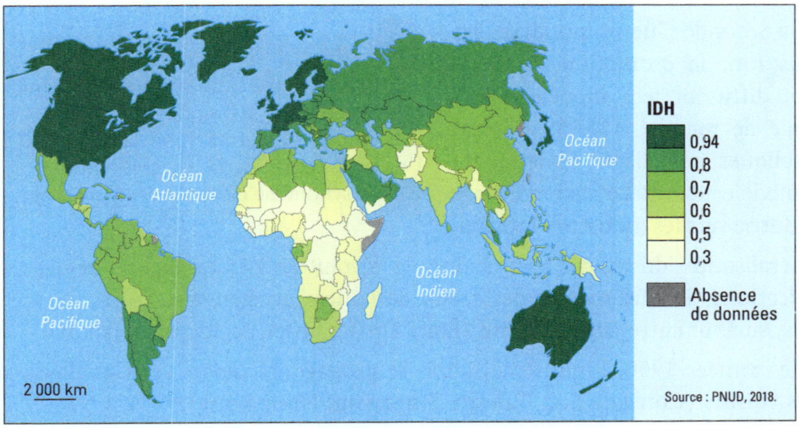

■ Les inégalités de développement entre États sont fortes, et il est de plus en plus difficile d'employer un **vocabulaire adapté**.

■ Dans les années 1990, on recourait à la **distinction Nord/Sud** ou des Nords et des Suds, moins pertinente aujourd'hui mais toujours utilisée.

31 Les stratégies de développement dans les Nords

En bref *Le développement des pays dits du « Nord » est ancien, basé sur l'industrialisation et l'ouverture aux échanges. Mais le modèle du développement des pays riches est aujourd'hui remis en cause.*

I Le choix du commerce et de l'industrie

- L'Europe s'ouvre aux échanges mondiaux avec la découverte des Amériques à la fin du XVe siècle et la mise en place du **commerce triangulaire** à partir du XVIe siècle. Puis, au XIXe siècle, la **colonisation** européenne à l'échelle mondiale et l'**industrialisation** assurent la domination économique occidentale.

> **MOT CLÉ**
> L'**industrialisation** est le processus de transformation des sociétés qui se traduit par une part croissante de l'industrie dans l'activité et la diffusion de nouveaux produits.

- Au sein des **marchés coloniaux** protégés, les pays européens inondent leurs colonies de produits manufacturés, tandis qu'ils en reçoivent des produits agricoles et miniers jusqu'à la fin de la domination coloniale dans les années 1960.
- L'industrie, dont la productivité augmente, permet aux populations américaine, européenne, russe et japonaise d'**améliorer leurs revenus** et **leurs conditions de vie**, même si les inégalités sociales perdurent.

II Le choix de l'ouverture au monde

- Après la Seconde Guerre mondiale, les **États-Unis** font la promotion du **capitalisme** et diffusent leur modèle libéral d'économie de marché. L'**URSS** (Union des républiques socialistes soviétiques) suit un modèle planifié et contrôlé par l'État et tourné vers les industries lourdes.

> **MOT CLÉ**
> Le **capitalisme** est un système économique caractérisé par la propriété privée des moyens de production, la recherche du profit et la liberté d'entreprendre. Il est synonyme d'économie de marché.

- La généralisation du travail à la chaîne, la révolution des transports et des communications, la diminution des tarifs douaniers accélèrent les **échanges mondiaux**, surtout entre pays du Nord (États-Unis, Europe occidentale, Japon).
- Dans les années 1950, l'industrialisation se propage **du Japon vers les pays asiatiques voisins** (Corée du Sud, Taïwan, Singapour, Hong Kong).
- La fin de la guerre froide permet aux **pays d'Europe de l'Est** d'accélérer leur industrialisation et d'améliorer les conditions de vie de leurs populations. Certains intègrent l'Union européenne, la plupart des pays riches et développés se réunissant en **organisations régionales** pour favoriser leurs échanges.

III Vers de nouveaux modèles de développement ?

■ L'impact du développement des pays industrialisés sur l'environnement est fort. En 1987, le rapport Bruntland définit la notion de **développement durable** comme le développement qui répond aux besoins du présent sans compromettre la capacité des générations futures à répondre aux leurs.

■ Le développement durable repose sur **trois piliers** : économique, social et environnemental. Ainsi, l'activité économique d'un pays doit permettre une redistribution équitable des richesses entre les individus, tout en gardant leur environnement vivable. Elle doit aussi respecter le principe de viabilité, c'est-à-dire qu'elle doit être rentable et s'inscrire dans le temps.

■ L'Union européenne encourage l'essor des **énergies renouvelables** et défend la **biodiversité**. Elle a signé les accords de Kyoto en 1997 et de Paris en 2015 concernant la lutte contre le réchauffement climatique. Mais d'importants pays pollueurs de la planète remettent en cause ces accords.

■ Dans ce contexte, des économistes dénoncent les modèles de développement occidentaux et en appellent à une **transition écologique**.

MOT CLÉ

La **transition écologique** désigne le passage vers un développement basé sur des productions locales, moins énergivore et sur de nouveaux comportements des consommateurs comme des entreprises.

zoOm

Le modèle de développement des pays asiatiques

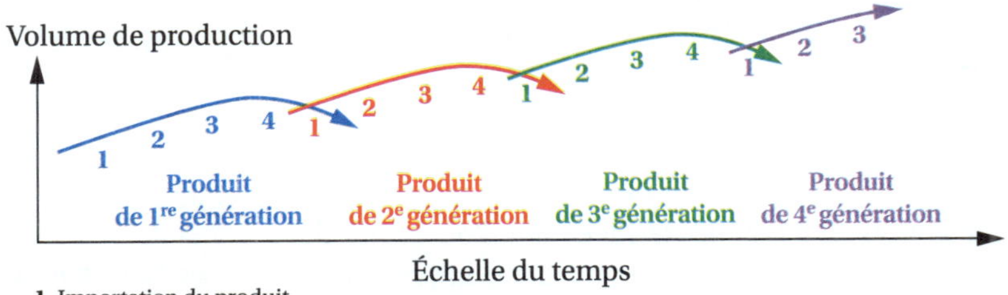

1. Importation du produit.
2. Production nationale qui se substitue aux importations.
3. Exportation du produit.
4. Délocalisation du produit avec diminution de la production nationale.

Le développement en vol d'oies sauvages

- Produits de **1re génération** : textiles, chaussures, cycles, montres.
- Produits de **2e génération** : sidérurgie, métallurgie, machines-outils, électroménager, pétrochimie.
- Produits de **3e génération** : automobile, photographie, électronique, informatique, robotique.
- Produits de **4e génération** : biotechnologies, microélectronique.

32 Les voies du développement dans les Suds

En bref *De nombreux pays des Suds sont peu industrialisés. À partir des années 1950, ils s'engagent dans deux voies différentes de développement pour améliorer les conditions de vie de leur population, avec plus ou moins de réussite.*

I Le modèle interventionniste autocentré

■ Jusqu'aux années 1980, les États du Sud interviennent de façon dirigiste dans leur économie pour assurer leur développement. Il s'agit pour eux de **protéger leur économie nationale** en limitant les importations, de produire eux-mêmes ce qu'ils importaient auparavant, de construire des infrastructures, de promouvoir l'industrie et plus rarement l'agriculture.

■ Certains États, comme le **Sénégal**, s'appuient sur des secteurs stratégiques pour développer des industries de consommation, afin de répondre aux besoins de la population (textile), ou de transformation de produits locaux (arachide). Mais le marché local est vite saturé et la construction des usines nécessite des importations massives de machines. Beaucoup de ces industries disparaissent dans les années 1990-2000 à cause de la concurrence internationale.

■ D'autres pays, comme l'**Algérie** ou la **Chine** (dans les années 1950), cherchent à se développer à partir des industries de base (raffinerie du pétrole, sidérurgie). Ce modèle de développement, inspiré de l'URSS pendant la guerre froide, entraîne une baisse des rendements agricoles et nécessite d'importantes importations de denrées alimentaires, aggravant l'endettement.

II Les modèles libéraux

■ Dans les années 1980 s'impose l'idée que l'ouverture des marchés est le moteur du développement. De nombreux États d'**Amérique latine** et d'**Afrique** privatisent une partie de leurs services publics et ouvrent leur territoire aux investisseurs étrangers. Ces mesures conditionnent l'**aide publique au développement** et le soutien du Fonds monétaire international (FMI). Cette ouverture a pour conséquence principale le retour aux exportations de matières premières, minières et agricoles, dans le but de financer le décollage industriel. Ces États profitent d'une hausse des prix des hydrocarbures et des produits miniers entre 2000 et 2014.

MOT CLÉ
L'**aide publique au développement** est une aide financière accordée aux pays en développement par les pays riches.

■ En **Asie**, le modèle fondé sur les industries légères d'exportation → ZOOM p. 477 se diffuse à partir des années 1990 à de nombreux pays comme la Thaïlande, la Malaisie, l'Indonésie, les Philippines, le Vietnam (les Tigres) et les littoraux chinois. L'utilisation d'une main-d'œuvre peu chère et la création de zones franches y favorisent les délocalisations. On parle de « pays ateliers », même si beaucoup d'entre eux ont aujourd'hui dépassé ce stade de développement.

■ Après 1991, la **Russie** abandonne le modèle communiste et entame une transition économique pour s'ouvrir au marché mondial. Mais aujourd'hui, le pays vit essentiellement des exportations de ses hydrocarbures, notamment du gaz dont il détient le quart des réserves mondiales. La société russe est très inégalitaire : 1 % de la population russe détient 74,5 % des richesses du pays qui compte plus de 20 millions de pauvres. Il est difficile de classer la Russie au Nord ou au Sud. Membre des BRICS, la Russie est davantage un pays résurgent (qui retrouve sa puissance passée) qu'émergent.

■ Les inégalités sociales et régionales restent fortes dans les pays émergents comme dans les autres pays en développement. Un **développement plus durable et équitable** est nécessaire même s'il est difficile à mettre en œuvre.

zoOm

Développement et inégalités au Brésil

■ La **favela de Moinho** au Brésil (ci-dessus) illustre la ségrégation sociospatiale des métropoles brésiliennes.

■ L'**économie brésilienne** est caractérisée par une puissante agriculture commerciale (café, soja, viande), un secteur industriel diversifié et un secteur tertiaire représentant les deux tiers du PIB.

■ Mais le Brésil a plutôt les caractéristiques d'un **pays en développement** que celles d'un pays émergent : présence de vastes favelas (bidonvilles) dans les métropoles, taux élevé de criminalité, corruption des hauts responsables du pays, instabilité politique, dépendance vis-à-vis du cours des matières premières…

33 Une France en transitions

En bref *La France traverse de douloureuses transitions. Les crises successives remettent en question son modèle socio-économique. Sa population post-baby boom semble à présent rentrer dans l'hiver démographique.*

I Un pays à haut niveau de développement en recul relatif…

1 Un pays très développé héritier des Trente Glorieuses

- La France demeure un pays à **très haut niveau de développement**, avec un IDH de 0,901 en 2019. Mais cela ne la classe cependant plus qu'au 26e rang mondial. Elle était 8e en 1995… La progression de l'IDH ralentit : + 0,77 % par an de 1990 à 2000, + 0,35 % entre 2000 et 2010, + 0,28 % entre 2010 et 2017.
- La France a cependant connu, entre 1945 et 1974, une **période de forte croissance** économique : + 5,3 % par an en moyenne, en particulier pendant les années 1960. C'est le triomphe d'une **économie fordiste**. Le niveau de vie des classes moyennes s'améliore de façon décisive. La France finance un modèle d'un **État-providence** (système de protection social) très généreux.

MOT CLÉ
Une **économie fordiste** se caractérise par la production en grandes séries de biens et des salaires élevés, d'où l'essor des classes moyennes.

2 La France en crises

- En 1974 et 1979, toutefois, les **chocs pétroliers** révèlent un certain essoufflement de la croissance. De 1974 à 2010, le taux de croissance tombe autour de 2 %. Le chômage devient structurel. Confrontée à une mondialisation à laquelle elle est mal préparée, l'économie française connaît un déclin relatif.
- La **crise de 2008**, très violente, a touché la France moins violemment que les autres pays de la zone euro : leur PIB recule de 4 % en 2009 contre – 2,9 % en France, en raison du rôle amortisseur du système de protection sociale. Mais, entre 2008 et 2018, le taux de croissance moyen tombe sous 1 %. Et en 2020, la crise causée par la pandémie de Covid-19 a fait chuter le PIB de 8,3 %.

3 Un modèle qui s'effondre sous son propre poids

- Le **déficit**, constant depuis 1974, du budget de l'État et des collectivités territoriales ainsi que les dépenses sociales gonflent un endettement devenu aujourd'hui considérable : 2 800 milliards d'euros en 2019, se rapprochant des 120 % du PIB.
- Ainsi, il apparaît que la France se trouve dans une phase de changements majeurs. Son modèle doit s'adapter aux contraintes d'une mondialisation qui force la **recomposition** des systèmes économiques et sociaux sur la planète entière.

II ... qui entre dans l'hiver démographique

1 Un pays pionnier dans la transition démographique

- Les pays du Sud les plus avancés terminent aujourd'hui leur transition démographique. Or, la France a expérimenté ce modèle dès le milieu du XVIIIe siècle.
- Le **vieillissement** et la **stagnation démographique** furent très sensibles pendant l'entre-deux-guerres : en 1945, la France compte, avec 39,6 millions d'habitants, la même population qu'en 1886. Mais se déclenche alors le baby boom.

2 Le baby boom en France

- Cette **période démographique exceptionnelle** (1942-1970) est marquée par une fécondité très élevée et une hausse du nombre de jeunes et de l'espérance de vie.
- La mortalité continue de reculer. Les **politiques familiales** soutiennent la natalité. Le solde migratoire contribue largement à la croissance démographique.

3 Vers le baby krach ?

- La fin du baby boom entraîne une réduction de la fécondité et de la natalité. La fécondité tombe **sous le seuil de remplacement** des générations (1,73 en 1994).
- À partir de 2000, la fécondité française connaît une hausse (2,02 en 2010). Mais depuis quelques années, elle entre à son tour dans l'**hiver démographique**.

zoOm

L'évolution des soldes migratoire et naturel en France

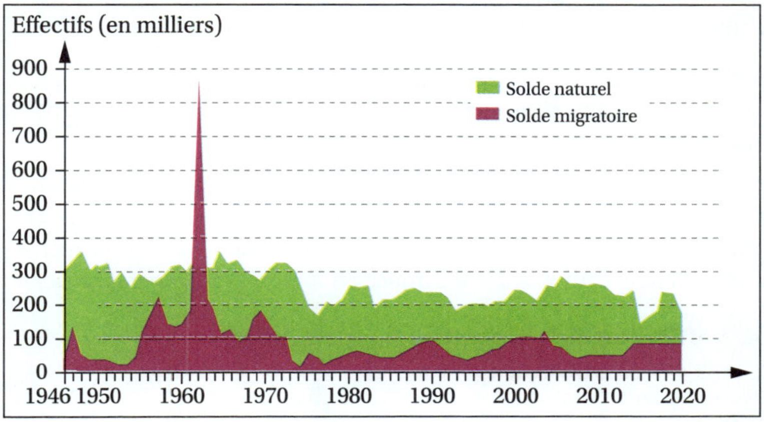

Source : Ined.

- Le **solde migratoire** contribue fortement au solde total pendant les Trente Glorieuses (noter le pic de 1962 des rapatriés d'Algérie).
- Le **solde naturel** se reprend après l'an 2000, égal aux trois quarts du solde total. Mais il s'est dégradé avec la Covid-19.

34 Les dynamiques démographiques en France

En bref *Les dynamiques démographiques témoignent de mutations profondes dans l'évolution et la structure de la population française, qui voit les enfants du baby boom prendre de l'âge.*

I Les paradoxes démographiques français

1 Le moteur démographique de l'Europe…

En 2021, la France (outre-mer inclus) compte **67,4 millions de personnes**, soit 15 % de la population de l'Union européenne (UE). C'est le 2e pays derrière l'Allemagne (82 millions). Mais, à elle seule, elle représente 26 % de la croissance démographique de l'UE (+ 0,57 % par an au cours des années 2010) !

2 … en voie d'essoufflement

- Cependant, **le taux de natalité diminue** depuis 2010 (de 12,8 à 10,9 ‰). La fécondité est en baisse (1,83) en raison de la diminution du nombre de femmes en âge de procréer et de l'âge de plus en plus tardif du premier enfant (30,8 ans).
- La **structure de la population** connaît une passe moins favorable : les baby boomers forment de forts contingents de personnes âgées. Le taux de mortalité est donc en augmentation : 8,4 ‰ en 2007, 9,9 ‰ en 2020, lié à la Covid-19. L'accroissement naturel est en baisse.

3 Dans l'hiver démographique

- La population française se caractérise par un **vieillissement** de plus en plus rapide. Les moins de 20 ans diminuent à la fois en valeurs absolue et relative, alors que les plus de 60 ans progressent.
- Le vieillissement s'explique aussi par la baisse de la mortalité aux âges élevés : **l'espérance de vie continue de progresser**, à un rythme ralenti, avec parfois des reculs conjoncturels (2015, 2020). La France – à l'exception de l'outre-mer – tend désormais à s'aligner sur le modèle européen d'un « hiver démographique ».

INFO + **Les chiffres clés de la population française en 2020**

- Population : 65,4 millions d'habitants (67,4 millions avec les DROM).
- Moins de 20 ans : 24 %. Plus de 65 ans : 20,7 %.
- Taux de natalité : 10,9 ‰. Mortalité : 9,9 ‰.
- Fécondité : 1,83 enfant par femme.
- Âge moyen à la maternité : 30,8 ans.
- Espérance de vie : 79,2 ans (hommes), 84,6 ans (femmes).

II Une société qui change

1 Les mutations des modèles marital et familial

- Le taux de nuptialité (mariages) poursuit lentement sa baisse. Mais cela ne semble pas vraiment affecter la natalité : les naissances hors mariage représentent aujourd'hui près de 62,2 % du total, un record en Europe !
- Les divorces diminuent également : un peu moins d'un mariage sur deux. La rupture des unions, autrefois surtout par veuvage, est désormais volontaire.
- La taille des ménages a sensiblement diminué : 3,1 personnes en 1968, 2,19 aujourd'hui. Le nombre de familles monoparentales augmente (2 millions) et concerne 24,7 % des enfants. Or, ces familles connaissent un taux de pauvreté trois fois supérieur à celui des couples avec enfants.
- Toutefois, 9 % des familles sont aujourd'hui recomposées.

2 Les mutations du modèle migratoire

- En France vivent environ 6,8 millions d'**immigrés** (10,2 % de la population totale) et 5,1 millions d'**étrangers** (7,6 %). Le solde migratoire est de 50 à 100 000 par an.
- Les entrées viennent surtout du Maghreb et d'Afrique noire (54 %), surtout pour motifs familiaux (50 %) ou études (25 %). La France apparaît toutefois de moins en moins attractive.

MOTS CLÉS

Un **étranger** a une autre nationalité que la nationalité française.
Un **immigré** est né à l'étranger, mais a pu acquérir la nationalité française par la suite.

zoOm

Métropole et outre-mer : pyramide des âges (2017)

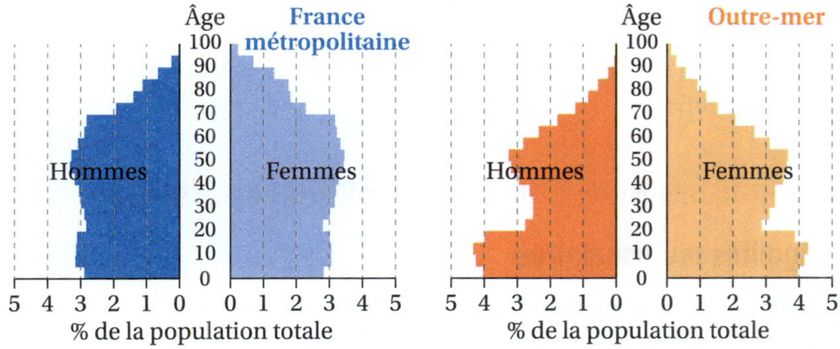

- La pyramide métropolitaine montre les baby boomers en passe d'entrer dans le 3e âge. Notez la reprise de natalité entre 2000 et 2015.
- En outre-mer, la natalité reste nettement plus élevée, contribuant ainsi sensiblement à freiner le vieillissement national.

35 Les inégalités socio-économiques en France

En bref *Les inégalités en France sont très vivement ressenties, alors qu'elles ont moins augmenté qu'ailleurs. Elles se manifestent par des phénomènes croissants de pauvreté et d'exclusion.*

I Inégalités et pauvreté en France

1 Des inégalités globalement croissantes

- Entre 2006 et 2018, le nombre de pauvres au **seuil** de 60 % est passé de 8,8 à 9,3 millions et le **taux de pauvreté** de 14 % à 14,8 % de la population.
- La **crise de 2008** a fait progresser le phénomène, mais les années récentes ont permis une amélioration sensible.

> **MOT CLÉ**
> Le **seuil** de pauvreté (norme UE) est fixé à 60 % du revenu médian, soit 1 026 €/mois. La France utilise le seuil à 50 % du revenu médian.

2 Être pauvre en France

- Les pauvres sont souvent des jeunes, en situation de précarité familiale, peu diplômés et habitant dans les grandes villes et banlieues. Les actifs ne sont pas à l'abri, avec plus d'un million de **travailleurs pauvres** (moins de 800 €/mois).
- La pauvreté s'accompagne de phénomènes de **marginalisation sociospatiale** : vie dans de véritables bidonvilles, dans des squats, voire dans la rue (SDF).

3 Le traitement de la pauvreté

- Néanmoins, la pauvreté fait l'objet d'un traitement social massif. Impôts et cotisations sociales redistribuent 29 % du PIB.
- Sans cela, le taux de pauvreté doublerait presque ! Au final, on constate surtout une augmentation du nombre de **personnes qui décrochent du niveau de vie des classes moyennes**.

II Des inégalités à de multiples échelles spatiales

1 Des inégalités multiscalaires

- Les inégalités les plus marquées sont à grande échelle (ville, quartier). En effet, à l'échelle des régions et départements, **l'action de l'État et des collectivités locales** permet de limiter des inégalités trop fortes.
- En revanche, à l'échelle des aires urbaines, le creusement des inégalités est très fortement marqué : la **métropolisation** exclut des quartiers centraux les populations à faible revenu.

2 Des inégalités sensibles à petite échelle

- Les inégalités économiques à l'échelle nationale opposent des régions aux revenus médians élevés (Île-de-France, Alsace) à des régions aux revenus inférieurs et à forte composante de prestations sociales (Hauts-de-France, Occitanie).
- Les départements et régions d'outre-mer (DROM) sont relégués en bas de classement, en particulier Mayotte, malgré les aides de l'UE aux « régions ultrapériphériques ».

3 Des inégalités violentes à grande échelle

- L'Île-de-France est la région où les inégalités augmentent le plus vite. Dans les quartiers des zones urbaines sensibles, le taux de pauvreté est trois fois supérieur à la moyenne...
- Ainsi, ces inégalités sont d'autant plus visibles que l'on est près du terrain, alimentant rancœurs et frustrations, qui parfois dégénèrent en flambées de violence. L'accroissement des inégalités menace la cohésion du tissu social.

zoOm

Riches en France, riches en Europe

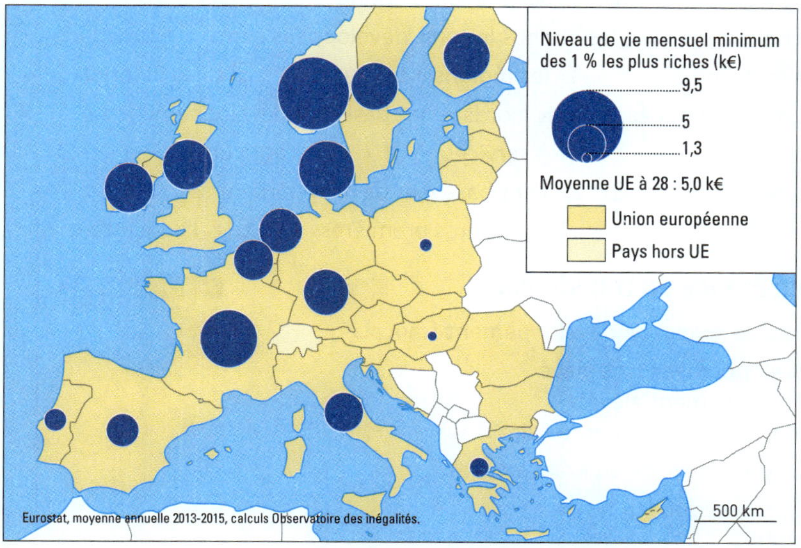

Les 1 % des Français les plus riches sont particulièrement bien placés par rapport à leurs homologues européens. Ils parviennent à réduire leur imposition par des montages défiscalisants, ce qui explique leur classement en Europe.

SE TESTER QUIZ

Vérifiez que vous avez bien compris les points clés des **fiches 29 à 35**.

1 Les défis du nombre et du vieillissement

→ FICHE 29

1. Quel pourcentage de la population mondiale les pays en développement représentent-ils ?

☐ **a.** 50 % ☐ **b.** 65 % ☐ **c.** 80 %

2. L'indice de fécondité est :

☐ **a.** le nombre de naissances pour 1 000 habitants
☐ **b.** le nombre moyen d'enfants par femme
☐ **c.** le nombre total d'enfants qui naissent dans un pays

2 Des inégalités de développement à toutes les échelles

→ FICHES 30 à 32

1. L'indice de développement humain (IDH) mesure :

☐ **a.** les conditions de vie d'une population dans un pays donné
☐ **b.** la pauvreté dans un pays
☐ **c.** les inégalités de revenus dans un pays donné

2. À l'échelle d'un pays, les régions les plus développées sont :

☐ **a.** les métropoles ☐ **b.** les régions intérieures ☐ **c.** les littoraux

3. Les pays développés, ou les « Nords », ont basé leur développement sur :

☐ **a.** l'industrie ☐ **b.** les services ☐ **c.** l'agriculture

4. Les « Suds » ont le plus souvent basé leur développement sur :

☐ **a.** l'industrie ☐ **b.** les matières premières ☐ **c.** l'agriculture

3 Une France en transitions

→ FICHES 33 et 35

1. Quel est le niveau de développement français ?

☐ **a.** développement très élevé
☐ **b.** développement élevé
☐ **c.** développement intermédiaire

2. Le taux de pauvreté en France est :

☐ **a.** en progression
☐ **b.** stable
☐ **c.** en recul

3. Les inégalités les plus sensibles sont celles :

☐ **a.** entre régions françaises
☐ **b.** entre villes françaises
☐ **c.** entre quartiers d'une même ville

OBJECTIF BAC

4 L'espérance de vie sur Terre • Analyse de document

1 h

Analyser une carte en géographie, c'est organiser ses observations et y apporter des explications à l'aide des connaissances du cours.

LE SUJET

Analysez cette carte en suivant les étapes de la méthode ci-dessous.

Document **L'espérance de vie sur Terre (2016)**

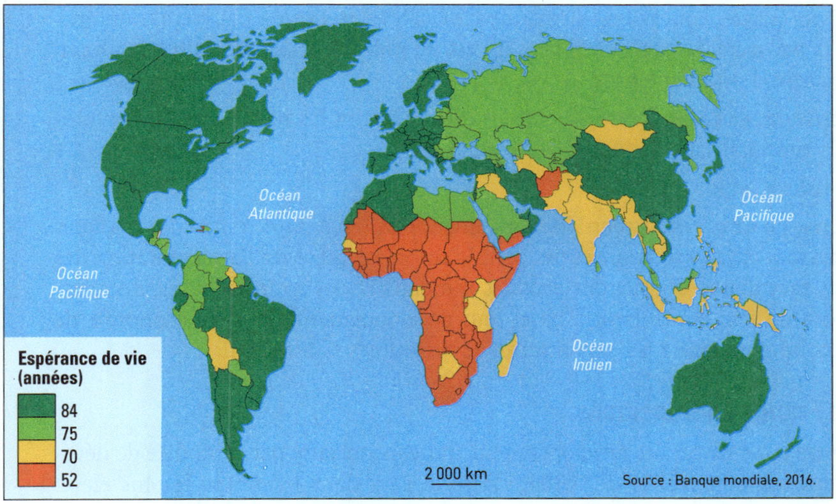

LA FEUILLE DE ROUTE

Étape 1 Identifier le sujet

Définissez le terme « espérance de vie ». Identifiez ce que représentent les figurés. Précisez que l'échelle est mondiale.

Étape 2 Localiser et décrire les phénomènes

Allez du général au particulier, des espaces où l'espérance de vie présente de fortes valeurs aux espaces où elle est la plus faible. Opérez des regroupements en trois ou quatre catégories (valeur forte, moyenne, basse, très basse).

Étape 3 Expliquer vos observations

Montrez en quoi l'espérance de vie est un indicateur pertinent pour rendre compte des inégalités de développement

CORRIGÉS

SE TESTER QUIZ

1 Les défis du nombre et du vieillissement

1. **Réponse b.**

2. **Réponse b.** L'indice de fécondité, ou taux de fécondité, est le nombre moyen d'enfants par femme en âge de procréer, dans un pays donné.

2 Des inégalités de développement à toutes les échelles

1. **Réponse a.** L'indice de développement humain mesure les conditions de vie d'une population (santé, éducation, niveau de vie). L'IPH, indice de pauvreté humaine, mesure la pauvreté. Le coefficient de Gini est un indicateur des inégalités de niveau de vie au sein d'un même pays.

2. **Réponses a. et c.** Les métropoles et les littoraux sont les régions les mieux intégrées à la mondialisation et les plus développées.

3. **Réponses a. et b.**

4. **Réponses b et c.** Les pays en développement ont longtemps fourni des matières premières aux pays industrialisés pendant la colonisation. Avec l'augmentation des échanges mondiaux, et celle des prix des minerais et des hydrocarbures, de nombreux pays du Sud continuent à baser leur développement sur cette économie de rente (économie basée sur l'exploitation de ressources naturelles).

3 Une France en transitions

1. **Réponse a.** Le niveau de développement français, mesuré par un indice de développement humain (IDH) de 0,901, classe le pays dans le groupe le plus élevé. Cependant, ce niveau ne place la France qu'à la 24e place, soit à peu près au milieu du peloton du groupe de « développement très élevé ». Et la place de la France dans le classement a tendance à diminuer.

2. **Réponses a. et c.** Le taux est à la fois en progression *et* en recul : cela dépend à quelle échelle de temps on l'analyse. Sur les dix dernières années, le taux a progressé, en liaison avec la crise économique. Toutefois, sur les cinq dernières années, avec une certaine reprise économique, le taux a diminué notablement.

3. **Réponse c.** Les inégalités sont d'autant plus sensibles que l'échelle est grande. À l'intérieur d'une même aire urbaine, les contrastes sont extrêmes entre les quartiers riches (ex. : le XVIe arrondissement de Paris) et les quartiers défavorisés (ex. : les zones urbaines sensibles de Seine-Saint-Denis). Évidemment, ces inégalités à grande échelle sont d'autant plus sensibles pour les populations.

OBJECTIF BAC

4 L'espérance de vie sur Terre

Identifier le sujet

La carte représente l'espérance de vie à l'échelle mondiale, c'est-à-dire le nombre d'années que peut espérer vivre une personne lorsqu'elle vient au monde dans un pays donné. Les données datent de 2016 et sont fournies par la Banque mondiale, un organisme de l'ONU. L'espérance de vie est un des éléments pris en compte pour le calcul de l'IDH, elle est donc **un des critères du développement**.

Localiser et décrire les phénomènes

La légende comporte quatre seuils :
- les pays où l'espérance de vie est très élevée (au-dessus de 84 ans) ;
- les pays où l'espérance de vie est élevée (entre 75 et 84 ans) ;
- les pays où l'espérance de vie est moyenne (entre 70 et 75 ans) ;
- les pays où l'espérance de vie est faible (entre 52 et 70 ans).

■ On remarque que les pays où l'espérance de vie est **la plus élevée** sont situés en Amérique du Nord (États-Unis, Canada), en Amérique latine (Mexique, Brésil, Argentine, Chili), en Europe, en Océanie (Australie, Nouvelle-Zélande), en Asie de l'Est (Chine, Japon) et au Moyen-Orient (Turquie, Iran, Oman).

■ Les pays où l'espérance de vie est **élevée** sont principalement localisés en Asie (Russie, Thaïlande, Arabie saoudite), mais aussi au nord de l'Afrique (Libye, Égypte) et en Amérique du Sud (Colombie, Pérou, Venezuela).

■ Les pays où l'espérance de vie est **moyenne** sont en Asie du Sud (Inde, Pakistan, Mongolie, Birmanie), en Afrique (Kenya, Tanzanie, Botswana) et au Moyen-Orient (Syrie, Irak) ; s'y ajoute la Bolivie.

■ C'est en Afrique subsaharienne et en Afrique australe que l'espérance de vie est la plus **faible**.

> **CONSEILS**
> Ne citez pas tous les pays présents sur la carte mais localisez des ensembles par continent et en utilisant les points cardinaux.

■ La carte indique une espérance de vie globale, elle ne différencie par l'espérance de vie des femmes de celle des hommes. Pourtant, des **différences** existent.

Expliquer vos observations

On note que l'espérance de vie dépend en partie du niveau de développement.

■ Les **États riches et développés** ont tous une espérance de vie élevée, du fait des progrès de la médecine et de conditions de vie favorables.

■ Les **pays intermédiaires** ont généralement une espérance de vie moyenne et les **pays les moins avancés** une espérance de vie faible. Les habitants n'y disposent pas d'un assez grand nombre de médecins par habitant, n'ont pas tous un accès aisé à l'eau potable et beaucoup souffrent de malnutrition ou de sous-nutrition.

■ Les **pays émergents**, comme la Chine et le Brésil, ont une espérance de vie élevée, plus qu'en Russie, Afrique du Sud et Inde, preuve que ces pays peuvent connaître une croissance sans réel développement.

36 Un monde de migrations

En bref *Les migrations constituent un phénomène ancien et essentiel d'un monde globalisé, mais leur système est devenu beaucoup plus complexe.*

I Migrations d'hier et d'aujourd'hui

1 Mobilités et migrations

■ La **migration** est le fait de changer de domicile de façon durable ou définitive. Une migration internationale suppose donc un franchissement de frontière. Une migration correspond souvent à de multiples allers-retours réels (installation, vacances, retraite) ou virtuels (téléphone, envois de fonds...).

■ Un **immigré** est une personne née dans un autre pays que celui où elle réside. Un **étranger** n'a pas la nationalité du pays où il réside, mais peut l'acquérir.

MOTS CLÉS

Un **migrant** n'est pas nécessairement un **étranger**, ni un étranger nécessairement un migrant. Par exemple, un étranger né en France n'est pas un migrant ; un migrant qui a acquis la nationalité française n'est plus un étranger.

2 Un phénomène ancien plus que jamais actuel

■ Les migrations sont un phénomène historique très ancien. Le peuplement actuel de l'Amérique, par exemple, est largement issu de migrations européennes. La 2e moitié du XIXe siècle a marqué le début d'une grande **intensification des migrations internationales**.

■ En 2020, on compte **281 millions de migrants** internationaux, soit 3,6 % de la population mondiale (contre 5 % en 1900). Les flux augmentent de 2 % par an. En 2020, le nombre de migrants en Europe occidentale s'est accru de 5 %.

3 Les nouveaux visages de la migration

■ Il existe des migrations de travail (169 millions), pour études (4,8 millions), pour retraite, volontaires ou forcées (75 millions de personnes déplacées), parfois composées de **réfugiés** (28 millions), légales ou clandestines (au moins 50 millions).

■ Le profil des migrants a changé : aujourd'hui d'âge moyen (39 ans), **48 % sont des femmes**. 14 % sont des enfants. Les migrants ne sont **pas les plus pauvres** : il faut de l'argent pour migrer. Leur niveau de qualification est plutôt élevé.

II Les recompositions des systèmes migratoires

1 Les nouveaux équilibres des flux migratoires

- Les **flux principaux** sont devenus les flux Sud-Sud (97 millions), entre pays pauvres et émergents (Bangladesh vers Qatar). Suivent les flux Sud-Nord (89 millions), des pays pauvres vers les pays riches (Mali vers France).
- Les **flux secondaires** concernent des flux Nord-Nord (57 millions), entre pays développés de niveau inégal (Pologne vers Royaume-Uni), et flux Nord-Sud (14 millions, des « expatriés »).

2 Les espaces de départ et de transit

- Les espaces de départ sont surtout des pays des Suds, plus pauvres. L'Inde compte 18 millions d'émigrés, le Mexique 11 millions. Mais les départs dépendent aussi de conditions politiques (8,5 millions de réfugiés syriens du fait de la guerre civile).

> **À NOTER**
> On utilise le pluriel – **les Suds**, les Nords – pour insister sur les niveaux de développement très divers observés dans les pays développés (Nords) comme en développement ou émergents (Suds).

- Entre départ et arrivée existent des **espaces de transit ou de rebond**, où les migrants restent bloqués en raison des difficultés de passage (en Turquie, en Libye ou en Bélarus, sur le chemin vers l'Europe).

3 Les espaces d'accueil

- Les espaces d'accueil, au Sud comme au Nord, sont des **pays riches** : États-Unis (51 millions de migrants), puis Arabie saoudite (13,5 millions) et Allemagne (15,8 millions). Au Koweït, les migrants forment 73 % de la population !
- Dans les pays d'accueil, ce sont les **grandes métropoles** qui réceptionnent les migrants, où fonctionnent souvent déjà des réseaux migratoires anciens.

zoOm — Les grands types de flux migratoires dans le monde (2017)

- Les flux les plus importants ne sont plus ceux des pays pauvres des Suds vers les pays riches des Nords. En raison de la **disparité des niveaux de développement entre pays des Suds**, ce sont les flux Sud-Sud.
- De même, les **contrastes de richesse entre pays des Nords** rendent compte de flux Nord-Nord importants.

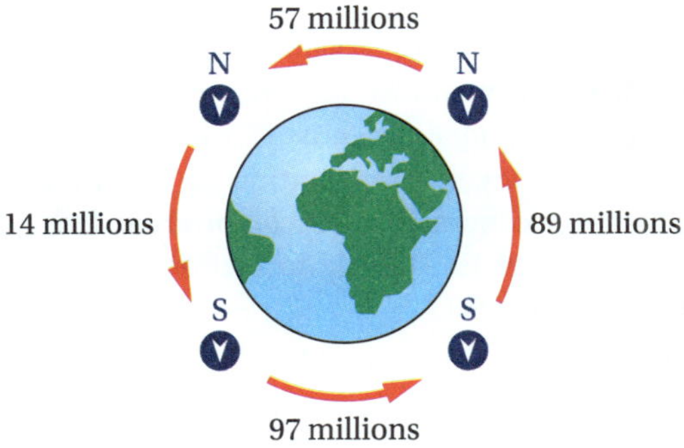

37 Facteurs et politiques migratoires

En bref *Les facteurs migratoires sont aujourd'hui multiples. Les politiques migratoires – essentiellement restrictives – tentent de contrôler les flux sans réellement influer sur les facteurs : les migrations vont donc se poursuivre.*

I Des facteurs migratoires de plus en plus complexes

1 Les facteurs classiques : « *bread and freedom* » (pain et liberté)

- Les facteurs répulsifs incitent à l'émigration, les facteurs attractifs favorisent l'immigration. Au titre des **facteurs répulsifs** figurent une forte croissance démographique, le manque de terres et d'emplois, l'insécurité…
- Au titre des **facteurs attractifs** figurent les situations inverses : croissance démographique faible, richesse globale, sécurité économique et politique…

2 Les nouvelles logiques migratoires

- **L'histoire et l'imaginaire** ont un rôle clé : pays riches et anciennes métropoles coloniales continuent d'attirer, pour des raisons linguistiques et familiales.
- Les **réseaux migratoires** bénéficient aujourd'hui du faible coût des transports et de l'accès facile à l'information.
- Les **opportunités d'emploi** offertes dans les pays visés, réelles ou supposées, sont parfois contrebalancées par des crises économiques ou des conflits. Il faut y ajouter les migrations pour formation et les migrations liées aux firmes transnationales.

II Des politiques migratoires contradictoires

1 L'immigration à la carte

- La crise des années 1970 a globalement conduit à la **fermeture des frontières** aux migrants et à la mise en place de **politiques sélectives**. Les États-Unis délivrent ainsi des visas d'immigration en fonction de leurs besoins économiques. Ce ***brain drain*** leur permet d'économiser les frais de formation (7 milliards de dollars estimés).
- Cette pratique inspire aujourd'hui la plupart des pays développés. La France a ainsi mis en place une politique d'« **immigration choisie** ».

> **À NOTER**
> Le ***brain drain***, traduit par « fuite des cerveaux », nourrit notamment l'émigration des plus brillants chercheurs européens attirés par les conditions de recherche exceptionnelles offertes outre-Atlantique.

2 Les politiques de fermeture migratoire

- Pour les autres migrants, les frontières sont officiellement fermées, ce qui entraîne la **hausse de l'immigration clandestine**, surtout aux États-Unis et dans l'Union européenne (UE). Les États ont donc adopté des politiques de contrôle. L'agence Frontex est ainsi chargée de la surveillance des frontières extérieures de l'UE.
- Les crises géopolitiques (Syrie, Érythrée) peuvent provoquer des **afflux massifs**, déclenchant en retour la création de centres de rétention, la fermeture militarisée des frontières, la construction de murs (États-Unis-Mexique, Hongrie-Serbie) et l'externalisation de la frontière (rétention en Turquie des migrants).

3 Migration et droit d'asile

- Une personne déplacée en raison de risques pour sa vie ou sa liberté est un **demandeur d'asile**, et cette personne a des droits reconnus internationalement à partir du moment où l'UNHCR lui a accordé le statut de **réfugié** (82,4 millions aujourd'hui).

> **MOT CLÉ**
> Le Haut-Commissariat des Nations unies pour les réfugiés (UNHCR) accorde aux demandeurs d'asile le statut de **réfugié**, en vertu de la Convention de 1951 relative au statut des réfugiés.

- Or, les crises migratoires concernent des personnes qui demandent le statut de réfugié. Les pays d'accueil suspectent toutefois les migrants d'instrumentaliser ce statut pour des raisons simplement économiques. D'autant qu'apparaissent à présent des « **réfugiés climatiques** ».

zoOm

L'exode des Rohingyas

- Les Rohingyas sont un peuple minoritaire musulman, originaire du Bangladesh, qui vit dans le nord-ouest d'une Birmanie à 90 % bouddhiste. Depuis 1982, la dictature militaire les a déclarés « **apatrides** ».
- Les **persécutions** contre les Rohingyas, récurrentes, ont repris en 2017. L'armée birmane, outre ses pratiques de viols systématiques, a tué au moins 10 000 personnes, déclenchant l'exode de 900 000 autres, réfugiées aujourd'hui au Bangladesh.

38 Les enjeux des migrations internationales

En bref *Les migrations internationales présentent des enjeux politiques et économiques très élevés, pour les pays de départ comme pour les pays d'accueil.*

I Les enjeux politiques

1 Des diasporas anciennes

- De nombreuses communautés dans le monde peuvent être aujourd'hui qualifiées de **diasporas** : Juifs, Arméniens, Chinois, Indiens. Ces diasporas sont le résultat de migrations parfois millénaires, mais dont les membres ont conservé entre eux et avec leur pays d'origine des liens politiques, culturels et économiques importants.

MOT CLÉ
Une **diaspora** désigne les membres d'un peuple dispersé dans le monde, généralement à la suite d'un phénomène historique brutal. La plus ancienne diaspora est celle du peuple juif.

- La **diaspora indienne**, par exemple, est présente dans tous les pays développés anglophones (migrations qualifiées) et dans les pays du Golfe (migrations peu qualifiées). Leur intégration est parfois remarquable : Satya Nadella, PDG de Microsoft, et Sundar Pinchai, PDG de Google, sont tous deux nés en Inde.

2 Intégration, assimilation, multiculturalisme

- Cependant, les pays d'accueil – surtout en Europe – éprouvent aujourd'hui des **difficultés à intégrer** des migrants dont l'origine apparaît comme très différente. Les questions d'identité nationale, de religion, voire de langue, provoquent de violents débats. Les populations musulmanes, en particulier, sont rejetées par les partis populistes à travers l'Europe entière.
- L'**assimilation** complète, donc l'adoption des codes du pays d'accueil, est aujourd'hui très difficile à mettre en œuvre, tant les différences culturelles, religieuses, linguistiques semblent importantes. Faute souvent de moyens, c'est alors le **multiculturalisme** qui s'impose : des communautés différentes vivent de façon juxtaposée, sans se fondre, parfois sans se fréquenter.

II Les enjeux économiques

1 Les enjeux pour les pays d'accueil

- Les migrations qualifiées (***brain drain***) représentent un atout important pour les pays d'accueil, souvent les pays développés, qui accueillent 85 % des migrants à haute qualification.

- Sur le plan démographique, les pays des Nords, dont le vieillissement est de plus en plus fort, ont beaucoup à gagner à l'arrivée de **populations jeunes** dont les dépenses de santé et de retraite sont donc faibles, mais qui paient impôts et cotisations sociales et qui conservent pour une génération environ la fécondité de leur pays de départ. En France, les immigrés « rapportent » ainsi 4 milliards d'euros. Le bilan social est donc quasi neutre, mais le bilan démographique est fortement positif.

2 Les enjeux pour les pays de départ

- La « **fuite des cerveaux** » est en revanche un poids pour les pays de départ qui ont investi dans la formation de leur jeunesse pour la voir partir ensuite créer de la richesse ailleurs. Cela concerne tous types de pays, au Nord (médecins roumains partant dans d'autres pays de l'UE) comme au Sud.
- En revanche, les pays de départ reçoivent des transferts financiers, les **remises**, que les migrants envoient à leurs familles restées au pays. En 2020, les remises ont atteint 717 milliards de dollars, dont 540 vers les pays à revenus faibles ou intermédiaires. C'est trois fois plus que l'aide publique au développement !

zoom

Les remises des migrants vers leur pays d'origine (2017)

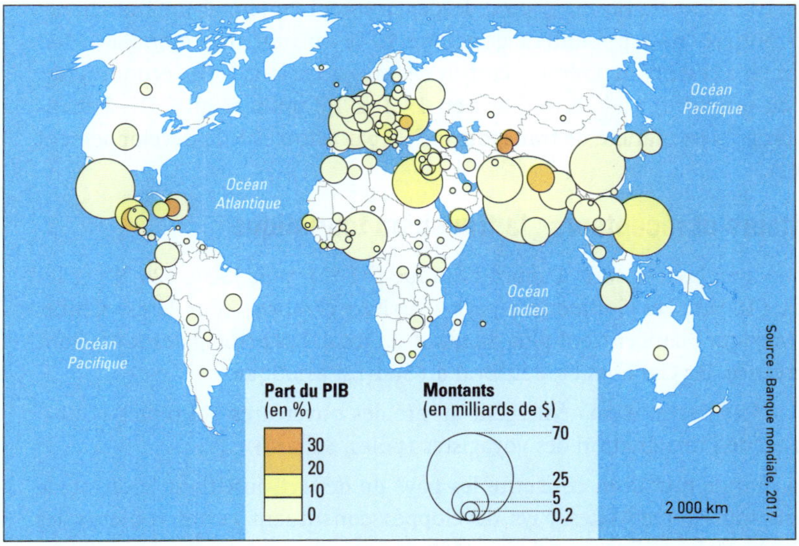

- **Tous les pays** sont concernés par les remises, y compris les pays riches, dont les expatriés ont généralement de hauts revenus (France + 25 milliards de dollars, ou Mds $). Mais les pays pauvres et émergents en bénéficient au premier chef : Inde + 83 Mds $, Chine + 60 Mds $, Mexique + 43 Mds $.
- Pour certains pays pauvres, les remises représentent une **part importante de leur PIB** : 35 % en Somalie, 30 % à Haïti, 33 % au Liban…

39 Les mobilités touristiques internationales

En bref *Les mobilités touristiques internationales, longtemps réservées aux pays développés, connaissent depuis vingt ans de profondes recompositions.*

I Des mobilités touristiques en renouvellement

1 Des types touristiques variés

- Il existe de nombreux types de **tourisme** : de loisirs et de vacances (tourisme balnéaire, montagnard, vert), culturel (grandes villes, musées, monuments, expositions…), d'affaires (à but professionnel), de santé (intervention médicale dans une destination moins chère), affinitaire (visite de parents ou d'amis), religieux (pèlerinages).

> **MOT CLÉ**
> Un **touriste** est une personne qui change de lieu et dort hors de chez elle pour au moins une nuit. Son déplacement relève du dépaysement et est de durée plus courte que les migrations.

- Le tourisme est d'abord national : environ 90 % du tourisme total s'effectue à l'intérieur des frontières de son propre pays.
- Les touristes internationaux, dont le déplacement implique un franchissement de frontière, ne représentent donc que 10 % du tourisme mondial. Mais leur nombre n'a cessé d'augmenter, sauf en de rares occasions (crise économique, politique ou sanitaire) : de 25 millions en 1950 à 1,3 milliard en 2017, bénéficiant des progrès en matière de transport (57 % par avion avec le développement du *low cost*).

2 Émetteurs et récepteurs : la transition touristique

- Les zones réceptrices sont d'abord l'Europe (51 %), puis l'Asie (24 %) et les Amériques (16 %). Les 5 premiers pays d'arrivée (France, États-Unis, Chine, Espagne, Mexique) concentrent plus du quart du total. Les principales zones sont la Méditerranée, les Caraïbes et le littoral du Sud-Est asiatique.
- De nouvelles destinations émergent au gré des ouvertures politiques (Cuba, Vietnam) ou de l'imagination des voyagistes (pôles, Sahara).
- Mais la grande mutation concerne les pays de départ, justifiant le terme de « transition touristique ». Les pays développés constituent certes toujours les principaux émetteurs (Europe 48 %). Mais les grands pays émergents (Chine, Inde, Brésil) voient leurs classes moyennes augmenter très rapidement. L'Asie est aujourd'hui le 2e pôle émetteur (25 %) et la Chine est en tête des dépenses touristiques (254 milliards de dollars).

II Des enjeux considérables

1 Un puissant secteur économique

- En 2019, avant la Covid-19, le tourisme international représentait 1 466 milliards de dollars de recettes, soit **10 % du PIB mondial** et 8 % de l'emploi.
- Les **acteurs du secteur** présentent une grande diversité, du petit commerçant aux grands groupes mondiaux. La plus grande firme transnationale touristique est l'Allemand TUI AG, qui transporte 30 millions de voyageurs par an.

2 La mise en tourisme du monde et ses problèmes

- L'activité touristique est l'un des 5 premiers secteurs d'exportation pour 80 % des pays et la première source de devises pour 40 %. Le secteur touristique a des **retombées positives** sur les économies locales (emploi, commerce, artisanat...).
- Toutefois, le tourisme présente des **risques de dépendance** face à une conjoncture parfois fluctuante. Les bénéfices sont captés par les acteurs transnationaux et les populations locales sont souvent sacrifiées dans le partage des ressources.

zoOm

Un tourisme mondial en recomposition

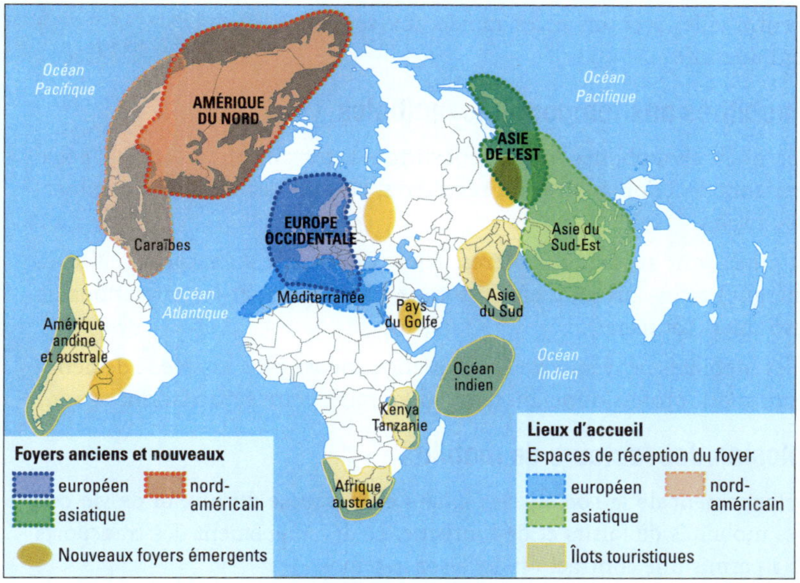

- Les **anciens foyers** résistent (Europe, Amérique du Nord, Japon).
- Mais des **foyers émergents** se développent et de nouveaux espaces touristiques apparaissent.

40 La France des mobilités multiples

En bref *Les flux de personnes sont devenus très complexes. La mobilité suppose un changement de lieu qui implique de multiples dimensions, spatiales et temporelles.*

I Les multiples dimensions des mobilités en France

1 Les mobilités en fonction des âges de la vie

- Aux **premiers âges** de la vie, les mobilités sont quotidiennes et locales (aller à l'école). Mais, après le baccalauréat, la mobilité des étudiants se fait davantage à une échelle régionale et hebdomadaire (retour chez les parents).
- À l'**âge adulte**, les jeunes actifs sans enfant privilégient des mobilités courtes, en centre-ville. Les couples avec enfants s'éloignent vers les banlieues ou la couronne péri-urbaine. Les **mobilités pendulaires** augmentent alors.
- À l'**âge de la retraite**, une mobilité s'opère souvent, à l'échelle régionale, au profit de lieux perçus comme plus agréables (littoraux, Midi). Les personnes âgées privilégient le centre-ville, avec un accès rapide aux services, notamment de santé.

MOT CLÉ

Les **mobilités pendulaires** sont des déplacements quotidiens qui ont lieu à des heures spécifiques de la journée, saturant les axes de transport. On parle aussi de mobilités alternantes ou de navettage.

2 Des mobilités aux temporalités multiples

- **Quotidiennes**, les mobilités concernent surtout le travail pour les actifs, l'école pour les enfants. **Hebdomadaires ou régulières**, ce sont des mobilités commerciales ou de loisirs.
- Les mobilités sont aussi **saisonnières**. Elles concernent les vacances, d'hiver (à la montagne) mais surtout d'été (littoraux, campagne), et les migrations de travail saisonnier (tourisme).
- Enfin, les mobilités peuvent être de **fréquence encore plus espacée** : déménagement pour motif professionnel ou familial, retraite, voire expatriation.

3 L'explosion des facteurs de mobilité

- Le développement de la **société des loisirs** et la hausse du niveau de vie ont favorisé les mobilités de loisirs et de tourisme. Le développement des transports modernes a permis une contraction de l'espace-temps.
- La recherche d'un cadre de vie agréable (maison individuelle avec jardin) a favorisé l'**étalement urbain** et l'explosion des mobilités induites.
- Le **cadre de vie au travail** a aussi évolué : les entreprises privilégient un environnement agréable, souvent en périphérie des villes, générant de nouvelles mobilités.

II Des mobilités à toutes les échelles

1 À l'échelle urbaine

Ces mobilités sont liées à la périurbanisation depuis les années 1960 et le développement de l'automobile. La cherté de l'immobilier en centre-ville et l'image négative de certaines banlieues ont favorisé les couronnes périurbaines, déconnectant les lieux de résidence des lieux de travail.

2 À l'échelle régionale

- Les mobilités de travail se sont amplifiées dans les trente dernières années. La moitié des travailleurs parcourent plus de 15 kilomètres pour se rendre au travail.
- Mais ces flux peuvent concerner des distances de plus en plus importantes entre régions de résidence et de travail, aboutissant parfois à la multi-résidence.

3 Aux échelles nationale et transfrontalière

- Les régions littorales de l'Ouest et du Sud, en plein développement et aux aménités nombreuses, bénéficient des mobilités à faible fréquence mais grande distance (déménagements, retraite), mais aussi des mobilités touristiques saisonnières.

MOT CLÉ
Les **aménités** sont les éléments qui contribuent à rendre un lieu agréable pour ceux qui y vivent (paysage, climat, ambiance…). Les aménités perçues sont souvent différentes des aménités réelles.

- Les régions frontalières profitent des bénéfices de la construction européenne. 350 000 Français vont travailler dans les pays voisins (Luxembourg, Allemagne, Belgique, Suisse).

zoOm

Mobilités pendulaires, mobilités triangulaires

- Les Français réalisent une moyenne de 3,15 déplacements chaque jour. Les déplacements domicile-travail constituent la base de ces déplacements en semaine.
- Mais d'autres trajets vers des « tiers-lieux » s'intercalent souvent entre les deux : vers l'école des enfants, pour faire des courses. Sans même parler des déplacements de loisirs le week-end. On parle ainsi de mobilités triangulaires, et pas seulement pendulaires.

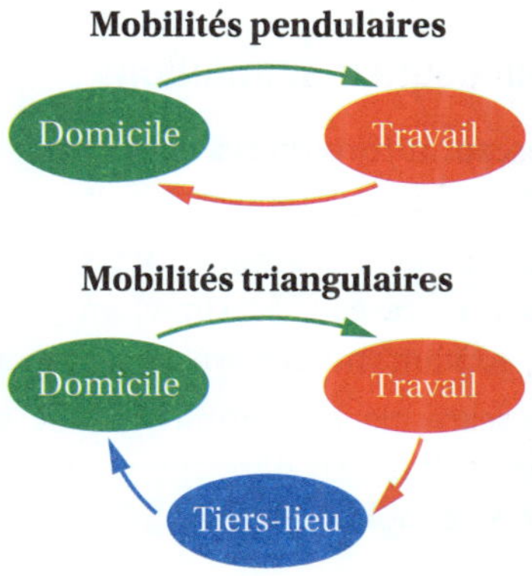

41 Une France de réseaux

En bref *Les réseaux de transport français, hérités de l'histoire, se sont puissamment modernisés. Mais les effets spatiaux produits par ces réseaux modernes induisent une nouvelle géographie des territoires.*

I Les réseaux de transport et de communication

1 Des réseaux performants…

- Le transport routier est largement dominant pour les passagers comme les marchandises. Le réseau français représente 21 % du réseau routier de l'Union européenne (UE), dont près de 12 000 km d'autoroutes (4e réseau mondial).

- Le réseau ferré compte 30 000 km de voies, dont 2 800 km de lignes à grande vitesse (LGV). Lancé en 1981, le train à grande vitesse (TGV) roule jusqu'à 320 km/h, permettant une contraction de l'espace- temps aux effets géographiques redoutables : la distance est secondaire ; c'est le temps mis pour parcourir cette distance qui importe. Rouen est à 130 km de Paris, Le Mans à 210 km ; pourtant, le temps de trajet depuis Paris vers chacune de ces deux villes est identique.

- Malgré quatre façades maritimes, le réseau portuaire ne compte que trois grands ports généralistes : Marseille, Le Havre, Dunkerque. Leur trafic est modeste par rapport à celui des principaux ports du Northern Range, la façade nord-européenne de rang mondial.

- Le réseau aéroportuaire est surtout centré sur Paris, avec les **hubs** de Roissy et Orly, véritables portes d'entrée du monde en France.

MOT CLÉ
Un **hub** (portuaire ou aéroportuaire) est le centre pivot d'un système de transport. Les grands hubs bénéficient de capacités multimodales.

2 … en cours d'adaptation

- Le réseau autoroutier a profité des grands projets lancés après la crise de 2008 ; mais il est plus souvent contesté pour des raisons environnementales.

- Le réseau ferré à grande vitesse se densifie et s'interconnecte aux réseaux européens. Le réseau classique, en revanche, ferme des lignes et sa qualité se dégrade, conduisant récemment à des augmentations de temps de parcours.

- Les réseaux de communication se sont modernisés avec le développement rapide des réseaux en fibre optique et l'extension puis l'accélération des réseaux de téléphonie mobile (4G, 5G).

II Des réseaux aux lignes de forces territoriales

1 Une centralisation historique aujourd'hui amendée

- Les réseaux français présentent une **configuration en étoile** à partir de Paris : la concentration du pouvoir dans la capitale a ainsi privilégié les liaisons radiales.
- Cependant, de nombreux projets autoroutiers ou TGV permettent aujourd'hui des **liaisons rapides province-province** : l'autoroute des estuaires permet une liaison Nord-Europe/Espagne, la LGV interconnexion Est sans passer par Paris.
- Les réseaux français sont davantage **interconnectés aux réseaux européens**, comme l'Eurostar vers Londres *via* le tunnel sous la Manche, le Thalys vers Bruxelles et les Pays-Bas, la LGV Est européenne vers l'Allemagne.

2 Des réseaux de plus en plus hiérarchisés et intégrés

- Le développement de ces réseaux ultramodernes, à grande vitesse, haute fréquence et forte capacité, tend à privilégier les territoires les plus rentables en raison des coûts. La position nodale de certaines agglomérations (Paris, Lyon, Lille) renforce ainsi leur influence. La **métropolisation** est fille des transports.
- L'effondrement des distances-temps entre grands nœuds du réseau laisse à l'écart les lieux pas assez peuplés pour être connectés : c'est l'**effet-tunnel**.
- Les réseaux de transport modernes sont ainsi des facteurs de différenciation et de hiérarchisation dans une **mise en concurrence renforcée des territoires**. Avec ses billets au prix élevé et ses effets géographiques redoutables, la politique du « tout-TGV » remet en cause une certaine équité sociale et territoriale.

zoOm

L'effet-tunnel

- L'effet-tunnel est ainsi appelé parce qu'un TGV ne s'arrête qu'entre deux gares éloignées d'au moins 250 à 400 km : il circule alors comme dans un tunnel. Les gares non desservies **perdent leur accessibilité**.
- C'est par exemple le cas de **Dijon**, dont l'accessibilité s'est effondrée lorsque le nouveau tracé de la LGV Sud-Est a mis Lyon à 2 heures de Paris ; ou celui d'**Angoulême**, que le tracé de la LGV Sud Europe Atlantique a oublié, en mettant Bordeaux à 2 h 10 de Paris.

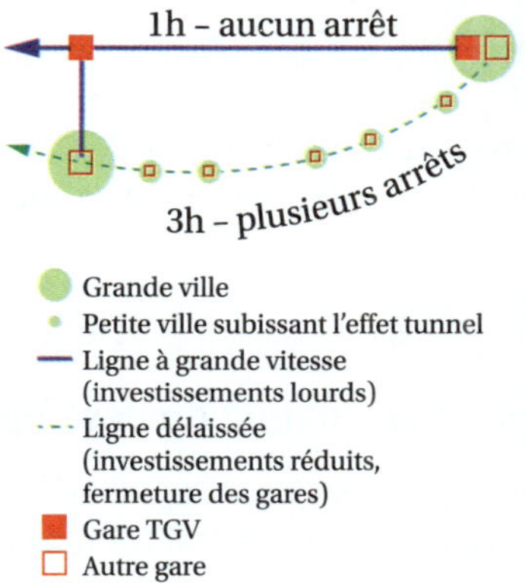

42 Les enjeux des mobilités en France

En bref *Les mobilités induisent des enjeux territoriaux et environnementaux majeurs, que les politiques d'aménagement des territoires, à de multiples échelles, tentent de prendre en compte.*

I Les enjeux territoriaux

1 La continuité territoriale

■ La politique d'aménagement du territoire s'est le plus souvent traduite par le développement d'infrastructures de transport. Afin de garantir un développement comparable, il fallait que l'accessibilité fût équitable : c'est la continuité territoriale.

■ Si 98 % de la population est à moins de 50 km d'une gare TGV ou d'une autoroute, l'enclavement ou l'isolement touche toujours les espaces naturels ou ruraux, les villes petites et moyennes, la Corse et l'outre-mer.

2 La compétitivité territoriale

■ Les territoires les plus dynamiques ne peuvent le rester qu'à condition de renforcer leurs liaisons de haut niveau, aux échelles européenne et mondiale.

■ Mais la mise en concurrence des territoires semble de plus en plus contradictoire avec le principe de continuité territoriale.

3 L'insertion européenne et mondiale

■ Initialement conçus dans une logique purement nationale, les réseaux de transport français sont de plus en plus interconnectés aux réseaux européens et mondiaux, avec d'importants flux de transit. Les interfaces frontalières sont favorisées.

■ L'interconnexion des réseaux français et européens se fait depuis 1994 à travers le programme européen RTE-T (Réseau transeuropéen de transport) qui met en œuvre des corridors de transport multimodaux.

MOT CLÉ
Multimodal signifie que les transports peuvent s'effectuer selon plusieurs modes différents : route, voie ferrée, maritime…

II Les enjeux environnementaux

1 La prise en compte du développement durable

■ Le développement durable est désormais systématiquement pris en compte afin de promouvoir des mobilités plus respectueuses de l'environnement.

■ Le consensus qui prévalait autour de l'équipement autoroutier ou aéroportuaire est désormais rompu, comme le montre l'abandon du projet de nouvel aéroport du Grand-Ouest à Notre-Dame-des-Landes.

2 Le problème de l'étalement urbain

- L'étalement urbain se poursuit, entraînant des **mobilités multiples** entre lieux aux fonctionnalités différentes : résidence, travail, commerce, loisirs.
- La voiture en assure 85 % mais cette « **dépendance automobile** » semble avoir trouvé ses **limites** : congestion, perte de temps et pollutions multiples.

3 La transition vers des mobilités « douces »

- Le développement des **transports en commun** s'est dès lors imposé (bus, tram, métro), mais aussi celui des **mobilités douces** (vélo, marche). Les voitures sont pénalisées : stationnement, péages urbains.
- Ces mesures ne sont cependant efficaces que pour les habitants des centres-villes. Les couronnes périurbaines, trop peu denses et trop lointaines, semblent sacrifiées. La politique de transport est aussi une **question sociale**.

MOT CLÉ
Les **mobilités douces** désignent les déplacements sans énergie autre que musculaire, et par extension les mobilités non productrices de gaz à effet de serre.

zoOm

Les corridors de transport européens

Le programme européen RTE-T comprend notamment le développement de **neuf corridors** de transport de dimensions continentales.

SE TESTER QUIZ

Vérifiez que vous avez bien compris les points clés des **fiches 36 à 42**.

1 Un monde de migrations

→ FICHES 36 à 38

1. Quels sont les flux migratoires les plus importants ?

☐ **a.** les flux Sud-Sud ☐ **b.** les flux Sud-Nord ☐ **c.** les flux Nord-Nord

2. La France est un pays :

☐ **a.** de départ ☐ **b.** de transit ☐ **c.** d'arrivée

3. En quoi les politiques migratoires européennes sont-elles contradictoires ?

☐ **a.** Certains pays acceptent les migrants, d'autres non.
☐ **b.** Les pays européens refusent l'entrée de réfugiés malgré leur statut.
☐ **c.** La Commission européenne change régulièrement d'avis sur la question.

4. En France, les migrants profitent des aides sociales plus qu'ils n'y contribuent !

☐ **a.** vrai ☐ **b.** faux
☐ **c.** Les migrants ne sont pas éligibles aux aides sociales.

2 Les mobilités touristiques internationales

→ FICHE 39

Pourquoi peut-on parler de « transition touristique » ?

☐ **a.** Parce que les touristes des pays riches diminuent régulièrement.
☐ **b.** Parce que les touristes des pays émergents sont en forte augmentation.
☐ **c.** On ne parle pas de transition touristique mais de transition démographique.

3 Les enjeux des mobilités en France

→ FICHES 40 à 42

1. Quels sont les principaux facteurs de mobilité en France ?

☐ **a.** la hausse du niveau de vie
☐ **b.** la recherche d'un cadre de vie agréable
☐ **c.** la volonté de trouver un emploi stable et mieux rémunéré

2. Quelles sont les évolutions récentes des réseaux de transport français ?

☐ **a.** Le transport routier est devenu largement majoritaire.
☐ **b.** Les réseaux de communication moderne (fibre, 4G) sont en plein essor.
☐ **c.** Le réseau ferroviaire se développe.

3. Quels sont les problèmes environnementaux liés aux mobilités ?

☐ **a.** la pollution engendrée par l'étalement urbain
☐ **b.** les pertes de temps dans les embouteillages
☐ **c.** la contribution des mobilités automobiles au réchauffement climatique

CORRIGÉS

SE TESTER QUIZ

1 Un monde de migrations

1. Réponse a. Les flux Sud-Sud (97 millions) ont largement dépassé les flux classiques Sud-Nord (89 millions) des pays pauvres vers les pays riches. Les pays du Sud connaissent à présent des niveaux de développement tellement variés que les migrations y sont très fortes.

2. Réponses a., b. et c. La France reçoit des flux migratoires, par exemple depuis l'Afrique subsaharienne francophone. Mais elle est aussi un espace de transit vers le Royaume-Uni. Enfin, elle est également un espace de départ, par exemple des diplômés vers les États-Unis.

3. Réponses a. et b. La plupart des pays de l'Union européenne refusent l'entrée massive de migrants, mais l'Allemagne a autorisé en 2015 l'entrée d'un million d'entre eux sans même consulter ses partenaires. Le statut de réfugié accordé par l'UNHCR devrait normalement obliger les États signataires à accueillir ces personnes : ce n'est pourtant pas ce qui se produit.

4. Réponse b. Les aides sociales concernent toutes les populations qui résident habituellement sur le territoire français. Les migrants, plus jeunes que la population générale, tendent à coûter plus cher en allocations familiales et chômage, mais beaucoup moins en dépenses de santé. Le bilan est donc positif.

2 Les mobilités touristiques internationales

Réponse b. Les touristes en provenance des classes moyennes de pays émergents (Chine, Inde, Brésil…) sont en très forte croissance. Leur arrivée bouleverse le paysage classique de touristes presque exclusivement issus des pays riches du Nord.

3 Les enjeux des mobilités en France

1. Réponses a. et b. La hausse du niveau de vie a permis le développement des mobilités de tourisme et de loisir. La recherche d'un cadre de vie agréable fait désormais partie des objectifs prioritaires des Français. Mais les Français sont peu mobiles pour des raisons professionnelles.

2. Réponse b. Le transport routier est toujours largement majoritaire, mais il ne le devient pas récemment. Le réseau ferroviaire à grande vitesse se développe et s'interconnecte au réseau européen, mais pas le réseau classique, qui vieillit et se réduit. En revanche, les réseaux de communication modernes (fibre optique, 4G et bientôt 5G) sont en phase de déploiement, surtout dans les métropoles.

3. Réponses a. et c. L'étalement urbain génère des mobilités essentiellement automobiles, donc la pollution de l'air. La combustion de l'essence et du gazole contribue, par émission de CO_2, au réchauffement climatique. En revanche, les pertes de temps dans les embouteillages sont un problème réel mais non environnemental.

43 Des milieux sud-africains à valoriser et à ménager

En bref *L'Afrique australe présente une grande diversité de milieux, exploités pour leurs ressources. Dans le contexte de la mondialisation, ces ressources sont soumises à une pression de plus en plus accrue.*

I Des milieux riches en ressources

1 Une grande diversité de milieux

■ L'Afrique australe est composée de **dix pays** : l'Afrique du Sud, l'Angola, le Botswana, le Lesotho, le Malawi, le Mozambique, la Namibie, l'Eswatini, la Zambie et le Zimbabwe. Néanmoins ce découpage peut varier → INFO +.

■ La plupart des milieux d'Afrique australe sont **élevés et arides**.

• Les espaces sud-africains sont situés entre 600 et 1 000 mètres d'altitude. Les reliefs élevés, comme le Drakensberg (2 800 m), encadrent des plateaux au centre.

• Le climat tropical sec domine cet ensemble : c'est l'Afrique des savanes et des forêts sèches (le veld en Afrique du Sud).

■ D'autres **milieux** sont moins étendus : méditerranéen (au sud), tropical humide (à l'est), montagnard. Ils offrent une palette variée de paysages.

2 D'importantes richesses naturelles

■ Les sous-sols de l'Afrique australe regorgent de **richesses minières et énergétiques** : diamants, or, cuivre, cobalt, manganèse, titane, platine, charbon, uranium. Elles sont concentrées dans une « **dorsale métallurgique** ». Le pétrole est uniquement présent en Angola tandis que des gisements de gaz offshore ont été découverts sur la côte nord du Mozambique, déjà riche en charbon.

■ La **diversité des paysages** est un atout pour le tourisme. Les chutes Victoria, entre le Zimbabwe et la Zambie, les dunes du désert du Namib, les parcs nationaux des savanes (Kruger en Afrique du Sud) accueillent de nombreux touristes. Les côtes du Mozambique ont aussi un fort potentiel touristique.

INFO + L'Afrique australe

▸ Attention à ne pas confondre l'Afrique australe, région située au sud de l'Afrique, et l'Afrique du Sud, qui n'en est qu'un État.

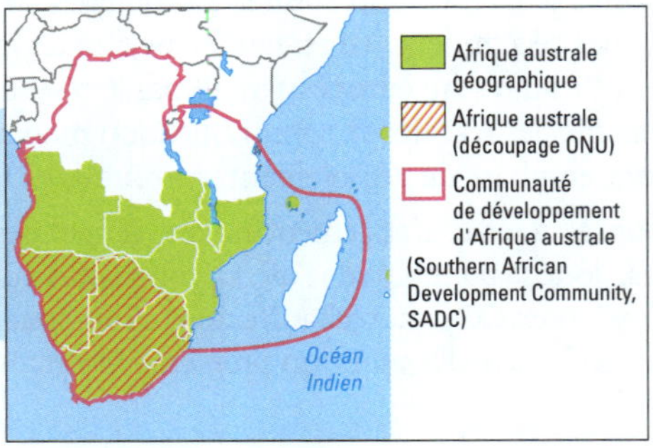

II Des milieux vulnérables soumis à une forte pression

■ L'Afrique australe est victime de l'**irrégularité des précipitations**. Le réchauffement climatique en cours multiplie les sécheresses menaçant des agricultures déjà fragiles dont dépendent plus de 173 millions d'habitants : en 2016, toute l'Afrique australe a connu une forte sécheresse liée à **El Niño**.

> **MOT CLÉ**
> Le phénomène climatique **El Niño**, qui survient tous les 3 à 7 ans, est un réchauffement anormal de l'océan Pacifique. Il peut entraîner soit des précipitations abondantes soit de fortes sécheresses selon les régions du monde.

■ L'**accès à l'eau** est parfois problématique : la moyenne des précipitations a baissé et la quantité d'eau disponible est particulièrement faible dans la moitié orientale de la région. Au Lesotho, le barrage de Katse permet au pays de vendre de l'eau à l'Afrique du Sud, privant ainsi la population locale d'eau potable.

■ Plus de la moitié des revenus des pays d'Afrique australe repose sur l'extraction minière. Ces minerais, non renouvelables, placent l'Afrique australe en situation de dépendance : elle a une **économie de rente**. Les réserves de minerais diminuent, notamment l'or en Afrique du Sud. Leur extraction a un impact environnemental lourd (pollution des sols et des eaux).

zoOm

Les ressources minières en Afrique australe

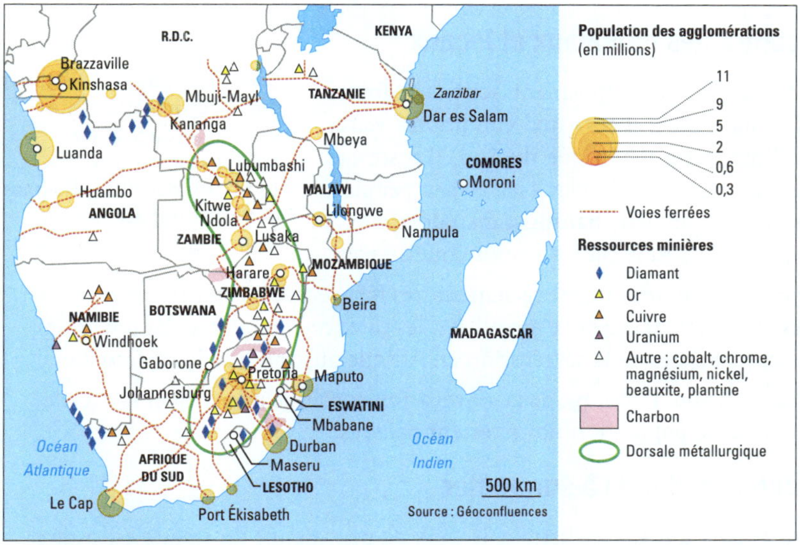

Les États d'Afrique australe possèdent le tiers des réserves mondiales de minerais. La localisation des mines a conditionné les flux migratoires, la mise en place d'infrastructures de transport (voies ferrées) et la concentration urbaine.

44 Les défis du développement

En bref *L'Afrique australe s'intègre progressivement à la mondialisation avec comme moteur l'Afrique du Sud. Cependant, la région reste très inégalement développée à toutes les échelles.*

I Une région inégalement développée

1 Les inégalités de développement à l'échelle régionale

■ L'étude de l'IDH révèle de fortes inégalités entre les pays d'Afrique australe.
- Le Botswana et l'Afrique du Sud (pays émergent) sont les plus développés.
- À l'opposé, le Malawi, le Mozambique, le Lesotho, la Zambie et l'Angola sont classés dans le groupe des pays les moins avancés (PMA).
- La Namibie, l'Eswatini et le Zimbabwe font partie des pays intermédiaires avec des IDH moyens à faibles.

■ L'agriculture (Malawi, Zimbabwe, Mozambique) et l'extraction minière (Eswatini, Lesotho) sont les principales activités économiques. L'Afrique du Sud est le seul pays où l'économie est majoritairement tertiaire, mais elle reste liée au complexe minier. Les autres pays d'Afrique australe sont donc dépendants des échanges, des investissements et des infrastructures sud-africains.

2 Des contrastes nationaux et locaux

■ Les inégalités de développement sont très fortes à l'échelle nationale, liées aux conditions naturelles et à l'histoire : en Afrique du Sud, il reste des poches de pauvreté dans l'Ouest (sec et peu peuplé), où se trouvent les anciens **bantoustans**, alors que le Gauteng, dans l'Est, est le centre économique du pays.

> **MOT CLÉ**
> Sous l'Apartheid (1948-1991), régime ségrégationniste en Afrique du Sud, les **bantoustans** étaient des territoires délimités, éloignés des villes, imposés aux non-blancs sans contrat de travail.

■ La fragmentation urbaine est également très forte entre les quartiers très aisés, parfois des résidences fermées et surveillées, les *gated communities* et les *townships* (quartiers noirs hérités de la ségrégation en Afrique australe) ou les bidonvilles.

■ En Afrique du Sud, l'héritage de la ségrégation continue de marquer la société. Les deux tiers de la population noire restent pauvres.

3 Des défis sanitaires à surmonter

■ Dans neuf pays d'Afrique australe, le taux de prévalence du sida, c'est-à-dire le nombre de personnes vivant avec le VIH, varie de 10 à 30 % de la population.

■ En Afrique du Sud, l'épidémie de sida explique la faible croissance démographique. Dans les grandes métropoles, les *townships* noirs et les bidonvilles sont les plus touchés.

II Une région inégalement intégrée à la mondialisation

- L'Afrique du Sud est l'**espace moteur** de l'Afrique australe : elle reçoit la plupart des investissements étrangers (Chine, Union européenne) et elle est le principal investisseur africain en Afrique. Elle a rejoint les BRIC en 2011 et fait partie du G20 (groupe des 20 pays les plus industrialisés). Les pays situés dans le périmètre direct de l'Afrique du Sud profitent de son insertion à la mondialisation (Lesotho, Eswatini, Botswana, Namibie) mais le Mozambique et l'Angola cherchent à s'affirmer de façon plus autonome.
- La mondialisation profite aux **métropoles** et aux **littoraux**. Durban, Le Cap, Luanda, Maputo et Johannesburg modernisent les infrastructures de transport qui les relient aux régions minières de l'intérieur afin de faciliter leurs exportations.
- La création de la Southern African Development Community (SADC) en 1992 a permis à toute l'Afrique australe d'être un espace attractif. Mais les inégalités entre les différents pays membres de cette **organisation régionale** sont encore des freins à son insertion dans les échanges mondiaux.

zoOm

L'Afrique australe dans la mondialisation

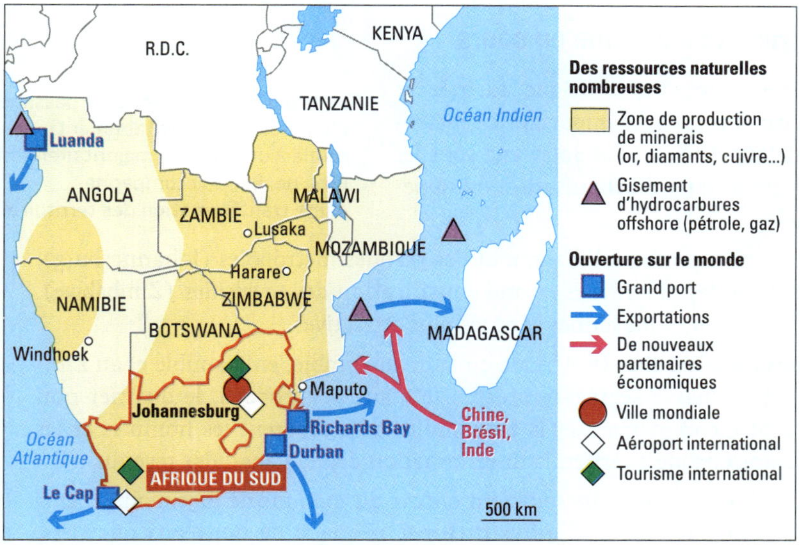

L'Afrique australe connaît une **croissance économique sans développement** : les territoires et les sociétés qui n'appartiennent pas au cœur minier et à son réseau urbain restent isolés et enclavés, en marge de la mondialisation.

45 Les défis de la transition

En bref *Les transitions démographique, économique, urbaine et environnementale en Afrique australe sont diverses et rapides. Elles sont liées au degré d'intégration de cette région à la mondialisation et à des choix politiques.*

I La transition démographique et urbaine

1 Une transition démographique achevée

■ Il existe des **disparités démographiques** liées au niveau de développement. Le Lesotho, l'Eswatini et le Botswana ont une croissance démographique basse qui se rapproche de celle de l'Afrique du Sud. Au contraire, en Angola, au Mozambique, en Zambie et au Malawi, la croissance démographique est plus forte et l'espérance de vie moins élevée.

■ Le nombre de personnes de plus de 65 ans augmente dans les pays où l'IDH est le plus élevé : 5,5 % de la population aujourd'hui contre 3,7 % en 1960 en Afrique du Sud. Ce **vieillissement** reste pourtant lent en comparaison de celui des pays du Nord.

2 Une transition urbaine en cours

■ Avec 48 % d'urbains, l'Afrique australe se distingue par son nombre important de métropoles. L'Afrique du Sud et le Botswana sont les seuls pays où le **taux d'urbanisation** est supérieur à 50 %.

MOT CLÉ
La **transition urbaine** est le passage d'une société majoritairement rurale à une société majoritairement urbaine. Elle s'accompagne d'une transformation des territoires.

■ L'exode rural a entraîné l'**étalement** des grandes métropoles (Johannesburg), l'augmentation des bidonvilles et une **densification** des *townships* (Zimbabwe). Aujourd'hui, les villes moyennes sont les plus attractives.

■ L'**organisation urbaine** en Afrique du Sud, au Zambie, en Namibie et au Zimbabwe reflète le **passé ségrégationniste** : le quartier européen, le quartier non blanc, le centre commerçant et la zone industrielle séparent les hommes et les activités. Dans chaque quartier, la discrimination dépend aussi des revenus.

■ Les villes d'Afrique australe souffrent encore du manque de logements, d'emplois, de services urbains et d'infrastructures, même si de nouveaux quartiers, des centres commerciaux modernes (Maputo Shopping Center par exemple), des hôtels, financés par la Chine, se développent dans les grandes métropoles.

II La transition économique et environnementale

1 Une lente transition économique

■ L'économie de l'Afrique australe reste dominée par le complexe minéralo-énergétique. Néanmoins, le secteur des **services** se développe : tourisme, information, mais surtout exportation des richesses minières.

■ Les États d'Afrique australe veulent attirer les investissements étrangers et promettent une **meilleure redistribution des richesses** à leurs populations. Ils mettent en avant une « Renaissance africaine » et l'augmentation de leurs classes moyennes (*Black Diamonds* en Afrique du Sud). Ils développent un réseau routier et ferroviaire à l'échelle du sous-continent (les corridors) pour faciliter leur insertion à la mondialisation.

■ Cependant, d'un point de vue économique, l'Afrique australe reste divisée :
- l'**Afrique australe intégrée à la mondialisation**, dont les exportations reposent sur plusieurs ressources minières : Afrique du Sud, Namibie et Zimbabwe ;
- l'**Afrique australe « fragile »**, dont la richesse repose sur une ou deux ressources : Angola (pétrole), Zambie (cuivre, cobalt), Mozambique (charbon, gaz), Botswana (diamant), Lesotho (eau). L'économie de ces pays reste primaire et l'endettement (Mozambique) fragilise la croissance.

2 Une transition environnementale à concilier avec le développement

■ L'Afrique australe crée de nombreux **espaces protégés** afin de préserver la biodiversité : parcs naturels, réserves, aires marines protégées. Mais certains sont des « parcs de papier » se réduisant simplement à un statut et à des limites sur une carte.

■ La protection de l'environnement se heurte à la question du développement. Les espaces protégés entrent en **concurrence avec les activités** agricoles ou extractives.

zoOm

La transformation des villes en Afrique australe

L'**Hôtel Radison Blu de Maputo** (Mozambique) témoigne des transformations urbaines et de l'essor du tourisme de luxe en Afrique australe.

46 Des flux migratoires complexes

En bref *L'Afrique australe est devenue une terre d'exil, de transit et d'installation pour de nombreux migrants, mais aussi une terre d'accueil pour de nombreux touristes. Ces mouvements migratoires créent des inégalités territoriales.*

I D'importantes migrations interrégionales

1 Des migrations et des mobilités anciennes

- L'Afrique du Sud et le Botswana ont longtemps attiré les populations africaines pour leurs ressources minières, essentiellement venues du Mozambique et du Malawi, le temps d'un contrat de travail.
- Jusqu'en 1991, les mobilités internes en Afrique du Sud étaient particulièrement importantes : dans les années 1950, les autorités ont créé des lotissements locatifs proches des centres miniers et urbains, les *townships*, pour la main-d'œuvre noire. Puis, dans les années 1970, de nombreux habitants des *townships*, sans contrat de travail, ont été déportés dans les bantoustans, en zone rurale, donnant lieu à d'importants **déplacements de population**.

MOT CLÉ
À l'inverse des migrations, les **déplacements de population** s'effectuent à l'intérieur d'un pays, qu'ils soient volontaires ou forcés.

2 L'attractivité de l'Afrique du Sud et la persistance de la xénophobie

- Les mouvements migratoires se sont accentués ces dernières décennies : la fin de l'Apartheid, l'augmentation de la pauvreté et les conflits ont poussé les migrants des pays voisins vers l'Afrique du Sud. Ces migrants sont en général plus qualifiés que la moyenne des habitants du pays d'accueil.
- Avec 3,6 millions d'immigrés, l'Afrique du Sud est aujourd'hui le pays d'Afrique qui en compte le plus. Les migrants entrent avec un visa touristique ou illégalement, avant de demander le statut de réfugié.
- En Afrique du Sud, la xénophobie à l'égard des nouveaux immigrés – qui ne parlent pas les langues de la région – est grande. Des émeutes se sont multipliées à Johannesburg et Durban envers les populations indienne, mozambicaine et zimbabwéenne depuis 2008.

3 De nouvelles migrations temporaires

- L'augmentation du nombre de demandeurs d'asile en Afrique du Sud a entraîné l'apparition de « zones d'attente » à ses frontières : la Zambie, le Malawi, le Zimbabwe et le Mozambique sont devenus des pays d'accueil temporaires.

■ L'Afrique du Sud et le Botswana sont devenus des destinations de transit vers le Royaume-Uni, les États-Unis ou le Canada pour les Congolais et les Somalis. Ces migrants temporaires restent dans le pays d'accueil pour travailler et se constituer une épargne qui financera leur voyage.

II L'Afrique australe dans les migrations internationales

■ Les mouvements migratoires partant d'Afrique australe sont principalement dirigés vers les pays du Nord comme le Royaume-Uni, l'Australie, le Canada et les États-Unis. L'Afrique du Sud, le Botswana et la Namibie subissent aujourd'hui une fuite de leurs ressources humaines qualifiées – ou « fuite des cerveaux ».

■ Jusqu'en 1991, le sud de l'Afrique australe n'était pas une terre d'accueil en dehors d'une immigration « blanche et protestante » encouragée par les gouvernements sud-africain et namibien. Aujourd'hui, ces pays accueillent à nouveau des diasporas indienne, pakistanaise, israélienne, russe et surtout chinoise.

■ L'Afrique australe est également devenue une destination touristique de choix : elle accueille environ 30 millions de touristes par an, venus surtout des pays du Nord, notamment dans les grands parcs et les réserves naturelles : parc Kruger en Afrique du Sud, circuits et safaris en Namibie, chutes Victoria entre la Zambie et le Zimbabwe, delta de l'Okavango au Botswana (inscrit au Patrimoine mondial de l'humanité en juin 2014).

zoOm

L'origine des migrants en Afrique du Sud

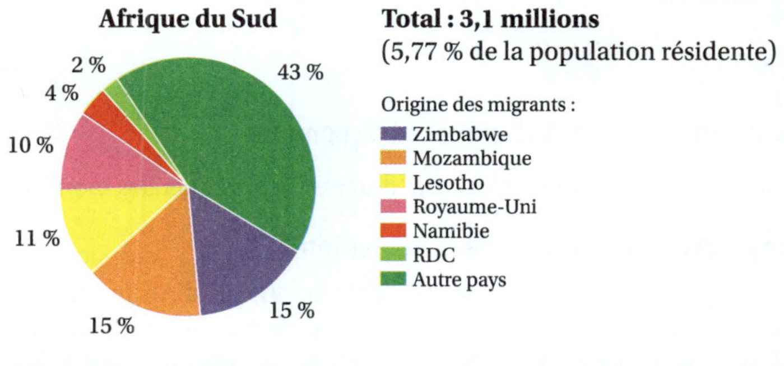

L'immigration légale en Afrique du Sud a quadruplé depuis 1991. L'Afrique du Sud est devenue une destination de recours en cas de crise pour de nombreux pays d'Afrique centrale et orientale alors qu'il y a encore 25 ans, le « pays de l'Apartheid » ne figurait pas dans les destinations envisagées.

SE TESTER QUIZ

Vérifiez que vous avez bien compris les points clés des **fiches 43 à 46**.

1 Des milieux sud-africains à valoriser et à ménager → FICHE 43

Les ressources naturelles dominantes en Afrique australe sont :

☐ **a.** les ressources énergétiques ☐ **b.** les minerais ☐ **c.** le bois

2 Les défis du développement et de la transition → FICHES 44 et 46

1. L'Afrique du Sud est le seul pays émergent en Afrique australe.

☐ **a.** vrai ☐ **b.** faux

2. L'espérance de vie a augmenté dans tous les pays d'Afrique australe.

☐ **a.** vrai ☐ **b.** faux

3. La répartition des villes en Afrique du Sud se distingue par :

☐ **a.** un réseau urbain dense concentré dans le Nord-Est
☐ **b.** la domination d'une ville qui n'est pas la capitale du pays
☐ **c.** un réseau urbain concentré dans l'Ouest

CORRIGÉS

SE TESTER QUIZ

1 Des milieux sud-africains à valoriser et à ménager

Réponse b. L'Afrique australe dispose d'un tiers des ressources minérales mondiales.

2 Les défis du développement et de la transition

1. Réponse a. L'Afrique du Sud est la seule puissance émergente d'Afrique australe. Les économistes la classent dans les « lions » africains, c'est-à-dire des pays à forte croissance du PIB. Cependant, c'est un émergent fragile, sa croissance ayant fortement baissé depuis 2013.

2. Réponse b. Même si globalement l'espérance de vie a augmenté pour la majorité des pays d'Afrique australe, elle a surtout eu tendance à diminuer dans les années 1990 avec l'augmentation de personnes porteuses du VIH.

3. Réponses a et b. La province du Gauteng représente le cœur de l'Afrique du Sud. C'est la région la plus dynamique économiquement, où se trouve Johannesburg, métropole de rang mondial (attention, la capitale de l'Afrique du Sud est Pretoria).

SES

TOUT LE PROGRAMME

- Le cours en 32 fiches
- Exercices et corrigés

SOMMAIRE

Économie

1. La création et la mesure des richesses

2. Les marchés

Sociologie

3. La socialisation

Science politique

4. La vie politique et la compétition politique

Regards croisés

5. Diplôme, emploi et salaire

1 Qui sont les producteurs de richesses ?

En bref *Les entreprises privées et publiques, les administrations publiques et les organisations de l'économie sociale et solidaire sont des unités productives de richesses. Elles se distinguent selon leur objectif, leur statut, leur taille et leur secteur d'activité.*

I Les entreprises

Les entreprises ont pour but de **maximiser leur profit** grâce à la vente de leur production.

1 Un statut privé ou public

- Une entreprise qui **appartient à l'État**, majoritairement ou en totalité, est une entreprise publique. Citons, par exemple, Électricité de France (EDF), La Poste, la SNCF, ou encore France télévision.
- Une entreprise qui **n'appartient pas à l'État**, ou qui lui appartient minoritairement, est une entreprise privée, comme Danone ou Renault (État minoritaire).
- Les plus grandes entreprises appartiennent à des **actionnaires**, sachant que l'État peut être actionnaire.

MOT CLÉ

Les **actionnaires** sont des propriétaires d'une entreprise privée ou publique.
Si l'entreprise réalise un profit, ils peuvent percevoir un revenu (dividende).

2 Des tailles diverses

- Les entreprises se différencient selon leur taille, c'est-à-dire le **nombre de salariés** qui y travaillent. On distingue les microentreprises (moins de dix salariés), les PME (moins de 250 salariés), les entreprises de taille intermédiaire (moins de 5 000 salariés) et les grandes entreprises (plus de 5 000 salariés).
- En France, il y a environ 4 millions d'entreprises. On compte une **majorité de microentreprises** : au nombre de 3,7 millions, elles emploient environ 20 % des salariés. Les grandes entreprises sont beaucoup moins nombreuses (250), mais elles emploient 26 % des salariés.

3 Différents secteurs d'activité

- Les entreprises se caractérisent aussi par le secteur d'activité auquel elles appartiennent. Le **secteur primaire** concerne les activités qui exploitent les ressources naturelles, comme l'agriculture. Le **secteur secondaire** regroupe les activités qui transforment les matières premières, par exemple l'automobile. Enfin, dans le **secteur tertiaire**, on retrouve les services, comme l'enseignement.
- La majorité de ces entreprises, soit 65 %, appartiennent au secteur des services, le secteur tertiaire, contre 20 % au secteur industriel et 15 % au secteur agricole.

II Les autres organisations productives

Ces organisations n'ont pas pour but premier la recherche de profit, mais l'intérêt général et/ou un projet social et solidaire.

1 Les administrations publiques

- Les administrations publiques (État, collectivités territoriales) offrent des services non marchands → FICHE 2 pour servir l'intérêt général.
- Elles constituent le premier employeur français : un peu plus de cinq millions de fonctionnaires y travaillent.

2 Les organisations de l'économie sociale et solidaire

- Les plus connues sont les associations, qui fournissent essentiellement des services non marchands → FICHE 2. Il en existe plus d'un million en France dans différents domaines : culture, sport, action sociale et humanitaire, etc.
- L'économie sociale et solidaire (ESS) comprend également les mutuelles et les coopératives, qui sont des organisations marchandes → FICHE 2 à but non lucratif. L'objectif des mutuelles est l'amélioration des conditions de vie de leurs cotisants, celui des coopératives est la prise de décision démocratique.

MOT CLÉ

L'**économie sociale et solidaire**, secteur en pleine expansion, représente 10 % des emplois en France, contre 20 % pour les administrations publiques et 70 % pour les entreprises.

zoOm

La Louve, un supermarché coopératif à Paris

- Pour devenir coopérateur, il faut investir 100 € dans La Louve et y travailler trois heures toutes les quatre semaines. On peut alors y faire ses courses.
- Tous les coopérateurs participent à égalité aux décisions sur les orientations du magasin. Les bénéfices sont réinvestis dans le fonctionnement de celui-ci.

2 Qu'est-ce que la production ?

En bref *La production désigne la création de richesses sous la forme de biens et services destinés à satisfaire des besoins individuels ou collectifs. Ces biens et services peuvent être marchands, s'ils sont vendus afin de réaliser un profit, ou non marchands dans le cas contraire.*

I La création de biens et de services

1 Qu'est-ce qu'un bien ?

- Un bien est un produit matériel, c'est-à-dire qu'il est concret et stockable.
- Il peut être destiné à une consommation finale, c'est-à-dire à être acheté pour satisfaire directement un besoin ou un désir. C'est le cas d'un fruit acheté par un consommateur pour être mangé, ou d'une guitare pour être jouée.
- Un bien peut également servir à réaliser d'autres produits. S'il est consommé ou incorporé au produit dans le processus de production, il est considéré comme une consommation intermédiaire → FICHE 5 : par exemple, le bois utilisé pour fabriquer une chaise. S'il est utilisé de façon durable, il est désigné comme du **capital fixe** : par exemple, le marteau pour fabriquer cette chaise.

MOT CLÉ
Le **capital fixe** désigne les biens utilisés dans la production pendant plus d'un an. Il s'agit notamment des terrains, bâtiments, machines et outils.

2 Qu'est-ce qu'un service ?

- Un service désigne une prestation technique ou intellectuelle. À l'inverse d'un bien, un service est un produit immatériel, il n'est donc pas stockable.
- Il peut être destiné à une consommation finale, ou à une consommation intermédiaire.
- Les biens et les services peuvent être complémentaires. Ainsi, lorsque l'on achète une pizza (bien), on peut également acheter sa livraison (service associé).

II La production marchande et non marchande

1 Qu'est-ce que la production marchande ?

- La production marchande désigne la production de biens et services avec un objectif de profit. Ceux-ci sont destinés à être vendus sur un marché.
- Pour réaliser un profit, les biens et services marchands doivent être vendus à un prix supérieur à leur coût de production. Ce prix est fixé sur un marché, selon la quantité disponible et la quantité demandée → FICHES 9 à 12.

■ Par exemple, un menuisier qui vend ses chaises sur un marché détermine leur prix de façon à ce qu'il soit supérieur à ses coûts de production, mais aussi en fonction du nombre de chaises vendues par ses concurrents (quantité disponible) et du nombre de chaises demandées par les acheteurs (quantité demandée).

2 Qu'est-ce que la production non marchande ?

■ Elle représente la production de biens et services fournis gratuitement ou quasi gratuitement, à un prix inférieur à leur coût de production. L'Éducation nationale et les hôpitaux publics sont des exemples de services non marchands.

■ Lorsqu'elle est fournie par les pouvoirs publics, la production non marchande est financée en totalité ou en partie par des **prélèvements obligatoires**.

MOT CLÉ
Les **prélèvements obligatoires** représentent les recettes des pouvoirs publics et sont constitués des cotisations sociales, des impôts directs et indirects.

3 Qu'est-ce que l'autoproduction ?

Il s'agit d'une production réalisée afin de satisfaire les besoins ou désirs du producteur lui-même : c'est le cas d'un ménage qui cultive les tomates qu'il consomme. Cette production est difficile à mesurer, car elle n'est pas vendue.

zoOm

Que produit l'économie française ?

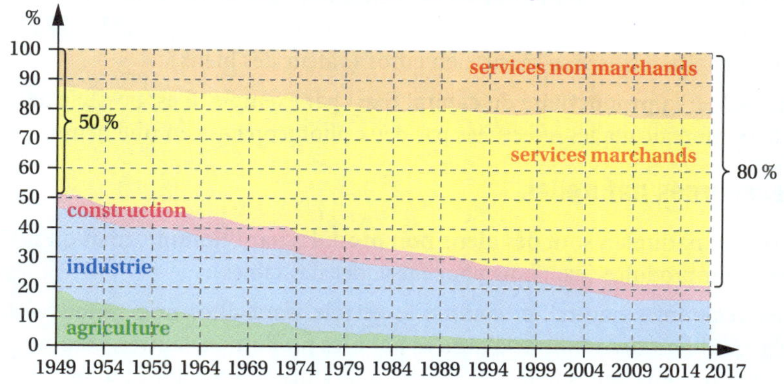

Source : Insee.

■ Ce document présente la part de la production réalisée par chaque secteur de l'économie en France, en pourcentage de la valeur ajoutée → FICHE 5. On voit que la production de services occupe une place croissante. Alors qu'elle représentait 50 % de la production française en 1949, elle en occupe près de 80 % en 2017.

■ La production de services non marchands a augmenté relativement plus rapidement : + 70 % environ, contre + 60 % environ pour les services marchands.

3 Qu'est-ce que la combinaison productive ?

En bref *Les producteurs utilisent du capital, du travail et des ressources naturelles : ce sont les facteurs de production. On appelle « combinaison productive » le choix de la quantité de chaque facteur à utiliser.*

I Quels sont les facteurs de production ?

1 Le facteur travail

■ Le facteur travail correspond à l'**activité humaine** permettant de produire. La **quantité de travail** utilisée pour produire se mesure généralement en heures de travail, mais peut aussi s'évaluer par le montant des salaires versés.

■ On mesure aussi la **productivité** du travail, c'est-à-dire la valeur produite en un temps donné → FICHE 5. Par exemple, si un cordonnier répare une paire de chaussures en une heure et un autre trois paires, alors ce dernier a une productivité trois fois supérieure.

MOT CLÉ
Il ne faut pas confondre production et productivité. La **production** est la quantité, ou la valeur, produite ; la **productivité** est l'efficacité avec laquelle la production s'est réalisée.

2 Le facteur capital

■ Le facteur capital (ou « capital fixe ») est l'ensemble des **biens utilisés durablement** (pendant plus d'un an) pour produire, comme les machines → FICHE 2. La quantité de capital utilisée se mesure en euros (valeur des biens).

■ On peut évaluer la **productivité du capital fixe** : par exemple, il est possible de comparer le nombre de copies effectuées par deux photocopieurs en une heure.

3 Les ressources naturelles

■ Les ressources naturelles sont des **biens non produits par l'homme**, mais qu'il peut utiliser pour produire (ex. : bois pour fabriquer des tables).

■ Certaines ressources naturelles, comme le pétrole, sont dites **non renouvelables**, parce qu'il faut des millions d'années pour les produire. D'autres, comme les arbres, sont **renouvelables** parce qu'elles se reproduisent en peu de temps.

II Quelle combinaison productive ?

1 Les contraintes techniques

■ Si les facteurs travail et capital sont **complémentaires**, alors ils devront nécessairement être utilisés dans les mêmes proportions. Par exemple, pour un camion, il faut un chauffeur ; pour deux camions, il faut deux chauffeurs, etc.

■ En revanche, s'ils sont **substituables**, l'un peut remplacer l'autre. Ainsi, un supermarché peut décider de réduire le nombre de ses caissiers (facteur travail) et d'augmenter le nombre de caisses automatiques (facteur capital).

2 Les coûts de production

■ Lorsque ses facteurs de production sont substituables, une entreprise a le choix entre un grand nombre de combinaisons possibles. Si elle est **rationnelle**, elle choisira celle qui lui coûte le moins cher.

■ Ainsi, s'il lui coûte **moins cher** de mobiliser une machine plutôt qu'un travailleur pour une même production, l'entreprise sera tentée de remplacer le travailleur par la machine.

3 La recherche de profit

■ Le producteur n'a pas toujours intérêt à privilégier le facteur le moins coûteux. En effet, pour maximiser son profit, il ne s'intéresse pas seulement au coût, mais également à la **productivité du facteur de production**.

■ Par exemple, une entreprise peut préférer une main-d'œuvre locale plus coûteuse, mais également plus productive, à une main-d'œuvre située à l'étranger, moins coûteuse, mais moins efficace. Ce choix lui rapportera un **profit** plus élevé.

MOT CLÉ
Le **profit** est la différence entre la recette totale et le coût total de l'entreprise. Il peut se mesurer à l'aide du bénéfice. → FICHE 5

zoOm

La variété des combinaisons productives

Selon la stratégie des organisations productives pour maximiser leur profit, les combinaisons travail-capital peuvent être très différentes. Ainsi, le maroquinier de luxe Hermès (photo) emploie un grand nombre d'ouvriers et d'ouvrières très qualifiés, et utilise peu de machines. À l'inverse, dans le secteur automobile, une grande partie des tâches sont effectuées par des robots.

4 Quel est le rôle du progrès technique ?

En bref *Le progrès technique est au cœur du débat public. En effet, pour de nombreux économistes et gouvernants, il est la condition de la croissance économique* → FICHES 7 et 8*, et de l'augmentation de notre bien-être. Il n'échappe pourtant pas à certaines interrogations.*

I Qu'est-ce que le progrès technique ?

Le **progrès technique** peut concerner de nouveaux produits, ou bien de nouveaux procédés de production.

MOT CLÉ
Le **progrès technique**, ou les innovations, désigne l'ensemble des idées nouvelles qui contribuent à l'augmentation de la productivité.

1 De nouveaux produits

- Il peut s'agir de nouveaux biens et services de consommation ou de production.
- Depuis Joseph Schumpeter (1883-1950), on parle d'innovation majeure lorsque le produit change en profondeur la façon dont sont produits et commercialisés les biens et services dans l'ensemble de l'économie. C'est le cas de l'ordinateur. Schumpeter a popularisé l'idée que l'innovation est le moteur des grandes transformations économiques de nos sociétés.
- Mais le plus souvent, ces innovations sont mineures : elles améliorent les biens et services déjà existants (ex. : le clavier sans fil).

2 De nouveaux procédés de production

- Les innovations de procédé désignent les nouvelles manières de produire ou de vendre. Par exemple, à la fin du XIXe siècle, le taylorisme divise le travail en tâches simples et répétitives. Plus tard, le fordisme introduit le convoyeur, ou chaîne de montage, de façon à ce que les consommations intermédiaires se déplacent de travailleur en travailleur, plutôt que l'inverse.
- L'e-commerce, lui, est une nouvelle manière de vendre. Les clients font leurs courses sur Internet puis se font livrer chez eux, au lieu de se déplacer dans les magasins.

II Les effets du progrès technique

1 Le progrès technique augmente la compétitivité et l'emploi

- Le progrès technique permet, pour une même dépense de travail, d'augmenter la quantité de biens et services produits. En d'autres termes, chaque bien et service coûte moins cher à produire. L'entreprise peut donc baisser ses prix, sans craindre de réduire ses profits.

- Au niveau microéconomique, l'entreprise innovante augmente sa **compétitivité** et peut alors espérer accéder à une position de monopole avantageuse pour ses profits. De leur côté, les travailleurs, plus productifs, peuvent obtenir des **hausses de rémunération**.

> **MOT CLÉ**
> La **compétitivité** désigne la capacité d'une entreprise à gagner des parts de marché sur ses concurrentes, grâce à des produits nouveaux ou des prix plus faibles.

- Au niveau macroéconomique, la baisse des prix et la hausse des rémunérations augmentent le **pouvoir d'achat**, donc les achats de biens et services, incitant les entreprises à créer des emplois pour les produire.

2 Le progrès technique peut inquiéter

- Des biens de production nouveaux, comme les robots dans l'industrie, prennent la place des travailleurs les moins qualifiés, provoquant leur mise au **chômage**. À l'inverse, pour attirer les travailleurs les plus qualifiés et innovants, les entreprises leur offrent de meilleures conditions d'emploi (rémunération, stabilité).
- La course au progrès technique peut favoriser le **gaspillage** : pensons aux téléphones portables en parfait état de marche, remplacés par de nouveaux modèles.
- Le progrès technique répond à l'**objectif de croissance**. Celui-ci peut être poursuivi sans égards envers les sources de bien-être non matérielles : le lien social, la santé au travail, etc. → FICHE 8

zoOm

Nombre de brevets déposés en Europe

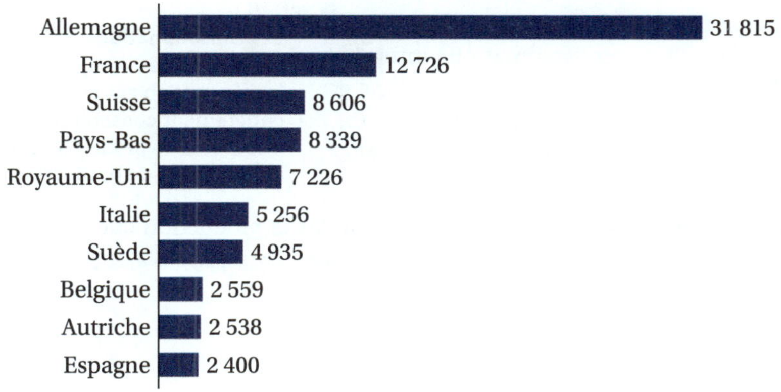

Source : Office européen des brevets, données 2016.

- Les brevets permettent aux entreprises de protéger leurs innovations. Le nombre de brevets déposés indique donc l'effort d'innovation d'un pays.
- Parmi les pays innovants, l'Allemagne se distingue avec 2,5 fois plus de brevets déposés que la France, qui se situe pourtant en 2e position. Ceci peut expliquer son surcroît de compétitivité par rapport aux autres pays.

5 Comment mesurer la création de richesses d'une entreprise ?

En bref *L'entreprise crée des richesses sous la forme des biens et services qu'elle produit. Plusieurs indicateurs permettent de mesurer sa production et l'efficacité avec laquelle elle la réalise.*

I Évaluer la production d'une entreprise

1 La production peut se mesurer en quantités physiques

Elle se mesure alors en **nombre d'unités produites**. Par exemple, la production journalière d'un boulanger sera mesurée par le nombre de pains cuisinés en une journée, celle d'un coiffeur par le nombre de coupes réalisées.

2 La production peut se mesurer en valeur monétaire

- Dans ce cas, la production peut s'évaluer par le **chiffre d'affaires (CA)** réalisé par l'entreprise, c'est-à-dire sa recette.

CA = nombre d'unités de produits vendues × prix unitaire du produit

Exemple : si un pain est vendu 1 € et que le boulanger en vend 10, son chiffre d'affaires est de 10 × 1 = 10 €.

- Le chiffre d'affaires n'est cependant pas une mesure satisfaisante de la production. En effet, il ne déduit pas le coût des **consommations intermédiaires (CI)**, comme la consommation de farine et d'électricité nécessaire à la fabrication du pain. Or, les CI n'ont pas été produites par l'entreprise elle-même, qui les a achetées à d'autres producteurs.

MOT CLÉ
Les **consommations intermédiaires** désignent la valeur des biens et services entièrement consommés ou incorporés au produit au cours du processus de production.

- La **valeur ajoutée (VA)** est une meilleure mesure de la production que le CA. Comme son nom l'indique, elle mesure la valeur que l'entreprise a ajoutée aux consommations intermédiaires (CI).

VA = CA − CI

Exemple : si une entreprise consomme 10 centimes de farine et 10 centimes d'électricité pour produire un pain qu'elle vend 1 €, sa valeur ajoutée sera de 80 centimes. Ou, dit autrement, en les combinant, elle aura ajouté 80 centimes de valeur à la farine et à l'électricité.

II Évaluer l'efficacité d'une entreprise

1 La productivité

La productivité du travail mesure la quantité de biens ou de services que **produit chaque travailleur** en moyenne. Elle se calcule ainsi :

$$\text{productivité du travail} = \frac{\text{quantité produite par l'entreprise}}{\text{nombre de travailleurs}}$$

2 Le bénéfice

- Le revenu de l'entreprise est le bénéfice, mesuré par l'**excédent brut d'exploitation (EBE)**. Il permet de savoir si l'activité de l'entreprise est profitable. L'EBE s'obtient en retranchant les coûts de production du CA. Ces coûts sont les salaires, les dépenses de consommations intermédiaires et les impôts sur la production.

$$\text{EBE} = \text{CA} - \text{coûts de production}$$

- Le **taux de marge** renseigne sur le bénéfice réalisé par l'entreprise pour chaque euro de valeur ajoutée qu'elle produit. Il se calcule ainsi :

$$\text{taux de marge} = \frac{\text{EBE}}{\text{VA}} \times 100$$

zoom

Évolution du bénéfice réalisé par les entreprises en France

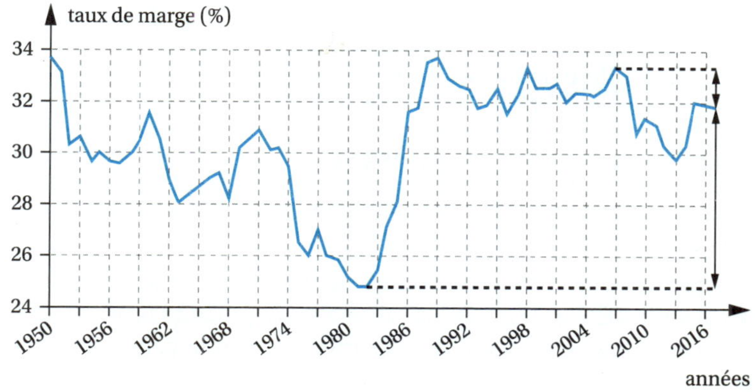

Ce document présente le taux de marge des entreprises non financières en France (en %). En 2016, chaque euro de VA produite par les entreprises leur rapportait 32 %, soit 0,32 €, le reste revenant essentiellement aux salariés.

6 Comment mesurer la création de richesses d'un pays ?

En bref *La production de richesses d'un pays est mesurée à l'aide d'un indicateur : le produit intérieur brut (PIB). Mais celui-ci pose problème : d'une part dans sa construction, qui est imparfaite ; ensuite par l'importance qu'on lui prête, le PIB étant souvent considéré à tort comme un indicateur de bien-être.*

I La mesure du PIB

1 Qu'est-ce que le PIB ?

- Le PIB mesure la **valeur des biens et services produits** dans un pays en une année. Il doit, pour cela, faire la somme des productions marchandes et non marchandes → FICHE 2.

- Les productions marchandes sont mesurées par la **valeur ajoutée marchande** (voir calcul de la VA → FICHE 5). Les productions non marchandes sont mesurées par la **valeur ajoutée non marchande**. Celle-ci ne peut pas être calculée comme la VA marchande ; en effet, le chiffre d'affaires des organisations non marchandes étant nul ou faible, un tel calcul donnerait un résultat négatif. Or, une VA ne peut pas être négative. On la considère donc par convention comme étant égale aux **coûts de production**.

> **MOT CLÉ**
> La **valeur ajoutée non marchande** est mesurée par le coût de la production non marchande (salaires et coût des consommations intermédiaires).

- Le PIB se calcule ainsi par la **somme des valeurs ajoutées** marchandes et non marchandes.

$$\text{PIB} \approx \text{VA marchandes} + \text{VA non marchandes}$$

2 Une mesure de la création de richesses

- Les biens et services produits en une année dans un pays sont une richesse, car ils **satisfont des besoins et désirs**.

- En outre, la production de biens et services donne naissance à un **flux de revenus** versés aux producteurs. En effet, la valeur ajoutée produite est distribuée sous forme de salaires aux salariés, d'EBE aux entreprises et d'impôts aux administrations publiques.

- Pour ces raisons, le PIB est l'indicateur privilégié pour **évaluer et comparer** les situations économiques des **différents pays** du monde.

II Le PIB, un indicateur imparfait

1 … pour mesurer la production…

- Il la **sous-estime**. Le PIB ne prend en compte ni les activités bénévoles (activités associatives), ni les travaux domestiques non rémunérés, ni les activités non déclarées, qui créent pourtant des biens et services.
- Il la **surestime**. Le PIB comptabilise des activités qui ne font que réparer des dégâts causés par l'activité humaine (ex. : activités de dépollution).

2 … et pour mesurer le niveau de vie et le bien-être

- Le PIB ne rend pas compte des **disparités de revenu**. Une hausse de la production n'empêche pas une hausse des inégalités : aux États-Unis, l'augmentation de la production entre 1993 et 2011 s'est traduite par une hausse de 57,5 % du revenu des 1 % les plus riches, mais de seulement 5,8 % pour les 99 % restants.
- Le PIB ne dit rien sur la **qualité** des biens et services produits : qualité nutritionnelle de produits alimentaires, fiabilité d'appareils ménagers, etc.
- Pour ces raisons, d'autres indicateurs ont été construits, notamment l'**indice de développement humain (IDH)**, qui prend en compte la santé et l'éducation.

zoOm

Richesse et bien-être vont-ils de pair ?

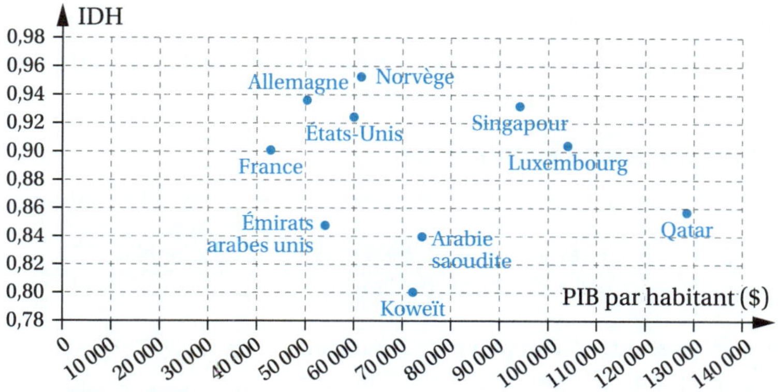

- Ce nuage de points représente les PIB par habitant et IDH de quelques pays en 2017. Il montre qu'il n'y a **pas de corrélation** entre le PIB par habitant (revenu moyen des habitants d'un pays) et l'IDH. La France a un PIB par habitant inférieur à celui du Koweït (43 000 $ contre 71 943 $), mais un IDH plus élevé (0,90 contre 0,80).
- Le niveau de développement d'un pays dépend de l'**utilisation qu'il fait de son PIB**. Un pays qui utilise son PIB pour améliorer la santé et l'éducation de ses habitants aura un IDH plus élevé.

7 Qu'est-ce que la croissance économique ?

En bref *Le calcul du PIB d'un pays sert à évaluer sa production de richesses en une année* → FICHE 6. *Mais pour mesurer le dynamisme de cette production dans le temps, les économistes étudient la croissance économique, indicateur phare de la performance économique d'un pays.*

I Définition et calcul

1 Définir la croissance économique

- Selon l'économiste François Perroux (1903-1987), la croissance économique est « l'augmentation soutenue durant une ou plusieurs périodes longues d'un indicateur de dimension : pour une nation, le produit global brut ou net, en termes réels ». La « dimension » est celle de la **production**, et le produit global brut désigne ici le **PIB**.
- Pourquoi préciser le caractère soutenu et durable de la croissance ? Car cela permet de la distinguer de l'**expansion**, qui correspond à une augmentation du PIB sur une période courte.
- Pourquoi préciser « en termes réels » ? Parce que l'évolution du PIB peut être due à une augmentation des quantités produites, ou bien de leur prix ; or, la croissance économique ne s'intéresse qu'à l'**évolution des quantités produites**, c'est-à-dire du PIB exprimé en termes réels, cu « en volume ». Elle ne tiendra donc pas compte de l'évolution des prix.
- La croissance économique désigne donc l'**augmentation durable et soutenue** du PIB en volume.

2 Calculer la croissance économique

- La croissance économique est mesurée par le **taux de variation du PIB en volume**.

$$\text{croissance} = \frac{\text{PIB en volume de l'année N} - \text{PIB en volume de l'année N-1}}{\text{PIB en volume de l'année N-1}} \times 100$$

- Il peut être intéressant de comparer le dynamisme économique d'un pays à différentes époques. Pour cela, on utilise le **taux de croissance annuel moyen (TCAM)**, qui indique l'augmentation du PIB en moyenne chaque année sur une période donnée.

Exemple : entre 1950 et 1974, durant les **Trente Glorieuses**, le PIB en volume de la France augmentait de près de **5,4 % par an en moyenne**. Soit près de deux fois et demie plus vite qu'entre 1975 et 2008 (2,2 % par an en moyenne).

> **MOT CLÉ**
> Les **Trente Glorieuses** désignent la trentaine d'années allant de la fin de la Seconde Guerre mondiale au milieu des années 1970, durant laquelle les pays industrialisés ont connu une croissance exceptionnelle comprise entre 4 et 5 % par an.

II Un phénomène récent et différencié

1 Un phénomène récent

■ La croissance économique mondiale ne décolle qu'à partir de la **première révolution industrielle** (fin du XVIIIe s.). Le PIB en volume augmente en moyenne chaque année de 0,94 % entre 1820 et 1873, puis de 2,12 % entre 1870 et 1913.

■ Mais la croissance est **fluctuante** : elle ralentit entre 1913 et 1950 (guerres mondiales, crise de 1929), accélère durant les Trente Glorieuses (**fordisme**) et ralentit à nouveau entre 1973 et 1998 (crises pétrolières, crise du fordisme).

MOT CLÉ
Par l'intensification du travail et les économies d'échelle, le **fordisme** génère des gains de productivité qui permettent d'augmenter à la fois les revenus des salariés et celui des actionnaires.

2 Un phénomène différencié

■ Les **économies dites « avancées »** ont connu la croissance dès la première révolution industrielle (Europe occidentale, États-Unis). L'**Afrique** et l'**Asie** n'ont rejoint leur rythme de croissance qu'après la Seconde Guerre mondiale.

■ Depuis les années 2000, plusieurs pays, qualifiés d'**émergents**, connaissent une croissance très élevée. Parmi eux, cinq sont désignés par l'acronyme **BRICS** : le Brésil, la Russie, l'Inde, la Chine et l'Afrique du Sud.

zoOm

L'économie mondiale à l'horizon de 2050

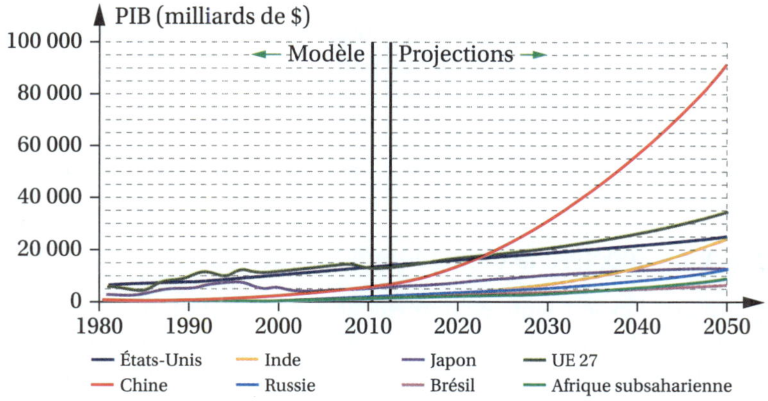

Source : CEPII.

Selon cette projection, le PIB de la Chine creuserait un écart durable avec ceux des États-Unis et de l'UE. Il atteindrait 90 000 milliards de dollars en 2050.

8 Quelles sont les limites écologiques de la croissance ?

En bref *La croissance économique porte la promesse d'une augmentation des quantités de biens et services à notre disposition, des emplois nécessaires à les produire et de notre confort de vie. Pourtant, elle fait peser un certain nombre de risques sur nos écosystèmes.*

I Les risques écologiques de la croissance

1 La croissance épuise les ressources

- La production de biens et services implique des prélèvements dans les stocks de ressources naturelles : forêts, minerais, pétrole, etc. Parce qu'elle favorise l'accélération de ce mouvement, elle augmente l'**empreinte écologique** des activités humaines.

> **MOT CLÉ**
> L'**empreinte écologique** mesure la surface terrestre dont l'humanité a besoin pour produire les biens et services qu'elle consomme et pour absorber ses déchets.

- Il en résulte une destruction de notre écosystème, de la faune et de la flore, pourtant essentielles à notre survie : disparition des abeilles, désertification, etc.

2 La croissance est une source de pollution

- Les activités productrices de biens et services sont à l'origine de nombreuses pollutions : contamination des nappes phréatiques, pollution de l'air, du sol et de l'eau par des combustibles fossiles, déchets chimiques et nucléaires.
- Ainsi, les huit millions de tonnes de détritus plastiques charriés chaque année par les égouts du monde ont donné naissance à un nouveau continent, une « île poubelle » de la taille de la France au milieu du Pacifique ; elle risque de bouleverser les équilibres environnementaux.
- Selon l'Organisation mondiale de la santé (OMS), la pollution serait responsable de sept millions de morts par an, soit une mort sur huit.

3 La croissance accélère le changement climatique

- Selon le Groupe d'experts intergouvernemental sur l'évolution du climat (GIEC), le changement climatique est dû à l'activité humaine, notamment à ses rejets de gaz à effet de serre. Il peut être tenu responsable de la fonte des glaces et de nombreux événements climatiques extrêmes (cyclones, inondations, etc.).
- À plus ou moins brève échéance, ce sont les conditions de vie de l'espèce humaine qui sont menacées.

II Le développement durable, une solution ?

1 Concilier croissance et durabilité

■ Le rapport Brundtland (1987) définit le développement durable (DD) à travers trois objectifs à poursuivre : le **bien-être des générations futures** doit être au moins égal à celui des générations présentes ; la **prudence environnementale** doit être de mise ; l'**efficacité économique** doit être recherchée.

■ Ainsi, le développement durable vise à concilier croissance et durabilité. La croissance doit permettre le financement d'écoles et d'hôpitaux, par exemple, et des investissements « verts ». Elle doit également se fonder sur de nouvelles activités productives, comme les **éco-activités**.

MOT CLÉ
Les **éco-activités** désignent les activités de gestion des ressources naturelles (production d'énergies renouvelables, traitement des eaux usées...).

2 Un objectif impossible à atteindre ?

■ Pour l'économiste Serge Latouche, la notion de DD est **contradictoire dans ses termes** : le développement implique une hausse de la production qui ne peut se réaliser sans accroître les prélèvements et les nuisances environnementales.

■ Le DD serait alors une formulation plus acceptable de l'incitation à croître, mais resterait incompatible avec certaines dimensions du bien-être.

zoOm

Pouvons-nous croître sans cesse dans un monde fini ?

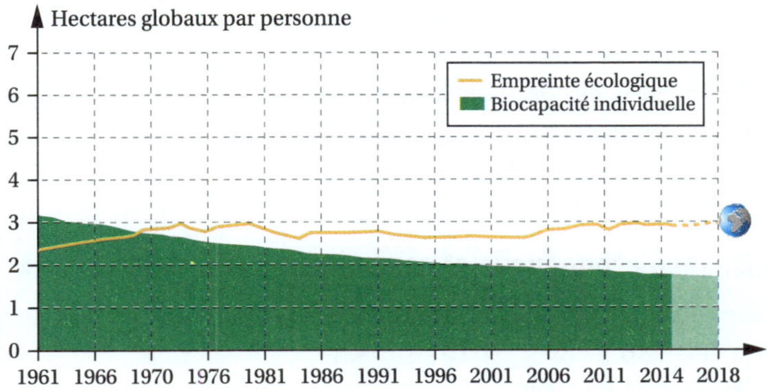

■ Notre empreinte écologique, qui s'accroît depuis les années 1960, est aujourd'hui de 3 hectares par être humain.

■ Or la biocapacité de la planète, c'est-à-dire la surface dont dispose celle-ci pour satisfaire les besoins de l'humanité et recevoir ses déchets, est en recul : elle n'est plus que de 1,7 hectare par personne...

SE TESTER QUIZ

Vérifiez que vous avez bien compris les points clés des **fiches 1 à 8**.

1 Producteurs et production

→ FICHES **1** et **2**

1. L'objectif poursuivi par les entreprises privées est de…

☐ **a.** satisfaire leurs clients.
☐ **b.** faire du profit.
☐ **c.** maximiser leur profit.

2. Quelles affirmations caractérisent un bien ?

☐ **a.** Il est stockable.
☐ **b.** Il est immatériel.
☐ **c.** Il peut servir à réaliser d'autres produits.

2 La combinaison productive

→ FICHES **3** et **4**

1. Pour produire, l'entreprise intègre dans sa combinaison productive…

☐ **a.** du capital et du travail.
☐ **b.** du capital, du profit et des ressources naturelles.
☐ **c.** du capital, du travail et des ressources naturelles.

2. Le progrès technique permet d'augmenter…

☐ **a.** la productivité.
☐ **b.** les coûts de production.
☐ **c.** les prix.

3 La création de richesses

→ FICHES **5** et **6**

1. Quelle formule permet de calculer la valeur ajoutée ?

☐ **a.** quantité vendue × prix de vente unitaire
☐ **b.** chiffre d'affaires – consommations intermédiaires
☐ **c.** somme des coûts de production

2. Pourquoi le PIB est-il un indicateur imparfait de la création de richesses ?

☐ **a.** Il surestime la production.
☐ **b.** Il sous-estime la production.
☐ **c.** Il informe sur les inégalités dans un pays.

4 La croissance économique et ses limites

→ FICHES **7** et **8**

1. La croissance économique s'est accélérée dans les pays industrialisés…

☐ **a.** entre 1913 et 1950.
☐ **b.** durant les Trente Glorieuses.
☐ **c.** entre 1973 et 1998.

2. Qu'est-ce qui caractérise le développement durable ?

☐ **a.** Il répond aux besoins du présent sans compromettre la capacité des générations futures à répondre aux leurs.
☐ **b.** Il n'exclut pas la croissance.
☐ **c.** Il exclut la croissance.

S'ENTRAÎNER

5 Comprendre le vocabulaire du cours

→ FICHES 5 à 8

Associez chaque phénomène économique à l'indicateur qui permet de le mesurer.

production d'une entreprise privée •	• croissance économique
production d'un pays •	• VA marchande
augmentation de la production d'un pays •	• PIB

CORRIGÉS

SE TESTER QUIZ

1 Producteurs et production

1. **Réponse c.** L'objectif poursuivi par les entreprises privées est de maximiser leur profit. Satisfaire le client est un moyen possible pour y parvenir.
2. **Réponses a et c.** Un bien est stockable et peut servir à réaliser d'autres produits.

2 La combinaison productive

1. **Réponse c.** Pour produire, l'entreprise intègre dans sa combinaison productive du capital, du travail et des ressources naturelles.
2. **Réponse a.** Le progrès technique permet d'augmenter la productivité.

3 La création de richesses

1. **Réponses b et c.** La réponse b correspond au calcul de la VA marchande, la réponse c à celui de la VA non marchande. La réponse a donne la formule du CA.
2. **Réponses a et b.** Le PIB surestime une part de la production (ex. : activités de réparation d'incidents) et en sous-estime une autre (ex. : activités non rémunérées).

4 La croissance économique et ses limites

1. **Réponse b.** La croissance économique s'est accélérée dans les pays industrialisés durant les Trente Glorieuses.
2. **Réponse a et b.** Le développement durable a pour objectif de répondre aux besoins du présent sans compromettre la capacité des générations futures à répondre aux leurs. Il n'exclut pas la croissance.

S'ENTRAÎNER

5 Comprendre le vocabulaire du cours

- **Production d'une entreprise privée** : VA marchande.
- **Production d'un pays** : PIB.
- **Augmentation de la production d'un pays** : croissance économique.

9 Qu'est-ce qu'un marché ?

En bref *Nous obtenons des produits de consommation de diverses manières. Nous pouvons les produire nous-mêmes, les recevoir des administrations, ou bien nous les procurer sur les marchés. Mais toute chose peut-elle être échangée sur un marché ?*

I Quelles formes peut prendre un marché ?

Un marché est un lieu de rencontre entre des vendeurs qui offrent une marchandise et des demandeurs qui souhaitent l'acheter. Cette rencontre permet de déterminer le prix de la marchandise et la quantité échangée.

1 Un marché peut être physique ou immatériel

- Offreurs et demandeurs peuvent se rencontrer physiquement. C'est le cas sur le marché du village, où les clients se déplacent d'étal en étal pour choisir leurs produits et régler leurs achats « de la main à la main ».
- Certains échanges peuvent se faire à distance. Ces marchés immatériels peuvent, par exemple, prendre la forme de sites Internet, où les clients sélectionnent leurs produits avant de payer en ligne par carte bancaire.

2 Il existe autant de marchés que de marchandises

- Le marché de la pomme de terre ou le marché du livre sont des marchés de biens. Le marché des cours privés ou le marché bancaire sont des marchés de services.
- Sur les marchés de capitaux, les entreprises peuvent vendre des **actions** et **obligations** en échange de sommes d'argent dont elles ont besoin pour investir.
- Sur le marché du travail s'échange la force de travail (facultés physiques et intellectuelles du travailleur) : les individus en recherche d'emploi sont offreurs, et les employeurs sont demandeurs.

MOTS CLÉS
L'acheteur d'une **action** devient associé de l'entreprise qui l'a émise.
L'acheteur d'une **obligation** devient créancier de l'entreprise qui l'a émise.

II Quels sont les enjeux du marché ?

1 Un moyen efficace d'orienter les comportements économiques ?

- Pour les économistes néoclassiques, le marché permet de repérer l'usage le plus efficace d'une ressource. Comment savoir, par exemple, qui doit consommer les pommes disponibles ? Les néoclassiques répondent que ce sont ceux qui en tirent la plus grande satisfaction. Comment les identifier ? Ce sont ceux qui, sur le marché des pommes, sont prêts à payer le plus cher.

- De même, comment savoir **qui doit accéder aux facteurs de production** ? Les néoclassiques répondent que ce sont ceux qui créent le plus de profit. Comment les identifier ? Ce sont ceux qui, sur le marché des capitaux, sont prêts à rémunérer le plus les épargnants qui mettront de l'argent à leur disposition.
- Selon la vision néoclassique, toute **autre modalité de répartition** entraînerait moins de bien-être et de profits. Par exemple, la coutume ou l'État, en décidant, à la place du marché, qui doit avoir accès aux pommes ou à l'argent, risqueraient de les mettre à la disposition d'agents qui n'en feraient pas le meilleur usage.

2 Les risques d'une marchandisation du monde

- Il est tentant de soumettre toute chose à la **logique de valorisation par le marché**. Par exemple, pour savoir qui doit utiliser l'eau potable de certaines régions arides, il suffirait de créer un marché où chacun enchérirait. Celui qui serait prêt à payer le plus aurait accès à la ressource.
- Le danger de cette **marchandisation** est double : non seulement ceux qui n'ont pas les moyens d'enchérir peuvent se voir privés d'une ressource vitale ; mais en plus, il n'est pas garanti que ceux qui peuvent payer ne la gaspillent pas...

MOT CLÉ

La **marchandisation** consiste à confier au marché l'allocation d'une ressource dont l'usage, jusqu'alors, faisait l'objet d'un autre mode de gestion.

zoOm

La marchandisation est-elle toujours une bonne idée ?

Photographie promotionnelle de l'application « Experiences » d'Airbnb.

- La société américaine Airbnb a créé en 2007 un marché de l'hébergement touristique entre particuliers. Depuis 2017, la plateforme propose en France son offre « Experiences », qui permet aux voyageurs de payer des habitants pour partager et découvrir leur quotidien.
- D'un côté, l'expérience permet aux voyageurs de mieux connaître les destinations d'accueil. De l'autre, on peut regretter qu'aux rencontres libres et gratuites se substitue une relation où l'un se subordonne à l'autre contre argent.

10 Comment évolue la demande par rapport au prix ?

En bref *Lorsque le prix d'une marchandise augmente, en général, les consommateurs en achètent moins : la demande baisse. Cependant, il y a certains cas où ce phénomène n'est pas vérifié.*

I Lorsque le prix augmente, la demande baisse

La demande est la **quantité d'une marchandise** qu'un agent économique ou un ensemble d'agents souhaite **acheter** à un prix donné. En général, elle baisse avec la hausse du prix. Les néoclassiques proposent une explication à ce phénomène.

1 La théorie néoclassique

- Selon les néoclassiques, le prix qu'un consommateur est prêt à payer pour un bien, par exemple une pomme, correspond à la **satisfaction** qu'il lui procure.
- Ils font alors l'hypothèse que le consommateur qui a déjà mangé une pomme tirera moins de satisfaction d'une seconde pomme. Dès lors, le seul moyen de le convaincre d'acheter une pomme supplémentaire est de **baisser le prix**.
- Ils en déduisent que **la demande n'augmente que si le prix baisse**, et donc qu'une hausse des prix entraîne une baisse de la demande.

2 La courbe de demande décroissante

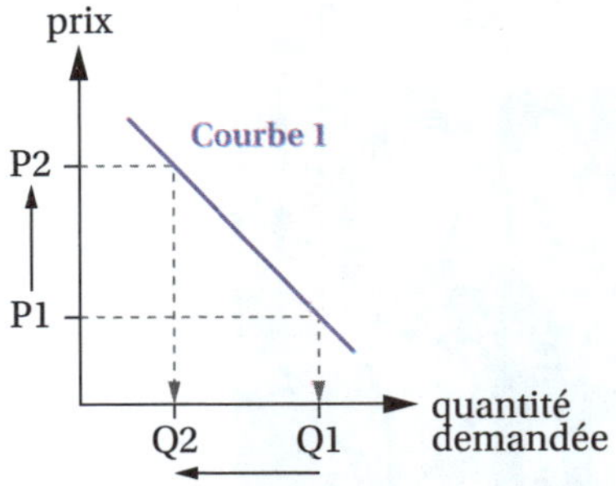

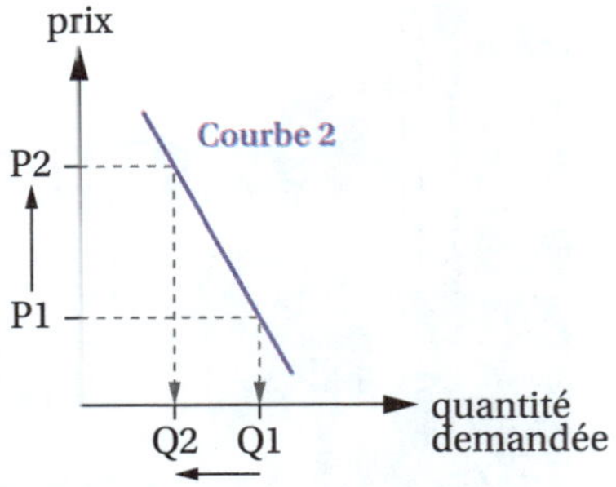

- La courbe de demande se représente dans un **repère** : le prix est en ordonnées et les quantités demandées en abscisses.
- Les **courbes 1 et 2** sont décroissantes : elles indiquent bien que, lorsque le prix augmente (de P1 à P2), la quantité demandée baisse (de Q1 à Q2).
- Une même hausse du prix entraîne une **baisse plus forte de la demande** sur la courbe 1 que sur la courbe 2. On dit que l'**élasticité-prix de la demande** est plus forte. On en déduit que la demande est plus sensible au prix dans le cas de la courbe 1.

> **MOT CLÉ**
> On appelle **élasticité-prix de la demande** la sensibilité de la demande aux variations du prix.

II On observe parfois le phénomène inverse

1 Les biens qui ont une demande croissante avec le prix

- Les biens « Veblen » ont vocation à indiquer le rang social du consommateur. Un prix élevé peut attirer des consommateurs souhaitant se distinguer par leur richesse.
- Les biens « Akerlof » attirent par leur qualité supposée, suggérée par leur prix élevé (ex. : ordinateur, téléphone portable).
- Les biens « Giffen » sont des biens de première nécessité (ex. : pain). Si leur prix augmente, les ménages préféreront sacrifier d'autres aliments (ex. : yaourts) et compenser le manque calorique en augmentant leur consommation des premiers.

2 La courbe de demande croissante

La courbe 3 illustre cette situation : lorsque le prix augmente (de P1 à P2), les quantités demandées augmentent (de Q1 à Q2).

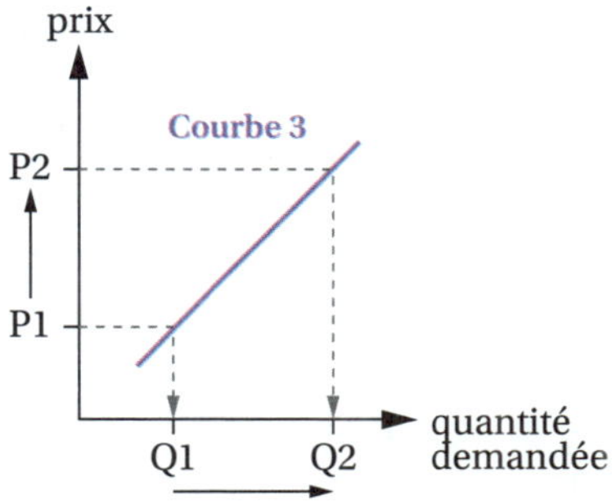

zoom

L'influence du prix sur la demande de prêt-à-porter

	Segments			
Critères d'achat	**Bon marché**	**Mode bon marché**	**Mode**	**Haut de gamme**
Prix	41 %	19 %	9 %	6 %
Bon rapport qualité prix	23 %	18 %	12 %	11 %
Style/tendances	12 %	30 %	40 %	30 %
Qualité	8 %	14 %	19 %	39 %
Large choix	15 %	15 %	15 %	10 %
Notoriété	2 %	4 %	6 %	5 %

Source : Simon-Kucher Partners, 2017.

- Ce document présente les résultats d'une enquête réalisée auprès de femmes, portant sur les critères d'achat de vêtements de prêt-à-porter. Pour les vêtements bon marché, le prix est un critère pour 41 % des personnes interrogées, mais pour seulement 6 % dans le cas d'achat de vêtements haut de gamme.
- Selon ce document, on constate que plus on va vers le haut de gamme, moins le prix fait varier la demande.

11 Comment évolue l'offre par rapport au prix ?

En bref *Lorsque le prix de vente de leurs produits augmente, et si leurs coûts de production restent inchangés, les entreprises peuvent augmenter leurs profits. Dans une telle situation, il est tentant pour elles d'augmenter leur production, c'est-à-dire leur offre.*

I Lorsque le prix augmente, l'offre augmente

L'offre est la **quantité d'une marchandise** qu'un agent économique ou un ensemble d'agents souhaite **vendre** à un prix donné. Elle augmente en général lorsque le prix augmente. Les néoclassiques expliquent ce phénomène.

1 La théorie néoclassique

- Selon les néoclassiques, c'est la **perspective d'augmenter ses profits** qui incite une entreprise à augmenter sa production.
- D'après eux, une entreprise ne produit une unité supplémentaire de marchandise qu'à la condition que la recette de la vente soit supérieure à son coût de production.
- Dès lors, pour qu'une entreprise augmente sa production, c'est-à-dire son offre, il faut, **toutes choses égales par ailleurs**, que le prix augmente.

MOT CLÉ
L'expression « **toutes choses égales par ailleurs** » signifie que, parmi les différents paramètres de l'économie, seul celui qui nous intéresse est modifié.

2 La courbe d'offre croissante

- Comme la courbe de demande, la courbe d'offre se représente dans un **repère** : le prix est en ordonnées et les quantités offertes en abscisses.
- La **courbe 1** indique que lorsque le prix augmente (de P1 à P2), la quantité offerte augmente également (de Q1 à Q2).

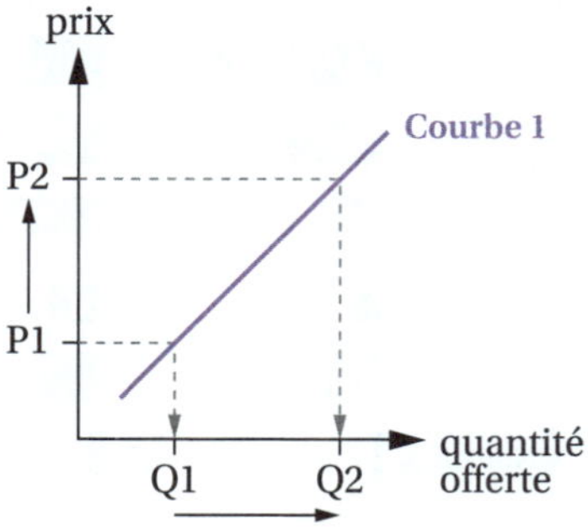

II Mais il y a des exceptions

1 L'offre peut être rigide ou infinie

- Parfois, **l'offre n'évolue pas**. Par exemple, les tableaux de maîtres ont une quantité disponible donnée ; si tous les facteurs de production d'un pays sont mobilisés, leur production n'augmente plus. On dit que l'**offre est inélastique au prix**.

■ Dans d'autres cas, l'offre est infinie. Par exemple, un forfait de téléphonie mobile peut permettre de passer un nombre illimité d'appels.

MOT CLÉ
On désigne par **élasticité-prix de l'offre** la sensibilité de l'offre aux variations du prix.

2 Représentations graphiques

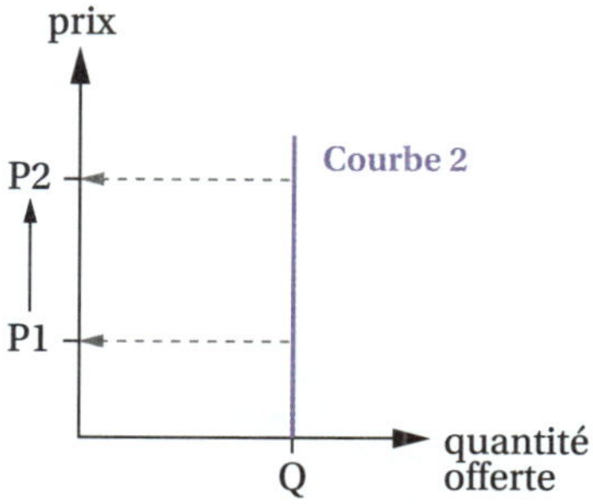

■ Offre rigide : la hausse du prix n'a aucun impact sur la quantité offerte.

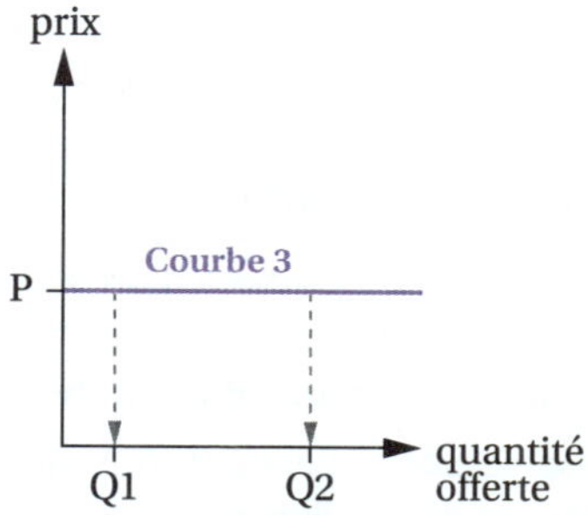

■ Offre infinie : pour un même prix de vente, l'offre est illimitée.

zoOm

Taux de marge et taux d'investissement

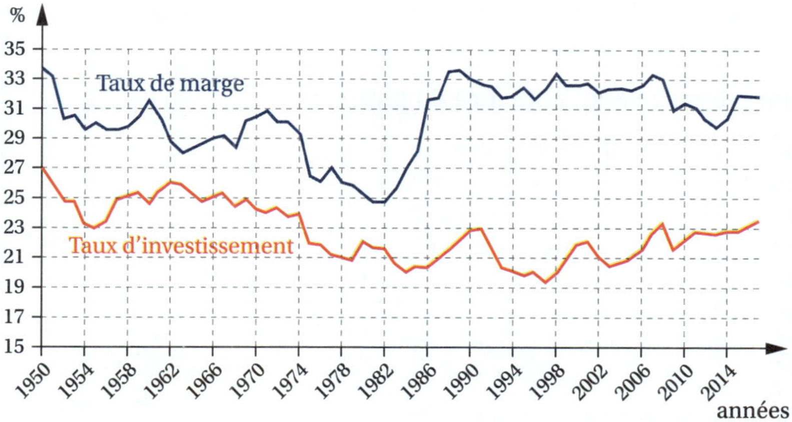

■ Ce document, qui présente l'évolution du taux de marge et du taux d'investissement des sociétés non financières en France, indique une certaine corrélation entre les deux variables. Lorsque le taux de marge – indicateur de profit → FICHE 5 – augmente, l'investissement – indicateur d'offre – augmente, et *vice versa*.

■ On peut formuler une hypothèse : lorsque le taux de marge diminue, les entreprises perçoivent moins de bénéfices et réduisent alors leurs d'investissements.

12 Comment se forme l'équilibre sur un marché ?

En bref *L'efficacité du marché repose sur sa capacité à fournir un prix d'équilibre qui égalise l'offre et la demande. À ce prix, l'échange est réputé être optimal : il alloue les ressources rares de la façon la plus efficace possible.*

I Comment le marché converge-t-il vers l'équilibre ?

1 L'équilibre du marché

■ En traçant les courbes d'offre et de demande sur un même repère, on obtient la **représentation graphique du marché.**

■ On observe alors qu'elles se croisent en un point, le **point d'équilibre (Éq)**.

■ Si l'on projette ce point sur l'axe des ordonnées, on obtient le **prix d'équilibre ($P_{éq}$)** : prix auquel s'égalisent l'offre et la demande.

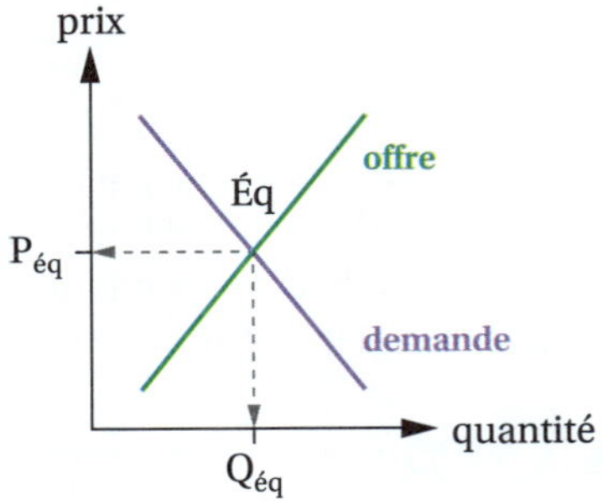

■ Si l'on projette ce point sur l'axe des abscisses, on obtient la **quantité d'équilibre ($Q_{éq}$)** : quantité devant être échangée pour une allocation optimale des ressources.

2 La convergence vers l'équilibre du marché

■ Sur un marché, **si l'offre est supérieure à la demande**, la concurrence s'aiguise entre les offreurs. Ils réduisent donc leur prix pour attirer la clientèle. C'est le cas au prix P1 (voir ci-contre) : les vendeurs offrent plus que les demandeurs ne souhaitent acheter (D1 < O1). **Le prix de marché baisse** alors jusqu'à $P_{éq}$.

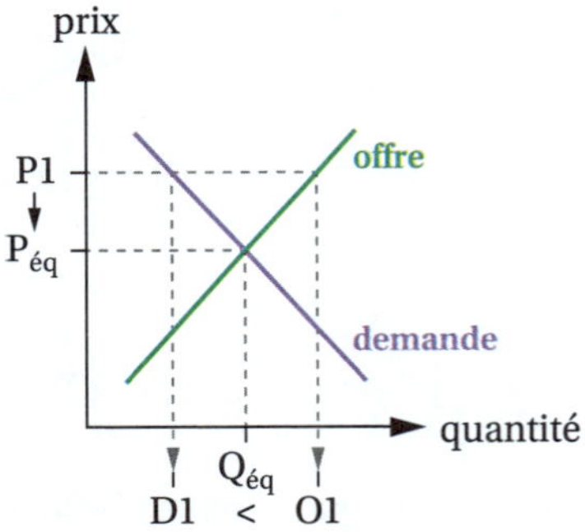

■ Dans la situation inverse, **si la demande est supérieure à l'offre**, la concurrence s'aiguise entre demandeurs. Ils doivent donc enchérir pour accéder à la marchandise. **Le prix de marché remonte** alors jusqu'à $P_{éq}$.

■ Ce phénomène de convergence s'appelle la « **loi de l'offre et de la demande** ».

II À quelles conditions ?

1 Les agents doivent être rationnels

Un agent économique sera considéré comme rationnel s'il utilise ses ressources pour optimiser sa situation : le ménage, en se procurant les biens et services qui vont **maximiser sa satisfaction** ; l'entreprise, en produisant la quantité de biens et services dont la vente va **maximiser son profit**.

2 Le marché doit être en situation de concurrence parfaite

- Aucun agent économique ne doit être en mesure d'imposer un autre prix que le **prix d'équilibre**. Pour cela, plusieurs conditions sont nécessaires.
- Les **concurrents** doivent être nombreux : si une entreprise veut fixer un prix supérieur au prix de marché, elle risque alors de perdre sa clientèle au profit des concurrents.
- Sur un marché considéré, **tous les produits doivent être identiques**. Sinon, il suffirait à une entreprise de différencier son produit (qualité, esthétique, etc.) pour être en situation de quasi-monopole et imposer son prix.
- Les agents doivent posséder **toutes les informations** nécessaires à leur choix. Si ce n'était pas le cas, ils pourraient prendre des décisions de vente et d'achat insatisfaisantes, qui éloigneraient le marché de son équilibre optimal.

zoom

L'effet d'une concurrence accrue dans la téléphonie mobile

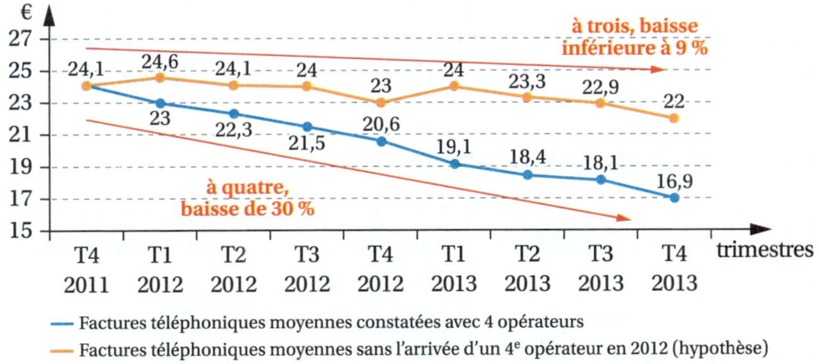

Source : UFC Que choisir, avril 2014.

- Ce document montre l'évolution trimestrielle des factures téléphoniques moyennes entre 2011 et 2013. En 2012, l'arrivée d'un quatrième opérateur en France a accru la concurrence sur le marché de la téléphonie mobile.
- Il en a résulté une baisse des prix des forfaits téléphoniques plus rapide qu'elle aurait pu être si le marché était resté partagé entre trois opérateurs.

13 Pourquoi l'État intervient-il sur les marchés ?

En bref *Les néoclassiques considèrent que la régulation de l'économie doit être laissée aux marchés, pour obtenir l'allocation des ressources la plus efficace. Les interventionnistes, eux, insistent sur l'importance de l'État pour remplir trois fonctions économiques : allocation, distribution et stabilisation.*

I La fonction d'allocation des ressources

1 Lorsque les marchés sont défaillants

- Un marché est défaillant s'il ne permet pas d'allouer efficacement les ressources. Cela se produit dans le cas d'externalités négatives ou de biens collectifs.

- En cas d'**externalités négatives**, les coûts de production et les prix des produits sont plus faibles qu'ils ne le devraient ; ils encouragent des niveaux de production et de demande qui génèrent plus de nuisances que ne le souhaite la société. L'État peut alors intervenir pour contraindre les entreprises concernées à payer des coûts de réparation, voire à renoncer à leur production.

> **MOT CLÉ**
> Les **externalités négatives** désignent les nuisances occasionnées par des entreprises (ex. : pollution), sans que celles-ci aient à payer les coûts de réparation ou de dédommagement.

- Lorsque le produit est un bien collectif (ex. : un phare), il est difficile d'en contrôler l'utilisation et de faire payer les utilisateurs ; aucune offre n'est proposée sur le marché. S'il a une utilité pour l'économie (ex. : faciliter l'accès aux ports), l'État peut intervenir en prélevant des impôts pour financer la production de ce bien.

2 Lorsque les marchés sont imparfaits

- Un marché est imparfait dès que l'une des conditions de la concurrence parfaite n'est pas respectée → FICHE 12. Cela se produit notamment en l'absence d'atomicité.

- L'atomicité désigne la situation d'un marché où le nombre d'offreurs est suffisamment grand pour qu'aucun d'entre eux ne puisse imposer son propre prix : un prix plus élevé entraînerait une perte de clientèle au profit des concurrents ; un prix plus faible ne serait pas rentable.

- En l'absence d'atomicité, le marché se réduit à un offreur (monopole), ou à un petit nombre d'offreurs (oligopole). Ce manque de concurrence peut entraîner une hausse des prix désavantageuse pour les acheteurs. Les autorités de la concurrence peuvent alors intervenir pour empêcher les abus de position dominante ou les ententes entre entreprises visant à limiter la concurrence.

II La fonction de distribution

- Le fonctionnement des marchés peut entraîner une **répartition inégalitaire des ressources** entre ceux qui ont les moyens de se les procurer et les autres.
- L'État peut alors intervenir pour **réduire ces inégalités**, par exemple en prélevant des impôts ou des cotisations sociales qu'il redistribue sous forme de prestations sociales ou de services publics → FICHE 2.

III La fonction de stabilisation

- Les décisions prises au niveau microéconomique par chaque individu peuvent parfois entraîner des **déséquilibres macroéconomiques**, c'est-à-dire au niveau de l'économie dans sa globalité. L'État peut alors intervenir pour la stabiliser.
- En cas d'**inflation** (augmentation des prix → FICHE 10), lorsque la demande excède l'offre, les ménages sont incités à acheter des produits étrangers. Pour limiter les importations, l'État peut affaiblir la demande, en augmentant les prélèvements obligatoires ou en diminuant les prestations sociales, afin de réduire le **revenu disponible brut**.

> **MOT CLÉ**
> Le **revenu disponible brut** correspond au revenu du travail auquel on ajoute le revenu du patrimoine et auquel on soustrait les prélèvements obligatoires.

- En cas de **chômage**, l'État peut stimuler la demande des ménages afin d'augmenter les ventes des entreprises et leurs recrutements. Pour cela, il a la possibilité de réduire les prélèvements obligatoires, d'augmenter les prestations sociales ou ses propres investissements, ou encore d'encourager les banques à accorder davantage de prêts.

zoOm

Une sanction de l'Autorité de la concurrence

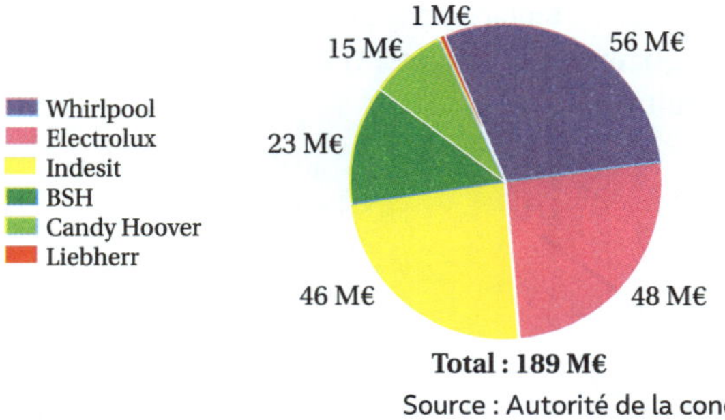

Source : Autorité de la concurrence, 2018.

- En France, l'Autorité de la concurrence contrôle le respect des règles de la concurrence. En 2018, elle a infligé une amende de 189 millions d'euros à six fabricants d'électroménager qui s'étaient concertés pour augmenter leurs prix.
- Le diagramme circulaire ci-dessus montre la répartition de cette amende entre les six fabricants sanctionnés.

14 Quels sont les effets d'une taxe ?

En bref *Une taxe peut répondre à de nombreux objectifs, dont celui d'orienter le comportement des agents économiques. Son rôle consiste alors à modifier l'offre ou la demande exprimée à un prix donné.*

I Qu'est-ce qu'une taxe ?

- Une taxe est un **prélèvement obligatoire**. Elle est prélevée en contrepartie de la fourniture d'un service public déterminé (ex. : taxe d'enlèvement des ordures ménagères) ou pour financer les dépenses publiques indistinctement (ex. : TVA).

> **MOT CLÉ**
> Les **prélèvements obligatoires** comprennent l'ensemble des impôts, taxes et cotisations sociales prélevés par les administrations publiques.

- Les taxes peuvent être utilisées pour **influencer les comportements**. Par exemple, pour décourager les productions et consommations de produits émettant des gaz à effet de serre, l'État peut mettre en place une taxe carbone qui élève le prix de ces produits.

II L'effet des taxes payées par les entreprises

- La taxe est un coût pour l'entreprise. À un prix donné, elle réduit le profit des entreprises, ce qui les incite à **réduire leur offre** → FICHE 11.

- **Graphique 1** : avant la taxe, pour un prix de vente P1, les entreprises produisent et offrent sur le marché la quantité Q1 ; après la taxe, elles n'offrent plus que Q1′. C'est la même chose pour le prix P2. Les coordonnées (Q1′, P1) et (Q2′, P2) permettent alors de tracer une **nouvelle courbe d'offre O2**.

- **Graphique 2** : on observe le déplacement de l'équilibre d'Éq1 à Éq2 : la taxe a entraîné une **baisse des quantités échangées**, et donc des nuisances associées à la consommation du produit concerné.

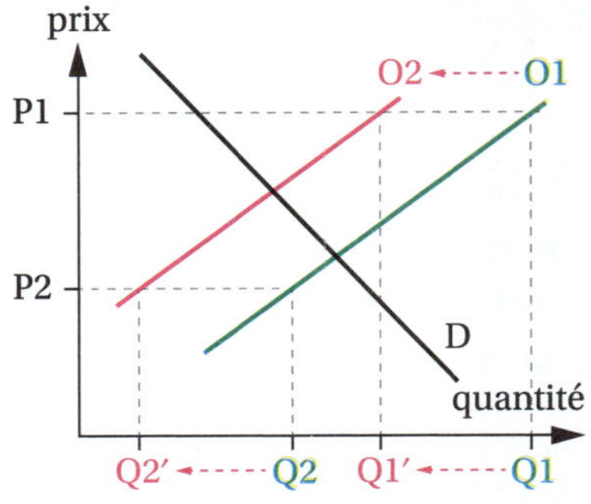

Graphique 1

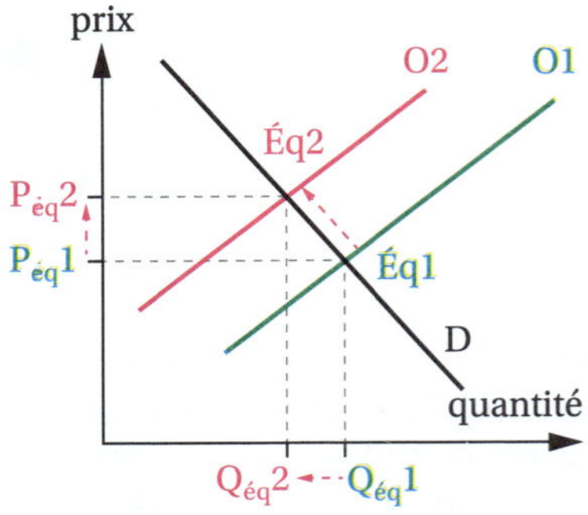

Graphique 2

III L'effet des taxes payées par les ménages

■ La taxe réduit le pouvoir d'achat des consommateurs. Cela les incite, pour un prix donné, à **réduire leur demande** → FICHE 10.

■ **Graphique 3** : avant la taxe, pour un prix de vente P1, les ménages demandaient la quantité Q1 ; après la mise en place de la taxe, ils ne demandent plus que Q1′. C'est la même chose au prix P2. Les coordonnées (Q1′, P1) et (Q2′, P2) permettent alors de tracer une **nouvelle courbe de demande D2**.

■ **Graphique 4** : on observe le déplacement de l'équilibre d'Éq1 à Éq2 : la taxe a donc bien entraîné une **baisse des quantités échangées**, et donc des nuisances associées à la consommation du produit concerné.

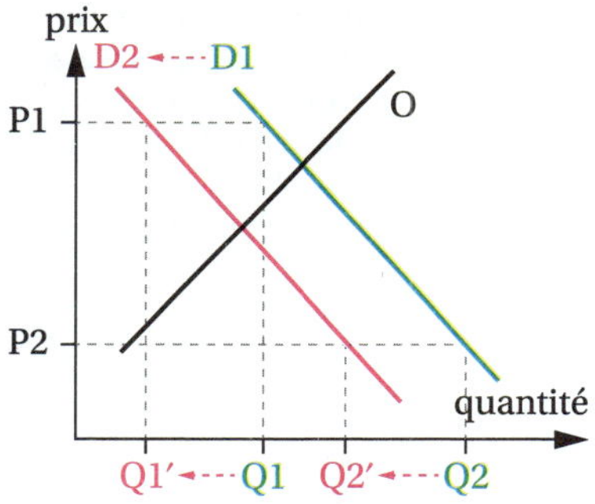

Graphique 3

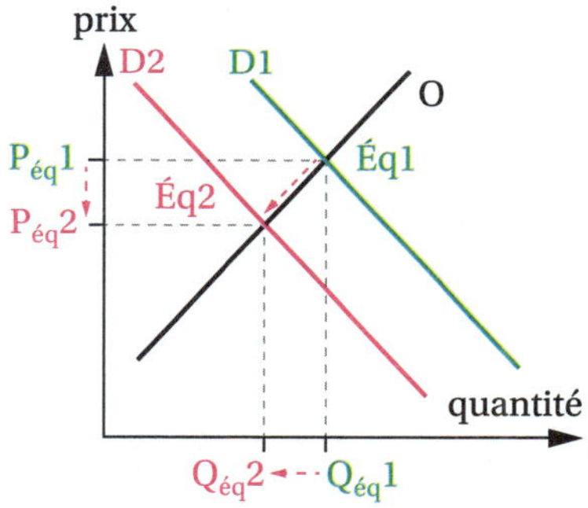

Graphique 4

zoOm

Les taxes sur les carburants

■ Depuis 2016, la France augmente les taxes sur les carburants. Le gazole, qui bénéficiait d'une fiscalité plus légère, subit une hausse plus importante, afin que son prix à la pompe rattrape celui du sans-plomb. Le gazole étant plus polluant, l'objectif est d'en décourager la consommation.

■ Suite au mouvement des « gilets jaunes », le gouvernement a annulé l'augmentation prévue en 2019.

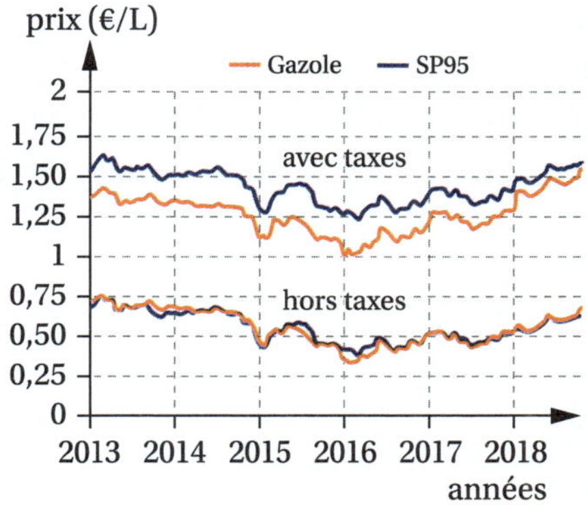

Source : ministère de l'Écologie et des Transports.

15 Quels sont les effets d'une subvention ?

En bref *Plutôt qu'une taxe, l'État peut mettre en place une subvention afin d'orienter les décisions d'offre ou de demande des agents économiques. Là encore, cela se traduit graphiquement par le déplacement de courbes sur le marché et la réalisation d'un nouvel équilibre.*

I Qu'est-ce qu'une subvention ?

- Une subvention est une **aide financière facultative** que l'État verse à un agent économique pour soutenir son activité lorsqu'il considère qu'elle œuvre à l'**intérêt général** : soutien à l'agriculture biologique, à l'artisanat, à l'innovation, etc.
- Les subventions peuvent prendre la forme d'une somme d'**argent** ou d'une aide **en nature** (ex. : prêts de locaux ou de matériel).

MOT CLÉ

L'**intérêt général** désigne ce qui sert la population dans son ensemble : la poursuite de son intérêt personnel (conception anglaise) ou la décision prise collectivement (conception française).

II L'effet du subventionnement des entreprises

- En offrant une subvention aux entreprises, l'État leur permet, pour un prix de vente donné, de réaliser un profit plus élevé, ce qui doit les inciter à **augmenter leur offre** → FICHE 11.
- **Graphique 1** : avant la subvention, pour un prix de vente P1, les entreprises offrent la quantité Q1 ; après subvention, elles offrent Q1′. C'est la même chose au prix P2. Les coordonnées (Q1′, P1) et (Q2′, P2) permettent alors de tracer une **nouvelle courbe d'offre O2**.
- **Graphique 2** : on observe le déplacement de l'équilibre d'Éq1 à Éq2 : la subvention a donc bien entraîné une **hausse des quantités échangées**.

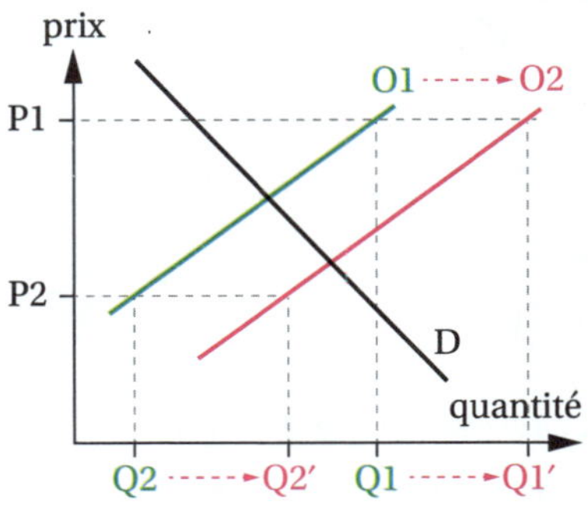

Graphique 1

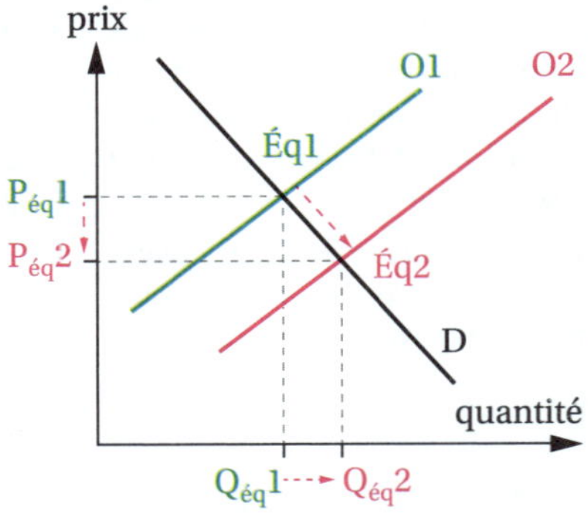

Graphique 2

II L'effet du subventionnement des ménages

■ En offrant une subvention aux ménages pour les achats conformes à l'intérêt général (ex. : isolation thermique d'un logement), l'État les incite à **augmenter leur demande**.

■ **Graphique 3** : avant la subvention, pour un prix de vente P1, les ménages étaient disposés à acheter la quantité Q1 ; après subvention, ils demandent Q1′. C'est la même chose au prix P2. Les coordonnées (Q1′, P1) et (Q2′, P2) permettent alors de tracer une **nouvelle courbe de demande D2**.

■ **Graphique 4** : on observe le déplacement de l'équilibre d'Éq1 à Éq2 : la subvention a donc bien entraîné une **hausse des quantités échangées**.

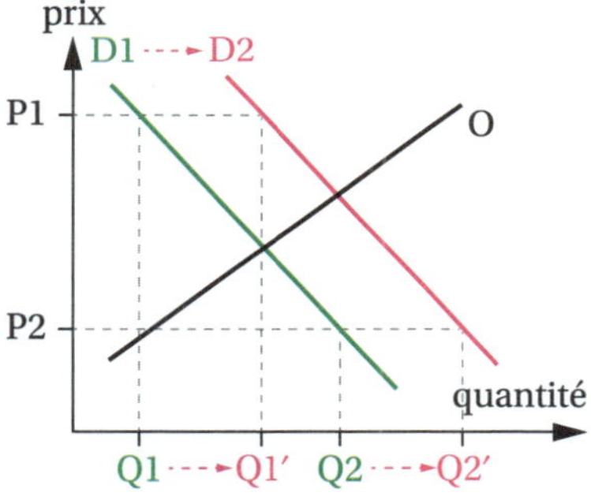

Graphique 3

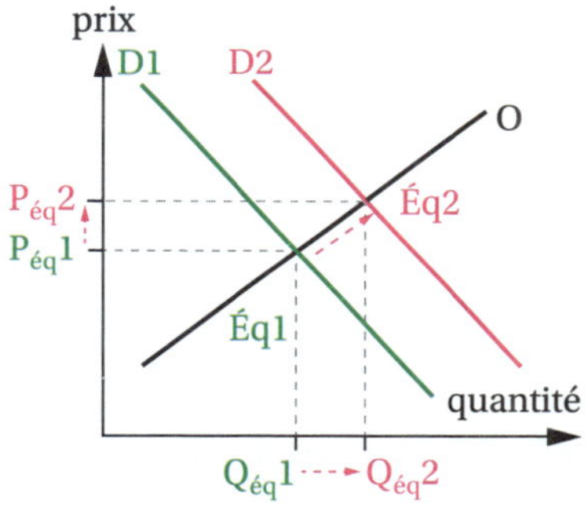

Graphique 4

zoOm

La subvention des titres de presse en France

■ Suite à la baisse des ventes, le chiffre d'affaires de la presse est passé de 10 à 7,5 milliards d'euros (2000-2018), menaçant certains titres de disparition.

■ Considérant qu'elle joue un rôle d'information important en démocratie, l'État la subventionne à hauteur de 58 millions d'euros.

SE TESTER QUIZ

Vérifiez que vous avez bien compris les points clés des **fiches 9 à 15**.

1 Le marché. L'offre et la demande

→ FICHES 9 à 11

1. Selon les néoclassiques, qui doit accéder aux ressources ?

☐ **a.** ceux qui en ont le plus besoin
☐ **b.** ceux qui sont les plus forts physiquement
☐ **c.** ceux qui sont prêts à les payer le plus cher

2. Sur un marché, lorsque le prix augmente, la demande…

☐ **a.** diminue toujours.
☐ **b.** diminue le plus souvent.
☐ **c.** augmente le plus souvent.

3. La courbe d'offre est…

☐ **a.** toujours croissante.
☐ **b.** le plus souvent croissante.
☐ **c.** le plus souvent décroissante.

2 L'équilibre du marché

→ FICHE 12

Sur la représentation graphique d'un marché, le prix d'équilibre est…

☐ **a.** le point d'intersection des courbes d'offre et de demande.
☐ **b.** l'abscisse du point d'équilibre.
☐ **c.** l'ordonnée du point d'équilibre.

3 L'intervention de l'État sur les marchés

→ FICHES 13 à 15

1. La fonction d'allocation consiste pour l'État à…

☐ **a.** corriger les défaillances et les imperfections du marché.
☐ **b.** réduire les inégalités de revenu.
☐ **c.** lutter contre l'inflation et le chômage.

2. Lorsqu'elle est payée par les entreprises, la taxe entraîne…

☐ **a.** un déplacement de la courbe d'offre vers la gauche.
☐ **b.** un déplacement de la courbe d'offre vers la droite.
☐ **c.** une baisse des quantités échangées à l'équilibre.

3. Lorsqu'elle est versée aux ménages, la subvention entraîne…

☐ **a.** un déplacement de la courbe de demande vers la gauche.
☐ **b.** un déplacement de la courbe de demande vers la droite.
☐ **c.** une hausse des quantités échangées à l'équilibre.

S'ENTRAÎNER

4 Comprendre le vocabulaire du cours

→ FICHES 9 à 12

Définissez les trois notions suivantes.
1. la demande 2. l'offre 3. l'équilibre du marché

CORRIGÉS

SE TESTER QUIZ

1 Le marché. L'offre et la demande

1. **Réponse c.** Selon les néoclassiques, ceux qui doivent accéder aux ressources sont ceux qui sont prêts à les payer le plus cher.
2. **Réponse b.** Sur un marché, lorsque le prix augmente, la demande diminue le plus souvent.
3. **Réponse b.** La courbe d'offre est le plus souvent croissante.

2 L'équilibre du marché

Réponse c. Sur la représentation graphique d'un marché, le prix d'équilibre est l'ordonnée du point d'équilibre. Attention ! Le prix d'équilibre n'est pas le point d'équilibre !

3 L'intervention de l'État sur les marchés

1. **Réponse a.** La fonction d'allocation consiste pour l'État à corriger les défaillances et les imperfections du marché.

2. **Réponses a et c.** Payée par les entreprises, la taxe déplace la courbe d'offre vers la gauche et réduit les quantités échangées à l'équilibre.

3. **Réponses b et c.** Versée aux ménages, la subvention déplace la courbe de demande vers la droite et augmente les quantités échangées à l'équilibre.

S'ENTRAÎNER

4 Comprendre le vocabulaire du cours

1. La **demande** est la quantité d'une marchandise qu'un agent économique ou un ensemble d'agents souhaite acheter à un prix donné.

2. L'**offre** est la quantité d'une marchandise qu'un agent économique ou un ensemble d'agents souhaite vendre à un prix donné.

3. Sur la représentation graphique du marché, l'**équilibre du marché** désigne le point d'intersection entre l'offre et la demande. Cet équilibre se caractérise par un prix et une quantité désignés comme prix d'équilibre et quantité d'équilibre.

> **À NOTER**
> Ne confondez pas « **équilibre** » et « **prix d'équilibre** » : ce dernier se lit sur l'axe des ordonnées, pas au croisement des courbes.

16 Qu'est-ce que la socialisation ?

En bref *La socialisation permet à l'individu d'intégrer les valeurs et les normes de son groupe social. Elle lui permet de tenir les rôles sociaux qui correspondent à ses différents statuts sociaux.*

I Socialisation et comportements

1 Le processus de socialisation

- La socialisation correspond à l'intégration, par l'individu, des valeurs et normes propres à son **groupe social**. C'est un processus qui se déroule **tout au long de la vie**. On parle de **socialisation primaire** jusqu'à l'adolescence et **secondaire** à l'âge adulte → FICHE 22.

> **MOT CLÉ**
> Un **groupe social** est un ensemble d'individus aux caractéristiques communes (style de vie, niveau de vie...) et qui ont le sentiment d'appartenir à ce groupe.

- L'individu participe **lui-même** activement à sa socialisation, mais il est aussi socialisé **par les autres**. Par exemple, un enfant qui pratique le football apprend volontairement à s'intégrer à une équipe et, en même temps, il est initié par les autres joueurs à l'esprit d'équipe.

2 La détermination de comportements

- Les individus ne sont pas parfaitement libres de leurs comportements. Leurs choix découlent en majorité de l'**apprentissage social** qu'ils ont reçu.
- Ainsi, le sociologue Baptiste Coulmont montre que le choix du prénom **dépend largement d'une socialisation**. Par exemple, le développement des séries télévisées américaines a provoqué la multiplication des prénoms américains.

II L'intégration de valeurs et de normes

1 Les valeurs

- Une valeur est un **idéal** propre à un groupe social auquel l'individu adhère. Le respect, par exemple, est la valeur la plus partagée par les jeunes aujourd'hui.
- Les valeurs sont **abstraites**, elles ne disent rien sur la manière concrète de les appliquer. Pour cette raison, les valeurs sont associées à des normes.

2 Les normes

- Les normes sont les **applications concrètes des valeurs**. Elles peuvent être formelles, donc écrites, ou informelles. Ainsi, la valeur de respect s'applique grâce à des normes formelles (ex. : loi interdisant de fumer dans un lieu public) et à des normes informelles (ex. : dire bonjour, tenir la porte).

- Pour une même valeur, il y a plusieurs normes. Et une norme peut aussi être liée à plusieurs valeurs. Par exemple, l'interdiction de tricher est une norme que l'on peut associer à la valeur d'honnêteté et aussi à la valeur de civisme.

II L'acquisition de statuts et de rôles

1 Les statuts

- Pour l'individu, un statut social correspond à une **place dans la hiérarchie sociale**. Il y a ainsi différents types de statuts, par exemple les statuts d'ami, de bon élève et de citoyen.
- L'ensemble des statuts sociaux d'une personne constitue son **identité sociale**. De cette identité découlent des rôles sociaux que l'individu doit tenir.

2 Les rôles

- Le rôle social est le **comportement socialement acceptable** attendu par la société. Il est associé à un statut social. Par exemple, le statut social d'ami implique de tenir un rôle social particulier, comme agir de manière solidaire ou avoir une attitude honnête.
- C'est **par la socialisation** que les individus acquièrent les normes et les valeurs nécessaires pour accomplir les rôles sociaux et donc justifier leurs statuts sociaux.

zoOm

Le choix des prénoms, un choix social

Prénoms surreprésentés en Terminale...	
... dans les filières à dominante littéraire, économique ou scientifique	... dans les filières à dominante technologique (gestion, commerce, social)
Marie-Charlotte	Prescilla
Pierre-Louis	Alison
Violette	Teddy
Sixtine	Sandy
Marin	Brandon

Source : Coulmont.com, données 2012

- Un prénom est surreprésenté lorsqu'il est plus fréquent dans un groupe que dans l'ensemble des groupes considérés.
- Dans les filières technologiques, les prénoms américains sont surreprésentés : Teddy, Brandon, Alison, Sandy... Or, ce sont aussi les filières dans lesquelles les classes populaires sont les plus présentes.

17 Quels sont les différents modes de socialisation ?

En bref *La socialisation s'effectue par trois grands mécanismes que sont l'inculcation, l'imprégnation et l'interaction. Elle est classiquement verticale et descendante, mais de nouvelles formes émergent : la socialisation inversée et la socialisation horizontale.*

I Inculcation, imprégnation et interaction

1 La socialisation par inculcation

- La socialisation par inculcation est la transmission volontaire et méthodique de valeurs et de normes, selon le sociologue Émile Durkheim (1858-1917), fondateur du holisme méthodologique. Elle a surtout lieu pendant l'enfance et l'adolescence, et nécessite une série de sanctions et de récompenses explicites.

MOT CLÉ
Le **holisme méthodologique** considère que le comportement de l'individu dépend du contexte social dans lequel il évolue et non pas de choix personnels et libres.

- Par exemple, lorsqu'un professeur félicite devant la classe un enfant qui a fait ses devoirs, il transmet aux élèves une valeur (le travail) et une norme associée (faire ses devoirs) → FICHE 18.

2 La socialisation par imprégnation

- La socialisation par imprégnation est la transmission par familiarisation et répétition des valeurs et normes. Elle est plus inconsciente que l'inculcation. Par exemple, les enfants qui visitent régulièrement des musées avec leurs parents développent un sentiment de familiarité, de proximité avec l'art ; plus grands, ils fréquentent seuls les musées, comme par habitude.
- Le mécanisme d'imprégnation crée un conditionnement, des réflexes sociaux qui rendent l'individu capable de vivre en société. Ainsi, l'élève s'assoit en classe sur une chaise face au tableau sans même y réfléchir, ce qui lui permet de ne pas être sanctionné tout en facilitant le fonctionnement de l'école.

3 La socialisation par interaction

- La socialisation par interaction s'effectue par le contact avec autrui, qui permet à l'individu de s'identifier et donc de se construire des modèles de comportement.
- Par exemple, une petite fille de 6 ans s'identifie aisément à sa grande sœur de 15 ans, par le contact ou le jeu ; grâce à leurs échanges, la grande sœur peut se préparer à son futur rôle de mère, tandis que la petite sœur intègre les normes de comportement d'une adolescente.

II Socialisation inversée et socialisation horizontale

La socialisation est d'ordinaire verticale et descendante : la transmission se fait des aînés vers les plus jeunes. Cependant, de nouvelles formes de socialisation bousculent aujourd'hui ces processus.

1 La socialisation inversée

- La socialisation inversée apparaît lorsque ce sont les **jeunes qui transmettent aux adultes** des valeurs et des normes. Ainsi, les plus jeunes ayant une meilleure maîtrise des nouvelles technologies, ce sont eux qui aident les adultes dans ce domaine.
- La socialisation inversée s'appuie sur le **mécanisme d'interaction** entre les générations. En effet, le rapport entre adultes et enfants n'est plus hiérarchique, contrairement au rapport établi à l'école par exemple, par l'inculcation.

2 La socialisation horizontale

- La socialisation horizontale est un processus qui se tient non plus entre les générations (entre adultes et enfants), mais **au sein d'une même génération**.
- Par exemple, les adolescents entrent en contact sur les réseaux sociaux pour partager leurs expériences, conseils et ainsi se socialiser entre eux.

zoom

Socialisation et pratiques de lecture

- En 2000, sur 100 personnes de 15 ans ou plus dont les deux parents étaient lecteurs, 81 lisaient lorsqu'ils avaient entre 8 et 12 ans.
- La transmission de la lecture peut se faire soit par **inculcation** (les parents imposent la lecture), soit par **imprégnation** (les enfants lisent régulièrement en famille), soit par **interaction** (les enfants imitent les parents qui lisent).

18 Quels rôles jouent la famille et l'école ?

En bref *Le processus de socialisation est pris en charge par plusieurs instances de socialisation, parmi lesquelles la famille et l'école jouent un rôle central pour les plus jeunes.*

I La famille

1 Une instance centrale de socialisation

- La famille est une **instance de socialisation** centrale. La majorité des enfants reçoivent leurs **premiers apprentissages sociaux** au sein de leur famille, avec leurs parents, frères et sœurs. C'est avec eux qu'ils sont d'abord socialisés.

MOT CLÉ
Une **instance de socialisation** est un lieu réel (ex. : famille) ou fictif (ex. : série télévisée) de transmission de valeurs et de normes.

- La famille transmet les **normes fondamentales** qui permettent à l'individu de trouver sa place dans la société et vont marquer le reste de sa trajectoire sociale. C'est dans cette instance que les normes de langage sont d'abord transmises, ainsi que les normes de politesse, d'hygiène ou de morale (ex. : honnêteté, tolérance).
- Le sociologue **Pierre Bourdieu** (1930-2002) a établi l'existence d'un lien fort entre la réussite scolaire et le milieu familial de l'élève. En effet, les familles de milieux favorisés transmettent des normes et valeurs proches de celles de l'école, ce qui augmente les chances de réussite scolaire de leurs enfants → FICHE 20.

2 Une socialisation par inculcation et imprégnation

- La famille est le lieu idéal pour la socialisation par **inculcation**. Les parents ayant une autorité sur les enfants, ils peuvent leur inculquer des normes de manière volontaire et méthodique : « Ne mets pas tes coudes sur la table ! »

INFO + **Les différents types de famille**

Sur 13,7 millions de familles :
- 71 % sont « traditionnelles » (enfants et leurs deux parents) ;
- 18 % sont monoparentales (un seul parent) ;
- 11 % sont recomposées : enfants avec un seul parent et un(e) beau-père/belle-mère ; ou enfants avec leurs deux parents et des enfants issus d'une autre union.

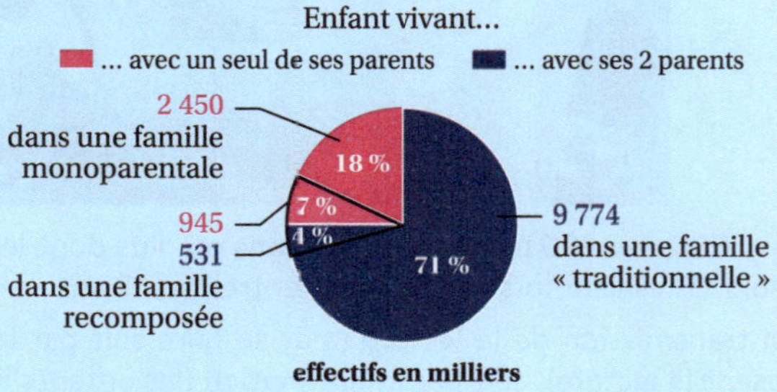

Source : Insee, 2011.

■ La socialisation par **imprégnation** fonctionne aussi, d'autant plus que le lien affectif incite les enfants, surtout petits, à imiter leurs parents qu'ils aiment et admirent. Par exemple, un enfant qui joue avec sa poupée reproduit le comportement parental et se prépare à devenir lui-même parent.

II L'école

1 Un lieu de socialisation pour tous

■ L'école est **obligatoire** jusqu'à l'âge de 16 ans en France, ce qui en fait une instance de socialisation essentielle.

■ Elle contribue à former des citoyens aux **connaissances identiques** (les programmes scolaires sont les mêmes pour tous), en particulier en histoire (ex. : Révolution française) et aux **valeurs communes** (ex. : égalité, fraternité) ; et elle facilite l'**accès à l'emploi**.

2 Une instance qui complète ou contredit la famille

■ L'école et la famille peuvent **se compléter**, puisqu'elles transmettent sur une très longue période les normes liées au langage, à la politesse, etc. L'école a recours, comme la famille, à l'inculcation fondée sur l'autorité des professeurs.

■ Ces instances peuvent aussi **être en concurrence** si elles ne valorisent pas les mêmes valeurs. L'enfant se construit alors une identité sociale en choisissant parmi ces valeurs.

zoOm

Famille et réussite scolaire

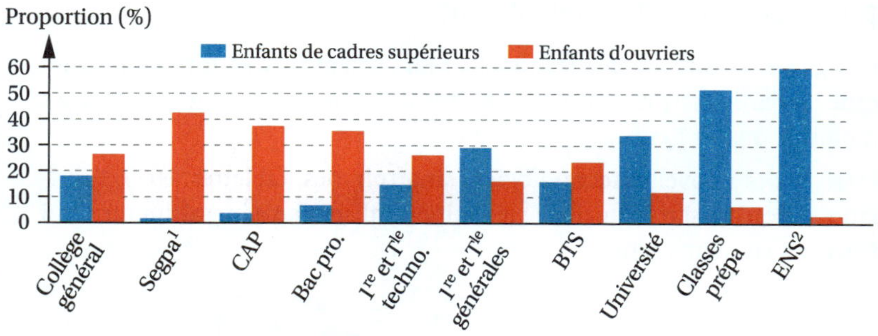

1. Sections d'enseignement général et professionnel adapté.
2. Écoles normales supérieures.

Source : Insee, enquête FQP 2014-15.

La socialisation familiale a un effet sur la réussite scolaire. Les enfants d'ouvriers représentent environ 25 % des élèves de collège, mais seulement 11 % des élèves à l'université et 35 % en bac professionnel.

19 Quels rôles jouent les médias et les groupes de pairs ?

En bref *À l'adolescence, en particulier, les médias et le groupe des pairs prennent tant de place et de temps qu'ils deviennent les principales instances de socialisation.*

I Les médias

1 Le déroulement de la socialisation par les médias

MOT CLÉ
Les **médias** regroupent tous les moyens de diffusion de l'information : la télévision, Internet, le cinéma, la presse, etc.

- Dès le plus jeune âge, les **enfants** se socialisent à travers les **médias**. Ainsi, les petits s'identifient aux héros de dessins animés qui incarnent les valeurs de courage et de solidarité. Cette identification les incite à porter des vêtements à l'effigie de leur héros, conformément au mécanisme d'**imprégnation**.
- Les **adolescents** sont particulièrement réceptifs aux modes de vie proposés dans les séries. Ils peuvent par exemple se projeter dans une vie universitaire, ou à l'étranger. Certaines séries télévisées, qui ne sont regardées que par eux, leur apportent des connaissances communes qui les distinguent des autres groupes sociaux. Elles leur fournissent des sujets de discussion qui renforcent les interactions et le sentiment d'appartenir au groupe social spécifique des jeunes.
- **Internet**, en particulier, peut être un **lieu d'interaction**, donc d'échanges et de rencontres, par le biais des forums et des réseaux sociaux.

2 L'importance croissante des médias

- Le temps passé devant les médias, quels qu'ils soient, a très fortement augmenté depuis dix ans. Pour un enfant, le **temps d'écran** est passé de trois heures par jour à plus de quatre heures.
- Avec l'arrivée des nouvelles technologies (smartphones, tablettes, etc.), l'activité médiatique s'est aussi transformée : les jeunes utilisent en général aujourd'hui **plusieurs écrans** en même temps.

INFO + **Les chiffres clés (2020)**

Dans le monde, il y a :
- près de 4,6 milliards d'internautes
- 4,2 milliards d'inscrits sur un réseau social
- 2,8 milliards d'inscrits totalisés par Facebook

II Les groupes de pairs

1 Une forte présence chez les jeunes

- Le groupe de pairs est constitué des **amis**, **connaissances**, **camarades** de classe et, plus largement, des **contacts sur les réseaux sociaux**.
- Cette instance est sans cesse présente **pour les jeunes**.

2 Des mécanismes de socialisation spécifiques

- Le groupe de pairs est un lieu privilégié pour **expérimenter** ; tout d'abord, parce que les contacts sur les réseaux sociaux peuvent être anonymes ; ensuite, parce que l'ensemble du groupe a tendance à **tester les normes** et représente souvent un lieu de **déviance**.

MOT CLÉ
La **déviance** désigne le non-respect des normes. Lorsque les normes sont juridiques (lois), on parle de « délinquance ».

- Le groupe de pairs met à l'épreuve les normes des autres instances, et produit de **nouvelles normes** par une socialisation horizontale. Les sociologues ont ainsi prouvé qu'un groupe pouvait pousser ses membres à consommer de l'alcool.
- Le groupe de pairs **remet particulièrement en cause les normes familiales**. Cela permet au jeune de ne pas être dans une pure reproduction du modèle familial et de se forger une personnalité.

zoOm

Combien de temps passons-nous devant un écran ?

Nombre d'heures hebdomadaires passées devant un écran en 2016

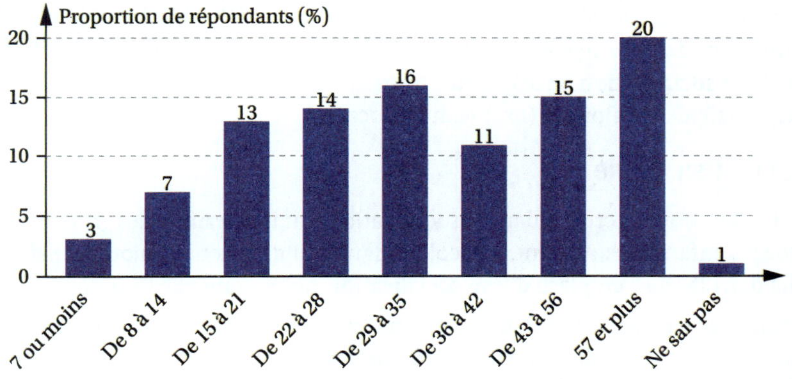

Source : Statista, 2022.

- En 2016, 20 % des Français passaient plus de 57 heures par semaine, soit **plus de 8 heures par jour**, devant un écran (télévision, ordinateur...). Plus largement, au moins les trois quarts de la population passent plus de trois heures par jour (plus de 22 heures par semaine) devant un écran.
- Les médias sont-ils en passe de devenir la première instance de socialisation ?

20 En quoi la socialisation diffère-t-elle selon le milieu social ?

En bref *La socialisation n'est pas un processus homogène dans la société : elle n'est pas identique pour tous. Elle est surtout différenciée selon le milieu social d'origine. De surcroît, cette différenciation se voit prolongée et confirmée par l'école, ainsi que par les pratiques culturelles et sociales.*

I L'effet de la famille et du lieu de vie

1 L'effet de la famille

- Les familles, qui disposent de **ressources économiques et culturelles** différentes, socialisent de manière différenciée. Ainsi, on n'intègre pas les mêmes normes selon que l'on est élevé dans une famille d'ouvriers ou dans une famille de cadres supérieurs.
- On constate, par exemple, qu'il y a trois fois plus d'enfants en surpoids dans les familles populaires que dans les familles bourgeoises. Les normes alimentaires sont en effet différentes dans ces deux milieux : dans les milieux populaires, elles conduisent à une alimentation plus calorique.
- Des différences s'opèrent dans le processus de **socialisation par interaction**. Ainsi, les enfants de familles aisées côtoient davantage de personnes diplômées du supérieur (ex. : médecins, magistrats) que les enfants de familles modestes. La **socialisation par imprégnation** est aussi différenciée : elle mène les enfants de milieux bourgeois à une **socialisation anticipatrice** tournée vers des statuts socialement valorisés (ex. : cadre, avocat).

MOT CLÉ
La **socialisation anticipatrice** désigne l'intégration par un individu des valeurs et normes d'un groupe social auquel il aimerait appartenir.

2 L'effet du lieu de vie

- Le lieu d'habitation est crucial dans la socialisation, car il détermine les groupes de pairs que les enfants fréquentent, à l'école et dans leur quartier. Il s'ajoute ainsi à la famille dans la mise en place d'une **socialisation homogène par famille**.
- Les familles aux revenus modestes sont limitées dans le choix de leur logement et se retrouvent dans des **quartiers défavorisés** qui cumulent les difficultés sociales et économiques (peu de diplômés, chômage).
- À l'inverse, les familles aisées choisissent des **quartiers favorisés**, et entretiennent ainsi un entre-soi bourgeois. Le choix du lieu de vacances, également déterminé par les ressources des familles, renforce ce phénomène (ex. : stations de ski fréquentées par des familles aux revenus élevés).

II L'effet de l'école, des pratiques culturelles et sociales

1 L'effet de l'école

- D'après Pierre Bourdieu, la réussite scolaire des enfants de milieux favorisés est beaucoup plus forte que celle des enfants de milieux populaires. En effet, les premiers ont reçu des normes et valeurs proches de celles de l'école (manière de parler, références culturelles) et tendent à intégrer des écoles prestigieuses. À l'inverse, les seconds ont acquis des valeurs et normes plus éloignées et se dirigent plus souvent vers des filières moins reconnues.
- Cela a pour conséquence une socialisation des élites entre elles, dans les filières sélectives. Elles y intègrent des valeurs communes, liées par exemple à la volonté et à la réussite personnelle.

2 L'effet des pratiques culturelles et sociales

- Les activités culturelles et sportives sont différenciées en fonction du milieu. Dans les classes populaires, le temps de télévision est plus élevé ; certains sports, comme le football, sont préférés. Dans les milieux bourgeois, les pratiques culturelles sont plus encadrées (professeur à domicile, conservatoire, école) et tournées vers des activités valorisées (ex. : musique classique).
- Les activités sociales sont aussi différenciées. Ainsi, les « rallyes » (fêtes dansantes) de la grande bourgeoisie favorisent les rencontres amoureuses, amicales et professionnelles au sein de ce milieu.

zoom

Pratiques culturelles et milieu social

Les cadres pratiquent plus d'activités culturelles que les autres catégories sociales. En 2008, 68 % d'entre eux sont allés au musée contre seulement 26 % des employés et 16 % des ouvriers. À l'opéra, moins d'un spectateur sur dix est ouvrier.

21 En quoi la socialisation diffère-t-elle selon le genre ?

En bref *Avec le milieu, le genre est un facteur important de différenciation sociale. Au-delà des distinctions biologiques selon le sexe, des différences de comportements, de normes, voire de goûts se forgent avec la socialisation : dans la famille, par les médias, à l'école et au travail.*

I L'effet de la famille et des médias

1 Normes féminines et masculines

- La socialisation dépend du **genre**, car on considère dans nos sociétés que filles et garçons n'ont pas les mêmes envies, besoins et capacités selon les domaines.
- Des normes et valeurs sont considérées féminines ou masculines. Par exemple, le calme, la douceur sont perçues comme des normes féminines, tandis que l'esprit de compétition, le goût de la bagarre sont des normes jugées masculines.

MOT CLÉ
Le **genre** désigne les différences construites socialement entre le masculin et le féminin lors du processus de socialisation.

2 L'effet de la famille

- Au sein de la famille, les **pratiques sociales** diffèrent selon le sexe des enfants : les petites filles sont aisément habillées en rose ; plus grandes, on attend d'elles une plus grande implication dans les tâches ménagères.
- Les **jouets choisis** par la famille sont différenciés. Les filles reçoivent plus classiquement des poupées ou cuisinières, les garçons des jeux de construction. Or, ces jouets leur servent à se préparer à leurs futurs rôles sociaux.
- Les **sports sélectionnés** renforcent le clivage : on oriente plutôt les garçons vers le football, la boxe, et les filles vers la danse, l'équitation, la gymnastique.

3 L'effet des médias

- Les **dessins animés**, qui accompagnent l'enfant dès le plus jeune âge, véhiculent souvent des images stéréotypées des hommes et des femmes. Ainsi Blanche-Neige se cache parce qu'elle est trop belle, elle passe le temps en faisant le ménage et finalement s'endort ensorcelée pour avoir naïvement « croqué la pomme »... Seul un prince charmant courageux pourra la sortir de son sortilège.
- À l'adolescence et à l'âge adulte, ce phénomène perdure avec les **séries télévisées** et les **magazines féminins** qui renvoient l'image de femmes minces, jolies, douces, maternelles, etc.

II L'effet de l'école et du travail

1 L'effet de l'école

■ Le groupe des pairs répète et confirme la différenciation construite dans la famille. Dès l'école primaire, les filles jouent plutôt sur les bords de la cour de récréation à des jeux calmes. Quant aux garçons, ils occupent le milieu de la cour pour pratiquer des jeux compétitifs, comme le football.

■ Bien que les résultats scolaires des filles soient généralement meilleurs que ceux des garçons, les filles choisissent des filières moins valorisées. Pour une même moyenne, elles se dirigent plus souvent vers les langues ou la littérature, et les garçons vers les filières scientifiques ou techniques.

■ Les enseignants peuvent participer à cette socialisation genrée en considérant, par exemple, que les normes des filières littéraires (sensibilité, goût pour l'art...) sont avant tout féminines, et les normes des filières scientifiques plus masculines.

2 L'effet du travail

■ Lors des études supérieures menant à l'emploi, la différence entre les genres s'accentue. Les filles ne se dirigent que rarement vers les filières valorisées, comme les classes préparatoires et les grandes écoles.

■ Des métiers sont largement féminisés, comme ceux qui concernent la santé, l'éducation ou le soin aux personnes âgées ; alors que les métiers du bâtiment ou de l'ingénierie sont occupés essentiellement par les hommes.

zoOm

Part des hommes et des femmes dans quelques métiers

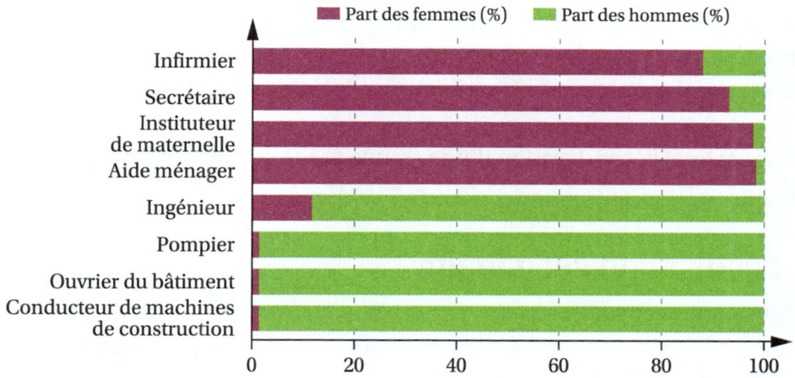

D'après Jobat.be, données 2010.

En 2010, 99 % des aides ménagers étaient des femmes alors que 99 % des ouvriers du bâtiment étaient des hommes. La part des hommes et des femmes dans les différents métiers reflète bien une socialisation genrée.

22 Comment la socialisation se poursuit-elle au cours de la vie ?

En bref *La socialisation commence dès l'enfance, au sein des instances de socialisation que sont la famille et l'école. Elle se prolonge ensuite durant l'adolescence, avec les groupes de pairs et les médias. Elle continue enfin à l'âge adulte, en particulier dans le monde professionnel.*

I La socialisation primaire

1 L'enfance

- La **socialisation primaire** se déroule pendant l'enfance. Les instances de socialisation centrales sont alors la **famille** et l'**école**. L'enfant est particulièrement malléable et intègre les normes et les valeurs sur un mode affectif. L'école comme la famille ont recours à l'inculcation, mais aussi l'imprégnation → FICHE 17.

> **MOT CLÉ**
> La **socialisation primaire** est l'intégration des normes, valeurs et rôles sociaux pendant l'enfance et l'adolescence, essentiellement par la famille, l'école, les groupes de pairs et les médias.

- Les valeurs et les normes intégrées à cette période apparaissent comme des **fondements de la vie sociale**. Sont appris, par exemple, le langage, la politesse, l'hygiène et la différence entre les genres → FICHE 18.

2 L'adolescence

- À l'adolescence, les instances de socialisation qui prennent le relais sont les **groupes de pairs** et les **médias**. Le mode de socialisation sera alors davantage fondé sur l'interaction → FICHE 17.
- Les normes et valeurs intégrées permettent à l'adolescent de construire son **identité sexuelle** grâce au développement de pratiques amoureuses. Elles l'initient aussi à la **déviance**, en remettant en cause les normes transmises par sa famille.
- Cette étape achève la construction d'une grande partie de l'**identité sociale** de l'individu.

II La socialisation secondaire

- La **socialisation secondaire** repose essentiellement sur le monde professionnel. Celui-ci construit l'**identité professionnelle** de l'individu : il devient avocat, professeur ou infirmière, ce qui modifie son comportement social conformément à ces métiers. Il intègre de nouvelles valeurs, comme le travail en équipe, la hiérarchie, etc. C'est aussi un lieu de rencontres, aussi bien du conjoint que des collègues qui forment un nouveau groupe de pairs.

> **MOT CLÉ**
> La **socialisation secondaire** est l'intégration de valeurs, de normes et de rôles sociaux durant l'âge adulte, essentiellement par le milieu professionnel.

- L'adulte devient aussi un **citoyen** et, en tant que tel, il doit respecter et véhiculer les normes qui y sont associées, comme le paiement des impôts ou la nécessité de participer à l'activité politique en votant.
- S'il devient **parent** ou prend en charge ses propres parents vieillissants, l'adulte adopte une nouvelle position dans la famille qui implique, par exemple, de devenir à son tour responsable et solidaire.

III Rupture ou continuité ?

- D'après **Pierre Bourdieu** (1930-2002), la socialisation primaire marque durablement l'identité sociale, et cela même si la socialisation secondaire est complètement différente. Un enfant socialisé dans un milieu ouvrier qui, une fois adulte, est socialisé dans un milieu bourgeois, gardera en partie les valeurs et normes intégrées dans son enfance. Cela peut créer des conflits internes (culpabilité) et externes (avec les autres).
- Pour **Bernard Lahire** (né en 1963), les individus sont capables de distinguer clairement l'identité liée à la socialisation primaire et celle liée à la socialisation secondaire lorsqu'elles sont en contradiction. Ainsi, le fils d'ouvrier devenu cadre pourra aisément adapter son comportement en fonction du milieu social.

zoOm

Pratiques culturelles : de l'enfance à l'âge adulte

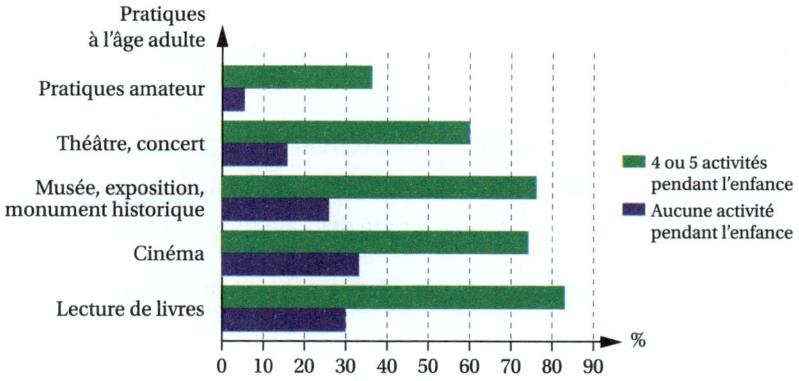

Source : Insee, enquêtes « Transmissions familiales », 2000.

- En France, selon l'Insee, en 2000, 30 % des personnes qui ne pratiquaient aucune activité culturelle dans l'enfance lisent à l'âge adulte, alors que celles qui pratiquaient quatre ou cinq activités sont plus de 80 % à lire à l'âge adulte.
- Devenus adultes, les enfants qui avaient quatre ou cinq activités ont toujours plus de pratiques culturelles (théâtre, musée, concert, etc.) que ceux qui n'en avaient aucune.

SE TESTER QUIZ

Vérifiez que vous avez bien compris les points clés des **fiches 16 à 22**.

1 La socialisation

→ FICHES **16** et **17**

1. Qu'est-ce qu'une valeur ?

☐ **a.** une place dans la hiérarchie sociale
☐ **b.** un idéal abstrait auquel l'individu adhère
☐ **c.** un comportement attendu

2. L'inculcation désigne un mécanisme de socialisation…

☐ **a.** par répétition. ☐ **b.** par familiarisation.
☐ **c.** par transmission volontaire.

2 Le rôle de la famille, de l'école et des pairs

→ FICHES **18** et **19**

1. La famille est une instance de socialisation qui a recours…

☐ **a.** à l'affection. ☐ **b.** à l'inculcation. ☐ **c.** à l'imprégnation.

2. L'école est une instance de socialisation qui permet…

☐ **a.** de ne pas s'adresser à l'ensemble des jeunes.
☐ **b.** de produire des normes plutôt homogènes.
☐ **c.** d'intégrer l'individu dans la société grâce au diplôme.

3. La socialisation par le groupe des pairs se caractérise par…

☐ **a.** une concurrence avec la socialisation familiale.
☐ **b.** une transmission de valeurs et normes entre amis proches.
☐ **c.** la production de ses propres normes.

3 La socialisation, un processus différencié

→ FICHES **20** à **22**

1. Dans quel milieu social la réussite scolaire est-elle la plus forte ?

☐ **a.** les milieux populaires, grâce à la proximité des valeurs transmises par la famille et par l'école
☐ **b.** les milieux favorisés, grâce à la proximité des valeurs transmises par la famille et par l'école
☐ **c.** aucun milieu social en particulier

2. On peut constater que les filles, par leur socialisation…

☐ **a.** tendent à jouer à des jeux calmes dans les cours de récréation.
☐ **b.** choisissent plutôt des filières littéraires ou artistiques.
☐ **c.** sont incitées à pratiquer certains sports tels que la danse, la gymnastique ou l'équitation.

3. Quand la socialisation primaire a-t-elle lieu ?

☐ **a.** lorsque l'on exerce une profession ☐ **b.** à l'âge adulte
☐ **c.** pendant l'enfance et l'adolescence

CORRIGÉS

SE TESTER QUIZ

1 La socialisation

1. Réponse b. Une valeur est un idéal abstrait auquel l'individu adhère.

2. Réponse c. L'inculcation désigne un mécanisme de socialisation par transmission volontaire.

2 Le rôle de la famille, de l'école et des pairs

1. Réponses a, b et c. La famille est une instance de socialisation qui a recours à l'affection, ainsi qu'aux mécanismes d'inculcation et d'imprégnation.

2. Réponses b et c. L'école est une instance de socialisation qui permet de produire des normes plutôt homogènes et d'intégrer l'individu dans la société grâce au diplôme.

3. Réponses a et c. La socialisation par le groupe de pairs se caractérise par une concurrence avec la socialisation familiale (possible divergence de valeurs) et la production de ses propres normes. Elle ne passe pas uniquement par les amis proches, mais également par de simples connaissances, y compris sur les réseaux sociaux.

3 La socialisation, un processus différencié

1. Réponse b. La réussite scolaire est plus forte dans les milieux favorisés, grâce à la proximité des valeurs transmises par la famille et par l'école.

2. Réponses a, b et c. On peut constater que les filles, par leur socialisation, tendent à jouer à des jeux calmes dans les cours de récréation, choisissent plutôt des filières littéraires ou artistiques, et sont incitées à pratiquer certains sports tels que la danse, la gymnastique ou l'équitation.

3. Réponse c. La socialisation primaire a lieu pendant l'enfance et l'adolescence.

23 Qu'est-ce que le pouvoir politique ?

En bref *Le pouvoir politique peut prendre différentes formes : démocratique, autoritaire, monarchique... Dans un régime démocratique, il doit respecter certains principes qui sont au fondement de notre société française actuelle.*

I Les différentes formes du pouvoir politique

1 Les régimes démocratiques

- Dans une démocratie, le **pouvoir politique** est détenu ou contrôlé par le **peuple**. Selon Abraham Lincoln (1809-1865), c'est « le gouvernement du peuple, par le peuple, pour le peuple ».

> **MOT CLÉ**
> Le **pouvoir politique** est la capacité à gouverner dans une société et, par conséquent, à produire une autorité légitime pour obtenir une obéissance du peuple.

- On parle de **démocratie directe** lorsque le peuple exerce son pouvoir directement, sans l'intermédiaire de représentants. Ainsi, le référendum laisse le peuple décider de certains choix politiques, comme celui de rester dans l'Union européenne ou non (Royaume-Uni, 2016). Le peuple peut aussi intégrer des instances politiques (ex. : comités de quartiers). Enfin, il peut voter *via* Internet pour que des décisions politiques soient prises, comme actuellement en Suisse.
- On parle de **démocratie représentative** lorsque le peuple délègue son pouvoir à des représentants. Ces derniers obtiennent alors un mandat qui peut être impératif (obligation d'appliquer le programme pour lequel ils ont été élus, sous peine de révocation) ou représentatif (ils représentent la nation tout entière, pas seulement ceux qui les ont élus).

2 Les autres formes de régimes politiques

- Les **régimes autoritaires** confisquent le pouvoir politique au peuple au profit d'une personne ou d'un groupe qui accapare toutes les formes de pouvoir.
- Dans une **monarchie**, le pouvoir politique est exercé par une seule personne, le roi. Sa légitimité provient de Dieu dans une monarchie de droit divin. En revanche, dans une monarchie constitutionnelle, le pouvoir du roi est encadré par des lois. Enfin, dans une monarchie parlementaire, comme en Suède, le roi est une figure morale sans réel pouvoir politique.
- Dans une **oligarchie**, un petit groupe de personnes exerce le pouvoir politique, en raison de leur richesse (ploutocratie), de leur statut d'« anciens » (gérontocratie) ou de leur noblesse (aristocratie).

II Le pouvoir politique dans une démocratie

Un régime politique est dit **démocratique** quand il respecte certains critères de désignation des représentants politiques, de séparation des pouvoirs et de contrôle des gouvernants.

> **MOT CLÉ**
> La **démocratie** est un régime politique qui assure que le pouvoir politique est exercé par et pour le peuple. Elle peut être directe ou représentative.

- Le pouvoir politique **appartient au peuple**, donc aux citoyens qui ont le droit de participer à la vie politique. Il doit être exercé en faveur de l'intérêt général, les politiciens ne doivent donc pas poursuivre des intérêts particuliers, comme ceux des groupes de pression → FICHE 28.
- La **séparation des pouvoirs** → FICHE 25 assure le fonctionnement démocratique de la société. On distingue le pouvoir législatif (vote les lois), le pouvoir exécutif (les applique) et le pouvoir judiciaire (contrôle leur bonne application).
- Les **libertés fondamentales** (ex. : s'exprimer, manifester, résister) doivent être protégées en démocratie. Les mouvements sociaux, les médias (« 4e pouvoir »), les réseaux sociaux (« 5e pouvoir »), donc la société civile organisée, ont le droit et le devoir de jouer un rôle dans l'exercice du pouvoir politique → FICHE 28.

zoOm

La liberté de la presse dans le monde

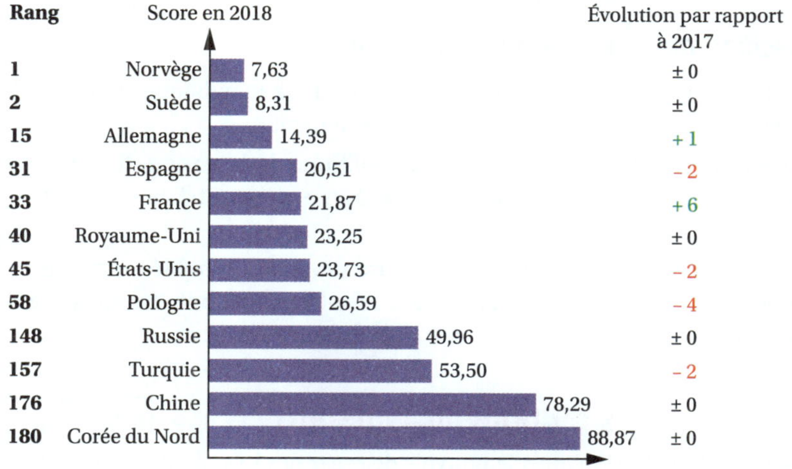

Source : Statista, Reporters sans frontières.

La liberté de la presse témoigne de la santé démocratique de nos sociétés. L'indice de liberté de la presse prend en compte l'indépendance et le pluralisme de la presse, 0 étant la meilleure note et 100 la moins bonne. La France a gagné six places en 2018 par rapport à 2017, mais ne se situe qu'à la 33e position.

24 Quelles sont les principales institutions de la Ve République ?

En bref *En 1958, la France instaure la Ve République qui est un régime semi-présidentiel* → FICHE 25 *avec des particularités au niveau de la séparation des pouvoirs.*

I Les institutions du pouvoir exécutif

En France, les **institutions** du pouvoir exécutif forment une dyarchie, c'est-à-dire un pouvoir politique partagé entre le président de la République et son Premier ministre.

MOT CLÉ
Une **institution** désigne l'ensemble des règles (lois) et des fonctions associées (députés) qui participent à l'organisation de la société.

1 Le président de la République

- Il est élu au suffrage universel direct → FICHE 26 par l'ensemble des citoyens de plus de 18 ans ayant la nationalité française, pour une durée de cinq ans.
- Il peut dissoudre le Parlement sur simple décision, ce qui provoque la tenue de nouvelles élections.
- Il nomme le Premier ministre et les ministres sur proposition de celui-ci. Il préside le Conseil des ministres qui mène la politique dont il donne le cap.

2 Le Premier ministre et le gouvernement

- Le Premier ministre est nommé par le président de la République et doit lui proposer des ministres qui constitueront le gouvernement.
- Le gouvernement détermine et conduit la politique de la nation. Il dispose de l'armée et de l'administration publique (ex. : les enseignants) pour la faire appliquer.
- Le Premier ministre engage sa responsabilité devant l'Assemblée nationale sur son programme et devant le président de la République qui ont, tous deux, le pouvoir de le faire démissionner avec l'ensemble du gouvernement.

II Les institutions du pouvoir législatif

Le Parlement est l'institution qui a le pouvoir de créer des lois. Il est composé de l'Assemblée nationale et du Sénat.

1 L'Assemblée nationale

- Elle est constituée de 577 députés élus au suffrage universel direct → FICHE 26, la même année que le président de la République, pour une durée de cinq ans.

- Elle a pour rôle de contrôler le gouvernement et peut accepter ou refuser de voter les lois ou le budget du gouvernement.
- Elle peut faire démissionner le gouvernement si la moitié au moins des députés accepte de voter une « motion de censure ».

2 Le Sénat

- Il est constituée de 348 sénateurs **élus au suffrage universel indirect** → FICHE 26 par 160 000 grands électeurs (ex. : maires). Leur mandat est de six ans, mais le Sénat est renouvelé par moitié tous les trois ans.
- Le Sénat propose et vote les lois et le budget proposés par le gouvernement et peut modifier la Constitution. Mais il ne peut pas renverser le gouvernement, car il est garant de la stabilité des institutions.

III Les institutions du pouvoir judiciaire

- La Justice est la **gardienne des libertés individuelles**. Elle contrôle les autres pouvoirs pour vérifier s'ils appliquent réellement les règles de droit, y compris à eux-mêmes.
- Le **Conseil constitutionnel** vérifie que les lois sont conformes à la Constitution.
- Le **Conseil d'État** est la plus haute juridiction administrative et juge en dernier recours les litiges entre les citoyens et l'administration (État, commune, etc.).

zoOm

Les cohabitations sous la Ve République

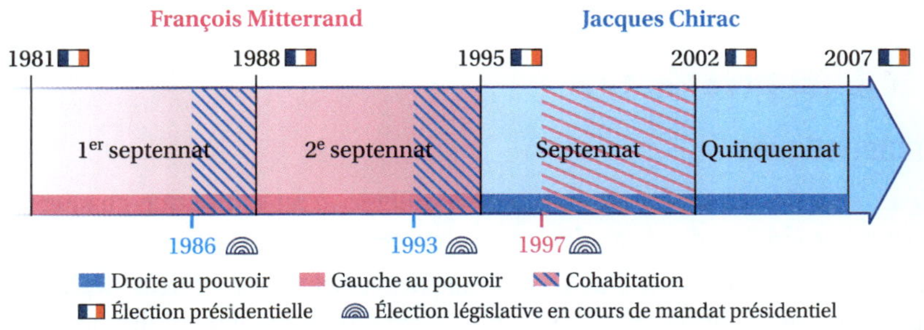

- Entre 1981 et 2007, la Ve République a connu **trois périodes de cohabitation** : périodes durant lesquelles le président de la République n'était pas du même bord politique que le Premier ministre et son gouvernement.
- En 1986, la majorité des députés élue est de droite, ce qui oblige le président de la République, alors de gauche (François Mitterrand), à nommer un Premier ministre de droite (Jacques Chirac).

25 En quoi consiste la séparation des pouvoirs ?

En bref *La séparation des pouvoirs est l'un des fondements des régimes démocratiques. Elle se décline sous trois formes : régime parlementaire, régime présidentiel ou régime semi-présidentiel.*

I Le régime parlementaire

1 Caractéristiques

- Dans ce **régime politique** (ex. : Royaume-Uni), la séparation des pouvoirs est souple : le gouvernement et le Parlement sont dépendants l'un de l'autre et coopèrent pour gouverner sous l'arbitrage du chef de l'État. Il existe une révocabilité mutuelle.

MOT CLÉ
Le **régime politique** est le mode d'organisation et de gouvernement d'un État.

2 Rôle de chaque pouvoir

- L'exécutif est bicéphale (à deux têtes), avec le Premier ministre qui dirige l'action politique et le chef de l'État (le roi ou la reine au Royaume-Uni). Le Premier ministre est nommé par le parti majoritaire au Parlement. Il propose ensuite un gouvernement validé par un vote de ce dernier.
- Le Parlement propose, amende et vote les lois. Il est dit bicaméral (constitué de deux chambres).
- Le pouvoir judiciaire doit être indépendant. Il est incarné au Royaume-Uni par la Cour suprême.

II Le régime présidentiel

1 Caractéristiques

- La séparation des pouvoirs est stricte et équilibrée, c'est-à-dire que chaque pouvoir est très spécialisé dans son domaine, comme aux États-Unis.
- L'exécutif et le législatif sont élus au suffrage universel et ont la même légitimité. Aux États-Unis, le président est élu pour quatre ans, les parlementaires pour six ans (sénateurs) ou deux ans (députés de la Chambre des représentants).

2 Rôles de chaque pouvoir

- L'exécutif est monocéphale (dirigé par une seule personne) et confié au président qui est chef de l'État, du gouvernement, des armées et de la diplomatie. Il a aussi un droit de veto sur les lois votées par le Parlement.
- Le Parlement a tout le pouvoir législatif, mais ne peut pas renverser l'exécutif.

- Le pouvoir **judiciaire**, indépendant, arbitre les conflits entre exécutif et législatif. Aux États-Unis, les juges de la Cour suprême sont nommés à vie par le président après avis favorable des sénateurs.

III Le régime semi-présidentiel

Ce régime est un mélange des deux précédents. Il est appliqué en France depuis 1958.

1 L'exécutif

Il est constitué du président de la République et du gouvernement (dyarchie). Le **président**, élu au suffrage universel, dispose d'un pouvoir important. Il nomme son Premier ministre qui lui propose un **gouvernement**. Il préside le Conseil des ministres, impulse les grandes lignes de la politique et peut dissoudre le législatif.

2 Le législatif et le judiciaire

- Le **gouvernement**, responsable devant le Parlement, peut être renversé. Il propose des lois aux assemblées législatives et a les moyens de les faire adopter en force aussi. Le **Parlement** peut proposer des lois, les amender, et doit les voter. Il peut renverser le gouvernement, mais peut être dissous par le président.
- Le **pouvoir judiciaire** est indépendant des deux autres.

zoOm

Quel pouvoir pour le président des États-Unis ?

- Aux États-Unis, le régime est présidentiel. Le président est seul maître de l'exécutif. Cependant, son action peut être contrecarrée par le Parlement, surtout si l'une des chambres est d'une couleur politique différente de la sienne.
- La Cour suprême et les juges des différents États peuvent également bloquer certaines de ses décisions. Ce fut le cas en 2017, lorsque Donald Trump voulut interdire de séjour aux États-Unis les ressortissants de plusieurs pays arabes.

26 Quelle est l'influence des modes de scrutin ?

En bref *Une démocratie doit offrir aux électeurs la possibilité de voter pour divers partis, représentants des positions politiques différentes. Pour cela, il existe plusieurs modes de scrutin.*

I Les différents modes de scrutin

1 Majoritaires ou proportionnels, directs ou indirects

■ Le mode de scrutin est **majoritaire** si le gagnant emporte la totalité du pouvoir. Il est **proportionnel** lorsque le pouvoir est partagé selon les votes obtenus.

MOT CLÉ
Le **mode de scrutin** désigne le processus par lequel des électeurs désignent leurs représentants dans le cadre d'une élection.

■ Un scrutin universel (ouvert à tous) peut-être **direct**, lorsque tous les électeurs votent directement pour leur candidat, ou **indirect**, lorsque de « grands électeurs » élus dans un premier temps votent ensuite pour un candidat.

2 Les autres variantes

■ Le scrutin est soit **uninominal**, si un seul candidat est élu, comme lors de nos élections présidentielles, soit **plurinominal** (ou « de liste »), si plusieurs candidats sont élus en même temps, par exemple lors des élections municipales.

■ Il peut se dérouler en **un tour** ou en **deux tours**. Dans ce dernier cas, seuls les candidats gagnants au premier tour participent au nouveau vote (second tour).

II Le mode de scrutin majoritaire

1 Avantages

■ La simplicité du scrutin majoritaire à un tour incite les électeurs à y participer. Il permet d'offrir une **majorité** à un parti politique qui aura donc un véritable pouvoir de décision pour mener les changements pour lesquels il a été élu.

■ Lorsqu'il se déroule en deux tours, il permet la présence d'une grande diversité de candidats, donc d'un véritable choix pour les électeurs. Au second tour, il encourage les accords entre candidats pour une meilleure **stabilité politique**.

2 Inconvénients

■ Le scrutin majoritaire **déforme la réalité sociale** : un parti peut remporter l'élection alors qu'il n'a pas été choisi par une majorité d'électeurs. Par exemple, Chirac a obtenu 20 % des suffrages exprimés au premier tour en 2002, et Macron 24 % en 2017.

■ Il **provoque une polarisation** de la vie politique avec en général deux partis politiques qui se partagent le pouvoir à tour de rôle.

■ Il ne permet pas aux petits partis d'être représentés et **incite au vote « utile »** au premier tour : les électeurs votent non pas pour le candidat qu'ils préfèrent mais pour celui qui a une chance de l'emporter.

III Le mode de scrutin proportionnel

1 Avantages

■ Il favorise le **partage du pouvoir** entre les pouvoirs politiques et impose davantage d'alliances et de **coopérations** entre les différents élus.

■ Il reflète mieux la **réalité sociale** que le scrutin majoritaire. Les partis politiques, donc le choix des électeurs, sont mieux représentés.

2 Inconvénients

■ Il présente le risque d'une **multiplication de petits partis** qui rend le choix complexe pour l'électeur, et d'une dispersion des suffrages.

■ L'absence de majorité peut entraîner une **instabilité du pouvoir**.

zoOm

Les élections présidentielles de 2017 (1er tour)

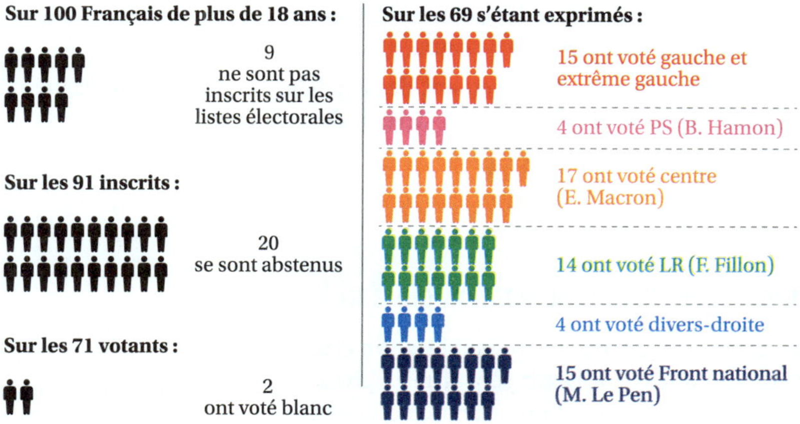

■ Ce document prend en compte tous les Français âgés de plus de 18 ans, et pas seulement ceux qui ont pris part au vote. Il minore donc le pourcentage de chaque candidat par rapport aux résultats officiels.

■ Ainsi, si Macron a attiré 24 % des suffrages au premier tour, cela ne représente que 17 % des Français de plus de 18 ans.

27 Quel est le rôle des partis politiques ?

En bref *Les partis politiques tiennent un triple rôle dans le bon déroulement de la vie politique. Ils sélectionnent les élites politiques, participent à la mobilisation électorale et politisent les électeurs.*

I Sélectionner des élites

1 L'organisation de la sélection des élites

- L'existence des **partis politiques** est inséparable de celle de la démocratie représentative. En effet, le peuple ne gouverne pas directement, mais par l'intermédiaire de représentants. Les partis politiques ont pour fonction de **proposer des représentants**.

> **MOT CLÉ**
> Un **parti politique** est un groupe de personnes qui partagent les mêmes intérêts et qui s'associent dans le but de se faire élire et d'exercer le pouvoir pour mettre en œuvre leur programme.

- Les partis politiques organisent l'**émergence de candidats** que les électeurs pourront ensuite élire. Cette émergence peut se faire par des élections internes entre militants ou durant des « primaires » ouvertes à tous.

2 Les effets sur le processus démocratique

- Les candidats qui ont l'**investiture**, donc la validation, d'un parti sont davantage identifiables, ce qui améliore le processus démocratique en permettant aux électeurs de choisir en connaissance de cause.
- Le parti politique assure le **financement** des candidats et de leur campagne politique, leur donnant ainsi les moyens de devenir des politiciens professionnels connus de tous.

II Mobiliser les électeurs

1 L'organisation de la mobilisation électorale

- Chaque parti politique organise la **mobilisation électorale** en structurant et diffusant son offre politique. Pour ces raisons, il dispose d'une hiérarchie constituée d'un porte-parole, d'un responsable de tel ou tel domaine, etc.
- Il a une fonction programmatique, c'est-à-dire qu'il établit un **programme** constitué de valeurs à défendre et prises de position particulières. Il propose ainsi une idéologie et une vision du monde propres.

> **MOT CLÉ**
> La **mobilisation électorale** est l'ensemble des actions mises en œuvre pour structurer et diffuser une offre politique et persuader les électeurs de la soutenir grâce à leur vote.

2 Les effets sur la participation électorale

- Le parti doit **persuader les électeurs** de participer aux élections, en expliquant pourquoi elles sont essentielles pour la vie démocratique.
- Il cherche à travers son programme à **satisfaire les électeurs** mais aussi ses propres militants pour les inciter à participer à la vie politique. Il diffuse son programme dans les médias, en organisant des meetings, en distribuant des tracts et en étant présent sur les réseaux sociaux.

III Politiser les électeurs

1 La socialisation des électeurs

- Les partis politiques socialisent les électeurs en leur transmettant des **valeurs** et **normes politiques**. Les élections constituent les temps forts de cette socialisation.
- Les partis fournissent aux électeurs un **moyen légitime** d'exprimer leur mécontentement, ce qui évite des réactions violentes ou des révolutions.

2 L'organisation du débat politique

- Un parti politique peut transformer un fait divers en fait social, puis en **fait politique**. Par exemple, un acte délinquant (fraude fiscale) peut devenir un problème public (fraude des grandes entreprises) et déclencher un débat politique.
- En s'opposant aux autres partis, les partis alimentent le **débat politique**.

zoOm

Combien de militants politiques en France ?

Le nombre de militants politiques reste assez important, mais les effectifs baissent tendanciellement. Au 1er janvier 2016, le Parti socialiste (PS) déclarait 135 833 militants et le parti Les Républicains (LR) 238 208.

28 Quel est le rôle de la société civile organisée et des médias ?

En bref *Les partis politiques et les électeurs ne sont pas les seuls à faire vivre la démocratie. D'une part, la société civile organisée, composée des associations, syndicats et mouvements sociaux, d'autre part, les médias, y participent aussi.*

I Le rôle de la société civile organisée

1 Coopérer avec les partis politiques

■ Les **syndicats** coopèrent avec les partis politiques pour trouver des solutions politiques. Par exemple, ils négocient lors des réformes de l'assurance-chômage.

■ En cas de réforme, les **groupes d'intérêt** sont aussi consultés et participent plus ou moins directement à la rédaction des lois.

■ Les **associations** peuvent siéger dans des instances officielles. Ainsi, le Mouvement associatif, regroupement de 600 000 associations, siège au Conseil économique, social et environnemental.

> **MOT CLÉ**
> Un **groupe d'intérêt** est un ensemble de personnes organisé pour influencer les autorités dans le but de défendre un intérêt particulier (ex. : celui de l'industrie automobile).

2 Influencer les partis politiques

■ Les groupes d'intérêt font pression sur les partis politiques pour **orienter les décisions**. Certains, constitués d'intellectuels ou de personnalités, servent de « réservoirs d'idées » pour les partis politiques (ex. : Terra Nova, proche du Parti socialiste ; l'Institut Montaigne, proche des Républicains) : ils rédigent des rapports d'expertise sur des sujets de société.

■ La plupart, cependant, défendent les intérêts de certaines professions ou de secteurs industriels, parfois **au détriment de l'intérêt général**. Selon la journaliste Stéphane Horel (*Lobbytomie*, 2018), l'influence des groupes d'intérêt menacerait la société démocratique.

3 Entrer en conflit avec les partis politiques

■ Les **mouvements sociaux** portent des revendications qu'ils souhaitent imposer aux partis politiques. Pour cela, ils organisent, parfois avec l'appui des syndicats, des conflits (grèves, manifestations).

■ Les mouvements sociaux **classiques** ont recours à des moyens traditionnels (syndicalisme, grève, manifestation) et défendent des valeurs matérialistes (pouvoir d'achat).

■ Ils se distinguent des « **nouveaux** mouvements sociaux », qui privilégient des moyens tels que les collectifs et les pétitions sur Internet, et expriment des revendications non matérialistes (ex. : protection de l'environnement).

II L'influence des médias

1 Les médias : un « quatrième pouvoir »…

■ L'existence de médias libres et pluriels est fondamentale dans une démocratie : on parle de « quatrième pouvoir ». Les médias informent les citoyens sur les faits politiques, sociaux, etc. Ils contribuent ainsi à **structurer l'opinion publique**.

■ Ils peuvent **mettre au jour des problèmes publics**. En menant des investigations, ils révèlent des dysfonctionnements de nos sociétés. Mais ils peuvent aussi, par exemple, créer un climat d'insécurité en multipliant les informations sur des faits d'agressions.

■ On parle alors d'**effet d'amorçage** : les médias incitent les partis à apporter une réponse politique aux messages qu'ils véhiculent.

2 … ou de « nouveaux chiens de garde » ?

■ Les médias ne sont pas « neutres » : selon la façon dont ils traitent l'information, ils en **modifient la perception**. En outre, ils doivent faire face à des contraintes économiques face à leurs financeurs ou aux annonceurs.

■ Ils peuvent alors être tentés de jouer sur **l'émotion**, supposée plus payante en termes d'audience, au détriment de la réflexion. Seraient-ils, dans ce cas, comme le pense Serge Halimi, les « nouveaux chiens de garde » des puissants ?

zoOm

La confiance dans les médias

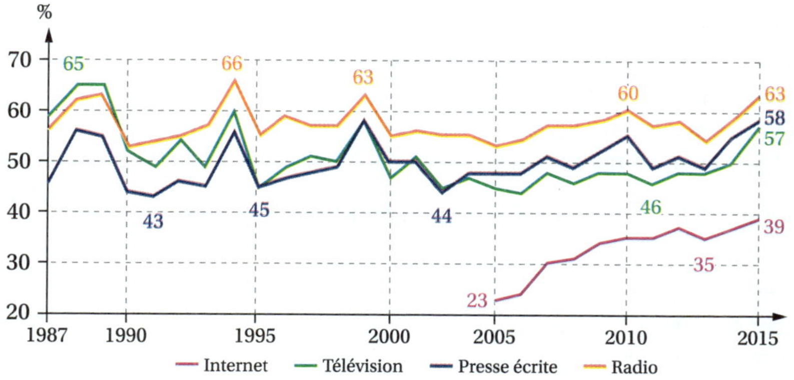

Source : *La Croix*/TNS-Sofres.

■ En France, selon ce sondage, en 2015, seulement 57 % des Français pensent que la télévision restitue les faits comme ils se sont passés.

■ La méfiance envers les médias classiques (télévision, presse écrite) s'accroît. Elle pousse les citoyens à se tourner vers les réseaux sociaux ou vers des médias alternatifs en ligne.

SE TESTER QUIZ

Vérifiez que vous avez bien compris les points clés des **fiches 23 à 28**.

1 Le pouvoir politique et les institutions

→ FICHES **23** à **25**

1. Parmi ces principes, lesquels caractérisent la démocratie ?

☐ **a.** La souveraineté du peuple
☐ **b.** La séparation des pouvoirs
☐ **c.** Le respect des libertés fondamentales

2. Quelles institutions représentent le pouvoir législatif ?

☐ **a.** Le président de la République
☐ **b.** L'Assemblée nationale
☐ **c.** Le Sénat

3. Parmi ces caractéristiques, lesquelles relèvent d'un régime semi-présidentiel ?

☐ **a.** Le président de la République peut dissoudre le Parlement.
☐ **b.** Le Parlement peut renverser le gouvernement.
☐ **c.** Le gouvernement peut renverser le président.

2 Les modes de scrutin et les partis politiques

→ FICHES **26** et **27**

1. Le scrutin majoritaire a pour avantage(s)…

☐ **a.** de représenter les petits partis politiques.
☐ **b.** de donner le pouvoir à une majorité.
☐ **c.** de rendre le pouvoir instable.

2. Les partis politiques ont notamment pour rôle…

☐ **a.** de sélectionner les élites politiques.
☐ **b.** de gouverner contre le peuple.
☐ **c.** de financer les campagnes des candidats.

3 Le rôle de la société civile organisée et des médias

→ FICHE **28**

1. La société civile organisée a pour objectif…

☐ **a.** d'influencer le pouvoir.
☐ **b.** de coopérer avec le pouvoir.
☐ **c.** de prendre le pouvoir.

2. Quel rôle jouent les médias dans la vie politique ?

☐ **a.** Ils conseillent le pouvoir.
☐ **b.** Ils structurent l'opinion publique.
☐ **c.** Ils construisent certains problèmes publics.

S'ENTRAÎNER

4 Comprendre le vocabulaire du cours

→ FICHES 23 à 25

Reliez chaque notion à sa définition.

pouvoir politique •	• ensemble de règles qui participent à l'organisation de la société
démocratie •	• capacité à gouverner une population avec légitimité
régime politique •	• gouvernement du peuple, pour le peuple et par le peuple
institution •	• mode d'organisation et de gouvernement de l'État

CORRIGÉS

SE TESTER QUIZ

1 Le pouvoir politique et les institutions

1. **Réponses a, b et c.** La démocratie se caractérise par la souveraineté du peuple, la séparation des pouvoirs et le respect des libertés fondamentales.
2. **Réponses b et c.** Assemblée nationale et Sénat représentent le législatif.
3. **Réponses a et b.** Dans un régime semi-présidentiel, le président peut dissoudre le Parlement et le Parlement peut renverser le gouvernement.

2 Les modes de scrutin et les partis politiques

1. **Réponse b.** Le scrutin majoritaire a pour avantage de donner le pouvoir à une majorité.
2. **Réponses a et c.** Les partis politiques ont notamment pour rôle de sélectionner les élites politiques et de financer les campagnes politiques des candidats.

3 Le rôle de la société civile organisée et des médias

1. **Réponses a et b.** La société civile organisée a pour objectifs d'influencer le pouvoir et de coopérer avec lui.
2. **Réponses b et c.** Les médias structurent l'opinion publique et peuvent construire certains problèmes publics. On leur reproche parfois d'être trop proches du pouvoir.

S'ENTRAÎNER

4 Comprendre le vocabulaire du cours

- **Pouvoir politique** : capacité à gouverner une population avec légitimité.
- **Démocratie** : gouvernement du peuple, pour le peuple et par le peuple.
- **Régime politique** : mode d'organisation et de gouvernement de l'État.
- **Institution** : ensemble de règles qui participent à l'organisation de la société.

29 En quoi les études sont-elles un investissement en capital humain ?

En bref *Si l'on considère les individus d'une société comme des « ressources productives », leur capacité à participer à la production peut être considérée comme un capital humain, et la poursuite d'études comme un investissement. Différents agents économiques ont alors intérêt à la financer.*

I Augmenter le capital humain de l'individu

1 Pourquoi le développer ?

- Selon Theodore Schultz (1961), les individus développent leur **capital humain** afin d'**augmenter leur revenu**. En effet, le niveau de revenu s'élève en moyenne avec le niveau de diplôme → FICHE 30.

> **MOT CLÉ**
> Le **capital humain** est le stock de ressources productives incorporées aux individus, constitué des savoirs acquis par l'éducation ou l'expérience, de leur santé et de leur connaissance du système économique.

- En outre, le capital humain **améliorerait les interactions sociales** : les connaissances d'un individu peuvent en effet lui permettre de mieux anticiper les besoins, envies et attentes de son entourage et ainsi faciliter son intégration à des activités professionnelles, associatives, amicales, etc. D'autant plus s'il a une santé suffisante pour se livrer à ces pratiques.
- Au total, en augmentant son capital humain, un individu augmente ses **capabilités**, c'est-à-dire la possibilité de choisir ses objectifs et de les atteindre.

2 Comment le développer ?

- Adam Smith évoquait le fait que développer ce capital humain avait un **coût pour l'individu**. Il s'agit non seulement des dépenses réalisées pour se former ou améliorer sa santé, mais également des revenus dont les individus se privent en poursuivant leurs études, nommés « coûts d'opportunité ».
- Pour augmenter sa **qualification**, un individu peut recourir à la **formation initiale** à l'école puis dans l'enseignement supérieur ; et à la **formation continue** qui s'adresse aux actifs en emploi ou au chômage. L'importance de celle-ci s'accroît avec l'allongement de l'espérance de vie et l'évolution des métiers.

> **MOT CLÉ**
> La **qualification** désigne la capacité à exercer un métier déterminé ; elle est mesurée par le niveau de diplôme et l'expérience professionnelle.

II Augmenter le capital humain de l'économie

1 Pourquoi le développer ?

■ L'augmentation du niveau moyen de capital humain d'une économie favorise sa **croissance économique** → FICHE 7. En effet, une population plus instruite peut exercer des emplois plus complexes et innover → FICHE 4. La productivité → FICHE 3 qui en résulte est source de **revenus supplémentaires** destinés à l'éducation.

■ La hausse du capital humain entraîne également des **externalités positives**, c'est-à-dire des effets qui améliorent le bien-être d'individus qui n'ont pas eu à payer pour cela : les enfants de parents qualifiés sont avantagés dans l'accumulation de capital humain. Selon certaines enquêtes, un niveau élevé de capital humain dans une économie **favorise l'engagement civique et social** et **réduit la criminalité**.

2 Comment le développer ?

■ Les **politiques éducatives**, en allongeant la durée de scolarité obligatoire et en favorisant l'élévation des qualifications, joue un rôle important.

■ Mais d'autres politiques peuvent y contribuer. La **politique familiale**, en augmentant le nombre de places en crèche et les allocations familiales, aide les parents et stimule la natalité. La **politique sociale** met en œuvre des prestations visant à réduire les inégalités, afin de maintenir la cohésion sociale. La **politique de santé** contribue à la bonne santé des travailleurs.

zoOm

La dépense intérieure d'éducation en France

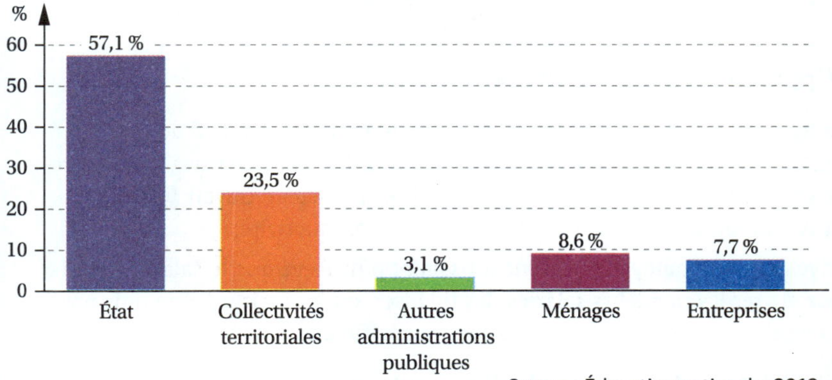

Source : Éducation nationale, 2018.

■ La dépense intérieure d'éducation (DIE) mesure l'effort consenti par la nation pour le fonctionnement et le développement du système éducatif. Elle représentait 154,6 milliards d'euros en France en 2017.

■ 83,7 % de la dépense intérieure d'éducation provient des administrations publiques, 7,7 % des ménages et 8,5 % des entreprises.

30 Comment le niveau des salaires est-il déterminé ?

En bref *Le niveau des salaires dans l'économie dépend de plusieurs facteurs : il peut certes être fixé conventionnellement en fonction du niveau de qualification du salarié ; mais il dépend également de logiques marchandes et étatiques.*

I Le niveau de qualification

1 Le niveau de diplôme

- En France, la loi reconnaît aux employeurs la possibilité de faire varier les salaires en fonction du niveau de diplôme des salariés.
- Dans le secteur privé, la relation entre le niveau de diplôme et le niveau de salaire peut être fixée par des **conventions collectives**.

MOT CLÉ
Une **convention collective** est un accord écrit issu d'une négociation entre syndicats de salariés et d'employeurs.

2 L'expérience professionnelle

L'expérience, ou ancienneté, est également une composante de la qualification. En France, elle est reconnue par la loi et peut permettre à un salarié d'accéder à un salaire plus élevé que celui associé à son diplôme.

II Les logiques marchandes et administratives

1 L'offre et la demande de travail

- Selon les néoclassiques, le salaire correspond au prix du travail ; il doit être fixé sur le marché. Si l'offre de travail est supérieure à la demande de travail, le salaire doit baisser ; et *vice versa*. Au salaire d'équilibre, le facteur travail → FICHE 3 se louera aux employeurs qui en tireront la meilleure productivité.
- Il arrive que les employeurs offrent un salaire plus élevé que le salaire d'équilibre pour attirer les meilleurs salariés, les fidéliser, ou les inciter à être plus productifs. Le salaire versé est alors appelé salaire d'efficience.

2 L'intervention des administrations publiques

- Afin de limiter les inégalités de revenus, l'État français impose un salaire minimum et maximum.
- Les administrations de sécurité sociale (ASSO) peuvent faire varier le niveau des **salaires bruts** en augmentant ou baissant les cotisations sociales.

MOT CLÉ
Le **salaire brut** est égal à la somme du salaire net et des cotisations sociales payées par le salarié.

III Les autres facteurs de variation des salaires

1 Le genre

- À diplôme égal, les femmes sont payées en moyenne **35 % de moins** que les hommes.
- Cette inégalité est le résultat de **nombreuses causes** : en moyenne, les femmes travaillent moins souvent à temps complet, font moins d'heures supplémentaires, possèdent des diplômes et exercent des emplois moins valorisés, et sont victimes de discriminations dans l'accès aux postes d'encadrement.

2 La taille de l'entreprise

- En moyenne, les **salaires augmentent avec la taille des entreprises**. Dans les entreprises de 500 salariés et plus, les salaires sont près de deux fois plus élevés que dans les entreprises de un à quatre salariés.
- En effet, les grandes entreprises offrent davantage de **postes qualifiés**, ainsi que divers **avantages** (assurance complémentaire, primes, formation, etc.).

zoOm

Rémunération des métiers de la cuisine en France

Statut	Employé qualifié	Agent de maîtrise	Cadre
Niveau et échelon	III – 3	IV – 1	V – 3
Rémunération horaire brute (€)	10,97	11,13	21,55
Niveau minimum requis	BEP + 2 ans sur poste III échelon 2	BTS/BAC + connaissances en hygiène de sécurité et conditions de travail	BAC+3 + 2 ans sur poste V échelon 2
Second de cuisine	✓	✓	
Chef de rang		✓	
Chef de cuisine		✓	✓

Source : Convention collective nationale des hôtels, cafés et restaurants.

- Un chef de cuisine peut prétendre à un salaire horaire de 11,13 € s'il est titulaire du bac ou d'un BTS, et occupe un emploi exigeant des connaissances sur l'hygiène de sécurité et les conditions de travail.
- Il peut prétendre à un salaire horaire de 21,55 € s'il a un diplôme de niveau bac+3 et deux ans d'expérience à un poste de niveau V échelon 2.

31 Quelles sont les causes du chômage ?

En bref *Il existe une corrélation entre niveau de chômage et niveau de qualification. Mais celle-ci n'est pas la seule explication au chômage. D'autres facteurs interviennent : le niveau des salaires ou la demande des consommateurs.*

I Le défaut de qualification

1 Un niveau de qualification insuffisant

- Selon Michael Spence, le **diplôme** agit comme un « signal » qui prouve à l'employeur la compétence du salarié ; les employeurs auront alors tendance à se détourner des candidats les moins diplômés au profit des plus diplômés. En outre, le nombre d'emplois accessibles sans diplôme recule depuis 30 ans.

- On observe ainsi une **corrélation négative** entre le niveau de qualification et le niveau de **chômage** : plus le niveau de diplôme et/ou l'expérience est faible, plus le risque de chômage est élevé.

MOT CLÉ
Selon l'Insee, sont au **chômage** les personnes de 15 ans et plus, privées d'emploi et en recherchant un.

2 Une qualification inadaptée

- Il peut exister un **décalage** entre les qualifications des travailleurs et celles recherchées par les employeurs. Ainsi, certains secteurs peinent à trouver du personnel qualifié : en 2016, 72 % des employeurs projetant de recruter des vétérinaires avaient des difficultés à le faire, de même que plus de 60 % de ceux recrutant des ingénieurs en informatique ou en télécommunications.

- En outre, un niveau de qualification élevé ne met **pas nécessairement à l'abri du chômage**. Ceci peut expliquer en partie le fait que, bien qu'il soit plus faible que celui des actifs moins diplômés, le taux de chômage des plus diplômés n'est pas nul.

- Un tel chômage est qualifié de **structurel**, car il est durable. Il résulte d'une transformation de l'économie qui rend certaines qualifications obsolètes et inadaptées aux besoins des secteurs créateurs d'emplois. Pour le réduire, il faut faire évoluer les formations afin qu'elles répondent aux besoins des employeurs.

II Les niveaux de salaires trop élevés

- Selon les **néoclassiques**, si le salaire est trop élevé, l'offre de travail des travailleurs sera supérieure à la demande de travail des employeurs : certains travailleurs ne trouveront pas d'emploi et seront alors au chômage (voir courbe ci-après).

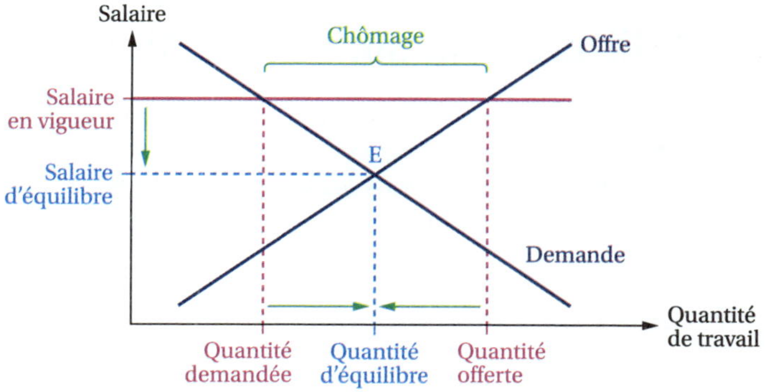

■ Cette théorie inspire l'idée qu'il faut **réduire le coût du travail** pour réduire le chômage (baisse des cotisations sociales ou suppression du salaire minimum).

III L'insuffisance de la demande

■ Pour **John Maynard Keynes**, le chômage s'explique par une insuffisance de la demande de biens et services dans l'économie.

■ Selon lui, les entreprises n'emploient que si elles ont l'assurance de pouvoir écouler les marchandises qu'elles produisent. Si elles **anticipent une demande trop faible**, elles réduiront leurs recrutements : des actifs seront alors au chômage.

zoOm

Évolution des effectifs de certains métiers

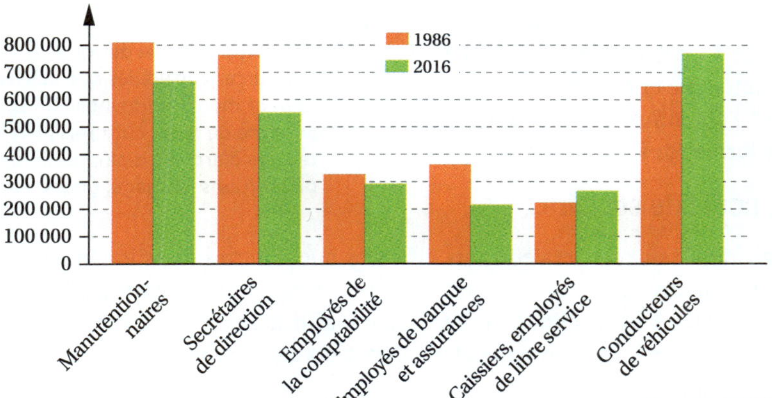

Source : DARES.

Les évolutions économiques et technologiques affectent les métiers. Ainsi en France, 200 000 postes de secrétaires de direction ont été détruits entre 1986 et 2016, tandis que 100 000 postes de conducteurs de véhicule ont été créés.

32 En quoi l'accès aux diplômes est-il différencié socialement ?

En bref *L'école française se présente comme étant méritocratique. Or, parmi les pays riches, la France se distingue comme étant celui où l'origine sociale est la plus déterminante dans les chances de réussite scolaire. Plusieurs théories expliquent cette inégalité des chances à l'école.*

I Comment expliquer l'inégalité des chances devant l'école ?

1 Par les calculs opérés par les individus

- Le sociologue Raymond Boudon considère que les décisions des individus résultent d'un calcul rationnel : ils ne s'investissent dans leurs études que si les gains attendus (emploi, rémunération) excèdent leur coût (dépenses, temps consacré) et le risque d'échouer (individualisme méthodologique).
- Les inégalités de diplômes s'expliquent alors par des choix différents : certains font le choix de poursuivre leurs études, d'autres non. Chacun est donc responsable du niveau d'étude qu'il atteint.

2 Par les différences de capital culturel

- Selon les sociologues Pierre Bourdieu et Jean-Claude Passeron, les méthodes et le contenu des enseignements auraient tendance à favoriser les élèves issus des catégories supérieures.
- Ces élèves reçoivent de leurs parents un **capital culturel** qu'ils font fructifier à l'école. Ce capital crée une complicité entre eux et les enseignants qui favorise l'obtention d'évaluations facilitant l'accès aux formations les plus prestigieuses.

MOT CLÉ

La **capital culturel** désigne les ressources culturelles que possède et peut mobiliser un individu, sous la forme de biens culturels (livres, œuvres d'art), de diplômes ou de dispositions (langage, goûts, etc.).

3 Par le contexte scolaire

- Certains établissements seraient plus efficaces que d'autres dans l'amélioration des performances des élèves. Cette efficacité s'expliquerait notamment par leur souci d'analyser les résultats de leurs élèves afin d'améliorer et de mieux articuler les enseignements. On parle alors d'effet établissement.
- Certaines pratiques enseignantes favoriseraient la réussite des élèves : le fait que l'enseignant ait des attentes élevées, ait les mêmes attentes envers les filles et les garçons, encourage ses élèves, etc. On parle alors d'effet maître.
- Certaines classes sont plus favorables que d'autres à la réussite scolaire. Le nombre de « bons élèves », le sentiment éprouvé par les élèves d'être dans une « bonne classe », peuvent stimuler l'apprentissage. On parle alors d'effet classe.

II Comment les inégalités scolaires évoluent-elles ?

1 La massification scolaire

■ Dans les pays de l'OCDE, l'enseignement s'est **démocratisé** : dans le primaire depuis un siècle, dans le secondaire depuis une cinquantaine d'années, et dans le supérieur depuis les années 1970-1980. En France, par exemple, le taux de bacheliers dans une génération est passé de 20 à 94 % environ entre 1970 et 2020.

MOT CLÉ

La **démocratisation scolaire** est l'égalisation des chances de réussite scolaire, ou, dit autrement, la réduction de l'influence de l'origine sociale dans la réussite scolaire.

■ Pour certains auteurs, il s'agirait plutôt d'une massification scolaire : certes, génération après génération, le niveau de qualification en France s'est élevé depuis un siècle ; mais les écarts de prestige et de niveaux des diplômes obtenus se maintiennent selon l'origine sociale.

2 Le maintien des inégalités entre garçons et filles

■ En France, les filles réussissent mieux à l'école que les garçons. Par exemple, 92 % d'entre elles deviennent bachelières, contre 89 % des garçons.

■ Cependant, elles s'orientent moins vers les sciences fondamentales : 26 % des ingénieurs seulement sont des femmes. Et à niveau de diplôme égal, elles occupent des emplois moins stables, moins qualifiés et moins rémunérés.

zoOm

Qui sont les bacheliers d'une génération à l'autre ?

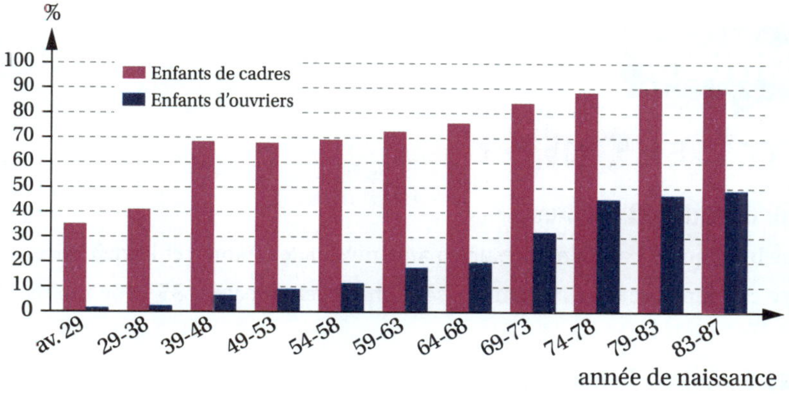

Source : Éducation nationale, 2010.

49 % des enfants d'ouvriers nés entre 1983 et 1987 sont bacheliers ; ils n'étaient que 2 % parmi les enfants nés avant 1939. Si l'écart se réduit avec les enfants de cadres, ceux-ci ont toujours des taux de réussite bien plus élevés : 89 % d'entre eux nés entre 1983 et 1987 sont bacheliers.

SE TESTER QUIZ

Vérifiez que vous avez bien compris les points clés des **fiches 29 à 32**.

1 Niveau d'études et salaires

→ FICHES **29** et **30**

1. La qualification est mesurée par…

☐ **a.** le niveau de diplôme.
☐ **b.** le niveau de diplôme et l'expérience.
☐ **c.** le niveau de diplôme, l'expérience professionnelle et l'état de santé.

2. À diplôme égal, les femmes sont payées moins que les hommes, en moyenne à hauteur de…

☐ **a.** 15 %. ☐ **b.** 25 %. ☐ **c.** 35 %.

2 Niveau d'études et chômage

→ FICHES **31** et **32**

1. Le chômage s'explique par une insuffisance de…

☐ **a.** qualification.
☐ **b.** demande de biens et services.
☐ **c.** demande de travail.

2. Le capital culturel d'un individu est constitué…

☐ **a.** de ses diplômes.
☐ **b.** de ses diplômes et de ses biens culturels.
☐ **c.** de ses diplômes, de ses biens culturels et de ses dispositions culturelles.

CORRIGÉS

SE TESTER QUIZ

1 Niveau d'études et salaires

1. Réponse b. La qualification est mesurée par le niveau de diplôme et l'expérience.

2. Réponse c. À diplôme égal, les femmes sont en moyenne payées 35 % de moins que les hommes.

2 Niveau d'études et chômage

1. Réponses a, b et c. Le chômage s'explique par une insuffisance de qualification, de demande de biens et services, et de demande de travail.

2. Réponse c. Le capital culturel d'un individu est constitué de ses diplômes, de ses biens culturels et de ses dispositions culturelles.

À NOTER

Les entreprises offrent des emplois et demandent du travail. Les travailleurs, eux, demandent des emplois et offrent leur travail.

ANGLAIS

TOUT LE PROGRAMME

- Le cours en 6 fiches
- Exercices et corrigés

SOMMAIRE

Quand vous en avez fini avec une fiche ou un entraînement, cochez la case ☐ correspondante !

Compréhension et expression écrites, compréhension et expression orales

1 Comprendre un texte globalement

En bref *L'exercice porte sur un ou deux textes, dont vous devez rendre compte en répondant à des questions.*

I Découvrir le document

1 Lire le paratexte

- Les textes peuvent être des extraits d'œuvre de fiction, d'article de presse ou de page de site internet. Dans tous les cas, il est nécessaire de prendre connaissance du titre ainsi que des références figurant sous le texte (auteur, source, date de publication...).
- Pour un extrait de fiction, la date de parution doit être interprétée avec prudence : un roman publié en 2008 peut raconter une histoire qui se passe en 1940 ou même au Moyen Âge !
- Pour un article de presse, la source vous renseigne sur le type de périodique (journal ou magazine) et son origine géographique (anglaise, américaine...).
- Pour une page internet, le nom du site donne souvent des indications sur le thème général du texte.

2 Premières étapes

- Lisez le texte intégralement et concentrez-vous sur ce que vous comprenez. Pas de panique si certains éléments vous échappent : aidez-vous des mots transparents et déduisez toujours le sens des mots en respectant le contexte.
- Prenez ensuite connaissance des questions : elles orienteront votre lecture vers les points les plus importants à repérer.
- Relisez le texte dans son intégralité. Vous pouvez surligner les points essentiels.

II Les quatre questions en *wh-*

Quel que soit le type de texte, vous devez être capable de répondre aux questions de compréhension générale : *who? where? when? what (happens)?* Dans le cas d'un article de presse, les réponses à ces questions sont souvent fournies de manière explicite (auteur, pays et date de publication, sujet traité). Dans le cas d'un texte de fiction en revanche, c'est à vous de les déduire.

1 *Who?*

- Dans le cas d'un texte de fiction, identifiez les personnages et le narrateur. Pour un article, déterminez qui sont les personnes mentionnées et dans quelle mesure l'auteur s'implique dans son texte.
- Notez qu'un même personnage peut être désigné de plusieurs façons : avec des pronoms, mais aussi des prénoms, des diminutifs, des surnoms.

■ Identifiez le sexe des personnages. Aidez-vous des pronoms personnels et des déterminants possessifs. Si cela est possible, repérez leur âge et les liens qui les unissent : se connaissent-ils ? S'agit-il de parents, d'amis, de collègues ? etc.

2 | Where and when?

■ Repérez le lieu où se passe la scène. Les faits relatés peuvent se dérouler en plusieurs endroits, réels ou fictifs. Relevez tous les noms communs et les noms propres qui peuvent renvoyer à un lieu : *city*, *park*, *Aberdeen*, *Scotland*, etc.

■ Identifiez l'époque et le moment de l'action.

■ Combien de temps les événements durent-ils ? Dans quel ordre sont-ils racontés ? Soyez attentif·ve aux temps et aux formes des verbes et aux indications de temps, de chronologie, de durée et de fréquence

À NOTER
Il peut arriver qu'un texte de fiction ne fournisse aucune information sur le lieu ou le moment de l'action.

3 | What (happens)?

■ Repérez les principaux événements : que se passe-t-il ? S'agit-il de faits réels ou d'une histoire fictive ? Quelles hypothèses peut-on formuler sur la suite ?

■ Si vous avez le sentiment qu'il ne se passe pas grand-chose, demandez-vous, par exemple, ce que l'extrait vous apprend sur le·s personnage·s, sur un événement qui a déjà eu lieu, ou qui va se produire, etc.

zoOm

Comprendre les consignes

In what city is the scene **set**?	Dans quelle ville se passe la scène ?
When does the scene **take place**?	Quand la scène a-t-elle lieu ?
How are the characters **related**?	Quels sont les liens entre les personnages ?
Pick out information about…	Relevez des informations sur…
Copy out the following events in chronological order.	Recopiez les événements suivants dans l'ordre chronologique.
Match each place with one action.	Associez chaque endroit avec une action.
In your own words, **explain**…	En utilisant vos propres mots, expliquez…
Copy the text and **fill in** the blanks.	Recopiez le texte et remplissez les trous.
Justify with a quote from the text.	Justifiez en citant le texte.

2 Comprendre un texte de manière approfondie

En bref *Après le repérage factuel, les questions finales portent souvent sur l'implicite du texte, sur l'intention ou le message de l'auteur : elles servent notamment à préciser les caractéristiques des personnages ou les causes et conséquences des événements. Une compréhension fine du texte est requise.*

I Analyser les réactions des personnages

Cela concerne surtout les extraits de fiction. Voici quelques consignes correspondant à cette tâche :

Choose the adjective that best corresponds to his personality.

Choisissez l'adjectif qui correspond le mieux à sa personnalité.

Comment on the narrator's state of mind.

Commentez l'état d'esprit du narrateur.

Compare the women's opinions.

Comparez les opinions des femmes.

CONSEIL
Utilisez un code couleur pour repérer dans le texte les éléments permettant de répondre à chaque question.

1 Commenter ou décrire un personnage, un comportement

- Vous pouvez vous demander si l'on entrevoit les **qualités** ou les **défauts** des personnages, leurs **sentiments**, leurs **intentions**.
- Les **actions** et **réactions** des personnages peuvent être suggérées par des adjectifs, des adverbes ou des structures du type :

He shot him dead. Il le tua d'un coup de feu.

She kicked the door shut. Elle ferma la porte d'un coup de pied.

- Relevez les auxiliaires de modalité pour comprendre **le point de vue du locuteur** sur une situation.

> But what human language **can** adequately portray that astonishment, that horror which possessed me?
>
> *William Wilson*, E. A. Poe (1839).

L'emploi du modal *can* traduit un questionnement sur la capacité du langage à traduire les sentiments du narrateur. Il renforce l'impuissance de ce dernier alors qu'il est pris d'une hallucination.

2 Comparer deux personnages, deux situations

Les dernières questions de compréhension portent souvent sur des comparaisons. Repérez dans le texte les mots exprimant le **contraste** et l'**opposition** :

whereas, while tandis que

either...or... soit...soit...

unlike contrairement à

neither... nor... ni... ni...

II Déchiffrer l'intention de l'auteur

- Voici quelques consignes correspondant à cet objectif :

  What is the author's aim / goal / purpose? Quel est le but de l'auteur ?

  How is the message conveyed? Comment le message est-il exprimé ?

  Is the author critical of...? L'auteur critique-t-il... ?

- Dans un article de presse, le message de l'auteur est généralement formulé de manière **explicite**. Dans un texte de fiction, il faut plutôt se concentrer sur l'**implicite** pour rendre compte de l'intention de l'écrivain.

> LADY H.: I am afraid in England we have too many artificial social barriers. We don't see as much as we should of the middle and lower classes.
>
> HESTER: In America we have no lower classes.
>
> LADY H.: Really? What a very strange arrangement!
>
> *A Woman of No Importance*, Oscar Wilde (1893).

CONSEIL
Veillez à ne jamais donner votre opinion ni porter un jugement : les réponses sont dans le texte et doivent être reformulées.

Dans ce dialogue, l'auteur se moque de l'aristocratie anglaise et de ses préjugés sociaux.

- Appuyez-vous sur les mots de liaison pour comprendre **la logique du propos** :

as comme	thanks to grâce à
since puisque	as a result par conséquent
considering that étant donné que	therefore donc
because of, owing to, due to à cause de	so that si bien que

zoom

Utiliser un vocabulaire approprié

Décrire les personnages → The character is depicted as... Le personnage est décrit, dépeint comme... Her behaviour shows her true motives. Son comportement révèle ses motivations réelles.

Décrire l'action → a twist (un rebondissement) An unexpected event occurs. Un événement imprévu se produit.

Commenter le style, les procédés utilisés → The tone is serious/sad/depressing/funny/light... to highlight (souligner), to refer to (renvoyer à)

Interpréter le but de l'auteur → The author's purpose is/must be/may be to show that... to raise an issue (soulever un problème) imply, suggest, convey (suggérer) criticise (critiquer)

3 Traiter un sujet d'invention

En bref *Un sujet d'invention peut être de différentes natures : écrire la suite d'un récit, un dialogue, un discours, une lettre ou un courriel. Il peut être en lien avec un support de compréhension écrite ou orale.*

I Méthode générale

- Une lecture attentive du sujet est essentielle : identifiez le **type de travail** attendu et repérez les **mots clés** qui donnent des précisions sur le thème, le cadre spatio-temporel, les personnages…
- Votre production doit être **cohérente avec le texte de départ.**

– Respectez les traits psychologiques et physiques des personnages.
– Attention aux anachronismes : n'introduisez pas un téléphone portable dans le monde des années 1920 par exemple.

- Élaborez un **plan** pour ne pas vous éparpiller : quelle que soit sa nature (dialogue, suite de texte, lettre…), votre écrit doit suivre une progression et aboutir à une conclusion en harmonie avec le texte support.
- Gardez toujours du temps pour vous **relire**.

CONSEIL
Comptez régulièrement le nombre de mots et n'oubliez pas de l'indiquer entre parenthèses à la fin de votre travail.

II Les types de texte

1 La suite d'un récit (*sequel*)

- Poursuivez le récit en respectant ses **caractéristiques** : type de narration, point de vue du narrateur, niveau de langue. Si un mot ou plusieurs mots reviennent souvent dans le texte-support, réutilisez-les à votre tour.
- Faites preuve d'**imagination** et d'originalité sans tomber dans l'incohérence. Évitez les clichés.
- La **progression de la narration** doit être visible. Utilisez des marqueurs temporels et faites des paragraphes bien distincts. Vous pouvez insérer ponctuellement un court **dialogue** entre les personnages.

2 Le dialogue

- Respectez les **caractères** et le **niveau de langue** propres à chaque personnage.
- **Ponctuez « à l'anglaise »** : guillemets en aspostrophes et aucun tiret.

  "This is my favorite dress!" said Sally.
  "It looks nice on you," said Mark.

- Utilisez des **verbes** introducteurs variés → ZOOM et des adverbes précisant le ton ou l'intention des personnages.

- Privilégiez les **formes réduites des auxiliaires** (*don't, isn't, wouldn't*, etc.). N'utilisez la forme pleine *not* que si vous souhaitez créer un effet d'insistance.
- Utilisez des **réponses brèves** et des ***question tags***, mais avec modération, sinon le résultat risque d'être très artificiel.

3 | La lettre ou le courriel

- Mettez-vous **dans la peau du personnage** qui rédige la lettre.
- Une lettre **privée** est destinée à des amis, des parents ou même parfois à son journal intime (*diary*). Une lettre **formelle** peut être une lettre de motivation (*cover letter*), une lettre à une administration, une demande de renseignements...
- Indiquez **l'adresse de l'expéditeur**, puis **la date**, en haut à droite. Dans le cas d'une lettre formelle, ajoutez les coordonnées du destinataire à gauche.
- Les **formules d'introduction** et de **conclusion** sont indispensables pour donner un caractère authentique à la lettre. Elles dépendent du destinataire.

À NOTER
Si vous devez rédiger un courriel, inventez des adresses pour l'expéditeur et le destinataire, et n'oubliez pas l'objet (*Subject*).

zoOm

Quelques verbes introducteurs utiles

Voici quelques verbes qui peuvent enrichir vos dialogues.

Verbes introducteurs

Indiquer l'enchaînement des répliques
- add : ajouter
- ask : demander
- answer : répondre
- reply : répliquer

Décrire le ton de voix
- choke : s'étrangler
- mutter : marmonner
- scream : crier, hurler (cri perçant)
- shout : crier (voix forte)
- whisper : chuchoter

Traduire l'intention du locuteur
- admit : admettre, avouer
- confess : avouer
- implore : implorer, supplier
- inquire : se renseigner
- suggest : suggérer, proposer

Exprimer l'incertitude ou la timidité
- hesitate : hésiter
- stammer : balbutier
- stutter : bégayer
- falter : bredouiller
- venture : se hasarder à dire

4 Traiter un sujet d'argumentation

En bref *Le sujet d'argumentation vous invite le plus souvent à donner votre opinion personnelle, que vous devez présenter de manière nuancée et organisée, en vous appuyant sur des exemples pertinents.*

I Comprendre le sujet

1 Les types de sujets

- Le sujet peut porter sur le thème principal du ou des **document·s de départ**, ou sur un élément plus ciblé de ceux-ci. Il peut aussi prendre appui sur un document iconographique.
- Il peut vous être demandé de rédiger un essai mais aussi un discours, une lettre d'opinion adressée au site d'un journal, ou une prise de position sur un blog, etc. Vous devez donc maîtriser **les codes propres à chaque type d'écrit**.

2 Quelques exemples

Pour éviter le hors-sujet, **lisez** attentivement l'énoncé et **soulignez les mots clés**. Voici quelques décodages de sujets :

- "Have a little ambition, Buddy. You'll never get anywhere in this world unless you've got ambition." To what extent do you agree with Buddy's mother?

To what extent signifie « dans quelle mesure », « jusqu'à quel point ». Vous devrez par conséquent traiter deux points :
1. **En quoi la mère de Buddy a raison** : sans ambition on ne va pas très loin, l'ambition est un « moteur » dans la vie…
2. **Les limites de ce point de vue** : l'importance d'autres facteurs tels que la situation économique, la chance, les relations, la personnalité…

- What does the American Dream mean to you today? Illustrate with examples.

Vous devez donner votre propre définition du rêve américain, en vous appuyant sur des exemples: personnalités qui incarnent, selon vous, le rêve américain, films ou séries télévisées qui l'illustrent, événements qui en suggèrent les limites…

II Bâtir le plan de votre texte

1 L'introduction

- Rédigez l'introduction au brouillon après avoir élaboré votre **plan**. Elle doit être courte. Vous pouvez **utiliser le texte** : une courte citation ou une reformulation bien choisie peuvent vous aider à « démarrer ».
- En revanche, gardez-vous de donner votre réponse finale dès l'introduction : réservez-la pour la conclusion.

2 Le développement

- Organisez votre développement en **deux parties** : consacrez la première partie à la défense d'un point de vue (**thèse**) et la deuxième à l'**antithèse**.
- Appuyez-vous toujours sur des **exemples précis** puisés dans le texte et dans votre culture générale. Une bonne connaissance du monde anglophone peut être précieuse.

À NOTER
Contrairement à la dissertation française, l'essai anglais admet l'emploi de la première personne du singulier tout au long de votre argumentation.

- Mettez en valeur **chaque étape de votre raisonnement** en allant à la ligne et en utilisant des conjonctions et des mots de liaison appropriés (pas trop nombreux et aussi naturels que possible).
- Enfin, **variez le lexique** et efforcez-vous de bannir les mots passe-partout (*good, bad, important, big, do, get, a problem*, etc.).

The weather was good. → It was warm and sunny.
an important decision → a crucial decision
a big problem → a major issue

3 La conclusion

La conclusion doit être plus qu'un simple **résumé** de l'argumentation. **Répondez à la question posée**, puis **ouvrez** sur une question ou un sujet plus vaste.

zoOm

Quelques connecteurs logiques

Adverbes

however : cependant
Still / Yet (en début de phrase) : pourtant
nevertheless : néanmoins
conversely : en revanche
consequently : par conséquent
therefore : donc
thus : ainsi
besides : en outre
similarly : de même
finally : enfin

Conjonctions de subordination

even though : même si
although : bien que
as : comme
considering that : étant donné que
since : puisque
so that : pour que
once : une fois que
as though : comme si
unless : à moins que
whether (or not) : si (ou non)

FRANÇAIS MATHS PHYSIQUE CHIMIE SVT HISTOIRE-GÉO SES ANGLAIS

5 Maîtriser la méthodologie de l'écoute

En bref *La compréhension orale peut porter sur un document audio ou vidéo. Il n'est pas nécessaire de comprendre chaque mot : vous devez être capable d'en restituer le sens global, de manière aussi détaillée que possible.*

I Première écoute

La première écoute vous permet de comprendre le sens général du document. Vous pouvez prendre quelques notes, mais ne perdez pas le fil du propos.

1 Comprendre la situation d'énonciation

■ Identifiez en premier lieu la **nature** du document : discours, entretien, reportage, débat, conversation quotidienne... Aidez-vous des bruits de fond, de la musique ou des **images** s'il y en a : ils peuvent parfois vous fournir des indices.

> **À NOTER**
> S'il s'agit d'un document vidéo, les images constituent une aide mais le compte rendu doit porter sur ce que vous avez entendu.

■ Intéressez-vous également au·x **locuteur·s** :

- combien sont-ils ?
- que pouvez-vous déduire de leur voix (âge, sexe, nationalité...) ?
- qu'apprenez-vous sur eux (profession, caractère...) ?
- quelles sont leurs relations (parents, amis, voisins, collègues...) ?

■ Déterminez le **thème** de l'enregistrement : le titre du document, qui vous est donné avant l'écoute, vous permet déjà de formuler des hypothèses.

■ Identifiez les **temps grammaticaux** utilisés : les locuteurs font-ils référence au présent, au passé ou à l'avenir ? Les **repères temporels** et les **indications de lieux** sont de précieux indices pour comprendre le contexte de l'échange et la chronologie de ce qui est raconté.

2 Identifier les mots clés

■ Relevez les **mots accentués** et les **mots récurrents**. Vous pouvez éventuellement les classer dans un tableau où chaque colonne rassemblera les paroles d'un locuteur.

■ Au terme de cette écoute, essayez de **mettre en relation** les éléments notés.

Vous entendez les mots : *pub, London, national heritage, homely atmosphere, wood in the decor, open fire, 14th century...*

→ Vous pouvez en déduire que l'on vous parle des pubs à Londres, de leur histoire, de leur aspect et de l'ambiance qui y règne.

II Deuxième écoute

Il s'agit maintenant d'affiner les informations relevées.

- Ajoutez autant de **détails** que possible. Prêtez une attention particulière aux informations précises : noms propres, dates, chiffres…
- Déterminez si les locuteurs expriment leur point de vue ou s'ils racontent une expérience. **Hiérarchisez les informations** et essayez de reconstituer la chronologie des événements ou la logique de l'argumentation.
- Soyez attentif·ve au **ton** du locuteur : les changements de débit et d'intonation vous permettront d'affiner votre compréhension. Il faut parvenir à déterminer l'**état d'esprit du locuteur**, voire son évolution dans le document (joie, tristesse, soulagement, indifférence, préoccupation…).

III Troisième écoute

- La troisième écoute est l'occasion de **vérifier vos hypothèses** : relisez vos notes en même temps afin de confirmer ou corriger ce que vous avez écrit.
- Ajoutez éventuellement des **précisions** qui vous auraient échappé jusque-là.

zoOm

Quelques ressources en ligne

Grâce à internet, de très nombreuses ressources sont à votre disposition pour vous entraîner à la compréhension orale. Voici quelques sites de qualité.

- **Ressources britanniques**

→ **bbc.com** : site généraliste qui propose de nombreuses vidéos sur des sujets variés.

L'application *BBC News* propose en plus une section intitulée « Videos of the Day » : des reportages de quelques minutes sous-titrés en anglais.

→ **bbc.co.uk/sounds** : site qui permet d'écouter les radios de la BBC en direct ou en podcast. Écoutez notamment *Radio 4*, de grande qualité.

→ **bbc.co.uk/learningenglish** : site extrêmement riche pour s'entraîner à la compréhension orale avec des activités interactives.

À noter : la rubrique « 6-minute English ».

- **Ressources américaines**

→ **learningenglish.voanews.com** : pour écouter des documents audio sur des sujets variés, lus à un rythme assez lent et assortis de transcriptions.

→ **npr.org** : radio publique de qualité qui s'écoute en direct ou en podcasts.

6 S'exprimer dans un anglais fluide et correct

En bref *En cours, saisissez chaque occasion de prendre la parole pour améliorer votre prononciation.*

I Exercer sa prononciation

1 L'accent de mot

- En anglais, la place de l'accent tonique influe sur la prononciation du mot : les voyelles non accentuées ne sont presque pas prononcées.
- Il est placé par défaut sur la **première syllabe** du mot, mais la présence d'un préfixe ou d'un suffixe peut changer sa place. Retenez notamment :
  - suffixes forts (*-ial*, *-ion*, *-ious*, *-ic(s)*, *-ity...*) : accent sur la syllabe qui précède ;
  - suffixes faibles (*-al*, *-ous*, *-ly*, *-ist*, *-ing*, *-hood*...) : pas d'influence sur l'accent ;
  - suffixes *-ee*, *-eer*, *-ese*, *-ette* : accent sur le suffixe.
- La connaissance de l'alphabet phonétique est utile pour prononcer un mot que l'on cherche dans le dictionnaire. Vous pouvez également écouter la prononciation **sur internet**.

À NOTER
De nombreux sites permettent d'écouter la prononciation d'un mot : *macmillandictionary.com*, *merriam-webster.com*.

2 L'accent de phrase et l'intonation

- Les **mots lexicaux** sont d'autant plus accentués qu'ils apportent une information importante. Les **mots grammaticaux** sont accentués en fin de phrase ou pour exprimer une emphase ou un contraste.
- Une **intonation** correcte est essentielle pour se faire comprendre. Elle est montante dans les *Yes/No questions* et descendante dans les questions en *wh-*.

3 Les sons difficiles

- Certains sons anglais sont difficiles à reproduire pour un·e francophone et doivent faire l'objet d'un entraînement régulier.

Voyelles	Consonnes
• /ə/ (schwa), le son inaccentué actor, particular, stronger, famous, tomorrow, support • /ɪ/, proche du « é » français big, build, image, private • /ʌ/, proche du « a » français luck, sun, dull, much	• /ʧ/, correspond à la graphie *ch* mais se prononce « tch ». impeach, rich, speech • /ð/ et /θ/correspondent à la graphie *th*. Ils ne se prononcent ni /s/ ni /z/ : votre langue doit se placer entre vos dents. thin, there, sympathy

■ Le *h* initial est toujours aspiré en début de mot sauf dans *hour*, *honest* (et ses dérivés), *honour* (et ses dérivés) et *heir·ess*. Attention à ne pas en rajouter un lorsqu'il n'y en a pas !

II S'entraîner pendant l'année

1 À la maison

Joignez l'utile à l'agréable ! Lorsque vous regardez une série ou un film, faites-le en version originale et de manière active. Essayez de repérer les expressions idiomatiques caractéristiques du dialogue (donner son opinion, son accord, son désaccord, hésiter, insister, répéter les paroles de l'interlocuteur...).

2 En classe

■ Efforcez-vous de participer de manière active en classe et de réagir à la parole des autres, élèves comme professeur. Cela vous permettra d'acquérir de l'authenticité et de **prendre confiance en vous**.

■ Soyez très attentif·ve à tout ce qui se dit pendant le cours et prenez l'habitude de noter les expressions nouvelles dans votre carnet personnel. Essayez ensuite de les réutiliser lors d'une prise de parole ultérieure.

CONSEIL

N'oubliez pas que « *Practice makes perfect* ». Il est essentiel d'oser prendre la parole même si l'accent et la formulation ne sont pas parfaits : c'est en essayant que l'on apprend !

zoOm

Ressources numériques pour s'entraîner

■ Les dictionnaires en ligne (également disponibles en applications) vous permettent d'écouter la prononciation d'un mot :

- avec l'accent britannique, **macmillandictionary.com** ;
- avec l'accent américain, **merriam-webster.com**.

■ Le site de la BBC (**bbc.co.uk/learningenglish**) comporte de nombreuses ressources utiles : consultez notamment les pages *Learning English* et la rubrique *Pronunciation / The Sounds of English*.

→ Visionnez par exemple cette vidéo sur le schwa : bit.ly/PbacAng_41

■ Les applications pour apprendre les langues, comme **Duolingo** ou **Memrise**, permettent de revoir les bases de la grammaire et du vocabulaire et comportent des exercices de compréhension et d'expression orales.

SE TESTER QUIZ

Vérifiez que vous avez bien compris les points clés des **fiches 1 à 6**.

1 Comprende un texte

→ FICHE 1

Associez à chaque consigne la question de compréhension correspondante.

a. In which city is the scene set? •	• Who?
b. Which characters are present? •	• When?
c. Copy out the following events in chronological order. •	• Where?
d. Comment on the main character's reaction. •	• What?

2 Traiter un sujet d'invention

→ FICHE 3

Identifiez la nature de la tâche demandée par chaque sujet.

a. *Continue the story, inserting some dialogue.*

☐ argumenter ☐ écrire une suite ☐ écrire un dialogue

b. *Sheila comes home and tells her roommate about her job interview.*

☐ écrire un récit ☐ écrire un courriel ☐ écrire un dialogue

c. *Mr Groff writes to the producer to ask for financial help.*

☐ écrire un dialogue ☐ écrire une suite ☐ écrire une lettre formelle

d. *Write a happy ending to the narrator's account of the incident.*

☐ argumenter ☐ écrire une lettre ☐ écrire une suite

3 Anticiper le contenu à partir du titre

→ FICHE 5

Reliez les titres proposés au thème correspondant.

1. *Emma Watson presents her "He for She" campaign at the UN* •	• a. éloge de la paix et de l'unité
2. *Latinos in Aurora, US* •	• b. préjugés raciaux dans l'industrie du divertissement
3. *The Queen's 2014 Christmas Speech on reconciliation* •	• c. culture et politique américaines
4. *Barack Obama's tribute to Nelson Mandela* •	• d. symbole en voie de disparition
5. *Idris Elba on the lack of diverse black roles on British TV* •	• e. immigration
6. *The UK telephone box* •	• f. féminisme
7. *Cow boys and US Presidents* •	• g. hommage et transmission

4 Prononcer des sons difficiles

→ FICHE 6

Cochez le mot qui contient le son indiqué.

a. /θ/	☐ truth	☐ truce	d. /ɪ/	☐ live	☐ leave
b. /ð/	☐ also	☐ although	e. /ə/	☐ author	☐ organise
c. /tʃ/	☐ shoes	☐ choose	f. /ə/	☐ bar	☐ cellular

CORRIGÉS

SE TESTER QUIZ

1 Comprendre un texte

a. In which city is the scene set? → Where?
b. Which characters are present? → Who?
c. Copy out the following events in chronological order. → When?
d. Comment on the main character's reaction. → What? Who?

2 Traiter un sujet d'invention

a. *Continue the story, inserting some dialogue.* → écrire une suite.
b. *Sheila comes home and tells her roommate about her job interview.* → écrire un dialogue.
c. *Mr Groff writes to the producer to ask for financial help.* → écrire une lettre formelle.
d. *Write a happy ending to the narrator's account of the incident.* → écrire une suite.

3 Anticiper le contenu à partir du titre

1. *Emma Watson presents her "He for She" campaign at the UN* → f. féminisme.
2. *Latinos in Aurora, US* → e. immigration.
3. *The Queen's 2014 Christmas Speech on reconciliation* → a. éloge de la paix et de l'unité.
4. *Barack Obama's tribute to Nelson Mandela* → g. hommage et transmission.
5. *Idris Elba on the lack of diverse black roles on British TV* → b. préjugés raciaux dans l'industrie du divertissement.
6. *The UK telephone box* → d. symbole en voie de disparition.
7. *Cow boys and US Presidents* → c. culture et politique américaines.

4 Prononcer des sons difficiles

a. /θ/ → truth.
b. /ð/ → although.
c. /ʧ/ → choose.
d. /ɪ/ → live.
e. /ə/ → author.
f. /ə/ → cellular.

CONSEIL
Écoutez la prononciation des mots en utilisant un dictionnaire en ligne.

CRÉDITS ICONOGRAPHIQUES

3-1	©	Lionel Belluteau / © Adagp, Paris, 2022
3-2	Doc.	Alessandro Nassiri - Wikipedia
3-3	ph ©	Alexander Raths - stock.adobe.com
3-4	ph ©	Benjamin Zelvelder
4-1	ph ©	B.Stefanov – stock.adobe.com
4-2		Eric Feferberg / AFP Photo
4-3	ph ©	QQ7 – stock.adobe.com
5	ph ©	Lionel Belluteau / © Adagp, Paris, 2022
9	ph ©	Patrice Schmidt / Musée d'Orsay, Dist. RMN-Grand Palais
11	ph ©	Bibliothèque nationale de France, Paris
13	ph ©	Biblioteca Nazionale, Turin © DeAgostini / Leemage / Bridgeman Images
15	ph ©	Ashmolean Museum, University of Oxford, UK / Bridgeman Images
17	Coll.	Collection particulière
23	ph ©	Maisons de Victor Hugo / Roger-Viollet
27	ph ©	Selva / Leemage / Bridgeman Images
29	ph ©	Prod Malraux-Corniglion-Molinier / D.R. / Prod DB / AllPix / Aurimages
35	ph ©	Bibliothèque nationale de France, Paris
37	Coll.	Christophel © Arwin Productions
39	ph ©	Hermann Buresch / Museum Oskar Reinhart am Stadtgarten, Winterthour, Suisse. BPK, Berlin, Dist. RMN-Grand Palais
41	ph ©	Editions Gallimard, 2006
43	ph ©	Bibliothèque nationale de France, Paris
45	ph ©	Dondero / Ed. Minuit / Leemage / Bridgeman Images
51	ph ©	Bibliothèque Historique de la Ville de Paris / Editions Septentrion
53	ph ©	Arterra / UIG via Getty-Images
55	ph ©	Musée Des Beaux-Arts, Lyon / Josse / Leemage / Bridgeman Images
57	ph ©	Christian Ganet / ArtComPress
59	ph ©	Brigitte Enguerand
61	ph ©	Claude Bricage / Hervé Bellamy
95	Doc.	Alessandro Nassiri - Wikipedia
219	ph ©	Alexander Raths - stock.adobe.com
315	ph ©	Benjamin Zelvelder
319	ph ©	ISM
357	©	Christian Nicollet
367	ph ©	Hervé Conge / ISM
369	©	François Chrétien
377	ph ©	Sovereign / ISM
389	ph ©	SPL / Phanie
396	©	Rémi Moreda
399	ph ©	B.Stefanov – stock.adobe.com
402	ph ©	Luisa Ricciarini / Leemage / Bridgeman Images
404	ph ©	Youngtae / Leemage / Bridgeman Images
406	ph ©	Luisa Ricciarini / Leemage / Bridgeman Images
407	ph ©	Marsyas – Wikipedia
410	ph ©	Arnaud 25 – Wikipedia
415-g	ph ©	Bridgeman Images
415-d	ph ©	Bridgeman Images
421	©	2016, Aldeia da Cuada / All Rights Reserved
423	ph ©	Bibliothèque nationale de France
427	ph ©	Lebrecht / Leemage / Bridgeman Images
429	ph ©	Akg-Images
431	ph ©	DeAgostini / Leemage / Bridgeman Images
433	ph ©	Science Source / Akg-Images
439	ph ©	Philippe Caetano / Centre des Monuments Nationaux
441	ph ©	Gérard Blot / RMN-GP
443	ph ©	De Agostini Picture Lib. / Akg-Images
445	ph ©	Bridgeman Images
447	ph ©	Gérard Blot / RMN-GP
449	ph ©	Bridgeman Images
453	ph ©	Photo Josse / Leemage
455	ph ©	Leemage / Bridgeman Images
479	ph ©	Fernando Stankuns / Alamy Stock Photo
493	ph ©	Dibyangshu Sarkar / AFP
511	©	2018 Radisson Hotel Group. All rights reserved
515	ph ©	Eric Feferberg / AFP Photo
519	ph ©	Mathieu Génon / Hans Lucas
523	ph ©	Jerome Chatin / Expansion / REA
537	©	Airbnb
549	ph ©	Till Jacket / Photononstop
555	ph ©	Paul Bradbury / Caiaimages / Plainpicture
558	ph ©	Catherine Delahaye / Sipa Press
561	ph ©	Age / Photononstop
573	ph ©	Rhona Wise / AFP Photo
577	ph ©	Stéphane de Sakutin / AFP Photo
591	ph ©	QQ7 – stock.adobe.com
605	©	Tim's Pronunciation Workshop / BBC Learning English / BBC

Achevé d'imprimer en Italie
par La Tipografica Varese Srl, Varese
Dépôt légal 08673-9/01 - Mai 2022

PAPIER À BASE DE FIBRES CERTIFIÉES

Hatier s'engage pour l'environnement en réduisant l'empreinte carbone de ses livres. Celle de cet exemplaire est de :
2.3 kg éq. CO_2
Rendez-vous sur www.hatier-durable.fr